KB234499

발칙한 연애

발칙한 연애

초판 1쇄 발행 2012년 1월 20일
신판 1쇄 발행 2013년 6월 10일

지은이 김은정 ㅣ 펴낸이 강성욱 ㅣ 책임 기획 전주에 ㅣ 카피라이터 김근배, 김미란
일러스트 최제희 ㅣ 로고 김미현 ㅣ 교정 임성회, 류주영 ㅣ 디자인 이선영
펴낸곳 테라스북 ㅣ 등록 제381-2003-000040호
주소 (134-826) 서울시 강동구 동남로65길 13 2층
전화 070-4794-5826 ㅣ 팩스 0505-911-5826
블로그 http://terracebook.blog.me ㅣ 전자우편 terracebook@naver.com
ISBN 978-89-94300-11-5 03810

ⓒ 김은정 2012 Printed in Korea

테라스북은 오름미디어의 임프린트 브랜드입니다.

이 도서의 국립중앙도서관 출판시도서목록(CIP)은 e-CIP 홈페이지(http://www.nl.go.kr/ecip)에서
이용하실 수 있습니다. (CIP제어번호: CIP2011005583)

발칙한
연애

김은정 장편소설

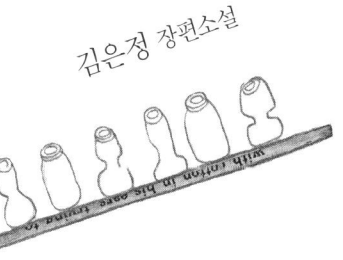

Toffaco Book

CONTENTS

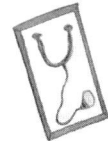

1. 그녀가 산부인과에 간 이유

사람들은 운명을 일컬어 한 사람이 저지른 실수의 합이라 부른다.
— 올리버 허포드

 개편 발표가 났다!

유채는 두근거리는 마음을 추스르며 아나운서실 공고문에 붙은 개편 확정안을 훑어보았다. 별다를 것이 없다. 고정이 될 거였다면 개편 전에 이미 협의가 있었을 것이다. 유채에게는 아무도 협의를 제안하는 프로그램이 없었다. 그래서 이번 개편도 남의 동네잔치가 될 게 뻔하다는 것을 알았지만, 그래도 혹시 모르니까……. 그리고 '역시나'다.

차마 고개를 떨굴 수가 없었다. 그냥 호기심에 본 것뿐이라는 표정을 짓고 돌아서야 하는데, 그리고 아무도 자신의 기분 따위는 신경 쓰고 있지 않은데, 괜스런 자존심 때문에 고개를 들었던 목에 뻣뻣하게 힘만 들어갔다. 아랫배도 살살 아파왔다. 신경만 쓰면 이렇게 된다.

"뭐, 별거 없네."

혼자 의식적으로 중얼거리고 애써 입 가장자리를 늘어뜨리며 돌아서던 유채는 저만치에서 자신을 측은하게 보고 있는 희재와 눈이 딱 마주쳤다. 글로벌 탐방 갔다가 바람나 돌아온 새끼……!

"그냥 잠깐 논 거야. 그 선배랑 그냥 술 한잔하다 분위기에 휩쓸려서……."

모든 바람둥이들의 변명만큼 상투적인 것도 없을 것이다. 죽을죄를 지었다, 아니면 자신 탓이 아니라는 거다. 처음엔 이 자식도 후자였다. 바람피운 주제에 자신도 없는 새끼.

"술 마실 때 개념은 빼놓고 마시니? 그럼, 나도 그렇다고 하면 넌 이해할 거야?"

"말이 왜 그래?"

"뭐가 왜 그래? 남자는 분위기에 휩쓸려도 되고 여자는 안 된다는 거야? 그럼 그 선배는? 앞으로 안 볼 사이도 아닌 사람하고 그냥 한 번 논 거라고?"

희재와 유채의 교제가 무슨 톱스타의 열애도 아니고, 아나운서라는 특성상 쉽게 떠들고 다닐 것도 아니고, 또 논할 가치도 없기에 사람들은 알지 못했다. 하지만 희재가 '한 번 놀았다.'는 그 선배가 같은 방송국의 피디 누구라는 것을 알기에, 유채는 앞으로 그 여자와 어떻게 일을 할지부터가 고민되었다. 그 여 선배는 모르더라도 유채는 아니까. 희재와는 끝냈어도 그 끝낸 이유가 그 여 선배 때문이니까. 그런데 유채가 펄펄 뛰자 그 자식은 바람피운 이유를 그녀에게 돌리기 시작했다.

"솔직히 우리가 말로만 사귀었지, 확실히 무슨 사이라도 돼?"

이건 또 무슨 날밤 까서 껍데기 씹는 소리야?

"네가 어디, 내가 손끝이라도 대게 해줬어? 뭐가 그렇게 비싸고 대단해서 남들 한 달 사귀면 다 빼는 진도를 너는 일 년이 넘도록 1장도 못 나가냐고?"

이건 그냥 화내는 게 아니라 묵혔던 한을 뿜어내는 것이었다.

"그래서? 남들 진도 나가는 대로 나도 따라나가 줘야 돼? 그럼 다른 여자 만나!"

"그래서 만났잖아!"

희재는 자폭하듯 소리쳤다.

"됐네, 그럼!"

"되긴 뭐가 돼야!"

희재는 돌아서 가려는 유채를 잡아 돌려세웠다.

"진작 네가 좀 쉽게 허락해줬으면 이런 일 안 생겼잖아. 나는 뭐 개운하기만 한 줄 알아?"

"어디서 애 낳고 몸 풀었냐? 개운하긴 뭐가 개운해! 완전 짜증 난다, 남자들!"

이제야 소영이 남자들을 왜 그렇게 혐오하는지 알 것 같았다. 남자들이 역겨워 혼자 임신한 동네 언니.

"너무 싸매고 있는 것도 짜증 나. 지금이 뭐 조선 시대도 아니고!"

철갑 옷을 꽁꽁 여미고 있었다는 건가? 하지만 결혼한 것도 아닌데 남자들의 원하는 눈빛을 그대로 다 받아주고 싶지 않았다. 어머니가 일찍 돌아가신, 아버지 밑에서만 큰 자식이라 막 자랐다는 소리도 듣고 싶지 않았고, 날라리 같은 동생과 덩달아 날라리처럼 보이고 싶지 않았다. 비록 집도 가난하고 홀아버지에게서 자랐지만 배워야 할 것 다 배웠다는, 잘 자란 딸이란 말이 듣고 싶었고, 그런 딸을 참 잘 키웠다는 칭찬을 아버지가 듣기 바랐다. 그뿐이다. 사랑의 척도를 스킨십 진도로 점수 먹이는 것이 틀려먹은 생각이라는 게 그녀의 생각이었다.

"내 뇌가 메이드 인 코리아가 아니라 메이드 인 조선이라 그런다. 됐어?"

희재는 좀 다를 줄 알았는데 여느 남자 자식들과 다를 바가 없다는 걸 알게 되니 그를 노려보는 눈이 더 경멸스러워졌다.

"유채야, 제발. 한 번만 용서해줘. 나 지금 진짜 후회해. 진짜 한순간 이었다니까?"

"됐어. 변명하려고 하지 마. 내가 쉽게 결론 내줄게. 우리 사귀는 거, 때려치워!"

"그게 그렇게 쉬워?"

희재는 절망했다.

"그럼, 너는 그게 쉽디?"

유채는 차갑게 쏘아주고 돌아섰었다.

하지만 지금 공고문 앞에서 저 자식의 눈빛을 받자니 기분이 개떡 같다. 그래도 저 자식은 고정 자리 하나를 꿰찼다. 바람피우면서 정기를 한껏 모아온 것일까. 돌아오자마자 두 프로그램에서 협의를 했고, 그중 한 곳의 고정 리포터를 맡았다. 어쩌면 바람나 정기를 모아온 것이 아니라 바람나서 자신과 깨졌기 때문에 그 순간 운이 트인 건지도 모른다. 그 정도로 자신은 재수가 없다고 생각하는 유채였다. 그렇지 않고서야 아나운서가 된 지 2년이 넘도록 고정 한 번 하지 못할 수가 있느냐 이거다. 스물일곱 살 인생에 이렇게 기막힌, 백수 아닌 백수 인생을 살게 될 줄이야. 하지만 자신의 재수 없음을 달관한 끝에 생긴 건 오기와 '파이팅!'뿐이다.

유채는 자신을 뚫어지게 보고 있는 희재의 시선을 무시하면서 자신의 자리로 가 앉았다. 그리고 컴퓨터를 신경질적으로 두드렸다. 딱히 들어가볼 것도, 찾을 것도 없다. 뭐, 할 짓이 있어야 검색이라도 하지. 하지만 모두 바쁘게 움직이는 아나운서실 한구석에서 심심해 죽을 것 같은 표정으로 죽치고 앉아 있다는 소리는 듣고 싶지 않았다. 유채는 심드렁하게 방송국 홈페이지를 클릭했다. 그리고 이리저리 하릴없이 들락거리다 시사 고발 프로그램에서 손이 멈췄다. '고발'이라…….

망설이던 유채는 심심풀이 삼아 시사 고발 게시판에 한 글자 한 글자 써넣기 시작했다.

아나운서실 강희재는 바람돌이…….

그러다 손가락에 갑자기 속도가 붙으면서 저도 모르게 거품을 물며 게시판 한가득 희재를 성토해버렸다. 글을 다 쓰고 나자 그제야 정신이 돌아온 유채는 모니터의 화살표를 글 올리기에 올려놓고 잠시 머뭇거렸다. 기분이 엿 같아서 끄적거리긴 했는데 방송국 게시판에 이따위 삼류 고발 글을 올리는 건 말도 안 된다.

유채는 한숨을 내쉬며 삭제 버튼을 클릭했다. 어! 그런데 페이지가 넘어가지 않았다. 유채는 심기 불편함이 가득한 인중을 비틀어 올리며 여기저기 닥치는 대로 버튼을 마구 클릭해보았다. 역시 페이지는 그대로였다. 다운된 모양이다. 주인만큼이나 디디한 컴퓨터다.

하는 수 없이 컴퓨터를 끄려고 손을 뻗는데 핸드폰이 울렸다. 흔한 동네 언니이면서 유명한 패션 디자이너이신, 남자란 종족을 미생물 영역에 넣고 있는 소영이었다.

"어, 언니. 왜."

유채는 핸드폰을 어깨와 귀 사이에 낀 채 허리를 구부려 컴퓨터 전원 버튼을 쿡 눌렀다.

"나 산부인과 가는 날인데, 같이 가자."

"흥. 미혼모는 해도, 산부인과에 혼자 가는 건 못하겠어?"

유채는 이죽거리며 코웃음을 쳤다.

"심심해서 그래. 배도 고프고. 내가 점심 사줄게."

소영의 말이 끝나기 무섭게 컴퓨터가 팍─ 꺼지고, 유채는 싱긋 웃었다.

"콜!"

✻

아침부터 정신이 없다. 고속도로에서 난 5중 추돌에 임산부가 끼어 있었다. 이미 머리에 피가 낭자한 남편은 아내가 실린 침대가 수술실을 향해 달리는 순간부터 떨어지지 않으려 갖은 애를 쓰며 착 달라붙어 달렸다. 그 모습을 보니 마음이 참 안됐다.

"사고 때 이미 양수가 터졌다는데, 응급실에 도착할 때부터 아기의 맥박이 잡히지 않고 있었어요!"

이 간호사는 호출을 받고 득달같이 달려온 윤표에게 말했다.

"산모는?"

침대 난간을 잡은 윤표는 달리는 발에 가속도를 붙이며 물었다.

"역시 맥박이 가늡니다! 출혈이 심해요!"

"혈액형은?"

윤표가 문자 곁에서 아내의 이름을 울부짖던 남편이 소리쳤다.

"O형입니다! 저도 O형이구요! 제가 수혈하겠습니다!"

"출혈이 있어서 안 돼요!"

윤표는 남편에게 소리치고 재빨리 이 간호사에게 명령했다.

"빨리 O형 혈액부터 구해!"

그러나 남편은 포기하지 않고 윤표의 팔을 잡고 매달렸다.

"괜찮습니다! 제 거 수혈해주세요! 저, 담배도 안 피우고, 술도 안 마십니다!"

"피 흘리고 있잖아요! 만일의 경우, 애를 위해서 당신이라도 멀쩡해야 하지 않겠습니까? 당장 외과 가서 치료부터 받으세요!"

윤표는 그에게 강하게 다그쳤다. 그의 마음을 십분 이해하지만, 이 상황에서 마음이 아프겠지만, 죄송하지만…… 어쩌고저쩌고할 상황이 아니었다. 이 남자를 위해서라도 산모와 아기, 모두 구해야만 한다.

윤표는 수술복이 땀에 푹 젖은 모습으로 수술실을 나왔다. 수술실에 들어오던 때와 달리 수술실 밖은 한산했다.

"산모 남편은?"

수술실 앞 로비에 멈춰선 윤표는 쓰고 있던 마스크의 한쪽 고리를 풀고, 따라나온 이 간호사를 곁눈으로 돌아보았다.

"이마에 여덟 바늘 꿰맸고, 수혈실에서 지금 피 뽑고 계세요."

그의 대단한 가족애에 윤표의 얼굴에 절로 미소가 지어졌다.

"대단하네. 심장 다시 뛴 엄마나 애나, 이마 꿰매고 수혈하는 아빠나. 아들이 효자여야 할 텐데."

윤표는 사그라들던 아기의 다시 뛴 맥박 소리와 세상에 나와 처음 터뜨리던 울음소리를 떠올렸다. 몸은 천근만근이지만 기분은 날아갈 것 같다.

"외래 환자분이 기다리고 계시는데요."

"그래?"

이 간호사의 말에 윤표는 시계를 힐긋 보았다. 그리고 턱에 걸렸던 마스크를 이 간호사에게 가볍게 던지며 빠르게 발걸음을 옮겼다.

산모의 초음파를 확인한 윤표는 진단실을 나와 손을 씻고 그녀의 차트를 다시 한 번 읽었다. 그사이 진단실에서 나온 여성 환자는 옷매무새를 가다듬으며 윤표의 맞은편 의자에 앉아 초조하게 윤표의 얼굴을 보았다.

"다음에 애 아빠랑 같이 올 수 있어요?"

윤표는 힐끔 그녀의 안색을 살폈다.

"네? 애……요?"

당황한 기색이 역력했다. 그럴 줄 알았다. 혈압이 상승 곡선을 타기 시작한다. 서른한 살이 되는 새해 초, 이런 산모들에게 욱하지 말자고 다짐을 했었다. 가을이 되도록 그게 쉽게 되지 않는다는 걸 알았지만, 그래도 아직 해가 다 가지 않았으니 끝까지 노력해야 했다. 그리고 또 생각했다. 다음 해부터는 할 수 있는 다짐을 하자.

"다급한 상황이네. 아직 결혼 안 했죠?"

이마 근육을 실룩이는 윤표의 말에 그녀는 무서워졌는지 금세 울상이 된 채 고개를 끄덕였다.

"결혼할 사인가요?"

윤표의 표정이 굳었다. 그러자 암담한 상황에서 이제야 정신이 든 그녀는 고개를 흔들며 그의 책상에 바짝 당겨 앉았다.

"다급하다는 게 어떤 건데요? 아긴 몇 주 되지도 않았을 텐데."

순간 혈압 그래프가 직선으로 하늘을 뚫었고 윤표의 뒷골은 경직되었다. 이럴 때가 제일 짜증 난다.

"아기가 몇 주 안 된 거 챙길 머리는 있으면서 아기가 생길 수도 있다, 뭐 그런 거 챙길 머리는 없었어요?"

화내지 않으려고 애썼지만 피가 솟구쳐 질책하는 투로 말하고 말았다.

"네?"

그녀는 당황했다.

"다급한 게 뭔 줄 알아요? 바로 아무 생각 없이 아이 만들 짓을 하는 하드웨어를 가진 당신 같은 사람들이 이 시대에 가장 다급한 문제예요!"

참던 윤표는 이내 그녀에게 호통을 쳐버렸다. 그러자 찔끔한 그녀는 민망해하다 그대로 손바닥에 얼굴을 묻고 울었다. 가슴은 아프다. 고귀한 새 생명을 몸에 담고서 울어야만 하는 상황이라니. 윤표는 조용히 호흡을 가다듬고 입을 열었다.

"생명의 탄생은 그 시작부터가 중요한 의미입니다. 이렇게 아이가 생겼다는 소식을, 당황하고 고민하는 표정으로 들으면 안 된다는 겁니다. 그건 뱃속에 있는 아이에게 실례예요."

뜻밖에도 그녀는 숙인 고개를 끄덕였다. 계속 골질하듯 울고만 있을 줄 알았는데 다행이다.

"내가 맡고 있는 불임 환자들만 몇 명인 줄 알아요? 그 사람들은 아이가 생겼다는 말을 환청으로라도 듣고 싶어 해요. 그런데 그런 귀한 아이를 갖고도 어찌할 바를 모르다니. 세상 참 공평치 않네요."

윤표는 씁쓸한 입맛을 다셨다.

"산모가 무슨 고민을 할지 압니다."

"사, 산모요?"

태어나 처음 듣는 자신에 대한 호칭에 그녀는 당황스러워했다.

"아이를 낳든 안 낳든, 뱃속에 아이가 있으니 산모죠. 여자이기에 들을 수 있는, 특별한 책임감이 담긴 말, 말이에요. 충분히 생각해보고 다음에 내원할 땐 애 아빠와 같이 오세요. 혼자 이런 말 듣지 말고."

잠시 말을 잇지 못하고 눈동자만 멍하게 흔들리던 그녀는 이내 조용히 대답했다.

"네에……."

생각이 깊어진 얼굴의 그녀는 윤표에게 다소곳이 인사하고 진료실을 나갔다.

그녀를 내보낸 후, 차트 정리를 마친 윤표는 진료실을 나왔다.

"낳을 거야! 네가 뭐라든 낳을 거라구!"

산부인과 로비 끝, 밖으로 난 비상구에서 여자의 목소리가 흘러들어왔다. 윤표는 걸음을 멈추고 비상구를 돌아보았다. 비상구 밖에, 방금 진료를 받았던 그녀가 핸드폰에 대고 소리치고 있었다.

"그래! 얼굴도 못 봤지만 내 뱃속에 살아 있는 생명이야! 지워라 마라, 그딴 말 하지 마! 아기한테 실례야!"

당당하고 딱 부러진 그녀의 말에 윤표는 씁쓸한 미소가 지어졌다. 언제나 사내자식들이 문제다. 윤표는 인간들, 아니 모든 동물들의 모성애에 박수를 보냈다.

"남자들의 종족 번식 욕구에 치가 떨려."

혜령과 병원 커피숍 테라스 난간에 기대선 윤표는 검은 연기를 내뿜듯 말했다.

"원래 인간은 모계사회였대. 다른 동물들과 달리 아이를 낳다 죽은 여자들이 많아서 자연스럽게 남자들은 종족 번식을 위해서 여자들을 보호해야 했고, 여자들에게 주도권이 생겼지. 가진 힘의 차이로 시간이 지나면서 여자들이 좀 눌려 살았는데 요즘 다시 여자들이 득세하는 것 같지?"

커피 잔을 빙글 돌리던 혜령은 곧 아마조네스의 시대가 도래할 것이라는 의미심장한 미소를 짓다 윤표를 바라보았다.

"아침부터 난리도 아니었다며?"

"비극으로 끝날 뻔했지. 이마 터진 채로 따라오던 남편하며……. 새드 엔딩이 아니어서 얼마나 다행인지 몰라."

윤표는 혜령이 마시던 커피를 빼앗아 홀짝 마셨다.

"원래 산부인과 남자 의사들, 인기 별로 없는데, 참 별나?"

혜령이 윤표를 물끄러미 보자 그는 흐뭇한 미소를 지었다.

"실력, 인물, 뭐 하나 빠질 게 없지만 뭐니 뭐니 해도 아이에 대한 경건하고 진지한 마음가짐 때문 아니겠어?"

윤표는 턱을 쳐들고 엄지와 검지로 턱에 브이 자를 만들어 보였다. 그런 윤표를 본 혜령은 혀를 찼다.

"자기 입으로 말만 안 하면 재수 없진 않은데. 성격 급하고 재수 없는 게 흠이긴 하지."

"큭큭."

윤표는 고개를 끄덕이며 웃었다. 급한 성격 탓에 자판기에서 커피를 뽑다 손을 데인 것이 한두 번이 아니기 때문이다.

"가을 날씨 좋다. 이럴 땐 지리산이 딱인데."

윤표는 몸을 돌려 하늘을 올려다보았다.

"맞아. 윤표 씨 대학 때 등산 동호회였지? 요즘도 가?"

"아니, 바빠서 시간이 안 나네. 아, 박 선생은 좋겠다. 독일에서 뭐 하고 있을라나?"

하늘에 비행기가 지나간 듯 흰 구름이 긴 일직선을 그리고 있었다.

"독일 신생아 받고 있겠지."

혜령은 윤표를 따라 난간에 팔을 걸치고 하늘을 올려다보다 나른한 표정을 지으며 난간에 기댔던 몸을 일으켰다.

"난 그 박 선생이 넘기고 간 환자들이나 보러 가야겠다."

"진료 있어?"

윤표도 따라 몸을 일으켰다.

"응."

혜령은 고개를 끄덕이며 테라스 문으로 몸을 돌렸다. 윤표와 혜령은 나란히 복도를 걸었다. 어깨께에 닿는 혜령의 얼굴을 슬쩍 본 윤표는 혜령의 등 뒤로 팔을 뻗어 혜령의 반대쪽 손을 당겨 잡았다. 그러자 깜짝 놀란 혜령이 자신의 손을 잡은 윤표의 손등을 돌아보고 가볍게 찰싹 때렸다. 그리고 윤표를 돌아보며 웃었다.

"어머님이 놀러 오라고 하시더라? 어머님한테 내 얘기 했어?"

순간 장난기 가득하던 윤표의 얼굴에 그늘이 졌다. 아직 혜령과는 막 시작하는 단계이지만, 병원을 오가면서 어머니가 혜령을 눈여겨본 것이 틀림없다. 혜령과의 만남이, 어머니의 사정권 안에서 양가의 허락하에 사귀는 그런 딱딱한 만남으로 변질되는 것이 윤표는 마음에 들지 않았다. 그냥 자연스럽고 싶은데 어머니가 간섭하는 느낌은 가지고 싶지 않았다.

"너랑은 대학교 때부터 친했으니까. 어머니가 너 예쁘다고 하셨고. 일일이 대꾸하지 마. 노인네 심심해서 그런 거니까."

어머니 얘기만 나오면 저절로 목소리가 차가워졌다. 매번 이러는 것도 쉽지 않은데, 이렇게 어머니란 이름에 피까지 서늘해지는 것이 윤표는 못마땅했다. 티 내고 싶지 않은데. 하지만 그게 잘 안 되었다.

"어머, 그럼 나 윤표 씨 어머님한테 찍힌 거야? 잘 보여야겠는데?"

혜령은 눈을 반짝 뜨며 특유의 애교 섞인 미소를 지었다. 그러고는 윤표의 어두운 표정을 보고 이해한다는 듯 어깨를 툭툭 두드려주었다. 윤표는 희미하게나마 그녀를 향해 웃어 보였다. 혜령은 그런 윤표에게 코끝을 찡긋거리고는 그녀의 진료실 문을 열었다. 이래서 이 여자가 편하고 좋다. 대학교 시절, 우연히 자신의 얘기를 혜령에게 털어놓은 이후로 혜령은 윤표에게 유난히 다정다감했다. 그녀에게서 어머니로부터 느끼지 못했던 포근함마저 느꼈다.

"그래."

윤표는 혜령에게 웃어 보였다. 그에게 따뜻한 미소를 지어 보인 그녀는 진료실로 들어갔다. 그녀의 진료실 문이 닫힌 후, 윤표는 몇 걸음 옆에 있는 자신의 진료실로 향했다. 그때, 복도 끝 비상구에서 또 여자의 목소리가 흘러들어왔다.

"못 지워!"

목소리가 고압 전력기를 삼킨 것처럼 앙칼졌다. 저기, 이기적인 남자로 인해 피해본 여자가 또 있군. 윤표는 핸드폰에 대고 떠드는 여자를 한심스럽게 바라보았다.

"싫어! 내가 왜?"

갖은 인상을 쓴 그녀는 딱 보기에도 한 성깔 하게 생겼다.

"그건 네 잘못이지. 난 안 지워! 너도 감수할 건 감수해야지! 너만 직장 있어?"

직장을 다녀야 해서 남편이 애는 안 된다는 건가? 따지고 드는 폼이 남자 여럿 잡겠다. 혜령의 말처럼 모계사회였으면 한 가닥 했겠다.

"저래서 사랑은 연필로 쓰는 게 아니지. 지우긴, 애가 낙서야? 지우게?"

같은 남자 새끼로서 참 체면이 말이 아닌 윤표는 고개를 흔들다 착잡하게 제 진료실로 들어갔다.

✳

유채는 얼굴에 대고 떠들던 핸드폰을 떼어 송신구를 입에 붙이고 고래고래 소리쳤다.

"그러니까 누가 바람피우래! 이 그지 같은 새끼야!"

그리고 서둘러 핸드폰을 탁 닫았다. 입에서 열이 났다. 머리에서도 열이 났다. 컴퓨터가 다운된 줄 알았더니, 다운된 척하고서 유채가 클릭한 버튼을 다 수행했었나 보다. 삭제가 안 돼서 이리저리 버튼을 누르다 글 올리기 버튼도 수시로 눌렀던 것 같다. 그걸 누르려고 한 의도가 아니라 클릭질을 하다 그렇게 되고 말았던 건데, 컴퓨터가 주인을 엿먹이다니.

주인보다 간교한 컴퓨터가 그 글 올리기 버튼을 클릭한 횟수만큼, 희재를 향한 '바람돌이 그지 새끼'라는 말을 시사 프로그램 게시판에 도배시킨 모양이다. 그걸 안 희재는 유채에게 폭풍처럼 전화해 당장 지우라고 고래고래 소리를 질렀다. 지가 한 짓을 아는 건지, 모르는 건지. 자신이 확실히 이번에 실수하긴 했지만, 어디다 대고 지우라 마라 소리를 질러? 그러려고 했던 것도 아닌데 상황 설명도 듣지 않고 희재가 펄펄 뛰는 바람에 더 열 받아 유채도 버럭 소리치고 말았다. 뭐, 어쩔 거야. 이미 벌어진 일. 속이라도 시원해야지.

그런데 그렇게 썩 속이 시원하지도 않았다. 의도치 않은 일이라, 영 찝찝하고 구린 기분이다. 사실, 국장이든 방송국 사장이든 누가 보기 전에 당장 광속으로 달려가 자신이 올린 글을 지우고만 싶었는데, 희재에게 말까지 그렇게 내질러버렸으니 당장 지울 수도 없게 됐다. 갑작스런 걱정 근심, 노심초사에 자꾸만 입술을 잘근잘근 씹던 유채는 결국 자포자기가 되었다. 에라, 모르겠다! 이미 누가 봐도 봤을 타임이다.

찝찝한 기분에 유채는 앞머리를 휙 불어 날리고는 핸드폰을 가방에 던져넣고 산부인과 대기실로 돌아갔다. 대기실 벤치 한가운데에, 배가 볼록한 만삭의 소영이 정신없이 손을 놀리며 뜨개질을 하고 있었다. 유채는 터덜터덜 소영 옆으로 가 털썩 주저앉았다. 손가락으로 실을 둘둘 말던 소영은 유채를 힐긋 보고는 계속 뜨개질하는 손을 놀려댔다. 누가 누가 봤으려나? 일단 시사 고발 게시판에 들어갔던 네티즌들이 봤겠지?

트리플 A형인 까닭에, 의도치 않게 올리게 된 글이 이만저만 신경 쓰이는 게 아니다. 앞니로 손끝을 깨물던 유채는 한숨을 쉬며 소영이 뜨개질하는 실 뭉치를 들어 만지작거렸다. 그제야 소영이 뜨개질 중인 채로 물었다.

"희재?"

"응."

유채는 신음하듯 대꾸했다.

"뭘 어쨌길래."

"방송국 게시판에 바람돌이라고 올렸거든."

말하고 보니 역시 심했다는 생각이 든다. 그런 글 자체를 쓰는 게 아니었는데. 메모장이나 다이어리나 열어볼걸, 왜 하필 그 게시판이 눈에 띄어가지고서는.

"그게 끝?"

소영이 '네 성격에 그럴 리가 없다.'는 곁눈질로 유채를 힐긋 보았다. 유채의 눈이 자동으로 내리깔아졌다.

"바람돌이 그지 새끼라고 도배를……"

순간 소영의 뜨개질하던 손이 멈췄다.

"공영 방송국 게시판에 욕을 처발랐어?"

소영이 발끈하니 유채는 시궁창 물을 원샷한 기분이 들었다. 그래서 버럭 소리쳐 대꾸했다.

"그럼 어떻게 해!"

순간, 대기실의 산모들, 간호사 데스크에 있는 간호사들 모두와 눈이 마주쳐졌다. 당황스럽고 미안해진 유채는 그들에게 서둘러 양해의 인사를 하고 얼른 고개를 숙였다. 그리고 소영에게 낮은 목소리로 짖어댔다.

"작은 실수였어. 글이 올라갈지 몰랐다구. 난 진짜 삭제 버튼도 눌렀거든? 그게, 왜 하필 그때 컴퓨터가 다운돼서……. 근데, 그 자식이 더 웃긴 거야. 지가 한 건 모르고 누구보고 지우라 마라 지랄이야. 읍소를 해도 시원찮을 판에."

역정을 내던 유채는 주먹을 불끈 쥐다 실 뭉치에 주먹을 먹였다. 그러자 소영은 얼른 유채가 든 실 뭉치를 빼앗았다.

"2000년하고도 12년이 지났다. 21세기를 살면서 좀 쿨하면 안 되니? 넌 너무 뒤끝이 구려서 탈이야."

소영도 낮은 목소리로 사람들의 눈치를 보며 질책했다.

"그래서 언니는 쿨하게 혼자 애를 만드냐?"

"그게 어때서?"

소영은 처음에도 그랬듯 아주 태연했다.

"너도 그랬잖아. 희재 같은 멀쩡한 놈도 바람피우는 걸 보니 남자들이 미생물에 분류되는 종족이 맞는 것 같다고."

할 말이 없다. 희재가 바람피웠다는 사실을 안 그날, 소영을 찾아가 마시지도 못하는 술을 마셔가며 산모 앞에서 폭풍 오열을 했었다.

"잘 생각해라."

"뭘."

유채는 투덜대듯 내뱉었다.

"애 하나 정성으로 키우기도 힘든데, 보름달만 뜨면 개로 변신하는 남자까지 거둬가며 살아가야 할 이유가 어디 있니?"

"그래서, 나더러 언니 따라 싱글맘 되라고? 무슨 싱글맘 동호회 만들어서 회장 하시게?"

"얘 봐라. 그게 뭐가 어때서. 보란 듯이 키워서 애랑 여행 다니고, 맛있는 거 먹으러 다니고, 좋은 것들만 보고 그러고 살 거야. 동호회? 그것도 나쁘지 않겠다. 어차피 혼자 키우다 보면 이런저런 지식 공유가 절대적으로 필요할 테니까."

그녀의 목소리에선 꼭 동호회를 만들어 회장을 해먹겠다는 야심마저 느껴졌다.

"그게 혼자만의 바람이 아니길 바라. 언니 뱃속의 애기, 언니 마음대로 정자 기증받아서 만든 거지만, 엄연히 나름 인생관이 있을 거라고."

유채는 조용히 혀를 찼다. 그러자 소영은 뜨개질하던 바늘로 유채의 입을 꿰맬 듯 황급히 틀어막았다. 그리고 도끼눈을 하고 다그치듯 속 삭였다.

"그거 발설되면 큰일 나. 박 선생이 독일행 기념이라고 나한테 특별히 선물해준 건데, 그것 때문에 불려오면 나, 애기도 못 보고 죽어."

소영은 그런 일이 일어날 시 지을 수 있는 공포스런 얼굴을 하고, 대바늘로 목을 긋는 시늉까지 해 보였다.

"솔직히 말해서, 그게 선물이야? 언니의 반 협박으로 강행된 범죄지."

어느 날, 유채와 〈마마〉란 영화를 보고 나오던 소영은 애를 낳아야겠다고 선언했다. 그때만 해도 유채가 생각하기를, 소영의 복중에 이미 태아가 있는 줄 알았다.

"어느 놈하고 만든 거야?"

유채가 따져 물었을 때 소영은 아주 가뿐하게 대꾸했다.

"이제 만들 거야."

아무리 가족계획을 세워 애를 낳아야 한다지만 결혼도 하지 않고 애를 낳겠다고 결심하다니. 유채는 소영의 결심이 감동적인 영화를 본 후유증이라고, 폭력 영화나 전쟁 영화 몇 편 보면 사그라질 거라고 예상했다. 하지만 이번 소영의 다짐은 꽤 웅대했고 소영은 심도 있는 계획까지 짰다. 어떤 유전자 좋은 놈에게 술을 잔뜩 먹여 엎어뜨린다거나 하는 것이 아니라, 그대로 유전자를 찍어 정자 기증을 받겠다는 것이었다.

"아는 산부인과 의사가 있어. 정자 은행 담당인지 뭔지, 암튼 내가 지나가는 말로 물었더니, 눈을 반짝반짝 빛내더라구. 자기네 병원으로 오래. 의사들 유전자로 정자 기증받게 해주겠다고. 의사만큼 학식 있고 좋은 머리 보장된 직업이 어딨어. 게다가 인성까지 좋으면 금상첨화지."

소영은 완전 흥분했다.

"그 의사한테 술 먹였지?"

"당연하지. 맨 정신에 어떤 의사가 그렇게 말하니?"

소영에게 죄책감 따윈 없어 보였다. 유전자 좋은 놈 잡아서 술 먹인 게 아니라, 좋은 유전자 고를 수 있는 의사에게 술을 먹인 거다.

"범죄자."

유채의 말에 소영은 결백하다는 듯이 말했다.

"범죄라니. 엄연히 난 내 아기의 유전자를 고르고 싶었을 뿐이고, 박 선생은 나에게 조그마한 선물을 해주고 싶었을 뿐이고."

다시 뜨개질을 시작한 소영은 아주 떳떳했다.

"나중에 걸리면 박 선생만 죽을 맛일 뿐이고. 그치?"

흔한 인생관은 아니다. 이런 사람과 친한 것이 영광스럽다.

"아, 몰라. 안 걸리면 되지, 뭐. 내가 뭐, 정자 기증자 찾아가서 애 책임지라고 할 것도 아닌데. 난 그저 내가 바라는 유전자를 가진 아이를 낳고 싶었을 뿐이라구."

소영은 잡생각이 섞였었는지 뜨개질하던 실을 몇 센티 풀어내고 다시 뜨개질에 집중했다.

"왜, 해준다고 할 때 아들이나 딸까지 선택 신청하시지."

"그게…… 됐을라나?"

소영은 갑자기 골똘해졌다. 진작 그럴걸, 하는 후회를 진지하게 하는 것 같았다.

"그럼 어느 쪽으로 선택했을 건데? 그 유전자적 애비 같은 아들? 언니 같은 딸?"

"어우, 나 같은 딸은 좀 별루다."

소영은 눈살을 찌푸리다 고개를 내저으며 말을 이었다.

"말 안 할래. 뱃속의 아기한테 실례야."

대단한 어머니 나셨다. 유채는 소영을 보며 착잡한 듯 입맛을 다시다 그녀가 뜨개질하고 있는 작품을 보았다. 총천연색에 눈이 아주 멀 지경이다.

"한국에서 내로라하는 패션 디자이너가 만드는 게 뭐 이러냐?"

유채는 소영이 뜨개질하던 것을 못마땅하게 보며 들추었다. 포대기인지 털 이불인지 동면하는 곰한테는 아주 요긴하겠다.

"애기들한테는 무조건 원색적인 게 좋아. 그래야 눈이 확! 뜨이고, 그 순간에 창의력이 확! 터지는 거야."

유채가 들추던 작품을 잡아챈 소영은 눈을 확! 확! 키워 보이며 설명했다. 그러다 유채를 한심하게 쳐다보았다.

"넌 그렇게 무식해서 어떻게 아나운서를 하겠다고. 그래서 아직 그 모양인 거냐?"

좀 이죽거렸다고 아주 대못으로 복수를 하는구나.

"언니! 이제 같이 안 와준다?"

유채는 소영을 향해 빽 소리쳤다.

소영은 긴장하며 초음파 진단실 침대에 누워 있었다. '푸시푸시' 하는 아기의 심장 소리가 진단실에 꽉 찼다.

"아기 보이시죠?"

소영의 담당의였던 박 선생이 독일의 협력 병원으로 연수 가고, 오혜령이라는 소영의 새 담당 여의사가 모니터를 가리켰다. 소영은 기대 가득한 표정으로 모니터를 뚫어버리겠다는 듯이 쳐다보았다.

"아기 심장 소리도 정상이고, 발달도 정상이에요. 드시는 건 어떠세요?"

의사의 질문에 소영이 걱정스럽게 대답했다.

"변비가 생겼어요."

그러자 의사는 빙긋 웃었다.

"임신하면 원래 그래요. 섬유질을 많이 드시면 도움이 되실 거예요. 다른 건요?"

"아직은 괜찮아요. 저희 엄마가 입덧이 심하셨다는데, 전 괜찮네요."

저 예민한 여자가 입덧까지 했으면 어땠을까. 유채는 저절로 고개가 흔들어졌다.

"그런 건 유전보다 체질 차이니까요. 잘 드시면 좋죠."

여의사는 친절하게 설명해주었다. 의사의 말을 들으며 흐뭇하게 모니터를 보던 소영은 의사의 어깨 너머에 서서 이 광경을 구경하고 있던 유채를 바라보았다.

"유채야, 우리 애기 너무 예쁘지? 그치?"

뭐라고 대답해줘야 하나. 유채는 모니터를 뚫어지게 쳐다보다 얼떨떨하게 말했다.

"언니는…… 보여? 나는 그냥 화면 조정 같은데? 얼굴이 어느 건데? 저거?"

유채는 모니터의 회색 부분을 가리켰다. 그러자 소영이 짜증스럽게 말했다.

"그건 엉덩이야, 기집애야."

"아~."

유채는 그제야 진지하게 고개를 끄덕였다.

"너는 어떻게 카메라 만날 보는 애가, 애 얼굴이랑 엉덩이도 구분 못하니? 나중에 애기 똥꼬에다 뽀뽀할래?"

진료실을 나온 소영이 유채에게 투덜거렸다.

"내가 초음파 방송 찍냐? 어디다 비교를 하냐?"

기가 막힌다, 암튼.

명패가 주루룩 달린 진료실들 앞에 선 유채는 연신 고개를 흔들었다. 그때 갑자기 한 무리의 의사들이 유채와 소영 곁을 지나쳐 우루루 간호사 데스크로 몰려갔다. 그러자 소영은 걸음을 멈추고 그들의 모습을 흐뭇하게 바라보았다.

"아는 사람 있어?"

유채는 의사들을 예의 주시하는 소영을 빤히 보았다.

"글쎄……."

소영은 눈을 가늘게 뜨고 존경스러움과 궁금증이 가득한 시선으로 그들을 바라보았다.

"내가 비밀 하나 살짝 공개할까?"

입이 근질근질해 죽겠다는 표정이다. 대답하지 않아도 먼저 불 기세다.

"저기 저 의사들 중에……."

"중에……."

유채는 소영의 말끝을 따라하며 의사들을 찬찬히 훑어보았다. 뭔가 아주 중대한 사항을 의논하는 듯 그들은 열띤 토론을 하고 있었다. 그 가운데 한 남자가 눈에 확 들어왔다. 분명 같은 가운에, 같은 조명을 받고, 특출하게 큰 키로 툭 튀어나온 것도 아닌데, 그 남자가 유채의 눈에 줌업되어 잡아당겨지듯 다른 사람들보다 선명하게 보였다. 저렇게 잘생

28

겨서 산부인과 의사를 하면, 산모들 심장 떨려서 어디 진료 받겠어?

산부인과 의사가 특별히 못생겨야 하는 규정은 없지만, 특별히 호르몬 관리가 필요한 산모들의 아드레날린 분비 조절을 위해서 외모 규정이 꼭 필요하다는 생각을 하게 만드는 그의 외모에 유채는 잠시 정신을 놨다.

"박 선생이 살짝 귀띔해준 건데, 내가 받은 정자 제공자가 저 사람들 중에 하나일 거랬어."

"진짜?"

유채는 저도 모르게 소리치듯 되물었다. 소영은 얼른 유채의 입을 막았다.

"이거 진짜 비밀이야. 내가 어떤 유전자를 제공받았는지 궁금해하니까 박 선생이 아주 은밀히 말해준 거란 말이야. 이런 거 함부로 발설하면 안 돼."

소영은 검지 손가락으로 입을 가리며 눈을 꿈뻑해 보였다. 그 순간, 간호사 데스크에 모여 있던 의사들은 무슨 결정이 났는지 고개를 끄덕이고는 다시 유채와 소영이 서 있는, 그들의 진료실 앞으로 다가왔다. 의사들이 그녀들을 지나치자 소영은 유채 뒤로 얼른 숨어 얼굴을 가렸다. 유채는 다른 의사들이 제 진료실을 찾아들어가는 틈으로, 자신이 눈여겨보았던 의사가 '소윤표'란 명패가 달린 진료실로 들어가는 것을 보았다.

"아무도 언니가 저지른 일을 모를 텐데, 왜 숨어?"

유채는 등 뒤에 숨은 소영을 돌아보았다.

"글쎄, 괜히 그러네. 이를테면 조건반사?"

소영은 찝찝한 듯 입맛을 다셨다.

"범죄 심리겠지."

"그런가?"

소영은 씁쓸해하며 다시 발걸음을 옮겼다. 그러다 갑자기 '읍!' 하며 배를 움켜잡았다.

"삼일 만에 신호가 오나 보다. 오래 걸릴지 모르겠다. 기다려."

소영은 들었던 가방을 유채에게 넘겨주고 종종걸음으로 화장실로 달려갔다. 유채는 멀어져가는 그녀를 보며 인상을 썼다.

"삼일이나 숙성된 덩어리들은 초음파에 안 잡히나?"

그러다 자신의 배를 내려다보았다. 한번 찍어봐? 유채는 숙변으로 묵직한 배를 만지작거리다 고개를 들었다. 그러다 의사들이 사라진 진료실 문들을 둘러보았다.

"정자 기증해놓고, 어딘가에 자기 자식들이 자랄 거란 생각은 하고 있는 거야? 하긴, 그런 사내자식들이 한두 놈이 아니지."

유채는 희재의 바람으로, 소영 못지않게 자신 또한 사내자식들에 대한 선입견이 확 안 좋아진 것이 씁쓸했다. 그때 한 의사가 재채기를 하며 유채 뒤를 스쳐 지나갔다. 그의 재채기에 유채는 제 등에 침이라도 튀었을까, 인상을 쓰며 등을 털고 여자 화장실로 향했다.

✳

윤표가 차트에 뭔가를 끄적거리며 진료실을 나서는데, 마침 재채기를 하며 문 앞을 지나가던 대준과 마주쳤다.

"소닥~!"

"그렇게 부르지 말랬지?"

간호사 데스크로 향하던 윤표는 대준을 강하게 흘겼다.

"소씨니까 소 닥터지. 이게 뭐?"

대준은 코 닦은 손을 슬쩍 윤표의 어깨에 걸쳤다.

"너도 재밌어서 부르는 거잖아?"

성을 문제 삼긴 그렇지만 닥터와 소씨 사이는 소 닭 보듯 영 거시기하다. 대준이 손가락을 윤표의 어깨에 문지르자 그 손을 보던 윤표는 대준을 한심하게 힐긋 보았다. 그러면서 손에 들린 차트를 간호사 데스크에 있는 한 간호사에게 건네주었다.

"너네 아까 복도에서 손잡았다며?"

대준이 윤표의 귓바퀴에 대고 음흉하게 속삭였다. 그러자 윤표는 얼른 주위를 둘러보다 대준을 째려보았다.

"누가 그래?"

"누가 그러긴. 없는 말은 아닌 거 같으니, 본 사람이겠지."

순간 윤표는 간호사들을 둘러보았다. 그러자 그와 눈이 마주친 간호사들은 모른 척 시치미를 떼며 윤표의 시선을 피했다. 비밀이라고 숨겼는데, 모두 아는 비밀이었나? 대준은 당황하는 윤표를 보며 빙글거렸다.

"우리 병원에서 혜령이 은근히 인기 많은 거 알지? 전엔 어떤 산모 남동생이 대시했었다며?"

이게 아주 갖고 논댄다. 윤표는 신경질적으로 옆에 있던 차트를 집어 마구 넘기며 시선을 돌렸다.

"사귄 것도 아닌데 아직도 그 소문이 돌아?"

"그것뿐이야? 외과 홍 선생, 사무국 신 과장, 또 독일 간 박 선생……."

순간, 윤표는 책상을 후려치듯 차트를 내려놓았다. 대준은 움찔했다.

"그래서, 내가 그 사람들에 비해 떨어진다는 거야? 아님, 그러니까 양보하라는 거야?"

윤표는 벼르듯 대준을 보았다.

"무슨 소리! 천하에 소윤표 말고 누가 혜령이랑 어울리겠어. 그럼! 말도 안 되지."

대준이 뿔이 막 솟으려는 윤표의 어깨를 힘차게 주물러주었다.

"녹차 라떼 어때? 내가 쏠까? 네가 쏠래?"

대준의 방긋 웃는 얼굴에 윤표는 못 이기는 척 테라스 쪽으로 몸을 돌렸다.

"내가 쏘지. 팔로우 미."

윤표는 거드름을 피우며 앞서 걸었고, 대준은 그를 졸래졸래 따라갔다.

"아…… 과를 바꿀까?"

테라스에 선 대준이 갑자기 포효 같은 한숨을 내뿜으며 난간에 몸을 걸쳤다.

"왜? 세상에 갓 태어난 몰캉몰캉한 새 살 만지는 느낌이 환장하게 좋다더니."

윤표는 난간에 엿가락처럼 늘어진 대준 옆에 등을 기대며 라떼에 꽂힌 빨대를 쪽쪽 빨았다.

"그 말이 그렇게 변태 같냐?"

대준은 갑자기 난간에 뉘었던 몸을 벌떡 일으키며 흥분했다.

"뭐, 갓 태어난 애기 만지면서 '하악'거리면 그렇게 보이긴 하겠다만."

윤표는 빨대를 문 채 대꾸했다.

"아니, 난 그냥, 어떤 산모가 애기 낳고 키우는 거 겁내 하길래 애기 살 느낌이 어떤지, 머리칼이 손에 닿는 기분이 어떤지를 아주 담담하게 말해줬을 뿐이거든? 그랬더니 말 끝나기 무섭게 담당 의사 바꿔 달래 잖아?"

대준은 억울한지 거품을 물었다.

"그렇게 흥분하면서 담담하게?"

담담하다는 말을 알고 쓰는 건지 의아한 놈이다.

"분명 게임 한정판 구입 당첨됐을 때 표정이었겠지. 아님 컴퓨터 게임 속 들판에서 방황하다, 여태 보지 못했던 몹을 보았을 때 표정이거나. 네가 산모 앞에서 '하악'거렸다고 해도 믿겠다, 난."

태어난 아기와 한정판 게임이 동급인 놈이다. 안 봐도 그 산모가 어떤 표정으로 이 자식을 봤을지 알겠다. '변태 같은 짐승노므새끼.' 하고 욕했을지도 모른다.

"그, 그랬나?"

그제야 대준은 자신이 그 산모에게 말할 때 자신이 어땠는지 되돌아보는 듯 생각에 잠겼다. 그런 대준을 보며 윤표는 피식 웃음이 났다. 갓 태어난 아기의 살 느낌이 어떤지, 그 비릿하면서도 향기로운 체취가 어떤 건지 알겠다. 그걸 싫다고 하는 사람이 이상한 거겠지.

아기…….

순간, 그런 아기를 한 번도 안아보지 않은, 손가락으로도 쓸어보지 않았던 어머니의 모습이 윤표의 머리에 스치고 지나갔다. 그런 이상한 사람이, 어머니라는 여자가…… 있었다.

2. 산부인과에는 미친놈이 산다

기절할 듯 격한 분노는 기적에 효과가 있다.
— 스타니슬라브 제르치 렉

 퍽―!

아나운서 국장이 두꺼운 파일로 책상을 내리치는 소리에, 접힌 어깨에 얼굴을 숨기고 있던 유채는 간이 콩알만 해져 움찔했다.

"당장 안 지워? 방송국 게시판이 자네 집 담벼락이야, 애들 스케치북이야!"

국장의 콧구멍에서 화염이 발사되는 것 같다. 하고 싶은 변명이 청산유수처럼 머리에서 터져 나왔으나 정작 유채는 아무 말도 하지 못했다. '그건 죄다 죽을 때가 다 된 컴퓨터가 한 짓이에요. 전 그냥 끄적거리기만 했을 뿐이에요. 다운된 척, 주인에게 엿 먹인 컴퓨터 놈을 죽여주세요.'라고 소리치고 싶어 미칠 것 같았다. 하지만 역시, 게시판을 기웃거리다 끄적거린 것이 잘못의 시초이긴 하니, 컴퓨터를 숙청에 처하기 전에 자신의 손가락을 먼저 잘라야 마땅한 상황이었다.

"초등학교 화장실도 아니고! 남녀상열지사 터뜨리라고 만든 게시판인 줄 알아? 방송국 질 떨어지게 만들 참이야? 당장 지워! 알았어?"

지금 목젖 찢어져라 소리치는 이분께서 누구에게 한바탕 얻어터지고 왔는지는 묻지 않겠다. 방송국 사장님께서 홈페이지 순시라도 하셨던 걸까? 그렇게 한가한 분이 아닌 것 같았는데.

"네, 죄송합니다."

유채는 기어들어가는 목소리로 겨우 대답했다.

"시말서 써!"

시말서. '앞으로 다운되는 컴퓨터는 쓰지 않겠으니, 새 컴퓨터로 바꿔주세요.'라고 하면 될까? 역시 핑계성이 다분하다.

소리친 국장은 앉아 있던 회전의자를 쌩하고 등 돌렸다. 유채는 국장의 의자 등받이를 향해 허리 굽혀 절하고 방을 나왔다. 지나가던 사람들이 유채가 나오는 것을 보고 멈칫했다. 하나같이 '누가 터지나 했더니, 너였니?' 하는 얼굴들이다.

유채는 주먹을 불끈 쥐고 이를 바득 갈았다. 어차피 이렇게 사방팔방 소문난 것, 방송국 풍기 문란으로 희재도 시말서 써야 하는 거 아닌가?

유채는 자신의 자리에 돌아와 문제의 컴퓨터를 노려보았다. 휴…… 네가 무슨 죄가 있겠니. 순전히 손가락 놀린 사람 잘못이지. 한숨을 쉰 유채는 힘없이 컴퓨터를 켰다. 시사 고발 프로그램 게시판 한가득 자신의 글이 올라 있는 것을 보자 또 한숨이 났다. 컴퓨터에 뭐가 씌었던 게 분명하다. 가뜩이나 인사고과도 형편없는데. 다운됐던 컴퓨터는 주인이 욕을 먹어 기운이 솟는지 아주 부드럽게 돌아갔다.

헤엑! 게시판에 도배된 글이 10개가 넘는다. 왜 다른 건 안 먹고 글올리기 버튼만 먹은 거야? 아님, 삭제도 동시에 된 게 이 정도인 건가? 자신의 마우스 컨트롤 조작 능력에 감탄이 절로 났다. 그와 동시에 자신이 너무 한심해 보였다. 고정도 못 맡고 앉아 이딴 글이나 쓰고 있었다니. 유채는 한숨을 푹푹 내쉬며 게시판의 '강희재는 바람돌이 그지 새끼'라는 제목을 하나씩 클릭하기 시작했다.

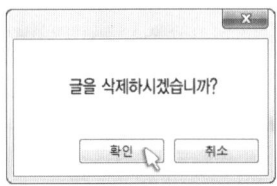

딸칵.

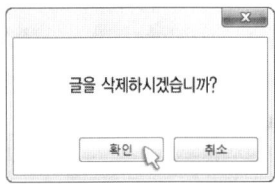

딸칵.

글을 하나씩 지울 때마다 유채의 입술이 문드러지듯 일그러졌다.

마지막 글을 삭제한 유채는 한숨을 삼키며 의자에 몸을 기댔다. 가만 보면 컴퓨터가 대신 복수해준 건지도 모른다. 소심한 주인을 위해, 폐기될 각오를 하고 컴퓨터가 다운 테러를 감행했는지도……

나쁜 새끼, 잘못은 누가 했는데, 누구만 얻어터지고. 유채는 참을 수 없는 분노에 주먹을 불끈 쥐었다. 그러자 그 주먹을 누군가 불쑥 낚아챘다. 놀라 고개를 들어보니 희재였다. 너를 아작아작 씹어 먹어주겠다는 복수심으로 불타는 눈의 희재가 유채를 노려보고 있었다.

"조용히 따라나와."

조용히만 따라온다면 뼈와 살을 통증 없이 분리시켜주겠다는 저승

사자의 협박과도 같았다. 유채는 그에게 끌려가지 않으려 잡힌 손목을 힘주어 당겼지만, 결국 희재의 힘에 '허걱!' 하며 딸려가고 말았다.

쾅!

비상구 철문 닫히는 소리에 귀가 먹먹했다. 유채는 희재의 힘에 벽에 그대로 밀쳐져 달라붙었다.

"아! 뭐 하는 거야?"

화가 난 유채는 희재를 있는 대로 흘겨보았다. 희재는 전날 싹싹 빌던 얼굴은 온데간데없이, 싸늘한 얼굴로 유채 앞에 버티고 섰다. 유채는 그런 희재의 눈빛을 응수하며 고개를 빳빳하게 세웠다.

"누구보고 바람돌이래?"

희재는 눈을 부릅떴다. 진짜 화난 모양이다. 뭐, 입장 바꿔 생각해보지 않아도 그럴 것 같았다. 하지만 화를 내든 말든 상관없다.

"몰라 물어?"

순간, 희재는 유채 얼굴 옆 벽에 손을 팍— 하고 짚었다. 유채는 흠칫 놀랐다. 하지만 아닌 척 숨을 고르며 사납게 눈을 떴다.

"팔 치워."

유채는 싸늘하게 경고했다. 그러자 희재는 발끈했다.

"아무 사이도 아니라고 했지?"

"잘 놀다 그 선배가 헤어지자니까 이제 아무 사이도 아니야? 내가 좀 용렬하긴 했지만 사내자식으로서 그냥 감내하고 지나가면 안 돼? 그럼 내가 나중에는 쬐끔 미안해할지도 모르는데."

유채는 고개를 기울이며 빈정거렸다. 이 자식에게 상황 전말은 절대 말하지 않겠다. 어차피 시말서도 쓰게 됐으니, 일부러, 순전히 자신의 의지로 쓴 거라고 해두자.

유채가 배신감에 불타는 눈으로 그를 노려보자 희재는 고개를 푹 숙였다 다시 들었다. 싸늘했던 눈빛이 갈증 난 것처럼 변했다.

"그 선배가 끝낸 거 아니야. 내가! 내가 끝냈어!"

희재는 제 손으로 제 가슴을 '퍽! 퍽!' 쳤다.

"그래서, 그건 바람피운 게 아니다? 이게 어디서!"

그를 무섭게 쏘아본 유채는 날 세운 손을 번쩍 쳐들었다. 희재는 움찔했다. 유채는 그를 가소롭게 흘기며 손날로 벽 짚은 희재의 팔꿈치 안을 팍 쳤다. 그러자 벽을 짚고 있던 희재는 중심을 잃고 몸이 휘청했다. 유채는 그대로 희재를 밀치고 비켜섰다.

"왜 헤어져? 나처럼 몸에 손도 못 대게 하는 자물쇠 같은 애는 제쳐두고 계속 만나시지?"

"후…… 내가 끝까지 참았어야 했는데, 술기운에 이성을 잃어서 이런 수모를 겪는구나."

희재는 회한에 찬 한숨을 뿜어냈다. 그렇다. 잘 참아왔다. 그건 인정해주겠다. 하지만 그렇다고 해서 이제라도 만지게 해주고 싶은 마음은 절대 없다. 게다가 모르는 여자도 아니고 계속 얼굴 보고 지낼 여자 피디와 이런 어이없는 상황을 만든 그를 용서할 수가 없었다.

"내가 너 벌주고 용서하려고 게시판에 글 올린 줄 알아?"

휘청거리던 희재는 불만스럽게 볼을 부풀렸다.

"너랑 나랑 끝낸 거 확실하게 하려고 그런 거야. 한 번만 더 이딴 식으로 끌어내봐! 콱!"

유채는 주먹을 들어 보이며 표독스럽게 말했다.

"한 번만! 한 번만 봐달라구!"

희재는 몸을 흔들며 갈구하듯 고함쳤다. 순간 애가 참 하찮아 보였다. 이럴 걸 모르고 바람을 피웠어? 플라나리아 같은 놈. 하릴없이 게시판에 글을 끄적거리던 자신이나, 이렇게 후회할 줄 모르고 얄팍한 성욕에 이성을 잃은 놈이나 참 한심하다는 생각이 들었다.

"떠난 여자 잡고 싶으면 나 말고 네가 끝냈다는 그 선배 찾아가서 이렇게 해. 이젠 수준 차이 나서 너랑 도저히 못 놀겠다."

그를 가소롭게 훑어본 유채는 비상구 문을 열고 복도로 들어왔다. 뒤통수에서 철문 닫히는 소리가 '쾅!' 하고 울렸다. 그 소리와 함께, 갑자기 유채는 마음이 가뿐해지는 것 같았다. 남자 차는 맛도 꽤 괜찮네. 유채는 쓰레기 분리수거를 마친 후처럼 손을 톡톡 털며 아나운서실로 향했다. 그때, 저 멀리서 그녀를 부르는 소리가 났다.

"유채 씨! 거기 있었어? 한참 찾았네!"

돌아보니 최 피디가 그녀에게 서둘러 오라는 손짓을 했다. 〈생방송 정보 사냥〉 맛 코너 피디다. 리포터 자리가 생긴 게 분명하다. 앗싸! 시말서는 쓰겠지만 이렇게 희재 자식을 털어내고 나니 자신도 운이 트이려는 모양이다.

＊

힘을 쥐어짜는 산모의 얼굴을 보던 윤표는 함께 안간힘을 쓰며 얼굴에 힘을 주었다.

"더! 더! 더! 더!"

윤표는 산모가 정신을 놓는 것을 염려하며 큰 소리로 고함을 쳤고, 이미 땀으로 온몸이 젖은 산모는 남편의 손을 잡고 다 쓰고 얼마 남지 않은 흩어진 힘을 모으느라 얼굴이 일그러졌다. 그런 아내를 애처롭게 바라보던 남편도 얼굴이 빨개지도록 함께 힘을 주었다.

"힘!"

마스크에 얼굴이 가려진 윤표의 눈썹이 카리스마 있게 불툭 튀어나왔다.

"으읍."

기진맥진한 산모의 힘쓰는 소리가 이전 같지 않았다.

"멈추면 애 숨 막혀요! 좀 더, 히임……!"

산모에게 기가 전달되길 바라며 윤표는 목소리에 더욱 힘을 주었다. 그러자 지쳐 있던 산모는 정신을 그러모으고 궁극의 힘을 주었다.

"흐읍……!"

"응애……!"

결국 아기의 울음소리가 분만실에 울려 퍼졌다. 안도의 탄성이 한순간에 모두 터져 나왔다.

"공주님이면 이름 뭐라고 짓는다고 했죠?"

아기를 받은 윤표는 감격스런 눈빛으로 산모를 쳐다보았다.

"스, 슬이요."

감격한 산모는 울먹이면서도 웃는 얼굴로 힘겹게 대답했다. 그런 산모를 윤표는 대견하게 바라보았다.

"슬이 엄마, 수고했어요! 축하해요!"

윤표는 간호사에게 아기를 넘겨주었고, 간호사는 갓 낳은 아기를 산모 옆에 조심스럽게 뉘어주었다. 감격한 남편과 산모는 세상에 나온 아기를 이루 형언할 수 없는 행복한 표정으로 바라보았다.

윤표는 개운한 얼굴로 분만실을 나왔다. 이렇게 아기가 세상에 무사히 나올 때마다 우주에 별이 하나씩 쏘여 올라가는 기분이다.

노곤해진 얼굴의 윤표가 마스크를 벗는데 이 간호사가 서둘러 그에게 다가와 그의 핸드폰을 내밀었다. 윤표는 '누구?' 하며 이 간호사를 보았다.

"이사장님요."

이 간호사가 조용히 속삭였다. 순간 하늘의 별이 전부 먹구름에 가려진 표정이 된 윤표는 떨떠름한 얼굴로 핸드폰을 받았다.

"여보세요."

목소리가 착 가라앉았다. 반면, 어머니의 목소리는 무척 밝았다.

"아들, 수술 중이었니?"

또 누가 옆에서 듣고 있는 모양이다. 이렇게 목소리가 숨넘어가게 간드러지는 걸 보면.

"네."

윤표는 이런 어머니가 항상 마음에 들지 않았다.

"엄마 지금 병원에 왔는데 우리 같이 점심 먹을까?"

그렇다면 옆에 있는 누군가는 원장인 모양이다.

"아뇨. 혼자 드세요."

윤표는 사이도 두지 않고 짧게 대꾸했다. 어머니가 멈칫하는 것이 느껴졌다. 하지만 이어진 목소리는 여전히 상냥했다.

"바쁘니? 그래도 같이 먹자. 혜령이도 시간 된대."

역시 어머니다. 윤표가 거절하지 못할 카드를 정확히 알고 있다. 아니, 인질이라고 해야 할까? 윤표는 숨구멍이 옥죄는 기분에 목을 불편하게 주억거렸다.

"혜령이 얼굴 까칠한 거 봤니? 뭐 좀 먹이고 싶은데."

카드가 확실하다고 생각했는지 어머니는 혜령이를 더욱 강조했다. 이런 경우의 결론은 화가 나지만 무조건 항복밖에 없다.

"혜령이랑 먼저 가 계세요. 금방, 따라갈게요."

"그럴래? 알았다. 사랑한다, 아들."

승리의 기쁨을 만끽하고 있을 어머니의 표정이 그려졌다. 윤표는 어머니의 말이 끝나기도 전에 핸드폰을 닫아 주머니에 처넣었다. 그러다 급히 핸드폰을 다시 빼들었다. 그리고 혜령의 전화번호가 저장된 단축번호를 누르려다 멈칫하고는 단념한 듯 그대로 다시 핸드폰을 주머니에 넣었다. 혜령에게 자신의 어머니와의 약속을 펑크 내라고 하고만 싶었다. 하지만 그러는 건 자신의 모습이 너무 형편없이 보일 것 같았다. 어차피 점심은 먹어야 하지 않은가. 입맛은 없어도, 같이 먹는 메이트가 마음에 들지 않아도 말이다.

윤표는 혜령으로부터 한정식 식당의 이름과 위치, 그리고 빨리 오라는 문자를 받고, 전혀 내키지 않는 마음으로 그곳에 도착했다. 식당 주차장은 방송국 차들이 즐비했다. 또 들어선 식당 안의 마루식 방 한쪽은 사람들이 바글바글했고 카메라와 조명으로 부산스러웠다. 꽤나 유명한 식당인 모양이었다. 이렇게 산만하고 시끄러운 곳에서 꼭 식사를 해야 하나? 온 이유도 마뜩잖은데 분위기까지 한몫하니 혜령이 있고 없고를 떠나 그냥 사라지고 싶었다.

촬영 준비가 한창인 곳을 필두로 식당 안을 휘둘러보다 그의 모습을 먼저 발견한 어머니와 마주앉은 혜령이 저 멀리서 손을 흔드는 것이 보였다.

"방송국에서 나왔나 봐. 여기 유명하거든."

윤표가 불편한 표정으로 혜령 옆에 앉자, 그녀는 얼른 그의 앞에 물수건과 따뜻한 엽차를 옮겨주며 살갑게 말을 건네왔다. 그러는 그들의 모습을 윤표의 어머니는 흐뭇하게 바라보고 있었다. 윤표는 그런 어머니의 모습이 전혀 흐뭇하지 않았다.

"밥이 코로 들어가는지 입으로 들어가는지도 모르겠네."

윤표는 어머니의 시선을 무시한 채 엽차를 호록 마시며 촬영팀을 다시 한 번 돌아보았다. 사람들 틈 속으로 한 여자가 뭔가를 열심히 중얼거리며 연습하는 모습이 눈에 들어왔다.

"오랜만이네, 아들. 집에 좀 자주 와."

어머니는 렌털 하우스에서 혼자 생활하면서 집에는 거의 들르지 않는 윤표에게 정답게 말을 걸어왔다. 그제야 윤표는 촬영팀에 두었던 시선을 거두어 어머니를 돌아보았다. 윤표와 눈이 마주친 어머니는 더 환하게 미소 지었다. 그러는 모습을 윤표는 싸늘하게 외면했다. 그러자 옆에서 지켜보고 있던 혜령이 서둘러 화제를 바꾸듯 입을 열었다.

"어머니가 애도 시간표대로 나왔으면 좋겠대. 윤표 씨 덜 힘들게."

"그럼 그게 물건이지, 앤가."

윤표는 퉁명스럽게 받아쳤다. 어머니와 자신의 사이를 잘 아는 그녀였기에 괜히 끌려나와 분위기 띄우려 애쓰는 모습이 안쓰러워, 이 상황이 더 마음에 들지 않았다. 윤표의 대답에 혜령은 어색하게 웃었고, 윤표의 어머니는 그런 혜령과 눈을 마주치고는 괜찮다는 미소를 보냈다.

혜령과 살가운 대화를 하는 것도 어색했던 윤표는 무뚝뚝하게 시선을 돌리다 다시 촬영팀을 돌아보았다. 아까 전, 뭔가 중얼거리던 여자는 제 얼굴만 한 거울을 들고 머리 손질을 하면서 계속 뭐라고 중얼거리다 얼굴 근육을 이리저리 움직이며 풀어댔다. 사람들이 많은 가운데서 당당하게 저러고 있는 것도 참 가관이다.

"뭘 봐?"

윤표의 시선이 꽂힌 곳을 혜령이 그의 어깨 너머로 함께 바라보며 물었다.

"어디서 봤지, 저 여자?"

윤표는 눈을 게슴츠레 뜨고 거울을 보는 그녀를 주시했다.

"리포터 아니야? 텔레비전에서 봤겠지."

텔레비전? 의대 입학한 이후로 텔레비전 본 지가 언제인지도 모른다. 그런데 인상이 낯익다.

"나 텔레비전 안 보는데. 내가 저 여잘 어디서 봤더라?"

곰곰이 생각하던 윤표는 영 생각이 나지 않아 고개를 갸웃했다.

"근데 나도 낯익다. 평범한 얼굴이라 그런가?"

혜령도 그녀를 뚫어지게 쳐다보았다.

"그래서 그런가?"

윤표는 골똘해졌다.

"여긴 뭐가 맛있니?"

어머니가 그들 앞에 메뉴판을 펼쳐 보였다. 그러자 혜령은 얼른 윤표의 어머니 쪽으로 몸을 기울이며 그의 어머니와 함께 메뉴판을 읽었다.

"여긴요, 어머니……."

혜령과 어머니가 메뉴에 대한 대화를 하는 사이, 윤표는 얼굴 근육을 쥐락펴락하는 그녀를 뚫어지게 쳐다보았다. 그러다 전화가 왔는지 그녀는 주머니에 손을 넣었다가 핸드폰을 꺼냈다. 그리고 발신자를 확

인하는지 인상을 찌푸리다 전화를 받았다. '왜 자꾸 전화해? 나 바뻐.'
라고 말하는 그녀의 입모양이 읽혔다. 순간, 물 잔을 입에 대던 윤표는
정신이 퍼뜩 들었다. 어제, 산부인과 로비 옆 비상구에서 '안 지워!' 하
며 앙칼지게 소리를 벅벅 지르던 바로 그 여자였다.

"그래서 낯이 익었구만."

윤표는 저도 모르게 중얼거렸다. 직업이 리포터였어? 그럼 남편도 방
송국 사람인가?

"어?"

윤표의 중얼거림에 혜령이 되물었다.

"아, 아니야. 뭐 시켰어?"

윤표는 그제야 그녀에게서 시선을 거두고 혜령을 돌아보았다. 윤표
가 혜령에게서 주문한 음식에 대해 듣는 사이, 촬영팀은 슛이 들어갔는
지 조용해지고 대신 그 여자의 목소리가 커졌다. 식당 안에 있던 사람
들의 시선이 그녀에게로 모여들었다. 그녀는 카메라 앞에서 환하게 웃
으며 떠들기 시작했다.

"와…… 이렇게 많은 음식 좀 보세요. 이게 이 식당에서 가장 인기가
많은 메뉴인가 보죠?"

군침이 샘처럼 솟기라도 하는 듯, 그녀의 오버스러운 표정 연기에 윤
표는 코웃음이 났다. 그녀 옆에 앉은 식당 사장으로 보이는 남자는 허
리를 곧추세우고 경직된 표정으로 청문회 나온 국회의원처럼, 그녀의
질문을 마치 불법 은닉 재산 추궁처럼 심각하게 듣다가 대답했다.

"네. 봄, 여름, 가을, 겨울 할 것 없이 손님들이 많이 찾으시는 메뉴
죠."

국어책을 읽는 것 같은 그의 대답에 식당 손님들은 키득거렸다. 하지

만 촬영팀은 아주 진지했다.

"와, 이게 애피타이저인가 봐요. 팥죽이죠, 이게?"

리포터는 앞에 놓여 있던 흰 도자기 그릇을 들어 보였다. 그 순간, 윤표는 물을 들이켜다 울컥했다. 설마 먹는 건 아니겠지? 윤표는 수저를 드는 그녀를 강한 눈빛으로 탐색하듯 지켜보았고, 그녀는 숟가락으로 팥죽을 휘휘 젓고 있었다. 먹을 심산인가 보다.

"저 여자가 미쳤나?"

당황한 윤표는 못마땅한 표정으로 리포터를 주시했다. 혜령과 어머니도 앞에 놓인 팥죽 그릇을 수저로 젓다 의아하게 윤표를 보았다. 하지만 윤표는 그들의 시선도 모른 채 리포터를 감시하듯 쳐다보았다. 리포터는 황홀에 겨운 얼굴로, 경직된 사체 같은 사장에게 주절댔다.

"정말 맛있겠어요. 음, 냄새도 좋네요."

리포터는 코를 벌름거리며 차려진 음식들의 냄새를 흡입했다. 그리고 휘휘 젓던 숟가락으로 팥죽을 한술 크게 떴다. 그와 동시에 윤표의 눈이 휘둥그레졌다.

"그럼 제가, 야무지게, 한번 먹어보겠습니다."

카메라를 향해 방긋 웃어 보인 리포터가 팥죽을 입에 넣었다. 저걸 말려, 말아. 팥은 임산부에게 해로운 음식이라 산모들은 각별히 주의해야 했다. 그런데 명색이 리포터란 여자가 아무 거리낌 없이 저렇게 먹어대다니.

"음, 엄청 구수해요. 어머나, 이건 이 집에서 직접 담근 술인가 보네요."

리포터는 잔에 술을 따르며 황홀한 표정을 했다. 그녀의 얼굴을 보던 윤표의 얼굴이 일그러졌다.

"캬아."

그녀는 빈 잔을 머리 위로 털었다. 진짜 기가 막힌다. 그래, 팥죽 한 순갈에 술 한 잔일 뿐이야. 뭐 괜찮겠지. 윤표는 평정심을 되찾으려 애쓰며 자신의 앞에 놓인 팥죽을 숟가락으로 저었다. 탯줄로 팥죽과 술을 받아먹었을 저 여자의 아기 생각을 해서 그런가, 별로 당기지 않는다.

"먹어봐. 맛있어."

옆에서 혜령이 속삭였다.

"뭐, 별로."

윤표는 마뜩잖게 그릇을 밀어냈다. 곧 리포터의 다음 말이 들려왔다.

"자, 다음은 뭔가요? 어머나, 이건 복어네요."

커헉! 이젠 독이 있는 복어까지? 도대체 음식과 태교에 신경을 쓰고 있는 거야, 저 여자는? 그렇게 안 지우겠다고 발광하듯 소리치더니 먹는 건 어째 저렇게 무식할까. 윤표는 독이 든 복어가 제 목에서 몸을 부풀리고 있기라도 한 듯 오만상을 썼다. 무식한 리포터는 복어의 살점을 입에 떠넣고 또 황홀에 겨워했다. 윤표는 저 여자 뱃속에 있는 아기가 너무 불쌍했다.

"캬아."

리액션을 들으니 또 한 잔 한 게 분명하다. 순간 윤표는 들고 있던 숟가락을 '탁!' 하고 내려놓았다. 아무리 참으려 해도 자꾸만 혈압이 오른다.

"뭐 해. 먹어."

혜령은 상냥한 얼굴로 윤표의 손에 수저를 쥐여주었다.

"이건 술이 아니라 꿀입니다, 꿀. 이게 원기 회복에 그렇게 좋다면서요? 취하지도 않고 좋네요. 캬아."

지랄. 윤표는 부글부글 끓는 기분을 어쩌지 못했다. 그리고 무식한 리포터는 연이어 술잔을 비워댔다. 넷, 다섯, 여섯……. 신경 쓰지 말자고 아무리 되뇌어도, 윤표는 제 앞에 상이 차려지는지도 모른 채 수저를 든 손을 부르르 떨며 그녀가 마시는 술잔의 카운트를 세게 되었다.

"술에서 꽃향기가 납니다. 꽃을 따먹는 건지, 술을 마시는 건지 알 수가 없네요. 자, 한 잔 더."

리포터는 들뜬 목소리로 투명 잔에 술병의 주둥이를 기울였다.

이런 젠장! 그 순간, 윤표는 들고 있던 수저를 내던지고 벌떡 일어나 리포터에게 날아가다시피 뛰어갔다. 그리고 리포터가 든 술잔이 그녀의 입에 들어가는 순간, 발사되듯 날아간 윤표는 술잔을 든 그녀의 손목을 잽싸게 낚아챘다.

"어멋!"

리포터는 기겁을 하며 소리쳤고, 그녀가 놓친 술잔을 앞에 있던 피디가 뒤집어쓰고 말았다. 촬영장은 순식간에 아수라장이 되었다.

"저 자식 뭐야! 얼른 끌어내!"

술잔을 뒤집어쓴 피디는 윤표를 손가락으로 가리키며 버럭 소리쳤다. 스태프들이 윤표에게 달려들었다. 그러나 윤표는 리포터의 팔을 잡은 채 그녀를 향해 큰 소리로 다그쳤다.

"미쳤어? 팥죽에, 복어에, 술까지. 이렇게 겁대가리 없이 먹으면 어떻게 해?"

그러고는 그녀의 귓가에 얼굴을 대고 낮게 윽박질렀다.

"임산부가."

"네? 임산부라뇨?"

리포터는 혼비백산하여 소리쳤다.

"뭐?"

리포터의 말에 피디도 기함을 했다. 모든 시선이 그들에게 쏠렸다. 순간 그녀는 너무 크게 말했다는 생각이 들었는지 '아차' 하고 입을 막았다. 그리고 사람들과 피디를 향해 손을 내저으며 완강하게 반발했다.

"아니에요! 나, 임신 아니야!"

"아니긴 뭐가 아니야?"

윤표는 실망스러웠다. 임산부라는 게 만인 앞에 발설된 건 전적으로 이 여자 잘못이니 더 이상 숨길 것도 없다.

"자기 아이는 지킬 줄 아는 여자라고 생각했는데, 사람들 앞이라고 이러는 거야?"

윤표는 식탁 위에 놓인 팥죽 그릇을 들어 보였다.

"팥은 태아의 성장을 저하시킬 뿐 아니라, 자궁을 수축시킨다고. 또 호르몬 분비가 높아져서 기형아를 낳을 위험이 있다고! 알아?"

그리고 이어 식탁 위를 보고 혀를 내둘렀다.

"또, 복어는 자체에 독이 있어, 이 정신 나간 여자야! 게다가 술까지 미친 듯이! 참 나!"

사람들은 리포터를 어이없이 바라보았고 리포터는 사람들을 향해 손사래를 치며 외쳤다.

"아니에요! 나 임신 안 했어!"

❋

하늘은 스스로 돕는 자를 돕는다고 했다. 그럼, 남을 망치려는 자는 스스로를 망치는 꼴이라는 공식이 성립되나? 하지만 희재 일은 정말 그 자식이 잘못해서 그녀의 영혼에 데미지를 입혔기 때문에 그 정도는 당해도 싸다고 생각했다. 또 90%는 고물 컴퓨터 때문이고. 그러니 이건 좀 너무하다. 오늘처럼 재수 옴 붙은, 재수 옴 붙은 정도가 아니라 평생 옴 붙을 재수를 한 방에 겪는 거라고 해야 하나? 살면서 이런 복병이 자신의 근처에 도사리고 있을 거라곤 상상도 하지 못했다. 희재에게 사납게 해붙인 후 최 피디가 자신을 향해 손짓을 할 때, 유채는 그게 구원의 신이 자신에게 기회를 주는 손짓이라고 생각했다.

"맛 기행 코너 리포터 자리 갑자기 빈 거 알지? 잘해서 고정 해야지?"

최 피디는 유채에게 눈을 찡긋하며 고정에 대해 깊이 각인시켜주었다. 암요, 해야죠, 고정. 개편 후에 그 맛 기행 코너 리포터가 돌연 오지 탐험 다큐로 옮겨가게 됐다는 말을 들었다. 유채는 눈에 힘을 주고 최 피디에게 강한 의지를 불태워 보였다.

촬영 장소로 스태프들과 유채가 방문한 곳은 요즘 웰빙 건강식으로 유명한 한정식 식당이었다. 생방송인 까닭에 실수는 곧 죽음이었다. 사생결단의 촉각을 아니 세울 수 없었다.

"팥죽이 애피타이저, 복어가 메인, 그리고 이 집에서 직접 제조한 꽃술. 유채 씨가 사장님한테 효능에 대해 물어보는 거야. 팥 먹을 땐 팥, 복어 먹을 땐 복어, 그리고 꽃술. 알았지?"

최 피디가 친절하게 짚어주며 설명했다. 유채는 긴장 백배한 얼굴로, 입술을 양쪽으로 찢어 웃는 연습을 하며 아직 돌고 있지도 않은 카메라에 시선을 고정했다.

"팥의 효능이 뭔가요? 복어의 효능이 뭔가요? 이게 그 꽃술인가요?"

유채는 발음에 심혈을 기울이며 또박또박 중얼거렸다.

"북한 방송이야? 자연스럽게 하라고."

최 피디의 염려스런 표정을 읽은 유채는 한층 긴장했다. 그리고 카메라를 바라보며 더욱 진지하게 중얼거렸다.

"팥의 효능인 뭔가요? 복어의 효능이 뭔가요? 이게 그 꽃술인가요?"

유채는 같은 말을 중얼거리고 또 중얼거렸다. 틈틈이 거울도 보면서 오늘 고정 한번 따보자는 의지를 활활 불태웠다. 그때 희재에게서 전화가 왔다. 받기 싫었지만 자꾸 귀찮게 할 것 같아, 험악하게 다시 전화하지 말라고 한마디 내뱉은 후 단칼에 전화를 끊었다. 그의 전화가 화근이었을까? 누굴 핑계 삼고 싶진 않지만 그렇지 않고서는 참을 수가 없을 것 같다.

촬영 스타트는 좋았다. 방송국에서 화면이 넘어오고, 피디의 '슛' 사인에 유채는 코 평수를 넓히며 호흡을 가다듬은 후 자연스럽게 식당 사장과 대화를 주고받았다. 사장도 연습 좀 시킬 걸 그랬나, 코 평수가 함지박만큼 커져 있는 사장은 국어책을 읽는지 입으로 타이프를 치는지 너무 어색하게 대사를 읊었다. 유채는 포기하고 싶지 않았다. 사장이 그 모양이니만큼 자신이 더 돋보일 거라고, 그러니 더 자연스럽게 하자고 생각했다. 그리고 아주 자연스럽게 팥죽을 먹고, 복어탕을 먹고, 간간이 한잔했다……. 그랬을 뿐이다.

갑자기 어디서 거지발싸개 같은 놈이 튀어나와 자신의 손목을 잡고, 술잔이 피디의 이마에 엎어지고, 그 자식이 자신에게 '임산부' 어쩌구 하는 소리를 들으며 꿈이길 바랐다. 이런 일은 있을 수 없었다. 있으면 안 되었다. 이건 생방송인데! 임신보다 중요한 게 생방송이었다. 하지만 미혼 여성인 까닭에 이 또한 들을 수 없는 소리다.

"아니야. 나 임신 안 했어!"

유채는 사람들을 향해 완강하게 부인했지만 아무도 그녀의 말을 믿지 않는 얼굴이었다.

"빨리 다른 화면 넘기라고 해!"

피디가 누군가에게 소리쳤고, 여기저기서 혀 차는 소리와 망했다는 푸념의 한숨 소리가 연거푸 흘러나왔다. 지구랑 같이 돌아버리겠다!

"이봐요! 지금 누구더러 임신이라는 거예요?"

복장이 터지는 유채는 자신의 손목을 잡은 그에게 소리쳤다.

"내가 다 봤어. 산부인과에도 왔었잖아? 도대체 담당의가 누구야?"

유채를 한심스럽게 훑어보는 그는 사람들의 시선에도 아랑곳없이 당당했다.

"산부인과?"

그제야 그의 얼굴이 어렴풋이 떠올랐다. 소영과 병원에 갔을 때 보았던 산부인과 의사들 중 눈에 띄던 그놈!

"당신, 혹시 태조 산부인과……."

"흥! 어떻게 날 아는군? 그래, 나 산부인과 의사다!"

그는 더욱 기세가 등등해졌다. 그리고 사람들의 시선이 더 따가워졌다. '역시 그랬군.' 하는 시선들이었다. 사람들의 시선에 유채는 더 당황스러워지고 말았다.

"아니야, 진짜!"

유채는 울상이 되었다. 한정식집 기와지붕 위로 올라가 뛰어내리고 싶은 심정이었다.

"나 임신 아니라구!"

유채는 자리에 주저앉으며 절규했다.

"당장 시말서 써!"

방송국으로 돌아오자마자 아나운서 국장에게 불려가 또 터지고 나왔다. 도대체 이런 경우에 시말서는 어떻게 써? '다시는 임산부로 오해받지 않겠습니다.' 이렇게? 일 벌인 건 그 의사 놈인데.

억울함과 서러움에 복받쳐 눈물 콧물 다 뺀 유채는 훌쩍이며 책상 앞에 앉았다. 그리고 필통에서 볼펜 한 자루를 휙 뽑아들었다.

"어서 거지 같은 게 나타나서."

유채는 볼펜 잡은 손을 부르르 떨었다. 볼펜이 휙 부러졌다. 지나가던 동료들이 유채를 보고는 수군거리며 사라졌다. 유채는 자리에서 벌떡 일어나 소리쳤다.

"진짜 아니라니까! 나, 아니야!"

그때 갑자기 희재가 불쑥 나타나 유채의 손목을 낚아채고선 끌고 나갔다.

"야!"

유채는 그를 향해 앙칼지게 소리쳤다.

쾅!

비상구의 철문 닫히는 소리가 비상구를 울렸다. 또 귀가 먹먹했다. 희재는 유채를 벽에 밀어붙였다. 이게 아주 재미 붙었나.

"넌 뭐야?"

희재는 무섭게 물었다. 뭐래?

"왜 이래?"

유채는 빽 소리쳤다.

"너, 나더러 바람났다고 난리쳤지. 그래 놓고 지는 임신이라니? 나한테는 손끝도 못 대게 했잖아!"

순간 거품이 뽀글뽀글 올라왔다.

"내가 너랑 같은 줄 알아?"

"누구랑 바람났던 건데!"

소리치는 희재는 그동안 유채에게 당한 것이 억울하다는 얼굴이었다.

"나한테 당한 게 억울한 모양인데, 난 너한테 미안할 짓 한 거 없으니까 그만 폼 잡아!"

유채는 그를 밀쳐냈다.

"내가 매달린다고 네가 대단한 앤 줄 알아?"

희재는 씩씩거렸다. 순간 이성의 끈이 팅— 끊겼다. 유채는 불끈 쥔 주먹으로 희재의 턱을 사정없이 갈겼다.

"헉!"

"꺼져! 남자 인간들, 이제 질색이야!"

뜻밖의 강타에 턱을 부여잡고 허걱거리는 희재를 남겨두고 유채는 복도로 나왔다. 이번엔 누구도 그녀를 부르지 않았다. 유채는 진짜 울고 싶었다. 그 의사 놈을 잡아다 능지처참을 시켜도 분이 풀릴 것 같지 않았다.

[관련 기사]

▶ ☞ 〈생방송 정보 사냥〉 리포터, 생방송 도중 임산부인 것 충격 발표!

▶ ☞ 생방송 도중 산부인과 담당의 만난 리포터 Y양, 그녀는 누구?

▶ ☞ 방송국 게시판에 바람난 남친 저주하던 리포터, 알고 보니 임신 중?

▶ ☞ Y모 여자 리포터, 전 남친에게 임신 드립.

단시간에 인터넷 신문을 포함, 뉴스 매체라 할 수 있는 모든 곳에서 유채의 기사가 떴다. 자신과 연관된 말도 안 되는 기사에 유채는 하얗게 질려버렸다. 연관 검색어로 '임신 중 피해야 할 음식'까지 떠 있었다. 주먹 한 번 못 날려보고 KO패 당하겠다.

"유채 씨! 그 얼굴이 자연산이었네?"

갑자기 누군가 조롱 섞인 말투로 물었다.

"네?"

책상에 고개를 처박고 있던 유채는 힘겹게 고개를 들었다.

"학교 다닐 때 껌 좀 씹었나? 친구들 포스가 장난 아니네."

"미니 홈피 관리 좀 해라. 2년 전 것 말고는 볼 게 없네."

"대학교 때 연애도 안 했어? 어떻게 술 마시고 뻗었다는 변사체 직전 사진밖에 없어?"

선배와 동기들은 도무지 알 수 없는 말들을 유채에게 해댔다.

"도대체 무슨 소리야?"

유채는 어리둥절했다.

"자기, 신상 털렸어."

맞은편에 앉은 동기 해주가 나지막이 속삭였다.

"뭐?"

내가 가진 신상품이 뭐가 있어서? 고개를 갸웃하던 유채의 눈이 번쩍 떠졌다. 혹시 신상명세서 하는 그 신상? 당황한 유채는 서둘러 컴퓨터 검색어에 자신의 이름을 두드려보았다. 순간, 그녀의 과거 사진과 함께 그녀에 대해 잘 알고 있다는, 알 수 없는 닉네임의 고중들이 주루룩 올라갔다.

"도대체 이게……!"

유채의 머릿속은 정전이 되는 것 같았다. 겨우 깜빡이는 정신으로 모니터를 두리번거리며 빠르게 이리저리 클릭질을 해보니, 정말 그녀에 대해, 대학교 1학년 대면식에서 막걸리를 마시고 뻗어 30분 동안 바닥에 방치되었었다는 글을 포함, 그녀도 잊고 있던 이야기들이 고증처럼 설명되어 있었고, 그녀가 어렴풋이 기억하는 사진들이 여기저기 나타났다. 호흡이 불규칙적여지고 눈가가 뜨거워졌다. 완전 치욕의 날이다. 흐릿해지는 시야 너머로 '걔, 아나운서 누구랑 사귄다던데?' 하고 묻는 질문을 발견했다.

"누구랑 사귄 거야, 대체? 우리 아나운서 2년 차께서?"

해외 연수 갔다 어제 돌아온 3년 차 선배가 비아냥거리듯 물었다. 그러자 옆에 있던 다른 선배가 대신 대답해주었다.

"어제 와서 모르는구나? 그제만 왔었어도 알았을 텐데."

"그제?"

"그 사실 때문에 그저께 방송국이 발칵 뒤집혔었거든."

동기의 질문에 대꾸를 하던 선배는 유채를 한심하게 곁눈질했다. 유채는 입술을 깨물었다. 그때, 5년 차 여자 선배가 그녀를 불렀다.

"유채 씨, 잠깐 좀 봐."

주말 9시 뉴스를 맡고 있는 아나운서실의 군기반장 선배였다.

그녀의 말에 옆으로 왔던 3년 차 선배와 주위 동료들이 유채를 딱하게 바라보았다. 정녕 이게 현실이란 말인가? 답을 구할 것도 없이 이건 악몽이다. 향후 절대 다시 꾸기 싫은 악몽.

선배는 유채를 회의실로 데려갔다.

딸칵.

문 닫히는 소리가 관 뚜껑 닫히는 소리처럼 등줄기를 서늘하게 했다.

"네가 우리 아나운서실의 명예와 자존심을 실추시켰어. 알아? 어떻게 생방송 중에 임산부란 말을 들을 수 있지? 그것도 미혼이. 그리고 그게 정말 진실이 아닌 거야? 진짜 임산부도 생방송 중에 한 번도 그런 일로 사고 일으킨 적이 없는데, 어떻게 미혼인 아나운서가 그런 오해를 받으면서 생방송 사고를 일으킬 수 있는 거야? 감기가 걸렸어도 티를 내서는 절대 안 되는 게 아나운서야! 도대체 어떻게 행동을 하고 다녔길래 산부인과 의사라는 사람 때문에 방송사고가 나게 만들어?"

군기반장 선배는 싸늘하고 매서운 목소리로 다그쳤다. 순간 유채의 뺨에 눈물이 주루룩 흘렀다. 2년 가까이 고정을 못 맡으면서도 이런 굴욕은 없었다.

"이건 그 의사 잘못이 아니라 유채 씨 잘못이야. 백 퍼센트."

그녀의 '백 퍼센트'란 말이 가슴에 비수처럼 푹푹 쑤셔왔다. 고개를 떨군 유채는 회의실 시멘트 바닥에 투둑 떨어지는 눈물자국을 보았다. 자신이 너무 한심했다. 곧 처량한 자신의 발끝도, 바닥의 시멘트 자갈 무늬도 뿌옇게 흐려졌다. 눈물방울이 덕지덕지 눈에 붙어 시야를 가렸다.

"한마디로 처신 문제야. 게다가 연애사까지 그렇게 아무렇게나 흘리고 다니고. 도대체 생각이 있는 사람이야, 유채 씨?"

대꾸할 말이 없다. 누구보다 자신 스스로가 너무 한심해서 남 탓을 할 수 없었다.

"아나운서가 염문설 만들면 치명적인 거 알지? 아나운서실 격 떨어뜨리지 말고 자숙해! 알겠어?"

"……네에."

울먹이던 유채는 겨우 입을 벙긋거리고 대답했다. 그런 유채를 보던 선배는 뭐라고 한마디 더 하려다 한숨을 내쉬었다. 그리고 착잡한 목소리로 말을 이었다.

"억울하면 억울할 수도 있는데 그렇다고 휩쓸리면 안 돼. 아나운서 계속하고 싶으면, 지금 심정 어쩌구 하면서 트위터나 홈페이지 같은 데 또 막 끄적이거나 낚시용 인터뷰에 이용당하지 말라고. 그러다 인생 접는 아나운서 가끔 봤으니 알 거야."

"네……."

걱정해주는 거란 걸 알겠다. 하지만 창피한 아나운서 후배이기도 할 것이다. 선배는 또다시 긴 한숨을 내쉬더니 아무 말 없이 한참 유채를 보고 섰다. 유채는 면목이 없어 고개를 떨구고만 있었다.

"진짜 짜증 난다……."

결국 선배는 한마디 툭 내뱉고 회의실을 나갔다.

쾅! 이번에 문 닫히는 소리는 관 뚜껑에 못질하는 소리 같아 유채는 소스라치며 움찔했다. 방송국이 그대로 내려앉는 것만 같았다. 다른 곳은 그대로인데 유채가 선 곳만 바닥으로 당겨져 주저앉는 것 같았다. 유채는 어질함을 느끼며 비틀거리다 팔을 뻗어 겨우 탁자를 짚었다. 그리고 그대로 무릎을 꿇고 주저앉았다. 숨구멍을 막았던 묵직한 무언가가 위로 솟구치면서 툭 터졌다. 그리고 눈물과 함께 울음이 터져 나왔다. 탁자를 짚었던 손등에 이마를 대고 유채는 울음을 참으려 애썼다. 하지만 다물어지지 않는 입술 사이로 울음소리가 짓이겨져 흘러나왔다.

이렇게 능력 없고, 아나운서의 명예를 더럽힌 죄인 같은 기분은 어떤 단발성, 오락성 프로그램을 맡으면서도 느껴본 적이 없기에 더욱 감당하기 힘들고 괴로웠다. 웃긴 분장을 하고 있어도 즐거웠다. 머리에 꽃다는 것쯤 일도 아니었다. 카메라 앞에 서서 떠들 수 있는 것만으로도 행복했다. 그런데 이제 그런 일은 당분간 없을 것 같았다. 아니, 당분간 없다가 영원히 잊혀질 것만 같았다. 그대로 아나운서실에서 아웃될 것만 같은 불안감에 유채는 떨리는 몸을 감쌌다. 이러고 주저앉아 우는 것도 창피해 울음을 멈추려고 아무리 애를 써도 절대 눈물은 멈추지 않았다. 이렇게 울다 그냥 죽을 것만 같아 유채는 억지로 울음을 삼켰다.

겨우 감정을 추스르고 진정된 유채가 회의실에서 나오는데 누군가가 하는 말소리가 들렸다.

"유채 덕분에 〈생방송 정보 사냥〉 다시보기 서비스가 다운됐대. 〈생방송 정보 사냥〉 개편 이래 처음 있는 일일걸?"

유채가 듣고 있다는 것을 모르는 그는 고개를 흔들며 혀를 내둘렀다. 생각할수록 대단하다는 말밖에 할 수가 없다. 리포터가 되고서 한 번도 이슈가 된 적이 없는데, 이번 한 건으로 다운시키는 것도 생기다니. 어디 다시보기뿐이겠는가. 강남 대형 스크린에도 나갔을 것이다. 그것뿐이랴. 식당, 역 앞 할 것 없이 공공장소에서 가장 틀기 좋은 프로그램이 〈생방송 정보 사냥〉이었다. 게다가 스마트폰으로 보는 사람들도 있었을 것이고, 집에서 편하게 누워 보던 사람들도 있었을 것이다. 고모와 아버지도.

지친 유채가 그녀의 집 문을 '삐그덕' 열고 마당에 들어서자 마루에 있던 고모 한자는 빛의 속도로 튀어나와 유채의 머리채를 잡았다.

"이년아!"

놀란 유채는 도망치려 했지만 30년 넘게 손빨래로 아귀의 힘이 다져진 고모의 손에 머리와 옷이 잡혀 빠져나가지 못했다.

"놓고 얘기해! 얘긴 들어봐야지!"

유채의 아버지도 고모의 힘을 감당하지 못하고 절절맸다.

"이러지 마세유. 울 애기씨 잡지 마유."

치매 할머니까지 합세하여 고모를 말렸지만 핏발 터진 충혈된 고모의 눈빛에 아무도 말리지 못했다.

"언놈이야! 언놈 새끼를 밴 거냐고!"

고모는 기왓장이 깨지도록 고함을 질렀다.

"아니라니까! 그 자식이 미친놈이야!"

유채는 참았던 짜증을 폭발시켰다. 방송국에서 한 바가지 울고 나온 후라 더 이상 울 눈물도 없었다. 이젠 악에 받칠 뿐이다.

"그 미친놈이 산부인과 의사라며! 네가 산부인과 안 갔으면 어떻게 알아? 엉? 이리 와, 이년! 동네 부끄러운 년!"

"아, 진짜! 고모!"

유채는 소리를 지르며 몸을 흔들었다. 그제야 고모는 말리는 유채의 아버지에게 안겨 씩씩거리며 물러섰다.

"소영이 언니 따라갔던 게 전부야! 그 미친놈이 오해한 거라구!"

미칠 노릇이다.

"처녀가 왜 그런 데를 따라다녀? 그러니까 애 밴 년으로 잡히지! 이제 남부끄러워서 동네 어떻게 다닐 거야?"

고모는 피를 토하듯 윽박질렀다.

"아니라는데 뭐가 부끄러워?"

아버지가 유채와 동생 사이에 끼어들었다. 그러자 고모는 펄펄 뛰었다.

"소문이 왜 무서운데? 누가 너 임신 아니라는 거 들어줄까 봐? 사람들 벌써 몇 개월이냐, 애 아범은 누구냐고 물어! 내가 창피해서 정말!"

고모의 눈이 조만간 뒤집힐 것 같다. 고모 말이 맞다. 아니라고 반박문을 내봤자, 사람들은 유채를 임산부로 알 것이다. 인터넷 발달로 소문만 빠르게 돌 뿐, 해명은 묻히는 신기한 세상이다.

"그럼 나 모른다고 해! 내가 그렇게 창피하면 고모 조카 아니라고 하라고! 그럼 되잖아!"

"이게 말이면 단 줄 알아, 이년이!"

한자는 유채에게 주먹을 날렸다. 그 순간, 할머니가 유채 앞을 막아섰고, 고모의 주먹이 할머니의 눈에 꽂혔다.

"어이구!"

할머니는 한쪽 눈을 부여잡고 비명을 지르며 주저앉았다.

"할머니!"

화들짝 놀란 유채는 넘어지는 할머니를 끌어안았다.

"어머니!"

유채의 아버지도 당황하며 할머니를 살폈다.

"어머, 엄마! 미안해!"

기겁을 한 고모는 주먹 날렸던 손을 벌벌 떨며 할머니에게 다가갔다. 그러자 할머니는 눈을 싸맨 채 대수롭지 않게 말했다.

"아녀유. 난 암씨랑토 안혀유. 그러니까 우리 애기씨 때리지 마유."

할머니의 말에 고모는 할머니 옆에 주저앉으며 가슴을 쳤다.

"아이고, 엄마. 우리가 이년을 어떻게 키웠는데. 그치!"

고모는 할머니를 끌어안았다. 억장이 무너지는 모양이다. 아버지는 답답한 얼굴로 혀만 찰 뿐이었다.

"똥 싼 거 닦아주고 따신 밥 멕여서 키워놨더니 고모한테 맞짱을 뜨라고 하네, 저년이. 아이고, 억울한 내 인생!"

고모의 한탄에 유채는 십 년을 급 늙는 것 같았다. 성공해서 호강시켜 드리고 싶었는데 웬 잡놈 때문에 정치판에서나 불던 피바람이 부는 것 같다.

"걱정 마유, 걱정 마유."

정신이 오락가락하는 할머니는 우는 딸을 연신 쓰다듬어주고 있었다. 그 모습을 보니 속이 더 짠했다.

"너 내일부터 통금시간 아홉 신 줄 알아!"

울던 고모는 갑자기 눈을 치켜뜨고 유채를 째려보며 소리쳤다.

"미치겠네. 촬영 있으면?"

볼멘 유채는 퉁명스럽게 되물었다.

"촬영 핑계대고 뭔 짓거리 할지 누가 알아? 촬영이면 국장한테 확인서 받아와!"

미쳐, 미쳐. 안 그래도 자신만 보면 시말서 쓰라고 소리치는 국장한테 확인서까지 받아야 돼? 가뜩이나 인사고과 마이너스인데 권고사직 당하게 생겼다.

"지금 나보다 더 억울한 사람 있으면 나와봐!"

이번엔 유채가 주먹으로 가슴을 쳤다. 그러자 고모는 유채를 쌍심지를 켜고 노려보며 소리쳤다.

"이게 아직도 정신 못 차리고! 가서, 애 애비나 찾아와, 이년아!"

"아, 진짜! 내 진실을 누가! 어떻게 증명해주냐고!"

이래서 미친년들이 머리 헝클고 집 밖을 뛰어다니는구나. 미친 산부인과 의사 놈! 잡히기만 해봐!

3. 미친놈이 인생에 미치는 영향

운명은 강하게 혹은 약하게 문을 두드린다.
그 문이 무슨 재료로 만들어졌느냐에 따라 다르다.
— 마리 폰 에브너

늦은 저녁, 유채는 동네 편의점 야외 테이블에 풀썩 엎어졌다. 곧 슬리퍼를 끌고 온 소영이 유채 앞에 맥주와 오징어, 주스를 내려놓고 마주앉았다.

치이익…….

"마셔."

소영은 유채에게 갓 딴 맥주를 내밀었다. 유채는 '땡큐.' 하고 힘없이 중얼거리며 맥주를 벌컥벌컥 마셨다. 그리고 탁자 위에 캔을 '탁!' 하고 내려놓고서 입가를 쓰윽 닦았다. 맥주를 마시니 다시 분기탱천하여 에너지가 솟구친다.

"이 나이에 내가 통금 먹게 생겼어? 이 미친 의사 자식, 부서버리겠어!"

유채는 소영이 가지런히 찢어놓은 오징어를 한 손에 움켜쥐고 부르르 떨었다.

"내가 봤어야 하는 건데. 디자인 마감하느라 못 봤다. 그거 유튜브로 떴나?"

유채의 손에서 겨우 오징어 다발을 빼낸 소영은 다시 탁자에 오징어를 일렬종대로 찢어 늘어놓으며 실황중계를 보지 못한 걸 아쉬워했다.

"다운 받으면 말해. 나도 소장해두게."

한바탕 소리치고 나니 처지는 기분이다.

"너도 인생 사는 스킬이 생긴 거야? 여유 있다? 소장까지?"

"내 인생 역사에 길이길이 남을 거야. 고정을 코앞에 두고, 태양계 밖으로 내동댕이쳐진 기분. 에휴……."

급노안이 된 유채는 힙겹게 오징어 다리를 뜯어냈다. 그러다 문득 생각난 듯, 소영을 보다 소영의 배를 내려다보았다.

"그 애, 성질 엄청 급할지도 모르겠다. 엄청 다혈질일지도."

차마 그 미친 의사 놈이 소영이 기증받은 정자의 주인 중 하나일지도 모른다는 말을 할 수가 없다.

"왜? 너 오늘부로 신 내림 받았냐? 그게 보여?"

눈이 반짝반짝해진 소영은 자기 배를 감싸며 유채 앞으로 당겨 앉았다.

"보인다, 다 보여."

육신과 영혼의 피곤함에 유채는 한숨을 내쉬고 스르르 눈을 감았다. 그러자 소영이 유채 손을 감싸 쥐고 물었다.

"아들일까, 딸일까?"

이게 무슨 형국이냐. 곡소리 나는 한숨을 쉬려는 찰나, 유채 앞에 있는 맥주를 누군가 확 낚아챘다.

"누나! 임산부는 술 마시면 안 돼!"

동생 유규의 고등학교 후배 동호였다. 유채는 오만상을 찌푸리며 동호를 올려다보았다. 짜증 지대론데, 이 자식이나 한 대 때릴까? 하지만 그것도 지친다.

"너도 봤니? 그 시간에 너, 자율학습 할 시간 아니니? 학교에서 동영상 강의용으로 〈생방송 정보 사냥〉 틀어줄 리는 없고."

유채는 의자에 늘어져 누우며 동호를 바라보았다. 동호는 질곡의 한숨을 내쉬었다.

"대한민국의 교육이 허기진 내 배를 채워줄 순 없어. 난 아직도 배가 고파, 누나."

어디서 들은 건 있어 가지고. 동호는 배를 쓰다듬으며 갈증 어린 시선을 보냈다. 그러고는 유채에게서 빼앗은 맥주 캔을 입에 갖다 댔다.

"이 자식이 어디서 겁대가리 없이."

유채는 결국 동호의 뒤통수를 갈기고 맥주 캔을 빼앗았다.

"제발 학교 좀 다녀라. 널 보면 우리나라의 미래가 3D 안경을 쓴 것처럼 울렁거려!"

유채는 '캭!' 하며 손날을 들고 동호를 째려보았다.

"제 정신적 지주 유규 형님도 고등학교 3년 동안 출석률이 3분의 1이라고 들었습니다. 그러니 저도……."

동호는 가슴에 손을 대고 하늘을 우러러보았다. 그러다 유채에게 또 뒤통수를 맞았다.

"그랬지. 그리고 나한테 100대 맞았지. 너는 어쩔까? 한 번에 다 맞을래, 할부로 맞을래? 10일 이상 할부는 안 되는데?"

"누나, 진짜."

동호는 울상이 되어 맞은 뒤통수를 부비적거렸다. 오늘의 스트레스를 모아서 때렸나? 하지만 맞아도 싼 놈이다.

"그 자식이 인생 버리게 한 고딩 새끼들이 몇 명인지 당장 리스트 만들어서 나한테 올려. 한 놈씩 찾아가 그 자식 말년이 어떻게 되는지 쌩으로 알려줄 테니까."

유채는 동호의 앞날이 동생처럼 답답해질 것 같아 무척 걱정스러웠
다. 그렇게 되면 그 책임이 동생 유규에게 있는 것 같았고, 또 그것은
누나에게 있는 거나 다름없는 거니까. 이 자식은 또 어디서 하릴없이
당구나 치고 있겠지. 한숨이 절로 나오는 놈. 술을 아니 마실 수 없다.

유채는 동호에게서 뺏은 맥주를 들이키려 했다. 그러자 동호가 다시
빼앗으며 잔소리를 했다.

"아, 누나! 맥주 안 된다니까? 누나 애는 내가 지킬 거야."

애 애비도 아니면서, 있지도 않은 애 때문에 별 감동을 다 느낀다.

"네가 뭔데?"

옆에서 오징어를 빨며 구경하고 있던 소영이 재미있다는 얼굴로 물었
다. 그러자 동호는 하늘을 향해, 어슷하게 두 팔을 11자로 뻗으며 외쳤
다.

"나는야, 국민 산모, 유채 누님을 지킬 수호대!"

"풉! 국민 산모? 푸하하하!"

소영이 배를 잡고 웃었다. 그러자 동호가 울트라맨 모습 그대로 유채
를 돌아보았다.

"몰랐어? 인터넷에 떴던데?"

"뭐? 이런, 우라질!"

유채는 의자에서 벌떡 일어났다. 그리고 방송국에 전화를 걸었다.

"정정 기사 안 내줄 거예요? 본인이 아니라는데!"

분풀이 겸 해서 한 무더기 퍼부어주려던 유채는 방송국 직원의 말에
입이 다물어졌다.

"산부인과 의사와 관련되어 있어서 쉽게 낼 정정 기사가 아니에요."

뭐야, 시말서랑 같이 임신이 아니라는 처녀 인증서라도 첨부해 제출해야 돼? 본인의 사실 관계가 어떻든 10개월은 기다리고 봐야 할 것 같은 분위기다.

"내가 어떻게 해서든 내 순결 증명서 낸다!"

전화를 끊은 유채는 씩씩거렸다. 10개월이든 1년이든 기다려봐라. 나올 건 숙변밖에 없다! 이런 제길!

❋

윤표가 회진을 돌고 나오는데 한 여중생이 종이를 불쑥 내밀었다. 윤표는 놀라 그 여중생을 의아하게 쳐다보았다.

"사인해주세요."

"뭐?"

동시에 뒤에 있던 의사들과 이 간호사가 입을 가리며 키득거렸다.

"텔레비전에서 봤어요. 완전 터프하세요."

여중생은 존경스럽다는 얼굴로 엄지손가락까지 쳐들어 보였다. 윤표는 그제야 어제 일을 기억해냈다. 별로 칭찬받을 일을 한 것 같진 않은데.

"국민 의사 되셨어요."

뻘쭘하게 여중생에게 사인을 해주고 발걸음을 옮기자 이 간호사가 윤표의 귀에 속삭여주었다. 국민 의사? 국민 여동생, 국민 엠씨가 판을 친다고 생각했는데 이젠 국민 의사까지?

"어떻게 텔레비전에 잠깐 나온 얼굴 하나로 근무하는 병원까지 찾아내냐? 진짜 전 국민이 수사 9단들이다. 감탄스럽다."

테라스에서 만난 대준은 박수까지 쳐주었다.

"대단하다. 생방송 중인 리포터 손목 잡고, 가관이더라. 투철한 직업정신! 훌륭해!"

지나가던 의사들도 윤표에게 박수를 쳐주며 지나갔다.

"놀리는 거지? 갖고 놀다 제자리에만 갖다 놔라."

윤표는 씁쓸해했다. 아기에 관해서라면 눈부터 뒤집히다 보니 앞뒤 생각을 못했다. 리포터는 그렇다 치고, 생방송이었다는데 방송사고 난 것이 자신의 책임 같아 마음에 걸리던 참이다.

"국민 산모님은 어떻게 되셨을까?"

대준은 생소한 단어를 내뱉으며 궁금해했다.

"국민 산모?"

"그럼, 국민 의사 나셨는데, 그 의사의 산모는 국민 산모 아니겠어?"

"내 환자 아닌데……."

영 찝찝하다. 임신 아니라고 부정하는 꼴을 보고 뒤늦게 깨달은 것이, 그 리포터, 아직 미혼일 수도 있겠던데 국민 산모라고 불러도 될까?

"그 국민 산모 리포터 신상 털린 것 같던데?"

"진짜?"

요즘 그런 사건으로 상황이 나빠지는 사람들이 많던데, 혹시 그녀에게도 나쁜 여파가 일지 않을까, 윤표는 걱정스러워지기 시작했다.

"내가 언제 한번 그 급한 성격 때문에 사고 칠 줄 알았다. 확실히 그 상황에서 그렇게 말린 건 오버라고 봐."

대준이 마침표를 찍는 말을 해주었다. 역시……. 성질 급한 것이 탈이 난 것일까? 개념 없는 환자들에게 호통만 치다 결국 여자 인생 하나를 국수 말 듯 말아주게 되는 건가. 이놈의 급한 성격은 어떻게 고쳐야 하지? 윤표는 먼 산을 보며 한숨을 내쉬었다. 그때 이 간호사가 테라스로 얼굴을 내밀고 윤표를 불렀다.

"소 선생님!"

윤표는 황급히 이 간호사를 돌아보았다.

"원장님이 오시래요."

"날?"

윤표는 놀라 손가락으로 자신을 가리켰다. 이 간호사는 고개를 끄덕였다. 부를 일이 없는데. 윤표가 당황하여 대준을 보자, 대준은 불길한 표정으로 목을 그어 보였다. 설마…….

윤표가 원장실 문을 노크하자 "네." 하는 원장의 목소리가 들렸다. 윤표는 긴장하며 문을 열었다. 그러자 소파에 늘어앉은 임원들의 얼굴들이 일제히 주루룩 윤표를 향했다. 그들에게 90도로 인사한 윤표는 급 긴장하여 '흐읍' 하고 숨을 들이마셨다.

"앉지."

원장은 윤표에게 자리를 권했다. 윤표는 원장이 권한 자리에 조심스럽게 앉았다. 설마 자아 성토대회 같은 건 아니겠지. 윤표는 긴장이 역력한 얼굴로 자리에 앉으며 임원들을 슬쩍 둘러보았다. 임원들은 윤표에게 흐뭇한 시선을 보내주었다. 나쁜 느낌은 아닌데.

"어제 텔레비전에서 자네 활약상을 잘 보았네."

활약상? 아, 그것 때문에? 순간, 윤표는 난처해졌다.

"제가 병원에 누를 끼쳤다면……."

"아니. 자네 행동으로 우리 산부인과 이미지가 좋아졌어. 자네 얼굴이랑 병원 이름을 써서 걸어놓고 싶은 심정이야. 하하하."

원장은 뿌듯한 미소를 지었다.

"네?"

"자네를 알아보는 사람들 칭찬이 자자해. 환자 한 명 한 명 일거수일투족까지 관심 가지는 의사라고 말이야. 모든 과가 그렇지만 산부인과는 더욱 그런 게 좋지 않은가."

"아, 그게."

윤표는 당황스러웠다.

"더불어 산부인과 위상도 높아졌어. 그래서 원래 외과로 추진하려던 기획을 산부인과로 바꿨네."

순간 외과 과장의 얼굴이 좋지 않은 것이 긴장한 윤표의 눈에 들어왔다. 이건 또 무슨 소리지? 그렇지 않아도 어머니가 재단 이사장이라, 사람들이 색안경을 끼고 자신을 볼까 봐 번번이 신경 쓰였었는데, 자신을 핑계로 뭔가가 바뀐다는 게 윤표는 마음에 들지 않았다.

"얼마 전에 방송국에서 메디컬 다큐를 찍자고 기획안을 보내왔었는데 말이지. 병원 홍보 차원에서 외과 위주로 찍으려고 했는데 말이야. 자네도 봤지? 메디컬 드라마 같은."

"네."

"그걸 산부인과에서 맡게 할 테니, 산부인과 과장과 함께 젊은 자네가 주축이 돼서 협조해주게."

원장은 윤표를 믿음직스럽게 바라보았다.

"그런 걸 제가 어떻게……."

윤표가 어안이 벙벙해하자 산부인과 과장이 원장의 말을 이었다.

"나이 든 우리가 지휘하는 것보다, 젊은 의사들이 주축이 되는 게 더

센스 있고 더 보기 좋을 거야. 부족하거나 힘든 사항이 있으면 언제든 얘기해. 내가 원장님과 의논해서 최고의 작품이 나오도록 도와줄 테니."

산부인과 과장은 의지에 불타 있었다. 외과로 넘어가려던 기획이 뜻하지 않게 산부인과로 넘어오니 의욕이 치솟는 모양이었다.

"전 그런 걸 한 번도 해본 적이……."

어제의 방송사고 때문이라지만 여전히 재단 이사장의 후광이 있을 것이라는 예감이 떨쳐지지 않았다. 어제 어머니가 다녀가신 이유가 이것이 아닌가 하는 의구심도 들었다.

"누군 해봤겠나? 방송국에서 나온 사람들이 도와줄 테니, 같이 의논해가면서 만들면 될 거야. 어때, 할 수 있겠지?"

원장은 껄껄껄 웃었다. 윤표는 망설여졌다. 사양을 해야 하는 거 아닐까.

"사양하지 말게. 자네가 거절하면 다른 과로 넘어갈 수밖에 없어."

윤표의 속을 읽었는지 원장은 심각하게 말했다. 그러자 산부인과 과장이 윤표에게 어서 승낙하라는 텔레파시 가득한 눈빛을 보냈다. 당황한 윤표는 얼결에 고개를 숙였다.

"그, 그럼 열심히 해보겠습니다."

"좋아. 자네만 믿겠네."

원장은 밝아진 얼굴로 윤표의 어깨를 툭툭 두드려주었다. 옆에선 산부인과 과장이 흐뭇하게 윤표를 바라보았다.

원장실을 나온 윤표는 산부인과 과장과 나란히 과장실을 향해 걸었다.

"이건 아주 좋은 기회야. 우리 병원 산부인과 선호도가 높아지면 지금 공사 시작한 건물이 산부인과 전용 건물로 될 수 있어."

막중한 사명감으로 임하라는 뜻이다.

"이번 기획도, 저 건물도, 공공연히 외과로 낙점된 것 같아서 낙심하고 있었는데 아주 잘됐네. 이게 다 자네 덕이야."

산부인과 과장은 원장처럼 윤표의 어깨를 두드려주었다. 방송사고 한 번으로 이런 치하를 받게 되다니. 문득 신상이 털렸다는 그 리포터가 떠올랐다. 그녀는 어떻게 됐을까. 확실한 건 이런 혜택은 받지 못하고 있을 것이란 거다.

"부디 이번 다큐 잘 만들어서 우리도 전용 건물 한번 가져보세나."

산부인과 과장은 윤표에게 흐뭇한 미소를 짓고서 과장실로 사라졌다. 윤표는 닫히는 과장실을 보며 난감해했다. 인생에 있어서 방송 출연은 어제 일로 충분한데.

'재단 이사장 아들'이란 닉네임을 언제나 뒤통수, 옆통수에 매단 채 살아왔다. 사람들의 시선을 모으는 일은 질색이었다. 능력대로 평가받고 싶은데, 능력에 재단 이사장 아들이란 효과가 붙어 자신의 능력치가 평가 절하되는 것 같았다. 그래서 이제는 다른 사람들과 동급으로 평범하게 보이고만 싶을 뿐이었다. 그런데 대놓고 방송 출연이라니, 전혀 내키지 않는 일이다.

✺

출근이 늦었다. 유채는 버스 정류장을 향해 허겁지겁 뛰었다. 곧 정류장이 보임과 동시에 막 떠나려는, 그녀가 타야 할 버스도 보였다.

"잠깐만요! 버스!"

유채는 고함을 지르며 버스를 향해 달려들었다. 그녀가 막 출발하는 버스 옆구리를 마구 두드리자 다시 멈춘 버스는 앞문을 열었다.

"감사합니다!"

유채는 기사에게 힘차게 인사하고 거친 숨을 몰아쉬며 사람들이 붐비는 버스 안을 헤집고 들어갔다.

"잠깐만요. 뒤로 좀 갈게요."

유채는 이리저리 양해를 구하며 사람들 사이를 비집고 끼어들었다. 사람들은 힐긋거리며 유채를 돌아보았다. 그러다 스마트폰을 보며 낄낄대던 한 남자 대학생이 스치듯 유채를 보고 다시 스마트폰을 들여다보더니 깜짝 놀라며 자리에서 벌떡 일어났다.

"여기 앉으세요."

남학생은 유채에게 서둘러 자리를 권했다.

"예? 아니에요. 괜찮아요."

아직 양보받기에는 이른 나인데. 유채는 당황했다. 그러자 그 학생은 다시 한 번 스마트폰을 확인하고 유채에게 정중하게 말했다.

"아니에요. 몸도 불편하실 텐데 앉으세요."

"예?"

유채가 어정쩡하게 서서 그를 보자, 그는 다짜고짜 그녀를 자리에 앉혔다.

"방금 인터넷으로 봤어요. 국민 산모, 맞죠?"

"네?"

이런 젠장맞을! 당황한 유채가 '아니……'라고 말하려는 찰나, 여기저기서 쑥덕이는 소리가 들려왔다.

"맞네."

"그래, 나도 어제 봤어."

"임신했으면서 아무거나 막 먹더라구. 막 땡기나 봐."

"멀쩡하게 생겼는데, 공부 좀 하지. 쯧쯧."

"그래도 술 마시면 안 된다는 건 기본 상식 아닌가?"

"모르는 게 잘못은 아니지."

"저 정도 배는 몇 개월이야?"

"한 3개월?"

순간 자신의 배에 사람들의 시선이 꽂히자 유채는 너무 기가 막혀 뭐라고 말도 하지 못했다. 아니, 이 배가 어딜 봐서……. 그러다 자신을 똑바로 노려보는 노인과 눈이 마주쳤다.

"복어랑, 팥은 안 좋아. 술은 더더욱!"

눈을 부릅뜬 노인은 검지 손가락을 쳐들고 천천히 흔들어 보였다. 노인 앞에서 미안하지만 이젠 죽을 때가 된 것 같다. 그 노인이 아니고 바로 자신이 말이다. 너무나 많은 사람들 앞에서 개망신을 당한 유채는 뭐라고 항변도 못하고 가방을 끌어안은 채 창밖으로 시선을 돌렸다. 그러다 그녀에게 자리를 양보한 남학생과 눈이 마주쳤다. 그 남학생은 아주 뿌듯한 얼굴로 유채를 내려다보고 있었다. 유채는 그에게 어색하게 미소를 지어 보이다 그대로 인상을 구기며 창에 머리를 짓이겼다.

국민 산모의 대우를 제대로 받고 방송국에 도착한 유채는 동료들의 차가운 시선을 받으며 책상 앞에 쭈그리고 앉아 컴퓨터를 켰다.

▶ ☞ 국민 산모. 그녀의 아이는 우리가 지킨다. 온 국민이 그녀의 수호대로.

기사 밑에 초등학생들부터 중년까지, 각종 영웅들 포즈를 취한 사람들의 사진들이 인터넷에 올라와 있었다. 제대로 무지개 색 옷을 입고 다산의 상징인 산모 동상 앞에서 포즈를 취한 사진도 있었다.

손톱을 잘근잘근 씹으며 이리저리 신경질적으로 화면을 살피던 유채는, 그 망할 놈의 의사가 뛰어드는 장면이 캡처된 화면을 보고서 연필 뒤꼭지로 그 의사의 얼굴을 뚫을 것처럼 찍어댔다. 그때 아나운서 국장의 부름 소리가 들렸다.

"어이! 국민 산모!"

"네!"

얼결에 유채는 자리에서 벌떡 일어나며 대답해버렸다.

"푸하하하하!"

순간 아나운서실은 웃음바다가 되었다. 망신의 교보재 감이다. 유채를 한심스럽게 지켜보던 아나운서 국장은 그녀에게 손짓했다.

"내 방으로 와."

"네."

유채는 죽을상을 하고 국장실로 향했다.

"지방으로 가 있어."

"네?"

결국 좌천인가? 국장의 눈을 똑바로 마주 보고 있을 수 없어 고개를 숙이고 있던 유채는 고개를 퍼뜩 들었다. 국장의 얼굴이 어느 때보다 살벌했다.

"지방이라면 어……."

"어디가 중요한 게 아니지 않아?"

이렇게 서슬이 퍼런 국장을 본 적이 없기에 유채는 심장이 서늘해지기까지 했다.

"자넨 우리 아나운서들의 격을 떨어뜨렸어. 알지?"

같은 말을 또 듣는다. 잘못이라면 소영과 산부인과에 간 것뿐인데, 그게 그렇게 천인공노할 짓이었나? 신문고가 있다면 몸이라도 던져서 두드리고 싶은 심정이다.

"자네가 지방 어디 가고 싶은 데가 있다고 해도 그리로 보내줄 마음도 없으니 짐 싸. 그나마 자네 본의로 저지른 일이 아니기 때문에 이쯤에서 마무리되는 줄이나 알아. 이번 일로 또 애먼 데다가 끄적이지 말고."

이렇게 묻히는 건가. 내려가는 건 쉬워도 올라오는 것은 어려운 바닥이라는 것을 알기에 유채는 가슴이 먹먹했다. 대단한 능력을 가지고 있는 것도 아니고 말이다. 서러움이 북받쳐 코끝이 시큰해졌다. 울컥하려는 것을 유채는 애써 참으며 터질 것 같은 눈에 힘을 주었다. 이게 다 그 미친 의사 놈 때문이다.

✻

진료시간이 끝난 후 윤표는 인터넷을 뒤져보았다. 한가롭게 인터넷으로 가십난을 뒤져본 적이 없어 윤표는 모니터에 펼쳐진 것들이 진짜인지 장난인지 판가름할 수 없었다.

└ 아나운서 이미지를 저해한 무서운 국민 산모.

└ 국민 산모는 아나운서 위상의 시추기. 어디까지 파야 하나요? 그럼 뭐가 나오죠? 망신?

└ 나도 산모다. 산모라고 왜 말을 못해?

유채라는 그녀의 이름까지 확인되었다. 그리고 마치 얼굴을 마주하고 있는 것 같은 사람들의 언변. 얼굴을 보이고 있지 않아서인지 더 노골적이고 자유분방한 말들이 오가고 있었다. 또 국민 산모 수호대라는 동영상과 사진들까지. 한 사진은 의사 가운을 입은 남자들이 임산부 동상 앞에서 독수리 오형제 포즈를 취하고 있기도 했다. 윤표는 실소가 나왔다. 그러다 한 기사에 눈이 멈췄다.

시말서 자판기, 국민 산모. 출근해서 하는 일이 시말서 쓰기라는데. 얼마 전, 자기 연애에 문제가 생긴 걸 방송국 홈페이지 게시판에 썼다가 시말서를 쓰고 이번 일로 인해 또…….

엥? 그런 여자였어? 진짜 뭐 이런 아나운서가 다 있어? 조금 미안해지려고 했는데 그 여자의 품행이 원래 별로 좋지 않았다는 생각이 들자 미안함도 절반으로 급감되었다. 하지만 그렇다고 해서 미안하지 않다는 건 아니다. 자신이 엮인 일만 아니라면 그래도 싼 거라고 쉽게 말할 수 있겠지만, 남에게 해를 끼치고는 쉽게 발 뺀고 자지 못하는 까닭에 윤표는 여전히 무거워진 마음의 무게가 신경이 쓰였다. 그렇지만 별 뾰족한 수도 없었다. 인생 최대의 실수다. 환자들을 진료하면서 이런 과오를 범한 적이 없는데. 어떻게 해야 하지?

퇴근 시간, 무겁게 병원을 나선 윤표는 주차장으로 향하다 앞서 걷는 혜령을 보고 반가움에 얼른 그녀 곁으로 달려가 섰다. 무방비로 걷던 혜령은 깜짝 놀라다 윤표를 확인하고는 방긋 웃었다.

"우리 과에서 메디컬 다큐 찍는다며?"

혜령이 호기심이 가득한 말투로 물었다. 그런데 윤표는 그다지 흥미롭지 못했다. 그딴 것으로 또 얼마나 시달릴지, 환자들 체크하는 것도 버거운데 짐이 하나 더 늘어난 기분이었다. 게다가 신상 제대로 털린 그 아나운서하며…….

"그러게. 일하는 데 걸리적거리는 거 아닌가 몰라."

목소리가 자연히 시큰둥해졌다.

"윤표 씨가 과장님 다음으로 스포트라이트 받는 거 아니었어?"

"스포트라이트는 무슨. 얼굴 좀 팔렸다고 화면에 더 많이 나오라는 거지."

"그래도 잘해봐. 과장님, 좀 있으면 승진하실 것 같은데, 그럼 차기 과장 자리 비잖아. 그거 염두에 두고 윤표 씨 찍으신 건지도 몰라."

역시 여자들은 두뇌 회전이 빠르다.

"그런가."

윤표는 '쓰읍' 하고 입맛을 다셨다. 그러다 눈살을 찌푸렸다.

"몰라. 난 그냥 내 일만 열심히 할래."

무엇이든 실력이다. 요령으로 뭔가가 되고 싶은 마음은 없다.

"그래서 윤표 씨가 좋다니까?"

혜령은 윤표의 팔에 팔짱을 끼었다. 혜령과 이런 스킨십이 익숙한 정도는 아니었기에 윤표는 당황했다. 하지만 내심 기분이 좋았다.

"같이 렌털 하우스로 안 가니까 허전하다."

혜령은 아쉬워했다. 어제까지 혜령은 렌털 하우스, 윤표의 옆집에서 생활했었다. 그런데 그녀의 아버지 병세가 안 좋아져 본가로 들어갔다.

"그러게. 만날 같이 다니는 것도 재미있었는데. 아버지가 많이 안 좋으셔?"

윤표는 걱정하며 혜령을 돌아보았다.

"어머니 돌아가시고 나니까 허전하신가 봐."

혜령은 윤표에게 허전한 미소를 건넸다. 윤표는 그런 혜령이 안쓰러웠다.

"언제 한번 모시고 와. 내가 맛있는 저녁 대접할게."

"그럴래?"

혜령이 반색을 했다. '아니, 됐어.'나 '뭘.' 하면서 빼지 않아서 좋다. 언제나 감정을 솔직하게 드러내고 좋아하는 혜령이 윤표는 부러웠다. 환자와 아기에게는 친절하게 할 수 있지만 — 너무 친절해서 해프닝까지 벌어졌지만 — 사적으로 누군가를 대할 때는 생각보다 더 무뚝뚝해지고, 감정 표현에 서툰 자신이 못마땅할 때가 한두 번이 아니었다. 어머니와 골이 깊어진 것도 자신의 그러한 성격이 더 한몫한 것 같았다.

혜령이 차에 타고 사라지자 쓸쓸함이 더 깊어졌다. 윤표는 잠시 차 열쇠를 만지작거리며 서 있다 쓸쓸한 얼굴로 차에 올라 렌털 하우스로 향했다.

❀

유채에게 발령 내려진 곳은 원주 방송국이었다. 출퇴근만 2시간 남짓 되는 거리. 갑작스런 발령으로 당황스럽기는 유채나 방송국 쪽이나 마찬가지였다.

일단 유채는 사비로 집을 구할 여력이 없었고, 방송국에선 빈 직원용

오피스텔이 없었다. 어쩔 수 없이 유채는 당분간 출퇴근을 하며 값싼 원룸을 알아보기로 했다. 하지만 그렇게 집을 보러 다닐 정도로 한가할 수도 없었다. 출근한 첫날부터 유채는 지옥을 보고 왔다. 두 무릎은 까지고 멍들고, 하루 종일 뛰느라 몸에서 쩐 냄새가 났다. 이렇게 신고식을 시키는 거야?

이름도 모르는 피디가 대뜸 롤리타스러운 공주 드레스를 내밀었다.

"〈기상천외 지구인〉이란 지역 프로야. 오늘 촬영하는 날인데, 보조 리포터가 장염으로 입원했어. 오경택 리포터가 메인인 건 알 거야. 옆에서 그 옷 입고 장단이나 맞춰."

프로그램 제목을 듣는 순간 유채는 이것이 장난이길 바랐다. 지역마다 특색 있는 프로그램이 하나씩 있다는 건 알고 있다. 물론 원주에는 바로 이게 지역 대표 프로그램이란 것도. 〈기상천외 지구인〉은 엽기 방송과 공영 방송의 경계에 아슬아슬하게 걸려 있는 프로그램이었다. 제목 그대로 아무도 하고 싶지 않은 것들을 찾아서 해보는, 엽기 실습장이라고 해야 하나? 한 개그맨이 하다가 질려서 중도하차한 적이 있는 프로그램이다. 그때, 무슨 안티팬과 밥 먹다 칼 맞을 뻔한 그런 일이 있었다고 했는데. 그래도 지역 방송치고는 시청률이 꽤 좋아 폐지되지 않고 이어지고 있던 프로그램이다.

그나마 다행이었던 건 고정이 아니라는 것. 하지만 그게 오늘 겪을 고행의 시작이었다. 왜 옷을 입지 않고 들고 다니냐는 질책을 들으며 비좁은 화장실에서 옷을 갈아입었다. 여기서 주저앉으면 영원히 다시 돌아갈 수가 없다고, 9시 뉴스 데스크 앞에 앉는 자신의 모습을 상상하며 유채는 암모니아 냄새 속에서 이를 악물었다.

"연애질이나 하다가 시집가려고 한 모양인데, 국민 산모 돼서 어쩐데.

저런 아나운서를 뭐에 쓰려고 자르지 않고⋯⋯."

프로그램 담당 피디의 목소리가 공기를 가로질러 유채에게 정통으로 와 박혔다. 당장 계급장 떼고 맞짱 뜨고 싶다. 하지만, 유채는 또 꾹 참았다. 앞으로 '참을 인' 자를 가로, 세로로 백 칸은 채우면서 하루를 버텨야 할 것 같았다.

유채는 거울을 보고 애써 얼굴 근육을 당겨 웃어 보였다. 그리고 들고 있던 모자를 푹 뒤집어썼다. 턱밑으로 넓은 모자 리본을 질끈 동여맨 유채는 100년 전쟁 폐허에서 찾아낸 공주 인형처럼 보였다. 게다가 마당을 쓸 정도로 퍼진 대형 종 모양의 우렁찬 파니에(panier : '바구니'라는 뜻으로, 복식(服飾)에서 스커트를 넓히기 위하여 허리에 넣는 틀이나 페티코트 따위를 이르는 말) 때문에 촬영용 봉고차 맨 뒤에 앉아 가야만 했다.

촬영장은 다름 아닌 꽃 축제가 한창인 놀이동산이었다. 여기서 코스프레 행사가 있다고 달리는 차에서 피디가 브리핑해주었다.

현장에 도착하니 드레스를 준 건 배려였다. 오고 가는 사람들이 어느 행성에서 유배되었거나, 편도 티켓을 끊고 온 외계인들 같았다.

"코스프레 콘테스트 현장을 답사하는 정도니까 경택 씨 잘 따라다녀."

담당 피디는 유채에게 단단히 주의를 주었다.

"네."

유채는 비장하게 고개를 끄덕였다. 곧 촬영이 시작되었다.

"자, 여기는 매년 개최되고 있는 코스프레 경연대회 현장입니다. 그동안 저희 〈기상천외 지구인〉을 통해 인사를 드렸던 많은 분들이 참여하셨다고 해서 찾아왔는데요. 엄청 들뜬 분위기죠, 유채 씨?"

왕자 옷의 경택은 유채를 향해 환하게 웃으며 물었다.

"네, 정말……."

"그럼 어느 분들이 와 있는지 찾아볼까요? 렛츠 고!"

경택은 유채의 말이 끝나기도 전에 '렛츠 고!'를 외치며 몸을 돌렸다. 유채는 어색하게 '흐흐흐' 웃으며 그를 따랐다. 그렇게 별말 없이 그의 뒤를 따라다니기를 두 시간 가까이 하고 나니 관절은 흐물거리고 진땀이 나기 시작했다. 겹겹이 입은 드레스가 엿처럼 그녀의 몸에 달라 붙었고 허리에 감긴 파니에는 그녀가 걸을 때마다 대롱거려서 무척 신경이 쓰였다.

잠깐 쉬는 시간, 경택의 옆에 앉은 유채는 모자를 벗어 부채질을 했다. 그때 아이들이 우르르 몰려들기 시작했다.

"경택이 아저씨. 사인해주세요."

"아저씨가 경택이 아저씨 맞아요? 우리 할머니가 아저씨 되게 좋아해요."

"아저씨, 다음 주엔 어떤 거 찍어요?"

제법 인지도가 있는지 경택을 알아본 아이들은 그에게 몰려들어 사인지를 내밀며 이것저것 물어댔다. 유채는 자연스럽게 옆으로 한 발짝 물러앉았다. 지방 방송국이라고 한 단계 낮게 본 감이 없지 않다. 그런데 오늘 지방 프로그램의 고정을 맡고 있는 메인 아나운서를 보니 지방에서도 꽤 재미있겠다는 생각도 들었다. 그냥 여기 주저앉아 다소 작아지긴 했지만 여전히 활활 타는 야망이나 끝까지 태워봐? 유채는 사인을 기다리는 아이들을 보며 피식 웃었다.

"오늘은 형은이 아줌마 없네. 형은이 아줌마 어디 갔어요?"

한 아이가 경택에게 물었다.

"응. 아줌마 아파서 새 아줌마 왔어."

비닐봉지 새로 주문했냐? 새 아줌마? 아줌마도 아닌데 그렇게 불리니 코웃음이 난다. 하긴, 국민 산모란 말까지 들었는데 뭘.

"에이. 처음 보는 아줌마네. 실망이다. 왜 지방 방송국에는 저런 아줌마만 와요? 정말 싫어!"

아무리 상대방 기분 생각 안 하고 말하는 초등학생들이라지만 기분이 좋지는 않다.

"아냐. 이 아줌마 서울에서 얼마나 유명한데."

경택은 지방 방송국이 무시당하는 게 열 받았는지 아이들을 향해 눈을 동그랗게 떠 보였다.

"서울요? 다른 프로에서도 본 적 없는데?"

한 계집애가 퉁명스럽게 말했다.

"얘들 봐라. 이 아줌마, 몰라? 저번에 엄청 크게 나왔었는데?"

경택은 아이들을 향해 의기양양하게 얘기했다. 반면 유채는 왠지 불길해졌다. 그 일이 분명 자랑할 거리는 아닐 텐데.

"어디서?"

"생방송 정보 사냥."

"정보 사……냥?"

아이들은 일제히 눈을 가늘게 뜨고 유채를 바라보았다. 저주 인형에 바늘 꽂히는 기분이 이럴까? 이럴 때는 감이라는 게 아주 없는 게 아니란 생각이 든다. 온몸의 센서들이 어서 몸을 돌려 뛰라는 신호를 보내왔다. 유채는 서둘러 고개를 돌렸다.

"이 아줌마 유명한 별명 있잖아. 국민……."

"어! 국민 산모다! 맞지?"

아이들의 무리 중 맨 뒤에 있던 중학생 같은 녀석이 장학 퀴즈에서 정답을 외치듯 소리쳤다. 오, 마이 지저스! 고개를 돌리지 말았어야 했다. 순간 자신의 신종 닉네임에 완벽히 적응한 유채는 고개를 돌려 정답을 외친 아이 쪽을 돌아보고 말았다. 그러자 주위에 있던 아이들은 물론 어른들까지 우르르 몰려들었다.

"산모가 저런 옷을 입고 다니네? 서양 산모 콘셉트?"

"모자 써서 몰랐는데. 그러고 보니 맞는 것 같네."

사람들이 웅성거리며 몰리기 시작했다.

"국민 산모다!"

모여든 아이들은 유채를 향해 손을 뻗으며 이구동성으로 소리치기 시작했다.

"아, 아니란다, 얘들아……."

유채는 식은땀을 흘리며 손을 내저었다.

"뭐가 아니야! 뻥쟁이 국민 산모!"

아이들은 의협심에 불타 소리쳤다.

"나랑 사진 찍어줘!"

"아니, 나랑 찍어! 이리 와서 찍어줘!"

국민 산모가 진짜 산모라면 이렇게 마구 대하면 안 되는 거 아니니? 산모로서의 평온함을 유지하게 해줘야 하는 거잖아! 울상이 된 유채는 동물원 원숭이가 된 기분이었다.

"나 일하는 중이니까 가거라, 얘들아."

유채는 사람들을 의식하며 아이들을 밀어냈다. 하지만 아이들에게 걸린 발동은 쉽게 사그라지지 않았다. 멀찍이 섰던 경택은 이 상황을 예견치 못했는지 미안한 얼굴로 유채를 바라보고 있었다. 나중에 두고 보자!

"뻥쟁이 국민 산모! 사진 찍어줘요!"

"사인 좀~! 사인 안 해주면 안 놔줄 거야. 우주의 빅미움 에너지 맛을 봐야 알겠어?"

보기에도 흉측한 괴물로 변장한 한 아이가 정말 레이저가 나올 것 같은 총구를 유채에게 들이댔다. 다른 아이들도 일제히 들고 있던 가짜 무기들을 유채에게 겨누었다. 차라리 레이저 총 맞고 그냥 죽고 싶다. 아니면 최소한 기절이라도.

"왜 그래! 니들!"

너무나 많은 아이들이 달려들고, 너무 많은 사람들이 자신을 지켜보고 있었다. 당황해 소리치던 유채는 그대로 울상이 되어 몸을 돌렸다. 그리고 경택이 잡을 사이도 없이 삼십육계 줄행랑을 쳤다.

헥헥.

한참을 달려 행사장을 벗어난 유채는 거친 숨을 몰아쉬며 겨우 걸음을 멈추었다. 이렇게 인생의 2막이 열리는 것인가? 누가 남는가, 끈질기게 자르려 하고, 버티려 하는 인생극이 펼쳐지는 것 같다.

"저기, 저랑 사진 좀……."

유채가 이 짓을 계속 해야 하나, 말아야 하나 절치부심의 기로에 서 있는데 한 아이의 목소리가 들렸다. 또 그 애들인가 싶어 망연자실 고개를 드니 한 여자아이가 다가와 아주 수줍게 말을 걸어왔다. 고개를 좀 더 드니 저만치에서 카메라를 든 한 부부가 유채를 흐뭇하게 바라보고 있었다. 멀리서는 각종 분장을 한 사람들이 퍼레이드를 하고, 또 관람객들과 사진을 찍고 있었다. 유채를 그중 한 사람이라고 생각한 모양이었다. 이런 차림이라면 놀이공원에 입장권 없이도 입장할 수 있겠다 싶다.

"그, 그래."

유채는 자신을 국민 산모가 아닌 진짜 공주라고 믿는 듯한 순진한 얼굴의 그 아이를 옆에 있는 벤치에 앉혔다. 그리고 다소곳이 그 아이 옆에 앉았다. 그 순간, 유채의 시야가 하얘짐과 동시에 플래시의 번쩍임, 이어 사람들의 짧은 비명이 울려 퍼졌다. '이게 뭐지?' 싶은 찰나, 하체가 무척 시원함을 느꼈다. 유채는 얼른 팔을 뻗어 앞에 들춰진 것을 내렸다. 순간 보인 아이 아빠의 민망함과 당황한 아이 엄마의 모습, 그리고 지나다 그대로 굳은 사람들과 연신 찰칵거리는 카메라 셔터 소리. 다름 아니라 유채가 앉는 순간 드레스 속의 뻣뻣한 파니에가 하늘로 번쩍 쳐들려져 유채의 민망한 속바지가 그대로 드러났던 것이었다.

얼굴이 빨개진 유채는 얼른 고개를 돌려 아이를 돌아보았다. 아이는 재밌다는 얼굴로 유채를 올려다보았다. 웃어줘서 눈물 나게 고맙다. 연이어 '번쩍' 하는 카메라 플래시. 그리고 이어지는 익숙한 아이들의 목소리.

"국민 산모, 저기 있다!"

이런 염병할! 유채는 아이에게 슬픈 미소를 띠어준 후, 모자를 벗어 얼굴을 가리고 치마를 걷어 올린 채 다시 달리기 시작했다. 그러다 '철퍼덕' 콘크리트 바닥에 그대로 엎어졌다. 속바지 무릎께에 붉은 점이 올라왔다. 젠장. 이젠 국민 산모 덕에 반창고도 가지고 다녀야 하겠다.

"저기 있다, 국민 산모!"

무기를 든 아이들의 공격 소리가 가까이 들려왔다. 유채는 까진 무릎을 제대로 볼 겨를도 없이 그대로 다시 일어나 뛰었다. 무릎도 너무 아프고 무엇보다 정신적 충격이 너무 크다. 진짜 산모가 아닌 것이 다행일 정도다. 유채는 눈물이 났다. 이대로 지구를 돌아 무인도에 도착하면 얼마나 좋을까. 다신 한국으로 돌아오지 않을 것이다!

3박 4일 같은 하루를 보낸 다음 날, 유채는 혹시나 하는 마음에 인터넷을 확인했다. 국민 산모라는 검색어 아래, 역시나 오후에 차양처럼 쳐들린 드레스 아래로 속바지를 그대로 훤히 드러낸 유채의 사진이 올라와 있었다. 제목은 '국민 산모 2탄'. 얼굴은 보이지 않고 둥글게 쳐들린 치마 밑으로 속바지만 찍힌 사진 바로 아래에 치마를 황급히 내린 유채의 사진이 올라왔다.

　└ 국민 산모 재미 들렸네.
　└ 아나운서가 아니라 예능인으로 전업하려나?
　└ 솔직히 불어. 너 개그우먼 지망생이지?
　└ 임신해서 그러고 다니고 싶어?

갖가지 댓글이 수도 없이 각양각색으로 올라왔다. 울분에 찬 유채의 손가락이 간질거리기 시작했다.

　└ 그 아나운서, 촬영 중이었습니다. 〈기상천외 지구인〉. 그리고 임산ㅂ…….

댓글을 쓰던 유채의 손가락에 힘이 스르륵 빠졌다. 키보드 위로 뜨거운 한숨이 흘렀다. 이런들 무슨 소용이 있을까. 이미 대한민국 사람들은 그녀를 임산부로 알고 있는데. 임신이 아니라면 임신을 시켜서라도 임산부로 부르고 싶은 얼굴들인데…….

유채는 거칠어지려는 호흡을 겨우 진정시키며 눈을 감았다. 사무실에서 눈물을 흘리는 볼썽사나운 꼴은 연출하고 싶지 않았다. 동정이나 연민이 아닌, 같은 아나운서로서 창피해하는 그들에게 더 이상 추한 모습은 보이고 싶지 않았다. 유채는 나오려는 눈물을 가까스로 몸으로 빨아들이고 눈을 떴다. 그리고 써가던 글자를 하나하나 지워갔다.

본 방송국에서 허드렛일을 했던 건 호강이었을까. 인력이 부족한 지방 방송국에서 하는 허드렛일은 막노동판 수준이었다. 게다가 지은 죄가 확실한 유채는 아무 불평 없이 일해야 했다. 스태프들을 돕고, 선배들 따라다니며 비위 맞추고, 오피스 걸들이 하는 주된 일이 유채의 몫이 되었다. 복사기, 커피 메이커와 엄청 친해졌다.

그렇게 며칠이 지난 어느 날이다. 심부름 명령 하달이 주 업무가 된 핸드폰이 울렸다. 유채는 또 무슨 심부름이냐, 하며 피곤이 덕지덕지 붙은 목소리로 전화를 받았다.

"네, 유채입니다."

"유채 씨? 나, 남 피디예요. 전에 한 번 같이 일한 적이 있지?"

"네? 아, 네에⋯⋯."

유채는 얼떨떨하게 대꾸를 했다. 남 피디는 서울 본 방송국에 있는 CP급의 피디였다. 설마, 본 방송국에서 각종 분장하고 촬영 시키려는 것일까?

다음 날, 방송국으로 향하던 유채는 믿을 수가 없었다. 원주 방송국이 아닌 서울 본 방송국으로 출근하면서 말이다. 어제 남 피디는 오늘 회사에서 미팅이 있으니 서울 방송국으로 출근하라고 했다.

유채가 어리둥절한 기분으로 출근하니 국장이 유채를 불렀다. 국장실로 들어간 유채는 국장과 눈을 안 마주치려 애쓰며 그에게 가까이 가 섰다.

"솔직히 불어. 일부러 그런 거지?"

국장이 의심스럽게 물었다.

"네?"

유채는 의아해하며 고개를 번쩍 들었다.

"국민 산모 해프닝 말이야. 사람들한테 얼굴 알리려고 일부러 꾸민 거 아니냐고."

가당치 않다. 미치지 않고서야.

"그런 걸, 일부러요?"

"그 산부인과 의산지 뭔지랑 짜고 일부러 그런 거 아니냐고."

"제가 돌았어요?"

유채는 격분했다.

"그럼 그 의사는 모르는 사람이라 이거지?"

국정 감사 비리 조사 항목에 이 상황이 끼어 있기라도 한 건가? 국장은 의심의 끈을 놓지 않았다. 순간 유채의 머릿속에, 산부인과 의사들을 보며 소영과 떠들던 그 상황이 스쳐 갔다. 그리고 고개를 흔들었다.

"모르는 사람, 아니 모르는 미친놈이에요."

"임신은 확실히 아니고?"

"아니라니깐요!"

유채는 버럭 소리쳤다.

"알았어. 자."

그제야 국장은 고개를 끄덕이며 유채에게 기획안을 던져주었다. 유채는 의아하게 기획안을 집어 들고 휘릭 넘겨보았다.

"메디컬 다큐 기획안이야. 그 리포터, 자네가 맡아."

"네? 제, 제가요?"

너무 놀라 침이 막 튀었다.

"자네가 국민 산모란 타이틀을 얻은 대가라고 생각해."

언빌리버블! '하늘이 무너져도 솟아날 구멍이 있다'더니. 아니, '쥐구멍에도 볕 들 날 있다'인가? 확실히 전화위복의 상황이 맞긴 하다. 하느님이 그 고생을 시키신 이유가 이거였었나?

"기획안 자세히 읽어보고, 이따 짐 싸들고 병원으로 가봐."

"네? 짐요?"

"24시간 대기해야 돼, 남 피디랑. 알지? 연락했다면서."

"설마 입원하라는 건……?"

산모의 탈을 쓰고 입원하는 콘셉트는 아니겠지?

"병원에서 의사들한테 빌려주는 렌털 하우스 제공한다니까 거기서 먹고 자고 하면서 찍어오라고."

"아~."

얼굴 근육이 저절로 당겨진다. 유채는 기쁨에 겨워 기획안을 말아 안았다.

"그럼 진, 진짜로 제가 단독 리포터인 거예요? 고정으로요?"

국장은 떨떠름해했다.

"원래 고은실 시키려고 했는데, 갑자기!"

국장이 갑자기 목소리를 높여 유채는 흠칫 놀랐다.

"국민 산모가 탄생하는 바람에. 시청률 높이는 데 이슈만 한 게 없다고 하니. 특별히 주는 기회니까 잘해보라구."

탐탁지 않은 것 같은 국장의 말을 이해할 수가 없었다. 하지만 중요한 건 유채 자신이 다시 돌아올 수 있게 된 것이다.

"감사합니다! 감사합니다!"

감격에 겨운 유채는 국장을 향해 허리 굽혀 뜨겁게 인사하고 환희에 찬 얼굴로 국장실을 나왔다. 야호! 유채는 주먹을 내지르며 펄쩍펄쩍 뛰었다. 그때 멀리서 자신을 바라보고 있던 남 피디와 눈이 마주쳤다.

"이렇게 다시 만나는군."

남 피디는 유채에게 다가와 손을 내밀었다.

"아, 남 피디님! 감사해요!"

유채는 그의 손을 두 손으로 꼭 쥐었다. 지난번 시골 장 촬영할 때 체력 하난 좋다며 유채에게 칭찬을 해주던 피디였다.

"어렵게 승낙받은 거야. 실수하면 가차 없어."

"네. 명심하겠습니다!"

유채는 그에게 180도로 허리를 굽혀 다시 인사했다.

"이따 병원에서 회의 있으니까, 8시까지 병원으로 와."

남 피디는 유채의 어깨를 한 번 두드려주고 아나운서실을 나갔다. 유채는 남 피디가 사라진 곳을 향해 허리 굽혀 인사하고 또 인사했다.

"네! 감사합니다! 잘할게요!"

유채는 벅찬 기쁨에 완전 달뜬 얼굴로 몸을 돌렸다. 그러다 순간 몸을 감싸는 강한 냉기에 웃음을 멈추었다. 뭔가 중요한 걸 깜빡한 것 같다. 뭐지, 이 불길함은? 그러다 눈이 번쩍했다.

"병원이 어디랬지?"

급히 기획안을 뒤지던 유채의 이마에 빠직하고 힘줄이 섰다.

유채는 단걸음에 집으로 향했다. 이제 버스를 탈 때 모자와 마스크는 필수 준비물이 되었다. 자리 양보는 좋은데 배 가지고 뭐라고 하는 건 진짜 짜증 난다. 가득 찬 숙변을 꺼낼 수만 있다면 자신도 뭐든 할 자세가 되어 있다.

집에 도착하니 고모가 발을 동동 구르고 있었다.

"왜 그래?"

"할머니 또 없어졌어. 저번엔 파출소에 계셨었는데 오늘은 파출소에 도 안 계시고."

애가 닳는 고모는 발을 한 곳에 붙이지 못하고 허둥댔다.

"또?"

잠깐 눈만 돌리면 사라지는 할머니이기에 고모를 탓할 수는 없었다. 고모도 치매에 걸린 할머니 때문에 소일도 못 다니고 집에 있는 신세였 다.

"규가 찾으러 갔어."

"그럼 곧 찾아오겠지. 걔 다른 건 몰라도 할머니 찾는 촉 하나는 기 가 막히잖아."

동네 개망나니라고 소문난 놈이지만 할머니에게만은 유별난 놈이었 다. 정신 나간 할머니라고 싫어할 만도 한데, 유규는 할머니에게 손가 락질하는 놈만 눈에 띄면 그 손가락을 분질러놔야 직성이 풀릴 정도로 할머니를 애지중지하는 놈이었다. 그것 딱 하나가 장점인 한량 같은 자 식이다.

갑자기 문이 벌컥 열리면서 땀에 쩐 유규가 잠든 할머니를 업고 들어 섰다.

"어머, 엄마!"

고모는 유규 등에 업힌 채 잠든 할머니에게 달려들었다.

"아, 힘들어, 이불 좀 펴봐!"

유규는 힘에 겨운 목소리로 고모에게 소리쳤다.

"어, 그래."

고모는 서둘러 방으로 들어가 이불을 폈다. 잠든 할머니 손에 아이스크림이 녹아 줄줄 흐르고 있었고, 유규의 어깨에도 같은 색의 얼룩이 흥건했다.

"에구, 이게 뭐야."

고모는 할머니 손에서 아이스크림 봉지를 빼려고 했다. 그런데 할머니는 잠 속에서도 다 녹은 아이스크림 봉지를 놓지 않았다.

"또 꽃순이 준다고 들고 왔구만."

고모는 혀를 찼다. 그리고 유규의 어깨를 힐긋 보고 물었다.

"괜찮냐?"

그제야 제 젖은 어깨를 본 유규는 몇 번 손으로 털고 대수롭지 않게 말했다.

"갈아입으면 되지. 근데 도대체 꽃순이가 누군데 만날 이 난리야?"

유규는 답답해했다. 고모도 잠든 할머니를 보며 한숨을 내쉬었다.

"낸들 아냐. 우리 집 가보 들고 튄 년인지, 찌그러진 우리 집에 갚을 빚 있는 작자인지."

"내가 생각하기엔 딱 소 이름이야. 언제 소 잃어버린 적 없어?"

유규는 고개를 갸웃했다.

"나 어릴 적엔 소 잃어버려도 아깝지 않을 정도로 부자였는데."

또 고모의 신세 한탄이 나오려고 한다.

"상상도 안 되는 얘기는 됐고."

유규는 서둘러 자리를 털고 일어났다.

"나 어릴 적엔 소 이름 있어도 몰랐어. 머슴들이 있었으니깐. 진짜야. 만날 비단옷에 고기반찬만 먹었다고."

고모의 이런 말은 다 상상 속의 말 같다.

"고모도 치매구나? 우리 집이 언제 그런 적이 있었어. 큰일이네. 치매도 전염되나?"

유규는 한심스럽다는 듯 말하다 유채를 보더니 급변한 얼굴로 붉으락푸르락거렸다.

"넌 뭔 일을 하고 다니는 거야?"

"어쭈, 이게. 어디다 반말이야?"

유채는 눈을 부라리며 유규의 뒤통수를 갈겼다.

"행실을 어떻게 하고 다니는 거냐고!"

당구장에서 짜장면 먹다가 유채가 국민 산모 되는 캡처 영상이라도 봤나 보다.

"내 행실은 오해라고 판명 났거든? 너나 잘하고 다녀. 아버지 고생하시는 거 안 보여?"

"시끄러워! 나가!"

고모는 말다툼 붙은 유채와 유규를 방에서 떠밀었다.

"누나나 똑바로 하고 다녀. 누나는 시집가면 그만이잖아."

"그러는 너는. 장가가서도 당구나 치러 다닐래?"

"다 뜻이 있어서 하는 거야. 뜻 있는 곳에 길이 있다는 말 몰라?"

이 주제로 하루 이틀 붙은 말다툼도 아니고, 이력이 난 유규는 너스레를 떨었다.

"그게 고등학교 삼분의 일 출석할 때 들은 말이니? 길을 어떻게 찾는지는 안 배웠어? 삼분의 일 더 출석하지 그랬어. 길 찾는 나침반 파는 곳이라도 알아두게."

유채는 혀를 찼다.

"나도 할 거라고, 일. 나한테 맞는 일 찾으면."

"너한테 맞는 일 찾으면서 허송세월하다 나한테 일할 때까지 맞는다?"

유채는 동생을 향해 엄포를 놓았다. 시집을 가도 집에 신경 끊을 건 아니지만, 외동아들이라고 하나 있는 게 영 믿음직스럽지 못해 걱정이다.

"네 친구 중에는 취직 같은 거룩한 일 하는 놈은 없냐? 하나같이 볶은 장아찌 같은 양아치 놈들."

유채는 동생을 갛잖게 쳐다보았다. 그때 대문이 벌컥 열리고 아버지가 허겁지겁 들어왔다.

"할머닌?"

"그게 다섯 정거장 밖 공사판까지 소문났어?"

유규는 수돗가로 가 세숫대야에 물을 퍼담으며 아버지에게 물었다. 아버지는 유규에게 대꾸하는 대신 유채를 돌아보았다.

"규가 찾아 모셔왔지."

유채의 말이 끝남과 동시에 고모가 무거운 얼굴로 나왔다.

"오빠 왔어?"

"또 꽃순이 찾으러 가셨던 거야?"

아버지는 근심 어린 목소리로 물었다.

"아부지, 우리 집에 소 키웠었어?"

수건으로 얼굴을 닦던 유규가 끼어들었다.

"소?"

"꽃순이. 소 새끼 이름 아니야?"

"소 새끼라니, 이놈아."

뜬금없는 유규의 말에 아버지는 꾸짖듯 말했다.

"그럼, 소님은 진짜 있었어?"

유규가 다시 묻자 어두운 얼굴의 아버지는 대꾸 없이 방으로 들어갔다.

"진짜 있었나 봐? 되게 어른 소였나 보지?"

유규는 눈을 크게 뜨며 유채를 돌아보았다.

"우리 집에 이름 있는 소 기억은 진짜 없는데."

옆에 있던 고모도 고개를 갸웃했다. 그러다 유채를 보고 코웃음을 쳤다.

"일찍 들어왔네? 내 말이 무섭기는 했냐?"

잊었던 짜증이 몰려왔다.

"진짜 통금 먹일 거야?"

유채는 퉁퉁거렸다.

"고모 잘했어. 이런 애는 하루 종일 집에 묶어놔야 돼. 국민 산모? 내가 애들 앞에서 쪽팔려서."

벼르고 있던 유규는 침이 튀도록 혀를 찼다. 유채는 그런 동생을 향해 주먹을 날렸다.

"쪽팔리는 건 나다, 이 자식아. 하나밖에 없는 동생이 동네 깡패 짓이나 하고, 고딩 똘마니나 키우고. 너야말로 묶어놔야 돼!"

"내가 이 맛에 살지. 조카들이 하나같이 어쩜 이렇게 지도편달이 부족하냐. 내 존재의 이유다. 시집 안 가길 잘했지. 내가 발길이 떨어졌겠냐?"

유채와 유규의 말다툼하는 모습을 보던 고모는 깊이 탄식했다.

"잔말 말고, 촬영이니 뭐니 핑계대기만 해. 머리를 박박 밀어서……."

"어쩌냐? 나 오늘부터 외박인데?"

유채는 보란 듯이 싱글거렸다.

"뭐어?"

고모와 유규는 이구동성으로 유채에게 눈을 부라렸다.

아버지에게 상황을 말씀드리고 짐을 챙겨 나온 유채는 서둘러 버스를 타고 태조병원으로 향했다. 연예인도 아닌데 버스를 탈 때마다 모자와 마스크를 챙기게 되니, 이 생활도 참 고달프다 싶다. 연예인 안 되길 잘했지.

병원 앞에 멈춘 버스에서 내린 유채는 다소 불안했다.

"그 인간 마주치는 거 아니야?"

어제의 원수를 다시 마주치자니 아직 칼이 제대로 갈리지 않은 것 같아 유채는 초조했다. 하지만 그 인간 때문에 포기할 수도 없는 자리였다. 얼굴 마주치면 가만두지 않을 거다. 생각해보면 그 자식이 실수한 거지, 자신은 그냥 당한 거다.

유채는 주먹을 불끈 쥐고 병원에 들어섰다. 마침 저만치에서 남 피디가 스태프들과 걸어오고 있었다. 유채는 서둘러 남 피디에게 달려갔다.

"벌써 끝났어요?"

"갑자기 의사들이 수술실에 들어가서, 내일 아침에 회의하기로 했어."

"아……."

이걸 다행이라고 해야 하나?

"병원이나 둘러보고 가자구. 렌털 하우스는 좀 멀더라."

피디는 발걸음을 옮겼다.

"참, 병원 다 찍는 거예요? 아니면, 한 과만 찍어요?"

유채는 남 피디와 보폭을 맞추고 걸으며 물었다.

"국장님이 말 안 해줬구나? 산부인과 찍을 거야."

"사, 산부인과요?"

잠시 다행이라고 안도했는데, 이런 청천벽력 같은!

"국민 산모, 괜히 리포터 시켰겠어?"

남 피디는 되레 의아한 얼굴로 유채를 돌아보았다. 말도 안 돼. 그럼 그 인간이랑 같이……?

"자, 병원이나 한번 둘러보고 렌털 하우스로 가자구."

남 피디는 충격 먹은 유채의 얼굴과는 상관없이 상큼하게 돌아서 병원을 둘러보았다. 유채는 난감했다. 자신을 시궁창에 처넣은 그 자식을 시궁창 바닥의 화석으로 만들어도 시원찮을 판인데, 같이 시궁창 물 먹고 개 헤엄치듯 발버둥치며 촬영하게 되는 거 아니야? 겨우 맡게 된 고정을 당장 그만두겠다고 해야 하나. 유채는 난감하지 않을 수 없었다.

✻

늦은 수술로 지친 윤표는 피곤한 낯빛으로 퇴근했다. 렌털 하우스 복도를 걷던 그는 자신의 집 근처에 다다라 멈춰 섰다. 혜령이 비운 집의 문이 열려 있었던 것이다. 어제까지는 빈 집이었는데 그새 새 사람이 입주했나?

윤표는 호기심에 슬쩍 문틈으로 고개를 기울였다.

"혼자 쓰니 좋겠네?"

남자의 목소리가 들려왔다.

"여기 있으니까 우리 진짜 의사 같네요. 휴, 나도 의사나 될걸."

한스러운 여자의 목소리도 들렸다.

"성적은 됐고?"

남자의 키득거리는 목소리가 이어 흘러나왔다.

"이 요구르트 마셔도 되나?"

"어디서 났는데?"

"요 앞에서……."

"제대로 발효된 거 아니야? 버려."

다른 사람들의 대화 소리도 들려나왔다. 누구는 쓸쓸해 죽을 맛인데, 새로 들어온 사람은 인기가 많은 모양이다. 괜히 염탐하는 기분이 들어 윤표는 얼른 몸을 움츠리고 겸연쩍어하며 열린 문을 지나 자신의 집으로 들어갔다.

윤표는 눈을 뜨자마자 알람으로 손을 뻗었다. 그와 동시에 알람 시계가 작동을 준비하는 가느다란 기계 소리를 냈고, 윤표는 '삐—' 소리가 시작되기 무섭게 알람을 껐다.

유난히 햇살이 눈부신 날이다. 윤표는 손바닥으로 얼굴에 남은 잠을 쓸어내며 일어나 욕실로 갔다. 늦은 새벽 같은 아침의 고요는 어느 때보다 깨끗하다. 그리고 어느 음악보다 안정감을 주었다. 윤표는 그 고요함을 온몸으로 음미하며 칫솔에 치약을 듬뿍 짰다.

그리고 입술 가득히 거품이 나오도록 칫솔질을 하던 순간, 벽에서 희미한 소리가 났다. 순간 촉이 바짝 선 윤표는 칫솔질을 멈추고 소리의 진원을 감지했다. 윤표는 눈동자를 굴리며 이리저리 살피다 옆을 획 돌아보았다. 벽이다. 옆집인데. 어제 새로 입주한 사람이 있는 것 같던데. 그것도 여자인 게 분명했다.

윤표는 천천히 몸을 벽 쪽으로 옮겼다. 그리고 칫솔을 입에 문 채 조심스럽게 귀를 벽에 갖다 댔다.

"흐음~."

흡! 여자의 신음에 윤표의 눈이 커졌다.

"흐으~읍!"

가늘었던 신음이 일순간 커졌다. 그와 함께 눈이 휘둥그레진 윤표는 화들짝 놀라 벽에서 튕겨나가 맞은편 벽에 몸을 붙였다. 벌어진 입이 다물어지지 않고, 칫솔은 입술에 걸렸다.

"뭐, 뭐 하는 여자인데 아침부터……."

오만가지 상상이 삼류 영화관 광고처럼 휘리릭 지나갔다. 순간 얼굴이 빨개진 윤표는 헛기침을 하며 입에 걸렸던 칫솔을 그러쥐고 정신없이 칫솔질을 했다. 소름 돋는 '19금' 잡생각을 떨쳐내려 더욱 칫솔질에 몰입했다. 그러자 잇몸에서 피가 났다.

제길, 너무 굶었나? 윤표는 정갈했던 고요가 외로운 적막함과 지저분한 삼류 비디오로 느껴져 성질이 났다. 그는 물고 있던 칫솔을 세면기에 패대기쳤다.

4. 요구르트의 위대한 발견

모든 사악한 것은 복수다.
— 오토 바이닝거

유채는 변기에 앉아 항문에 힘을 주지도, 풀지도 못하는 고통에 신음하며 오만상을 찌푸렸다. 앓는 소리가 절로 나온다. '변 보기도 이렇게 힘들진대, 애는 어떻게 낳지?' 하는 생각이 불현듯 들었다. 그때 절체절명의 '퐁당' 소리가 변기를 울렸다.

"하~."

그제야 유채는 아랫배에 주었던 힘을 풀며 이마에 흐르는 식은땀을 닦았다. 개운치는 않지만 오늘은 이 정도로 만족이다. 무슨 조치를 취해야지 안 되겠다. 매일 아침 이러다가 정말 아래쪽 내장이 찢어질 것만 같다.

유채는 변기 위에서의 고군분투로 인해 창백해진 얼굴로 집을 나섰다. 그때, 문고리에 걸린 우유 보관 가방이 대롱거리다 유채의 무릎을 툭 쳤다. 어제 무심코 보았던 가방인데, 지금 무릎에 닿는 가방의 느낌이 뭔가 들어 있는 것 같았다. 그러고 보니 어제 스태프 중 누군가가 요구르트를 습득한 것 같았는데, 여기서였나? 유채는 의아해하며 가방에 손을 넣었다. 손에 뭔가 잡혀 꺼내보니 '장이 쌩쌩, 변이 좍좍, 변비 해

소 유산균 요구르트'라고 쓰인 80㎖ 가량의 요구르트였다.

"내 고통을 누가 어찌 알고."

유채는 감격스럽게 중얼거렸다. 그러다 렌털 하우스 천장을 우러러보았다. 하느님이 사시나, 여기? 요구르트를 든 채 그녀는 두 손을 모으고 감사의 기도를 드렸다. 하늘의 뜻이라면 마시겠나이다.

유채는 이름처럼 제 값을 하는 요구르트이기를 바라며 기대에 찬 얼굴로 요구르트 마개를 비틀었다. 그러다 곧 이성의 소리에 유채는 한숨을 내쉬었다. 어쨌거나 수취인 불명인데. 잠시 머뭇거리던 유채는 경비실로 달려갔다.

유채는 경비실 창문을 두드린 후, 몸을 기울여 안에 있는 경비원 아저씨에게 조심스럽게 물었다.

"아저씨, 혹시 제가 이사 온 집에 전에 살던 사람이 이거 마셨나요?"

유채는 들고 있던 장변 요구르트를 난간에 올려놨다.

"내가 우유 보급소 직원인가? 그걸 왜 나한테 물어?"

경비원 아저씨는 어이없어했다. 생각해보니 그렇다.

"죄송합니다. 수고하세요."

민망해진 유채는 어색하게 인사를 하고 굽혔던 허리를 세웠다. 그러다 다시 허리를 굽혀 경비원 아저씨에게 물었다.

"죄송한데요, 우유 보급소 전화번호 아세요?"

그러자 아저씨는 역시 무뚝뚝하게 말했다.

"내가 114로 보여?"

되게 쌀쌀맞은 아저씨다. 나쁜 남자를 추구하시나? 유채는 뻘쭘해져 아저씨에게 인사를 하고 다시 허리를 폈다. 그러다 불현듯 자신의 렌털 하우스로 달려가 우유 가방을 집어 들었다. 그리고 핸드폰을 꺼내 가방에 쓰인 전화번호를 눌렀다. 신호음이 몇 차례 울리고 저쪽에서 전화를 받았다.

"감사합니다. '언제나 우유'입니다."

"아, 안녕하세요. 여기 태조병원 렌털 하우스거든요? 308호, 장변 요구르트 넣으시죠?"

유채는 공손히 물었다.

"308호요⋯⋯? 아, 네."

"전에 살던 사람, 이사 갔어요. 전 오늘부터 사는 사람이구요. 연락 못 받으셨어요? 보니까 요구르트가 들어와 있어요."

유채는 전화 통화를 하며 손에 들린 장변 요구르트에 적힌 문구를 다시 음미했다. '장이 쌩쌩, 변이 좍좍'이라⋯⋯.

전화 받은 직원은 난처해했다.

"네⋯⋯? 어쩌죠? 그거 이미 선지급 받은 건데."

"연락처 없으세요?"

"거기 집 전화뿐인데. 이사 가셨으면⋯⋯."

직원은 말을 흐렸다. 유채는 손에 들린 요구르트를 손에 굴려보았다. 장변⋯⋯.

"장이 쌩쌩, 변이 좍좍. 이거 진짜 마시면 효과는 좋아요?"

묻는 유채의 얼굴은 진심이었다.

"그럼요! 거기 사시던 분도, 추천받고 매일 드신 거거든요. 효과 진짜 좋아요. 그거 특허도 받은 유산균이거든요. 팸플릿 보내드릴까요?"

유채가 떡밥을 문 것 같은지 직원은 황급히 설명했다. 유채는 결단을 내렸다.

"아니, 됐구요. 그럼 일단 제가 마시고, 나중에 문제가 되면 제가 대신 돈 낼게요. 그럼 되죠?"

보급소 직원과 통화를 끝내고 렌털 하우스를 나오면서 유채는 요구르트를 쭉 비웠다. 왠지 벌써 장이 가벼워진 기분이다. 유채는 주변을 두리번거리다 쓰레기통을 발견하고 빈 요구르트 병을 휴지통에 슛─하고 날렸다. 요구르트 병이 정통으로 쓰레기통에 꽂혔다. 어쩐지 좋은 일이 생길 것 같은 기대감이 꽉꽉 든다. 유채는 상쾌해진 기분으로 배를 쓰다듬으며 걸음을 옮겼다.

복숭아 뼈에 날개가 달린 듯 걷던 유채의 걸음이 태조병원 앞에 이르자 갑자기 멈칫했다. 아랫배가 꾸룩거리기 시작했다. 유산균, 이놈들. 드디어 요구르트가 장에서 행동을 개시한 건가? 언제 확실한 신호가 올까? 나름 기대를 하면서 걸음을 옮기는데 병원 산부인과 로비에 딱 들어서는 순간 갑자기 유채의 배가 싸르르 아프기 시작했다. 요구르트가 아니라 설사약이었나? 이렇게 금방 신호가 올 줄이야. 하긴, 아침에도 큰 소득이 없었고, 며칠을 묵혀 있었으니 나올 때가 되기도 했다.

유채는 '싸~' 하고 불쾌한 기분을 느끼며 급히 걸음을 옮겼다. 갑자기 움찔하고 항문에서 신호가 왔다. 변이 급히 탈출하겠다는 모스 신호를 보내는 것 같다. 조금만 기다려. 유채는 미간에 힘을 주며 화장실을 찾아 두리번거렸다. 그때, 저쪽에서 급하게 걸어오던 윤표와 딱 마주쳤다.

"어!"

유채가 먼저 놀라 손가락으로 윤표를 가리켰다. 나를 자유자재로 시궁창에서 농락한 자식!

"어!"

윤표도 당황한 듯 유채를 향해 손가락을 들어올렸다. 그때 유채의 항문에서 또 모스 신호가 감지됐다. 흡! 유채는 괄약근에 힘을 주며 인상을 구겼다. 식은땀이 또르르 흘렀다.

"진료 받으러 왔나? 담당의사가 누구신가?"

윤표는 피식 웃으며 유채를 향해 빈정대기 시작했다. 이게 누가 잘못했는데 빈정거려? 재수 없게.

"아니라니까?"

한마디 격하게 퍼부어주고 싶은데 괄약근에 힘을 주느라 어금니가 다물렸다.

"혹시 미혼모?"

윤표는 눈을 가늘게 뜨고 유채를 보았다. 유채는 발끈했다.

"이봐……!"

흡! 뭐라고 한마디 해주고 싶어 미치겠는데 지금 아래쪽은 더 미치겠다. 유채는 아픈 배를 짚으며 더 깊이 인상 썼다.

"태교 모르시나 봐? 그렇게 인상 쓰면 인상 쓴 애기 나오는 거 몰라?"

윤표는 유채의 인상 구긴 얼굴에 기분이 상한 듯 끝도 없이 빈정거렸다. 인상 쓴 애는 모르겠고 인상 험악한 변은 나올 것 같다. 아~ 육두문자가 절로 나온다. 하지만 점점 더 분출의 시점이 다가오는 유채는 '아~' 하고 신음밖에 내뿜을 것이 없었다.

"나중에 두고 봐……."

유채는 그를 강하게 흘기고 화장실을 향해 걸음을 옮겼다. 그런데 헉! 걸음을 급하게 옮길수록 항문에 힘이 풀리는 것 같아 유채의 스텝이 꼬였다. 여기서 더러운 모습을 보일 순 없다. 유채는 배를 잡으며 난간을 움켜쥐었다. 달팽이처럼 들러붙어서라도 화장실까지 무사히 도착해야만 했다. 그때, 놀란 윤표가 유채에게 다가왔다.

"왜, 왜 그래요?"

빈정거리던 싸가지 없는 얼굴은 어디로 가고 지금 그의 얼굴은 당황의 빛이 역력했다.

"배가 아파서 그래요. 그냥, 가세요."

유채는 식은땀을 흘리며 그에게 가라는 손짓을 했다.

"배?"

진짜 오지라퍼네, 이 인간.

"괜찮으니까 제발 신경 끄세요. 그쪽 관심 되게 부담스럽거든요?"

"아니, 배가 아프다면서요? 애기한테 문제 있는 거 아니……?"

순간 짜증이 솟구쳤다.

"아, 진짜 임신 아니라니깐요? 흡!"

소리치던 유채는 항문의 버럭 노크에 그만 움찔했다.

"미혼모들은 다들 그렇게 말들 하지! 아니긴 뭐가 아니야! 딱 보니까 맞구만!"

윤표는 고함을 질렀다. 유채도 짜증이 고함으로 터졌다.

"아니라면 아닌 줄 알지! 왜 이렇게 사람 말을 못 믿어? 헉!"

세상이 노랗고, 온몸에서 힘이 줄줄 새나가는 느낌이다. 하이랜더가 이렇게 죽어갔던 거구나, 싶게 온몸에서 생명력이 급하강하는 것 같았다. 난간을 잡은 손이 비틀리고, 얼굴은 사색이 되었다. 가야 돼……! 얼굴의 핏기가 싹 가진 유채는 눈에 힘을 주며 화장실만을 노려보았다. 그러다 그만 휘청하고 말았다. 그런 유채를 윤표가 뒤에서 덥석 받았다.

"도대체 몇 개월이에요? 유산 전조 증상 같은데?"

"제……발, 그만 좀 하시라고."

유채는 저승의 문 앞에 간 환자처럼 신음하며 이를 악물었다.

"이 간호사! 여기 베드!"

유채의 말을 무시한 윤표는 간호사 데스크를 향해 소리쳤다. 곧 간호사들의 급한 뜀박질 소리와 침대 바퀴 구르는 소리가 났다. 유채는 또 다른 의미로 사색이 되었다.

"아니에요. 제발~ 나 좀 그냥 놔둬요!"

유채는 신음하던 목소리에 온갖 짜증을 담아 터뜨렸다.

"진짜 답답한 여자네! 다 비밀로 해줄 테니까 입 좀 닥쳐!"

윤표가 소리쳤다. 덩달아 유채도 버럭 했다.

"너나 입 닥쳐!"

하지만 윤표와 간호사들은 아랑곳하지 않고 유채를 침대에 뉘려 했다. 유채는 그들의 손길을 완강하게 거부하며 버둥거렸다. 저리 가, 이것들아. 움직이니까 진짜 나올 것 같단 말이야!

유채의 속은 까맣게 타들어가는 것 같았다. 그때 갑자기 간호사들이 유채의 다리를 잡고 유채를 침대에 뉘었다.

"제발 좀 놓으라고요!"

유채는 발버둥을 쳤다. 그때, 저쪽에서 회의실로 향하던 스태프들과 피디가 로비의 소란에 돌아보았다. 그리고 그 중심에 있는 유채를 발견하고는 서둘러 그녀에게 달려왔다.

"유채 씨! 왜 그래?"

남 피디가 다급하게 물었다. 그의 목소리에 유채는 고개를 쳐들고 그의 손을 잡았다.

"제발 저 좀 살려주세요! 저 화장실 갈래요!"

"이런 무식한 여자! 이럴 때 화장실이라니!"

윤표는 답답해했다.

"진짜 임신이야?"

옆에 있던 카메라맨 은상이 당황하며 물었다. 유채는 눈물까지 나왔다.

"아니라니까. 제발 내 말 좀……. 아흑!"

유채는 울면서 배를 움켜쥐었다. 스태프들까지 몰려들었는데 변이 마려워 그런다고 발설해야 돼, 꼭?

"나 갈 데가 있어. 여기선 안 돼. 나, 가야 돼."

흡사 정신줄 놓은 여자처럼 보였을 것이다. 하지만 그게 문제가 아니었다.

"제가 알아서 하겠습니다."

윤표는 스태프들을 향해 굳게 말했다. 미친! 유채가 그를 흘기는 사이 간호사 하나가 그런 유채의 상체를 잡아 뉘이며 침대가 달리기 시작했다. 남 피디가 침대를 따라 달리며 유채의 손을 꼭 잡았다.

"괜찮아. 다 이해할게. 내가 국장님한텐 비밀로 해줄게."

이런 상황이지만 감동 먹을 말이다.

"나 가야 돼요. 여기선 안 돼. 제발 내 말 좀 들어줘요."

유채는 남 피디를 간절하게 쳐다보았다.

"얼른 수술장 잡아. 혹시 모르니까, 혈액도 확보해두고!"

이 간호사에게 황급히 지시한 윤표는 유채를 돌아보았다.

"혈액형이 뭐예요?"

"배 아프다잖아!"

얼굴이 하얘진 유채가 그를 갈아 마실 듯 노려보며 소리쳤다.

"내가 도와준다니까?"

안 되겠다. 유채는 더 이상 지체할 수가 없었다.

"화장실 갈래!"

유채는 사람들의 팔을 뿌리쳤다.

"진정하세요!"

간호사가 유채의 팔을 잡았다. 미칠 노릇이다.

"나 화장실 간다고! 경고하는데! 나 지금 위기 순간이야!"

유채는 달리는 침대에서 따라 달리는 좌중들을 둘러보며 엄포를 놓았다.

"그래, 위기지! 빨리 조치 취하지 않으면 뱃속 생명까지 위험할 수 있어!"

윤표는 단호하게 되받아쳤다.

"얘는 생명이 없다고!"

기절하겠다, 진짜.

"혹시 사산?"

간호사가 놀라 윤표를 돌아보았다. 이 '쿵짝'이 잘 맞는 의사와 간호사를 보라. 동시에 애 100명은 거뜬히 받겠다.

"원래 애가 안 좋은 상태였나? 그러고도 참았어? 이 여자 진짜!"

윤표는 유채를 질책했다. 그때, 유채의 항문에서 궁극의 신호가 왔다. 유채는 유언처럼 울부짖었다.

"흑! 나, 이젠 아무것도 책임 못 진다!"

"수술실 문 열어!"

윤표가 수술실 앞으로 침대를 밀며 소리쳤다. 그때, 침대 위에서 '부릉~' 하고 오토바이 시동을 켜는 소리가 들렸다. 여자의 호러 비명도 들리는 것 같았다. 달리던 사람들이 급정지를 하며 3초 정도 멍해했다.

유채는 죽고 싶었다. 유채가 침대 시트에 얼굴을 묻는 순간, 사람들은 일제히 코를 움켜쥐고 침대 바깥으로 고개를 돌렸다. 너무 숙성시켰다. 난처해진 윤표만이 유채를 어이없이 돌아보았다.

"내가 아니라고 했잖아요……."

유채는 울먹이며 윤표를 흘겨보았다.

✳

아침에 옆집에서 나는 신음을 들었을 때부터 일진이 사나울 것 같은 예감 같은 게 들었다. 그리고 결국 이 사단이다. 뭔가 대단한 실수를 한 느낌이다. 그러니까 임신한 게 아니란 거지? 임신했는데, 배도 아팠단 건가? 그건 아닌 것 같은데…….

윤표는 초조하게 화장실 앞을 오갔다. 그때, 화장실에서 환자복 바지를 입은 그녀가 짐작이 가는, 꼭꼭 묶은 검은 봉지를 들고 겸연쩍어하며 어슬렁어슬렁 걸어 나왔다. 순간, 간호사 데스크에서 키득거리는 웃음소리가 흘러나왔다. 윤표와 유채는 동시에 간호사 데스크를 노려보았다. 그러자 모여 있던 간호사들은 움찔 놀라며 화다닥 고개를 숙였다. 이어 유채는 윤표를 흘겨보았다. 그러자 그녀와 눈이 마주친 윤표도 얼굴이 빨개진 채 그녀의 시선을 피했다. 그녀는 입술을 뭉개며 뭐라고 투덜거렸다. 물론 욕일 거란 걸 해석하지 않아도 알 것 같다.

"괜찮아요?"

윤표가 조심스럽게 묻자, 유채는 구미호처럼 눈을 휙 치뜨고 윤표를 노려보았다. 간을 빼 먹힐 것만 같다. 그녀의 이 갈리는 소리가 생생하게 들려왔다. 갑자기 유채가 달려들 듯 한 발짝 다가서며 봉지를 윤표에게 휙 휘둘렀다. 움찔한 윤표는 얼른 한 걸음 물러섰다.

"버리지 그래요? 빨아서 입을 건가?"

윤표는 인상을 찡그리며 유채를 보았다.

"책임지신다며? 대신 버려주지?"

유채는 봉지를 던질 듯 또 윤표에게 휘둘러 보였다.

"미안, 정말 미안해요. 그건 못해주겠다."

두 손을 내보인 윤표는 허탈한 미소를 지었다.

"내가 미치겠다, 진짜."

그러다 그녀는 봉지의 냄새를 맡고는 '어우~' 하고 진저리를 쳤다. 좀 우습다. 갑자기 곁을 지나가던 환자와 보호자들이 유채를 보고는 키득거리며 지나갔다.

"이번엔 방송도 안 탔는데, 소문 진짜 빠르네."

그녀는 인생을 포기한 목소리로 중얼거렸다. 영겁의 한숨을 내뿜는 그녀의 모습이 측은하게 보였다.

"내가 당신 때문에 어떤 일을 겪었는지 알기나 해요?"

그녀는 그에게 그동안 참았던 울분을 터뜨렸다. 무릎도 탁탁 두드려 대고 얼굴도 격분하여 쓸어내리는 모습이 무슨 뜻인지는 정확히 몰라도 많은 일들이 있었다는 걸 알겠다.

"아, 새로 올라온 사진은 나도 봤어요. 근데 그건 뭐죠? 속바지 위로 둥근 풍선 같던……."

"이봐요!"

얼굴이 빨개진 유채는 버럭 소리쳤다.

"나로 인해서 생긴 오해는 미안해요. 하지만 사명감이란 게……."

"뭐가 그렇게 잘나셨지? 사람을 실수로 죽일 뻔해놓고 사명감 때문에 어쩔 수 없었다고 하면 이해가 되는 거냐구?"

"미안해요, 정말."

윤표는 진심이었다. 그걸 느꼈는지, 뭐라고 더 소리치려던 유채는 멈칫했다.

"내가 어떤 짓을 했는지 알아서 많이 미안했어요. 그리고 다행이에요. 리포터 자리를 잃은 게 아닐까 걱정했는데 제 궤도에 있는 것 같아서……."

"내가 댁 때문에 무슨 일을 당했는 줄이나 알아요?"

"그래요. 그래도 다행이잖아요. 그 자리에 있으니까."

"안 그랬으면 그쪽도 그 자리에서 아득히 멀어졌을 거예요. 분명히!"

무슨 수를 써서라도 그렇게 만들었을 거라는 의지가 가득한 그녀의 얼굴이었다. 그 얼굴이 너무 당차 보여서 마음에 들었다. 스스로 수렁을 파고 들어가 앉는 스타일은 아닌 것 같아 안심도 되었다. 그런데 이 여자는 무슨 연애가 잘못돼서 게시판에 낙서까지 한 거야? 윤표는 그녀를 흥미롭게 바라보았다.

"다시 한 번 말하지만 미안해요. 용서가 쉬운 게 아니란 걸 알아서 그렇게 하라고는 하지 않을게요."

윤표는 어쩔 수 없다는 듯 한숨을 내쉬었다. 그때 회의실의 문이 열리고 아까 침대와 함께 달렸던 남자가 고개를 내밀고 두리번거리다 그녀를 발견하고는 소리쳤다.

"유채 씨! 회의 시작했어! 선생님도요!"

그는 윤표에게도 소리쳤다. 순간 윤표와 유채는 또 눈이 마주쳤다. 윤표는 '가자.'는 턱짓을 했다. 유채는 입술을 일그러뜨리다 발걸음을 옮겼다.

"어, 그거."

윤표는 반사적으로 그녀가 들고 있는 검은 봉지를 가리켜 보였다. 그러자 그녀는 그제야 제 손에 그게 아직도 들렸다는 사실을 알아차린 표정을 지었다. 그리고는 화장실로 냅다 달려갔다. 윤표는 저도 모르게 또 웃음이 났다. 전말이야 어떻든 저 여자에게 잘해줘야겠다는 생각이 들었다.

그런데 그게 쉽지 않을 것 같다. 회의실에 늦게 도착해 어떤 사건이 있었는지 모르는 대준이 산부인과 의사들과 간호사들이 모두 모여 있는 가운데서 유채라는 그녀를 보고 대뜸 소리쳤다.

"어! 국민 산모!"

"콰하하하하!!!"

대준의 비명 같은 외침에, 그렇지 않아도 환자복 바지 차림의 그녀를 보며 키득거리던 사람들이 일제히 박장대소를 하며 웃기 시작했다. 그러자 그녀는 얼굴이 토마토처럼 시뻘겋게 달아올랐다. 그러면서 대준을 흘기다 윤표를 죽일 듯 노려보았다. 암담했다. 어쨌거나 그 국민 산모란 닉네임을 만들어준 것이 바로 윤표 자신이었기 때문이다.

"이분이 그분이셨어?"

산부인과 과장도 짐짓 놀라 웃으며 유채를 돌아보았다. 유채는 '어쩌다 보니⋯⋯.' 하며 억지로 웃는 시늉을 했다.

"그 일로 인해서 우리 산부인과가 주목을 받게 됐는데 고맙다고 해야 하는 거 아닌가 모르겠네. 하하하."

산부인과 과장은 껄껄 웃어댔다. 윤표는 그녀에게 다시 한 번 미안해졌다. 그녀는 그 일이 자꾸 입에 오르내리는 것이 마뜩잖은지 금방 부어터질 것 같은 얼굴로 입술을 앙다물었다.

"어제 잠깐 인사한 사람들도 있을 텐데, 얼굴 빨리 익혀서 서로 오해하거나 촬영에 좋지 않은 모습 잡히지 않게 주의하세요. 서로서로 친절하게, 진행에 도움이 되도록 합시다. 자, 그럼."

과장은 병원 사람들에게 주욱 늘어서 있는 방송국 직원들을 소개해주었다.

"잘 부탁드립니다. HNC의 남국현 피디라고 합니다."

인사를 한 남 피디는 사람들에게 유채를 소개했다.

"이번 기획의 진행을 맡은 유채 리포터라고 합니다. 잘 부탁드립니다."

아까부터 얼굴이 빨갰던 유채는 허리를 90도로 접어 인사했다. 그러다 윤표와 눈이 딱 마주쳤다.

'크릉~.'

그녀의 얼굴에서 밀림 고양이의 울부짖음이 느껴진 건 왜일까. 아까 달리는 침대에서의 대참극과 아울러 대준이 터뜨린 '국민 산모'란 말이 그녀의 심기를 더욱 불편하게 한 것 같았다.

카메라맨과 작가 등 촬영팀의 인사가 끝난 후 과장은 윤표를 방송국 사람들에게 소개했다.

"이번 기획에 많은 도움을 줄 사람이 바로 이 소윤표 선생입니다. 모르는 것이나 의논할 게 있으면 이 사람을 찾으면 돼요."

윤표는 유채를 떨떠름하게 쳐다보다 방송국 사람들을 향해 인사를 했다. 유채의 싸늘한 시선이 정수리에 박혀 있음을 느낄 수 있었다.

대면식을 마치고 회의실을 나서는데 피디가 그를 불렀다.

"소 선생님, 잠시 저희랑 얘기 좀 하시죠?"

회의실을 나오던 윤표는 남 피디를 돌아보았고, 그 옆에 인상을 구기고 있는 유채도 보게 되었다. 환자복 바지 차림이 자꾸 봐도 가관이다.

"이따 저희 리포터랑 인터뷰 좀 하셔야 하는데, 질문지 확인 좀 해주시겠어요?"

피디는 윤표에게 다가와 종이 몇 장을 내밀었다.

"네."

벌써부터 귀찮다. 절로 미간이 구겨졌다. 하지만 맡게 된 일이니 피할수도 없었다. 윤표는 어쩔 수 없이 대꾸하며 그에게 다가갔다. 그때, 멀리서 카메라를 든 사람이 피디를 불렀다.

"남 피디님, 여기 좀 와보세요."

피디는 난감해하다 유채를 돌아보았다.

"소 선생님이랑 질문지 체크 좀 해."

피디는 들고 있던 질문지를 유채에게 넘겨주고 카메라맨에게 가버렸다. 유채는 볼멘 표정으로 윤표에게 다가왔다.

"아까 사과를 하다 말았는데…… 정식으로 사과할게요. 임산부라고 오해해서……."

윤표는 유채에게 계면쩍게 말했다.

"그런 식으로라도 오해가 풀려서 다행이네요."

유채는 이를 악물고 대답했다. 윤표는 그녀와의 사이에 흐르는 냉기에 어색해하며 이마를 긁적였다. 뭐라고 위로의 말이라도 해줘야 하겠다만…….

"창피해하진 말아요. 원래 산부인과에서 그런 일 가끔 보거든요."

"그런 일?"

유채는 눈을 또렷이 뜨고 그를 보았다.

"가끔 급하게 분만하는 산모들 중에……."

"샷다 마우스! 거기까지!"

그의 말에 급 당황한 그녀는 콧구멍을 벌렁거리며 흥분해 소리쳤다.

"당신은 나한테 모욕감을 줬어! 당신 때문에 내가 무슨 개망신을 당했는지 알기나 해? 나 이거 안 해!"

유채는 들고 있던 질문지를 윤표의 가슴에 패대기치고 대차게 돌아서 갔다. 윤표는 멀어지는 유채를 한숨을 쉬며 그저 지켜보고만 있었다. 하고 싶지 않은 것은 자신도 별반 다르지 않기에 그다지 잡고 싶지 않았다. 근데, 이렇게 끝내도 되나? 잠시 그녀의 근성 있는 당찬 모습이 마음에 들었는데, 결국 자기 방송국 홈페이지 게시판에 자기 연애질을 분풀이하듯, 일도 제 감정대로 하는 개념 없는 여자였나, 싶기도 했다.

윤표는 착잡하게 돌아서는 유채의 뒷모습을 보다 발걸음을 돌렸다. 그때 갑자기 로비가 시끄러워졌다. 멀리서, 응급실 당번이었던 산부인과 인턴과 간호사들에게 에워싸여 달려오는 침대가 보였다. 침대에 누운 임산부는 비명을 질러대고 있었다. 윤표는 들고 있던 질문지를 내던지고 서둘러 침대로 달려갔다.

"무슨 일이야?"

"예정일이 두 달 남은 산모예요. 새벽부터 배가 아프다고 했대요. 머리도 아팠다고 하구요."

이 간호사가 빠르게 브리핑했다.

"임신 중독 같아요."

응급실 당번이었던 인턴이 빠르게 말을 이었다.

"혈액 검사부터 먼저 하고, 혈압 검사, 자궁 내 산소량 검사해!"

윤표는 서둘러 이 간호사에게 지시했다.

"무슨 일이에요?"

갑작스런 질문에 돌아보니 어느새 유채가 마이크를 가슴에 달고 옆에 달라붙어 있었다. 그만 둔다더니.

"임신 중독 같습니다."

윤표는 귀찮은 투로 대꾸했다.

"그게 어떤 증상인데요?"

이런, 젠장. 이 상황에서도 친절해야 돼?

"가서 검색해봐요!"

윤표는 그녀에게 인상을 찡그리며 소리쳤다. 그리고 다른 간호사에게 소리쳤다.

"수술장 잡아!"

❀

그에게 뭐라고 더 짖어대주고 싶은데, 계속 리포터 자리에 있어 다행이라는 그의 말에는 할 말이 없었다. 어쨌든 원상복구는 되었으니 말이다. 하지만 그와 쌍으로 묶여 있다가는 '국민 산모'란 타이틀을 영 벗을 수 없을 것 같았다. 그와 함께 한다는 것을 안 이상, 그냥 같이 한다고 하는 것 자체가 모순 같았다. 그래서 그만둔다고 하고 돌아섰는데 갑자기 로비가 시끄러워졌다. 그리고 상황을 파악한 남 피디는 은상에게 카메라를 켜라고 다그쳤고, 멍 때리며 서 있던 유채에게 마이크를 채웠다.

유채는 피디에게 내몰려 얼결에 윤표 옆에 끼어들게 되었다. 그런데 그 자식이 한심하단 얼굴로 자신에게 검색해보라고 소리를 질렀다. 방송국은 물론이고 어디서나 고함만 처듣고 살 인생인가?

윤표와 간호사들은 침대를 끌고, 아침에 유채를 침대에 태우고 달려가던 길을 내달려갔다. 그들을 쫓아가던 유채와 스태프들은 거친 숨을 몰아쉬며 뛰던 걸음을 멈추었다.

"검색이 아니라 달리기 연습부터 해야겠다."

유채는 호흡이 달려 무릎을 짚고 거친 숨을 토해냈다.

촬영팀의 병원 내 아지트는 회의실이 되었다. 환자복 바지를 입은 채 유채는 다시 회의실로 돌아왔다. 유채는 컴퓨터 앞에 앉아 키보드를 두드렸다.

〈장변 요구르트 음용 후기〉
신호가 바로 오네요. 효과 짱!

유채는 심드렁하게 후기를 남기고 인터넷 창을 지웠다. 밑에 깔렸던 검색창에는 '임신 중독증'이 검색되어 있었다. 유채는 한숨을 쉬며 임신 중독증에 대해 읽어보았다.

임신 중독증은 대개 임신 20주 후에 발병하며…….

"그래서 안 한다고?"

남 피디의 목소리에 놀라 고개를 퍼뜩 드니 그가 실망한 얼굴로 유채를 내려다보고 있었다. 유채는 얼른 일어나 두 손을 모으고 섰다.

"이유가 뭐야?"

남 피디는 유채에게 앉으라는 손짓을 하고 그녀의 건너편 책상에 걸터앉았다. 유채는 우물쭈물 자리에 앉았다.

"아침 일도 그렇고, 그 산부인과 의사랑 자꾸 꼬이는 게……."

"유채 씨, 그렇게 근성 없는 사람이었어?"

남 피디는 유채를 향해 버럭 소리를 쳤다. 이런 소리, 진짜 열 받는다. 얼마나 따내고 싶었던 고정 자리인데. 자신도 그만두고 싶지 않았다. 하지만 국민 산모부터 시작해서 아침부터 사람들에게 못 보일 꼴만 보이고, 그리고 그때마다 항상 그 의사가 옆에 있는 상황이 마음에 들지 않았다.

"어차피 시작도 얼마 안 했고, 아침 녹화에 제 목소리 들어간 건 그냥 날리면……."

"됐어. 얼마 되지도 않는 분량이고, 급박한 상황에 그딴 허접한 질문이나 하는 거 녹화한 필름, 쓸데없으니까 버리면 끝이야."

남 피디는 차갑게 말했다. 그의 말에, 한 대 얻어터진 것 같은 유채는 고개를 떨구었다. 남 피디는 유채를 착잡하게 바라보았다.

"고정, 고정, 노래를 부르고 다니더니 그깟 의사 하나랑 꼬인 거 때문에 이 기회를 놓쳐?"

이 답답한 마음을 누가 알아줄까. 리포터이기 전에 자신도 여자인데. 여자로서 이런 모멸감과 수치심은 절대 갖고 싶지 않았다.

"어제 그렇게 짐 풀고 그냥 잤지? 산부인과에 대해 공부도 안 하고."

순간 유채는 뜨끔했다.

"기회는 준비된 사람한테만 존재해. 나는 뭐 유채 씨랑 일하는 거 결정하는 게 쉬웠을 거 같아? 어떤 상황에서도 파이팅 외치던 유채 씨라

딱 이 사람이다 싶었어. 일단 정해지기만 하면, 어떤 일이 있어도 야무지게 헤쳐나갈 거라고 믿었다고."

유채는 입술을 깨물었다. 이렇게 감정적으로만 보이는 자신이 너무 창피했다.

"그런데 이런 식이면 곤란해. 응급 상황에서 증상에 대해 물으면, 어느 의사가 반갑게 대꾸해주겠어? 어차피 방송 땐 내레이션으로 설명이 되겠지만, 일단 유채 씨가 숙지를 하고 있어야 그런 돌발 질문을 안 하지."

남 피디는 한숨을 쉬었다가 말을 이었다.

"이런 식이면 다른 데서도 고정 못해. 리포터 자질이 문제가 된다고."

"죄송해요."

유채는 기어들어가는 목소리로 말했다. 오늘 말은 확실히 경솔했다. 이왕 이렇게 하게 된 것, 자신의 부족함 때문에 못했다는 말은 절대 들을 수 없었다.

"첫 인상이 좋지 않은 건 나도 알겠어. 하지만 그게 유채 씨 본 모습이 아니잖아. 그런데 뭐가 화가 나? 나 진주다, 이렇게 소리치고 싶어? 진주는 진주를 알아보는 사람한테만 진주가 되는 거야. 남들이 자기를 진주로 알게 하는 방법, 모르겠어?"

유채는 말을 잇지 못했다.

"그래서 할 거야, 말 거야."

남 피디는 팔짱을 끼며 유채를 보았다.

"해도…… 돼요?"

유채는 고개를 들어 그의 눈치를 보았다. 그러자 그는 안쓰러운 표정을 지었다.

"'해도 돼요?'라니. 같이 하기로 했잖아. 잘할 수 있지?"

"열심히 하겠습니다."

자리에서 벌떡 일어난 유채는 허리를 90도로 숙이고 꾸벅 인사했다.

"잘해보자. 파이팅!"

남 피디는 유채를 향해 기대 어린 미소와 함께 주먹을 쥐어 보였다. 유채도 씨익 웃으며 주먹을 불끈 쥐었다.

"파이팅!"

진주가 진정한 진주가 되는 방법은 조개를 깨고 나가는 방법뿐이다. 그리고 자신의 진가를 알아보도록 빛을 내야 한다. 스스로 노력해서.

남 피디와 헤어지고 산부인과 로비로 나오던 유채는 키득거리는 간호사들의 웃음소리에 그들을 흘겼다. 그러다 입고 있던 바지를 보게 되었다. 파이팅이 넘치지만 어쨌건 탄식이 흘러나온다.

"유채야!"

순간 소영의 부름 소리가 들렸다. 놀라 돌아보니 소영이 기괴한 표정으로 유채를 흘으며 다가오고 있었다.

두 사람은 간이의자에 나란히 앉아 빨대로 주스를 빨았다.

"그래서, 이 꼬라지를 하고 병원을 나댕기고 있는 거야?"

소영은 유채의 바지를 한심하게 바라보았다.

"갈아입으러 갈 거야."

유채는 빈 주스 유리병의 바닥을 빨대로 흘으며 '후릅' 소리를 냈다.

"근데 언닌 왜 또 왔어? 온 지 얼마 안 됐잖아."

"산전 검사할 게 있어서."

소영은 빨대를 이빨로 뭉개며 말했다.

"아! 임신 중독증 검사도 했어?"

"아마, 했을걸?"

소영은 눈을 홉뜨고 생각하다 대꾸했다.

"확인해보고 안 했으면 꼭 해. 그거 되게 위험하더라. 임신 말기일수록 가능성도 높아지고, 산모는 물론이고 애한테도 치명적이래."

유채는 단단히 주의를 주었다. 그러자 소영은 코웃음을 쳤다.

"너도 참 가지가지 한다."

그녀의 코웃음에 유채는 한숨이 났다.

"내가 생각해도 그래."

"설마, 네가 말하는 그 웬수 같은 의사가 내 담당의는 아니지?"

"아직 유튜브 못 봤구나?"

"어?"

못 본 모양이다. 그러니까 이렇게 순진하게 묻지.

"지금 알려주면 반전의 묘미가 없어지니까 스포일러는 안 할게. 나중에 확인해봐."

유채의 말에 소영은 '뭐래?' 하는 표정을 지었다.

"아! 언니 변비랬지?"

"응."

소영은 빈 병 빠는 소리를 내며 고개를 끄덕였다.

"내가 요구르트 추천해줄게. 효과 짱!"

엄지손가락을 치켜든 유채는 입술을 꾹 다물며 고개를 끄덕였다. 그러자 소영의 눈이 커졌다.

소영과 유채는 마신 주스 병을 쓰레기통에 버리고 매점으로 향했다. 그리고 거기서 나란히 삼각 김밥을 고르던 윤표, 대준과 마주쳤다.

"환자복이 마음에 드나 봐요?"

윤표가 무뚝뚝하게 유채에게 말을 건넸다. 순간 유채의 뇌리에 검색해보라는 그의 말과 표정이 스쳐 갔다. 자신을 진짜 한심하게 보고 있을 게 분명했다.

"바빠서요."

유채도 차갑게 응수했다.

"검색하느라?"

윤표는 하찮게 그녀를 내려다보았다. 저걸 진짜 확! 유채는 말을 잇지 못하고 그를 노려보았다.

"그런 것만 질문하는 다큐라면 협조 못해요. 그쪽 질문에 대꾸하는 것보다 귀한 생명 받는 게 백배 천배는 중요하니까."

말을 마침과 동시에 계산원에게 삼각 김밥 값을 낸 윤표는 유채 쪽은 거들떠보지도 않고 매점을 나갔다. 뒤에서 멍하게 유채와 소영을 보던 대준은 어색하게 인사를 건네고 그를 따라나갔다. 얼결에 인사를 받은 소영은 유채를 황망하게 돌아보았다.

"혹시 네가 이를 가는 의사가……."

"유튜브 보라니까!"

유채는 윤표 대신 소영에게 눈을 희번덕거리고는 요구르트가 있는 냉장고를 신경질적으로 찾았다.

"저 의사, 이 병원 재단 이사장 아들이래. 잘생겼지, 능력 있지, 아기에 대한 열정과 사랑이 여의사들보다 더 대단하대. 아기에 관해서는 대통령 할아버지가 뭐라 해도 눈 깜빡도 안 하고 대드는 사람이래."

갑자기 소영이 입에 침까지 튀어가며 호들갑을 떨었다.

"경우가 없는 사람인가 보네."

유채가 한마디 툭 던졌다. 그러나 그 남자 의사에게 눈이 박힌 소영은 개의치 않았다.

"어쨌든 마음씨도 좋다는 거니까. 어느 것 하나 빠지질 않아. 딱 내 스타일이야. 사실 저 사람 거였으면 더 좋겠는데 말이지."

소영은 제 배를 쓰다듬으며 군침을 다셨다.

"차라리 저 남자를 꼬시지 그랬냐."

유채는 저절로 혀가 차졌다. 그러자 소영은 아쉽다는 얼굴로 고개를 흔들었다.

"아무리 대단한 남자래도, 개와 인간을 오가며 변신하는 남자의 습성은 버리지 못해. 저 남자도 분명 그럴 거구. 모든 남자가 그래. 그게 내가 싱글맘을 고집하는 이유지."

"대단하십니다. 언니 머리에 남자를 변신하는 동물로 개념 지은 사람이 누군지 궁금할 뿐입니다."

유채는 급히 소영에게 머리를 조아렸다. 그리고 윤표가 사라진 문을 사납게 쏘아보았다.

✻

"누구야, 저 여잔?"

윤표를 따라나온 대준은 연신 매점을 돌아보았다.

"네가 말한 국민 산모잖아."

윤표는 대수롭지 않게 대꾸했다.

"아니, 그 옆에 있던 여자……."

대준의 목이 여전히 매점으로 돌아가 있는 것을 본 윤표는 심드렁하게 매점을 돌아보았다. 유채 옆, 배가 남산만 한 여자가 빵 하나를 집어 들고 입맛을 다시고 있었다.

"진짜 산모네."

"임신해서 저런 포스 나오기 쉽지 않은데…… . 상당히 프로페셔널적 이면서 엘레강스해."

대준이 넋을 잃은 얼굴로 입맛을 다셨다. 한정판 게임 봤을 때의 표정이다.

"이젠 산모한테까지 군침 흘리냐?"

"난 청초한 임산부가 정말 좋더라. 봤어? 저 여자 목선, 엄청 예술이야."

"진짜 너 변태 아냐?"

윤표는 눈을 가늘게 뜨고 대준을 훑어보았다.

"딱 내 이상형인데."

그제야 목을 제자리로 돌리고 발길을 옮긴 대준은 안타까운 듯 주먹으로 제 손바닥을 내리쳤다.

"아침에 그 사단을 봤으면 저 여자랑 같이 있는 여자한테 군침 흘릴일은 없었을 거다."

"아, 그래. 내가 직접 생동감 넘치는 그 현장을 봤어야 하는데. 텔레비전에서도 그렇고 등장부터가 남달라. 쇼킹 그 자체야. 큰 인물 되겠어."

대준은 탄식과 감탄을 연발했다.

"가서 사인해 달라고 하지 그러냐?"

걷던 윤표는 다시금 매점을 휙 돌아보았다. 대준이 반한 듯한 산모가 매점을 나서며 요구르트 한 병을 벌컥벌컥 마시고 있었다. 그리고 그 옆에 선 유채는 관찰하듯 그녀를 지켜보고 있었다. 윤표는 가슴이 묵직해졌다. 왠지 흥미롭던 저 여자가 짐 보따리처럼 느껴졌다.

"뭐 샀어?"

어디선가 불쑥 혜령이 나타나 두 남자 틈에 끼어들었다.

"이 자식 진짜 변태 같애."

윤표는 대준을 흘기며 일러바치듯 말했다.

"응?"

혜령은 대준을 돌아보았다.

"산모한테 침을 흘리잖아."

"어떤 산모?"

"저 뒤에."

대준은 손가락으로 소영과 유채가 멀찍이 서 있는 매점을 가리켰다. 그들을 유심히 보던 혜령이 그녀를 알아보았다.

"저 산모, 내 환잔데. 아, 저 두 사람이 아는 사이구나? 어쩐지 저 리포터, 눈에 익더라니."

혜령은 이제 이해가 됐다는 듯이 고개를 끄덕였다.

"포스가 남다르잖냐."

대준은 다시금 감탄했다.

"그렇긴 하지. 유명한 패션 디자이너에, 싱글맘인데."

"뭐어? 돌성이야?"

펄쩍 튀어 오르던 대준은 혜령을 붙들고 침까지 튀어가며 물었다.

"아니, 미혼모야."

"진짜로?"

대준은 눈이 휘둥그레져 그녀를 다시 돌아보았다. 지구를 급선회하는 혜성처럼 눈빛이 빛나기 시작했다.

"갑자기 불안이 엄습한다."

대준의 혼이 나간 모습을 보며 윤표는 혀를 찼다.

"왜?"

혜령은 순진하게 눈을 반짝였다.

"변태 자식."

윤표는 여전히 유채와 함께 있는 산모를 넋을 잃고 쳐다보는 대준을 보며 고개를 흔들었다. 그때 주머니의 핸드폰이 울렸다. 윤표는 멈춰 서서 핸드폰을 꺼냈다. 발신인이 '어머니'다. 윤표의 표정이 굳었다. 윤표는 혜령과 대준에게 먼저 가라는 손짓을 하고 몸을 돌려 걸으며 핸드폰을 열고 무뚝뚝하게 말했다.

"여보세요?"

"도련님?"

뜻밖에도 가사 도우미 아줌마였다.

"무슨 일이세요?"

아줌마가 전화한 건 처음이기에 윤표는 언뜻 불길해졌다.

"사모님이 입맛이 없으시다고요……."

순간 긴장했던 마음이 탁 풀어졌다. 혼자 먹는 밥이 적적하신 모양이다. 하지만 장단 맞춰줄 마음이 없다. 그런 적이 한 번도 없었다.

"어머니가 체하신 모양이네요. 약을 드시게 하든지, 아주머니가 손을 좀 따주시든지……. 그리고 체했을 때는 굶는 게 좋으니까 오늘 식사는 굶으시라고 하세요. 그럼 전 바빠서요."

윤표는 전화 통화를 끊으려다 잠시 머뭇거렸다. 그러다 이내 전화를 끊었다. '아주머니가 좀 같이 식사해주세요.'라고 말할 수도 있었는데.

하지만 이미 말이 끝난 후다. 윤표는 방금 전의 착잡한 기분을 잊으려 힘차게 고개를 들고 바삐 걸었다. 가뜩이나 유채라는 여자의 등장으로 머리가 아프다.

진료실로 돌아온 윤표는 한숨이 나왔다. 그녀가 진짜 임산부가 아니라면 그녀에게 큰 실수를 한 것이다. 윤표는 컴퓨터를 켜서 국민 산모를 다시 검색해보았다. 비아냥부터, 대놓고 한심한 아나운서라고 욕하는 말들에, 웃기지도 않은 동영상……. 윤표는 식은땀이 나는 얼굴을 손바닥으로 문질렀다. 방금 그녀를 한심하게 대하기는 했지만 한심하기는 자신도 별반 다르지 않았다. 식당에서 캡처된 자신과 그녀의 모습이 떠 있는 모니터를 뚫어지게 보던 윤표는 키보드 알 하나를 톡톡 두드리며 생각에 잠겼다.

✳

렌털 하우스로 돌아온 유채는 바지를 갈아입고 밖으로 나왔다. 그때 주머니에 있던 핸드폰이 울렸다.

"여보세요? 피디님! 아, 바로 갈게요!"

유채는 전화를 끊고 바로 뛰기 시작했다.

"리포터 실력보다 달리기 실력이 더 빨리 늘겠다. 아, 힘들어."

유채가 허덕이며 달리는데 옆으로 자전거 한 대가 지나갔다. 고개를 돌려보니 멀리 자전거 가게가 보였다.

유채는 주차장 구석에 자전거를 묶어놓고 병원 안으로 튀어들어 갔다. 윤표와 인터뷰하는 장면을 녹화하기로 되어 있었다. 유채는 윤표의 책상 앞에 그를 떨떠름하게 바라보며 마주앉았다. 윤표도 그렇게 보면 어쩔 거냐는 얼굴로 유채를 보고 있었다. 옆에선 스태프들이 촬영 준비에 분주했다. 응당 그와 사담을 나누며 녹화 분위기를 띄워야 하는데 절대 그러고 싶지 않았다. 윤표는 유채가 입은 새 바지를 보고 있었다. 유채는 뭐라고 말하기도 싫어서 시선을 돌리다 윤표 책상에 놓인 선식 쉐이크 통을 발견했다. 유채의 시선을 본 윤표가 먼저 입을 열었다.

"밥을 잘 못 챙겨 먹어서요."

누가 뭐래? 유채는 그를 쏘아보았다.

"질문지는 보셨으니까 편하게 말씀해주시면 됩니다. 편집해서 중간 중간에 넣을 거니까요."

윤표와 유채 가운데, 책상에 팔을 버티고 선 남 피디는 두 사람을 번갈아 보았다. 유채와 윤표는 어쩔 수 없다는 표정으로 그의 시선을 외면했다. 곧 뒤로 물러선 남 피디는 그들에게 가볍게 '슛'을 날렸다. 그와 함께 유채는 억지 미소를 짓고 그를 마주 보았다.

"특별히 산부인과 의사가 되신 이유가 있다면요?"

가증스러운 미소를 짓고 있는 유채를 빤히 보던 윤표는 시크한 미소를 띠었다.

"의료직 중에 중요하지 않은 분야가 없지만, 전 다른 어떤 것보다 고귀한 생명을 잉태하는 산모와 또 세상에 처음 나오는 아기에게서 거룩한 희생과 위대함을 보았습니다. 그리고 그런 귀중한 일을 순탄치 못하고 힘들게 겪는 세상의 예비 어머니들에게 힘을 보태고 싶었습니다. 그게 산부인과를 지원하게 된 이유죠."

이 남자에겐 우주의 존귀함이 산모와 아기로 귀결되는 모양이다.

"결혼은 하셨어요?"

유채는 떨떠름하게 물었다.

"아직 미혼입니다."

그 급하고 싸가지 없는 성질에 그럴 것 같더라. 유채는 썩소를 지었다.

"그럼 만약 미래의 아내가 임신하시면 아이도 받으시겠네요?"

"제 꿈이죠."

순간 유채의 입이 딱 벌어졌다.

"그러고 싶으세요?"

"네?"

윤표의 당황한 반문과 함께 남 피디가 '컷!'을 외쳤다.

"그게 무슨 질문이야."

남 피디는 실망스러워했다.

"저도 모르게 그만."

유채도 당황했다. 생각만 한 줄 알았는데 입 밖으로 튀어나오고 말았다. 윤표는 유채를 못마땅하게 보고 있었다. 유채는 그런 그의 시선이 못마땅했다.

"남자들은 와이프가 애 낳는 모습, 솔직히 못 보겠다던데."

유채는 힐난조로 그에게 말했다. 그러자 그는 더 어이없어했다.

"그게 왜요? 내 아이가 세상에 나오는 귀한 순간인데? 선혈이 낭자하다고 해서? 난 그게 직업인데?"

질린다, 이 의사.

"그러네요. 더한 것도 보셨다고 했죠, 참?"

아침의 일은 두고두고 씹을 일이다. 말뜻을 알아챈 윤표는 기분 나빠했다.

"그게 뭐, 그 신비한 잉태의 과정에서 아주 기초적인 인간의 생리현
상을 탓할 수는 없는 거죠."

"참 훌륭하시네요."

아니 빈정댈 수가 없다.

"계속 말싸움하실 건가……요, 두 분?"

남 피디가 두 사람 사이에 팔짱을 끼고 서서 한심하다는 듯이 물었
다. 진짜 그만두고 싶다!

퇴근 시간이 가까이 되어서야 다음 인터뷰를 할 수 있었다. 다음은
혜령의 차례였다. 혜령과의 녹화는 순조로웠다. 녹화가 끝난 후, 피디와
혜령은 인사를 나누었다. 스태프들은 철수 준비를 하고 유채는 혜령에
게 인사를 건넸다.

"수고하셨습니다."

"저랑 구면이죠?"

혜령이 유채의 얼굴을 친근하게 보았다.

"아는 언니가 선생님께 진찰받고 있어요. 저번에 초음파 볼 때 뵀었
죠."

유채가 멋쩍게 웃자, 혜령도 미소를 지었다.

"괜찮으세요?"

"예?"

"아침에 좀 곤혹스러우셨다고……."

국민 산모가 된 사고보다 더 민망한 질문이다.

"아, 예."

같은 여자끼리라 더 자존심이 상하나? 유채는 시선을 바로 두지 못했

다.

"소 선생이랑 껄끄러우실 텐데, 괜찮겠어요?"

그녀는 걱정하는 것 같았다.

"별수 없죠. 일이니까."

"원래 뒤끝은 없는 사람이니까. 유채 씨라고 했나요? 유채 씨가 이해하세요. 원래 여자한테 부드러운 사람이에요."

저한테만 그렇다는 걸 자랑하는 거야, 뭐야. 말하는 모양새가 둘이 사귀는 게 틀림없다.

"네. 그럴게요."

유채는 떨떠름하게 대답하고 스태프들과 그녀의 진료실을 나왔다. 막 로비로 나온 유채 앞으로 침대와 간호사들이 후다닥 지나갔다. 침대에는 정신을 잃은 여자 환자가 누워 있었고, 그 침대 위에 올라탄 윤표는 환자의 심장을 압박하며 심폐소생술을 하고 있었다. 땀에 젖은 채 온 힘을 다해 심장 압박을 하는 그의 모습에 유채는 당황했다. 저런 진지한 표정을 본 적이 없어 무척 낯설었다.

"앰브 똑바로 안 해?"

달리는 침대 위에서 심장 압박을 하던 윤표는 옆에서 앰브를 누르며 달리는 간호사에게 버럭 소리쳤다. 유채는 멀어지는 그의 모습을 넋을 놓고 바라보았다. 그때 옆에 있던 촬영팀이 침대를 쫓으며 뛰기 시작했다.

"유채 씨!"

남 피디가 앞서 달리며 그녀를 불렀다.

"예…… 예!"

그제야 정신이 든 유채는 서둘러 그들을 뒤따라 달려갔다.

수술실 앞에 막 다다르면서 유채는 간호사들을 비집고 들어갔다. 뒤에선 촬영팀이 간호사들의 동선에 방해되지 않게 신경 쓰며 촬영하느라 정신이 없었다.

"무슨 일이에요?"

유채는 의식 불명인 환자를 걱정스럽게 내려다보며 물었다. 침대 아랫부분이 피투성이였다. 심장 압박에 정신없는 윤표의 얼굴도 눈에 들어왔다. 얼굴이 온통 땀투성이인 그의 귀 밑으로 땀이 줄줄 흘러내리고 있었다.

"유리와 철근에 배를 찔렸는데, 임신 중인 임산부예요."

이 간호사가 빠르게 설명해주었다. 순간 유채는 환자의 고통이 전이된 듯 눈썹이 고통스럽게 일그러졌다.

"배를……요? 그럼, 아기는."

"죄송해요. 들어가야 해요."

이 간호사는 서둘러 침대를 수술실로 밀어 넣었다. 유채는 닫히는 문에 부딪히며 멈춰 섰다. 카메라는 닫히는 문틈의 수술장 안을 정신없이 찍고 있었다.

✳

환자가 누운 수술 베드를 에워싼 간호사들 중심에 윤표와 대준이 마주섰다.

"자궁이 엉망이야. 출혈도 너무 심하고. 자궁 적출해야겠는데?"

마스크를 쓴 대준이 씁쓸하게 말했다. 순간 마스크를 쓴 윤표의 눈썹이 굳어졌다. 잠깐의 정적 후 윤표가 물었다.

"큰 애는, 있어?"

대준은 고개를 돌려 간호사를 보았다. 간호사가 그를 향해 고개를 흔들자 대준은 윤표를 향해 고개를 저어 보였다. 윤표는 한숨을 쉬었다. 그리고 무겁게 말했다.

"적출해."

착잡한 기분으로 수술장 밖을 나서는데 평소와 다르게 촬영팀 스태프들과 유채가 서 있어서 잠시 당황했다. 이럴 때 이 사람들과 계속 말을 이어야 한다는 게 별로 내키지 않았다. 윤표는 말없이 마스크를 벗고 그들이 말을 걸지 말길 바라며 발걸음을 옮겼다. 그때 카메라가 들이대어짐과 동시에 유채가 말을 걸어왔다.

"무슨 수술이었어요?"

지친다. 윤표는 대답 대신 고개를 돌려 이 간호사에게 물었다.

"보호자는?"

"남편은 같이 사고를 당해서 지금 외과에서 수술 중이에요."

입가에 한숨이 서렸다. 옆에선 유채가 그런 자신을 지켜보고 있었다. 그대로 그냥 발걸음을 옮기려던 윤표는 어쩔 수 없이 멈춰 섰다.

"자궁 적출 수술입니다."

"자궁 적출이면…… 왜요?"

또 검색해보라고 하면 이번엔 화를 낼 것 같은 질문이다. 윤표는 별로 없는 인내심을 끄집어내어 겨우 대답했다.

"임신 12주였는데, 트럭에 실렸던 철근이 느슨하게 조여 있다 흘러내리면서 옆을 지나치던 차들을 덮쳤어요. 그때 철근이 뚫고 들어와 유리 파편과 함께 환자의 아랫배를 찌른 사고예요. 자궁이 크게 손상돼서 출혈이 너무 심했어요."

"세상에, 그럼 아이도……."

유채는 비명처럼 내뱉었다. 윤표는 아무 대꾸도 하지 않았다. 그리고 그대로 발길을 돌렸다.

"결혼은, 아니 큰 아이가 있으신 분인가요?"

갑작스런 그녀의 질문에 윤표는 멈칫하고 그녀를 돌아보았다. 그리고 잠시 그녀의 걱정에 사무친 눈을 바라보다 담담하게 말했다.

"환자 신상 확인하세요. 그럼."

윤표는 그녀에게 고개를 까닥이고 돌아섰다. 당황스럽다. 정신머리 없고, 위급한 상황에서 그 병명이 뭔지 물어대던 그녀가 이런 질문을 해오다니. 어쩐지 그렇게 개념이 없는 여자는 아닌 것 같다.

✱

팔을 늘어뜨린 유채는 멀어지는 윤표의 뒷모습을 씁쓸하게 바라보았다. 피곤해 보였다. 수술실에 들어가기 전, 심장 압박에 정신을 쏟던 그의 모습이 떠올랐다. 저 수술실 안, 자궁을 잃은 환자만큼이나 그도 상실감이 커 보였다. 저렇게 아이와 임산부에 대해 애정을 가진 남자였어? 그렇다면 식당에서 그가 일으킨 방송사고도 무리가 아니었을 것 같다.

몸을 돌리려던 유채는 카메라가 우두커니 선 자신의 어깨를 걸고 윤표의 처진 뒷모습을 찍고 있음을 알고 한동안 좀 더 그대로 서서 그가 멀어지는 모습을 지켜보았다.

"초산이었네. 안됐네, 그 환자."

간호사들의 도움으로 신상 확인서를 보던 남 피디가 착잡하게 말했다.

"애도 못 낳아보고 자궁 적출하면 상실감이 되게 크겠어요. 그죠?"

옆에서 카메라를 만지던 은상도 착잡해했다. 유채는 멍하니 그들의 말을 듣고만 있었다. 멀어지던 윤표의 뒷모습과 심장 압박을 하던 그의 잔상이 머리에서 떠나지 않았다.

"그런 질문 좋아. 인간적이잖아. 잘했어."

남 피디는 유채의 어깨를 두드려주었다. 유채는 그가 어깨를 두드려주고 간 것도 모르고 멍하니 있다 핸드폰을 꺼내 들었다. 그리고 한참 망설이며 내려다보았다.

유채는 해질녘의 하늘을 바라보며 테라스로 나왔다. 그리고 핸드폰 버튼을 누른 후 울적한 얼굴로 귀에 대었다.

"고모."

노을을 보면서 느끼는 가을바람에 고모를 부르는 목소리가 더욱 착잡해진다.

"어쩐 일이야? 외박이라고 신이 나 나가더니?"

고모는 퉁명스럽게 전화를 받았다.

"뭐 해?"

말하는 고모의 모습이 유채의 눈앞에 그려졌다. 그 모습이 어쩐지 안쓰럽게 느껴지는 건 왜일까.

"빨래 갠다. 네 빤스도 있네?"

싱거운 웃음이 났다.

"낡지 않았어?"

"아직 멀쩡해."

"고모 거 말이야."

유채의 목소리가 잦아들었다.

"왜, 사주게?"

피식 하는 고모의 웃음소리가 들렸다.

"응. 고모, 빨간색 좋아하지?"

"내가 빨간색 입고 보여줄 사람이 누가 있어서?"

고모는 또 피식 웃었다. 그게 애잔하게 유채의 가슴을 후볐다. 유채는 붉어지는 하늘을 바라보며 숨을 들이마셨다. 눈 밑이 스산해졌다.

"그냥 시집가지 그랬어?"

유채는 쓸쓸히 말했다.

"뭐?"

"우린 신경 쓰지 말고, 그냥 시집갔으면 좋았잖아."

스산했던 눈가가 이내 뜨거워졌다. 시집 안 간 고모가 안돼 보인다고 생각한 적은 있지만 오늘처럼 그 사실이 가슴 저민 건 처음이다.

"너 지금, 이제 고모 쓸모없으니까 사라지란 거냐?"

고모의 퉁박이 하나도 기분 나쁘지 않았다.

"아니, 그런 게 아니구. 나중에 고모 억울할까 봐 그러지. 고모도 애기 낳고……."

말하다 그만 코끝이 시큰해졌다.

"시끄러. 낳아봐야 너 같은 딸 아니면 유규 같은 아들이겠지. 앤 갑자기 전화해서 뜬금없이 뭔 소리야. 할 말 없으면 끊어. 저녁 준비해야 돼."

고모는 시답잖은 듯 말했다. 목소리처럼 마음도 정말 그렇게 시답지 않을까? 고모에게 새삼 미안해졌다.

"알았어."

유채는 힘없이 대꾸했다.

"밥은 잘 먹고 다니지?"

유채의 마음이 전해진 걸까. 끼니를 묻는 고모의 목소리가 은근해졌다.

"그럼. 여기 식당 밥 좋아."

"좋겠다. 고모 잔소리에서 해방돼서?"

고모의 떠보는 목소리가 귀엽다.

"그래, 좋다."

유채도 퉁박을 놓았다.

"끊어, 이년아."

고모는 쥐어박듯 말하고 전화를 끊었다. 유채는 입술을 앙다물며 핸드폰을 귀에서 떼었다. 가족들만 아니었으면 벌써 시집갔을 고모. 기저귀 찬 너희들이 눈에 밟혀서 가마 타러 못 가겠더라……. 언젠가 푸념처럼 늘어놓던 고모의 목소리가 귓가에 들려왔다. 그리고 그런 고모를 보며 한스럽게 말하던 아버지의 목소리도 들렸다. 어엿한 부잣집이었을 때는 혼처도 좋더만, 다 찌그러드니까 건너 동네 소 잡는 놈한테서나 혼사가 들어왔노라고. 고기는 실컷 먹을 테니 시집보내란 말에 혼사는 이루어놓았지만 우락부락한 매제감이 영 마음에 들지 않았다고. 그래서 어린 유채와 유규를 안고서 어떻게 놓고 가냐고 울며불며하는 고모를 크게 말리지 않았다는 아버지의 눈물 젖은 말소리가 오늘따라 더 슬프게 떠올랐다. 그때 엄마만 살아 계셨어도, 할머니만 아프지 않으셨어도 사람이 우락부락했건, 소 잡는 직업이 어쨌건 고모는 시집갈 수 있었을 것이다.

누구와 하느냐가 중요하던 결혼이란 것이, 갑자기 하고 안 하고의 차이로 인생이 불쌍하게 느껴지는 건 왜일까. 그리고 아이를 낳고 안 낳고, 그리고 못 낳고의 차이가 슬프게 느껴지는 건 왜인지. 유채는 뜨겁게 타는 노을이 어쩐지 고모처럼 생각돼서 테라스 난간에 팔을 얹고 가슴까지 물들이는 붉은 노을을 한참 바라보았다.

괜스레 울적해진 기분으로 터덜터덜 산부인과 로비로 들어서는데 사람들이 부산스러웠다. 임원 같은, 흰 가운을 입은 중년의 무리들이 경직된 얼굴로 우르르 회의실로 들어갔고, 곧 남 피디도 무거운 얼굴로 회의실로 들어갔다.

"무슨 일이야?"

유채는 눈에 띄는 대로 은상을 붙잡고 물었다.

"그 의사가 사과문을 냈대."

"사과문? 누가?"

유채는 눈을 동그랗게 뜨고 물었다. 그와 동시에 저쪽에서 윤표가 굳은 얼굴로 걸어 나와 회의실로 들어갔다.

"저 의사."

은상은 문으로 사라지는 윤표를 가리켰다.

"무슨 사과문?"

유채는 어리둥절했다.

"자기 일. 금방 까먹은 거야? 자기 일인데?"

은상은 '너 붕어니?' 하는 얼굴로 유채를 보았다. 일? 순간 유채는 식당 촬영장에 난입하던 그의 모습이 떠올랐다. 설마, 지금 그 일로?

5. 복수의 끝

복수는 유치한 마음의 유치한 즐거움이다.
― 유베랄

회의실은 굳게 닫혀 있었다. 안에서 어떤 일이 일어나는지 들릴 턱이 없었다. 하지만 유채는 고함이 들리는 듯 귀가 멍했다. 그 일로 자신이 당했던 모멸감과 수치심, 그리고 억울함이 되살아나 속을 울렁거리게 했다. 그도 지금 그런 걸 느끼고 있을까? 밖에선 간호사 데스크가 술렁거리고 있었다. 보통 뒤숭숭한 게 아니었다.

유채는 당장 한구석으로 가서 노트북을 켰다.

"병원 게시판이랑 방송국 게시판에 올렸대. 네가 임산부가 아니란 사실을 알고 바로 올린 모양이야."

은상은 착잡하게 말했다. 유채는 느러터지게 화면이 바뀌는 노트북을 바라보며 초조하게 손톱을 씹었다. 곧 방송국 게시판이 떴다. 그리고 은상의 말이 맞았다.

소윤표라는 작성자 이름과 '유채 아나운서와 방송국에 깊은 사과의 말씀을 드립니다.'라는 제목 아래 그가 올렸다는 글이 게시되어 있었다. 유채는 서둘러 눈동자를 움직이며 글을 읽어갔다. 급한 성격 탓에 아기에게 해가 될 것만 생각했지, 그 아나운서의 임신 사실을 정확하게 확인도 하지 않고 저도 모르게 생방송 중에 난입하였다는, 그래서 생방송을 망쳤고, 한 아나운서의 방송 활동과 인격에 큰 상처와 피해를 입힌 점에 있어 깊이 머리 숙여 사죄한다는 내용이었다.

유채의 심장이 터질 것처럼 쿵쾅거렸다. 작성한 시각을 보니 그와 인터뷰를 하기 전이 분명했다. 그런데 그에게선 이런 일을 한 낌새를 전혀 느낄 수 없었다. 유채는 어지러워졌다. 그리고 머릿속에선 수술이 끝난 후 처진 어깨로 멀어지던 윤표의 뒷모습과 심장 압박을 하던 그의 모습이 되살아났다.

유채는 다시 회의실을 돌아보았다. 회의실 문은 열릴 생각을 하지 않았다. 자신이 개입된 일이다. 하지만 자신이 어쩌지 않은, 그리고 어떤 말도 할 수 없는 자리였다. 그 안에서 그는 지금 어떤 모습일까. 마음 고생? 윗사람들로부터의 질책? 유채의 머릿속에는 국장과 선배, 네티즌들에게 들었던 호된 말들과 놀림, 그리고 지방 방송국으로 밀려가 짧은 시간 동안 겪었던 고충들이 휘리릭 지나갔다. 시간과 깊이의 차이는 있겠지만 그는 지금 그때의 자신과 비슷한 처지일 것 같았다.

✳

회의실을 나서는 윤표는 머리가 멍했다. 임원진들로부터 격한 소리를 연속다발로 들었더니 머리가 마비가 되는 것 같았다. 하지만 마음은 편했다. 급한 성질 탓에 더 오래 숙고하지 않고 바로 올린 사과문이었다. 분명 후회할 거라고 생각하면서 글을 올렸다. 자신보다 더 큰 곤욕을 치르는 여자가 있기에.

임원진, 특히 외과 과장의 질책이 하늘을 찔렀다.

"침착함과 진정성, 신뢰성을 잃지 말아야 할 의사의 이미지가 추락했어요!"

"어떻게 그렇게 앞뒤 생각 없이 생방송 촬영장에 난입할 수 있는 거요?"

"혹시 이번 메디컬 다큐 과 선정에 이사장의 입김이 들어간 건 아닙니까?"

"앞으로 사람들이 태조병원 의사들을 뭘로 보겠어요?"

윤표의 일이 처음 알려졌을 때는 칭찬 일색이던 사람들이 하나같이 그를 매도하고 나섰다. 그들의 말에 틀린 점이 하나도 없기에 윤표는 죄송하다는 말밖에 하지 못했다. 특히 외과 과장은, 윤표가 오버한 그 일로 외과로 내정됐던 촬영이 산부인과로 정해진 것이니 촬영부터 다시 시작해야 한다고 소리를 높였다.

윤표는 어쩔 수 없이 불려와 앉게 된 남 피디에게도 미안했다. 그러나 남 피디는 심각하게 상황 이야기를 듣던 처음과 달리 의외로 평온한 얼굴이었다.

"이미 촬영에 들어갔습니다. 그리고 외과, 산부인과를 떠나서 이 문제는 과끼리의 알력 문제이지 방송과는 아무 상관이 없는 것 같은데요. 그리고 이미 산부인과로 포커스를 맞춰서 기획·진행이 되고 있는 상황입니다. 저희 입장에선 지금까지의 촬영과 기획을 덮고 다른 과로 옮길 이유는 없다고 봅니다만."

그의 말에 원장은 심사숙고했다. 그리고 한참 후 고개를 끄덕였고, 외과 과장만 여전히 병맛인 표정을 지었다. 윤표는 남 피디에게 감사의 눈빛을 보냈다. 그의 굳건한 의지 표현으로 그나마 크게 어그러져 또다시 방송국과 병원에 민폐를 끼치지 않을 수 있었다. 겨우 자리를 잡은 그녀에게도.

결국 시말서 제출 명령과 함께 인사고과에 마이너스 점수를 먹었다. 또, 이번 사건으로 산부인과 실적과 이미지에 악영향을 끼칠 경우 퇴직하겠다는 각서까지 쓰기로 했다. 시말서, 인사고과, 각서……. 모두 생애 처음 접해보는 것들이다. 하지만 이것들이 두려웠다면 애초에 그런 사과문은 올리지도 않았을 것이다.

윤표는 원장과 임원들에게 다시 한 번 머리를 조아려 사죄한 후 진료실로 돌아왔다. 그리고 잠시 눌어붙듯 의자에 깊숙이 박혀 있었다. 이런 기분이었을까, 그 여자는. 아니, 더하면 더했지 비슷하거나 덜하진 않았을 것이다. 그나마 이사장의 아들이라 이 정도에서 넘어간 건지도 모른다. 이 부분이 조금 씁쓸하지만 이도 어쩔 수 없다. 거부한다고 해서 아들이 아니게 되는 것은 아니니까.

윤표는 의자에 피곤하게 늘어뜨렸던 몸을 일으켜 세우며 컴퓨터 앞에 당겨 앉았다. 그까짓 시말서, 그리고 각서. 잘못을 했으면 응당 값을 치러야겠지. 사과문으로 인한 후폭풍이 아주 부담 없는 건 아니지만 고민할 건 없다. 최악의 경우 그만두면 되는 것이다. 본의는 아니지만 남의 인생을 휘두른 값이니 뭐라고 반론할 생각이 없다.

생애 처음 써보는 시말서다. 어떻게 쓰는 건지 생소하다. 인터넷에 샘플이 있을까? 윤표는 긴장이 풀린 손가락을 깔짝이며 검색창에 '시말서'라는 단어를 처넣었다.

한산해진 저녁 시간, 시말서와 각서를 제출한 윤표는 자궁 적출한 환자의 상태가 궁금하여 그녀의 입원실을 찾았다. 마침, 침대 머리맡에 기대고 앉았던 환자는 입원실에 들어서는 윤표를 강하게 쏘아보았다. 얼마나 울었는지 젖은 얼굴은 퉁퉁 부었고 눈자위는 빨갰다. 그녀의 옆에는 오른팔에 깁스한, 남편인 듯한 남자가 앉아 있었다. 울던 아내를 달래고 있던 중인 모양이었다. 그의 가슴에도 붕대가 감긴 것이 언뜻 보였다. 대형 사고였던 게 실감이 났다.

"내 애 살려내!"

환자가 윤표에게 베개를 내던졌다. 윤표의 가슴을 맞은 베개는 힘없이 바닥에 툭 떨어졌다.

"뭘 좀 드셨어요? 이렇게 진을 빼시면 안 됩니다."

베개를 집어든 윤표는 침착하게 그 환자에게 다가갔다. 그러자 환자는 윤표의 가운을 움켜잡고 원망스럽게 흔들기 시작했다.

"내 애기 살려내라고! 누구 허락받고 내 자궁 들어낸 거야? 어?"

분을 참지 못한 환자는 악다구니를 쓰며 눈물을 쏟기 시작했다. 그마음을 알겠기에 윤표는 아무 말도 하지 못하고 그녀가 잡아 흔드는 대로 몸을 맡기고 섰다. 문 밖이 소란스러워졌다. 힐긋 돌아보니 입원실의 소란에 지나가던 환자들이 모여 있었고, 언제 왔는지 카메라가 자신과 환자를 찍고 있었다. 그리고, 그 옆에 유채도 있었다.

"그만해, 여보. 선생님 잘못 아닌 거 알잖아!"

엉거주춤 선 남편은 성한 한쪽 팔로 아내를 말리느라 진땀을 빼고 있었다. 유리 조각이 튄 상처에 반창고를 붙인 그의 얼굴도 말이 아니어서 윤표는 그가 더 걱정스러웠다.

"애가 들어 있었어! 그대로 들어내려면 나한테 허락을 받았어야지!"

그녀는 고래고래 소리를 질렀다.

"나 이제 애기 못 낳아. 어쩔 거야? 나 이제 애기 못 낳게 됐는데 어쩔 거냐고! 내 애기 살려내!"

그녀는 잡은 윤표의 가운을 놓지 않았다. 그것을 놓으면 그녀가 정말

원했던 그것까지도 놓치는 기분일 거란 걸 윤표는 알 것 같았다.

소식을 듣고 달려온 간호사들이 그녀를 말렸지만 그녀는 절대 손의 힘을 풀지 않았다.

"그만해. 애기 없어도 돼. 그러니까 제발⋯⋯."

남편은 참았던 눈물을 떨구며 윤표의 가운을 잡은 아내의 두 손을 꼬옥 잡았다. 그러나 그녀는 멈추지 않았다.

"아니, 난 아니야! 사고래도 애는 멀쩡했을 거라고. 어떻게든 살려낼 수 있어야 하잖아. 그래야 산부인과잖아! 멀쩡한 애 받는 건 누가 못해? 죽어가는 뱃속의 애도 살려내야 산부인과지? 안 그래?"

"이보세요!"

갑자기 뒤에서 호통 치는 혜령의 목소리가 들렸다.

"그냥 둬."

윤표는 혜령을 향해 낮게 말했다. 그러자 다가서던 혜령은 멈칫하고 윤표를 답답하게 쳐다보았다.

"죄송합니다."

윤표는 환자에게 고개를 숙였다. 그러자 그녀는 더 포악해졌다.

"이거 봐! 살릴 수 있었잖아. 그러니까 죄송하대지. 어떡해! 우리 애기 얼굴도 못 봤는데. 어떡해!"

몸을 마구 흔들며 분통을 터뜨리던 그녀는 넘치는 울분을 참지 못하고 끅끅거리며 울기 시작했다. 그러다 수술 부위를 잡고 고통스러워하다 푹 꺼진 배를 감싸 안고 신음을 했다. 그리고 그대로 남편에게 기대며 흐느껴 울었다. 그녀의 남편은 그런 그녀를 꼭 끌어안고 함께 울었다. 그 바람에 윤표의 가운을 잡고 있던 그녀의 손은 풀렸지만 윤표는 측은한 마음을 풀지 못하고 그 자리에 그대로 서서 그들을 바라보았다.

혜령은 그런 윤표를 말없이 지켜보다 그대로 사람들 틈을 비집고 사라졌다. 잠시 후 돌아보니 다른 사람들도 다 흩어지고 방송국 사람들과 유채만 우두커니 서서 자신을 바라보고 있었다. 유채가 자신을 바라보는 눈빛이 측은해하고 있다고 느껴졌다. 어쩐지 그게 기분 나쁘지 않았다. 이 환자의 수술 결과를 들은 그녀의 반응이 남달랐기 때문일까? 이 환자의 자궁을 적출한 자신을, 욕하면서 보는 시선이 아니라고 느껴졌다. 왠지 자신을 이해하고 있는 것 같았다.

자신의 진료실로 돌아온 윤표는 쓸쓸히 창밖을 내다보았다. 오늘처럼 머리 볶이고 힘든 하루가 없었다. 어두운 길을 밝히는 가로등의 불빛이 드라이아이스처럼 차갑게 느껴진다. 문득 저기의 공기는 어떨까 짐작해보았다. 이런 날은 병원이 아닌 다른 곳에 있고 싶었다. 상실감. 여자로서 아이를 낳지 못하게 된 상실감을 똑같이 가늠할 수 없기에 더 답답한 저녁이었다.

"그게 왜 윤표 씨가 죄송해?"

혜령의 기척을 느끼지 못했다. 갑작스런 그녀의 목소리에 윤표는 몸을 돌려 그녀를 보았다. 걱정하면서도 마음에 들지 않는다는 그녀의 눈빛이었다. 방금 전 자신을 지켜보던 유채의 눈빛이 스쳐 갔다. 어쩐지 혜령의 눈빛에서 느껴지는 것과는 확연히 달랐다.

"적재물 제대로 간수 못한 트럭 운전사 잘못이지, 왜 윤표 씨가 사과하냐구."

혜령의 목소리에 정신이 다시 돌아왔다.

"그걸 모르겠어?"

윤표는 중얼거리듯 대꾸하며 다시 창밖을 내다보았다.

"그러니까 왜 말을 못하냐구. 애는 이미 사고 때 죽······."

"그만해."

윤표는 피곤했다. 이런 대화는 의미가 없다.

"가끔 바보 같애. 왜 듣지 않을 원망까지 다 듣고 있냐고."

혜령은 참지 못하고 결국 한소리 했다. 이럴 땐 그녀가 의사라는 것이 싫다. 같은 의사이면서도, 이렇게 냉정할 수 있는 그녀가 이해가 되지 않는다. 그래서 윤표는 결국 버럭 소리치고 말았다.

"그럼, 낳은 아이도 없고, 다시는 애를 못 가질 여자한테 그 상황을 일일이 얘기해줘? 당신의 뱃속 아이는 이미 파고든 유리조각, 철근 때문에 숨을 거뒀다고? 자궁도 찢고 들어간 철근인데 아기가 멀쩡하겠냐고 말해야겠어?"

윤표가 나무라듯 혜령을 돌아보자 그녀는 입술을 달싹이다 답답한 눈으로 윤표를 보았다.

"갑작스런 사고를 당한 여자야. 그런데 내 말 때문에 그때 상황을 다시 상상해야만 하는 그 여자는, 그리고 그 남편은 또 얼마나 절망스럽겠어?"

짜증스런 한숨을 내뱉은 윤표는 잦아든 목소리로 말을 이었다.

"시간이 지나면 다 이해할 사람들이야. 단지, 지금 닥친 상황이 받아들이기 힘들어서 잠시 그런 것뿐이야. 의사가, 그런 것도 감수 못해?"

윤표의 말을 담담히 듣고 있던 혜령은 가라앉은 목소리로 말했다.

"그렇게 이해심 많은 사람이 왜, 어머니는 이해 못해?"

윤표는 멈칫했다. 그리고 자신을 비난하듯 보는 혜령의 눈을 마주 보다 다시 창밖을 바라보며 한숨을 삼켰다. 어금니에 힘이 들어가 턱 언저리가 뻐근해졌다.

"나 피곤해."

윤표는 몸을 돌렸다.

"알아. 오늘 진짜 여러 가지 하더라. 전부, 마음에 안 들어."

그녀의 말에 윤표는 눈을 날카롭게 떴다. 오늘 이 여자가 되게 생소하다. 이해해줄 줄 알았는데.

"그냥 조용히 넘어가도 되는 걸 왜 건들고 지나가? 게다가 먹지 않아도 될 욕까지……."

"넌……."

윤표는 그녀의 말을 잘랐다.

"만약에 내가 내 잘못을 그냥 넘긴다면, 넌 그런 내가 좋겠니?"

그녀는 선뜻 대답하지 못했다.

"남의 말이라고, 남의 일이라고 쉽게 말하지 마. 남의 말대로 해서 세상이 잘 살아진다면 '내 의지'라는 말 따위, 진작 없어졌을 거야."

윤표의 말을 음미하고 있었던 걸까. 잠시 말이 없던 혜령은 착잡하게 입을 열었다.

"왜 오늘따라 네가 다른 나라 사람 같지?"

윤표는 그녀의 눈을 가만히 응시했다. 그리고 씁쓸한 미소를 흘리며 대답했다.

"다른 생각을 하고 있어서겠지."

✳

회의를 마치고 돌아온 남 피디를 유채는 걱정스럽게 바라보았다. 그녀의 눈빛을 읽었는지 남 피디는 은근한 미소를 지었다.

"뭐가 걱정돼?"

떠보는 것 같은 그의 질문에 그녀는 시무룩하게 아무 대답도 하지 못했다.

"달라질 건 없어. 아니, 유채 씨에 대한 오해가 풀렸으니까 더 잘됐다고 하면 될라나?"

남 피디는 자신의 결론이 맞는지 자문하듯 어깨를 으쓱해 보였다.

"그 선생님은요?"

유채는 조심스럽게 물었다.

"뭐 시말서에, 인사고과에, 각서에. 병원도 다른 공기업과 다를 게 없더라."

"각서요?"

"이번 사과문에 관련한 일로 산부인과 실적에 피해를 준다면 퇴직한다는 각서."

공기업과 다를 바가 없는 게 아니라 더 무섭다. 회사야 그만두면, 다른 직장을 구해도 그만이지만 의술을 실현하는 의사들의 이미지는 한번 무너지면 회복되기 힘들지 않던가.

"사람의 생명을 다루는 직업으로만 생각했는데 결국 병원도 장사네."

남 피디는 서글픈 입맛을 다셨다.

"그래서 그분은 어때요?"

"뭐 담담하더라. 죽을 죄를 지었다고 사과하고, 퇴직해야 한다면 받아들이겠다고 하던데. 생각보다 대가 센가 봐. 생방송 현장에 난입할 간을 가져서 그런가, 그런 말도 머뭇거리지 않고 툭툭 하던데? 참 괜찮은 사람이다 싶어. 언제 술 한잔해야겠어."

남 피디는 고개를 끄덕이며 말했다. 그때 보를 서던 작가가 회의실로 뛰어들어 왔다.

"입원실에 난리 났어요!"

작가의 말에 허둥지둥 가보니 자궁을 적출한 환자가 윤표에게 화를 퍼대고 있었다.

"요즘 사건 사고의 중심에 저 의사가 심심찮게 있네."

은상이 카메라를 짊어지고 찍으며 주절댔다. 유채는 산모의 분노를 흡수제처럼 그대로 다 받아들이고 있는 윤표를 멀거니 바라만 보았다. 정말 재수 없는 남자라고만 생각했는데 그의 행동이나 말에 다른 의미가 있을 거라는 생각을 하게 됐다.

입원실 촬영 후 회의실로 돌아와서도 유채는 카메라를 만지는 은상의 옆에 앉아 생각에 잠겼다. 그의 오늘 모습이 아침 일부터 해서 주루룩 지나갔다. 하루를 3박 4일처럼 보냈던 지방 방송국과 비슷한 곳이 또 있었네, 하는 생각이 들었다.

"큰 수술이 없는 개인 병원이랑은 또 다른 풍경이네."

남 피디가 유채 앞에 마주앉으며 말했다. 그제야 피디의 등장을 안 유채는 자세를 고쳐 앉았다. 피디는 괜찮으니 편하게 앉으라는 손짓을 했다.

"우리 마누라 애기 낳을 때는 애기 낳는 산모들 비명만 대단한 건 줄 알았는데, 여기 오니 애기 낳는 비명은 은혜로운 거였어."

피디의 말을 들으며 유채는 한숨을 포옥 내쉬고 몸을 늘어뜨리며 의자에 기댔다.

"애 낳는 고통이 축복받은 거라는 걸 오늘 실감했어요."

"산부인과에 벌써 감명 받은 거야? 우리 다큐가 시청자들한테도 그런 감명을 줘야 할 텐데."

유채의 복잡한 얼굴을 본 남 피디는 씨익 웃었다.

"그 의사도 대단해. 자기가 원망 들을 게 아니란 걸 알 텐데도 그냥 듣고 있으니."

"이골이 났나 보죠."

윤표의 말이 나오니 유채의 목소리가 퉁명스러워졌다.

"임산부들이 그 의사를 선호하는 데는 이유가 다 있는 거야. 배려라는 거지."

"나한테도 진작 했었으면 좋았잖아요."

유채는 인중을 비틀어 올렸다. 호의적인 티는 내고 싶지 않았다.

"하하하. 그 순간엔 자네 복중 태아에 대한 배려가 더 급했겠지. 팥죽이랑 또 뭐였지? 그게 그렇게 위험했던 거였어?"

남 피디는 재미있어했다.

"알 게 뭐예요. 진짜 있던 것도 아닌데."

유채는 숙변이 제거된 배를 문질렀다.

"언젠가는 자네도 엄마 될 텐데 이참에 알아두면 좋지 않아?"

남 피디는 유채의 무릎을 톡톡 두드려주고 사라졌다. 이미 검색해봤다. 촬영장에 난입해 떠들던 그의 말대로 엄청 좋지 않은 음식인 것은 확실했다.

입술을 비죽 내밀던 유채의 머리에 사고 당시 환자의 침대에 올라타 심장을 압박하던 윤표의 모습과 씁쓸하게 수술실을 나오던 그의 모습, 그리고 자궁을 적출한 환자의 원망을 고스란히 들으며 감당하는 윤표의 모습이 팍팍 떠올랐다. 그렇게 환자와 아기에게 애착심이 강한 의사였어? 그 사람이 다시 보이긴 했다. 그런데 왜 그 자식 생각을 멍하니 하고 있지? 유채는 정신이 나간 것이 확실한 머리를 세차게 흔들었다.

"오늘 방송국 들어가봐야 하겠는데요?"

녹화된 필름을 세던 은상이 말했다. 피디와 작가들은 대본 회의를 한다고 분주히 일어났다. 유채만 유일하게 한가한 시간이 되었다.

혼자 있는 회의실이 썰렁해진 유채는 구내식당을 찾았다. 늦은 저녁이라 식당은 한가했다. 유채는 노트북을 펴들고 방송국 홈페이지에 들어갔다. 아직도 유채가 임신이냐는 질문과 함께 산달이 언제냐는 질문이 써져 있었다. 아직도 사과문을 못 본 사람들이 있네? 이런 질문에, 방송국에서 먼저 직원 사랑 차원에서 아니라고 댓글 좀 달아주면 안 돼? 방송국과 이렇게 정나미 없는 관계였나. 뭐, 생각해보면 크게 기여한 바는 없지만.

유채는 고민하다 게시판의 글쓰기 버튼을 누르고 키보드를 두드리기 시작했다.

그 리포터 임신 아니네요. 내가 잘 아는 사람인데, 정신 나간 의사가 오해한…….

그러나 멈칫했다. 이미 사과문 발표한 사람인데 이런 심한 말까지는 할 필요가 없지 않나? 유채는 백 스페이스 키에 손가락을 뻗었다. 그때였다.

"아~ 정신 나간 의사가 오해한 거구나아~?"

갑작스런 남자의 목소리에 흠칫 놀라 노트북을 끌어안으며 돌아보았다. 회의실 대면식에서 자신에게 국민 산모라고 아는 체하던 그 의사가 그녀의 어깨 너머로 고개를 비죽 디밀고 있었다. 그 옆에는 윤표가 헛기침을 하며 먼 산을 향해 고개를 돌리고 있었다.

"그러고 보니 정정 보도가 제대로 안 났군요? 사과문도 난 지 얼마 안 되고. 아직도 오해가 안 풀려서 어쩐대요?"

가슴 명찰에 '김대준'이라고 박힌 가운을 입은 그는 혀를 차며 슬며시 곁에 선 윤표를 돌아보았다. 그러자 윤표는 모른 척 또 헛기침을 했다. 배려심이 있는 거야, 없는 거야. 임산부 아니라고 배려와 관심을 확 뗀 모양이다.

"어엿한 아가씨를 범국민적인 산모로 만들었으니 죗값을 물어야 할 텐데."

대준이 유채의 마음을 읽듯 대변해주었다.

"근데 정작 일을 저지른 당사자는 그럴 생각이 없나 보더라구요."

유채는 노트북을 소리 나게 '탁!' 덮었다. 순간 '각서'란 단어가 훅 지나갔다. 유채는 아무것도 모르는 척 윤표를 빤히 쳐다보았다. 각서까지 쓴 사람. 이제 그만 용서를 할까?

"헉! 그렇게 인격에 하자 있는 의사란 말이에요?"

혼자 신이 난 대준은 눈을 동그랗게 뜨고 화들짝 놀라워했다. 그러자 윤표의 주먹이 대준의 옆구리를 퍽 질렀고, 대준은 '허걱!' 하고 인상을 쓰며 비명을 삼켰다. 그러면서도 억지로 웃으며 유채에게 물었다.

"이름이 유채 씨 맞죠? 이름 되게 예쁘네. 저녁은 드셨어요?"

"아뇨, 아직."

유채는 시큰둥하게 답했다.

"그럼 우리랑 같이 먹어요. 그 당사자가 저녁 산대요."

"뭐?"

대준의 말에 윤표가 깜짝 놀랐다. 그럴 줄 알았다. 누군 뭐 같이 밥 먹고 싶은 줄 알아?

"됐어요. 만나는 족족 사람 개망신을 주는데 밥 먹다 무슨 개망신을 또 당하라구."

유채는 노트북과 펜들을 탁탁 챙겼다.

"에이, 알고 보면 괜찮은 놈이에요. 자주 얼굴 볼 텐데, 얼굴 붉히고 있으면 안 좋잖아요."

대준은 계속 깐족거렸다. 대준의 옆구리를 쿡쿡 찌르며 '그만하지?'라고 속삭이는 그의 소리가 들렸다. 유채는 그를 한심하게 올려다보았다. 그러다 둘의 눈이 마주쳤다. 윤표는 멋쩍은지 얼른 고개를 돌렸다.

"아, 내가 산다, 내가 사. 아셨죠? 제가 살게요. 어디 내빼지 마세요."

윤표에게 눈을 부라린 대준은 유채에게 미소를 날리며 상냥하게 말했다. 그리고 유채가 노트북을 정리하는 사이 대준이 유채 앞에 설렁탕 식판을 내밀었다. 제 식판을 든 윤표는 대준 뒤에서 못마땅하게 서 있었다.

"오늘 설렁탕이 진국이래요. 리필 된다니까 마음껏 드세요."

대준은 유채에게 눈을 찡긋하며 웃었다.

"성격이 되게 소탈하신가 봐요."

처음에 별스럽더니 되게 사근거리는 성격인 모양이다. 유채는 윤표를 차갑게 건너다보았다.

"친구분이랑은 정반대이신 거 같아요."

"이놈이 좀 그래요. 보기랑 다르게 낯을 가려서. 아직 덜 컸어요, 애가."

대준은 '흐흐흐' 하고 눈웃음을 지어 보였다. 유채도 그를 향해 생긋 웃었다.

"음식 그냥 버리면, 어차피 지옥 가서 다 먹어야 한다니까 잘 먹을게요."

유채는 대준이 내민 식판을 당기고 숟가락을 들었다. 대준은 얼른 윤표에게 앉으라는 손짓을 하고 유채와 마주앉았다. 그러자 윤표는 어쩔 수 없다는 표정으로 대준 옆에 앉았다.

"유채 씨가 이해하세요. 안 그래도 이 자식, 오늘 그 일로 많이 당한 것 같은데. 뭐 유채 씨가 당한 거에 비하면 새 발의 피겠지만."

대준은 윤표의 눈치를 살피며 유채에게 살갑게 떠들었다. 그의 말에 윤표를 슬쩍 보다, 역시 자신을 힐긋 보는 그의 눈과 마주쳤다.

"참 솔직하신 성격인가 봐요. 환자들이 되게 편해하겠어요. 아는 언니가 오혜령 선생님한테 진료를 받고 있는데, 그분은 되게 꼼꼼하시던데."

유채는 윤표에 대한 대준의 말을 어물쩍 돌렸다.

"아, 오 선생이요?"

대준이 윤표를 슬쩍 보며 말했다. 윤표는 그에게 닥치라는 눈짓을 보냈다. 그러자 대준은 괜히 '하하하!' 하고 웃었다. 뭐 하는 것들이야? 유채는 그들을 번갈아보며 밥알을 씹었다.

"아 참, 그때 같이 있는 그분이신가? 언니라는 분이?"

대준이 눈을 반짝이며 물었다. 그러자 윤표가 밥을 먹다 '품!' 하더니 이제야 알겠다는 눈빛으로 대준을 보았다. 그는 윤표의 시선에는 아랑곳없이 유채 쪽으로 바짝 당겨 앉았다.

"보셨어요?"

유채는 두 사람의 행동을 수상히 여기며 반문했다.

"그날요. 유채 씨 환자복 바지 입은 날……."

"아……."

인상 구겨지는 얘기는 그만 좀 하지?

"그분 포스가 남다르시던데, 친하신 분?"

유채의 표정을 읽었는지 대준은 얼른 다른 질문을 꺼냈다. 옆에선 윤표가 어이없어하며 그를 보고 있었다.

"동네 언니예요."

"아, 동네 언니. 엄청 친한 사이가 바로 동네 언니죠?"

"누구한테 관심 있으신 거예요? 저예요, 아님 언니예요?"

유채가 눈을 가늘게 뜨고 대준을 보자 그는 파안대소를 했다.

"하하하! 들켰네. 아나운서라 그러신지 엄청 예리하신데요?"

"너 그러는 건 이제 막 잼재미 시작한 애도 알겠다."

아무 말도 없이 밥을 먹던 윤표가 툭 던지듯 말했다.

"풋!"

순간 유채는 웃음이 났다. 유채가 웃자 윤표가 머쓱하게 유채를 보았다. 둘의 시선이 부딪히자 두 사람 모두 머쓱해졌다. 그때 호출기가 울렸다. 자동적으로 대준과 윤표가 각각 호출기를 보았고, 당첨된 듯 윤표가 벌떡 일어났다.

"오늘도 밥 다 먹기는 글렀네. 이거 좀 치워줘라."

윤표는 먹다 만 식판을 대준에게 밀어주고는 후다닥 식당을 뛰어나갔다. 유채는 윤표가 사라진 곳을 돌아보다 몸을 돌렸다.

"환자 복이 많으면 밥 복이 없다더니. 쯧쯧."

대준도 윤표가 사라진 곳을 보다 혀를 찼다. 그러고는 윤표가 남긴

공깃밥을 자신의 설렁탕에 술술 말았다.

"저분만 특별히 환자가 많아요?"

유채의 물음에 대준은 밥을 쓱쓱 섞으며 대답했다.

"진료 신청서 쓸 때 저 자식으로 지정하는 산모들이 많아요. 여기서 애기 낳고 간 산모들 입소문 때문에요."

"남자 의사들은 인기 없지 않나?"

유채는 식판에 숟가락을 세우고 빙글빙글 돌리며 의아해했다.

"세상이 많이 바뀌어서 그나마 요즘은 덜한 편인데, 어느 정도 작용은 하죠. 같은 의사면 남자보단 여자 의사가 편한 게 산부인과니까."

대준은 유채에게 가벼운 윙크를 했다. 당연한 말이다.

"그런데 저 자식은 워낙 애들과 산모에 대한 배려와 관심이 남달라요. 지가 받은 애기, 백일에 돌잔치까지 챙기니까."

"진짜요?"

"네. 그래서 우리 소아과가 시너지로 덕 좀 보죠. 재에 대한 호감도 때문에 애 엄마들이 아이들을 우리 병원으로 데리고 오니까요. 와서 아는 척하면 일일이 인사하고. 임산부들을 우리나라 위인들보다 존경하는 자식이에요. 성격이 급한 것만 빼면 완벽하죠."

급한 성격. 그건 당해봐서 알겠고, 수백의 위인들을 이길 만큼 임산부들을 존경한다? 그가 조금씩 달리 보이기 시작했다. 그리고 그렇게 인기가 많으면 각서에 쓰인 대로 일이 될 일은 없겠다 싶다. 왠지 안심이 되었다.

"그때 그 방송사고도 아마 그런 이유에서 난 걸 거예요."

대준은 담담하게 말했다. 무조건적으로 편들어주는 변론은 아니었다.

"유채 씨를 임산부로 오해하고 있는 동안, 저 자식 레이더에서 임산부 보호 본능이 발동한 걸 테니까."

"때론 그런 걸 오지랖이라고 하죠."

유채는 심란해하며 숟가락을 내려놓았다. 그런 일만 아니라면 어쩌면 이번 일을 하면서 그를 존경했을지도 모르겠다. 아, 그러고 보니 그 사람 때문에 이 일을 하게 된 건가? 국민 산모란 닉네임의 효시는 저 남자니까. 유채는 쓸쓸한 미소를 지었다. 그때 유채의 핸드폰이 울렸다. 남 피디였다.

"네, 남 피디님!"

"어디 있는 거야? 지금 분만실에 산모 왔는데! 빨랑 와!"

"아, 바로 가겠습니다!"

유채는 자리에서 벌떡 일어났다. 대준이 유채를 의아하게 올려다보았다.

"이것 좀 치워주세요. 죄송해요."

유채는 윤표처럼 식판을 대준에게 밀어주고 미안해하며 서둘러 몸을 돌렸다. 그리고 식당을 뛰어나가다 멀뚱히 남겨진 대준을 돌아보았다.

"잘 먹었어요!"

그에게 소리쳐 인사한 유채는 급히 몸을 돌리고 다시 뛰기 시작했다.

유채가 분만실 앞에 도착하자 카메라 필름을 바꿔 끼우던 은상이 유채에게 급히 말했다. 방송국 간다더니 불려온 모양이다.

"708호로 가봐!"

유채는 황급히 분만실을 향해 뛰었다. 방 번호를 찾아 들어가려니 남 피디가 문 앞에 지키고 있었다.

"서둘러!"

남 피디는 그녀에게 다가오라는 손짓을 했다. 곧 뒤에 은상이 따라붙었다.

"아기 낳는 장면 찍을 수 있게 보호자한테 허락받았어. 자네가 같이 들어가!"

"제, 제가요?"

유채는 당황했다.

"그럼 내가 들어가?"

남 피디는 험악하게 인상을 구겼다.

"아, 알겠습니다."

서둘러 마이크를 찬 유채는 조심스럽게 간호사들을 비집고 안으로 들어갔다. 곧 눈앞에 산고의 고통에 몸부림치는 산모와 그녀의 손을 꼭 잡고 있는 그녀의 남편이 보였다. 그리고 저 앞에 수술복 차림의 윤표가 수술 조명을 받으며 앉아 있었다. 아까 호출이 이거였구나.

카메라가 유채를 따라 방 안을 비추었다. 수술실을 옮겨온 듯한 분만실은 각종 기계와 소독약 냄새로 가득했다. 유채는 속이 울렁거리기 시작했다. 마치 롤러코스터의 가장 높은 부분으로 올라가고 있는 듯한 기분이 들었다.

"잘하고 있어요. 막 힘주면 본인만 힘들어요. 배 아프면 그때 힘주는 겁니다. 알았죠?"

침착한 표정의 윤표는 산모에게 부드럽게 말했다. 고통스러워하는 산모는 입술을 바짝 물었다. 유채는 조심스럽게 보호자에게 다가갔다.

"초산이신가요?"

"아뇨. 이번이 셋째예요."

순간 유채는 '헉!' 소리가 났다. 이런 고통을 세 번째 겪는 거라고? 이
런 짐승. 유채는 순간 눈살을 찌푸리며 남자를 째려보듯 보았다.

"아내가 딸을 바라서."

대단하다. 딸을 원해서 이런 고통을 잊는다고? 유채는 도저히 이해가
되지 않았다.

"그럼 아들만 둘이신 거네요?"

"네."

산모의 남편은 긴장한 것이 확연한 표정치고 목소리는 담담했다. 아
내가 잘 해낼 것을 믿어 의심치 않는 것 같았다.

"오빠들도 여동생을 바라고 있겠네요."

유채는 그를 향해 살짝 웃어 보였다.

"아들 낳으면 큰일이에요. 위에 둘도 벅찬데."

남편도 피식 웃었다. 그때, 산모가 '으읍' 하고 몸에 힘을 주었다.

"지금이에요. 힘주세요! 힘!"

긴장한 윤표가 목소리에 힘을 잔뜩 주었다. 같이 애를 낳는 것 같다.
산모는 윤표의 지시에 따라 힘을 주었고, 남편과 맞잡은 손이 부들부들
떨렸다. 유채도 두 주먹을 불끈 쥐고 '파이팅!'을 외치며 몸에 힘을 주었
다.

"자, 거의 다 나왔어요! 조금만 더 힘주면 되겠어! 산모, 괜찮아요?"

윤표의 눈이 커졌다. 윤표와 눈이 마주친 산모는 고개를 끄덕였다.
두 사람은 마치 전쟁터의 동지 같았다. 지금 남편은 그냥 통신병 같은
존재였다. 오로지 한 가지의 목표로 산모와 의기투합한 의사. 이 분만
이후 뭘 할까, 오늘 동문회에 누가누가 나올까, 얼른 끝내고 집에 갔으
면, 하는 잡생각이 전혀 없는 두 용사에게서 전우애까지 느껴졌다. 어

쩐지 유채는 자신도 이런 의사를 만나고 싶다는 생각이 불쑥 들었다.

산모는 있는 힘껏 힘을 주었다. 어느새 유채도 산모를 따라 코 평수를 넓히며 두 주먹을 더욱 불끈 쥐었다.

"라마즈 호흡, 해볼게요. 후후후. 후후후."

이미 두건과 마스크에 땀이 흥건한 윤표는 차분하게 호흡을 해 보였다.

"후후, 후~. 후후, 후~."

산모는 그를 따라 착실한 학생처럼 호흡을 조절했다.

"이제 힘줍니다. 힘~!"

윤표는 산모에게 자신의 모든 기를 불어넣어주듯 힘주어 말했다. 산모는 '흐윽~' 하고 마지막 힘을 짜냈다. 이윽고 아기 울음소리가 분만실에 터져 나왔다.

"나왔다!"

유채는 저도 모르게 방방 뛰며 박수를 쳐댔다. 그리고 보호자 어깨를 잡고 어쩔 줄을 모르며 환호했다. 카메라는 기쁨에 휩싸인 유채와 한시름 놓고 웃는 보호자, 그리고 그제야 평온해진 산모를 찍었다.

남편은 서둘러 아기의 탯줄을 자르러 가고, 아기를 받은 윤표는 산모를 기특하게 바라보았다.

"고생 진짜 많이 했어요. 착한 일 많이 하셨나 보네. 소원대로 공주님이에요."

윤표는 수술보에 감싼 아기를 조심스럽게 간호사에게 건네주었고, 간호사는 아기를 조심스럽게 산모 옆에 뉘어주었다. 피투성이의 아기는…… 별로 안 예뻤다. 그런데 유채는 저도 모르게 눈물이 왈칵 쏟아졌다. 방금 전 고통은 말끔히 잊은 산모의 흐뭇하고 감격에 겨운 미소와 그 곁에서 두 사람을 소중하게 안는 남편을 보고 있자니 가슴이 뭉클해졌다.

눈물이 볼을 타고 흐르는 느낌을 받고서 그제야 자신이 눈물을 흘린다는 것을 깨달은 유채는 서둘러 손바닥으로 얼굴을 닦았다. 그러다 마스크를 내리며 산모와 아기를 흐뭇하게 바라보던 윤표와 눈이 마주쳤다. 윤표의 눈빛이 유채의 눈물을 알 것 같다는 느낌이어서 유채는 몸 둘 바를 몰랐다. 이 꼴 저 꼴 다 보인 남자에게 속까지 들킨 기분이 별로 달갑지는 않았다.

✻

늦은 밤, 피곤에 절어 차를 몰고 렌털 하우스로 향하는데 갓길을 달리는 자전거를 발견했다. 자전거를 피해 속도를 줄이던 윤표는 그 달리는 자전거의 주인이 유채인 것을 발견했다. 그녀를 지나쳐 달리던 윤표는 사이드미러로 그녀를 힐긋 보았다. 저 여자도 피곤한 모양이다. 페달을 돌리는 발이 천근만근이다. 태워줄까? 윤표는 잠시 망설였다. 그러다 그냥 그대로 차의 액셀을 밟고 그녀에게서 멀어졌다. 룸미러로 자전거를 몰고 오는 그녀가 보였다. 그녀는 오로지 자전거 페달을 밟는 것에만 집중하며 열심히 달려오고 있었다.

다음 날 아침, 윤표는 여전히 피곤한 표정으로 졸면서 양치를 시작했다. 그러다 옆에서 들리는 여자의 신음에 눈이 번쩍 떠졌다. 윤표는 칫솔을 문 채 그대로 옆으로 몸을 사삭 움직여 벽에 귀를 찰싹 붙였다. 여전히 앓는 소리가 나고 있었다. 여자의 신음에 윤표는 덜덜 떨다 물었던 칫솔을 떨어뜨려버렸다. 오, 신이시여. 왜 저를 시험에 들게 하시나이까. 이 소리가 두렵사옵니다. 윤표는 성호를 긋고 귀를 턴 후, 떨어졌던 칫솔을 다시 물고 머리를 흔들었다. 그리고 그 소리가 더 이상 들리지 않도록 일부러 크게 '아~' 소리를 내며 폭풍 칫솔질을 했다.

출근 준비를 마치고 집을 나선 윤표는 현관문의 이상음을 들었다. 배터리를 교환할 때가 되었나? 윤표는 오는 길에 배터리를 사야겠다고 생각하며 발걸음을 옮기다, 문득 옆집을 보고 걸음을 멈추었다. 화류계 직업여성인가? 아니다. 여긴 병원 직원 전용 렌털 하우스인데. 윤표는 눈을 가늘게 뜨고 의심스럽게 옆집 문을 노려보았다. 그때, 닫혀 있던 그 문이 '삐그덕' 열렸다. 화들짝 놀란 윤표는 벽에 몸을 착 붙였다. 열린 문에서 손이 쓰윽 나왔다. 흐읍~! 링의 그 우물 귀신보다 더 무섭다. 겁을 잔뜩 집어먹은 윤표가 숨을 참으며 벽에 붙어 있는 동안, 문 밖을 나온 손이 우유 가방에 손을 쓰윽 넣고는 뒤지기 시작했다. 그런데 잘 집히지 않는지 계속 손이 버둥거렸다. 이건 좀 웃긴데? 어느새 평정심을 되찾은 윤표는 벽에서 몸을 떼고 허리를 굽혀 손의 수상한 짓을 지켜보았다.

"왜 이렇게 안 잡혀."

갑자기 문이 열리더니 머리가 산발인 유채가 얼굴을 삐죽 내밀고 우유 가방에서 장변 요구르트를 꺼냈다.

"허걱!"

윤표의 기겁하는 소리에 고개를 돌리던 유채와 그의 눈이 딱 마주쳤다.

"헉!"

놀라던 윤표는 그녀의 손에 들린 요구르트를 유심히 보았다. 놀란 유채는 어찌할 바를 모르고 당황하다 얼른 요구르트의 상표를 가리며 말아 줘었다. 그녀의 행색을 본 윤표는 인상을 찌푸렸다. 버짐 핀 푸석푸석한 얼굴, 백만 년은 안 빗은 듯 헝클어진 머리, 뺨에는 짙은 베개 자국.

얼른 요구르트를 안으로 숨긴 유채는 퉁명스럽게 말했다.

"가던 길 가세요."

유채는 목을 움츠려 인사하고 얼른 문을 닫고 사라졌다. 윤표는 닫힌 문을 당혹스럽게 보았다. 그리고 어이없어하며 발걸음을 옮기다 퍼뜩 생각이 들었다. 그제야 신음의 이유를 알 것도 같았다. 장변 요구르트라…….

진료실에 도착해 렌털 하우스의 두 집의 평면도를 종이에 그리고 비교해보던 윤표는 피식 웃었다. 세면대, 욕조, 변기의 위치. 확실하다. 그의 화장실 벽 너머는 그녀의 집 화장실이 분명했다. 윤표는 웃음이 났다. 그러다 뚝 웃음이 멈추었다. 혜령이가 있을 때도 그 우유 가방이 있었다. 그땐 부지런한 혜령이 일찍 우유를 챙겼기에 뭐가 들었는지 몰랐는데. 설마, 혜령이도……? 에이, 설마.

✳

산부인과 로비 간이의자에 앉아 오늘 스케줄을 검토하다 아침에 있었던 일이 문득 생각난 유채는 오만상을 찌푸렸다. 왜 이름이 하필 장변 요구르트여서.

"뭘 그렇게 봐. 요구르트 먹는 사람 처음 봐? 효과가 얼마나 좋은지,

확 먹어버릴까 보다."

유채는 투덜거리며 입술을 삐죽였다. 왜 꼭 그런 모습만 그 인간에게 보이게 될까. 그때 섬유 음료수 병이 불쑥 유채 얼굴 앞에 나타났다. 고개를 들어보니 윤표였다. 아침 햇살을 등에 업은 그가 씨익 웃으며 그녀를 내려다보고 있었다. 눈이 부시다.

"그걸로 되겠어요? 이것도 마셔요. 힘이 될 테니."

뭐야, 이 남자. 지금 놀리는 거지?

"괜찮은데요?"

햇살의 눈부심에 눈살을 찌푸리던 유채는 그가 내민 섬유 음료수 병을 무시했다. 그러자 그는 그 병을 유채 옆에 '탁' 내려놓았다.

"우리 렌털 하우스가 다 좋은데, 방음이 약해요."

그래서 뭐 어쩌라고? 유채는 대꾸 없이 그를 다시 올려다보았다. 그러자 그는 다시 씨익 웃었다.

"내 집 화장실이랑 당신 집 화장실이 딱 붙어 있다 이겁니다."

"그래서요?"

유채가 되묻자 그는 '이걸 말해야 하나,' 하는 얼굴로 주위를 쓰윽 둘러보다 입을 열었다.

"그 요구르트를 보기 전까지, 아침마다 그 집 화장실에서 나는 소리에 또 오해할 뻔했다 이거죠. 그것도 19금으로. 부디 이게 도움이 되길 바라요."

허리를 굽히고 나지막이 속삭인 그는 옆에 놓은 섬유 음료수를 다시 한 번 들어 보이고는 손을 까딱여 인사하고 자리를 떠났다.

"소리?"

유채는 이 무슨 엉덩이로 나팔 부는 소린가 하고 무시한 채, 다시 고개를 숙여 스케줄 표를 보다 퍼뜩 정신이 차려졌다. 아침마다 고통과 절규를 함축하고 변기에 앉아 있을 때의 자신. 그리고 입 밖으로 터져 나오던 고요 속의……

"저 자식이 진짜!"

유채는 섬유 음료수 병을 낚아채며 자리에서 벌떡 일어났다. 윤표는 이미 저만치 사라지고 있었다. 사과문에 각서 어쩌구 해서 그만 용서해 주려고 했더니 아주 끝까지 해보잔다.

"진짜 재수 없어."

유채는 화를 사그라뜨리지 못한 채 그의 뒤통수를 노려보았다. 그러자 멀리 매점 간판이 눈에 들어왔다. 그리고 생각 하나가 머리에 쑥 들어왔다.

장변 요구르트를 옷섶에 품은 유채는 야심찬 눈빛으로 산부인과 진료실 앞에 섰다. 마침 윤표의 진료실에서 이 간호사가 문을 닫고 나왔다.

"안에, 계세요?"

유채는 이 간호사에게 손가락으로 윤표의 진료실을 가리켜 보였다.

"아뇨. 회진 중이세요."

이 간호사는 상냥하게 대꾸하고 발걸음을 옮겼다. 유채는 가려는 이 간호사를 얼른 붙잡았다.

"소 선생님 다음 일과가 뭐예요?"

"회진 끝나고 오시면 곧 수술 발표회가 있어요. 거기 가실 거예요."

수술 발표회? 수술도 아니고 딱 좋군. 유채의 눈이 미러볼처럼 반짝반짝 빛났다.

"회진은 언제 끝나는데요?"

"30분쯤 후요."

이 간호사는 시계를 보며 대답했다.

"아~ 감사합니다."

유채는 그녀에게 넙죽 인사했다. 이 간호사도 그녀에게 인사를 하고 데스크 쪽으로 사라졌다. 흐흐흐! 주위를 용의주도하게 둘러본 유채는 스파이처럼 뒷걸음질쳐 윤표의 진료실 문에 몸을 딱 붙였다. 그리고 뒷짐 진 손으로 문고리를 조심스럽게 돌리고 스르르 안으로 들어가 조용히 문을 닫았다.

✻

회진을 마친 윤표는 수술 보고회에 가기 전, 자신의 진료실에 들렀다. 자신의 책상에서 자료를 뒤적이던 윤표는 다급히 인터폰을 눌렀다.

"수술 발표회 언제지?"

"곧 시작해요."

이 간호사는 간결하게 대꾸했다.

"곧? 알았어."

시계를 본 윤표는 서둘러 자료를 확인한 후 자료집을 들고 진료실을 나갔다. 그러다 급히 다시 들어와 책상 끝에 놓인 셰이크 통을 열어 벌컥벌컥 마셨다. 반쯤 마시던 윤표는 순간 눈썹에 힘을 주며 먹던 셰이크 통을 들여다보고 냄새를 킁킁 맡아보았다.

"양이 많네."

윤표는 고개를 갸웃했다.

"오늘따라 맛있네?"

혀로 입가를 닦은 윤표는 나머지 선식을 원샷하고 진료실을 나왔다. 그리고 급히 복도를 가로지르다 유채와 정면으로 탁 부딪혔다. 유채는 윤표의 얼굴을 뚫어지게 보았다.

"왜요?"

윤표는 뚱하게 물었다. 그러자 유채는 피식 웃더니 윤표의 입을 가리켰다.

"입?"

윤표는 손가락으로 입을 비벼댔다.

"뭐 드셨나 봐요. 입가가 하얘요."

유채는 피식피식 웃으며 그의 입 가장자리를 가리켜 보였다.

"아, 그래요? 고마워요."

윤표는 가운 소매로 입을 쓱쓱 문지르고 수술 발표회장으로 뛰어갔다.

얼마쯤 갔을까. 발표회장에 가까울수록 갑자기 배가 아파지기 시작했다. 원래 장운동이 활발한지라 가끔 때를 놓친 선식을 먹으면 배가 아프곤 했다. 게다가 오늘따라 선식이 좀 많았는데 너무 허겁지겁 마셨나? 윤표는 아랫배를 살살 문질렀다.

"어이~ 소닥!"

저쪽에서 대준이 손을 흔들며 다가왔다. 혜령도 함께였다. 윤표는 살살 아파오는 배를 문지르며 그들에게 웃어 보였다.

"어디 안 좋아?"

혜령은 윤표의 얼굴을 찬찬히 살폈다.

"아니."

윤표는 부러 방긋 웃어 보였다. 그때 뱃속에서 '크르룽' 하고 번개가 쳤다. 윤표는 살짝 미간을 좁혔다.

"오늘 발표, 긴가? 수술 많아서 피곤한데."

가운 주머니에 손을 꽂고 걷는 대준의 목소리가 늘어졌다.

"참, 너 무슨 의학 신문 인터뷰한다며?"

윤표는 불편한 배를 쓰다듬으며 혜령에게 물었다.

"응. 일단 스케줄은 잡아놨는데……. 꽤 유명한 신문이야. 부담스러워서 안 하고 싶은데, 이번 달 콘셉트가……."

혜령이 잡지 인터뷰에 대해 설명해주었지만 신경이 온통 자신의 아랫배에 쏠린 윤표의 귀에는 잘 들어오지 않았다. 그때 윤표의 주머니에서 호출기가 울렸다. 호출기를 꺼내본 윤표는 혜령과 대준을 돌아보았다.

"급한 산모가 왔나 봐. 둘이 먼저 가."

윤표는 배를 슬쩍 잡으며 돌아서서 반대쪽으로 뛰어갔다. 허겁지겁 간호사 데스크로 달려온 윤표는 이 간호사에게 다가갔다. 그때 곁에서 작가와 얘기 중이던 유채가 윤표를 보고는 귀신을 본 것처럼 놀랐다.

"여기서 뭐 하세요?"

유채가 묻는 사이, 이 간호사가 윤표에게 서둘러 브리핑했다.

"지금 응급실에 최선미 환자가 앰뷸런스 타고 왔어요! 분만실로 옮겼는데 금방 애기가 나올 것 같아요!"

"그래? 어디지?"

"805호예요."

말 끝나기가 무섭게 이 간호사와 윤표는 분만실로 뛰어갔다.

힘주는 산모의 비명이 머리를 울렸다. 이렇게 집중이 안 된 적이 없는데. 아랫배가 아파오니 정신이 혼미해지는 것 같다. 수술복을 입은 윤표의 얼굴에 식은땀이 줄줄 났다. 이건 분만에 집중하며 나던 식은땀과 사뭇 다르다. 산모의 악쓰는 소리에 맞추어 윤표의 아랫배가 꿀렁했다. 윤표의 이마에선 핏줄이 툭툭 튀어나오는 것 같았다. 곁에 있던 이 간호사가 거즈로 윤표의 식은땀을 닦아주며 걱정스러워했다.

"어디 안 좋으세요?"

이 간호사가 나지막이 물었다.

"아니. 괜찮아."

윤표는 고개를 흔들었지만 인상이 저절로 써졌다. 이제 뱃속은 꿀렁거리다 못해 '쿠르르' 하는 소리를 냈다. 윤표의 얼굴이 심하게 일그러졌다. 그와 함께 산모가 악을 썼다.

"무조건 힘주면 힘만 빠지고 속도가 안 나요. 배가 아플 때, 그때 힘을 줍니다. 우리 한 방에 끝내요. 알았죠?"

결의에 찬 윤표는 산모를 향해 힘차게 말했다. 이건 진심 어린 바람이었다. 정말 한 방에 조금이라도 빨리 나오길 간절히 바랐다. 산모는 고개를 끄떡이고 심기일전했다. 윤표는 산모에게 '파이팅'의 눈빛을 보냈다.

"참자, 참자. 조금만 참자."

윤표는 머리를 털며 정신을 가다듬고 혼잣말로 자신에게 주문을 걸었다. 순간 배가 미친 듯이 아파왔다. 항문을 조이며 안간힘을 쓰니 머리털이 다 뽑히는 것 같았다. 이로써 산모들의 고통을 함께 느끼게 되는 것인가?

"흡!"

내장의 자극에 당황한 윤표는 항문에 다문 힘을 주었다. 엉덩이가 저

절로 의자에서 공중 부양을 했다. 순간, 힘쓰던 산모와 보호자, 그리고 간호사들은 윤표를 의아하게 보았다. 당황한 윤표는 힘준 얼굴 그대로 산모에게 부드럽게 말했다.

"기를 쏟는 겁니다. 순풍 낳으시라고. 하하하."

윤표는 얼굴에 몰린 힘을 천천히 풀었다. 그러다 항문의 힘도 풀리는 것 같아 다시 이를 악물었다. 그리고 엉덩이에 바짝 힘을 주고 오므렸다. 상체는 저절로 곧추세워지고 고개가 빳빳해졌다. 그때, 산모가 힘을 주었다.

"조금만! 조금만! 조금만 더~!"

빨리 나와라, 아가야. 이 아저씨도 급하단다. 그러나 아쉽게도 산모는 이내 나가떨어졌다. 그런 산모의 모습이 실망스럽기 또한 처음이었다.

시간은 흐르고 윤표는 거의 초주검이 되었다. 산모와 남편은 파이팅을 다지며 손을 꼭 잡고 있었다.

"부럽네요. 함께 힘쓸 수 있어서."

창백한 얼굴의 윤표는 부러운 얼굴로 그들을 보다 전열을 가다듬듯 눈을 스르르 감았다. 그때 뱃속이 다시 '꿀렁'했고, 윤표는 또 '흐읍~!' 하며 의자에서 엉덩이를 뗐다. 그러자 간호사들은 형형색색으로 변하는 윤표의 얼굴을 걱정스럽게 바라보았다. 윤표는 있는 힘을 짜내 항문에 모으면서 천천히 자리에 앉았다. 이제 인간의 한계를 벗어나려 한다.

"애가 참, 여유로운가 봐요. 급한 성격이 아니라 차~암 다행이네. 으흐흐."

윤표는 억지로 눈웃음을 치며 산모를 바라보았다. 하지만 다리는 달달 떨리고 엉덩이는 좌불안석이 되었다. 땀이 비처럼 쏟아졌다.

"이 간호사! 땀 좀!"

윤표는 예민해진 목소리로 고개를 돌리며 소리쳤다. 이 간호사는 서둘러 윤표의 땀을 닦아주었다. 그때 진통이 온 산모가 다시 힘을 주기 시작했다. 놓칠 수 없다, 이번만은. 윤표는 자리에서 벌떡 일어났다.

"자, 잘해봅시다! 제발! 제바~알!"

윤표의 고함이 천지를 뒤흔들었고, 창밖 하늘에서도 '쿠르릉' 소리를 내었다. 이윽고 아기의 울음소리가 천지 사방으로 뻗쳐나갔고, '쏴아' 하는 빗소리와 함께 윤표는 마스크를 벗어던지며 화장실로 내달렸다.

비 오는 소리와 '푸드드드' 하고 변기 물 내려가는 소리가 이렇게 쾌청하게 들릴 수가 없었다. 단숨에 장을 비운 그는 땀에 젖어 화장실을 나왔다. 얼굴은 핼쑥해지고 다리는 후들거려 쓰러질 것만 같은 윤표는 화장실 벽에 몸을 기대고 자벌레처럼 화장실 밖으로 기어 나왔다. 하지만 얼굴은 10년 만에 아이를 얻은 어떤 산모보다도 행복했다.

"잘, 나왔나 봐요?"

뜻밖의 목소리에 흠칫 놀란 윤표는 고개를 번쩍 들었다. 유채 얼굴이 흐릿하다 선명하게 보였다. 유채가 걱정스런 눈을 모으고 윤표를 관찰하고 있었다. 그제야 윤표는 눈을 번쩍 떴다.

"뭐, 뭐가 잘 나와요?"

뜨끔한 윤표는 바지 뒤춤에 두루마리 화장지 끝단이라도 물려 있을까, 서둘러 옷매무새를 정돈했다.

"아이, 말이에요."

웃는 건지 걱정하는 건지 애매한 얼굴이다.

"뭐, 애가 워낙 시간이 많은 스타일이라~."

"세상에 나오기도 전에 시간이 많은 애도 있나 봐요?"

그녀는 키득 웃었다.

"뭐, 애들도 개성이 있는 거니까."

대충 둘러댄 윤표는 머리를 긁적이며 돌아섰다.

"다행이네요. 애 받다 다른 사고 안 나서."

걱정하는 것 같던 그녀는 빙긋 웃었다. 언제부터 걱정하던 사이라고. 윤표는 머쓱해졌다.

"좀 쉬세요. 그럼."

유채는 고개를 까딱이고 사라졌다. 뭐야, 저 여자. 윤표는 찝찝했다. 어제부터 저 여자와 눈빛 교환하는 일이 잦아졌다. 그런데 이젠 걱정까지 하고 드니 당황스럽다. 설마, 나 좋아하나? 그럼 곤란한데. 윤표는 멀어지는 유채를 부담스럽게 바라보았다.

6. 누가 새벽에 초인종을 울리는가

연애를 하고 있는 사람은 몽유병자와 비슷하다.
그들은 눈으로만 보는 것이 아니라 온몸으로 보는 것이다.
― 도루비리

그가 아이를 받는 동안 유채는 돌아가실 뻔했다. 자신은 복수를 할 수 없는 운명인가? 희재를 바람돌이라고 게시판에 올렸을 때는 국민 산모라는 닉네임을 얻는 수모를 겪었다. 그리고 윤표라는 이 남자를 골탕 먹였을 때는, 뜻밖에도 수술 발표회장이 아닌 아이를 받는 중요한 상황으로 돌변해 유채에게 죄의식을 갖게 만들었다.

수술 발표회장에서 복통을 참는 고통쯤은 괜찮다고 생각했는데, 아이를 받으면서 고통을 받게 되리라곤 상상도 하지 못했다. 아이가 세상에 나오는 중차대한 시점에서 혹여 자신으로 인해 불상사가 생기면 큰일이니까 말이다. 그래서 유채는 윤표가 분만실에서 고통스러워하는 동안 분만실 밖에서 아기를 기다리는 보호자처럼 발을 동동 구르며 아무 사고가 없길 기도해야만 했다. 이젠 복수도 못할 짓이다.

병원 퇴근 시간이 가까워지고, 한산한 로비에서 병원 원보를 읽으며 작가들을 대신해 번을 서던 유채는 피곤함을 누르려 커피 자판기를 찾았다. 그런데 거기서 윤표를 만났다. 초조한 얼굴의 그는 자판기 앞에 서서, 깜빡이며 작동 중임을 알리는 램프를 지켜보다 완료 불빛이 되기도 전에 커피 배출기에 손을 쑥 넣었다.

"아, 뜨뜨뜨!"

순간 뜨거운 커피에 데인 듯 그는 커피 배출기에서 손을 잡아 빼며 호들갑을 떨었다. 쯧쯧쯧, 저렇게 성질이 급해서야 원. 애 만들기도 전에 왜 애기 안 낳느냐고 마누라 잡을 인간이다.

그냥 모른 척 돌아서려던 유채는 자신이 그에게 한 짓이 떠올라 쉽게 몸을 돌릴 수가 없었다. 그가 자신에게 한 짓이 백배천배는 더한 짓이었지만 작정하고 엿 먹인 기분이 그 백배천배만큼 더러운 것 같았다. 게다가 그는 자신의 잘못을 인정하고 죗값을 치르지 않았던가. 감정과 인정 사이에서 싸우던 유채는 '에라이.' 하며 돌렸던 몸을 다시 돌리고 그에게 다가갔다.

"성질이 그렇게 급해서 어디 삼겹살 제대로 구워먹겠어요?"

유채는 덜 떨어진 애를 혼내듯 질책하며, 데여 이리저리 마구 털던 그의 손에 물티슈를 대어주었다.

"어?"

뜨거워 펄펄 뛰던 그는 유채를 보고 깜짝 놀랐다.

"대충 마음 좀 널어놓고 삽시다. 안달복달해도 지구 돌아가는 속도는 어디서나 똑같거든요?"

붉게 부은 그의 손을 닦아주던 유채는 그를 한심하게 올려다보았다.

"아, 고마워요."

그는 어정쩡하게 인사하며 유채의 손에서 물티슈를 받아 제 손을 닦았다.

"제가 당해보니까 그 급한 성격, 약에 쓸 건 못됩디다. 환자 살릴 때는 어떨지 모르지만 돌다리도 두드려보고 건너란 말이 괜히 생겼겠어요? 이런 말 누가 안 해줘요?”

그에게 착잡한 훈계를 마친 유채는 그의 손을 닦아주던 물티슈를 휴지통에 던져넣고 돌아서 왔다. 순전히 골탕 먹인 죄로다 도와준 거다. 에이, 그 인간 때문에 커피도 못 빼들고 왔잖아. 다시 커피 뽑으러 가는 것이 무지하게 귀찮아진 유채는 자리에 털썩 앉아 원보를 다시 펴들었다. 그때 핸드폰이 울렸다.

“여보세요?”

“당장 집에 와.”

고모였다.

“왜?”

“가족회의야!”

딸칵―.

고모는 그대로 전화를 끊었다. 몹시 흥분한 목소리다. 왠지 불길하다. 유채는 서둘러 남 피디를 찾았다.

남 피디에게 사정 얘기를 하고 병원을 나선 유채는 초조하게 버스 정류장에 서서 버스를 기다렸다. 버스가 끊겼나? 유채는 시계를 들여다봤다. 아직 시간은 이른데. 한참 버스 오는 방향을 보고 서 있는데 차 한 대가 그녀 앞을 쓰윽 지나갔다. 언뜻 운전자가 윤표처럼 보였다. 그의 차는 그대로 그녀를 지나쳐갔다. 유채는 버스가 오는 쪽만 초조하게 바라보았다.

잠시 후, 클랙슨 소리가 들렸다. 놀라 돌아보니, 그의 차가 갓길에서 버스 정류장 쪽으로, 후진으로 돌아오고 있었다. 유채는 당황스럽게 그의 차를 내려다보았고, 조수석 창문을 연 윤표는 고개를 기울여 유채를 보았다.

"타요. 어디로 가는지, 태워다 줄게요."

데인 손 좀 닦아줬다고 친절해진 건가? 유채는 덥석 뭐라고 말을 하지 못했다.

"한가하면 더 기다리든지요."

유채가 아무 말이 없자 그는 이내 조수석 창문을 올렸다.

"잠깐만요!"

유채는 올라가는 창문을 급히 잡았다.

"아얏!"

손이 창틈에 끼고 말았다. 놀란 윤표는 황급히 창문을 내렸다.

"그렇게 갑자기 손을 넣으면 어떻게 해요? 괜찮아요?"

"괜찮아요. 감사합니다."

유채는 끼였던 손을 털며 뒷자리 문을 당겼다.

"택시 모는 기분이라 좀 그런데, 택시비 낼 거 아니면 그냥 앞에 타죠?"

유채가 뒷자리에 엉덩이를 대는 순간 윤표가 룸미러를 보며 말했다. 이정쩡해진 유채는 룸미러로 그를 보았다. 윤표는 앞 조수석을 턱으로 가리켰다. 유채는 별수 없이 내려서 조수석에 올라탔다.

달리는 윤표의 차 안에서 유채는 창틈에 끼였던 손을 털며 입김을 '호호' 불었다. 그러자 윤표가 돌아보다 유채의 손을 당겨 살펴보았다.

"괜찮아요?"

그의 걱정스런 말투에 유채는 당황해 얼른 잡힌 손을 뺐다.

"괘, 괜찮다니까요."

이 인간은 이 세상에 남자와 임산부밖에 없다고 생각하나? 외간 여자 손을 함부로 만지다니. 하긴, 커피 자판기 앞에서 자신도 그의 손을 본의 아니게 주물럭거렸었다.

"그보다 아까 데인 손은……."

당황하던 유채는 그의 손을 건너다보았다.

"아, 덕분에 괜찮아요. 성격 때문에 자주 데이는 편이에요."

그는 반대쪽 손을 쥐었다 펴 보였다. 커피에 데였던 곳이 불그스름했다. 그의 손가락에 유채의 시선이 꽂혔다. 남자 손답지 않게 뽀얗고 기다랗다. 아까는 몰랐는데 손이 진짜 예쁘다. 산부인과 의사들은 손이 유난히 예쁘다더니, 정말인가 보다.

"어디로 가요?"

그가 곁눈으로 흘깃 보며 물었다.

"천호동이요."

유채는 그의 손가락을 너무 탐욕스럽게 바라본 것 같아 서둘러 시선을 돌렸다.

"내가 가는 방향 아닌데."

그는 난처해했다. 뭐야, 진짜.

"근처 지하철역이나 버스 정류장에 세워주세요."

유채의 말에 윤표는 장난기 섞인 웃음소리를 냈다.

"큭큭. 장난이에요. 시간도 넉넉하니까, 데려다 줄게요. 집에 가는 거예요?"

시계를 본 그는 룸미러로 유채를 보았다.

"네. 선생님은요?"

"나도."

은근히 말을 놓네, 이 사람. 괜히 친해 보이게. 그도 자신이 본의 아니게 그랬다는 걸 느꼈는지 입을 다물었다.

잠시 두 사람 다 말을 잇지 못했다. 그러다 살짝 어색해진 유채가 먼저 물었다.

"전 가족회의 때문에 가는데, 선생님은요?"

"가족회의?"

그가 눈을 반짝 떴다.

"식구가 얼마나 많길래 회의씩이나?"

"할머니, 아버지, 고모, 동생, 저."

손가락을 하나씩 펴보던 유채는 손바닥을 펼쳐 보였다.

"딱 한쪽 손바닥 다네요. 부럽네."

"선생님은요?"

"우린…… 어머니랑, 나요. 오늘은 아버지 제삿날이라 집에 가는 길이고."

다소 침울한 말투다. 아버지 제사라 그런가?

"아……."

뭐라고 위로의 말도 하기 뭣해서 유채는 입을 다물었다. 그러자 이번엔 윤표가 먼저 물었다.

"식구들 많아서 벅적벅적하겠네요?"

"다른 집이랑 다를 게 없는데, 이상하게 다른 집이랑 다른 분위기랄까?"

윤표는 그게 무슨 뜻이냐는 듯 유채를 돌아보았다.

"치매 걸려서 자꾸 길 잃어버려 걱정인 할머니, 결혼 안 한 쉰 넘은 고모, 말썽 제조기 남동생에, 아나운서 한다고 여기저기 쑤시고 다니는 저에, 아, 우리 아빠도 혼자세요."

"확실히 남다른 냄새가 나긴 하네요."

윤표는 웃었다. 몰랐는데 옆에서 보는 미소가 매력적이다. 그의 미소를 감상하던 유채는 자신의 이런 행동에 당황해 얼른 시선을 떼었다. 그러다 한숨이 나왔다.

"가족회의 한다는 걸 보니 좋은 일은 아닌 것 같은데 동생이 또 무슨 사고를 친 건 아닌지……. 가족회의를 좋은 뜻으로 한 적이 한 번도 없거든요."

"동생이랑 사이는 좋아요?"

왠지 부러워하는 것 같다. 혼자라서 그런가? 동생이란 말을 들으니 불현듯 얼굴이 찡그려진 유채는 다리를 부러뜨리는 시늉을 했다.

"그놈의 자식 때문에 우리 집이 동네에서 제일 시끄럽다니까요?"

"하하하! 누나는 아니고?"

"뭐라구요?"

유채는 그를 흉악하게 돌아보았다.

"아, 쏘리, 쏘리. 그렇게 보지 말아요. 겁나게 무서우니까."

윤표는 키득키득 웃었다. 유채는 웃는 그를 흘깃 돌아보았다. 웃는 얼굴이 개구쟁이 같다. 사과문을 쓸 때, 각서를 쓸 때, 어떤 기분이었을까, 이 남자는.

유채가 빤히 보는 것을 느꼈는지 그가 왜 그러냐는 듯 돌아보았다. 그와 눈이 마주친 유채는 조용히 말했다.

"사과문, 봤어요."

"아, 그거……."

그는 겸연쩍어했다.

"안 두려우세요? 후폭풍. 선생님 편도 있겠지만 남이 잘못하기만 기다렸다 개떼 몰리듯 몰려들어 짖어대는 편도 분명히 있잖아요."

유채는 걱정스럽게 말했다.

"원한이 사무친 말투네. 진짜 많이 당했나 봐요."

설핏 웃는 그의 얼굴에 미안함이 묻어났다. 굳이 반론하고 싶진 않다. 유채는 달관한 듯 빙긋 웃었다.

"각서까지 쓰셨다면서요. 사과문으로 끝난 게 아니라 두고 보자는 현재 진행형 같은데."

"잘못하면 혼나는 게 당연하고, 또 뭐 난 그렇게 유명한 사람도 아니고. 그리고 그런 개떼들 짖어대는 소리쯤, 인터넷 안 보고 살면 안 들려요. 선택 들기라고 할까? MP3 시대에 딱 맞는 마인드죠? 하하하."

그는 별거 아니라는 표정으로 웃었다. 참 필요한 마인드다. 왜 별것이 아닐까. 속은 다르더라도 그렇게 표정 지을 수 있는 이 사람이 듬직하게 보이려고 한다.

어느새 차는 유채의 집 근처에 다다랐다. 유채는 얼른 차에서 내리고 윤표에게 인사했다.

"고맙습니다. 덕분에 전 편하게 왔는데 선생님은 돌아가게 되신 거라 죄송하네요."

"전혀요. 만날 다니던 길 재미없었는데, 드라이브한 것 같아서 기분 전환도 되고 좋았어요, 난."

그의 말이 마치, '같이 얘기할 수 있어서 좋았어요, 난.'으로 들렸다. 갑자기 몰려오는 이 친근함은 뭐지? 몸을 기울인 윤표는 그녀를 향해 환하게 웃었다. 손가락만큼 확실히 미소도 예쁜 놈이다. 오늘 요구르트를 선식에 섞어 먹인 걸 후회한 후라 그런가, 이 남자한테 마구마구 너그러워지는 것 같다.

유채가 다시 인사를 하자, 윤표는 손을 들어 보이고 차를 출발시켰다. 유채는 윤표의 차가 멀어져 보이지 않을 때까지 서 있다가, 그의 차가 모퉁이를 돌아 사라지자 서둘러 집으로 몸을 돌렸다.

"다녀왔습니……."

유채가 인사를 하며 마당으로 들어서는 순간, 고모가 집이 떠나가도록 소리를 질렀다.

"야!"

붕 날아오른 고모는 이단 옆차기로 마당에 선 유규를 향해 하이킥을 날렸고, 유규는 잽싸게 몸을 피했다. 이게 무슨 날벼락인가. 마당 한가운데 선 할머니는 웬 만삭인 아가씨를 끌어안고 어쩔 줄을 모르고 있었고, 헛발을 디딘 고모는 빗자루를 들고 유규를 맹렬히 쫓았다.

"뭐야, 가족회의라더니?"

유채는 막 자기 뒤로 숨는 유규를 도와줘야 하나, 빗자루에 재물로 바쳐야 하나 난감했다.

"이놈의 새끼들이 하루건너 한 번씩 번갈아가면서 지랄들이야! 이 고모, 혈압으로 뒤통수 뚫리는 꼴을 봐야겠어? 너, 안 나와?"

고모는 유채 뒤의 유규를 향해 빗자루 봉을 찔러댔다.

"아부지하고 얘기 끝났다니까~!"

유규는 고모를 향해 바락바락 대들었다.

"지난번에 그거 맞고 이마 세 바늘 꼬맸었잖아! 또 그렇게 만들고 싶어?"

유규는 이마의 바느질 자국을 보이며 성질을 냈다.

"오냐, 이번엔 몇 바늘인지 기억도 안 나게 패주마! 당장 나와!"

고모는 소매를 걷어붙이고 유규의 머리 끄댕이를 잡기 위해 손을 뻗쳤다.

"뭔데 이래?"

만삭인 채 마당에 서서 울상인 아가씨를 보니 감이 아주 안 오는 것도 아니긴 하다. 드라마 보면서 안 좋은 감만 키운 것 같다.

"그래도 모르는 척하는 놈들보단 낫잖아. 안 그래?"

유규는 유채의 어깨에 얼굴을 숨긴 채 소리쳤다.

"그래, 잘났다, 이 새끼야!"

분이 안 풀린 고모는 이번엔 빗자루 술로 유규의 머리통을 두드려댔다.

"어휴, 먼지! 그만 좀 해, 고모!"

유채가 손을 펄럭이며 진저리를 치자 그제야 고모는 한 발짝 물러섰다.

"그래, 책임감 있는 건 좋다 이거야. 그런데 왜 나보고 키우래?"

"애도 키워본 사람이 키워야지. 안 그래?"

"이게 어디서 지 처 위하는 건 배워서는!"

"에이, 미안해, 고모."

유채 등 뒤에서 몸을 사리던 유규는 갑자기 앞으로 튀어 나가 고모의 두 손을 어쩌지 못하게 꼭 잡았다. 그리고 온몸을 흔들며 애교를 떨었다. 고모는 그런 유규의 이마를 이마로 '탁' 받았다.

"헉!"

유규는 이마를 싸매고 자리에 주저앉았다.

"미안하면 다야? 버르장머리 없는 새끼. 고모는 시집도 안 갔는데!"

"어휴, 고모 학교 다닐 때 공부 되게 못했겠다. 완전 돌머리!"

유규는 맞은 곳을 부여잡고 고모의 눈치를 살폈다. 씩씩거리던 고모

는 빗자루를 내던지고 진이 빠진 듯 마루에 털썩 주저앉았다. 이렇게
한 단락 풀리는 것 같았다.

"누구야?"

유채는 그제야 마당 한가운데, 할머니가 손을 꼭 잡고 있는 아가씨를
보며 조심스럽게 물었다.

"너 조카 보게 생겼다."

고모는 툭 내던지듯 말했다.

"뭐?"

유채는 낯선 아가씨를 당황스럽게 바라보았다.

"애기씨, 우리 도련님 시악시 이쁘쥬? 우리 도련님 눈이 엄청 좋아유.
워서 이런 이쁜 시악시를 데려 왔을까나. 머릿결도 곱네."

할머니는 안고 있던 아가씨가 마음에 쏙 드는지, 그녀의 머리칼을 하
염없이 만지며 방긋방긋 웃었다. 그녀는 할머니에게 팔이 잡힌 채로 유
채에게 쭈뼛거리며 인사했다. 유채도 어색하게 그녀의 인사를 받았다.
그제야 방에서 아버지가 나왔다.

"들어들 와."

아버지는 유채를 보더니 답답한 표정으로 몸을 돌렸다. 식구들은 서
둘러 마루 위로 올라가 빙 둘러앉았다.

"이름은 은이야. 임은이."

유규는 떨떠름하게 소개했다. 애 키워달라고 했다는 자식이 제 여자
소개는 되게 뻣뻣하다.

"고모가 결혼식 얘기를 했는데, 그건 몸 푼 후에 차차 생각해보기로
하고."

아버지의 말에 은이는 놀라 숙였던 고개를 쳐들었다. 유규도 당황한

것 같았다. 아버지는 담담히 말을 이었다.

"방은 유규 방 함께 쓰도록 하고."

유규는 펄쩍 뛰었다.

"아니, 아부지. 함께 쓰다니! 비누도 아니고, 뭘 같이 써. 남녀 칠세는 당연 부동석이거늘!"

짜악―.

고모는 유규의 등짝을 갈겼다.

"아는 놈이 애를 배게 만들어?"

짜증스럽게 등짝을 문질러대던 유규는 인상을 팍팍 썼다.

"아, 뭐, 사고는 쳤지만 애 오자마자 한방 쓰는 건 좀 민망하기도 하고."

유규는 쑥스러운 낯빛으로 어물쩍거렸다.

"맞아. 저 짐승 같은 놈하고 같이 방 쓰면 쟤만 더 피곤하지. 은이 쟤는 유채 방 쓰라고 해. 어차피 당장은 빈 방이고, 할머니랑 나랑 쓰는 방은 좁잖아. 또 갑자기 어른들하고 쓰면 불편할 거고."

"그, 그래, 그럼."

유채는 고모의 말에 고개를 끄덕였다.

짜악―.

고모는 또 유규의 등짝을 갈겼다.

"그만 쫌!"

또 고모에게 급습당한 유규는 짜증을 냈다.

"애 태교 때문에 이 정도에서 끝난 줄 알아. 애만 아니었으면 허리를 꺾어버렸을 거야!"

"고모는, 베리 임폴턴트한 남자 허리를!"

유규는 버럭 소리쳤다.

"임폴턴트고 임플란트고! 요놈의 허리가 모든 문제의 근원이지!"

고모는 손날로 유규의 허리를 찌르고 쑤셨다.

"아악!"

유규는 고통스럽게 몸을 비틀었다. 그러는 동안 아버지는 은이를 걱정스럽게 바라보았고, 할머니는 주눅이 잔뜩 들어 있는 은이를 당겨 앉히며 예뻐서 어쩔 줄을 몰랐다.

유채는 은이에게 자신의 방을 안내해주었다. 어디에 있다 왔는지, 그 애가 들고 들어온 가방은 무척 컸다. 유채는 얼른 그 애가 들고 있는 가방을 받아 한쪽에 놔주었다. 은이는 어정쩡하게 방 한가운데 서서 어색하게 방 안을 둘러보았다. 생김새나 몸가짐이 허투루 노는 애처럼 보이지는 않았다.

"고등학교는 졸업한 건가?"

유채가 조심스럽게 묻자 그 애는 얼른 고개를 숙이고 고개를 끄덕였다.

"스무 살이에요."

"유규보다 한 살 어리네?"

은이는 또 고개를 끄덕였다.

"편하게 써요. 난 나중에 할머니, 고모랑 써도 되니까 부담 갖지 말고."

유채는 그 애를 향해 푸근하게 웃어 보였다. 산모들을 보고 와서 그런가, 곧 이 아이가 겪을 고통을 생각하니 걱정보다 연민이 앞선다. 유채는 얼른 이불을 꺼내 바닥에 깔아주었다.

"새로 빤 이불이니까 불쾌해하지 말아요."

"죄송해요. 괜히 저 때문에."

은이의 목소리가 기어들어갔다.

"그런 말 말아요. 저 자식 때문이지, 은이 씨가 무슨 잘못이겠어요?"

유채가 다정하게 말을 하자, 그 애는 말을 잇지 못했다. 유채는 그런 은이의 배를 걱정스럽게 바라보았다.

"산부인과는 꼬박꼬박 잘 다녔어요?"

은이는 고개를 가로저었다.

"좀 일찍 오지. 그럼 같이 병원 다녔을 텐데."

유채는 속상해했다. 그러자 갑자기 울컥한 은이는 눈물을 주룩 흘렸다. 여기에 오기까지 마음고생이 얼마나 심했을까.

"내일이나, 언제 시간 나면 규랑, 나 있는 병원에 와요."

"의사 선생님이세요?"

은이는 눈물을 찍으며 유채를 보았다.

"아뇨. 아나운서."

유채는 샐쭉 웃었다.

"방송국에 있는……?"

그 애의 눈에서 존경의 빛이 발사됐다. 부끄러우면서도 뿌듯하다.

"아직은 신참. 지금 내가 산부인과에서 다큐 찍고 있거든요. 아는 선생님들 많으니까 다른 데 가지 말고 꼭 와요. 규한테는 내가 말해놓을 테니까."

"정말 감사합니다."

은이는 배를 끌어안고 꾸벅 인사했다.

"가족이 되는 여러 가지 과정 중에 하나라고 생각해요. 갑자기 쳐들어온 사람처럼 울적해하지 말고. 우리 식구는 대환영이니까."

유채는 은이의 얼굴을 마주 보며 부드럽게 말했다. 유채의 말을 듣던 은이의 눈에 눈물이 가득 고였다.

＊

추모 예배를 끝내자 교회에서 온 목사님과 사람들은 주방에 준비된 식탁으로 안내되었다. 사람들이 담소를 나누며 주방으로 사라지자, 윤표는 성경책을 덮고 2층 자신의 방으로 올라갔다. 정장 차림이던 윤표가 방에 들어와 답답한 넥타이를 푸는데 어머니가 따라 들어왔다.

"밥 먹어야지."

어머니는 윤표가 들고 있는 넥타이를 향해 손을 뻗었다. 그러자 그는 그대로 넥타이를 옆 테이블에 던져놓았다.

"늦은 시간에 먹으면 얹혀요."

어머니의 웃는 얼굴과 다르게 윤표는 무덤덤했다.

"병원 일 때문에 위가 예민한가 보다. 혹시 저번 그 일 때문에 그러니?"

사과문을 말하는 것 같다. 알면서도 그동안 모른 척하신 건가?

"네가 알아서 할 거라고 생각해서 아무 말 안 했다. 처음 이사회에선 뭐라고 말이 많았던 것 같은데, 생각보다 조용히 일이 마무리되고 또 별 말들 안 하는 것 같아 안심하고 있던 중이야."

"그래요?"

윤표는 시큰둥하게 대꾸했다.

"그래도 네 속은 혹시 모르니 내과에 가보지 그래?"

어머니는 걱정스러워했다. 하지만 윤표는 아무 대꾸도 하지 않았다.

"그래도 오랜만에 왔는데 집 밥 먹으면 좋잖아."

"집 밥이 별달라요? 구내식당 주방 아줌마가 만든 거랑, 도우미 아줌마가 만든 거 차이밖에 더 나겠어요."

한껏 짜증 섞인 목소리로 내뱉고 말았다. 하지만 어머니는 미소 지었다.

"엄마도 거들었어."

"그렇겠죠. 손끝에 물 한 방울도 묻히기 싫은 엄마가 얼마나 거드셨을지는 알 것도 같네요."

"그건······."

"변명하지 마세요. 사람 사는 모습이 각기 다 다르듯이, 그 안에 있는 엄마라는 존재의 모습도 다 다르다는 거 아니까."

윤표의 말과 표정은 너무도 싸늘했다.

"윤표야."

어머니는 윤표를 향해 한 걸음 다가섰다. 그러자 윤표는 폭발하듯 짜증을 내며 어머니를 향해 돌아섰다.

"그만하시라구요! 이렇게 어머니 손 안 가고, 제 앞가림할 수 있게 크길 바라셨잖아요? 저도 애기일 땐 어쩔 수 없이 손이 많이 갔을 텐데 어떻게 참으셨어요?"

"소윤표."

어머니의 얼굴이 당장이라도 울 것처럼 무거워졌다. 하지만 윤표는 가시 돋친 말을 거두지 않았다.

"네, 접니다. 소윤표. 어머니의 둘도 없는 자식. 그냥 더 낳으시지 그랬어요. 절 이렇게 저만 알고 크는 자식으로 만들지 말구요!"

순간 어머니는 손을 번쩍 들어 올리다 멈칫했다. 윤표는 미동도 하지 않고 어머니와 마주 섰다.

"그냥 때리세요. 매번 그렇게 참지 마시고. 다른 어머니들은 말 안 듣는 아들놈, 잘 때려요. 그것도 애정의 다른 표현이니까."

윤표는 어머니의 매를 기다리듯 그대로 서 있었다. 하지만 얼굴에 그늘이 서린 어머니는 들었던 손을 그대로 접어 내렸다. 순간 윤표의 얼굴에 실망의 빛이 스쳐 갔다.

"말버릇 고약한 아들놈 한 대 때리지도 못하실 만큼 뭘 그렇게 잘못하셨을까요?"

윤표의 얼굴에 슬픈 미소가 번졌다.

"너무하는구나."

어머니의 입술이 떨렸다. 하지만 윤표는 모른 척했다.

"어머니 결정이니까, 그냥 모른 척하길 바라셨어요? 그럼 제가 산부인과 선택할 때 말리셨어야죠. 저는 혼자 쓸쓸히 죽은, 제 동생 같은 애들을 매일 봐요. 그때마다……"

윤표는 코끝이 시큰해지고 눈물이 핑 도는 것을, 이를 악물고 참았다.

"이름도 없이 죽어간 동생이 생각나요."

어머니는 말을 잇지 못했다. 뭐라고 말하려던 어머니는 경황없이 손을 뻗었다가 그의 가슴을 토닥토닥 두드렸다.

"내, 내일 병원에서 보자."

어머니는 비틀거리며 돌아서서 윤표의 방을 나갔다. 그러다 휘청거리며 문기둥을 잡았지만 윤표는 그대로 어머니에게서 몸을 돌려버렸다.

윤표가 2층에서 내려왔을 때, 주방에서는 식사를 하는 사람들의 목소리가 시끄럽게 들려왔다. 그 속에서 어머니는 언제 아들과 싸운 사람이었냐는 듯, 티도 나지 않게 밝게 웃으며 사람들의 시중을 들고 있었다.

"음식이 입에 맞으세요?"

"예, 참 맛있네요. 솜씨가 좋으신가 봐요."

사람들의 칭찬에 어머니는 어쩔 줄을 모르며 웃었다. 그런 모습을 차갑게 지켜보던 윤표는 현관문으로 걸음을 옮겼다.

"가시게요?"

지나가던 가사 도우미 아주머니가 윤표에게 다가왔다.

"병원에 일이 있어서 그냥 간다고 말씀해주세요."

굳은 표정으로 대꾸한 윤표는 그대로 집을 나섰다.

유치원에 다니던 어느 날, 동생이 생겼다. 인큐베이터에 누워 있던 여동생을 윤표는 빨리 만나고 싶어 안달이 났다.

"쟤 이름은 뭐야? 뭐라고 불러?"

너무 일찍 나와서 투명한 유리 상자에 들어가 있어야 한다는 아버지의 말을 들으며, 윤표는 언제까지 동생이 혼자 그 무서운 곳에 있어야 하는지, 어머니는 왜 동생을 돌보지도 않는지 궁금했다. 왜 이름을 빨리 지어주지 않는지도.

"둥이라고 할까?"

멀찍이 동생을 바라보는 아버지의 목소리가 젖어 있었다.

"여자애라며? 둥이가 뭐야, 강아지 이름처럼. 예쁜 이름 지어줘. 수린이. 유치원에 있는 여자애 이름인데, 걔 되게 예쁘게 생겼거든."

윤표는 동생과 놀 생각에 마음이 부풀었다. 얼른 손잡고 놀 수 있었으면 좋겠다, 빨리 자라서 오빠라고 불렀으면 좋겠다고 생각했었다.

"그래, 수린이도 예쁘네."

아버지는 더 이상 아무 말도 하지 않았다. 그저 문 밖에서 유리문 너머의 동생을 하염없이 지켜볼 뿐이었다. 그리고 어머니는 침대에 누워 있기만 했다. 동생을 보러 가지도 않고 그냥 침대에서 하루하루를 보냈다.

"엄마, 동생 보러 가."

윤표는 침대에 멍하니 앉은 어머니의 손을 잡아끌었다. 그러자 멍했던 어머니의 눈에서 섬광이 비치는 것 같았다.

"조용히 안 해?"

어머니는 윤표에게 무섭게 다그쳤다.

"엄마……."

윤표는 얼떨떨했다. 그동안 보아오던 어머니의 얼굴이 아니었다. 굉장히 중요한 무엇인가를 저쪽 어딘가에 두고 망연자실한 표정. 윤표는 댈것도 아니게 중요한 그 무엇을 잃어버린 것 같은 어머니의 표정이 윤표는 무서웠다.

"엄마 왜 그래?"

윤표는 용기 내어 물었다. 그러자 어머니는 귀찮다는 듯이 말했다.

"혼자 있고 싶어. 넌, 아빠랑 가."

생전 처음 듣는 어머니의 싸늘한 목소리. 윤표는 몸의 체온이 싸늘해지는 것 같았다. 하지만 윤표는 물러서지 않고 엄마의 손을 잡았다. 그러자 어머니는 그의 손을 탁 쳐냈다. 순간 앞에 있는 사람이 어머니가 아닐지도 모른다는 생각이 처음 들었다. 윤표는 저도 모르게 뒷걸음질

치며 물러섰다. 가까이 다가갈 수 없었다. 어머니에게 윤표는 그다지 중요한 존재 같지 않았다. 그게 서운한 감정인지 몰랐다. 윤표는 그저 겁이 났다. 어머니가 자신을 밀쳐내는 것 같아서. 어머니에게 버려지는 것 같은 기분에 울고 싶을 뿐이었다. 그리고 그렇게 어머니는 동생도 버리고 있는 것이 분명했다. 어머니에게 작은 아이들은 필요가 없는 것이었다. 차가운 어머니의 뒷모습, 인큐베이터 속에 작은 아기. 동생이 태어난 해 기억은 그게 전부였다.

 차들이 쌩쌩 달리는 도로 위, 윤표는 굳은 얼굴로 거세게 차를 몰아 렌털 하우스로 향했다. 속도 따위, 신경 쓰이지 않았다. 그러다 결국 도로 중간 갓길에 급하게 차를 세웠다. 눈에 눈물이 가득 찼다. 차가운 자신의 피는 어머니에게서 물려받았다고 생각했다. 그래서 누구보다 어머니에게 차가울 수 있다고. 아무 이유 없이 스러진 동생이 강가에 뿌려지던 날도 집에서 꽃꽂이만 하던 어머니가 이해되지 않았다. 집으로 돌아온 아버지가 어머니의 어깨를 안고 울 때도 어머닌 꽃 자랑에만 여념이 없었다. 꽃보다 못한 그런 아이, 기억에도 없다는 듯이. 자신도 아팠다면 그렇게 내쳐졌을 거란 생각에 소름이 돋았다. 윤표는 피가 나도록 입술을 깨물었다.
 투둑, 투둑―.
 가벼운 두드림 소리가 들렸다. 고개를 들어보니 차 앞 유리가 울퉁불퉁한 모자이크로 변하기 시작했다. 비가 내리고 있었다.

 우산도 없이 차에서 내려 뛰다시피 렌털 하우스, 자신의 집에 도착한 윤표는 지친 표정으로 문의 비밀번호를 눌렀다. 그런데 이상하게 기계음이 들리지 않았다. 비밀번호도 먹지 않고. 문의 호수를 재차 확인했지만 이유를 알 수 없었다. 그러다 아침과 며칠 전 잠금장치에서 배터리 교체 알림음이 났던 것이 기억났다. 배터리 사는 걸 몇 번 까먹었다. 그리고 급히 나서느라 몇 번 그냥 무시했는데 결국 이 사단이 나고야 말았다.

빗방울은 점점 굵어지기 시작했다. 그리고 이내 '샤아―' 하는 빗소리가 적막한 밤을 가득 채웠다. 윤표는 서둘러 경비실로 달려갔다.

"그런 경우에는 사람 불러서 뜯는 수밖에 없을 텐데, 이 시간에……."

경비원은 비관적으로 시계를 보았다. 자정이 가까운 시각이었다. 윤표는 한숨을 쉬고 렌털 하우스를 돌아보았다. 어디 한 곳 편하게 몸 누일 곳이 없구나. 윤표는 비를 맞으며 차로 달려갔다. 그러면서 주머니에서 차 열쇠를 꺼냈다. 그리고 황급히 차를 향해 리모컨을 드는 순간 급하게 손가락 사이를 휘돌던 차 열쇠가 그대로 바닥으로 떨어졌다. 그것도 하필 빗물 수로로. 빌어먹을! 수로를 덮은 쇠뚜껑의 구멍 사이로 정확하게 빠져 들어간 열쇠는 흐르는 빗물에 보이지 않았다. 온몸은 이미 비로 흠뻑 젖었다. 낑낑거리며 쇠뚜껑을 열었지만 손이 들어갈 정도로 쉽게 들리지 않았다.

경비실을 돌아보던 윤표는 이를 악물었다. 이런 빗속에서 경비원에게 쇠뚜껑 열어달라고 할 수도 없었다. 도어록 배터리만 갈았어도! 문득 병원에서 유채가 한 말이 떠올랐다.

'성질이 그렇게 급해서 어디 삼겹살 제대로 구워먹겠어요? 안달복달해도 지구 돌아가는 속도는 어디서나 똑같거든요? 제가 당해보니까 그 급한 성격, 약에 쓸 건 못됩디다. 환자 살릴 때는 어떨지 모르지만…….'

기가 막힌다. 그리고 기가 막히게 웃음이 났다. 그래, 이놈의 급한 성격이 남의 인생 꼬이게 만드는 것도 부족해 제 인생까지 틀어지게 만드는구나.

"빌어먹을!"

윤표는 비가 내리꽂는 하늘을 향해 포악하게 소리쳤다.

❄

갑자기 비가 올 게 뭐람. 천호동 집을 막 나서는데 갑자기 비가 내리기 시작했다. 버스 정류장까지 갔다가 다시 우산을 가지러 집에 갔다 와야 했다.

늦게 렌털 하우스로 돌아온 유채는 피곤함에 옷도 벗는 둥 마는 둥 속에 입고 있던 슬리브리스 차림 그대로 이불 속으로 들어갔다. 그리고 몇 분이나 잤을까.

딩동, 딩동─.

누구지? 겨우 잠이 들었던 유채는 머리끝까지 덮었던 이불을 당기며 시계를 보았다. 새벽 1시가 되어가고 있었다. 스태프들인가? 유채는 비몽사몽으로 어그적 일어나 잠에 둥둥 뜬 채 현관으로 걸어갔다.

"누구세요?"

"으…… 미안한데, 안 자면 문 좀 엽시다."

남자의 목소리다. 정확히 말하면, 떠는 남자. 기겁한 유채는 문구멍으로 밖을 내다보았다. 문 앞에, 옴팡 젖은 윤표가 팔짱을 끼고 부들부들 떨며 유채가 내다보는 문구멍을 바라보고 있었다. 놀란 유채는 얼른 문을 열었다.

"무슨 꼴이에요?"

문을 연 유채는 그의 모습을 보고 경악했다.

"집 문 고장 나고, 차 열쇠 잃어버리고, 갈 곳도 없고, 암튼 잠깐 신세 좀 지고 싶은데. 괜찮을까요……."

그는 부들부들 떨며 말했다.

"드, 들어오세요."

유채는 황급히 문을 열고 비켜섰다.

"근데, 그쪽도 좋은 모습은 아닌 것 같은데, 뭐 좀 입죠?"

윤표는 그녀에겐 시선도 주지 않고 그녀를 지나쳐 거실로 들어갔다. 그제야 유채는 자신을 내려다보았다. 슬리브리스 차림이었다. 쉐트!!! 당황한 유채는 황급히 두 팔로 상체를 감싸고 제 방으로 뛰어들어갔다.

저 남자한테 정말 못 볼 꼴만 보이는 것 같다. 무슨 악연으로 꼬이길래 이 모양이야? 귓불까지 빨개진 유채는 서둘러 트레이닝복을 찾아 황급히 덧입었다. 그런데 저 남자, 확실히 자신을 여자로 보지 않는 게 분명했다. 얼굴색 하나 변하지 않고, 난감해하지도 않고, 동생한테 발 시려울 테니 양말 신으라고 말하는 투였다.

황급히 트레이닝복의 지퍼를 올린 유채는 옷매무새를 확인하고 서둘러 밖으로 나갔다. 그는 찬 바닥에 쭈그리고 앉아 오들오들 떨고 있었다.

"소파에 올라가 앉으세요. 추울 텐데."

유채는 황급히 냉장고에서 우유를 꺼내 컵에 따라 전자레인지에 넣으며 말했다.

"젖을까 봐. 밤늦게 미안. 문 따는 사람 불렀는데 비가 와서 두어 시간 걸린다네요."

그가 어물어물 말했다. 유채는 서둘러 보일러를 찾아 켜고 수건을 꺼내 그에게 내밀었다. 얼마나 갈 곳이 없었으면 자신을 찾아왔을까 싶은 생각에 유채는 그가 젖은 쥐보다 더 불쌍해 보였다.

삐이, 삐이—.

전자레인지가 소리를 냈다. 유채는 급히 우유를 꺼내 그에게 내밀었다.

"이렇게라도 얼굴 트고 사니까 도움도 되네요."

그의 손에 따뜻한 우유를 건네준 유채는 소파에 다른 수건을 접어 올려놓았다.

"여기 앉으세요."

유채의 말에 윤표는 미안해하며 수건이 놓인 소파 위에 조심스럽게 걸터앉았다. 단둘이라는, 왠지 모를 어색함에 머쓱해진 유채는 소파 끝으로 가 앉았다. 수건으로 머리와 젖은 옷을 대충 닦은 그는 재킷을 벗었다. 유채는 얼른 그가 벗은 재킷에 손을 뻗었다. 당황하던 그는 어색하게 유채에게 재킷을 건네주었다. 그의 손끝이 그녀의 손끝을 스쳐 갔다. 갑자기 말초 신경에 LED 전구가 팍— 하고 켜지는 것 같았다. 당황한 유채는 헛기침을 하며 재킷을 마르기 좋도록 식탁 의자 난간에 걸었다. 그리고 돌아서다 하마터면 심장마비로 죽을 뻔했다. 재킷을 벗자, 젖은 와이셔츠 겉으로 그의 살색이 확연히 드러나 있는 게 눈에 확 들어왔다. 젖은 머리칼이 닿는 목선과 이어지는 와이셔츠의 등줄기가 보이는…….

"아, 저기 추우면 덮개를, 아니 그러니까 이불 같은, 아, 자는 이불은 아니고 수건이나……."

너무 당황해 횡설수설하게 된 유채는 황급히 방에서 이불을 가져다 그에게 덮어주었다. 이건 순전히 자신에게서 그를 지키려는 잠재적인 반사 행동 되시겠다. 먼저 덮칠 수는 없잖아?

"이런 곳에, 아는 사람도 없이 혼자 있으면 심심하지 않아요?"

공기가 어색했는지 우유를 홀짝이던 그가 적막을 깼다. 유채는 시선을 들던 그의 눈과 마주치자 얼어버렸다. 마법에 걸리는 건 시간문제라더니, 원수처럼 보던 그와 시선도 못 마주치게 되었다. 완전한 패배다.

"뭐, 늦게 들어왔다 일찍 출근하니까……."

유채는 그의 시선을 피하며 서둘러 대꾸했다. 그러면서 문득 소영의 말이 생각났다. 산부인과 의사들 중 한 사람의 정자를 기증받은 것이라는. 어물쩍 소파 끝에 가 앉은 유채는 그의 시선을 외면하는 척하고 고개를 기울여 그의 이목구비를 살폈다. 의사답게 뽀얀 피부, 깊은 눈, 말끔한 코끝과 입술선, 그리고 우유 잔을 쥔 길고 샤프한 손가락. 이 남자의 유전자를 물려받은 아이가 소영에게서 태어난다면 완전 대박이겠다는 생각이 들었다. 그러다 유채는 머리를 흔들었다. 왠지 소영이 이 남자의 아기를 가졌다고 생각하니 온몸에 소름이 쫘악 끼쳤다.

유채의 행동을 본 것인지, 윤표는 고개를 들다 유채를 돌아보았다.

"정말 자기 연애 전말을 게시판에 올린 거 맞아요?"

"네?"

그 사실을 어떻게 알았지?

"그렇게 개념 없는 여자라고는 생각하지 않는데……."

순간 유채는 발끈했다.

"처음부터 저는 선생님한테 개념 없는 여자이지 않았어요?"

아킬레스건을 건드니 앙칼진 목소리가 튀어 나가고 말았다. 윤표는 당황해했다.

"아, 난 다른 뜻이 아니라, 내가 가진 이미지보다 유채 씨가 나……."

"하긴 저에 대한 정의는 선생님이 내려주고 계시죠, 참."

유채는 윤표를 독기 어린 눈으로 바라보았다. 윤표는 미간을 구기며 난감한 표정을 지었다.

"내가 말을 잘못했나 보네. 난 그냥……."

"그냥, 뭐요? 여자로서 못 보일 꼴 다 보여준 여자니까 좀 상대하기 쉽다고 생각하신 거예요? 아님, 선생님처럼 대단한 사람이 나같이 하찮은 아나운서랑 일하는 게 못마땅하신 거예요?"

"사람 말 좀 들어!"

버럭 소리친 윤표의 싸늘한 시선이 유채에게 꽂혔다. 놀란 유채는 눈을 동그랗게 뜨고 입을 꾹 다물었다.

"나더러 성격 급하다더니, 급하게 자기 말 하느라 남의 말 자르는 건 유채 씨가 더한 것 같은데? 내가 대단한 아나운서랑 나란히 쇼하고 싶어서 안달난 놈인 줄 알아? 나도 최소한 양심이 있다고. 언감생심 내가 대단한 아나운서 바랄 주제라도 돼? 아나운서 하나를 한순간에 궁지에 몰아넣은, 다이너마이트급으로 성격 급한 놈이?"

그는 유채에게 속사포로 쏘아댔다. 그리고는 등에 걸친 이불을 신경질적으로 당겨 끌어안았다.

"나 때문에 얼마나 당했는지는 알 것도 같으니까 이쯤에서 풀자고. 사실 아까만 해도 나쁘지 않았잖아. 딱 그만큼만 하면 안 되겠어? 나도 나름 노력한 건데?"

남의 집에서, 홀딱 젖어 남의 이불을 덮고 앉아 성질을 바락바락 내는 그가 동네 말썽 대장으로 보인다. 여기서 웃으면 미친 여자 같을까?

"네. 뭐, 나쁘지 않네요."

유채의 말에 윤표는 의외라는 얼굴로 그녀를 돌아보았다. 유채는 어깨를 늘어뜨렸다.

"사실, 좀 나쁘긴 한데 선생님 덕에 생긴 국민 산모란 이름으로 여기까지 오게 됐어요. 아주 질퍽하고, 발 담그기 싫은 길을 지나오기는 했지만 그 길이 아니었다면 이런 고정도 맡지 못했겠죠. 고마워요. 시작은 그렇지 않았지만 결과적으로 내가 그렇게 말하는 게 맞겠네요. 선생님도 뒤늦게나마 자기 실수 인정하시고, 할 만큼 하신 것 같고."

말하고 보니 정말 그러네. 유채는 자신이 이 정도밖에 되지 않나 싶어 씁쓸했다. 혼자서는 아무것도 할 수 없고, 아주 더럽고 고약한 방법으로 도움을 받아야 돋움이 되는.

그는 고맙다는 유채의 말을 어떻게 들어야 할지 난감한 듯 아무 말도 하지 않았다.

"그 게시판에 얽힌 연애 전말은, 솔직히 컴퓨터에 당한 거예요."

"당해?"

그는 당황스럽게 그녀를 돌아보았다. 그때 생각을 하니 코웃음이 났다.

"남자친구가 바람을 피웠어요. 그거 용납할 여자는 이 지구상에 없는 거 아시죠? 아나운서 연애질이라는 게, 어디다 대놓고 쉽게 할 수 있는 게 아니어서, 화풀이도 못하고, 그래서 시사 고발 프로그램에 내지르듯이 그 자식 욕을 처발랐죠. 올릴 마음은 없었어요. 그런데 컴퓨터가 다운되는 바람에. 이리저리 눌러보다 그냥 꺼버렸는데, 그게 사실, 글 목록에 다 올라가 있었던 거예요. 나중에 그거 본 전 남자친구가 지우라고 난리쳤고. 저도 지우고 싶었는데 그 자식이 펄펄 뛰니까 솔직히 쌤통이다 싶고, 실수로 그랬단 말 하고 싶지 않아서 못 지웠죠. 그게 시작이었어요, 이렇게 꼬인 게."

유채는 주절주절 떠들었다.

"이제 알겠네. 못 지운다는 말이 뭐였는지……"

윤표는 감싼 이불에 미소 띤 입술을 묻으며 고개를 끄덕였다.

"네?"

유채가 되묻자 그는 그냥 그녀에게 눈웃음을 지어 보였다. 이불을 뒤집어쓴 꽃미남의 눈웃음이라……. 당했다. 눈웃음 레이저에 정통으로 맞은 기분이다.

"재미있네. 그런 연애담이 나는 없어서 해줄 말이 없네."

윤표는 한심한 표정을 지으며 이불을 감싼 손등에 턱을 괴었다.

"오 선생님은요?"

이렇게 불쑥 물어도 될까? 또 성질 내는 거 아냐? 유채는 입술을 오므리며 긴장했다. 그러나 뜻밖에도 그는 아쉬운 미소를 지었다.

"그게 뭐랄까, 좀…… 여하튼 자랑할 만한 뭐가 아직은 없는 사이라서…… 아직 대놓고 하는 연애도 아니고."

부끄러워졌는지 그는 고개를 숙였다. 오늘따라 귀엽다. 마음이 흔들리도록.

갑자기 그는 하품을 했다. 하루 종일 진료와 수술을 병행했으니 피곤할 만도 하다.

"소파에 누워서 좀 쉬세요."

유채는 얼른 바닥으로 내려앉았다.

"아니, 난…… 미안하게 남의 집에서 잠까지…… 또 곧 열쇠 고치러 사람이 오니까 기다려야 해서……"

"자다 가시면 되죠. 우리가 내외할 사이도 아니고……."

말을 하던 유채의 얼굴이 화르륵 불타올랐다. 말이 너무 이상하다. 유채는 어쩔 줄을 모르고 허둥거렸다.

"아니, 내 말은 자다 간다는 게, 선생님은 그쪽에서 나는 이쪽, 아니 내 방에서……. 그리고 제가 못 볼 꼴을 하도 보여서 내외할 만한 그런…… 그러니까 나는 선생님한테……."

"아, 무슨 뜻인지 알겠어. 고마워."

윤표는 릴랙스하라는 듯 손을 내보이며 웃었다. 민망해진 유채는 더 이상 말을 섞을 수가 없어 그에게서 삐딱하게 몸을 돌려 앉았다. 그리고 손끝에 닿는 리모컨을 얼른 들어 텔레비전을 켰다. 텔레비전에서는 아침에 유채가 보던 내셔널 지오그래픽 채널이 그대로 방영되고 있었다. 아침엔 아메리칸 독수리가 고공비행을 했었는데, 지금은 들소들이 황토색 강을 떼 지어 횡단하고 있었다. 유채는 세운 무릎에 머리를 기대고 텔레비전을 뚫어지게 바라보았다.

잠시 졸았다고 생각했는데 아침 알람이 울어댔다.

햇살에 놀라 유채가 눈을 떴을 때 윤표는 보이지 않았다. 텔레비전은 꺼져 있었고, 그를 덮어주었던 이불은 반대로 뒤집혀서 유채의 어깨에 덮여 있었다. 그리고 햇살이 비치는, 그가 앉았던 자리에는 수건이 곱게 개어져 있었고, 탁자에 흰 동그라미가 남아 있었다. 개수대에는 그에게 주었던 우유 잔이 말끔하게 씻겨 엎어져 있었다. 아마, 열쇠 수리공의 연락을 받고 조용히 나간 것 같다.

그의 흔적은 젖었다 마른 수건과 씻겨진 컵, 그리고 탁자에 남은 의미심장한 흰 동그라미뿐이었다. 수건과 이불에서 같은 냄새가 났다. 그녀의 것은 아닌, 비에 젖었던 남자의 것이라고 하기에는 너무나 상쾌한 향이 그녀의 얼굴에 혈색이 돌게 했다.

나름 노력하고 있다는 그의 말이 귀에 어렴풋이 남았다. 그는 어떤 남자일까. 윤표가 사뭇 궁금해지기 시작했다. 유채는 새벽의 그를 떠올리며 손가락으로 탁자의 흰 동그라미 자국을 따라 그려보았다. 손가락에서 마른 우유 냄새가 났다. 그가 자신의 흔적을 지우고는 갔으나 자국은 지우지 못한 것 같다.

7. 그가 훔친 것

키스는 마음을 뺏는 도둑이다.
— 소크라테스

괜히 혼자 멍해 있다 늦고 말았다. 지각에 당황한 유채는 허둥지둥 일어나, 옷만 겨우 챙겨 입고 세수도 못한 채 칫솔을 주머니에 꽂고 집을 나섰다. 그리고 병원에 도착해 자전거를 보관소에 묶어놓고 막 돌아서는데 유채의 핸드폰이 울렸다. 남 피디였다. 전화를 끊은 유채는 그대로 분만실을 향해 정신없이 뛰어갔다.

저만치에서 비명을 지르는 산모가 누운 침대가 달리는 것을, 은상이 뒤쫓아가면서 찍는 것이 보였다. 유채는 재빨리 은상의 옆에 따라붙었다.

"분만일이 닥친 산모……!"

설명하던 은상이 유채를 뜨악한 눈으로 보았다. 뭐야, 이 상황에서 반하기라도 한 거야?

"안 찍고 뭐 해?"

유채가 다그치자, 은상은 서둘러 카메라를 고쳐 멨다. 유채는 달리는 침대 위, 진통하는 산모가 누운 침대를 따라 땀을 뻘뻘 흘리며 달렸다.

"어?"

산모를 걱정스럽게 보던 대준도 유채와 눈이 마주치자 눈을 동그랗게 떴다. 오늘 이 남자들 왜 이래? 유채는 의아한 눈으로 그를 마주 보며 달렸다. 대준이 뭐라고 말하려는 순간, 산모의 손이 뻗어와 유채의 머리채를 잡았다.

"아악!"

갑자기 머리채를 잡힌 유채는 비명을 질렀다.

"남편 머릴 잡으셔야죠!"

유채는 머리를 잡힌 채 산모를 원망스럽게 보았다. 그러다 그 옆에서 달리고 있는 그녀의 남편을 보았다. 대머리다. 그는 미안한 표정으로 유채를 향해 머리를 조아리며 달렸다. 한미 FTA도 아니고, 애 낳는 거라 참는다.

"이거 언제 끝나? 머리털 다 뽑히게 생겼네."

촬영을 끝내고 분만실에서 돌아 나오면서 유채는 헝클어진 머리를 풀었다.

"요즘 가발 좋은 거 많이 나왔어."

주절대던 은상은 유채의 얼굴을 보자 키득거렸다.

"왜? 내 얼굴에 뭐라도 묻었어?"

유채는 얼굴을 문질러 보였다.

"응."

은상은 키득거리며 손가락으로 코 밑에 선을 그어 보였다.

"뭐야, 그거? 콧물은 아닐 테고. 콧구멍에서 지렁이 키워? 아! 오징어 먹물 스파게티 먹었지?"

"지렁이? 스파게티? 뭔 소리야?"

유채는 의아해하며 거울을 찾아 두리번거렸다. 그러다 저쪽에서 걸어오는 윤표를 발견했다. 목이랑 어깨가 쑥 빠진 게 얼굴도 수척했다.

그런 그가 고개를 들다가 유채를 보더니 화들짝 놀라 달려왔다.

"그 꼴을 하고?"

이번엔 저번과 달리 다짜고짜 소리 지르지 않고 유채의 얼굴을 몸으로 가려주며 유채에게 속삭이듯 다그쳤다.

"왜요?"

영문을 알 수 없는 유채는 얼굴을 문지르며 두리번거렸다. 그제야 자신을 보며 키득거리는 사람들이 눈에 들어왔다. 스태프들도 키득거리며 회의실로 주루룩 사라졌다.

"세수도 안 했어?"

윤표가 당황스럽게 물었다.

"네. 아, 칫솔."

유채는 서둘러 주머니에 칫솔이 잘 있는지 꺼내보았다.

"내가 환장하겠네."

윤표는 제 얼굴을 쓸어내리며 당황스러워했다.

"왜 그러는데요?"

"늦잠 잤구나. 여기 와서 세수하려고 칫솔까지 챙겨오셨어?"

"네."

유채는 당당했다. 그게 뭐가 나빠?

"그럼 당장 가서 세수하고 와봐."

윤표는 도리질을 하며 한심한 투로 말했다. 그런 그에게서 술 냄새가 났다.

"술, 드셨어요?"

"아, 좀……. 많이 나나?"

윤표는 걱정스러워하며 제 몸의 냄새를 맡았다.

"새벽에 들어가셨을 텐데, 언제요?"

유채의 말에 지나가던 간호사들이 그들을 호기심 어린 눈으로 힐긋거리며 지나갔다. 윤표는 대화 내용이 민망한지 헛기침을 했다.

"그건 나중에 묻고, 가서 세수부터 하지?"

윤표는 인상을 찡그렸다.

"입 냄새 나요?"

그제야 제 몰골을 기억한 유채는 입을 막고 입김을 불어 입 냄새를 맡아보았다. 그런 그녀에게 윤표는 얼른 화장실로 가라는 손짓을 했다. 유채는 서둘러 화장실로 몸을 돌렸다. 그러자 갑자기 윤표의 얼굴이 공포스럽게 변했다.

"아무리 화나도 나 죽이면 안 된다?"

"네?"

"겨우 화해했는데 화내기 없기라고."

"어…… 네."

이해되지 않는 말이지만 유채는 고개를 끄덕이고 화장실로 들어갔다. 그리고…….

"아아악!"

내 이 자식을!! 거울을 본 유채는 비명을 질렀다. 오른쪽 콧구멍에서부터 오른쪽 귀까지 검은 수염이 그려져 있었다. 그렇게 화해해놓고 또 바로 장난질이야?

"이게 뭐야!"

겨우 세수하고 칫솔질을 하는 둥 마는 둥, 유채는 밖으로 튀어나왔다. 그때까지 윤표는 화장실 앞에서 기다리고 있다가 유채의 얼굴을 보고 급히 눈웃음을 지었다. 애교 살을 잔뜩 부풀리면서.

"선생님이 그런 거죠? 왜요! 왜! 왜!"

유채는 갓 닦은 얼굴을 그에게 들이대며 따졌다. 그런 그녀 앞에 윤표는 흰 로션 병을 꺼내 보였다.

"짠. 얼굴 당기지? 로션 발라. 내가 간호사들한테 빌려왔어."

윤표는 환한 미소로 로션 뚜껑을 돌렸다. 그리고 유채의 손바닥에 톡톡 두드려주었다.

"한 번만 더 그래 봐요. 그땐 아주……."

그의 눈웃음에 유채는 더 이상 화를 낼 수 없었다. 친근함의 표현이라고 이해해주자. 유채는 손바닥의 로션을 비벼 얼굴에 문지르며 그를 흘겨보았다. 그와 마주 서 있으니 술 냄새가 다시 풍겨졌다.

"그렇게 장난치고서 술은 왜요? 너무 신이 나서?"

유채는 눈을 흘기며 물었다.

"잠이 안 와서……."

그는 로션 병을 주머니에 넣으며 멋쩍게 말했다.

"그래도 늦게 들어가셨을 텐데."

어쩐지 자신의 말투가 그를 걱정하는 것 같아 이상했다.

"늦게는 무슨. 그쪽 잠들고 금방 나왔어. 원래 술 생각이 간절했는데 그 상황에서 술 마시자고 할 수도 없었고……. 피곤했나 봐? 텔레비전에선 들소가 내셔널 지오그래픽 찍고, 그쪽은 코로 내셔널 지오그래픽 찍고. 아주 코끼리처럼 드르렁, 드르렁……."

유채는 그를 째려보았다. 간호사들은 그들을 자꾸 힐긋거렸다. 그들의 시선을 눈치챈 윤표는 또 헛기침을 하며 몸을 돌렸다.

"많이 피곤해 보이긴 하시네요. 근데……."

유채는 그의 손 언저리를 살폈다. 의아해진 윤표는 유채가 관찰하는 그의 손을 이리저리 뒤집어보았다.

"사실 어제 그거 묻고 싶었는데 자는 바람에······."

"아, 쫌 그 말 좀 안 하면 안 되나? 사람들이 이상하게 보는 것 같은데?"

윤표는 유채의 입단속을 하며 낮게 속삭였다.

"아······."

유채는 고개를 끄덕였다.

"제삿밥이요. 아무것도 안 싸왔어요?"

유채의 질문이 같잖은지 그는 가벼운 웃음을 흘리며 걸음을 옮겼다.

"우린 추모 예배드러."

"아, 되게 신식이시다. 그래도 뭔가 음식은 했을 거 아니에요."

유채는 그를 따라 걸었다. 그러자 윤표는 어이없이 유채를 보았다.

"누구를, 몇 명이나 먹이려고, 얼마큼을 싸와야 하는 건데?"

윤표는 주위를 휙 하니 둘러보았다. 그러고 보니 그렇다. 이 큰 병원에 입이 몇인데, 한가한 사람들도 아니고.

"그러네요. 제가 생각이 짧았어요. 그냥 궁금해서요. 남의 집 밥은 무슨 맛인가 하고······. 근데······."

뭔가 이상하다. 이 남자, 어제 새벽 대화 이후에 어물쩍 반말을 뇌까리더니, 아직도 반말이네?

"말이 짧네요?"

유채는 눈을 치떴다. 그러자 그가 유채의 귀에 속삭였다.

"속에 스판 입었거든."

"스판?"

"슈퍼맨이 레깅스랑 팬티 순서 바꿔 입는 그거. 용기가 막 솟구쳐서 이왕 튼 반말 그대로 가기로 했어."

윤표는 두 팔을 가열차게 앞으로 뻗어 보였다.

"뭐라구요?"

유채의 눈이 휘둥그레졌다. 어제까지 알던 그 사람 같지가 않아 도통 헷갈린다.

"반말하니까 혀가 엄청 편해. 진작 말 놓을걸. 딱 봐도 내가 엄청 많을 텐데. 그럼 수고."

"기가 막히네."

콧방귀를 뀐 유채는 몸을 돌리며 머리를 틀어 올렸다.

"아 참, 차비 내."

그가 유채의 등에 대고 말했다.

"네?"

머리를 말아 올리던 유채는 그를 돌아보았다.

"어제 차비."

이 인간 오늘 왜 이래?

"어젯밤에 어디서 우유 얻어 드셨을까?"

유채는 눈을 가늘게 뜨고 그를 쏘아보았다. 그러자 그는 피식 웃었다.

"오케이. 그럼 내가 제삿밥 쏠게. 후식은 그쪽이 콜?"

어쩐지 쓸쓸한 입맛을 다시며 말하는 그의 모습이, 해장하기로 한 친구에게서 바람맞고 외로움에 정신 나가, 길 가던 행인2에게 말 거는 것 같았다.

그를 따라 병원 앞 해장국 집으로 같이 가준 것은 순전히 그의 표정이 외로워 보여서다. 공짜 밥을 먹겠다거나, 어제 이후로 그에게 너그러워진 자신의 마음에 그와 좀 더 친해지고 싶다는 욕구가 생긴 것은 절대 아니다.

허름한 해장국 집 테이블을 사이에 두고 유채와 마주앉은 윤표는 한쪽 팔을 테이블에 걸치고 45도로 고개를 숙인 채, 앞에 있는 해장국을 먹는 데만 집중하고 있었다.

"제삿밥 쏘는 건 선생님이 한국 최초인 거 아세요?"

해장국을 먹던 유채가 그를 건너다보며 말했다. 그러자 숟가락을 들던 그의 팔이 멈칫했다. 그러다 다시 연신 해장국을 퍼먹었다.

"실연당하셨어요?"

이번엔 몸을 좀 낮추어 그의 얼굴을 살피며 물었다. 눈썹 밑으로 그의 표정이 보이지 않을 만큼 그는 표정을 숨기고 있었다. 그리고 역시 아무 대꾸도 하지 않고 해장국만 퍼먹었다. 유채는 질문을 포기했다. 자신이 아니라 정말 낯선 행인이라도 앞에 앉아만 있어주면 되는 분위기였다. 유채는 해장국을 반쯤 남기고 숟가락을 내려놓았다.

유채가 물 잔에 손을 뻗는데 고개를 숙이고 밥만 퍼먹던 그가 얼굴을 번쩍 들었다. 해장국의 열기로 식은땀이 범벅이 된 얼굴이 빨갛게 달아올라 있었다. 그가 먹은 해장국 그릇은 국물 한 방울 없이 텅 비어 있었다.

"나는 녹차 라떼. 그쪽은?"

그가 아까보다 한결 가벼워진 목소리로 물었다. 숙취 때문에 분위기가 안 좋아 보였던 걸까?

카페테리아로 간 유채는 순순히 녹차 라떼와 아메리카노 커피를 주문했다. 그런데 그가 커피를 취소하고 불쑥 곡물 라떼를 주문했다.

"제가 사는 거거든요? 그리고 제가 마실 건데요?"

유채가 지갑을 열다 기막혀하자 그도 안주머니에서 지갑을 꺼내며 말했다.

"내가 살 거거든? 그리고 그쪽은 변비 중증 환자잖아?"

그의 '변비'란 말에 계산원이 피식 웃었다.

"또 누굴 망신 주려고."

유채가 고개를 기울여 눈을 번뜩거렸지만 그는 개의치 않았다.

"비싼 거 마시는데 같은 값이면 몸 관리되는 걸로 마시지?"

의사다운 발언이다.

"같은 값이 아니라 곡물 라떼가 훨 비싸거든요?"

"그럼 자기가 사는 거라, 자기는 싼 거 마시는 거야?"

윤표는 계산원에게 지폐를 내밀며 유채에게 딱한 표정을 지었다.

"뭐, 그럴 수도. 그런데 왜 저더러 사라고 하고 선생님이 사세요?"

유채는 열었던 지갑을 떨떠름하게 다시 가방에 넣었다.

"같이 밥 먹어줘서 고마워서. 실연은 아니지만 진짜 바람맞았거든. 아침 약속 했었는데."

"누구요. 오 선생님요?"

"아……."

다소 난감해하던 그는 계산원이 내미는 라떼 둘을 서둘러 받고 하나를 유채에게 내밀었다.

"감사해요."

유채는 받은 라떼의 빨대를 얼른 물고 쪽쪽 빨았다.

"그분하곤 그렇게 고개 푹 숙이고 전투적으로 밥만 먹지 않겠죠?"

유채는 곁눈으로 그를 힐긋 보았다.

"내가…… 그랬나?"

그는 난처해했다. 빨대를 문 유채는 그의 눈을 마주 보며 고개를 끄덕였다. 그는 히죽 웃었다.

"미안. 그런데 오늘은, 누구랑 있었어도 그렇게 먹었을 거야."

"왜요?"

유채는 빠끔히 그를 응시했다.

"무척…… 배가 고팠거든."

말끝에 헤시시 웃는 그의 미소가 좀 허전해 보였다. 어제 무슨 일이 있었나? 아버지 기일이라 다음 날까지 슬픈 걸까? 하긴, 자신의 어머니 기일이 가까이 올 때면 어머니 생각이 더 났고, 기일엔 울적한 기분을 숨길 수 없었다. 그리고 기일 다음 날은 어머니가 세상을 떠난 다음 날처럼 항상 똑같이 허전했다.

"남의 집 밥맛이 궁금해?"

그가 뒷걸음질쳐 걸으며 물었다.

"네."

그를 마주 보며 따라 걷던 유채는 라떼를 쪽쪽 빨며 고개를 끄덕였다.

"다른 집은 모르겠고, 우리 집 밥맛은 아까 먹은 해장국 집 맛이랑 비슷해."

"네?"

오늘따라 되게 철학적으로 말하신다. 철학이 부전공이신가?

"그렇다고."

윤표는 유채의 눈을 빤히 보며 재차 확인해주었다. 그리고 몸을 돌렸다.

"집 밥이 식당 밥 같다구요?"

"그렇지. 슬픈 현실이지."

윤표는 보폭을 조금 넓히며 앞서 걷기 시작했다. 뭐가 슬프다는 건지 감이 잡히지 않는다.

"선생님네, 식당 하세요?"

유채는 그를 따라 바삐 걸으며 물었다. 그러자 갑자기 그는 '푸하하하!' 하고 웃었다. 그러다 유채를 돌아보았다.

"내가 왜 유채 씨 얼굴에 낙서했게?"

"이유가 있었던 거였어요?"

유채는 다시금 눈을 사납게 떠 보였다.

"유채 씨가 여자로 보여서."

"네?"

뜻밖의 대답에 유채는 당황했다.

"그랬다고."

그는 빙긋 웃으며 몸을 돌리고 앞서 걸어갔다. 속이 풀렸는지 불어오는 바람에 머리를 흔들어 머리칼을 흩날리면서. 유채는 그의 뒷모습을 바라보았다. 방금 저 인간이 뭐라고 떠들고 간 거야?

아버지로부터 전화가 왔다.

"여기 병원인데, 어디냐?"

"네? 아빠가요?"

놀란 유채가 서둘러 달려가 보니 아버지가 은이와 함께 로비에 앉아 있었다.

"왜 규랑 안 오고 아빠가……."

유채가 당황스러워하자 아버지도 계면쩍어했다.

"규는 직장 구한다고 바쁘다는구나."

유규가 직장을? 오늘 해가 두 개 떴나?

"또 고모는 할머니 때문에 힘들 것 같아서 내가 짬을 냈다."

며느리 사랑은 시아버지라더니, 아버지에게 이런 면이 있을 줄이야. 왠지 아버지의 다른 모습을 보게 해준 것 같아 은이가 고맙기까지 했다.

"시간 괜찮으세요? 미리 연락주시고 오셨으면 예약해놓았을 텐데, 지금 진료 신청하면 좀 기다릴 수도 있어요."

"괜찮아. 오늘 하루 쉬기로 했거든."

헉. 며느리 때문에 공사장 출근을 쉬신다고? 그게 무얼 포기하는지, 십장인 아버지의 일당이 얼마인지 알기에 유채는 새삼 아버지가 시작한 며느리 사랑에 놀라지 않을 수 없었다.

"대단한 일을 했네, 규가."

유씨 남자들 때문에 이만저만 놀라는 게 아니다. 유채가 은이를 보며 얼떨떨해하며 웃자 은이는 민망해하며 고개를 숙였다.

아버지를 잠시 기다리게 하고, 유채는 은이와 함께 산부인과 간호사 데스크로 갔다. 진료 선생님들의 스케줄을 보니 예상대로 윤표의 스케줄이 제일 빽빽했다. 이럴 줄 알았으면 아까 해장국 먹을 때 미리 말해 됐으면 좋았을걸. 누구든 상관없겠지만 유채도 스스로 생각하기를 윤표만 한 산부인과 의사가 없다는 생각이 들었기에 은이를 윤표에게 진료받게 해주고 싶었다.

"남자 선생님은 좀 그렇지?"

유채는 옆에 있는 은이에게 의중을 물었다.

"아무래도……."

은이는 고개를 끄덕였다.

"여기 산부인과 절반이 남자 선생인데 그런 말은 섭하지?"

갑자기 윤표의 목소리가 들려왔다. 고개를 돌려보니, 은이 옆으로 윤표가 다가와 간호사에게 차트를 건네고 있었다.

"아, 그게 아니고……."

사실은 선생님이 제격이에요, 선생님이길 바랐는데 시간이 안 나시는 것도 같고, 애 의중도 모르겠고…… 같은 말들이 머릿속에서 뒤죽박죽되었다.

"누구……?"

은이의 배를 보자 와이파이가 바짝 선 윤표는 궁금해했다.

"아, 제 올켄데요. 이런저런 이유로 산전 검사를 많이 못했대요. 그래서 오라고 했어요."

유채는 그를 향해 친근한 미소를 지었다. 얼굴이 저도 모르게 그런다.

"그래? 그럼 아직 신청서 작성 안 했으면 내가 봐줄까? 아, 남자는 싫다고 하셨나?"

윤표는 은이를 돌아보았다. 은이는 난감해했다. 유채는 은이가 거절할까 봐 얼른 끼어들었다.

"이분 여기서 최고야. 아까 선생님들 스케줄 봤지? 제일 바쁘신 분인데, 봐준다면 영광이지. 뭐, 영 내키지 않음 말고. 근데, 나 같으면 이 선생님한테 진찰받겠다."

순간 너무 생각나는 대로 주절거렸음을 알았다. 유채의 설레발에 윤표가 뜻밖이란 눈으로 그녀를 보았기 때문이다. 아무래도 자신이 그에게 진찰받고 싶다던 대목이었을 것이다. 새벽에 무슨 마춰 총이라도 맞았나? 새벽부터 연속적으로 헛말이 막 튀어나온다.

"아, 그러니까 그게……."

순간 얼굴이 빨개진 유채는 어찌할 바를 몰랐다.

"하하하. 인포메이션은 그쯤이면 훌륭하네. 어때요. 다른 산모들이 희망하는 의사인데. 물론 예비 산모도 희망하고 있는 것 같고."

윤표는 유채를 힐긋 보고 웃었다. 제길슨. 이놈의 조동아리. 암튼 생각하는 대로 바로바로 실천하고, 말하는 걸로 망치는 건 '희재 바람둥이 게시판 고발 사건'이 말해주는 것이니 다른 말이 필요 없다.

은이는 부끄럽게 자신의 배를 내려다보다 다소곳이 말했다.

"그럼 선생님한테 진찰받을게요."

다른 이유로 같이 부끄럽던 유채는 윤표를 향해 고개를 꾸벅였다.

"잘 부탁드려요."

윤표는 미소를 머금고 시계를 보며 데스크에 기댔던 몸을 일으켰다.

"잘됐네. 다행히 지금 시간 환자가 캔슬돼서 여유가 있던 참이니까. 지금 볼까요? 신청서도 나랑 쓰면 돼요."

윤표는 간호사에게 신청서를 한 부 받아들고는 은이를 자신의 진료실로 인도했다. 유채는 로비 간이의자에 앉아 있는 아버지에게 기다리시라는 눈짓을 하고 그들을 따라 윤표의 진료실로 갔다.

윤표는 은이가 신청서를 작성하는 것부터 친절하게 가르쳐주고 이것저것 모르고 지나친 것들을 조목조목 질문했다. 조바심내거나 짜증 한번 내지 않고 은이가 대답하는 걸 조용히 끝까지 들으며 차트에 적는 그의 모습을 보고 있노라니 보는 이가 다 흐뭇했다. 이런 의사와 인맥이 형성됐다는 자긍심이랄까? 아, 이럼 안 되는데. 자꾸만 윤표가 멋지게 보이기 시작했다.

너무 많은 검사를 하지 않아 은이는 막달 검사로 할 수 있는, 최대한 여러 가지의 검사를 받아야 했다.

유채는 아버지와 함께 로비에 앉아 은이를 기다렸다. 조금 있자니 진료실에서 윤표가 나왔다. 그때, 한 귀부인이 윤표에게 환한 얼굴로 다가갔다.

"아들~ 어디 가니?"

윤표의 어머니인 모양이다. 어머니를 보자 윤표의 얼굴이 어두워졌다. 하지만 그녀는 아들의 내색에는 상관없이 살갑게 윤표의 옷매무새를 만지작거렸다. 윤표는 그런 어머니에게 뭐라고 하고는 그냥 지나쳐버렸다. 그러자 그의 어머니는 다소 실망스럽게 아들을 바라보다 그대로 몸을 돌려 엘리베이터 쪽으로 사라졌다. 산모들한테는 되게 친절하면서 어머니한테는 완전 싸가지구만. 유채는 제 어머니를 돌아보지도 않고 가는 윤표의 뒷모습을 보며 혀를 찼다.

✳

사실 새벽에 혜령에게 전화를 하려다 말았었다. 그 시간에 부르는 것은 아무리 생각해도 좋지 않은 생각이었다. 그다음으로 생각난 것이, 마음에 들지 않지만 유채였다. 비를 쫄딱 맞고 보니 앞뒤 생각할 겨를이 솔직히 없었다. 차로 집까지 태워다준 사이니, 그리 삭막하진 않을 거라는 긍정적인 생각으로 그녀의 집 초인종을 눌렀다. 그런데 누군지도 모르는 방문자를 맞이하는 그녀의, 상당히 슬리브리스하고 릴랙스한 차림에 당황했다. 절대 당황하지 않았노라고 애써 태연한 척했지만 자꾸만 그 여자의 못 볼 모습을 보는 자신이, 그녀와 어떻게 엮이려고 이러나 싶을 정도로 난감했다.

텔레비전에 나오는 내셔널 지오그래픽을 보며 윤표는 혀를 찼다. 혼기 꽉 찬 처자가 텔레비전에 고정시켜놓은 채널이 내셔널 지오그래픽이라니. 자연 다큐를 찍는 것도 아니면서. 그렇게 혀를 차며 유채를 돌아보던 윤표는 헛웃음이 났다. 젊은 외간 남자를 곁에 두고 곯아떨어진 그녀가 참 순박해 보였다. 남자가 아니라고 생각했는지, 아니면 그는 절대 아무 짓도 하지 않을 거라는 믿음이 있었는지는 모르겠다. 몸을 웅크린 채 코까지 골며 자는 그녀를, 어쩐지 자신이 지켜주는 기분이 들었다.

그리고 그건 사실이었다. 자꾸만 자는 그녀의 얼굴을 훔쳐보게 되는 내면의 늑대 근성으로부터 그녀를 지켜야 했던 거니까. 열쇠 수리공은 올 생각도 않고, 갈 곳도 없는데 이 여자는 태평하게 자고 있고, 눈은 자꾸 자는 그 여자한테 가고. 고민하던 윤표는 탁자 위의 수성 펜을 발견하고 냅다 그녀의 얼굴에 긴 수염을 그렸다. 그러느라 잠든 그녀를 잠시 좀 더 가깝게 관찰하긴 했지만. 얼굴 한쪽을 무릎에 기대고 있어서 한쪽밖에 못 그렸으나 그렇게 낙서함으로 해서 그녀가 얼굴 근육을 실룩일 때마다 웃겨서 죽는 줄 알았다. 테스토스테론이 급격히 증가해서 어쩔 줄 모르는 것보단 백배 나은 행위였다고 장담한다.

그렇게 그녀와 있다가 드디어 받은 열쇠 수리공의 전화로 그녀의 집을 나왔다. 그리고 홀로 집으로 들어가니 더욱 쓸쓸했다. 그녀의 따뜻한 호흡으로 가득 찼던 집에서 나와 적막한 자신의 집에 들어서니 온기 없는 집이 더욱 외롭게 느껴졌다. 렌털 하우스로 오기 전 기분으로 되돌아가고 말았다. 그것이 혼자 폭주한 이유다. 혼자인 것이 도저히 참을 수 없었다.

그런 이유로 아침은 혼자 먹고 싶지 않아 혜령을 불렀다. 그러나 약속 장소까지 나왔던 혜령은 병원의 호출을 받고 급히 병원으로 가야만 했다. 혼자 남겨진 윤표는 쓸쓸하게 해장국 집 앞까지 갔다가 그대로 돌아왔다. 항상 누리고 있다고 생각했던 혼자인 기분이, 갑자기 죽을 만큼 싫어졌다. 그래서 공복인 채로 쓸쓸히 병원을 오가다 한쪽 얼굴에 여전히 수염 그림을 한 유채를 발견하게 된 것이다.

정말 이상하다는 생각이 든다. 이상한 타이밍에 생각이 나고, 기막힌 타이밍에 마주치게 된다. 처음엔 그냥 같이 해장국을 먹어줄 누군가가 필요했을 뿐인데, 생각보다 이 여자, 되게 귀여운 구석이 있다. 헝클어 풀어헤친 모습만 보다, 풀어내린 머리를 올리고 있던 그녀의 모습에서 풋풋한 매력이 느껴졌다. 생각해보니 처음부터 못 볼 꼴을 봐서 그렇지, 그냥 어디선가 평범하게 마주쳤다면 귀여운 인상의 여자라고 생각했을 그런 스타일이다. 마주하고 있으리라고 예상할 수 없던 시간에 함께 있어서 그랬는지는 모르지만, 그녀가 멀게 느껴지지 않았다. 그녀와 함께하는 시간이 점점 늘어나면서 이젠 못 볼 꼴을 본 사이가 아닌, 남들이 모르는 그녀의 모습을 혼자 보게 되는 것만 같았다. 왠지 지켜주고 싶다. 자신으로 인해 험한 일을 많이 당한 만큼 갚아주고 싶었다. 더는 다치지 않도록.

어제 어머니와 말다툼한 이후로 기분이 몹시 좋지 않았는데 그 여자 덕분에 시원하게 웃었다. 크게 한 번 웃는 것으로 꿀꿀했던 기분이 싹 가신 느낌이라 해장국이며 라떼 값이 아깝지 않았다. 그런데 병원에서 다시 어머니를 보고 얼굴이 굳어졌다.

"재단 회의가 있어서……."

어젯밤, 내일 보자던 그 말이 자신을 보러 오는 것이 아니라 재단 때문이었단 사실이, '어머니가 그럼 그렇지.' 하는 생각이 들었다.

"그럼 회의하시고 가세요."

윤표는 남 대하듯, 솔직히 말하면 환자의 보호자보다도 못하게, 깍듯하게 일별하고 자리를 떠났다. 그리고 진료 내내 기분이 좋지 않았다. 이렇게 기분이 풀리지 않는 이유는 뭘까. 아침에는 그럭저럭 좋아졌다고 생각했는데. 진료를 마치고 숨을 돌리던 윤표는 달력을 보았다. 역시…….

아버지 기일 스무날 후에는 동생의 기일이었다. 아무도 챙기지 않는. 언제나 반복되던 이 공황 같은 외로움과 마음의 묵직함을, 방송국 촬영 어쩌구 하며 깜빡했다. 매년 아버지 기일과 더불어 동생의 기일이 다가오면 그 헛헛함을 무엇으로도 달랠 수가 없었다. 처음으로 그걸 깜빡하고 있었는데, 마음이 버릇처럼 허전해하고 있구나. 윤표는 씁쓸했다.

"왜 그래? 얼굴이……."

회진 중 복도에서 마주친 혜령은 윤표의 안색을 걱정스럽게 살폈다. 그녀는 윤표와 어머니와의 관계는 알고 있지만 동생의 기일에 대해서는 모르고 있다.

"피곤한가 봐."

윤표는 억지로 미소 지어 보였다.

"아, 밥은?"

그대로 지나치려던 혜령이 생각난 듯 윤표의 팔을 붙잡았다.

"어, 먹었지."

아침밥에 대한 걸 저녁이 다 되어 묻는다. 오늘은 정말이지 많이 바빴다. 어긋나면서 마주칠 시간도 없을 정도로.

"미안해. 다음에 내가 살게. 알았지?"

혜령은 미안한 미소를 지어 보이고 발걸음을 옮겼다. 윤표는 잠시 멈춰 서서 멀어져가는 혜령의 뒷모습을 바라보았다. 그리고 쓸쓸히 걸음을 옮겼다.

오늘은 당직 근무가 있는 날이다. 한산해진 저녁, 윤표는 늘어지는 몸을 추스르며 응급실로 향했다. 거기서 유채와 마주쳤다. 유채는 어느새 간호사들과 친해졌는지, 안면 있는 작가와 섞여 두런두런 얘기를 나누고 있었다. 윤표는 그런 그녀를 아는 척하기가 뭐해서 그냥 지나치려하는데 그녀가 윤표를 불러세웠다.

"소 선생님!"

그제야 그녀가 있었다는 것을 안 얼굴을 한 윤표는 한쪽 발을 응급실 안에 들여놓은 채 그녀를 돌아보았다.

"이 시간에 여기 웬일이세요?"

마치 자기의 나와바리에 어쩐 일이냐는 투다.

"당직이거든."

"어머, 그렇구나."

"유채 씨야말로 여긴 어쩐 일로?"

여긴 내 나와바리거든? 윤표는 다소 거만하게 그녀를 보았다.

"역시 렌털 하우스에 혼자 있는 건 너무 심심해요. 당직 서는 작가가 있어서 왔다가 그냥 눌러앉았네요."

유채는 어깨를 으쓱해 보였다.

"왜, 내셔널 지오그래픽 보지. 재미있던데."

윤표는 코웃음을 쳤다.

"오늘은 짝짓기 방영한대요. 열 받아서 텔레비전 부술까 봐요."

유채는 어깨를 으쓱이며 웃었다. 놀리고 싶었는데 의외로 세게 반응한다. 점점 이 여자와 대화하는 것도 재미있어진다.

"밤늦게 가는 길은 위험할 텐데."

이번엔 아주 걱정스럽게 물었다.

"그래요? 그럼 저도 여기서 당직 서죠, 뭐."

유채는 당직쯤 별거 아니라는 듯 씨익 웃었다. 당차다. 그래서 아나운서라는 걸 할 수 있는지 모르겠지만 말이다.

"수고해요, 그럼."

윤표는 그녀에게 손을 들어 보이고 응급실로 들어갔다.

＊

"저게 바로 총 한 발 안 쏘고 '올 킬'이라는 거야."

간호사들이 응급실 안 베드 사이로 가는 윤표를 보며 중얼거렸다.

"소 선생님 오니까 다른 의사들은 완전히 흑백이잖아. 저렇게 타고나기도 힘들지. 오 선생님한테 좀 미안하지만 아까워."

한 간호사가 윤표에게 시선을 꽂은 채 아쉬워했다. 새벽에도 느낀 거지만 그녀들 말에 동감한다. 그래, 역시 좀 아쉽다. 손에 넣을 수 없는 떡 같아서 더더욱. 오해와 급한 성격으로 무장된 사람이라는 걸 알기 때문일까? 오욕 비슷한 걸로 얽혀 있어서 더욱? 갑자기 과거, 그와의 첫 대면을 생각하니 기분이 착잡해졌다. 아마도 이런 기분은 영원히 생길지도 모르겠다. 그건 저 남자와 더 이상 발전이 될 수 없다는 것을 뜻하기도 한다. 저 남자가 자신을 임산부로 착각하다 베드에서 망신을 당한 여자 이상으로 볼 리가 없기 때문이다. 간호사들이 '올 킬'이라고 부르며 아까워하는 저런 사람이. 살짝 아쉽다. 순간 낮에 은이와 함께 있을 때 그에게 호감 만땅이라는 말들을 쏟아내던 자신의 말들이 다다다 떠올랐다. 그리고 갑자기 마음이 휑해진다. 그에게 마음을 '쓰리'당한 기분처럼.

늦은 시간, 유채는 정말 밤길을 자전거로 달리고 싶지 않아졌다. 길가에 안개가 자욱했다. 도깨비에게 목 잡혀 끌려가도 아무도 모를 것 같은 적막한 밤이다.

유채는 응급실 옆, 최소한의 조명만 켜진 음침한 로비에서 자판기 커피를 한 잔 뽑았다. 의국으로 가면 잘 수 있을 거라는 간호사들의 말을 들었지만 리포터 신분으로 의국 신세를 지는 건 내키지 않았다. 다른 의사들도 그런 자신을 내켜 하지 않을 것 같고. 유채는 산부인과 로비 간이의자나 복도의 빈 베드에서라도 잘까, 생각하며 창가로 다가섰다. 안개 낀 창밖이 꼭 바다 같았다. 그대로 발을 담그면 쑥 빠져들어갈 것 같은 깊은 바다.

"정말 당직 설 거였나 보네?"

윤표의 목소리에 유채는 소리 나는 곳으로 몸을 돌렸다. 가운 주머니에 손을 넣은 윤표가 초췌한 모습으로 미소 지으며 유채에게 다가왔다.

"내가 겁줘서 못 간 건가? 그럼 좀 미안한데?"

"아니요. 지금 나가면 빠져 죽을 것 같아서요."

유채는 팔짱을 끼고 웃으며 창밖으로 다시 몸을 돌렸다.

"빠져 죽어?"

윤표는 의아해하며 유채 옆에 섰다.

"바다 같아요. 파이 이야기에 나오는 그런 바다⋯⋯."

유채는 새벽안개 낀 병원 밖 풍경을 물끄러미 바라보았다.

"파이 이야기? 파이가 바다에 떠다니는 얘기?"

스펀지 밥도 아니고. 소년과 뱅골 호랑이의 바다 생존기를 2차원 만화로 만들어버렸다.

"하하하!"

유채는 허리를 접으며 웃었다.

"웃긴 만환가 보네."

윤표는 그 책이 만화라고 믿어 의심치 않고 있었다.

"나중에 한 권 선물할게요. 그때 꼭 후기 말씀해주세요. 하하하!"

유채는 손가락으로 눈꼬리에 달린 눈물을 찍었다.

"책 읽고 후기 작성할 시간은 없는데."

윤표는 그 책이 만화든 뭐든 상관없다는 얼굴로 창밖을 내다보았다. 유채는 창밖을 내다보는 그를 물끄러미 보았다. 생각에 잠긴 눈빛이 밖의 안개 바다를 닮은 것 같다. 굳게 다문 턱선이 강해 보이면서도 외롭게 보였다. 이런 남자가 대시한다면 안 넘어가는 게 이상할 것 같다.

그런 생각 끝에 갑자기 이 남자가 수많은 정자를 뿌린 정자 기증자 중 한 사람이란 생각이 들었다. 소영이 가진 아기의 '유전자적 대디' 유주얼 서스펙트 중 한 명이다.

순간, 유채의 얼굴이 화락 달아올랐다. 뭐야, 뭐가 이렇게 당황스럽지? 혹시나 소영의 뱃속의 아기와 관련이 된 인물일 것 같아서? 유채는 뜨거워진 얼굴을 손바닥으로 쓱쓱 문질렀다.

"피곤한가 봐."

윤표는 유채를 돌아보았다.

"아, 아니, 그게…….."

뭐라고 말할 수가 없다. 정자 기증을 한 이유를 물어볼까? 어디서 자신의 아이가 자랄 거라는 생각은 안 해봤을까, 이 남자? 졸지에 유채의 머릿속에 윤표는 마구 정자를 뿌리고 다닌 헤픈 남자처럼 생각되고 말았다.

"나한테 뭐 할 말 있지?"

"네?"

그의 질문에 뜨끔한 유채는 당황하며 그를 보았다.

"뭔가 나한테 할 말이 있는 것 같은 얼굴인데."

윤표는 제 얼굴을 가리켜 보였다. 글쎄, 뭐라고 말해야 좋을까.

"글쎄, 그다지…… 아!"

고개를 갸웃하던 유채는 손뼉을 짝― 마주쳤다.

"그때 그 사과문 때문에 병원 실적에 영향이 있진 않았어요?"

유채는 조심스럽게 물었다.

"아, 그게 궁금했구나? 내가 언제 그만두나."

역시 이렇게 말할 줄 알았다. 그전부터 궁금했다. 하지만 누구에게도 물을 수가 없었다. 그에게 피해를 입은 당사자로서 그가 그만두길 바라는 마음으로 묻는 것처럼 보일까 봐. 절대 그런 게 아닌데.

"그게 아니구요."

유채는 미간을 찡그리며 말했다.

"하하하. 농담. 다행히 그러지 않아도 될 것 같아. 욕은 좀 먹었는데, 한편으로 산모들에 대한 걱정이 유난히 많아서 그런 실수 할 수도 있다고, 그런 실수로 크게 혼이 났으니 다신 그러지 않겠지, 하는 동정의 여론이 많았어. 워낙 그간 행실이 좋아서."

농담처럼 말한 그는 끌끌 웃었다.

"산부인과 의사란 직업이 그렇게 좋아요?"

너무 사심 가득한 눈으로 그를 보았을까? 유채는 그를 보았을 자신의 얼굴을 추측하며 가볍게 물었다. 그러자 그는 창밖을 보며 행복한 미소를 지었다. 마치 아기 천사들이 모여 그에게 파이팅을 외치는 모습을 눈앞에서 보고 있기라도 하듯.

"저 하늘의 별들 같아, 아기들이. 세상에 나오는 아기들을 받을 때마다, 내가 만든 별이 하늘에 쏘아 올라가 반짝반짝 빛나고 있는 모습을 보는 기분이랄까?"

별 제조 공작소의 공장장처럼 그는 뿌듯한 미소를 지었다.

"확실히 어느 것보다 뿌듯하긴 할 것 같네요."

유채는 자신도 그의 미소와 닮은 미소를 얼굴에 띠고 있다는 생각을 했다. 그가 분만하는 산모를 돕고 아이를 받는 모습을 보았기 때문인지 그가 어떤 기분일지 알 것 같았다.

잠시 행복한 기운이 두 사람 사이에 감돌았다.

"아 참, 아까 선생님 어머님 봤는데. 맞죠?"

갑자기 생각난 유채는 그를 휙 돌아보았다.

"아……."

뜻밖의 질문인지 그가 눈썹을 으쓱하고 유채를 힐긋 보았다.

"낮에, 선생님 진료실 앞에서 두 분 계신 거 봤거든요."

유채는 산부인과 쪽을 가리켰다. 그는 고개를 끄덕였다. 얼굴빛은 좋지 않았다.

"제가 괜히 말을 꺼냈나요?"

"아, 아니……."

하지만 표정은 여전히 어두웠다.

"아들이랑 어머니는 그런 모습인가요?"

"응?"

윤표는 뜻밖의 물음에 당황했다.

"저는 잘 몰라서요."

유채는 희미한 미소를 지으며 창밖의 안개 바다로 눈을 돌렸다.

"우리 엄마는 동생을 낳다가 돌아가셨어요. 그것 때문에 동생이 죄의
식으로 삐뚤어진 건지도 모르겠지만……. 언젠가 동생이랑 얘기한 적
이 있어요. 우리 옆에 엄마가 있다면 어떤 모습일까……. 친한 친구 같
은 모자, 모녀 사이도 많고, 샘쟁이 친구 같은 모자, 모녀 사이도 많고,
또 때론 원수 같은 모자, 모녀 사이도 많고. 호호호."

유채는 샐쭉해져 배시시 웃었다.

"나는, 그러니까 우린 어때 보였는데?"

그가 나지막이 물었다.

"딱 지금 표정 같으셨어요."

그를 바라보던 유채는 어깨를 으쓱하고 웃었다. 그러자 윤표는 유채
에게서 시선을 내리며 슬픈 미소를 띠었다.

"싸우셨어요, 두 분?"

이렇게 물어도 될까 싶은 생각이 질문 후에야 들었다. 무례하다고 생
각할까?

"어머니와 내 사이는……."

의외로 그는 쉽게 입을 열었다. 그리고 이번엔 그가 창밖을 바다 바
라보듯 돌아보았다. 눈빛이 깊어졌다.

"한 시간 중에 십 분은 괜찮아……."

이렇게 말하던 그는 피식 웃었다.

"사실 오 분도 괜찮지 않아."

그게 아쉬운 건지, 어쩔 수 없는 건지 알 수 없는 표정의 그는 어설픈 미소를 지으며 이마를 긁적였다.

"어릴 때부터 그래서 그게 습관이 되었는지, 이젠 어머니를 보고 웃는 게 어색해. 그냥 원래 그랬던 사이였어. 어머니도 마찬가지고."

"어머니가 그러셨어요? 선생님이랑 마찬가지라고?"

유채의 질문에 윤표의 눈이 당혹스럽게 커졌다.

"전 잘 모르겠지만요, 자식과 그렇게 지내고 싶은 어머니는 없을 거라고 생각해요. 그런 어머니들의 마음은 선생님이 더 잘 아시지 않아요? 낳을 때 죽을 만큼 고통스러웠어도 무사히 태어난 아기를 안는 순간 어머니들은 신에게 가장 귀중한 선물을 받는 얼굴을 하잖아요. 산모들이 아이를 낳는 순간에, 선생님은 그 어머니들이랑 일심동체가 되시는 것 같던데."

유채는 애달픈 눈빛으로 말을 이었다.

"어머니가 살아계신 건 축복이에요. 적어도, 살면서 뭔가 부족한 느낌은 없으셨을 거 아니에요."

그를 부러운 눈으로 보던 유채는 그대로 창밖을 허전함이 짙어진 표정으로 바라보았다.

"그 부족한 게 어머니의 사랑을 말하는 건가?"

그의 목소리는 차가웠다. 유채는 눈을 동그랗게 뜨고 그를 돌아보았다. 그의 눈이 무섭게 굳어 있었다. 쓸쓸해 보였던 턱선이 강한 반감으로 굳어 있었다.

"내가 산모들에게 느낀 건 자식에 대한 불타는 사랑인데, 우리 어머니한테선 그걸 못 느껴서 그런 거라면, 나 역시 부족함을 느끼고 살아서 그런 거라면 되는 건가?"

그의 목소리에는 원망이 묻어 있었다. 자신에 대해 섣불리 판단하지 말라는 경고도 들어 있었다. 유채는 할 말을 잃고 그를 바라만 보았다. 유채를 한동안 뚫어지게 보던 그는 그녀에게서 시선을 떼고 몸을 돌려 응급실로 사라져버렸다. 로비를 울리는 그의 발자국 소리에 너무 힘이 들어가 있어서 유채는 그를 잡을 수 없었다. 결국 무례했던 거냐고 묻고 싶었는데 그럴 수가 없었다. 그의 뒷모습이 질문도 듣지 않고 가버릴 것처럼 너무 차가워 보였기 때문이다.

❀

새벽 어스름이 밝아오기 시작하고, 당직 근무를 마친 윤표는 옷을 갈아입기 위해 차를 몰고 렌털 하우스로 향했다. 얼마쯤 갔을까. 갓길에 자전거를 타고 가는 유채가 보였다. 입술을 굳게 다문 윤표는 핸들을 잡은 손에 힘을 주고서 속력을 내어 그녀의 곁을 지나쳐갔다. 그리고 사이드미러로 그녀를 보았다. 그녀가 자전거를 멈추고 서서 멀어지는 자신을 지켜보고 있는 게 보였다. 윤표는 그대로 그녀를 무시한 채 렌털 하우스로 향했다.

어머니가 없다는 말을 들어서일까? 자신의 어머니에 대해 쉽게 말해버렸다. 혜령에게 말할 때도 많은 생각을 한 끝에, 그녀에게는 말해도 되겠다 싶어 말한 건데, 저 여자에게는 그런 생각을 할 틈도 없이 무방비적으로 내질러버렸다. 그것도 좋지 않은 기분이 돼서.

약간의 후회도 있다. 그냥 얼버무렸으면 좋았을 텐데, 너무 공격적으로 그녀에게 말한 것 같기도 했다. 하지만 세상의 모든 어머니와 자식은 사이가 좋아야 한다는 도덕선생님 같은 말을 하고, 순진한 아이 같은 표정으로 자신을 보며 어머니의 사랑은 어마어마하다고 말하는 그녀에게, 세상의 모든 어머니는 그렇지 않다고 말해주고 싶었다. 그러니 어머니가 없다고 해서 무조건 부족한 느낌으로 남을 부러워할 필요가 없다는 걸 말해주고 싶었는지도 모른다. 결국 그것이 자신의 어머니를 더욱 부정한 꼴로 그녀에게 내뱉은 것 같아 기분이 좋지 않게 되었다. 그녀에게 치부를 들킨 것만 같아 불쾌했다.

8. 두 번째 여자?

질투는 늘 사랑과 함께 탄생한다.
그러나, 반드시 사랑과 함께 사라지지는 않는다.
— 라 로슈프코

딱히 그가 태워주길 바랐던 건 아니다. 하지만, 새벽에 그렇게 그가 차를 몰고 지나쳐가니 기분이 별로 좋지 않았다. 골이 난 게 분명했다. 그런데 왜? 제 어머니에게 욕을 한 것도 아닌데.

유채는 렌털 하우스에서 옷만 갈아입고 집을 나서다 그의 문 앞에서 잠깐 머뭇거렸다. 도대체 왜 골이 난 거냐고 묻고 싶었지만, 그 성격에 순순히 말해줄 것 같진 않았다. 쉽게 말해줄 거 같았으면 그렇게 빈정 상해 돌아서지도 않았겠지. 에라, 모르겠다. 지 풀리고 싶으면 풀리겠지.

유채는 그대로 돌아서서 자전거를 몰고 다시 병원으로 향했다. 한참 병원을 향해 페달을 돌리고 있는데 옆으로 그의 차가 또 지나갔다. 사이드미러로 그의 얼굴이 슬쩍 보였다 사라졌다. 유채 쪽으로는 시선도 주지 않았다. 설마 못 본 건 아니겠지?

그가 그러거나 말거나 신경 쓰지 말아야 하는데, 새벽과 아침, 연달아 그에게 까인 기분이다. 그래, 더럽게 엮었던 관계이고, 잠시 좋을 듯 보였으나, 원래 좋지 않았던 사이가 좋아지는 것도 이상하다. 상관없다, 저 인간 기분 따위. 유채는 온 힘을 모아 페달을 밟았다.

병원에 도착해 남 피디와 오늘 촬영에 대해 의논하고 있는데 피디의 핸드폰이 울렸다. 응급실을 지키고 있던 작가가 걸어온 모양이다.

"803호 산모가 쌍둥이 출산 예정?"

남 피디는 빠르게 메모지에 적어내려 갔다. 그와 함께 유채는 자리에서 벌떡 일어나 뛰기 시작했다. 그러자 남 피디가 놀라 소리쳤다.

"내 얘기 다 안 듣고 어디 가?"

"803호요. 쌍둥이 분만 찍으실 거잖아요? 먼저 가서 보호자한테 촬영 승낙 받고 있을게요. 천천히 따라 오세요~!"

유채는 크게 소리치며 회의실 문을 박차고 나갔다.

"늘었네?"

은상이 따라 뛰며 기특한 듯 말했다.

"이 정도는 기본이지."

유채는 씨익 웃으며 803호를 향해 뛰었다. 그러다 저쪽 복도에서 달려오던 윤표와 딱 마주쳤다. 그를 흘깃 본 유채는 그대로 뛰었다. 윤표도 무덤덤한 표정으로 유채와 나란히 달렸다.

"803호?"

달리던 유채가 마지못해 먼저 물었다.

"그쪽도?"

윤표가 곁눈질을 하며 되물었다. 유채는 더 이상 대꾸하지 않고 속도를 냈다. 그러자 윤표도 질세라 속도를 냈다. 지고 싶지 않았다. 유채는 이를 악물고 뛰었다.

"달리기 연습 좀 하셨나 봐?"

슬쩍 묻는 윤표의 옆얼굴이 웃는 듯 보였다. 기분이 좀 풀리셨나?

"자전거 덕분에."

달리던 유채는 힐긋 그를 보았다. 확실히 그의 입술이 피식 웃는 것 같았다. 자전거를 타고 가다 까인 당사자와 깐 당사자끼리의 교감이랄까.

"좀 천천히 가! 허억!"

뒤에서 따라 달리던 은상이 헛구역질을 하며 소리쳤다.

"천천히 와!"

유채는 은상을 향해 소리치고 윤표와 나란히 803호로 달려 들어갔다.

산모의 비명 속에서 유채는 보호자에게 촬영 승낙을 받았다. 곧 땀이 범벅이 되어 쫓아온 은상은 숨도 가다듬을 시간 없이 촬영을 시작했다. 윤표는 전력 달리기를 한 사람이라고는 믿을 수 없는 모습으로 아주 침착하게 산모를 대했다. 여러 분만 장비들과 조명 속에서 윤표는 또다시 산모와 혼연일체가 되었다.

분만을 끝내고 산모와 보호자의 인터뷰를 따낸 유채는 남 피디로부터 폭포수 같은 칭찬을 들었다.

"옆 병동을 30초 만에 뛰어갔다며? 굉장해. 조금 있으면 옥상과 옥상을 막 건너다니겠어. 이젠 진정한 이번 다큐 고정 리포터야."

그 덕에 30년은 늙은 것 같다. 다리가 후들거리고, 머리가 멍하고, 피를 토할 것만 같았다. 하지만 진정한 다큐 고정 리포터가 된 마당에 남 피디 앞에서 후들거리며 주저앉을 수도 없었다. 이제 진정한 스프린터가 되는 수밖에 없다.

남 피디의 핸드폰이 울렸다.

"또?"

남 피디는 전화를 받은 채 유채를 돌아보았다. 또 뛰어야 하겠다. 유채는 입술을 벙긋거려 '어디……?' 하고 물었다.

"응급실."

남 피디는 눈을 찡그리며 유채를 보았다. 유채는 은상에게 몸을 돌렸다.

"들었지?"

"히유."

유채보다 은상이 더 망연자실했다.

유채와 은상이 응급실로 뛰어들다시피 도착했을 때, 비명을 지르고 있는 환자의 베드를 혜령이 잡고 달리고 있었다. 유채는 달리는 침대에 바짝 달라붙었다.

"보호자가 없나요?"

유채는 주위를 둘러보며 물었다.

"백화점에 쇼핑 나왔다가 양수가 터졌대요. 지금 보호자는 출장 중이랍니다. 오고 있대요. 이 환자는 제왕절개 수술을 할 거예요!"

혜령이 빠르게 브리핑해주었다. 그때 갑자기 우악스런 산모의 손아귀가 유채의 머리채를 휘어잡았다.

"어머엇!"

유채는 반사적으로 비명을 질렀다. 이게 도대체 몇 번째야? 그리고 몇 번 남은 거냐고. 진짜 가발을 쓸지도 모르겠다.

"아픈 건 알겠는데요! 머리는 좀 놓으세요!"

유채는 침대에 매달려 달려가며 소리쳤다. 지금 상황은 제 발로 뛰는 게 아니라 머리채가 휘어잡혀 끌려가는 것이다. 그냥 안 달리고 버티면 그대로 머리칼 홀랑 뽑혀 오늘 당장 가발 맞추러 가게 생겼다.

"산모님! 손은 놓으세요!"

옆에서 혜령이 소리쳤다. 하지만 이미 지옥의 맛을 보고 있는 듯한 산모는 잡은 유채의 머리채를 절대 놓지 않았다.

"내 남편 어딨어! 지 새끼 낳는데 어디 간 거야! 당장 불러와!"

"제가 보낸 출장 아니거든요? 이러다 제 머리에 구멍 나겠어요! 아얏!"

유채가 그녀의 손을 부여잡으며 소리쳤다. 은상은 옆에서 그 장면을 놓치지 않고 촬영하고 있었다. 이것이 진정한 프로란 말인가. 피고름 찐 눈물이 날 것만 같다. 그때, 누군가 달려들어 유채의 머리채를 잡은 손을 덥석 잡고 산모의 손아귀 힘을 풀어주었다.

"하아, 감사합……!"

덕분에 살아났다고 말하려던 유채의 입이 다물렸다. 어느새 달려온 윤표가 유채 옆에서 혜령과 마주 달리고 있었다. 딴생각할 상황은 아니지만 마주한 그들이 별로 좋게 보이지 않는다.

"남편이 미국 출장 중이라면서요? 비행기가 잘 안 잡힌답니다. 잡고 싶으면 제 머리 잡으세요!"

윤표는 산모를 향해 소리쳤다. 오고 있다는 게, 미국에서 오고 있는 거였어? 고통스러워하는 산모는 높이가 유채보다 만만치 않은지 윤표의 가운을 잡고 흔들어댔다.

"아이고, 나 죽겠어!"

산모는 비명을 동반하며 목청 높여 소리쳤고 혜령과 윤표는 그대로 그녀가 누운 침대를 밀고 수술장으로 뛰어들어갔다. 수술장 문이 닫히고 유채는 기진맥진하여 문 앞에 그대로 주저앉았다. 휘어잡혔던 머리는 산발이 되어, 딱 미친년이 동네 100바퀴 돌고 뻗기 직전의 몰골이었다.

"나 가거든, 이 나라 인구 증가를 위해 이 한 몸 바치다 갔다고 전해 줘."

유채는 진이 빠져 유언처럼 중얼거렸다. 카메라로 유채를 찍던 은상은 말도 못할 정도로 심하게 헐떡이며 모니터를 덮었다.

무거운 발을 질질 끌고 산부인과 로비로 온 유채는 간의의자에 그대로 녹다운되어 일자로 뻗었다. 그렇게 몇 분쯤 있었을까.

"그러다 과장님이나 원장님이 보면 못마땅해하실 텐데."

남자의 말에 놀라 유채는 상체를 벌떡 일으켰다. 그러자 퇴근하려는지 윤표가 정장 차림으로 서서 유채를 내려다보고 있었다.

"수술 안 해요?"

유채는 자리에서 벌떡 일어났다.

"나까지는 필요 없어서 바로 나왔어."

넥타이가 어색한지 고개를 세운 윤표는 자꾸 넥타이를 만지작거리며 말했다.

"좋겠네요, 퇴근도 하고."

그에게 다시 좋지 않은 감정이 생겨 말투가 친절하지 못했다. 그런데 그는 넥타이에 신경을 쓰느라 그녀의 말은 들리지도 않는 모양이었다. 그를 한심하게 보던 유채는 내키지 않는 듯하며 그의 넥타이에 손을 뻗었다.

"있어 보세요."

유채는 그의 손을 쳐내고 그가 맨 넥타이를 풀어 다시 바르게 매주었다.

"남자가 여자한테 넥타이를 매게 하는 게 무슨 의미인지 알아?"

그의 말에 당황한 유채가 눈을 올려 뜨자 내려다보고 있는 그의 눈이 코앞에서 딱 마주쳤다. 당황한 유채는 어쩔 줄을 모르다가 입술을 앙다물고 넥타이를 세게 당겼다.

"무슨 의미긴. 죽여도 된다고 목 내놓는 의미지."

"캑캑!"

그는 조인 넥타이를 잡아 늘리며 마른기침을 했다. 휴……. 별 것도 아닌 거 가지고 사람 가슴 뛰게 만들고 지랄이야. 유채는 몸을 돌려 손바닥으로 가슴을 지그시 눌렀다. 왜, 지 마음 내키는 대로 구는 이런 자식에게 가슴이 뛰는지 도무지 이해가 되지 않는다. 아까, 수술실을 향해 달리던 혜령과 윤표가 별로 좋게 보이지 않던 건 또 뭐고.

"오늘 고생 많았어."

그의 말에 유채는 대답 대신, 목을 쓰다듬는 그를 불편하게 돌아보았다. 넥타이를 정돈한 그는 주머니에 손을 꽂은 채 어깨를 으쓱해 보였다.

"어제 새벽에는 그야말로 먹구름이더니, 이 저녁에는 때 아닌 해가 뜨셨나 봐요?"

유채는 핀잔처럼 주절댔다.

"저녁 먹었어?"

뭐야, 이 동문서답. 유채는 다시 힐긋 그를 흘겨보았다.

"나, 돌잔치 뷔페 가는데 같이 갈래?"

뷔페? 헉! 세상에서 제일 좋아하는 명승지가 바로 뷔페였다. 이 자식이 알고 물은 것 같진 않지만, 거부하기 힘들다. 하지만 기분 나쁜 척하고 싶다. 얼마 정도 뜸들이다 승낙하면 될까? 유채는 심각한 고민에 휩싸였다. 그때, 그가 유채를 빤히 보며 물었다.

"입가에 흐르는 그거 뭐야? 군침인가?"

윤표는 손가락으로 제 입술을 쓰윽 그려 보였다. 이런, 단어 하나로 침샘이 저주파 자극을 받았다. 유채는 민망해하며 '후릅~' 하고 입가를 닦았다.

"또 대타예요?"

유채는 냉소적으로 눈을 흘겨 뜨며 물었다. 그러자 그는 눈썹을 으쓱이고는 히죽 웃었다.

"돌잔치 초대받았는데 매번 갈 때마다 중매 서준다며 이 아가씨, 저 아가씨 인사시켜주는 통에 불편해서."

운전대를 잡은 그가 말했다.

"그러니까 뭐시냐, 지금 나를 방패막이로 쓰겠다 이거예요?"

"기분 나빠?"

그가 힐긋 유채의 안색을 살폈다. 그래, 기분이 상해야 마땅한데 전혀 안 그렇다. 조금 전까지만 해도 이 사람 보기가 별로였는데 말 걸어주니 반갑고, 공짜 뷔페를 먹여준다니 고맙다. 왜 이렇게 도도하지 못하지? 설마 이게 거지 근성? 유채의 심기가 뒤틀렸다. 윤표 때문이 아니라 자신의 거지 근성 때문에.

"차 좀 세워주실래요? 일일 시트콤 봐야 해서요."

착잡해진 유채는 서둘러 가방을 챙겨 들었다.

"미안. 저번 내 행동 때문에 화났지?"

그의 말에 달리는 차의 문 손잡이를 잡던 유채는 멈칫했다.

"내 변명 좀 들어볼래?"

그는 앞을 주시한 채 담담하게 말을 이었다. 차 문 손잡이를 잡았던 유채의 손이 느슨해졌다.

"그때 어머니 얘기를 했었지? 내가 하나 물어볼 게 있어."

유채는 대답 대신 그를 빤히 보았다. 그의 눈동자가 살짝 흔들렸다.

"어머니가 있으면서도 어머니 사랑을 못 받는 애가 있어. 그리고 어머니가 없어서 어머니 사랑이 그리운 애. 누가 더 허기질까?"

"……."

당황한 유채는 대답을 하지 못했다. 운전을 하는 그는 계속 앞을 주시한 채 가볍게 웃었다.

"난 전자라고 생각해. 백 퍼센트. 전자는 받을 수 있으나 못 받는 거고, 후자는 받을 수 없어서 못 받는 차이가 생기는 거지."

잠시 생각에 잠겼던 유채는 머뭇대다 용기 내어 말했다.

"제가 보기에 그분은 선생님을 아끼시는 것 같았는데요."

그러자 그는 초탈한 표정으로 또 가볍게 웃었다.

"전에 내가 한 말 기억해?"

"네?"

"한 시간 중에 오 분도 괜찮지 않다는 말……."

그는 곁눈으로 유채를 힐긋 보았다.

"아버지랑 싸워봤어? 오히려 그 오 분 동안 아버지한테 말을 걸지 못해 안달이 나진 않았었나?"

많은 것을 떠올리게 하는 말이었다. 철없을 때는 아버지에게 퉁퉁거릴 때도 있었지만, 크게 싸울 일은 없었다. 부족해도, 아쉬워도 이해가 되었기 때문에. 오히려 자식에게 미안해하며 자신들 눈치 보는 아버지가 안쓰러워 유채는 아버지에게 군말을 할 수 없었다. 고모와 싸울 때도 그냥 건성이었지, 진심으로 싸운 적이 없었다. 동생도 마찬가지였다. 그래서 앙금을 푸는 시간은 오래 걸리지 않았다.

그의 말이 이해되었다. 아마 아버지와 격하게 싸운다 해도 정말 그의 말처럼 오 분 동안 안달이 났을 것이다. 아버지와 말을 하지 못하는 걸 답답해하면서, 아버지 속을 상하게 한 자신을 참을 수 없어 하면서.

"난 그 오 분 동안 도망갈 길을 생각해. 어머니와 오래 마주 보고 있고 싶지 않아서……."

"왜요?"

유채는 조금 놀라웠다. 자신이 선뜻 이해 못하는 가족관계가 있다는 걸 새삼 처음 알았다.

"자기 아이에게 사랑이 없는 어머니라는 걸 알았기 때문이지."

말을 마친 그는 잠시 입을 다물었다. 생각이 많은 눈빛이었다. 그리고 잠시 후, 천천히 입을 떼었다.

"내가 아주 어렸을 때 어머니가 어땠는지는 기억나지 않지만, 내 동생을 대하는 어머니를 보고, 그리고 그 이후에 나를 대하는 어머니를 보고, 내게 어머니가 어떻게 하셨을지 감이 잡혔기 때문에 어머니를 온 마음으로 끌어안지 못했어. 어머니가 내게 보이는 미소는 남들에게 보이기 위한 가식이라는 걸 알았으니까……."

가족은 어머니와 둘뿐이라고 하지 않았었나? 그의 가족사에 무슨 이야기가 더 있는 거지?

"어머니랑 얘기해보셨어요?"

유채는 그의 마음이 다치지 않도록 최대한 조심했다. 마침 붉은 신호등이 켜지고 차는 정지선에 멈추었다. 그는 질문하는 유채의 눈을 가만히 바라보았다. 그의 눈빛이 흔들렸다. 유채는 그의 눈빛에 몸이 옥죄인 듯 눈을 돌릴 수가 없었다. 그의 눈빛이 너무 측은해서 시선을 뗄수가 없었다. 숨도 쉬어지지 않았다. 왜 이러지?

유채의 눈을 한참 들여다보던 그는 한숨을 쉬며 고개를 돌렸다. 그제야 유채는 '휴~' 하고 멈추었던 숨을 내쉬었다.

"무슨 얘기? 정작 중요한 얘기를 하게 되면 어머니는 입을 다무시는데……."

그가 고개를 흔들었다. 정작 진지한 얘기는 피하면서 아들을 보면 살갑게 웃는 어머니라……. 진짜 어렵다. 곧 신호등은 초록색으로 바뀌었고 그는 다시 차를 출발시켰다.

"이제 오해가 풀렸나?"

그는 웃으며 유채를 힐긋 돌아보았다.

"별로 말하고 싶지 않으셨을 텐데……."

유채는 궁금했다. 자신의 눈을 보며 그가 무슨 생각을 했을지, 유채와 똑같이 가슴이 뛰었는지 말이다.

"그러게. 그런데 왜 해주고 싶었을까. 아마도 분만실 803호로 같이 뛰었기 때문에? 아니면 성격 강한 산모에게 머리채를 뜯기는 것을 보아서? 하하하."

그는 웃었다. 그는 가슴이 떨리지 않은 모양이다. 밑지는 기분인데. 유채는 자신의 한심함을 탓하며 창밖을 내다보았다. 어느새 그가 운전하는 차는 강남의, 조명이 산뜻한 한 건물 주차장으로 부드럽게 들어섰다.

"어머나, 애인이 있으셨네. 난 그것도 모르고 우리 사촌 동생 꽃단장 시켜놨는데."

"저번에 병원에서 봤을 때 엄청 탐났었어요. 기억하죠? 내가 순산하게 해줘서 고맙다고 한우 세트 보냈었잖아."

"내가 우리 선생님 자랑을 어쩌나 했는지 우리 아파트 아랫집 딸내미도 와서 보겠다고 난리도 아닌데. 이렇게 애인을 데리고 오니 할 말이 없네요."

돌잔치에서 유채를 대동한 위력은 대단했다. 그리고 그의 인기도 실감할 수 있었다. 사람들의 아쉬운 표정을 보니, 그리고 진짜 그녀가 애인인 양 그들의 말들을 인사로 듣고 있는 그를 보자니, 정말 이 남자가 자기 소유 같은 뿌듯하고 행복한 기분이 충만해졌다. 그리고 그 심리적인 이유로 유채는 폭식을 하고 말았다. 이런 걸 '헛헛증'이라고 하던가?

"이그, 변비 환자가 그렇게 폭식을 하면 어쩝니까."

돌잔치 도중, 체한 유채를 데리고 밖으로 나온 윤표는 더부룩해하는 유채에게 소화제를 사다 주었다.

"고맙습니다. *끄억~*."

유채는 그가 준 알약과 유약을 마시고, 감지할 틈도 없이 트림을 해버렸다. 이놈의 몰지각한 내장들! 왜 이 남자 앞에만 서면 추해지고 마는지.

"하하하! 트림도 대장부 감이네."

윤표는 당돌한 유채의 트림에 감탄했다. 민망하다.

"목마른데 뭐 좀 드실래요? 제가 살게요."

가까운 카페를 발견한 유채는 그를 돌아보았다.

"그럴까?"

윤표는 흔쾌히 그녀를 따랐다.

카페로 간 유채와 윤표는 메뉴판을 훑었다. 그때였다.

"윤표 씨?"

혜령의 목소리였다. 유채는 당황하며 뒤를 돌아보았다. 윤표도 마찬가지였다. 혜령이 의아한 얼굴로 카페 문을 밀고 들어왔다.

"어떻게 여긴?"

윤표는 어리둥절해했다.

"아까 윤표 씨가 이 근처에서 돌잔치 있다고 했잖아. 약속 펑크 낸 거 미안해서 와봤지. 밖에 윤표 씨 차가 서 있길래 들어왔어. 그런데……"

말을 하던 혜령은 유채를 훑어보았다. 그제야 유채는 자신의 행색을 알아챘다. 청바지에 티셔츠 차림. 고급 슈트를 입은 윤표와 무척 대조적인 모습이었다. 왜 이제야 행색을 알아챘을까. 이런 모습으로 그의 애인인 양 돌잔치를 휘젓고 다녔던 것이 너무 창피했다. 반면 혜령은 윤표 곁에 어울리는 고급 투피스를 입고 있었다. 순간 이 여자 대타로 왔구나, 하는 생각과 동시에 이 사람들과 다른 행성의 사람이 된 것 같아 기분이 상해버렸다.

윤표는 혜령과 유채 사이에서 어쩔 줄을 몰랐다.

"윤표 씨 혼자 보내서 미안했는데 다행이네. 같이 와줄 사람도 있고. 내가 고마우니까 한잔 살게요. 되죠?"

혜령은 지갑을 염과 동시에 유채와 윤표 사이를 비집고 계산대 앞으로 나섰다. 지갑도 고급이다. 메뉴판을 보며 지갑을 꺼내 들고 있던 유채는 오래된 자신의 지갑이 창피해 얼른 손바닥으로 감쌌다.

"제가 사려구요. 공짜 뷔페를 먹어서."

유채는 쭈뼛거리며 말했다. 그리고 왜 쭈뼛거리는 건지 화딱지가 나서 미칠 것 같았다.

"아니에요. 리포터 월급이 얼마나 된다고. 내가 고마우니까 살게요."

지가 뭐가 고마워? 유채는 겉돌고 있던 기분에, 깊숙이 박혀 있던 빈정까지 상했다. 이제 더 이상 상할 것도 없다 싶다.

"윤표 씨는 녹차 라떼 마실 거고, 유채 씨는 커피예요? 어떤 걸로?"

혜령이 계산대 앞으로 나서자 윤표가 급히 말했다.

"아니, 유채 씨는 곡물 라떼로."

"어?"

순간 혜령과 유채가 동시에 그를 쳐다보았다. 왜 내 메뉴를 네가 정해? 유채는 혜령의 대타로 자신을 찍은 그가 못마땅한 차였다. 그리고 혜령은 '이 여자 마실 걸 당신이 어찌 챙겨?' 하는 얼굴이었다. 이건 그와 자신, 동시의 위기였다.

"유채 씨가 변비가……."

"아, 제가 변비가……."

아뿔싸. 동시에 같은 변명을 하게 되었다. 말을 꺼내던 윤표와 유채는 어이없어 서로 마주 보았다.

"유채 씨가 변비인 것도…… 알아?"

혜령은 빙긋 웃었다. 하지만 그 미소가 지구 밖에서도 보일 질투의 미소라는 걸 유채는 단박에 알 수 있었다.

"제가 좀 유난스러웠잖아요, 병원에서. 하하하!"

그 유난스런 사건이 뭔지 강남 한복판에 있는 카페에서 까발려야 하나? 유채의 등골에 식은땀이 흘렀다.

"참, 두 사람 만남이 좋지 않았었죠? 잊었었네."

혜령은 안심을 해도 되겠다는 얼굴로 지갑을 열었다. 그리고 친절하게 유채를 위해 곡물 라떼 더블을 주문해주었다. 덕분에 유채는 아이스크림 파인트 통 같은 곡물 라떼 컵을 들고 어정쩡하게 카페를 나왔다. 혜령은 윤표와 보폭을 맞추며 유채의 반 발짝 뒤를 따랐다.

"유채 씨는 어디로 가요?"

카페에서 나오자마자 혜령이 물었다. 당장 꺼지라는 듯이.

"전 다시 병원으로……."

"그래요? 윤표 씬?"

혜령은 윤표를 돌아보았다.

"아, 난 렌털 하우스로……."

윤표는 난처하게 머리를 긁적였다.

"나 좀 데려다 주면 안 돼? 당신 만날 수 있을 것 같아서 지하철 타고 왔거든."

혜령은 가볍게 점프하며 윤표 옆에 찰싹 붙었다. 그 시추에이션을 보니 라떼를 삼키던 유채의 목구멍이 울컥했다. 확실한 영역 표시라는 거다, 저게.

"올 땐 제가 편하게 왔으니 이번엔 제가 지하철 타고 갈게요. 선생님은 천천히 오세요. 하하하. 뭐, 저희 집도 아니고 제 차도 아니지만. 하하하."

유채는 횡설수설 지껄이며 뒷걸음질쳤다.

"그럼 혜령이 데려다 주고 같이 병원으로……."

윤표는 당황하며 유채에게 한 발짝 다가섰다.

"저도 눈치코치는 있어요. 그냥 갈게요. 그럼 내일 뵐게요."

유채는 윤표의 말을 막으려고 팔을 당기는 혜령과 그녀에게 끌려가는 그에게 꾸벅 인사하고 돌아섰다. 공짜로 먹었던 뷔페가 다 넘어오려고 한다. 이대로 지고 싶지 않았다. 발걸음을 돌리던 유채는 걸음을 멈추고 그들을 향해 확 돌아섰다.

"오 선생님!"

유채가 부르자 혜령과 윤표가 그녀를 돌아보았다.

"장변 요구르트요, 선불 내셨다면서요? 그거 계속 배달돼서 제가 먹고 있어요."

유채는 혜령을 향해 성큼성큼 다가갔다. 그리고 너무 당황해 입이 딱 벌어진 그녀의 표정을 무시한 채 지갑을 꺼내 지폐 몇 장을 세어 내밀었다.

"제가 먹은 값은 돌려 드릴게요. 그거 효과 좋더라구요. 선생님도 그 효과, 보셨죠? 선생님도 장이 보통이 아니셨나 봐요. 정상인이 먹으면 장이 아주 뚫리겠던데."

"아! 그게……."

그녀의 얼굴이 빨간 네온사인처럼 물들었다. 유채는 환하게 웃으며 그녀의 손을 바짝 잡아당기고, 들고 있던 지폐를 그녀의 손에 탁— 쥐여주었다.

"아, 아니 뭘……."

얼굴이 빨개진 혜령은 윤표를 제대로 보지도 못하고 버벅거렸다. 윤표는 억지로 웃음을 참고 있었다.

"제가 계산은 정확한 여자거든요."

유채는 그녀를 향해 방긋 웃었다.

"아마 몇 백 원 남을 거예요. 그건 이 더블로 패스하죠. 그럼 조심해 가세요."

유채는 들고 있던 더블 곡물 라떼 컵을 들어 보이고 가볍게 고개를 숙인 후 돌아섰다. 이제야 속이 좀 뚫리는 기분이다.

혜령이 사준 곡물 라떼 더블은 밥 열 공기와 같은 식사량처럼 느껴졌다. 한마디로 부담스러웠다. 유채는 지하철역으로 내려와 곧장 화장실로 가, 들고 있던 라떼를 변기에 다 흘려버렸다. 속도 다시 더부룩해졌다. 공짜에 눈이 멀어 진짜 눈치코치 없이 굴었다. 다시는 윤표와 나란히 다니지 말아야겠다. 혜령의 눈이 따라다닐 것만 같다. 둘이 깊은 사이는 아닌 것 같은데 그렇게 표독스럽게 구는 걸 보면, 어쩐지 윤표보다 혜령이 더 그를 좋아하는 것 같다.

라떼 컵을 쓰레기통에 던지고 나오던 유채는 한숨을 내쉬었다. 잠시 윤표와 친해진 기분이었는데, 지금 꼬라지는 완전히 잘나가는 오빠 따라다니는 나이트 죽순이 같다. 촌스런 화장에 누추한 옷을 걸친. 바쁜 공주를 대신해서 잠깐 이용됐던 세컨드. 기분 진짜 엿 같다. 제발 내일 아침 볼일 볼 때는 신음을 내지 말아야 할 텐데. 앞으로 윤표 앞에서나 옆에서나 벽 건너에서나 추해 보일 모습은 '노 땡큐'다.

✻

새벽에 잠을 깬 윤표는 칫솔질을 했다. 여느 때와 다름없는 적막한 고요다. 윤표는 아무렇지 않게 양쪽 귀에 휴지 뭉치를 꽂고서 이전과 다름없이 양치질을 하고 아주 시끄럽게 가글을 했다. 그리고 출근 준비를 마치고 집을 나서다 유채의 집 앞에서 잠시 머뭇거렸다. 우유 가방이 빈 걸 보니 요구르트는 이미 가지고 들어간 모양이다. 곧 출근할 때가 됐는데.

어제, 본의 아니게 그녀를 대타로 만들어서 마음이 편치 않았다. 혜령이 갑자기 수술이 생겨 같이 동행할 수 없을 거 같다고 했을 때, 그냥 혼자 갈 수도 있었다. 그런데 간의의자에 늘어져 있는 그녀를 보니 측은해 보였다. 각자 다른 임무로, 같은 일을 하게 된 그녀가 안쓰럽기도 해서 한 끼 푸짐하게 먹여주고 싶었다.

생각대로 그녀는 위장이 미어지도록 먹었다. 여자 소개가 귀찮다는 건 핑계였다. 세상 어느 미친놈이 여자 소개를 마다할까. 하지만 굳이 받을 필요도 없는 소개라 이래저래 상관없다고 생각했던 건데, 갑자기 혜령이 나타나 윤표는 난처했다. 그리고 혜령의 말 때문인지, 대타라는 생각 때문인지, 유채의 얼굴색이 변한 게 확 티가 나서 미안해 몸 둘 바를 몰랐다. 어떻게 풀어야 할까.

그런데 그녀는 출근이 늦는지 집에서 나서지 않았다. 핑곗김에 병원까지 태워다줄 수도 있는데. 윤표는 별수 없이 혼자 차를 타고 병원으로 출근했다. 그리고 병원에 다다랐을 때 막 자전거를 보관소에 묶는 그녀를 발견했다. 저 여자, 언제 나선 거야?

윤표가 반갑게 그녀에게 다가가려는 순간, 그녀는 병원 입구에 모여 있던 방송국 스태프들에게 폴짝거리며 인사를 하고 그들과 섞여 병원 안으로 들어가버렸다. 그녀를 향해 인사하려고 손을 들었던 윤표는 멋쩍어졌다. 왠지 그녀와 자신의 사이가 이상한 것 같았다. 이유는…… 모르겠다.

점심시간이 지난 후, 윤표는 학술지 제출 때문에 자료를 찾기 위해 의대 도서관으로 향했다. 거기서 유채를 발견했다. 그녀는 책 사이를 오가며 쪽지에 적은 뭔가를 찾고 있었다. 산부인과 전공 책들이 꽂힌 책장이었다. 책들 사이로 보이다 사라지는 그녀의 얼굴을 보니 저도 모르게 웃음이 나왔다. 무언가를 집중해서 찾는 눈빛이 반짝거렸고 골똘해하며 모은 입술이 귀엽다는 생각이 들었다. 가서 뭐가 필요하냐고 도와줄까 싶었지만 어제 일도 있고, 아침에 혼자 무안했던 일이 생각나서 그만두고 한참을 그냥 바라보았다.

잠시 후, 책을 찾았는지 눈을 활짝 뜬 그녀는 웃는 얼굴로 책을 들고 자리로 가 앉았다. 검색하라는 말이 그렇게 기분이 나빴던 걸까? 아니면 원래 저런 노력형이었나? 윤표는 멀리서 그녀의 모습을 한참 더 지켜보았다. 다른 생각은 나지 않았다. 그냥 그녀의 움직임 자체가 흥미로웠다.

그녀의 눈에 띄지 않게 조심하며 볼일을 마친 윤표는 조용히 도서관을 나왔다. 그녀가, 그녀의 책 위에 놓인 자양강장제를 들고 주인을 찾아 두리번거리는 것을 못 본 척하고.

병원에서 응급훈련 아카데미를 열었다. 매 분기마다 병원 관계자와 보호자들을 상대로 실시하는 아카데미는 응급 상황에서 일어날 수 있는 불의의 사고를 미연에 방지하고자 하는 취지에서 병원에서 무료로 실시하고 있었다. 일정 교육을 받으면 테스트를 통해 응급 구조사 자격증도 딸 수 있는 기회였다.

윤표의 최측근 중 그것에 가장 흥분한 사람은 바로 유채였다. 이번이 아니면 언제 그런 훈련을, 그것도 무료로 받을 수 있겠냐고 들떠 있는 모습이 그야말로 천진난만, 순진무구 그 자체였다. 아, 원래 공짜라면 사족을 못 쓰는 스타일이던가?

그녀에게 말을 걸 기회가 쉽게 오지 않았다. 일적으로는 몇 번 얼굴을 마주쳤는데 그냥 사무적으로 인사하고 비켜서게 될 뿐이었다. 그게 기분이 좀 이상했다. 싱거운 부침개를 간장에 안 찍고 먹는 느낌이랄까. 토핑이 푸짐한 피자의 테두리만 씹는 기분이랄까.

"다른 과에서는 의사들이 차출되기도 하나 보던데."

대준이 아카데미가 개최되는 회의실을 지나치며 말했다. 스태프들이 진을 치던 곳인데, 이제 그들은 어디에서 진을 치고 있을까. 윤표는 저도 모르게 주위를 두리번거렸다.

"아쉽냐?"

스태프들을 발견하지 못한 윤표는 착잡한 듯 입맛을 다시며 대준을 보았다.

"반반. 다른 일까지 하는 거 귀찮기도 한데, 재미도 있을 것 같애. 이 참에 나도 응급 구조사 자격증이나 따볼까? 아, 넌 있지?"

"변태가 지겨워진 거야? 이미지 쇄신하시게?"

윤표는 코웃음을 치며 대준을 돌아보았다. 그런데 이 자식, 따라오고 있지 않았다. 돌아보니 대준은 로비 쪽을 망연자실 보고 있었다. 뭔가 싶어 대준의 시선을 따라가 보니 유채와 그녀의 동네 언니라는 만삭의 여자가 마주앉아 떠들고 있었다.

"이름이 기소영이래. 이름도 범상치 않지?"

대준이 멍 때린 채 중얼거렸다. 유채의 대화하는 모습이, 도서실에서 공부하던 그녀의 모습처럼 동작 하나하나, 입모양 하나하나가 샅샅이 눈에 들어와 윤표는 당황스러웠다. 언제부터인지 모르게 은근히 신경에 거슬리는 여자가 되었다. 어떻게 풀렸다고 생각했는데 이상하게 다시 꼬인 것 같고, 그전 같으면 신경 쓰지 않았을 것들을 죄다 신경 쓰고 있는 자신이 너무 괴이했다. 그런 그녀와의 관계를 어떻게 회복할 것인지 생각을 하는 자체가 이상한 상황이다.

"가서 말 걸어봐."

윤표는 대준 옆으로 가 은근히 말했다. 그러면서 시선은 유채를 향해 있었다.

"이미 걸어봤어."

"뭐?"

이런 행동 빠른 놈 좀 보게. 윤표는 유채에게서 시선을 떼고 대준을 놀란 눈으로 돌아보았다.

"영 추근대는 것 같아서 더는 못하겠더라구."

대준은 머리를 긁적이다 아쉬워하며 돌아섰다.

"추근대는 거 맞잖아."

"그런 거 아니라니까. 그냥……."

대준은 미간을 꼬깃꼬깃 접다가 말끝을 뭉갰다.

"그냥, 뭐."

"대단해 보여. 생각한 대로 행동하는 여자. 멋지잖아."

"너도 멋져."

"뭐?"

"추근대고 싶은 마음 그대로 가서 추근댔잖아."

"야!"

대준은 버럭 소리쳤다.

"뭐가."

윤표는 얼떨떨했다. 장난이라고 생각해서 장난처럼 말했는데 대준은 진심으로 화를 냈다.

"너, 설마……."

"뭐가 설마야. 싱글맘들이 얼마나 소신 있고 고집 센지 아니까 겁나서 그런 거지."

대준은 마음처럼 되지 않는 것이 속상한 듯 발로 바닥을 차며 돌아서 갔다. 기가 탁 막힌 윤표는 유채 앞에 앉은 그녀와 대준을 번갈아보았다. 저 자식, 진심이다.

＊

"심폐소생술은 갑자기 심장이 멈춰서 호흡을 할 수 없을 경우에 인공적으로 혈액을 순환시키고 호흡을 할 수 있도록 돕는 응급치료 방법입니다. 격한 운동을 하는 운동선수나 바다에 빠져 정신을 잃었을 때 심폐소생술로 사람의 목숨을 구할 수 있습니다."

아주 중요한 대목이다. 강사는 아카데미 수강을 신청한 사람들 앞에서 진지하게 심폐소생술에 대해 설명했다. 앞에는 실습용 마네킹이 무덤덤하게 누워 있었다.

"일단 의식이 있는지 가볍게 두드려보아야 합니다……"

설명을 하던 강사는 마네킹 앞에 무릎을 꿇고 앉아 시범을 보였다. 센서가 달려 있다는 그 마네킹은 실제로 적절하게 대처를 하면 심장이 뛴다고 했다. 내 꼭 저 마네킹을 살려내어 뜨거운 숨을 쉬게 하리라. 유채는 주먹을 불끈 쥐고 의지를 다졌다. 그때 주머니에 있던 핸드폰이 부르르 떨렸다. 젠장, 남 피다. 유채는 의식을 잃은 마네킹을, 눈물을 머금은 채 뒤로할 수밖에 없었다.

"자궁경부암 환자가 입원했어. 50대 부인이라는데, 가서 인터뷰해와."

"급한 수술도 아니었네요."

유채는 입술을 삐죽 내밀었다.

"의사 다 됐네? 급한 수술 아니면 나중에 보겠다 뭐 이거야?"

남 피디는 주둥이가 댓 발 나온 그녀를 향해 눈을 부릅떴다.

"아니, 뭐."

마네킹을 살려야 했다, 그의 뜨거운 숨소리를 듣고 싶다, 뭐 이런 말은 씨알도 먹히지 않을 것이기에 유채는 묵묵히 은상과 함께 인터뷰 길을 떠났다.

"처녀로 늙은 것도 서러운데, 이렇게 병까지 걸리고 보니 세상이 다 부질없다 싶네."

50대 초반의 다부진 몸매의 아주머니는 지나온 세월이 한스러운 듯 눈물 한 방울을 찍어냈다.

"곧 수술이라는데, 내 생에 처음 해보는 수술이라 겁이 나. 깨어날 수 있을까?"

아주머니는 유채의 손을 잡고 불쌍하게 유채의 눈을 바라보았다. 유채는 그런 아주머니가 딱해서 대충 인터뷰를 끝낼 수가 없었다. 충분히 녹화 분량이 나온 후에도 유채는 아주머니의, 눈물 없이는 들을 수 없는 인생 이야기를 들어주었다. 그리고 서둘러 돌아와 보니 아카데미 수업은 이미 끝나 있었다. 일주일에 두 번밖에 안 하는 것이고, 가장 중요한 심폐소생술은 딱 한 번밖에 하지 않았다. 자격증이 필요한 사람에게만 특별히 수업을 연장해주겠다고 했다.

유채는 빈 회의실 앞에 망연자실 서 있었다. 이번 응급구조 아카데미의 백미를 놓친 셈이다. 유채는 어깨를 늘어뜨리며 돌아섰다.

"뭐 해, 여기서?"

퇴근하던 참인지, 캐주얼 차림의 윤표가 유채 앞에 떡하니 서 있었다. 유채는 당황했다. 사적으로 부딪히지 않으려고 그렇게 애를 썼는데 이렇게 딱 마주치다니.

"아카데미 수업을 못 받아서요."

유채는 어물쩍 대답하며 비켜섰다.

"무슨 수업이었는데?"

그냥 갈 것 같은데 자꾸 말을 잇는다.

"심폐소생술이요."

"아~."

그는 고개를 끄덕였다.

"도와줘?"

"뭘요?"

"심폐소생술. 응급구조의 꽃이잖아."

뭐야, 마치 자신의 마음을 꿰뚫고 있는 것 같은 저 말투는.

"따라와."

그는 다짜고짜 유채를 병원 옆에 있는 대학 강의실로 데려갔다.

"괜찮아요. 다음에 받든지 정식으로 수업 들으면……."

유채는 자신의 팔을 잡은 그의 팔을 떼어내려 애썼지만 그는 물러서지 않았다.

"되게 아쉬운 표정이던데, 뭘. 이왕 왔으니까 배워봐. 이래 봬도 나 자격증 있어."

그는 보무도 당당하게 어디선가 실습용 마네킹을 끌고 왔다. 아카데미 때 있었던 것보다 더 좋은 것 같았다.

"이거 진짜 훈련용 마네킹이야."

윤표는 제 것도 아니면서 엄청 뿌듯해했다.

"이름은요?"

마네킹을 훑던 유채가 문자 윤표는 어이없다는 듯 그녀를 보았다. 그 눈빛에 유채도 그를 희한하게 보았다.

"많은 사람들이 얘 살리려고 애썼을 거 아니에요. 설마, 이름도 정해주지 않고 적당히 살리려고 했던 거예요?"

"본인 생각이 좀 만화적이다, 그런 생각은 안 해봤어?"

그가 괴이한 표정으로 물었다.

"그게 어때서요."

유채는 빙글 돌아섰다.

"이름이 없다면 슬퍼할 거야?"

"뭐, 어쩜."

어깨를 으쓱해 보인 유채는 쭈그리고 앉아 바닥에 누운 마네킹을 방금 일촌 신청 수락한 친구처럼 내려다보았다.

"더미."

"더미?"

"응. 우린 그렇게 불렀어."

"더미……."

유채는 마네킹의 이름을 음미하며 발음했다. 그는 정말 희한하다는 얼굴로 유채를 보았다.

"군대 갔으면 딱 고문관 스타일인데. 가끔씩 당황스럽게 질문하는 스타일이지? 리포터 할 때나 대학교 수업시간에 그런 말 안 들어봤어?"

그랬나?

"글쎄요……."

그런 것 같기도……. 유채는 이마를 긁적였다. 그러자 그는 웃으며 됐다는 얼굴로 유채를 끌어당겼다. 그리고 더미 앞에 무릎을 꿇고 앉았다. 그리고 진지하게 설명하기 시작했다.

"일단 의식이 있는지 확인해봐야 돼."

윤표는 손으로 가볍게 더미의 얼굴을 두드렸다. 그리고 상체를 숙여 더미의 가슴께와 얼굴 옆에 얼굴을 갖다 댔다.

"그리고 가슴이 오르내리는지, 숨소리가 들리는지 확인하고, 입안에 구토물이 있는지, 있으면 흘러내리도록 얼굴을 옆으로 돌리고……."

윤표는 침착하게 설명했고, 유채는 그의 옆에 나란히 쭈그리고 앉아 아주 진지하게 그의 말을 경청했다.

"인공호흡을 두 번 하고, 숨소리를 들어봐. 아무 소리가 나지 않으면 심정지 상태라고 간주하지. 심폐 압박 방법은 두 손을 포개서 환자 명치 위에 놓고 팔은 수직으로, 어깨 점과 팔이 수직이 돼야 해. 흉부 압박 15회마다 인공호흡은 두 번씩. 분당 80에서 100회 정도 해야 하니까 빠르게. 알겠지? 그게 통하면 센서가 작동할 거야. 해봐."

윤표는 대충 시범을 보이고 고개를 들었다. 그러다 얼굴을 들이밀고 지켜보던 유채와 눈이 딱 마주쳤다. 마주친 두 사람의 눈이 휘둥그레졌다.

"큼~. 이 정도면 알겠지?"

귀 끝이 빨개진 윤표는 헛기침을 하며 더미에게서 한 발짝 물러났다. 유채도 뜨거워진 귓불을 털며 고개를 돌렸다. 폐가 구겨진 것처럼 갑자기 호흡이 불규칙해졌다. 유채는 아무렇지 않은 척하려 애쓰며 기절한 더미 앞에 무릎을 꿇고 앉았다. 그리고 윤표가 했던 것처럼 확인 절차를 밟은 후, 인공호흡을 했다. 그리고 흉부 압박을 하고 다시 인공호흡을 했다. 하지만 센서는 소리 나지 않았다.

"열심히 눌렀는데."

유채는 포갠 손을 허공에 푸시해 보이며 아쉬워했다.

"인공호흡이 문젠데. 키스 안 해봤어?"

옆에서 지켜보던 윤표는 원인을 알겠는지 심각하게 말했다.

"네?"

당황스럽다. 인공호흡해주다 키스 경험 이력까지 말해야 되는 거야?

"숨이 들어가야지. 인형이라고 대충 해도 살아날 거 같지? 애 소리 나는 심장도 있고, 이름도 있는 애야. 대충 인공호흡하면 안 돼. 아까 본인도 적당히 살리려 한 거냐고 뭐라 했었잖아."

알겠다. 하지만 외간 남자 앞에서 인형한테 인공호흡하는 모습이 좀 웃기다.

"폐활량이 딸리시나? 아나운서는 폐활량 딸려도 되나?"

"저 폐활량 안 딸리거든요? 물속에서도 키스할 수 있거든요?"

순간 저도 모르게 발끈하고 말았다.

"하하하! 하여간 진짜 웃긴다니까? 하하하!"

윤표는 눈썹이 꿈틀거리다 이내 포복절도를 했다. 망할. 말이 좀 웃기긴 했는데 대충 웃으면 안 되겠니?

"적당히 좀 하죠. 나도 모르게 한 말인데."

귀까지 빨개진 유채가 투덜대자 그는 '크흠~' 하며 웃음을 삼켰다.

"제대로 해봐. 자격증 따고 싶다면서?"

어디서 들었지? 대놓고 말한 적은 없는데. 유채는 자신이 떠들고 다닌 사실에 대해 이 남자가 알고 있다는 것이 어째 이상했다.

"잘 봐."

윤표는 더미에게 다가가 입술을 포갰다. 흡! 저 인간이 어디다가 입술을 대는 거야? 누구보고 다시 하라고? 그는 더미의 입술에 바람 샐

틈도 없이 입술을 포개고 인공호흡을 했다. 그리고 흉부 압박을 했고, 그리고 다시 인공호흡을 하고, 흉부 압박을 하고……. 몇 번의 반복으로 더미의 심장 센서가 울렸다.

"어때?"

그는 마치 진짜 사람을 살린 것처럼 흐뭇하게 유채를 돌아보았다. 유채에게 그는 안중에도 없었다. 오로지 더미의 입술에만 눈이 박혀 있었다.

"이제 해봐."

윤표가 물러났다. 심장이 굳는 것만 같다. 그냥 하자면 간접 키스쯤 아무렇지 않은 여자로 보일 것이고, 더미를 살려야 하는 일촉즉발인 이 와중에 간접 키스 어쩌고 떠들면 아주 속 보이는, 이상한 것만 밝히는 여자로 보일 것이 뻔했다.

"얼른 해봐. 나 갈 시간 다 됐는데."

윤표는 시계를 보며 채근했다.

"그럼 그냥 가죠. 나중에 다시……."

"나중엔 기회가 없을 텐데?"

뭐니. 대충 빼려 했더니 그는 닦달을 했다. 진짜 응급 구조사 자격증이라도 따서 바쳐야 할 것 같다. 하루 인심 썼다고 엄청 뻐길 스타일이다.

"저, 저기 그럼……."

유채는 어색해하며 더미에게 기어갔다. 그리고 배운 대로 호흡 확인을 시전한 후, 인공호흡에 들어가……려 했으나 입술이 더미에게 가 닿지 않았다. 미안해, 더미야. 널 살리기 싫어서가 아니야. 갑자기 네 입술이, 네 얼굴이 저 인간으로 보이는 건 왜일까? 네 입술에 묻은 저 인간

아밀라아제 때문에? 더미에게 얼굴을 댄 채 유채가 더미와 눈의 대화를 하는 사이, 윤표는 그녀의 얼굴 옆으로 얼굴을 바짝 들이댔다.

"뭐 해?"

순간 화들짝 놀란 유채는 고개를 벌떡 들었다. 그의 진짜 입술이 코앞에서 살아 숨 쉬고 있었다.

"모, 못하겠어요."

유채의 얼굴이 붉게 달아올랐다.

"왜?"

윤표는 의아해했다.

"저한테 응급 구조사 자질이 없나 보죠."

당황한 유채는 벌떡 일어났다.

"자격증 따고 싶다더니. 키스 얘기해서 그런가? 얜 그냥 인형인데, 뭘."

윤표는 웃었다. 갑자기 웃는 그의 입술이 확 클로즈업됐다. 진짜 이상하다, 나.

"그, 그냥 인형이 아니잖아요. 돼, 됐어요."

유채는 서둘러 돌아섰다.

"뭐야, 겨우 데리고 왔더니. 이거 빌리려고 얼마나 통사정을 했는데."

윤표는 돌아서는 유채의 팔을 잡았다.

"됐다니까요."

유채는 그의 팔을 벗기듯 떼놓으며 몸을 돌렸다.

"그때 갑자기 오 선생이 나타난 것 때문에 이러는 거야?"

그는 심기 불편한 목소리로 말했다. 아, 맞다. 그랬었지. 그런데 이 자식이 갑자기 왜 이렇게 변명 모드로 나오는 거지? 유채는 당황했다. 여기서 그냥 돌아서면 또 오해의 깊은 골짜기를 건널 것이 분명한데.

"그것 때문에 아직도 꼬인 거야?"

그는 화내기 직전이었다. 이 남자와 다시 싸우고 싶지 않았다. 유채는 그만 울상이 되어 그에게서 돌아섰다.

"우리, 가……."

차마 말을 잇지 못하겠다.

"우리, 가……? 뭐?"

그의 말투는 이제 따지는 투다. 오해는 이만 됐다 싶다. 유채는 눈을 질끈 감고 소리쳤다.

"우리 간접 키스 하는 거잖아요!"

유채의 고함에 그는 입을 딱 벌린 채 말을 잇지 못했다. 그리고 한 5초 동안 말을 잇지 못하던 그는 갑자기 박장대소를 하며 강의실이 쩌렁쩌렁 울릴 만큼 큰 소리로 웃어젖혔다. 그만큼 유채는 얼굴이 빨개져 고개를 들지 못했다.

"진짜 순진한 아가씨네. 그런 아가씨를 임산부라고 매도하다니. 그때 일, 진심으로 사과할게. 정말 미안해. 하하하!"

우는 유채의 입에 아이스크림을 물려준 윤표는 강의실을 나선 이후로도 계속 웃었다. 순진한 아가씨로 보여서 기쁘다. 하지만 순진을 떠나 남자아이에게 아이스케키를 당한 유치원 여자애처럼 고함친 것이 영 머쓱하고 창피했다.

"뷔페 갔을 때 일도 사과할게. 기분 안 좋았지?"

아이스크림을 먹으며 옥상 가든 벤치에 나란히 앉은 윤표가 넌지시 말했다. 속을 속속들이 들킨 기분이라 형식적인 '아니요.'란 말도 나오지 않았다.

"내가 가자고 한 건데. 집까지 데려다 줬어야 하는 건데."

"이해해요. 애인이 먼저죠."

유채는 벤치에 앉아 다리를 달랑거렸다.

"아, 그게······."

그는 뭐라고 말을 하지 못했다. 형식적인 '아니.'란 말도.

"이 병원에서 사내 연애하면 잘려요?"

"아, 아니."

윤표는 머쓱해하며 뒷머리를 긁적였다.

"그런데 뭐가 그렇게 쑥스럽고 비밀스러워요?"

"전에 말했잖아. 이렇다 할 사이가 아니라서······. 강하게 부정하기도, 강하게 긍정하기도 어렵네."

"마음이 가면 좋은 거지, 뭘 강하게 부정씩이나. 연예인도 아니면서."

유채는 아이스크림을 호록 빨았다.

"그렇네. 내가 왜 그러지······."

윤표는 또 머리를 긁적거렸다.

아깝다. 누가 찜하지만 않았다면 가져버리겠구만. 유채는 입맛을 다시다 나무 막대기에 남은 아이스크림을 입에 물고 우적우적 씹었다.

9. 응급처치

사랑은 규칙을 알지 못한다.
— 몽테뉴

유채는 곧 있을 혜령이 집도하는 수술 촬영을 준비하고 있었다. 예정일이 조금 남은 산모의 유도 분만 수술이라고 했다. 유도 분만에 대한 촬영은 처음이었기에 유채는 유도 분만을 기다리는 산모의 기분이 어떨지 다른 경험자들이 올려놓은 글들을 읽는 중이었다.

"올케 왜 안 와?"

어디선가 조심스럽게 다가온 윤표가 나직이 속삭였다.

"안 왔어요?"

고개를 쳐들다 그의 바짝 들이댄 얼굴과 딱 마주쳤다. 순간 얼굴이 불길에 휩싸인 듯 화르륵 타올랐다. 자꾸만 그의 입술이 감칠맛 나는 명란젓으로 보이기 시작했다. 게다가 왜 자꾸 입맛은 다셔지는지.

"빈혈기도 있어서 걱정인데 안 왔네. 오늘 철분제 맞는 날인데."

윤표의 얼굴에 근심이 어렸다. 이 남자와 대화를 할 때면 산모가 아닌 게 아쉽다.

"집에 전화해볼게요."

유채는 빨개진 얼굴을 숨기고 서둘러 핸드폰을 꺼내 집으로 전화를 걸었다.

"고모, 은이 지금 뭐 해? 오늘 병원 오는 날이라는데."

"그, 그게……."

고모는 우물쭈물했다.

"뭐야, 애 갖고 들어왔다고 구박한 거야?"

유채는 눈살을 구겼다. 유채의 말에 윤표의 얼굴이 굳었다. 아, 이건 비밀인데.

"나 안 그랬어, 이 지지배야."

어쩐지 목소리가 그걸로 고민했던 것처럼 무척 억울하게 들렸다.

"은이…… 편지 한 장 달랑 써놓고 없어졌다."

"뭐?"

유채는 자리에서 벌떡 일어나 소리쳤다.

"안 그래도 내가 은이 구박했다고, 규가 고래고래 소리치고 찾으러 나갔어. 근데, 나 아니야. 그 자식 있을 때만 골려주느라 그랬지, 걔랑 있을 땐 얼마나 위해줬다고. 애도 선들선들하니 말도 잘 듣고 나름 편했다구. 지금 할머니도 개 찾아오라고 울고불고 난리도 아니다."

이 말 저 말 말이 길어지는 게, 남들이 구박했다고 오해할까 봐 고모의 속이 많이 타나 보다.

"근데 있잖니…… 은이 뱃속의 애, 규 애 아니란다."

"뭐?"

유채는 선 채로 펄쩍 뛰었다.

"내가 장난 반으로 그 자식 구박했잖니. 그게 보기 미안했나 봐. 사실 다른 놈 앤데, 그놈이 괜히 봉변당하는 거 같아서 도저히 못 있겠다고 편지에 써 있었어. 근데 그 사실을 규도 알고 있던가 보던데?"

"뭐야, 이 상황이……."

유채는 난감했다. 그 애가 동생의 애라고 했을 때, 아닐 거라고 의심한 사람은 아무도 없었다. 규도 고모에게 빗자루에 얻어터지면서도 아무 말도 하지 않고 은이 걱정만 했으니까. 근데 규의 애가 아니라고? 그걸 규도 알고 있었다고? 유채는 지구가 반대 방향으로 자전하는 것처럼 어지러워지고 정신이 하나도 없었다.

"근데 그거 결국 내가 쫓아낸 거니? 내가 그놈 자식 구박하는 게 미안해서 못 있겠다고 했잖니."

고모는 기가 팍 죽었다.

"고모 잘못 아니야. 정말 규 애가 아니라면, 그걸 규도 알고 있었다면 식구들한테 상의를 했어야지. 그렇게 지 애라고 덮어쓰고 데려온다고 끝날 문제가 아니구만."

"그렇지? 내 잘못 아니지?"

고모의 목소리에 작게나마 생기가 돌았다.

"그래. 그리고 규가 찾아올 거야. 걔 사람 찾는 거 하나는 개코보다 훌륭하잖아."

유채는 걱정이 태산인 고모를 위로하고 전화를 끊었다.

"무슨…… 일이야?"

곁에서 내내 듣고 있던 윤표는 걱정스럽게 물었다.

"그 철분제, 안 맞으면 금방 탈나는 건 아니죠?"

유채는 근심에 휩싸여 그를 보았다. 그러자 그는 심각하게 말했다.

"임신 중 빈혈은 산모와 태아 모두한테 좋지 않아. 잘 먹는다면 금방 탈나지는 않겠지만 그냥 방치하면 안 되지."

"큰일이네."

유채는 그 자리에 철퍼덕 주저앉았다.

"지난번에 왔을 때 철분제 처방받은 게 있을 텐데. 그거 가지고 있다면 그래도 좀 안심은 되는데."

"그래요?"

그의 말이 실낱같은 위로가 되었다. 규의 애를 가졌건 아니건 간에 혼자 몸이 아닌, 도움이 필요한 임산부였다.

"그런데 애가…… 아니야, 됐어."

윤표는 뭔가 물으려다 그냥 두자는 손짓을 하고 돌아섰다.

"참."

유채가 몸을 돌리려는데 그가 유채를 잡았다.

"혹시, 내일 저녁에 시간 돼?"

"저녁이요?"

"응. 대준이랑 나랑 오프인데, 저녁 살게."

"왜요?"

그의 말투가 수상하다. 그리고 무척 친한 사이 같다. 이래도 되는 사인가?

"왜? 하하하. 그날 집에 못 데려다 준 미안함?"

그날 얘기를 하니 다시 기분 잡치려고 한다. 유채의 표정을 읽었는지 윤표는 서둘러 말을 바꿨다.

"사실은 우리들의 심심함 때문이지. 아, 혼자 나오기 뭐하면 그 동네 언니도 데리고 나와도 돼. 산모에게 저녁을 사는 뜻깊은 기쁨을 느끼고 싶으니까. 어때?"

유채는 당황했다. 까먹고 있던 소영과 윤표와의 관계가 퍼뜩 떠오른 참이다. 정확히 말해, 소영과 산부인과 의사들과의 관계라고 해야 할까?

"아, 저기……."

"빼지 마. 대준이가 유채 씨한테 관심이 많은 모양이니까. 내일 저녁에 병원 앞에서 봐. 오케이?"

"오……케이……."

그의 '세이 오케이' 유도에 유채는 떨떠름하게 '오케이'를 하고 말았다. 그 의사 선생이 나한테 관심이 있다고? 이게 무슨 구도야? 소영과 윤표, 자신과 대준? 말도 안 된다. 유채는 머리에 오물이 묻기라도 한 것처럼 황급히 머리를 털어냈다. 제발, 내일 적절한 핑계나 생겼으면 좋겠다.

✳

대준이 그 소영이란 싱글맘에게 관심 있다고 처음부터 대놓고 말하면 가뜩이나 가벼워 보이는 자식에게 호감이 가기는 힘들 것이다. 아무래도 대준이 진심인 것 같아 윤표는 그 자식을 조금 도와주기로 했다. 이 소식을 들으면 말 걸고 싶어 안달이 난 그 자식이 무척 황공해서 굽실거릴 것이다. 생각만 해도 기분이 좋다.

오후 진료 시간, 윤표는 내일 있을 저녁 약속 생각에 피식피식 웃으며 진료실로 향했다. 그때, 저 멀리서 혜령이 정신없이 뛰어가는 것이 보였다. 뭐가 저리 바쁘지?

"어디 가?"

윤표는 장난스럽게 그녀 앞을 탁 막았다. 그러자 혜령은 화들짝 놀라더니 당황하며 다급하게 말했다.

"나 지금 좀 급해. 이따 봐."

혜령은 윤표에게 양해를 구하고 서둘러 걸음을 재촉했다. 응급환자
가 생긴 모양이다. 바쁜 그녀에게 장난스럽게 군 것이 멋쩍어진 윤표는
머리를 긁적이며 간호사 데스크로 다가갔다.

"그거 진짜야? 아들이라고 했는데 딸이라고?"

"게다가 뇌성마비 후유증 소견이 보인대."

"어쩌다? 산전 검사 안 했었나?"

한 간호사가 대수롭지 않게 물었다. 그러자 말을 꺼냈던 간호사가 그
녀에게 나직이 속삭였다.

"그게, 담당 선생님이 조치를 잘못하셨대."

"그거 보호자들이 알아?"

아주 비밀스런 질문이다.

"거기 촬영팀도 있었어. 그 국민 산모 리포터가 딱 봤잖아."

"어머!"

간호사들이 쑥덕거렸다.

똑똑—.

윤표는 간호사 데스크를 노크했다. 그러자 숨죽여 속삭이던 간호사
들이 깜짝 놀라며 입을 다물었다.

"무슨 일이에요?"

윤표는 간호사들을 주욱 둘러보았다. 하지만 간호사들은 입을 다문
채 윤표를 피해 몸을 돌렸다.

"좋지 않은 일 같은데, 우리 과에 문제 되는 얘기 아닌가?"

무서운 눈을 한 윤표는 팔짱을 끼며 그들을 바라보았다. 하지만 그녀
들은 고개를 돌린 채 아무 말도 하지 않았다.

"그렇게 비밀스러운 거였으면 조금이라도 흘리지 말아야지. 내가 다

들리게 떠들면 어떻게 해요? 우리 과 선생 수술 얘기예요?"

"저, 저기……."

한 간호사가 우물쭈물하며 윤표를 보았다.

"방금 오혜령 선생님 수술이 끝났거든요."

"오 선생? 방송국 팀이 촬영도 했어요?"

"네에."

대답하는 그녀는 그 수술을 어시스트했던 간호사가 분명했다. 하지만 그녀에게 더 추궁하는 것도 옳지 못한 것 같으니 나중에 혜령에게 물어봐야 할 것 같았다.

윤표는 혜령을 기다리며 로비를 어슬렁거렸다. 그러다 생각에 잠겨 걸어오는 유채를 발견했다. 방금 간호사들의 얘기를 들어서인지는 몰라도 지금 그녀가 생각하고 있는 것이 혜령의 수술이 아닐까 하는 짐작이 갔다.

"헤이."

윤표는 그녀 앞을 막아섰다. 그러자 뜻밖의 장애물에 무의식적으로 걸음을 멈춘 그녀는 스르르 고개를 들었다. 동공이 회색빛이었다.

"얼굴이 왜 그래?"

윤표는 고개를 옆으로 기울이며 걱정스럽게 물었다.

"아이가…… 죽었대요."

"뭐?"

그녀가 말하는 아이가 누구인지, 담당의가 누군지 직감적으로 알 것 같았다.

"보호자들이 소송 걸겠다고 지금 난리도 아니에요."

"혹시 지금 말한 그 얘기, 담당의가 오 선생인가?"

윤표의 불길한 질문에 유채는 고개를 끄덕였다. 그러자 그는 그대로 아까 혜령이 달려갔던 길로 달려갔다. 소송을 걸 정도라면 근처만 가도 아우성 소리가 날 것이다. 윤표는 혜령이 걱정되어 정신없이 복도를 내달렸다.

예상대로 혜령이 로비 한가운데서 보호자들로부터 욕 세례를 먹고 있었다. 한 남자에게 가운 자락이 잡힌 혜령은 이리저리 휘청거렸다.

"어쩔 거야! 애를 병신으로 만들더니 이젠 아주 죽였어? 네가 그러고도 의사야? 네가 의사냐고!"

산모의 남편이 분명했다.

"아들이라더니 숨도 제대로 못 쉬는 계집애를 받아놓고선, 뭐? 우리 잘못이라고? 우리가 뭘 어쨌게. 우리가 뭘 어쨌냐고!"

중년의 부인도 고래고래 소리를 질렀다. 혜령은 고개를 떨군 채 남자의 손이 그녀의 가운을 흔드는 대로 몸을 맡기고 있었다.

"다 필요 없어! 돌려내! 멀쩡한 애로 살려내! 안 그럼 내가 너 가만 안둘 거야!"

"놓으세요!"

윤표는 혜령의 옷자락을 잡은 남자의 억센 손을 거머쥐고 세차게 떼어놓았다. 그리고 혜령 앞을 막아서며 그들을 마주 보았다.

"넌 뭐야? 같은 의사라고 편들어주려고? 아주 의리 하난 끝내주네. 이 거지 같은 의사 새끼들!"

"말을 삼가세요! 이 거지 같은 사람들한테 아이와 자신을 맡기는 사람들이 있습니다!"

윤표는 눈이 뒤집혀 소리치는 남자를 정면으로 바라보았다.

"말은 잘하네. 그래! 나도 그 정신 나간 사람들 중에 하나였다. 그런데 보라고! 내 애가 죽었어! 뱃속에서도 멀쩡했던 애가 병신 같은 의사 때문에 죽었다고!"

"딸이라고만 했어도 그냥 유산시켰을 거야. 그럼 이런 사단도 없었지! 잘못은 죄다 저 능력 없는 여자 의사 때문이야. 알았어?"

중년의 부인은 혜령을 향해 손가락질을 해댔다. 말하는 뉘앙스가 뭐 이래? 윤표는 저절로 인상이 써졌다.

"아무리 의사 잘못이라고 해도 이건 너무하지 않습니까? 여긴 다른 사람들도 있는데!"

윤표는 분노에 차 소리쳤다.

"그만해, 윤표 씨."

혜령이 가느다란 소리로 윤표의 말을 막았다. 윤표는 격분하던 눈으로 혜령을 돌아보았다. 그녀는 이리저리 채인 빈 우유갑처럼 시들어 있었다.

"다 필요 없어. 원장 나오라고 해! 그리고 내가 저 여자 의사, 의사 생명 끊는다. 남의 자식 생명 끊는 의사는 의사 자격이 없어!"

흥분한 남자는 이를 바득 갈며 혜령을 노려보았다. 그때 병원 경비원들과 사무 행정 임원들이 다급히 달려왔다.

"무슨 얘기인지 자세히 해주세요. 저희가 듣겠습니다. 저희와 가시죠."

그들은 남자와 중년의 부인을 데리고 급히 자리를 떠났다. 그제야 혜령은 자리에 주저앉았다. 기가 쇠한 듯 얼굴에는 핏기가 하나도 없었다. 주변에서 웅성거리던 사람들이 혜령을 향해 혀를 차며 흩어졌다. 산모들도 끼어 있었기에 윤표는 더욱 기분이 착잡했다.

윤표는 혜령을 부축하며 자리에서 일어났다. 그리고 조심스럽게 그녀를 데리고 진료실로 향했다. 그러다 지켜보고 있던 유채와 카메라를 발견했다. 순간 화가 난 윤표는 유채를 노려보았다. 유채는 그의 시선을 피하지 않고 윤표와 혜령을 보고 있었다. 카메라도 함께. 윤표는 혜령의 얼굴을 몸으로 가려주며 그들 앞을 지나쳐갔다.

자신의 진료실로 돌아온 혜령은 꺼진 풍선처럼 의자에 주저앉았다. 혜령은 단시간 만에 반쪽이 되었다. 윤표는 아무 말 없이 그녀 앞에 방금 따른 물 잔을 내밀었다. 그제야 혜령이 고개를 들었다. 눈이 붉게 충혈되어 있었다. 산부인과에 근무하면서 처음 당한 일이었다. 그만큼 자존심이 무너졌을 것이다. 그것도 카메라 앞에서. 윤표는 당장 촬영팀을 찾아가 따지고 싶었다. 하지만 지금은 혜령을 혼자 둘 수 없었다. 그러나 뭐라고 물을 수도 없었다.

"난 정말……."

입을 열던 혜령의 눈에서 갑자기 눈물이 툭 떨어졌다. 윤표는 당황했다. 하지만 최대한 긴장을 풀고 그녀의 말을 기다렸다. 무슨 이유든 그녀를 질책하고 싶지 않았다. 사람마다 다 이유가 있는 거니까. 계속 잘 판단하고, 잘 해오던 그녀였으니까.

"임신한 지 3주쯤 되었을 때, 아이의 성별을 알고 싶다고 했어. 아들이어야 한댔어. 벌써 딸만 다섯이라고……. 또 딸이라면 산모는 죽을 거랬어. 시어머니 볼 낯이 없다고. 같은 여자니까 알 거 아니냐고 하더라구. 난 모른다고 했어. 말해줄 수 없다고. 그랬더니 그냥 유산하는 게 낫겠다고 하더라……."

울먹이던 혜령은 격양된 듯 어깨를 떨며 잠시 말을 잇지 못했다. 윤표는 손을 뻗어 그녀의 어깨를 다독여주었다. 그런 산모와 보호자들을 한두 번 보는 게 아니었다. 남자 의사는 좀 무서운지, 절대 알려줄 수 없다고 엄포를 놓으면 쉽게 수그러들었다. 하지만 여자 의사들은 달랐다. 같은 여자니까 쉽게 이해되지 않느냐면서 설득하려 들고, 집요하게 물어댔다.

"내가 보기엔 아들이었어. 알지? 산부인과 의사들도 초음파에서 확실히 보이지 않으면 알 수 없는 거. 산모는 아들인지 딸인지 몰라서 신경 쇠약까지 걸릴 판이었어. 그것도 산모에게 좋지 않아서 조심스럽게 얘기했지. 아들이니까 안심하라고. 출산일이 다가왔을 땐 잘 보이지 않아서 그냥 아들로만 알고 있었어."

윤표는 깊은 한숨을 내쉬었다.

"그걸 시어머니한테 얘기했는지 다음 날로 그 산모 시어머니가 찾아왔어. 아까 봤지? 그 시어머니 엄청났어. 다섯째 손주가 딸로 태어난 후로 지금까지 그 손녀 이름도 안 부르고 안아주지도 않았대. 그 시어머니가 사주를 들고 온 거야. 몇 날 며칠에 낳아야 한다고 말이야. 예정일이 아직 조금 더 남았는데."

혜령은 어이없어 '하~' 하고 웃다 이내 흐느껴 울기 시작했다. 강적을 만난 모양이다.

"그날이 오늘이야. 오전 10시."

울분이 차오른 윤표의 목이 뻐근해졌다.

"예정일까지 좀 더 기다려보자고 했는데, 그 시어머니는 차이 없으니 그냥 분만시켜 달라더라. 산모는 시어머니 말대로 하고 싶어 했고. 산모 도와주는 셈 치고, 옥시톡신 투여하고 심박 검사한 후에 인공 파막을 했어. 순조로웠어. 양수 색이 좀 달라서 혹시나 했는데 확연한 차이가 나지 않아서 그냥 넘어갔어. 근데 그게 화근이 된 거 같아. 태아가 태변을 흡입한 모양이야. 진공 흡입으로 겨우 분만시켰는데 애가 울지도 않았어. 솜 빠진 인형처럼 내 손바닥에 축 늘어졌어. 산모가 그렇게 바라고, 내가 장담해준 아들이 아니라 딸인 채로. 내가 그때 왜 생각을 못 했지? 정확히 10시여야 한다는 산모 시어머니 말만 들렸어. 조금도 오차가 생겨선 안 된다……. 왜 부담을 가졌을까. 난 하느님도 아닌데.”

순간 혜령은 손바닥에 얼굴을 묻고 어깨를 떨었다. 그리고 오열을 하기 시작했다. 윤표는 혜령을 안아주었다. 윤표의 가슴에 머리를 기댄 혜령은 가늘게 떨면서 울었다. 윤표는 착잡한 기분을 이루 형언할 수가 없었다. 정상적이지 않은 아이를 받은 순간의 혜령의 표정이 어땠는지, 혜령의 표정을 본 유채가 어떤 생각을 했을지 생각하니 가슴이 먹먹해질 뿐이었다. 정말 그들은 이 내용을 다큐에 넣을까? 생명의 탄생을 모토(moto)로 한 다큐에서 이건 말이 안 된다. 방송이 될 경우 혜령은 그 후유증을 감당하지 못할 것이다.

마음이 급해진 윤표는 유채를 찾아 나섰다.

“그분들 아까 회의실로 들어가시던데요?”

이 간호사의 말에 윤표는 서둘러 회의실로 향했다. 그때 마침 회의실 문이 열리고 남 피디와 유채가 회의실에서 나왔다. 언제나 허허실실 웃던 남 피디는 윤표를 보고는 다소 당황하는 듯하다 무거운 얼굴로 고개 숙여 인사하고는 사라졌다. 무슨 얘기를 했을지 훤히 보였다. 윤표는 다짜고짜 유채의 손목을 낚아챘다.

유채는 윤표에게 손이 잡힌 채 옥상 가든으로 끌려 올라갔다.

"왜 이래요, 대체?"

유채는 윤표에게 버럭 소리쳤다. 옥상에 들어서자 윤표는 던지듯 유채의 손목을 풀어주었다. 유채는 잡혔던, 빨개진 손목을 문지르며 그를 원망스럽게 흘겨보았다. 윤표는 해가 진 하늘을 보며 씩씩거렸다. 뭐가 무척 마음에 들지 않는 표정으로 가슴을 벌떡이며 숨을 고르고 있었다.

"그래서, 그 수술에 대해서, 다큐에 넣을 거야?"

윤표는 불만스럽게 유채를 보았다.

"무슨 말 하는 거예요?"

유채는 자신을 뚫어지게 보는 그에게서 고개를 돌렸다.

"당신이 방금 남 피디랑 무슨 얘기를 했을지 감 잡았으니까 말 돌리지 마."

"지금 그것 때문에 나한테 이러는 거예요?"

유채는 기가 막혔다. 자신이 무슨 고민을 하고 있는지도 모르면서 그는 지금 혜령의 편을 들려고 온 게 분명했다.

"그 다큐는 안 돼. 지금까지 찍은 거 다 엎더라도 그건 안 돼!"

그는 강하게 반발했다.

"당신한텐 결정권이 없어요."

"아니! 내가 이번 다큐 담당의야. 방송국에, 그리고 병원에 통보하면 질책은 받겠지만 감수할 수 있어."

"이번 사고의 담당 의사가 애인이라서?"

유채는 그를 경멸스럽게 바라보았다.

"사랑에 눈이 멀어서 잘못을 덮어주고만 싶어요?"

"여기서 그런 말이 왜 나와!"

그는 발끈했다. 혜령의 편을 드는 그가 유채는 몹시 못마땅했다.

"이래서 의사들이 싫다니까. 지들끼리 합심해서 환자 하나 바보 만드는 건 쉽잖아요?"

"말이면 단 줄 알아? 그런 파렴치한들과 우리를 싸잡지 말라고!"

"지금 당신이 이러는 거랑, 그 파렴치한들이 그러는 거랑 뭐가 다른데?"

순간 마주 보는 윤표와 유채의 눈에 불꽃이 튀었다.

"분명 그 착한 의사 선생님이 일부러 그랬을 리가 없죠. 하지만 들은 게 있어요. 촬영하던 중이 아니었더라도 다루고 싶어질 얘기예요. 그런데 지금 우린 촬영하고 있던 중이고, 뭐가 문제죠? 진실을 덮고 싶어요?"

유채는 혜령의 편에서 백번 넘게 생각했다. 의사도 신이 아니기 때문에 실수할 수 있는 거라고. 하지만 한 생명이 숨도 제대로 쉬지 못하다 아쉽게 떠났다.

"밝힘증 같은 거야, 그거?"

윤표는 가소롭다는 듯이 유채를 보았다.

"당신이 말한, 하늘로 쏘아 올라가던 별이 제대로 하늘에 달려 있어 보지도 못하고 떨어졌어요. 안타깝지 않아요?"

"이번엔 다른 문제가 더 있어."

"문제?"

유채는 눈을 가늘게 뜨고 그를 노려보았다. 그러자 입을 벙긋하던 그는 한숨을 내쉬었다.

"사주 말인가요?"

유채의 말에 그는 눈을 동그랗게 떴다.

"수술 촬영할 때 이미 귀에 딱지가 앉게 들은 말이에요. 그 시어머니, 사주에 맞춰 아들이 나와야 한다고 했어요. 그리고 여자아이가 나왔을 때 그 낙심하는 표정을 선생님이 봤어야 해요. 오히려 그때보다 방금 전 오 선생한테 욕지거리할 때가 더 생기 있었다구요. 차라리 그렇게 된 게 다행이라는 듯한. 말이 돼요?"

유채는 혀를 찼다. 유채는 그것에 포커스를 맞추고 싶었다. 세상이 바뀐 지가 언제인데 아직도 아들 타령이란 말인가. 게다가 사주에 맞춰 낳아야 한다고 안달복달하던 모습이라니. 유채는 아직도 바뀌지 않은 채 잘못 가고 있는 이 세태를 꾸짖고 싶었다.

그래도 혜령과 안면이 있고, 그녀가 같은 여자라는 동질감을 불러일으키고 있어서 고민 중인데, 그것 때문에 안 그래도 남 피디와 논의를 했었는데 이 남자가 이렇게 안달복달하는 모습을 보니 신념이 오기처럼 불쑥 솟아올랐다.

"그 여자를 생각한다면 그만둬줘. 부탁이야."

윤표의 목소리가 잦아들었다. 그게 유채는 더 불쾌했다. 그 여자를 위해서라면 뭐든 할 것 같은 이 인간이 마음에 들지 않았다.

"진실은 밝히고, 사람들에게 경종을 울릴 만한 것이 있다면 해야 해요. 그게 방송인의 자세예요."

"뭐가 진실이고, 뭐가 경종인데?"

윤표는 버럭 했다. 그 여자에 관해서는 이성을 잃는 모양이다. 이 사실이 유채를 열 받게 했다.

"분명 병원에서는 잘못을 했어요. 성별 식별을 해준 위법도 저질렀죠. 게다가 아기가 태변을 흡입했어요. 그걸 인지하지 못한 건 의사 잘못이에요. 그리고 아직도 남아 있는 남아 선호 사상의 뿌리를 뽑아야 돼요. 그런 말도 안 되는 주의 때문에, 또 의사의 실수로 세상에 나와 제대로 눈도 떠보지 못하고 저 세상으로 떠나는 생명들이 있어서는 안 된다는 거예요."

"그걸 하필 왜 혜령일 통해서 하려고 하는 건데?"

유채에 대한 그의 원망이 말투 가득 묻어났다.

"아니요. 내 다큐를 통해서 하는 거예요."

유채는 싸늘하게 대답했다. 그러자 윤표는 할 말을 잃은 듯 말없이 유채를 바라보았다. 그의 눈을 또렷이 응시하던 유채는 그대로 돌아서서 옥상에서 내려왔다. 자신도 누구보다 혜령을 걱정하고 있다는 말은 하지 못했다. 자신이 걱정하지 않아도 그가 다 걱정해주는 것 같으니 허식처럼 들릴지도 모를 자신의 말은 생략하기로 했다.

며칠 동안 병원이 좀 뒤숭숭해졌다. 뭐라고 정의하기 어려운, 들이마시는 숨과 내쉬는 숨이 따로 돌고 있는 듯한 분위기였다. 딱히 이상하다고 말할 수 있는 것은 혜령의 얼굴이 점점 안돼 보이고 있다는 것이고, 그런 혜령을 지나칠 적마다 예의 바르게 인사한 간호사들이 지들끼리 수군거린다는 것 정도였다. 그리고 윤표가 더 자주 혜령의 진료실에 들락거린다는 것.

유채는 자신이 먼저 혜령에게 가서 말했어야 하지 않을까 생각했다. 그녀의 입장에서 고민할 때 그녀에게 물어보면 좀 더 부드럽게 상황이 지나가지 않았을까 후회도 되었다. 하지만 뻣질나게 그녀의 진료실을 지나치는 윤표를 보니 자신은 안 나서도 되겠다 싶은, 편협한 안심이 되었다.

"저러다 진료실에 신접살림 차리겠네."

은상이 문 닫고 들어가는 윤표를 보며 중얼거렸다.

"입 다물어."

유채는 그에게 쏘아붙였다. 신접살림이란 말이 더 마음에 들지 않았다. 마치 공공연히 그들을 연인으로 보는 것이 불만스럽다. 지난번 혜령에 대해 말하는 그의 말은 그다지 깊은 관계가 아닌 것 같았는데, 그게 아닌 건가? 자꾸만 신경이 쓰인다.

기분이 나빠진 유채는 귀에 꽂혀 있던 MP3 이어폰을 빼고 주머니에 넣었다. 기분이 별로여서 기분 전환 삼아 듣고 있었는데 시끄러운 소음만 늘어난 것 같다.

"이번 얘기, 이렇게 고민할 의미가 있을까? 편집도 하기 전에 병원에서 막는 거 아니야?"

옆에 있던 최 작가의 얼굴에 시름이 가득했다. 유채가 거론한 이번 일에 관해 남 피디와 더불어 회의를 거듭하고 있는 중이었다.

"다큐도 살리고, 선의의 피해자도 생기지 않게 하고."

"그게 힘드니까 그렇지."

최 작가는 한숨을 내쉬었다.

"그 의사가 피해 입으면 나도 그 의사랑 똑같은 입장 되는 거예요. 한 목숨 저 세상으로 보내는 거나, 의사 하나 사회에서 매장되게 하는 거나."

유채는 자못 걱정이 되었다. 자신이 내놓은 문제 제기 하나로 촬영팀까지 뒤숭숭한 분위기에 휩쓸리고 말았다. 말하지 않았다면 '병원 공기 왜 이래? 환기구 고장인가?' 하고 말았을 거다.

"우린 일단 이번 다큐 잘 찍으면 돼. 편집하면서 더 고민할 수 있으니까 길게 보자구."

어느 결에 나타난 남 피디가 스태프들의 어깨를 두드려주었다.

"그나저나 오늘 저녁은 뭐 먹지? 구내식당 벌써 지겨워지려고 하는데."

은상이 간이의자 등받이에 몸을 기대며 푸념했다. 아, 저녁! 그리고 보니 요 전날 윤표와 저녁 약속을 했었다. 이틀이나 지났다. 하긴, 그걸 챙길 머리가 지금 아무도 없다. 핑계가 생기길 바랐지만 이건 아니다. 문득 이 병원과 별반 다르지 않을 집 분위기가 걱정되었다. 유채는 로비 난간으로 걸어가며 고모에게 전화를 걸었다.

"고모, 은이는 찾았어?"

"아직. 규가 미친놈처럼 사방팔방으로 돌아다니고 있어. 아침 일찍 나가서는 저녁이 다 지나서 반쯤 혼이 빠져 들어와 디비 잔다. 지 새끼도 아니라면서 왜 저러는지."

고모는 혀를 끌끌 찼다.

"걔 있을 때는 할머니도 안 나가서서 안심이 됐었는데. 걔도 할머니 잘 받아주는 것 같고. 여러 가지로 아쉽네."

유채의 방에 들어서며 미안해하던 은이의 얼굴이 눈앞에 그려졌다. 유채는 저도 모르게 한숨을 내쉬었다. 그러다 아래층 로비에, 손녀딸을 잃었다고 난리를 치던 산모의 시어머니가 보였다. 그리고 반대쪽에서 산모의 남편인, 그녀의 아들이 종종걸음으로 달려왔다. 로비에서 만난 두 사람은 주위를 슬쩍 살피더니 밖을 가리키고 그리로 나갔다. 시선으로 그들을 좇아보니 그들이 향한 곳은 이 대학교 역사 기념관이었다. 왠지 수상하다. 떳떳하게 병원에서 대화하지 못하는 것 같은 느낌이었다.

순간, 혜령에게 무지막지하게 해대던 그들이 병원 사무장과 함께 사라진 것이 기억났다. 보통 병원의 사무장들은 병원의 제반 업무는 물론 병원 사고의 대소사에 관여하며 병원 이미지가 해가 되지 않도록 원만한 합의를 도출시키는 데 최선을 다하는 사람들이었다. 뭔가 있는 게 분명했다. 확실한 건 없지만 궁금했다. 그게 하찮은 것이라고 하더라도 미심쩍은 기분을 무시할 수 없었다. 촬영의 객관성을 위해서라도. 유채는 급히 주위를 둘러보았다. 하지만 촬영팀은 아무도 보이지 않았다. 유채는 밖으로 사라지는 그들을 다급히 돌아보았다. 그들은 이미 역사관 옆에 난 작은 문으로 들어가고 있었다.

✽

퇴근 준비를 하고 나왔을 때 로비는 한산했다. 항상 두세 명씩 모여 있던 촬영팀이 어쩐 일로 보이지 않는다. 어디서 혜령의 촬영분에 대해 회의라도 하고 있나? 그들이 이해가 안 되는 건 아니지만 언짢은 기분은 어쩔 수 없었다.

윤표는 터덜터덜 병원 밖으로 나왔다. 그러다 태조대학교 역사 기념관 앞에서 경비원과 실랑이를 벌이고 있는 유채를 발견했다.

"분명히 저 안으로 들어갔다니까요?"

유채는 경비원의 팔을 잡고 발을 동동 구르며 통사정을 하고 있었다.

"이 시간에 외부 사람은 접근 금지 구역입니다. 게다가 이미 폐관한 시간이라니까요. 폐관 후에 외부인은 입장 불가입니다."

무장한 경비원은 단호하게 말했다. 역사 기념관이다 보니 꽤 값나가는 기념품들이 전시되어 있어 무장한 경비원이 24시간 상주하는 곳이다.

"그런데 들어갔어요. 그럼 날 잡을 게 아니라, 들어간 사람들을 잡아야 하는 거 아니에요?"

유채는 답답해 펄펄 뛰었다.

"그럼 외부인이 아닌가 보죠."

윤표가 그들에게 다가서며 말했다. 순간, 경비원과 유채가 그를 돌아보았다. 그의 얼굴을 알아본 경비원은 서둘러 정자세를 하고 그에게 인사를 했다. 그런 경비원의 모습에 유채는 어리둥절하면서도 난감한 얼굴로 윤표를 보았다.

"저랑 같이 일하는 사람입니다. 염려 말고 가보세요."

윤표는 경비원에게 정중하게 말했다. 그러자 경비원은 유채를 주의 깊게 한 번 보고는 윤표에게 목례하고 사라졌다.

"대단한 사람이긴 한가 보네요. 경비원이 한눈에 알아보고."

누구는 한눈에 알아보는데 누구는 문전박대를 당해 기분이 몹시 안 좋다는 투였다.

"왜, 하릴없이 창밖 내다보다가 괜히 기념관이 궁금해졌어? 기념관 관람이 하고 싶었으면 낮에 다시 와."

윤표는 싸늘하게 말하고 돌아섰다. 왜 이 여자가 이렇게 못마땅할까. 그래도 좀 친해졌다고 믿었는데, 배신당한 것 같은 기분은 뭐지?

"여기 누가 들어갔다구요."

유채는 답답해했다.

"외부인은 출입 금지야. 그럼 관계자겠지."

윤표는 단조롭게 말하며 유채 어깨 너머로 문의 명패를 확인했다. 전력 관리실. 윤표는 유채를 다시 바라보고는 그대로 몸을 돌렸다.

"그럼 오혜령 선생님 수술 사고 보호자가 여기 근무자인가 보네요?"

그녀의 말이 윤표의 발목을 잡았다. 윤표는 고개를 기울이며 그녀를 돌아보았다. 그러자 그녀는 콧방귀를 뀌었다.

"오 선생님 말만 나오면 자동으로 그렇게 돌아서지나 봐요?"

"빈정거리는 거야?"

"사실이잖아요. 아, 암튼, 저 여기 좀 들어가게 해주세요."

윤표에게 비아냥거리던 그녀는 갑자기 안색을 바꾸고 윤표에게 바짝 다가섰다. 뭐야, 이건.

"이젠 역사 기념관에까지 밝힘증의 영역을 넓히실 참인가? 되게 한가한가 보네."

윤표는 빈정거렸다.

"어쩌면 진짜 한가한 말을, 되게 고군분투해서 들을지도 몰라요. 하지만 확인하고 싶어서 그래요. 뭔가 분명히 있다구요. 이건 직감이에요."

유채는 단호했다.

"아나운서가 아니라 기자였어?"

윤표는 유채를 기괴하게 쳐다보았다. 알면 알수록 정체가 모호한 여자다.

"지금 그게 중요한 게 아니에요. 일단 궁금해졌으니까 해소하고 싶은 거지. 당신은 여기서 관계자 정도가 아니라 아주 고위층 사람 같으니까 나랑 들어가요. 그럼 문제없죠?"

유채는 눈을 반짝반짝 빛내며 윤표를 전력 관리실로 끌고 갔다.

"내가 왜 그래야 하는데?"

"오 선생님 일과 연관이 있으니깐요."

유채는 윤표를 간 보듯 돌아보았다.

"어때요. 이제 갈 이유가 충분하죠?"

유채는 조소를 머금은 채 전력 관리실의 문고리를 잡았다. 어쩐지 놀림당하는 기분이다. 대준에겐 시시때때로 당하는 거지만, 이 여자한테 이렇게 놀림을 당하는 건 처음이다. 이 여자가 어느새 자신의 머리 꼭대기에 올라앉은 것 같다.

"잠겼을……."

윤표가 말을 마치기도 전에 유채가 조심스럽게 천천히 비튼 문고리의 문이 '퉁ㅡ' 하고 열렸다. 유채는 나지막이 속삭였다.

"누가 들어갔다니까요?"

자신의 예감이 점점 맞아들어간다는 기대감에 유채는 콧구멍을 벌렁거리며 안으로 조심스럽게 들어갔다. 그러면서 윤표에게 돌격하자는 손짓을 했다. 윤표도 덩달아 발소리를 죽이며 전력 관리실 안으로 들어갔다.

전력 관리실 문 안에 들어서니 위층과 아래층으로 갈리는 계단이 보였다. 위층으로 난 계단은 어두웠고, 지하실 쪽 불빛이 환하게 밝혀져 있었다. 잠시 주변 공기 흐름에 귀를 기울이던 유채는 윤표에게 아래층을 가리켜 보인 후, 살그머니 아래층으로 발걸음을 옮겼다. 윤표도 그녀 옆에 착 달라붙어 아래층으로 천천히 발걸음을 옮겼다. 그러면서 생각했다. 이 여자랑 이렇게 합심할 때가 아닌데.

아래층으로 점점 갈수록 희미한 말소리가 들리기 시작했다. 유채는 윤표를 돌아보았다. 윤표는 고개를 끄덕였다. 그러자 유채도 고개를 끄덕이고 점점 더 아래쪽으로 내려갔다. 그러면서 이 여자와 이렇게 눈빛으로 대화가 되는 게 이상했다.

말소리가 점점 선명하게 들려오기 시작했다. 유채와 윤표는 발걸음을 멈추고 말소리에 귀를 기울였다.

"아무튼 애들 엄마는 별다른 후유증 없다니까 됐고. 기왕 이렇게 된 거 위자료나 두둑히 챙겨요. 우리 부장님이 그러시는데 이럴 경우는 안 받겠다고 버틸수록 금액이 올라간대. 급하게 해결하자고 들수록 빼라는 거야."

남자의 목소리였다. 낮에 혜령에게 쌍욕을 내뱉던 산모 남편의 목소리가 분명했다.

"기다리던 사내 새끼도 아니고, 많이 받을수록 우리야 좋지."

이건 손녀 살려내라고 소리치던 시어머니의 목소리였다. 유채와 윤표는 어이없어하며 서로 바라보았다. 유채는 서글프단 표정을 지었다. 불빛이 새어나오는 곳을 보는 윤표의 얼굴도 분노에 차 굳어졌다.

"여섯째가 우리한테 미안해서 이렇게 돈 해주고 가나 보네."

남자는 착잡하게 말했다.

"그 애를 위해서도 좋을 것 없었다. 집에 계집애들 여섯이 바글바글한 꼴을 어떻게 보고 살아. 내가 열 받아서 제명에 못 죽었을 거다."

"엄마는 좀 그만해. 그렇게 아들, 아들, 그거 나도 좀 스트레스거든?"

"계집애들 다섯 년들은 스트레스 아니고?"

"그게 사람 마음대로 되는 거야? 애들 엄마 좀 그만 잡아. 엄마 때문에 살도 안 찌잖아."

"그게 나 때문이야? 니들 딸년들 키우느라 그런 거지. 괜히 애먼 애미한테 난리야. 이래서 아들이란 것들이……."

"어휴, 지겨워!"

"뭐가?"

"엄마 입에서 나오는 아들 소리!"

돈 얘기하던 두 사람은 말다툼을 벌이고 있었다. 진짜 한심하다. 산모는 아이를 잃고 망가진 몸으로 병원에 누워 있는데 모자는 이런 데서 돈에 눈이 뒤집혀 떠들다 말다툼이나 하고 있으니. 난간을 잡고 있던 윤표의 손이 부들부들 떨렸다. 당장 난간이라도 뽑아서 그들에게 달려가고 싶다. 그 생각과 동시에 손에 바짝 힘이 들어갔다. 그때 그녀가 그의 손을 꼭 쥐었다. 눈도 마주쳤다. 어떤 마음인지 다 안다는, 그래도 참으라는 그녀의 눈빛에, 분노에 찼던 심장 운동이 누그러졌다.

"암튼 엄마는 계속 길길이 뛰어. 나는 못 이기는 척 사무장 만나고 있을 테니까."

"그건 걱정 마라. 내가 네 새끼들한테서 받은 스트레스 여기서 다 풀고 갈 참이니까."

말소리가 그친 후, 뭘 챙기는지 탁자에 서류들을 뒤적이다 탁탁 두드리는 소리가 났고, 물컵이 달그락거리는 소리가 났다. 그리고 이어 계단으로 다가오는 발자국 소리가 들렸다. 그 소리에 윤표와 유채는 화들짝 놀라 서로 돌아보았다. 유채가 당황하자 윤표는 얼른 자신의 손을 잡고 있던 유채의 손을 잡아끌었다. 유채와 윤표는 발소리를 죽이며 계단을 다다다 올라갔다. '턱, 턱, 턱' 올라오는 그들의 발소리가 점점 가까워졌다. 문 앞에 이르렀을 때 유채와 윤표는 문을 당겨야 하는지 난감했다. 문을 열었다가는 그들이, 여기 누가 있었다는 걸 알 것이다. 그러면 그게 누군지 찾게 될 것이 분명했다. 그럼 난처해진다.

윤표는 허둥대다 그대로 유채의 손을 잡아 끌고 위로 올라갔다. 그들의 발소리가 바로 밑에서 들려왔다. 윤표와 유채는 자신들의 발소리가 들릴까 봐 더 올라가지도 못하고 문 바로 위층 구석의 어둠에 몸을 숨기고 섰다. 좁은 구석, 어둠에 몸을 숨기자니 두 사람은 서로 몸을 붙이고 있을 수밖에 없었다.

그들의 발소리가 점점 위로 올라왔다. 가슴에 폭 안긴 유채의 머리칼이 윤표 코끝을 간지럽게 했다. 윤표는 그녀의 머리칼을 피해 고개를 이리저리 돌려야만 했다. 그때였다.

"히꾹!"

갑자기 유채의 입에서 딸꾹질이 터져 나왔다. 그러자 윤표는 부라린 눈으로 조용히 하라고 다그쳤다.

"히꾹!"

놀란 유채는 서둘러 제 입을 막으며 어쩔 줄을 몰라 했다. 문에 가까이 온 발자국 소리가 갑자기 멈췄다. 그들도 들은 게 분명했다. 급속히 당황한 윤표와 유채는 어찌할 바를 모르고 서로 눈을 마주쳤다.

"히……!"

순간 윤표는 눈을 질끈 감고 유채의 입술에 입술을 맞대었다.

10. 여자, 그리고 여자

여자란 아무리 연구를 계속해도 항상 완전히 새로운 존재다.
— 레프 니콜라예비치 톨스토이

이리저리 둘러보는 듯한 발자국 소리가 잠시 들렸고, 이윽고 문이 열리는 소리가 들렸다. 그리고 곧 닫히는 소리도 들렸다. 그제야 유채와 윤표는 입술을 떼었다. 어깨를 들썩이던 유채의 딸꾹질 리듬은 이제 사라지고 없었다. 그녀는 그에게 심하게 쿵덕거리는 심장 소리가 전달될까 봐 무서워 두 손을 꼬옥 쥐고 있었다. 어둠 속에서 윤표는 그녀를 빤히 바라보았다. 얼굴이 화끈거리는 유채는 그와 눈을 마주치지 못했다.

"이, 이제 그……!"

유채는 이제 그만 가자고 말하려 했다. 그런데 어쩔 줄 모르는 유채를 빤히 보던 윤표는 버벅거리는 유채의 입술에 다시 입을 맞췄다. 윤표가 입을 맞추는 순간 유채는 눈을 동그랗게 떴다. 그러다 스르르 눈을 감았다. 윤표는 가늘게 떠는 유채를 꼬옥 끌어안으며 더 깊이 키스했다.

얼마나 시간이 지났는지 모르겠다. 변명을 하자면 산모 남편의 직장이 여기가 확실한데 주변에 어슬렁거리던 그와 마주칠지도 모르니까

급히 나올 수도 없는 상황이었다. 윤표가 유채의 입술에서 천천히 입술을 뗐을 때야 비로소 유채는 정신이 돌아왔다. 입술을 뗀 그가 조용히 말했다.

"이제 그만 나갈까?"

빙긋 웃는 그의 말에 유채는 아무 말도 하지 못하고 허둥지둥 전력관리실을 나왔다. 그리고 빨갛게 달아오른 얼굴에 손을 펄럭이며 바쁘게 앞서 걸었다. 어쩐지 따라오는 윤표의 표정이 자신을 보고 웃는 것 같았다. 놀리는 거야? 어떻게 나오는지 보려고 그냥 한번 해본 건가? 그런데 너무 열정적으로 그의 입술을 받아들였나?

"방금 있었던 그건 말이지……."

윤표는 지긋하게 말했다.

"잘했어요."

유채는 서둘러 돌아서며 그의 말을 막았다.

"어?"

그는 당황했다. 하지만 유채는 그의 반응을 무시했다.

"누구라도 그렇게 했을 거예요. 위급 상황이었으니까."

"위, 위급 상황? 응급처치 같은……?"

윤표는 더욱 당황했다. 젠장, 이게 아닌가? 이 남자, 더 당황하잖아. 순간 유채는 인공호흡 훈련 때, 윤표가 더미에게 입술을 댔던 것에 차마 입을 대지 못하고 간접 키스 어쩌구 했던 게 떠오르고 말았다. 다시 그의 입술이 눈에 확 들어왔다. 왜 이럴 때 멋지 있게 행동하지 못하는 거야. 키스도 해 버릇하던 사람들이나 할 수 있는 건가? 너무 촌스럽게 군 것 같아 창피했다. 유채는 더 이상 그에게 뭐라고 하지도 못하고 자책하며 걸음을 재촉했다. 그러자 더 뭐라고 말할 것 같던 윤표는 아무 말도 없이 유채 뒤를 따랐다. 뭐라고 말하면 좋을 텐데, 뭐라고 말해야 좋을지 유채는 답이 없었고, 그도 역시 답 없기는 마찬가지 같았다.

주차장에 이르러 유채는 어물쩍 그를 돌아보았다.

"이제 그만 가세요."

유채는 그에게 서둘러 90도로 인사하고 바삐 돌아섰다.

"처음 건 위급 상황에 응급처치가 맞는 것 같긴 한데, 두 번째 건 잘 모르겠네."

그가 유채의 뒤통수에 대고 말했다. 우라질. 그냥 가면 안 되는 거니? 유채는 눈썹을 뭉개며 감히 돌아볼 엄두를 내지 못했다.

"오늘은 그다지 말할 기분이 아닌 것 같으니까 내일 봐."

그의 말과 함께 차에 올라 문을 닫는 소리가 들렸다. 유채는 그제야 그의 쪽을 힐긋 돌아보았다. 운전석에 앉은 그가 유채를 향해 빙긋 웃었다. 무슨 의미지? 오늘 그냥 '엔조이' 한 거다? 아님 진짜 내일 만나서 진지하게 얘기해보자?

그는 복잡한 유채의 마음과는 상관없이 고개를 돌려 차를 후진시키고는 그대로 병원 주차장을 빠져나갔다. 모르긴 몰라도 저 자식은 선수다. 밑지는 느낌이 확 든다.

�֍

샤워를 마치고 머리를 털며 거실로 나오던 윤표는 손으로 입가를 만져보았다. 순간적인 판단으로 유채와 입을 맞춰버렸지만 순간 심장 근육은 강직 상태가 되었다. 자신을 오롯이 보던 그녀의 눈동자가 눈앞에서 떠나지 않았다. 저로 모르게 입가에 미소가 번졌다. 처음 입을 맞췄을 때 그냥 그렇게 어정쩡하게 끝내고 나올 수 있었는데, 뭐가 그녀를 더욱 당겨 안게 했을까. 혜령이와도 아직은 거기까지 가보지 못했는데.

윤표는 그녀의 집과 자신의 집 사이에 있는 거실의 벽을 바라보았다. 이제 퇴근했을까? 아님 오늘도 병원에서 당직? 아무런 존재가 아닌 것 같던 그녀가 갑자기 의미심장한 존재로 느껴졌다.

다음 날, 휴지 뭉치로 귀를 막고 양치를 마친 윤표는 집을 나서다 유채의 집 앞에서 멈칫했다. 요구르트가 아직 가방 안에 보였다. 아직도 변기에서 씨름하거나 씨름을 마치고 다시 자는 모양이다. 어제 일만 없었다면 이 여자는 그냥 '여자 인간'이었을 텐데. 아니, 그게 아닌가? 어느 순간부터 그녀가 신경 쓰이기 시작했다. 그 느낌이 뭔지 몰랐었는데, 어제, 자신도 컨트롤하지 못한 뜻밖의 상황을 지나고 보니 그녀가 남다르게 느껴졌다. 갑자기 입술 끝이 부르르 전율을 일으켰다. 갑작스런 위급 상황의 입맞춤 하나가 이렇게 피가 펄펄 끓는 일을 만들어버렸다.

생각해보면 입맞춤 후 헤어지는 그녀의 태도가 좀 엉성하다. 마치 자신이 그녀를 갖고 노는 게 아닐까 하고 생각하는 게 분명했다. 그렇다면 좀 놔둬 보고 싶다. 그녀가 어떻게 나오는지. 이렇게 그의 흥미를 끄는 여자를 이제껏 만나지 못했다. 그래서 신선하고 기대가 된다.

다음 날, 윤표는 혜령을 대신해 이번 사고의 산모를 담당하게 되었다.

"무엇보다 잘 드셔야 합니다. 빨리 몸을 회복시키는 게 가장 중요한 목표예요. 아셨죠?"

그 산모를 찾아간 윤표는 그녀에게 미소를 지었다. 하지만 그녀는 웃지 않았다. 화를 내지도 않았다. 무표정인 채로 그녀는 입을 꼭 다물었다. 아이를 잃어서, 잃게 만들었다고 화를 낼 법도 한데. 상심이 너무 커서 그런 것일까? 잃은 아이는 생각지 말아야 한다고 자신을 다독이고 있는 걸까? 혜령에게 아무런 질책도 하지 않는 그녀가 고맙기도 하고, 그래서 더 안쓰럽기도 했다. 화는 그녀의 남편과 시어머니의 몫인 것 같았다. 그들은 산모의 침상을 지키지 않고 어디에 있는 걸까. 어제 저녁 그들의 대화로 미루어보건대, 그들은 지금 위자료 금액을 올리느라 여념이 없을 것이 분명했다.

회진을 마치고 진료실로 돌아오던 윤표는 수많은 사람들 속에서 대번 유채를 찾아냈다. 혜령의 일로 인해 그녀를 비롯한 촬영팀들이 탐탁지 않게 보였었는데, 어제를 기점으로 수많은 사람들 속에 섞인 그녀를 멀리서도 대번에 알아봐버리는 육백만 불의 사나이의 눈을 가지게 되었다. 그리고 그녀를 다른 배경들과 분간해낼 때마다 심장 박동이 빨라졌다. 윤표는 제 심장께를 지그시 눌러보았다. 나쁘지 않은 기분이다. 혜령에게 좋지 않은 이런 상황에서 이딴 기분에 사로잡혀 있어도 될까?

"회진 끝났어?"

혜령의 목소리가 환청처럼 들렸다. 고개를 돌려보니 흐릿한 미소의 그녀가 윤표에게 다가오고 있었다. 그녀가 다가오는지도 몰랐다. 사람들 속에서 환조처럼 튀어나와 보이는 유채에게 시선이 꽂혀 있었다. 사람들이 혜령을 흘깃거리며 지나갔다. 그런 시선들이 혜령은 불편한 듯했고, 윤표는 그런 혜령이 측은했다.

"뭐 좀 마실래?"

윤표는 혜령에게 안쓰러운 미소를 띠며 물었다.

"욕을 하도 먹었더니 배부른데."

그녀는 억지 미소를 띠었다.

"그럼 바람이나 쐴까?"

윤표는 위를 가리켜 보이며 싱긋 웃었다. 왠지 혜령에게 많이 미안하다.

윤표와 혜령은 옥상 가든에 나란히 앉았다.

"밥을 먹는 것도, 뭔가 마시고 있는 것도, 그리고 다른 산모들을 대하는 것도 힘들어. 차라리 그냥 그만둘까?"

혜령은 힘없이 말했다.

"너도 욱하는 거야? 그러지 마. 나중에 후회해."

윤표는 걱정스럽게 말했다. 그녀의 얼굴에 드리워진 노을의 빛이 따뜻하지 않고 스산하게 느껴졌다. 어딘가 기대고 싶을 것이다. 윤표는 그녀가 자신에게 편하게 기대기를 바랐다. 시간이 흐르면 좀 나아질지도 모른다.

그런데 그녀를 위로하면서 드는 생각은 자신이 이 여자를 여자가 아닌 동생처럼 아낀 것은 아닐까 하는 것이다. 이건 어제 유채와 갑작스런 일이 생기기 전부터 느꼈던 것이다. 지금 많이 힘든 이 여자를 위로하는 마음은 의사로서의 동질감이 더 큰 것 같았다. 분명 손잡을 때 떨림이 없었던 것도 아닌데, 그 이상의 진도는 나가지지 않았다. 지금이 그럴 때도 아니지만 그전에도 시도해본 적이 없었다. 그런데 유채와는 달랐다. 갑자기 그녀에게 입을 맞추고 나서 그냥 돌아서지지가 않았다.

어쩌면 이 여자를 여자로서 좋아한 게 아니라 상냥한 마음씨라 끌렸던 건지도 모른다. 어머니에게서 느끼지 못했던 따뜻함을 느꼈기 때문에 모성애가 그리워서 이 여자에게 기댔던 건 아닐까 하는 생각이 들었다. 확실히 혜령과 있을 때와 어제 유채와 있을 때의 느낌은 다르다.

"소송을 걸겠대."

윤표가 상념에 잡혀 있는데 한참 태양을 향해 고개를 쳐들고 있던 혜령이 털어놓듯 말했다.

"뭐?"

윤표는 반사적으로 의자에 기댔던 상체를 벌떡 일으켜 세웠다.

"소송 걸린 의사들이 얼마나 많은지는 알아. 한 사람이 여러 개 가지고 있는 경우도 봤고. 하지만 난 하나도 벅찰 것 같아."

혜령은 제 손바닥을 천천히 비비다 멀거니 들여다보았다. 아기를 받던 일을 그냥 놓을 수 있을까 가늠해보는 것 같았다. 윤표는 어제 저녁 그 보호자들의 대화를 기억해냈다. 혜령이 잘못은 했다. 하지만 그렇다고 해서 그런 모의에 넘어가는 것도 말이 안 된다. 그건 진정한 위로금이 아니라 산모 아닌 보호자들의 욕심을 채워주는 것밖에 되지 않는다. 어떻게 해도 차지 않을 욕심에.

"일단 공식적으로 사과해. 그래야 네 입지가 설 것 같아."

윤표는 다급하게 말했다.

"윤표 씨처럼?"

혜령은 피식 웃었다. 그리고 잠시 아무 말도 하지 않았다. 쉽다는 생각이 들지 않는 모양이다.

"널 힘들게 하려는 게 아니야……. 그래, 당장은 힘들겠지. 하지만 나중을 생각해보자. 지금 잘못을 인정하고 사과하는 것과, 영원히 잘못 있는, 사과도 하지 않는 의사인 기분으로 있는 것. 어느 쪽이 더 힘들까?"

윤표는 부드럽게 그녀의 손등에 손을 얹었다. 잠시 생각에 빠져 있던 혜령은 윤표의 손에서 손을 천천히 빼냈다.

"촬영팀에서 꾸준히 나 찍더라. 나, 이대로 노출되는 거야?"

"방송 촬영 도중에 터진 일이야. 그래서 병원에서도 세게 막을 수는 없는 상황이고. 자칫 병원의 잘못을 은폐하려고만 한다는 느낌을 줄 수 있으니까. 그 사람들 나름 생각하는 게 있을 거야. 너를 문제 삼는 게 아니야."

"왜, 윤표 씨가 그 사람들 편에 서 있는 것 같지?"

윤표는 혜령의 눈빛이 따갑게 느껴졌다. 네 편, 내 편 같은, 편 가르기는 질색이지만 그녀가 느끼는 지금의 편 가르기 느낌은 어쩔 수 없을지도 모르겠다.

"나한테 되게 냉정하게 말하는 거 같다. 너무 객관적으로 말을 해서 뭐라고 어리광도 못 부리겠어."

혜령은 씁쓸한 미소를 지었다. 하지만 그렇다고 무조건 이 여자만 위로할 수도 없는 상황이었다. 상황이 이쯤 되면 누군가는 냉정해져야 한다.

"휴…… 이제 나, 매력 없지?"

"그게 무슨 소리야."

윤표를 바라보던 혜령은 파리해진 표정으로 고개를 돌렸다. 역시 그녀는 뭔가 위로를 바랐었나. 하지만 지금은 위로보다 결단을 내려야 할 때였다.

"나도, 내가 너무 추해. 그러면서 이런 생각도 한다? 대한민국에, 그리고 이 세상에 내가 저지른 것 이상의 의료사고를 낸 의사들이 얼마나 많은데 그것 하나 자연스럽게 넘기지 못할까, 하고. 또 아무도 몰랐으면 얼마나 좋을까 생각하기도 해. 나 너무 못됐지?"

혜령의 눈가에 눈물이 팽팽하게 고였다. 윤표는 마음이 짠해졌다. 물건이 아닌 생명을 다루는 직업이기에, 자신의 작은 실수가 생명에 얼마나 위태로운 영향을 주는지 알기 때문에, 그리고 그랬을 때의 후폭풍을 알기 때문에 그녀가 망설이는 마음도 충분히 이해가 되었다. 윤표는 고개 숙여 작게 흐느끼는 그녀에게 손을 뻗었다 멈칫하고 그대로 거두었다. 무조건 감싸주기만 하는 인정은 이 여자에게 독이 될 것이다.

"잘못하지 않았기 때문에 사과 못하는 게 아니란 걸 알아. 사과한답시고 나설 얼굴이 없어서일 거라는 생각이 들어. 내가 너라면……."

윤표는 더 이상 말을 잇지 못했다. 여러 말이 필요한 유치원생이 아니었다. 한마디면 충분히 생각할 수 있는 나이가 넘치고도 남는다. 윤표는 혜령의 인격을, 그녀의 의사로서의 신념을 믿어보기로 했다.

혜령과 헤어진 윤표는 무거운 마음으로 산부인과로 돌아왔다. 시간이 해결해줄 걸 기대한 건 바보 같은 거였을까? 어떻게 해야 할 거라는 대책이 당장 서지는 않았다. 하지만 누구든 만나서 소송에 대한 자문을 구해야 했다. 생각을 가다듬던 윤표는 먼저 사무장을 찾아가기로 했다. 정확한 상황을 들어봐야 했다. 좀 더 일찍 그랬어야 했는데 생각이 유채에게 몰려 있어서 미적거린 감이 없지 않다. 윤표는 급히 사무장실이 있는 곳으로 발길을 돌렸다. 그러다 로비로 들어오고 있는 유채를 발견했다.

남 피디와 대화를 하며 걸어오던 그녀는 윤표를 보다 발걸음을 멈추었다. 윤표는 그녀에게 가서 뭐라고 말을 할까 하다 그냥 사무장실로 향했다. 그때 남 피디가 그를 불렀다.

"잠깐 저희랑 얘기하시죠?"

"급한 게 아니라면 나중에 해도 될까요?"

윤표는 그에게 정중하게 말했다.

"이번 다큐와 관련해서, 오 선생님에 대한 얘긴데요."

미치겠다. 이쪽저쪽 다 급한 상황이 됐다.

"그럼 먼저 듣죠."

결정을 내린 윤표는 남 피디와 유채를 자신의 진료실로 안내했다. 그러다 유채와 눈이 마주쳤다. '거봐, 오 선생 얘기하니까 바로 따라오잖아.' 하는 그녀의 속마음이 들리는 것 같았다.

"우리는 유채 씨가 제안한 주제를 다큐에 넣기로 결정했습니다."

사주 어쩌구, 아들 선호 사상 하던 그거? 윤표는 기운이 빠졌다. 그냥 지나가주길 바랐는데. 윤표는 유채를 돌아보았다. 자신의 다큐를 통해 남아 선호 사상의 어폐를 뿌리 뽑겠다던 그녀의 당찬 목소리가 떠올랐다. 그녀의 말이 틀리진 않았다. 그래서 반박할 다른 말이 없었다. 유채는 의도적으로 윤표의 시선을 무시하고 남 피디만 보고 있었다.

"담당 선생님 이름은 올리지 않을 겁니다."

유채를 흘깃 보며 윤표는 고개를 끄덕였다. 유채의 얼굴은 어느 때보다 냉소적이었다.

"그런데 그 내용을 본 보호자들이 자신들의 일이냐고 묻게 되면 상황이 어떻게 될지 모르겠습니다. 저희야 방송 규칙상 모르쇠로 일관할 수밖에 없지만 병원에서 그렇게 행동하는 건 무책임하게 보일 것이 뻔해서……."

"이번 다큐는 병원에서 거의 홍보용으로 생각하고 있어요. 그런데 그런 내용이 들어 있다고 한다면 병원에서 허락할까요?"

윤표는 조심스럽게 물었다. 그러자 남 피디가 설핏 웃었다.

"그럼 피디 수첩으로 갈까요?"

할 말이 없다.

"의료사고가 중점이 아닙니다. 이번 의료사고의 원인이라고 단정할
순 없지만 그로 인해 튀어나온 아들 선호 사상과 사주로 인한 유도 분
만의 요구 등을 핵심으로 다룰 겁니다. 그리고 의료사고에 대한 병원의
위자료 문제에 대해서도."

남 피디는 명확하게 주제를 구분 지었다. 그의 말에 윤표는 유채를
돌아보았다. 어제 함께 들었던 그들의 말에 대해 남 피디와 얘기를 마
친 후인 모양이다.

"이번 일은 확실히 담당의의 잘못이 큽니다. 아마 오 선생도 공식적
인 사과를 할 겁니다."

윤표는 사과란 말 앞에서 흔들리던 혜령을 떠올리며 힘들게 뱉어내
듯 말했다. 그녀가 하지 못하면 함께 사과할 수도 있다. 그게 그녀에게
힘이 된다면.

"괜······찮으시겠어요?"

남 피디는 윤표를 걱정스럽게 보았다.

"파렴치한 의사들이 될 수 없으니까요."

윤표는 어색하게나마 그를 향해 웃어 보였다. 그러면서 옆에서 자신
을 보고 있는 유채를 돌아보았다. 유채의 말처럼 그런 의사는 되고 싶
지도 않았고, 그녀에게 그렇게 보이고 싶지도 않았다.

"그런데······."

윤표는 망설이다 입을 열었다.

"어쩌면 일이 정말 커질 수도 있겠습니다. 저쪽에서 소송을 걸겠다고
했다더군요."

"아……."

남 피디는 어느 정도 예상했었다는 얼굴이었다.

"사무장님과 인터뷰에 대해 논의를 잠깐 했었는데 그런 비슷한 말씀을 하시더군요."

"그렇게 되면 장기전으로 갈 수도 있는데, 다큐가 이번 일을 다루는 방향에 따라서 그쪽에서 편파적이라는 문제 제기를 할 수도 있을 겁니다. 그렇게 되면……."

"소송은 걸지 않을 거예요."

유채가 두 남자의 대화에 끼어들었다.

"법에서 위자료라고 정의 내리는 범주가 분명히 있을 거예요. 그건 피해자의 마음을 위로하는 것이지, 그들의 물질적인 욕심을 채워주는 건 아니잖아요."

"하지만 그걸 증명할 방법이 없으니까……."

윤표는 난감해했다. 어제 들었던 말을 자신이 증언으로 한다 해도 받아들여질지부터가 불안했다.

"있어요."

유채는 주머니에서 MP3를 꺼냈다. 윤표가 의아한 눈으로 그것과 그녀를 번갈아 보자, 남 피디가 입을 열었다.

"방금 유채 씨가 여기에 녹음된 내용을 들려줬어요. 이걸 그 사람들에게 들려주면 그 사람들이 더 이상 과격하게 행동하지 않을 거 같아서 들려주러 가던 참이었습니다. 확실히 소송을 건다고 했다면 여러모로 요긴하겠네요."

남 피디는 유채를 대견하게 바라보았다. 남 피디의 말을 듣는 내내 윤표는 숨이 멎을 것 같은 얼굴로 유채를 뚫어지게 바라보았다. 그들의 대화에 귀 기울이면서 치솟는 분노를 억누르느라 그녀가 이런 걸 녹음하고 있을 줄은 상상도 못했다. 오늘 이 여자는 완전 대천사였다. 눈물이 날 정도다.

"제가 그렇게 준비성이 없진 않아요."

유채는 윤표의 뜨거운 눈빛에 어쩔 줄을 모르며 짐짓 퉁명스럽게 말했다. 남 피디만 없다면 그냥 콱 안아주고 싶다.

"고마워. 그런 걸 녹음하고 있을 거란 생각은 못했어."

남 피디와 그녀를 배웅하러 진료실을 나온 윤표는 그녀에게 조심스럽게 말을 꺼냈다.

"선생님은 제가 오 선생님한테 반감이 있는 것처럼 생각하신 것 같아요. 전 언론인이에요. 어떤 상황에서든 중립이라구요."

"그런 스위스 은행 같은 말은 됐고. 어젠 잘 잤나?"

윤표는 히죽 웃으며 그녀를 바라보았다. 그러자 그녀는 눈을 치떴다.

"못 잘 게 뭐가 있겠어요. 제가 뭐 그런 거에 설레서 잠도 못 잤을까봐요?"

또 의외로 세게 나온다. 이런 그녀의 의외성은 저번에도 느꼈다. 윤표는 피식 웃었다. 그녀가 한 말과 반대로 해석하면 될 것 같다.

"오 선생님이 소송 때문에 떨고 계실지도 모르는데 가서 말해주시죠? 뛸 듯이 기뻐하실 텐데."

유채는 윤표에게 깍듯하게 고개를 까닥여 보이곤 팽그르르 돌아서 가버렸다. 자꾸 관찰하고 싶은 마음에 그녀와 더 얘기를 하고 싶었지만 지금은 그녀의 말이 맞다.

❋

문 앞을 지나가는 그의 발소리를 들었다. 유채는 섣불리 그와 마주칠 용기가 나지 않았다. 입맞춤이라니. 그 상황에서 딸꾹질한 목구멍에 구멍을 내고 싶다. 그에게는 응급조치처럼 둘러댔지만, 이렇게 심장 떨리는 응급조치에 대해서는 들어본 적이 없다. 그리고 그 이후 그에 대한 자신의 태도와 또 그런 그녀를 대하는 그의 태도를 유채는 뭐라 정의할 수 없었다. 일단 드는 생각 하나는 자신이 못났다는 것뿐이다.

유채는 윤표를 요령껏 피하며 병원을 종횡무진 누비고 다니다 복도에서 우연히 혜령을 만났다. 촬영이 거북하다는 말이라도 할 것 같은데 그녀는 너무 조용했다. 윤표가 어제 자신과 함께 들은 이야기를 그녀에게 했을지 궁금했다. 유채가 머뭇거리는 것을 본 그녀는 얼른 유채의 시선을 피했다.

"저기……."

걸음을 멈춘 유채는 용기를 내어 그녀에게 말을 걸었다. 그냥 유채를 지나치려던 혜령은 귀찮다는 얼굴로 유채를 보았다. 서로 아무것도 연관될 것이 없다는 차가운 표정에 유채는 한 걸음 물러서졌다.

"무슨 일이신데요?"

분명 유채에게 따질 거라도 있을 텐데 그녀는 너무 생경한 눈빛이다. 그냥 가버리고 싶다. 하지만 어떻게 생각하면 유채가 고자질한 것처럼 보일 수도 있는 거였기에, 유채 쪽에서 먼저 그녀에게 다가가는 게 맞는 것 같았다.

"혹시 저한테 하실 말씀이……."

원망 같은 거라도 좋다. 해명할 수 있으니까. 하지만 그녀는 차가웠다.

"제가 유채 씨한테 할 말, 요?"

'내가 너 같은 애랑 말 섞을 일이 뭐가 있니?' 하는 얼굴이다. 윤표와 돌잔치에 갔을 때 라떼까지 더블로 퍼 먹여놓고 이렇게 낯설게 굴 수 있는 거야? 지금 혜령이 유채에게 보이는 것은 적대적인 반감이었다. 자신의 치부를 아는 사람은 무조건 적이라고 간주하는 듯한.

"죄송한데요, 전 유채 씨한테 할 말이 없는데. 제가 뭐라도 상의하길 바라세요?"

그녀의 반응으로, 그녀가 유채에게 좋지 않은 감정이라는 걸 분명히 알 것 같았다. 리포터 따위와 상의할 자존심은 아니라는 건가?

"제가 도울 일이 있을지 모르겠지만 필요하시면 연락 주셔도 된다고 말씀드리고 싶었어요."

"그럴 일은 없겠지만 기억해두죠. 그럼."

쌀쌀맞게 말한 그녀는 그대로 돌아서서 가운 자락을 날리면서 멀어져갔다. 생각보다 상냥하고 약한 여자이지만은 아닌 것 같다. 제 자존심 때문에 도끼눈을 하고 상대방을 끝없이 볼 수 있는 정도라면. 유채는 주머니에 들어 있는 MP3를 만지작거렸다. 그러면서 멀어지는 그녀의 뒷모습을 씁쓸하게 바라보다 몸을 돌리고 발걸음을 옮겼다. 그러다 남 피디를 만났고, 남 피디와 얘기를 마치고 나오다 윤표를 만났다. 윤표는 황공해했다. 자신이 오 선생에게 도움이 된다는 것이 고마워 미칠 것 같나 보다. 그의 머릿속에는 온통 오 선생뿐인 것 같다. 그것으로 유채는 정의를 내렸다. 소윤표, 이 자식은 키스쯤은 아무하고나 하는 헤픈 놈이라고.

며칠이 지났다. 아침 일찍 병원으로 출근했을 때 유채는 눈앞에 펼쳐진 광경을 믿을 수가 없었다. 혜령이 이번 수술 사고 얘기에서 자주 오르내리고 있는 산모의 시어머니 앞에 무릎을 꿇고 있었다.

"이제 와서 사과하면 죽은 손녀가 살아 돌아오나? 당장 못 일어나? 이러고 끝낼 일이야, 이게?"

그 여자는 혜령에게 삿대질을 하며 고함을 쳐댔다. 유채는 저도 모르게 주먹을 불끈 쥐었다. 아기를 죽이게 된 과오를 범했지만 시어머니란 그 여자도 잘한 건 없었다. 수술실에서 산고에 시달리는 며느리와 아이 때문에 신경이 바짝 선 의사에게, '아들', '사주' 하며 잔소리와 참견을 서슴지 않았고, 죽은 아기와 아픈 산모 따윈 안중에도 없이 아들과 위자료 올리는 데 열을 올리지 않았는가. 사람들이 몰려들어 있었지만 누구도 말리지 못하고 있었다. 밤샘을 했을 은상은 카메라를 어깨에 메고 부지런히 그 광경을 찍고 있었다.

"죄송합니다. 수술비와 위자료는 제가……."

머리를 늘어뜨린 혜령은 석고대죄하다 내처지는 불쌍한 폐서인처럼 보였다. 차가웠던 그녀의 마지막 모습과 너무 대조되는 모습이다.

"아니! 다 필요 없어! 내 손녀, 도로 내 며느리 뱃속에 넣어놔! 그럼 용서가 되지. 다른 건 절대 용서 못해. 알겠어?"

소송을 하지 못하게 된 것에 열불이 난 걸까. 그 시어머니는 사람들이 처다보든 말든 혜령에게 삭이지 못한 분노를 터뜨렸다. 언제부터 손녀를 위했던 여자라고. 시위하는 듯한 그녀의 말에 유채는 기가 막혔다. 유채는 황급히 주위를 둘러보았다. 저 멀리, 윤표는 혜령을 안쓰럽게 바라보고 서 있었다. 저렇게 당하고 있는데 안 구해주고 뭐 하는 거야? 전에는 빛의 속도로 뛰어들어가더니?

그러다 또 한편으론 그를 이해할 수도 있을 것 같았다. 어쩌면 그도 어쩔 수 없이 이 광경을 지켜보는 건지도 모른다. 그래야만 하는 시간.

이 시간이 지나면 엄청난 위로를 쏟아주겠지. 어쩌면 지금은 혜령이 감당해야 할 시간이었다.

유채는 착잡한 마음으로 사람들 한가운데 있는 혜령을 다시 돌아보았다. 괜히 문제를 삼았나, 하는 자책도 들었다. 리포터질도 못할 짓이구나, 하는 회의도 일었다.

"송구합니다. 화가 풀리실 때까지 저는 어떤 벌도 달게……."

"여기 병원 사람들은 뭐 하는 거야? 이런 능력 없는 의사 모가지 안 자르고! 이렇게 형편없는 병원에서 어떻게 진료를 받으라는 거야? 자기 잘못을 돈으로 덮으려고 들어?"

혜령의 말을 자른 그 시어머니는 더욱 악다구니를 쓰며 고래고래 소리쳤다. 모인 사람들과 일일이 눈을 맞추며 자신이 얼마나 피해자인지 확인을 시켜주고 있었다. 혜령은 고개를 떨구었다.

"당장 내 손녀 살려와! 내 손녀! 이년 때문에 내가 손녀 얼굴도 못 봤어!"

갑자기 그녀는 가슴을 치며 통곡을 하기 시작했다. 아직도 위자료가 성에 차지 않았나? 전날보다 더 심하다. 그들의 모의를 듣지만 않았다면, 며느리와 딸을 업신여기는 시어머니가 아닌 것만 알았다면, 지금 그녀의 행동을 십분 이해했을 것이다. 하지만 지금은 전혀 다른 이미지이기에 죽은 아기와 산모만 더 불쌍해 보였다. 옆에서 사람들이 혀를 차는 소리가 들렸다. 누구를 향해 혀를 차는지는 알 수 없었다.

혜령은 입술을 굳게 깨물었다. 아마 지금까지 살아온 인생을 통틀어 가장 치욕적인 날일 것이다.

"당장 혀 깨물고 죽어! 그리고 내 손녀 살려와! 그럼 내가 용서해주마! 당장 여기서 혀 깨물고 죽어!"

"그만하시죠."

결국 지켜보던 윤표가 차분히 앞으로 나왔다.

"아이가 나올 때까지 기다려도 될 산모에게 유도 분만을 종용하신 분이 이렇게 화를 내시면 어떡합니까? 억지스러운 이유로 그런 시술을 한 의사들은 아무렇지 않을 것 같으세요?"

윤표의 낮은 목소리가 로비를 울렸다. 하지만 그 시어머니는 더욱 펄펄 뛰었다.

"이것들이 매번 아주 짝으로 덤비네? 너희 같은 의사들 때문에 피해 보는 사람들이 몇인 줄이나 알아? 니들이 무슨 신이라고 잘난 척이야? 잘못하기는 했잖아!"

그때였다.

"그만하세요!"

갑작스러운 소리에 사람들의 시선이 일순간 소리가 난 쪽으로 향했다. 무리 지은 사람들이 비켜서고 환자복을 입고 팔에 링거를 꽂은, 혜령에게 유도 분만 수술을 받은 그 산모가 링거 거치대를 끌고 힘겹게 가운데로 걸어나왔다.

"선생님만 잘못한 건 아니잖아요."

산모의 출연에 놀라던 혜령은 고개도 들지 못하고 있었다.

"선생님한테 수술을 강요한 건 어머니랑 저였어요. 그 사주가 뭐라고, 1초라도 어긋날까 봐 발을 동동 구르셨잖아요? 그 상황에서 정신 사나웠던 게 선생님밖에 없었던 거 같으세요? 저는 그냥 죽고 싶었어요. 애 낳는 자판기도 아니고. 주문했던 애가 잘못 나오기라도 한 것처럼 다섯 아이들 대하시는 어머님 보면서 제가 마음 편했던 적이 잠시라도 있었던 거 같으세요? 다섯 아이들이, 제대로 나온 게 신기할 정도였어요. 그 정도로 전 피폐해져 있었다구요. 스트레스를 하도 받아서 아들이었어도 그런 아이! 나올 줄 알았다구요, 전!"

산모는 울먹이며 시어머니를 원망스럽게 쳐다보았다.

"네가 나설 자리가 아니다. 들어가!"

방금 전까지 혜령에게 펄펄 뛰던 시어머니는 독한 표정으로 확 바뀌어 산모에게 명령했다.

"그냥 선생님 말씀대로 참고 기다리다 낳았으면 좋았잖아요. 그럼 멀쩡한 아이는 보셨을 거 아니에요. 그럼 어머님이 그렇게 바라는 아들, 기다리며 또 낳을 수도 있었겠죠."

감정이 북받친 산모의 얼굴에 눈물이 주룩 흘렀다.

"어머니랑 저는 너무 이기적이고 계산적이어서 아들, 손자 복이 없는 거예요. 아시겠어요? 오히려 저희들이 선생님을 실수하게 만든 거라구요. 이제 그만 아들, 아들 하시면 안 돼요? 그 아들 있으셔서 얼마나 호강을 하셨길래……."

짝ㅡ.

시어머니는 며느리에게 다가가 세차게 손을 날렸다. 뺨을 맞은 산모는 당황하여 아무 말도 하지 못했다. 순간 사람들의 혀 차는 소리, 손가락질이 시어머니에게 향했다. 그제야 시어머니는 사람들의 시선을 알아챈듯 자신의 행동에 당황했다.

"입 다물어!"

시어머니는 며느리를 무섭게 노려보다 사람들을 헤치고 사라졌다. 사람들의 웅성거림 속에서 산모는 혜령에게 천천히 다가갔다. 그리고 꿇은 무릎 위에 올려놓은 혜령의 손을 부드럽게 그러쥐었다.

"죄송해요. 제가 조금 더 생각이 있어야 했는데. 뱃속의 아이가 딸이었어도 제 자식인데, 그걸 깜빡했어요. 시어머니께서 말씀하신 주문을 잘못 이행한 불초한 며느리가 된 것 같아 뱃속의 아이는 생각 못하고 제 생각만 했어요. 그 벌을 받는 거예요, 전. 정말…… 죄송해요.”

혜령의 손을 잡은 그녀의 손등 위로 눈물이 투두둑 떨어졌다. 그리고 혜령의 눈에서도 눈물이 투두둑 떨어졌다.

곧 윤표의 지시에 따라 간호사들이 다가와 산모를 데리고 갔다. 산모는 가면서도 로비에 못처럼 박혀 있는 혜령을 자꾸 돌아보았다.

사람들은 한숨을 뿜으며 흩어졌다. 윤표는 혜령을 조심스럽게 일으켜 세웠다. 순간 혜령은 다리에 힘이 풀린 듯 비틀거렸다. 윤표는 얼른 그녀의 어깨를 받쳐주었다. 혜령은 그의 팔을 꼬옥 잡았다. 잡은 손이 떨리고 있었다. 윤표는 그대로 그녀를 안고 그녀의 진료실로 향했다. 그제야 숨이 멈춘 것 같았던 유채의 입에서 숨이 토해져 나왔다. 카메라를 돌아보니 은상이 아직도 카메라로 그 모습을 찍고 있었다. 유채는 손을 들어 카메라 렌즈를 가렸다.

“그렇게 오래 찍지 마. 저 선생, 자존심 좀 지켜주자고.”

유채는 나직이 읊조렸다. 은상은 곧 카메라를 끄고 착잡한 얼굴로 카메라에서 테이프를 꺼냈다. 남 피디도 말없이 멀어져가는 혜령을 바라보고 있었다. 이게 어떻게 편집이 돼야 할까. 어떻게 해야 저 산모도, 혜령도 다치지 않을 수 있을까. 유채는 다시금 마음이 무거워졌다. 당장 꺼내 어디에 던지고 싶을 만큼 감당하지 못하게 무거워져 버틸 수가 없었다.

그날 늦은 오후, 유채는 복도에서 혜령과 우연히 마주쳤다. 기대한 건 아니지만 그녀의 눈빛은 너무 냉랭했다. 지난번에 마주쳤을 때보다 더.

"기분은 좀 괜찮으세요?"

유채는 그녀의 안색을 조심스럽게 살폈다.

"내 기분이 신경 쓰였었나 봐요?"

말투도 눈빛만큼 차가웠다.

"절 원망하실 수도 있겠어요. 생각해보니……."

"그래요. 원망했어요. 어쩌면 유채 씨가 촬영만 들어오지 않았어도 전국적으로 방송 탈 걸 기다리고 있지 않았겠죠. 하지만 제가 뭐라고 말하겠어요? 저에게 유리한 내용을 녹음하셨다면서요? 어떻게 그런 것까지 하실 생각을 하셨을까요? 저를 다큐에 내보내게 하기 위해서?"

그녀는 비아냥의 끝을 달렸다. 고맙다는 말을 바란 건 아니었지만 이런 식의 싸늘한 콧방귀는 심하다 싶다.

"시작, 원인, 다 제게 있으니까 유채 씨한테 뭐라 할 순 없죠. 전적으로 제 잘못이니까."

그 '잘못'이란 말에, 유채를 괜히 수술실에 들였다는 것이 포함된 것 같았다.

"아침에 그 모습…… 진심 아니셨어요?"

저도 모르게 유채는 독기가 올랐다.

"물론 진심이었어요, 그분들한테는."

그분들한테는……?

"제가 잘못한 거라고 생각하시는 거예요? 그럼 전에 제가 말 걸었을 때 말씀해주실 수도 있었을 텐데요."

"그래요. 그런데 어차피 벌어진 일, 구차하게 말하기 싫었어요. 그리고 여전히, 유채 씨랑 말하고 싶진 않아요."

속에 유치원 때 입던 캐릭터 티라도 입고 있는 거야? 왜 이렇게 유치하게 구는 거야?

"제가 사과하길 바라세요?"

"하실래요?"

혜령은 유채를 똑바로 보았다. 유채는 그녀의 눈을, 눈도 깜빡이지 않고 마주 보았다.

"정확히 뭘요? 덮어줄 마음을 가지지 않았다는 거요? 아니면, 다큐에 쓸 테니 용서하라는 말이요? 그런 건 업무적인 순서대로 윗선에서 먼저 이야기가 갔을 텐데요. 제가 결정권자는 아니니까. 제 개인적인 말이 또 필요했나요? 제가 선생님께 말 걸었을 때 먼저 차갑게 대하신 건 선생님이셨어요. 그리고 선생님을 무슨 수를 써서라도 다큐에 내보내려고 그런 짓 한 거 아니에요. 그건 좀 억울하네요."

유채가 조목조목 떠들자 혜령은 감탄과 동시에 질린 듯 '하~' 하며 웃었다.

"내 치부를 알고 있다고 해서 내 머리 위에 있다고 생각하진 말아요."

"네?"

어이없는 응수다.

"나 솔직히 유채 씨 등장부터 그 과정 모두 다 마음에 안 들었어요. 이건 아주 개인적인 거예요. 그러니까 일부러 날 위로한다거나, 또 나랑 친하게 지내고 싶어 하지 말았으면 좋겠어요."

완전 질린다, 이 여자. 유채는 싸늘하게 웃었다.

"잊으셨어요? 원래 전 이 병원 선생님들 자체에 호감이 없었어요. 그런 저한테 이해하라고 하셨던 건 선생님이셨어요. 그렇게 선생님이 먼저 손 내미는 건 괜찮고, 제가 손 내미는 건 안 되는 건가요? 제 도움

따위는, 자존심 상하세요?"

혜령의 깨문 입술이 부들부들 떨렸다. 아침 일에 이렇게 자존심이 상했었나 보다. 잘못은 했지만 자존심은 상했다, 라는 증거다. 그럴 거라고 짐작은 했지만 이렇게 자신 앞에서 적나라하게 보이다니. 이건 좀 별로다. 이 사람들에게 실망하지 않아서 좋았는데. 결국 의사의 자존심이 무참히 짓밟혔다고 생각하는 건가? 윤표는 이 여자의 아까 모습을 보고 기특해하고 있던 것 같은데.

"웬만하면 안 마주쳤으면 좋겠네요. 하긴, 징계 위원회에서 결정을 내리면 어떻게든 그렇게 되겠지만."

유채에게서 눈길을 돌리며 마저 떠든 혜령은 그대로 가던 길로 발걸음을 옮겼다. 유채는 목구멍 가득 쓸개즙이 차오르는 것을 겨우 삼키며 그녀와 반대 방향으로 몸을 돌렸다. 순전히 인간성 좋아서 참아준다.

유채가 입술에 힘을 주며 몇 발자국 걸었을 때, 핸드폰이 울렸다. 남 피디였다. 또 응급 환자인가?

"여보세요?"

"유채 씨! 빨리 응급실로 와봐!"

남 피디가 다급하게 외쳤다.

"네!"

그의 입에서 '응' 자가 나오기 시작하자마자 유채는 혜령에 대해 불순물 가득했던 생각은 깡그리 잊고, 이미 응급실을 향해 달리고 있었다.

응급실에 도착하자 저 너머 문 밖으로 앰뷸런스 불빛이 반짝이는 게 보였다. 유채는 서둘러 주위를 두리번거렸다. 그때, 유채 앞으로 산모가 누운 침대 하나가 순식간에 지나쳐갔다. 유채가 그 침대를 돌아봄과 동시에 윤표가 다급하게 유채의 팔을 잡았다.

"남 피디님 전화 받고 온 거야?"

"네. 그런데 촬영팀은."

유채는 고개를 끄덕이며 주위를 둘러보았다.

"내가 전화하라고 한 거야. 따라와!"

윤표는 다짜고짜 유채를 끌고, 벌써 저만치 달려가는 침대를 향해 뛰기 시작했다. 유채는 어리둥절해 그에게 잡힌 채 전속력으로 달렸다.

"촬영은 안 해요? 그런데 왜 나를……."

"유채 씨 올케가 분명해. 확인해!"

침대를 잡은 윤표는 서둘러 사람들을 헤치고 산모의 얼굴을 보여주었다. 은이였다. 은이가 땀이 범벅이 된 채 고통스러워하고 있었다.

"어쩜!"

"식당에서 일하던 중이었다는데, 갑자기 진통이 온 것 같대. 앰뷸런스에서 이미 양수가 터졌고. 그런데 역아야."

"애기가 거꾸로 있단 말씀이세요?"

머리가 난타당하는 기분이었다.

"말 안 했어?"

윤표는 황당해했다. 그보다 더욱 황당한 유채는 고개를 절레절레 저을 뿐이었다. 가족들이 걱정할까 봐 말하지 않은 걸까? 유규의 애가 아니라서?

"몸 상태가 너무 안 좋아서 자연 분만은 힘들 것 같아. 수술해야 하는데 동의서 써야 돼. 동생 부를 수 있어?"

유규가 오면 달라질까? 어쨌거나 그 애의 애가 아닌데.

"제가 그 동의서에 서명하면 제가 모든 걸 책임져야 하나요?"

유채는 겁이 났다. 자신이 책임지는 것도 그렇고, 그런 무서운 일이 은이에게 생길지도 모른다고 생각하니 온몸에 소름이 돋았다. 유채는 고통으로 거의 의식을 놓고 있는 은이를 안쓰럽게 내려다보았다.

"그렇지. 유채 씨도 보호자, 맞아. 동의서 작성 못하면 수술 못해."

윤표의 말을 들었을까. 은이는 눈을 힘겹게 뜨고 유채를 보았다. 가늘게 뜬 눈꺼풀 사이로 보이는 눈동자가 축축하게 젖어 있었다. 사인 안 해도 된다, 부담 갖게 해서 미안하다고 말하는 것 같았다. 유채는 눈물이 날 것만 같았다. 도대체 진짜 보호자는 어디에 두고, 남의 집에 얹혀 있다가 만삭의 몸으로 식당 같은 데 있던 건지. 이 아이와 뱃속의 아기가 너무 불쌍했다.

"제, 제가 사인할게요!"

정신을 가다듬은 유채는 다급히 소리쳤다.

"좋아. 이 간호사!"

윤표가 이 간호사에게 손짓하자 이 간호사는 유채에게 수술 동의서와 펜을 내밀었다. 유채는 은이를 바라보다, 서둘러 동의서에 사인했다. 그리고 땀에 젖은 은이의 손을 꼭 잡았다.

"힘내. 최고로 훌륭한 선생님이 수술해주실 거니까."

은이와 눈을 마주친 유채는 약속하듯 고개를 끄덕인 후, 윤표를 올려다보았다.

"부탁드려요."

유채는 저도 모르게 그의 손을 꼬옥 잡았다. 윤표는 최선을 다하겠다는 비장한 얼굴로 고개를 끄덕이고 침대를 끌고 수술실로 들어갔다. 문이 닫히는 사이로 은이의 눈빛이 유채에게서 떠나지 않았다. 지금 이 순간, 유일하게 그 애가 잡고 싶은 끈일 것이다.

어느덧 유채의 눈에서 눈물이 주룩 흘렀다. 오늘 동시에 같은 종족이라는 여자 인간 둘을 경험했다. 하지만 너무 다른 느낌의 두 사람이다. 혜령과 은이. 직업의 차이일까. 생각의 차이일까. 어떻게 여자란 하나의 이름이 이렇게 동질감과 이질감을 동시에 줄 수 있지? 유채는 주체할 수 없이 흐르는 콧물과 눈물을 서둘러 훔치고 유규에게 전화를 걸었다. 당구장 공 부딪히는 소리만 나봐. 아주 손모가지를 꺾어버릴 것이다.

30분 후, 유규는 헐레벌떡 수술 대기실로 뛰어왔다. 오늘도 일찌감치 은이를 찾아다니고 있었는지 몸에선 땀 냄새가 났고, 얼굴은 김매기를 하던 농부처럼 검게 탔다. 만날 당구장에 살아서 피부가 뽀얗던 애가…… 확실히 달라졌다.

"어떻게 된 거야?"

유규는 거친 숨을 몰아쉬며 물었다.

"식당에서 일했나 봐."

"애를 갖고서?"

유규는 펄쩍 뛰었다.

"애가 거꾸로 있었대. 그걸 듣고도 우리한테 말하지 않았나 봐. 몸도 안 좋고 해서 수술을 하기로 했어. 내가 사인했어."

유채는 짧게 상황을 설명해주었다. 유규는 갑갑해진 듯 머리를 부비다 의자에 털썩 주저앉았다.

"말해봐. 은이가 가진 애가 네 애가 아니라는 말, 진짜야?"

유규 옆에 앉은 유채는 차분히 물었다. 유규는 아무 말도 하지 않았다. 그러다 한참 후 입을 열었다.

"물 좀 갖다 줘. 급하게 뛰어왔더니 목말라 죽겠어."

잠시 동생의 얼굴을 바라보던 유채는 군말 없이 물을 사다 동생에게 내밀었다. 유규는 뚜껑을 신경질적으로 비틀어 따 단숨에 벌컥벌컥 다 마시고, 빈 물병을 쓰레기통에 툭 던졌다. 그리고 고백하듯 입을 열었다.

"내가 좋아했어, 쟤."

유채는 다소 놀랐다. 망나니 동생에게 순정이 있었다고?

"중학교 때부터야. 누난 모르겠지만 쟤 우리 동네 살았어. 전학 와서 왕따였는지 친구가 없더라구. 그래서 좋았어. 난 왜 왕따가 좋았을까……."

유규는 회상하듯 천천히 말했다. 그게 할머니를 아끼는 마음과 비슷한 걸까?

"애가 몸도 좀 약해 보이고 해서 도와주고 싶었어. 쟤도 나한테 나쁜 감정은 아니었던 것 같아. 그런데…… 결론적으로 내가 잘못한 거야. 내가 잘해주니까 나 같은 놈하고 친해진 거야. 나 때문에 내 주위에 있는 놈들하고 친해지고. 한순간이더라, 애 변하는 게."

유규는 한숨을 쉬며 벽에 머리를 탁 기댔다.

"주찬이 알지? 나보다 더 망나니 자식. 그 자식이 작년에 동네 후배한테 사기치고 그 후배 놈 전세금 빼서 도망쳤어. 그때 쟬 데리고 사라졌어. 알고 보니까 쟤, 양부모 밑에서 사랑도 못 받고 자랐더라구. 사랑을 줄 줄도 모르고, 친구 사귈 줄도 모르던 게, 말 뻔지르르하고 힘 좀 쓰는 주찬이가 접근하니까 좋았나 봐. 난 겁나서 쟤 손도 못 잡았는데. 나쁜 자식!"

불끈 쥔 주먹을 제 손바닥에 먹인 유규는 '쓰읍' 하고 마른침을 삼켰다. 그제야 은이가 집에 온 날, 같은 방을 쓰라고 했을 때 유규가 펄쩍 뛴 이유를 알 것 같았다.

"내가 쟤 우리 집에 데리고 온 날이, 주찬이가 쟤 두고 도망가고, 갈 데 없어진 쟤가 우리 동네로 돌아온 날이야. 쟤네 양부모는 이미 쟤 파양 신청서 내고 이사 간 다음이고. 내가 생각났는지 커다란 짐 가방을 들고서 당구장으로 찾아왔더라."

"그래서 데리고 왔다고? 남의 애 가진 아이를?"

"그럼 어떡해. 나쁜 자식이지만 친구 애라는 걸 아는데. 그리고 쟨, 지금도 내가 좋아하는 앤데."

"지금도…… 좋아?"

유채의 눈이 휘둥그레졌다.

"좋아. 돌아오니까 반가웠어. 돌아갈 데 없어졌다고, 그냥 사라지지 않고 날 찾아와줘서 고마웠어. 지켜주고 싶었어. 벌써 두 번이나, 아니 양부모 만나기 전까지 해서 세 번이나 버림받은 애야. 나까지 버릴 수가 없잖아. 안 그래?"

이야기를 듣다 감정이 격해진 유채는 이마를 구겼다. 그러자 유규는 자신을 질책한다고 생각했는지 발끈했다.

"그래, 나 그지 같은 놈이야. 그래도 누군가가 기대잖아. 아무리 내가 그지 같은 놈이래도 도움을 청하는데 뿌리칠 순 없잖아. 안 그래? 휴…… 어디 가서 죽어버린 건 아닌지 얼마나 간이 콩알만 했다고."

"이그, 멋진 놈!"

유채는 손을 뻗어 유규의 머리를 마구 헝클어뜨렸다.

"왜 그래~!"

유규는 머리 만지는 게 짜증 나는지 유채의 손을 밀쳐냈다.

"그래서 어쩔 건데, 이제."

"뭘 어째. 기집애가 입 다물고 애 낳을 때까지만 버티라니깐, 간댕이가 좁쌀만 해서 지레 실토하고 도망이나 치고."

유규는 툴툴댔다.

"고모가 이해해주면 설득해서 집에 데리고 가야지."

"너, 설마……."

유채는 당혹스러웠다. 유규는 그런 유채를 멀뚱히 쳐다보았다.

"쟤 끝까지 책임질 거야?"

"나 아무 생각 없이 그 상황만 피해보자고 쟤 데리고 온 거 아니야. 에휴, 그래. 처음엔 그냥 상황만 일단 피해보잔 생각이었어."

유규는 머리를 긁적이며 실토했다.

"근데 쟤 집에 있는 거 보면서, 할머니랑 잘 지내고, 고모 일하는 거 도우려고 애도 쓰는 모습이, 그게 미안한 마음에 그랬다고 해도 나쁘게 보이지 않더라. 남의 자식도 키우는데 좋아하는 여자가 낳은 애, 못 키울 것도 없겠더라구. 쟤 뱃속의 애를 키울 생각하니까 괜히 가슴도 벌렁벌렁거리는 게."

상상만 해도 좋은지 유규는 헤벌쭉 웃으며 가슴을 쓰윽 문질렀다.

"다 컸네, 내 동생."

유채는 동생을 흐뭇하게 바라보았다. 유규의 눈빛이 애잔해졌다.

"사고만 치고 다녀서 미안해. 하지만 진짜 이젠 제대로 살아볼래. 나한테 이런 마음 먹게 했다는 걸로도 충분히 쟤, 우리 식구 될 수 있는 거 아니야?"

"쟤도 그러쟤?"

"그건……."

갑자기 동생은 심각해졌다.

"네 마음이 가상하긴 하지만, 쟤 마음도 있는 거야. 다른 생각을 하고 있을지도 모르고, 네가 별로 좋지 않을 수도 있고."

"나를? 이 천하의 유규를? 다른 기집애들은 나보고 침 질질 흘리는데?"

유규는 거품을 물었다.

"그건 네가 만날 당구장에서 짜장면 먹어서, 네 몸에 짜장면 냄새가 배서 그럴 거다."

유채는 퉁박을 주곤 피식 웃었다. 유규는 머쓱해하며 제 옷의 냄새를 킁킁 맡았다.

'뭔 냄새가 나?' 하며 투덜거리는 유규를 보며 유채는 생각에 잠겼다. 남의 자식이지만 친구의 자식이고 사랑하는 여자의 아이라면 키울 수 있다……라. 소영이 낳은 아이를 보는 느낌이 어떨까 궁금했었는데 소영을 정말 아낀다면 별다를 것 없을 거라는 생각이 들었다. 그런데 만약 그 아이가 윤표의 아이라면? 순간 당황한 유채의 가슴이 갑자기 심하게 벌렁거리기 시작했다. 에이, 말도 안 된다.

유채는 대면식 때 보았던 산부인과 의사들의 얼굴을 주르륵 떠올려보았다. 그 얼굴들 중 어느 얼굴과 아기의 얼굴이 닮았을지, 소영이 다음에 병원에 오면 아기의 초음파 사진을 보여달라고 해야겠다.

잠시 후, 수술실에서 윤표가 나왔다. 그의 얼굴은 땀과 피곤함으로 뒤범벅이 되어 있었다. 유규와 나란히 앉아 있던 유채는 벌떡 일어나 그에게 다가갔다. 그러자 유규도 덩달아 튕기듯 일어나 유채 옆에 섰다.

"동생?"

윤표의 물음에 유규는 그에게 꾸벅 인사했다.

"수술은 성공적이야. 누구 말처럼 최고의 의사가 수술했으니까."

윤표는 피곤한 가운데에도 미소를 지어 보였다.

"아, 감사합니다. 정말 다행이에요."

유채는 두 손을 모으고 방방 뛰었다.

"산모가 기력이 많이 쇠약해요. 영양제를 맞을 건데 잘 좀 먹여요. 알았죠?"

윤표는 유규의 어깨를 친근하게 툭툭 두드렸다.

"아이는 신생아실에서 볼 수 있을 거고, 산모는 회복실로 옮길 거야."

"그런데 애는……."

유규는 쭈뼛거렸다.

"아, 맞다. 워낙 급박해서 산모 얘기만 했구나. 딸이에요. 그런데 장군감이야. 하하하!"

윤표는 유규의 어깨를 더 세게 두드려주고 멀어져갔다.

"저 자식 뭐야? 미친놈 아니야? 딸인데 장군감이라니?"

유규는 멀어지는 윤표를 힐긋거리며 못마땅해했다. 품! 남매에게 미친놈 소리 듣는구나, 저 사람.

유채는 망설이다 고모에게 전화를 했다. 그러자 유규처럼 아버지와 고모, 할머니까지 득달같이 달려왔다.

"애는."

오자마자 고모는 애부터 물었다.

"어떤 애? 큰 애, 작은 애?"

이미 회복실에서 은이를 보고 온 유규는 툴툴거렸다.

"이 자식, 식구들한테 거짓말이나 하고."

고모는 유규의 어깨를 주먹으로 찍었다.

"안 그럼 고모가 거둬줬겠어? 고모처럼 야박한 사람이?"

"근데 이게 정신을 못 차리고."

고모는 주먹으로 유규의 머리를 내리쳤다.

"이 자식 하는 꼬라지가 큰 애는 멀쩡한 것 같고, 애기는?"

고모의 말에, 달려온 식구들은 기대에 가득 찬 눈으로 유채를 바라보았다.

"딸이래. 저기……"

유채는 멀리 보이는 신생아실을 가리켰다. 그러자 세 사람은 후다닥 신생아실 유리벽 앞으로 달려갔다. 유규도 기대가 만발한 얼굴로 세 사람에게 따라붙었다. 이미 아기를 보고 온 유채는 식구들의 평이 어떨지 사뭇 기대가 되었다.

"애가 참…… 장군감이네. 그치?"

아기를 뚫어지게 보던 고모는 당황스럽게 말했다.

"그, 그러네. 나중에 한 인물 하려나?"

아버지도 헛기침을 하며 말했다.

"쟨 꼭 치마 입혀 키워야겠다. 바지 입으면 남자애들이 맞장 뜨자고 할지도 몰라."

유규마저 한마디 했다. 은이가 낳은 갓난아기는 윤표의 말을 이해하게 만들었다. 어미는 쇠약해져 쪼그라들었는데 엄마 양분을 다 빨아먹었는지, 갓 태어난 애 얼굴이 그렇게 탱탱하고 투실투실할 수가 없었다. 기쁨에 겨워 말을 잇지 못하던 할머니도 감격스럽게 중얼거렸다.

"오매, 우리 꽃순이. 언제 저렇게 뽀얘졌댜. 소고기 국물만 먹은 애 같고롬. 아이구, 예쁘다, 우리 꽃순이."

순간 나머지 식구들은 모두 눈이 휘둥그레졌다.

"꼬, 꽃순이? 그게 진짜 있었어? 그거 소 이름 아니었어?"

유규가 놀라 자빠질 얼굴을 했다.

"누가 꽃순인데. 여기 꽃순이들 많은 거 같은데?"

유규는 신기해하며 옆에 있는 아기들을 손가락으로 주르륵 가리켰다.

"아녀. 우리 꽃순이는 야여. 야가 바로 우리 꽃순이여. 내 새끼."

할머니는 장군 같은 아기에게 시선을 박은 채 어쩔 줄을 모르며 좋아라 했다.

"내, 새, 끼?"

유규는 놀란 눈으로 고모를 돌아보았다. 그러자 놀란 고모는 손을 내저었다.

"나 아니다. 나 그렇게 촌스런 이름 아니었어."

"한자는 뭐 엄청 고급스러워서?"

유규는 시니컬하게 투덜댔다.

"근데 이 자식이 은이 나간 날부터 고모한테 꼬박꼬박 말대꾸에 하극상이야?"

고모는 팔꿈치로 유규의 명치를 쿡쿡 찔렀다.

"그만들 해라."

옆에 있던 아버지는 무거운 얼굴로 유리벽에서 시선을 떼었다. 분명 누군가를 떠올리는 게 분명했다.

11. 남자와 여자가 사랑에 빠졌을 때

당신을 사랑하는 자가 당신을 울릴 것이다.
— 아르헨티나 격언

유채는 유규와 신생아에게 필요한 물건들을 사들고 산부인과 로비를 지나치다 윤표와 딱 맞닥뜨렸다.

"장군 같은 조카를 보게 해줬으면 한턱내야 하는 거 아닌가?"

"자꾸 장군 같다고 할 거예요? 듣는 애기 아빠, 기분 나쁜데?"

유규의 돌발 발언에 유채와 윤표는 동시에 놀란 눈으로 동생을 쳐다보았다.

"왜, 아닌가?"

말해놓고 멋쩍다 싶은지 유규는 머리를 긁적이며 그들의 시선을 피했다.

"하긴. 얻어먹으려면 유채 씨가 아니라 정말 애 아빠한테 얻어먹어야 하는 거지."

윤표는 고개를 끄덕였다.

"선생님, 우리 누나한테 관심 있죠?"

이 자식이 미쳤나?

"뭐?"

유채는 버럭 소리쳤다. 윤표도 입이 쩍 벌어졌다. 하지만 유규는 개의치 않고 윤표에게 바짝 달라붙었다.

"어쨌든 우리 은이, 무사히 수술해주셨으니까 나중에 매형 되는 데 큰 도움을 주겠어요."

당구장에서 에버리지 경쟁할 때나 쓸 법한 허세를 어디서 쓰는 거야, 질 떨어지게.

"신경 쓰지 마세요. 미친놈이에요."

유채는 손바닥을 펄럭였다.

"누나, 동생한테 미친놈이 뭐야. 그럼 누나는 뭐가 돼. 당장 사과드려."

"미친놈."

유채는 펄럭이던 손바닥으로 유규의 뒤통수를 갈겼다.

"내가 너 직업 구하면 미친놈이라고 한 거 그때 사과한다. 알았냐?"

"어휴, 백수는 인간 취급도 하지 않는 더러운 세상."

씩씩거리던 유규는 유채 손에 들렸던 수유 방석을 휙 뺏어들고 먼저 터벅터벅 산후조리실로 사라졌다.

"재미있네, 두 사람."

윤표는 멀어지는 유규를 보며 피식 웃었다.

"우리가요? 설마. 저 자식이 취업이나 하면 모를까."

유채는 가당찮은 소리라는 듯 어깨를 늘어뜨려 보였다.

"아, 그러고 보니 전에 저녁 먹기로 하지 않았었나, 우리?"

아, 까먹고 있었다. 혜령의 사건 통에 잊혀져 다행이라고 생각했는데. 그리고 급기야 그들의 키스 사건이 떠오르고 말았다. 정신없어서 잊었는데…… 그로 인해 다시 이 인간과 말도 트게 됐는데. 또다시 한숨만 나온다.

기억력이 좋아서 의사가 된 건가 보다. 소영이 이런 유전자를 원한 건가? 스마트한 의사들의 지적인 유전자? 순간 또 신경 산란적인 생각이 떠오르고 말았다. 확률상 윤표의 아이일 경우는 절반도 되지 않는다. 게다가 이 남자가 확실히 정자 기증을 했는지도 모르고. 이참에 물어볼까? 유채는 그의 얼굴을 물끄러미 바라보았다.

"왜?"

윤표는 얼굴을 부비며 의아해했다.

"오, 오 선생님 징계 위원회에서 발표는 났어요?"

묻지 못하겠다. 완전히 오버하는 기분이다. 유채는 버벅거리다 얼른 질문을 급선회했다.

"아……."

윤표의 얼굴이 급 다크해졌다.

"정직 5개월. 사실 방송 때문에 파급이 클 것 같아 경질되어 마땅하다는 말도 나왔지만 산모 당사자가 계속 선처를 요구해서. 남 피디님은 알고 계실 텐데. 아까 발표 났어."

생각보다 그다지 심하게 속상해하는 것 같지 않다.

"괜……찮으세요?"

"뭐, 괜찮겠지. 휴가라고 생각하고 있는 눈치라."

"아뇨. 선생님요."

"나?"

윤표는 눈을 동그랗게 떴다.

"다큐에 내보낼 거라고 할 땐 펄펄 뛰셨잖아요."

"아, 그건……."

윤표의 얼굴이 붉어졌다. 애인 편든 게 부끄러워진 건가?

"됐어요. 그리고 저녁 얘기는 네 사람이 모두 모이면 해요. 우리 둘이 정한다고 시간이 맞는 것도 아니니까."

네 명이 모일 일은 지구가 폭발한다는 시한부 선고를 받아도 절대 없을 것이다. 유채는 의기양양한 표정을 지었다. 그때, 뒤에서 유채를 부르는 소리가 들려왔다.

"유채야!"

이 불길한 기운은 또 뭔가. 유채는 아니길 바라며 천천히 뒤를 돌아보았다. 저만치서 소영이 나온 배를 쑥 내밀고 반갑게 뒤뚱뒤뚱 걸어오고 있었다.

"한 명만 더 오면 되겠는데?"

윤표는 소영의 등장을 신기하게 바라보며 손가락으로 턱을 문질렀다. 유채는 그대로 다시 고개를 돌려 윤표를 보았다. 만약 소영이 가진 아기와 자신이 관련이 있을지도 모른다는 걸 알면 이 남자는 어떤 표정을 지을까?

대준이 불려온 것은 1분도 되지 않아서였다. 알고 보니, 혜령에게 정직이 내려져 혜령의 환자였던 소영이 대준에게로 이임되었다. 그렇지 않아도 두 사람이 첫 대면을 한 후라 윤표와 대준, 유채와 소영은 자연스럽게 근처 레스토랑에 마주앉게 되었다. 소영은 메뉴를 고르면서 메뉴판을 방패 삼아 윤표의 얼굴을 수도 없이 흘끔거렸다.

"얘, 얘, 저 메뉴판 보는 저 사람 속눈썹 좀 봐. 눈빛도 장난 아니다. 메뉴판이 의대 전공 책으로 보일라구 그런다, 야."

소영은 감탄하며 속삭였다. 그녀가 받은 정자가 윤표의 유전자이길 강력히 바라는 눈빛으로. 그런 그녀의 표정을 보는 유채는 입맛이 전혀 나지 않았다. 사약도 꿀맛으로 알고 수저로 퍼먹을 정도로 미각을 잃었다고 할까. 하지만 유채의 기분과는 상관없이 소영은 대준과 윤표를 번갈아 주도면밀하게 살폈다. 누가 자신의 아기의 유전자적 대디일까, 맞춰보는 흥미진진한 표정이었다.

"다음엔 산부인과 의사들 회식할 때 불러줄게."

눈빛을 빛내는 소영에게 유채는 나직이 속삭였다.

"정말?"

소영은 말만 듣고도 흥분하기 시작했다. '어떻게 그런 자릴.' 하면서도 '뭘 입고 갈까?' 고민하는 그런 들뜬 얼굴이다.

"유채 씨한테 저녁을 얻어먹게 되다니 영광인데요?"

대준은 유채를 향해 헤벌쭉 웃었다.

"아, 뭐."

유채는 의무적으로 웃으며 윤표를 보았다. 윤표는 레스토랑의 메뉴가 마음에 드는 건지 메뉴판이 마음에 드는 건지, 메뉴판에 시선을 꽂은 채로 키득거렸다. 뭐야, 오 선생한테 관심이 있는 줄 알았는데 소영이 언니한테 꽂힌 거야? 진짜, 임산부가 이상형 아니야, 이 남자? 자꾸 소영이 신경 쓰이고 윤표가 신경 쓰였다. 그리고 신경이 마구 분산되니 음식 앞에 앉은 유채는 포크를 들 힘도 없었다. 온몸의 힘이 쭉쭉 빨리는 기분이다.

"어디 안 좋으세요? 다른 걸 먹을 걸 그랬나?"

대준은 안색이 좋지 않은 유채를 걱정하며 살뜰하게 챙겼다. 또 뭐야, 이 사람은. 진짜 나한테 꽂힌 거야? 아직 누굴 좋아할 마음이 없는데. 그보다 소윤표 저 인간은 왜 저렇게 소영이 언니한테 친절한 거야? 소영의 배가 테이블에 걸려 소영이 손을 뻗기 힘들어하자 윤표는 소영에게 샐러드도 집어다 주고, 빵도 갖다 주고, 음료수도 손에 닿기 좋은 곳에 놔주고……. 젠틀의 종결자 되시겠다.

"아기 아빠가 무척 자상하시네요. 이건 임산부를 위한 서비습니다."

종업원이 윤표와 소영 사이에 과일 아이스크림 대접을 놓아주고서 윤표에게 방긋 웃고 사라졌다.

"크흡~!"

음료수를 마시던 유채는 종업원의 말에 음료수가 콧구멍으로 분출되려는 것을 겨우 막고 삼켰다.

"왜 그래, 너. 더럽게."

소영은 유채에게 냅킨을 건네주며 눈을 부라렸다. 티 나게 굴면 산모의 처지지만 유채를 죽여버리겠다는 신호였다.

"넌 어디 가나 아기 아빠 취급이구나."

대준은 고개를 절레절레 흔들었다. 그러면서 유채에게 바짝 다가앉았다.

"쟤는 모르는 임산부 애기 아빠로 오해도 받아본 놈이에요. 그리고 정작 저 자식은 그런 오해를 아무렇지 않게 여기죠. 아니, 자랑스러워한다고 해야 하나? 암튼 별나요."

"그런데 정말 자상하세요. 결혼 생각이 없었는데 결혼하고 싶을 정도로……."

간호사들에 이어 소영까지 윤표에게 넋을 놨다. 소영은 정자 기증받지 말고 그냥 이 남자를 찍어 넘어뜨릴걸, 하는 후회막급의 눈빛을 하고 있었다. 유채는 이 분위기가 너무 마음에 들지 않았다. 전에 본 적 없이 교양 있게 구는 소영과, 소영에게 급 관심을 보이는 윤표, 그리고 자신에게 자꾸 말을 시키는 대준이 다 마음에 들지 않았다. 그냥 테이블을 엎어버리고 싶은 심정이었다.

메인 음식이 담겼던 접시들이 치워지고, 디저트를 기다리던 유채는 더 참지 못하고 자리에서 일어났다.

"어디 가게?"

소영이 사발로 나온 아이스크림 대접에 숟가락을 꽂으며 물었다.

"바람 좀 쐴래. 내 디저트, 언니가 다 먹어."

유채는 엎을 듯 테이블 모서리를 잡은 손에 힘을 주었다가 겨우 풀고서 그대로 몸을 돌려 밖으로 나왔다.

바깥 공기를 마시니 좀 살겠다. 유채는 레스토랑 앞 돌계단에 털썩 주저앉았다. 자신이 왜 이런 기분인지 유채는 알 수 없었다. 윤표와 소영, 두 사람을 보면서 마뜩잖아지는 이 기분이 뭔지 정의할 수도 없었고, 소영에게 미안하기까지 했다. 그리고 그건 윤표와 혜령이 같이 있을 때 느끼는 기분과 같았다. 윤표와 입맞춤을 했기 때문에? 그 자식은 원래 그런 헤픈 놈이라고 결론 내려놓고 뭐가 미련이 남는 거야?

유채는 머리를 묶었던 끈을 풀며 불어오는 바람을 맞았다.

"머리를 잘 안 푸나 봐?"

윤표의 목소리에 화들짝 놀란 유채는 얼른 나부끼는 머리칼을 부여잡았다.

"뭐야, 그렇게 정색하면 내가 미안하잖아. 난 예뻐서 한 말인데."

'예뻐서'라구? 유규 말대로 미친놈인지 모르겠다. 오늘 진짜 이상하다. 유채는 머쓱해하며 머리를 늘어뜨렸다. 예쁘다니 뭐…….

"임산부랑 함께 있으면 좋으신가 봐요."

"그런가?"

윤표는 씨익 웃었다.

"오 선생님한테 관심 있는 줄 알았는데, 싱글맘한테 사족을 못 쓰는 거였어요?"

어째 말하는 투가 시비조가 되고 말았다.

"혹시, 질투해?"

"뭐라구요?"

유채는 눈썹을 일그러뜨렸다.

"하하하. 말투가 꼭 칭얼대는 거 같잖아."

윤표는 재미있다는 얼굴이다.

"아, 됐어요. 내가 말을 말아야지."

유채는 자리를 털며 일어났다.

"유채 씨야말로 대준이가 챙겨주는 거 싫지 않은 표정이던데? 대준이가 정말 관심 가져도 돼?"

대준을 대신해서 물어봐주러 나온 건가?

"챙겨주는 거 싫어하는 여자도 있어요?"

유채는 튕기듯 지껄이고 돌아서며 머리를 말아 틀어올렸다. 손에 감긴 리본으로 머리를 묶으려는 찰나, 리본이 유채의 손에서 팔랑이며 떨어져 바람에 실렸다.

"아!"

유채는 놀라 날아가는 리본을 향해 손을 뻗으며 몸을 돌렸다. 그러다 바짝 따라오던 그와 몸이 부딪혔다. 그도 날아가던 리본을 바라보다 손을 뻗어 낚아챘다. 그러다 유채와 윤표는 얼굴을 바짝 맞대게 되었다.

"아……."

그대로 그의 가슴에 안긴 꼴이 된 유채는 얼굴이 빨개진 채 얼떨떨하게 그대로 굳어버렸다.

"여자가 사랑에 빠졌다는 걸 알 때가 언젠지 알아?"

그가 미소를 지으며 물었다.

"……네?"

놀란 유채는 당황하며 몸을 돌리려 했다. 그러자 그는 다시 유채의 팔을 잡아끌었다. 코앞에 있는 그의 눈빛에 잡아먹힐 것만 같아 '흡' 하고 유채는 숨이 멈추었다.

"바로 애기처럼 칭얼거리기 시작할 때야."

순간, 유채의 얼굴이 불길에 휩싸인 듯 화락 불타올랐다.

"그럼 남자가 사랑에 빠졌을 때는 언제인지 알아?"

윤표는 유채의 눈을 깊이 바라보았다. 유채는 대꾸도 하지 못하고 눈을 껌벅이며 점점 다가오는 그의 눈을 바라보았다.

"바로 여자의 말에 등신처럼 이리저리 끌려다닐 때지."

"그, 그게……."

떨리는 입술에 유채는 제대로 말도 잇지 못했다.

"자꾸 관찰하게 만들더라. 아주 신선해. 그것 때문에 내가 얼마나 생각이 많아졌는지 알기나 해? 요즘 내가, 예전의 나 같지 않다고."

윤표는 유채의 눈을 빠지듯 들여다보았다. 그의 눈빛이 그녀의 몸을 옥죄고 있는 것 같아 유채는 움직이지 못했다.

"내가 요즘 좀 등신 같은데, 그 이유를 알아?"

"그걸 내가 어떻게……."

"난 당신이 애기 같아진 이유를 오늘 확실히 알겠는데?"

"네?"

"나 원래, 무척 이성적인 사람인데, 지금 엄청 감정적이야. 그리고 이건 일종의 경고일 수 있어."

"네?"

얼떨떨한 유채는 그의 눈빛에 마취된 것처럼 되묻기만 할 뿐 아무런 행동도, 다른 말도 할 수 없었다.

"돌발행동을 하는 네가 모래사장에 묻어놓고 깜빡했던 폭죽 같아. 잘못 디디면 정신이 없을 정도로 터져서 사람을 놀래키는. 그래서 더욱 기대되는지도 모르지만. 아직 사랑은 모르겠지만, 우리 시작해보는 건 어때? 물론 우린 이미 진도 나갔었지?"

"뭐……!"

유채가 뭐냐고 물으려는 순간 윤표는 그녀의 입술에 키스를 했다. 놀란 유채가 잡힌 손에 힘을 주었지만 윤표는 꼭 잡고 놔주지 않았다. 그래서, 지금 사랑한다는 거야, 뭐야. 유채는 아득해졌다. 소영이 윤표의 아기를 가졌을 확률은 절반도 되지 않는다. 그러니까 소영에게 죄책감을 가질 필요는 없다. 그 반의반, 아니 반의반의 반 확률 때문에 이 남자를 포기하고 싶지 않았다. 당황하던 유채는 그대로 눈을 감고 자신의 어깨를 감싸는 그의 품으로 빨려 들어갔다.

윤표는 대준에게 전화해 소영을 잘 에스코트해주라고 말하고는 차에 올랐다. 유채는 그의 차 조수석에 다소 멋쩍게 앉아 있었다. 쉬운 여자가 아니라고 말해주고 싶은데. 차에 오른 윤표는 유채를 보더니 빙긋 웃었다. 하지만 같이 웃을 수는 없었다. 짚고 넘어가야 할 것이 있었다.

"오 선생님은요?"

그 여자에 대해 묻지 않을 수 없었다. 윤표는 적잖이 당황했는지 머쓱할 때의 버릇 그대로 머리를 긁적였다. 도도한 의사 선생님답지 않은, 참 귀염을 부르는 버릇이다.

"당신이 어떻게 생각할지 모르겠는데…… 오 선생과 깊은 사이가 아니었다고 말하면 변명 같을까? 호감이 있었던 건 사실이지만, 어떻다고 확실히 할 만한 건 없었어. 전에 그렇게 말했었잖아. 그리고 여자라고 생각되는 사람이 점점 오 선생이 아닌 너라서 당황하던 중이었거든. 이런 말 보고서처럼 떠드는 거 되게 뭣 같고 싫은데, 확실히 할게. 오 선생은 아니야."

"지난번 오 선생님 사건 때문은 아니구요?"

"그건 아니야. 그런 무책임한 놈 되고 싶지 않아. 그때 내가 오 선생 편을 든 건 같은 의사로서 편들어준 거지, 사적인 게 아니었어. 그걸 너한테 변명처럼 말하고 싶었던 때도 있었는데, 그때는 멋쩍어서 못했어. 오 선생이 당한 일은 내가 당할 수도 있는 일이기 때문에 과소평가하지도 않고. 다만 내 마음이 너한테 가고 있는데, 지금 상황에 이걸 확실히 하지 않으면 안 될 것 같아서……."

이렇게 용기 내어 담백하게 고백하는 이 남자를 유채는 와락 안아주고 싶어 미칠 것만 같았다. 하지만 참자. 지금까지 그에게 너무 속을 드러낸 감이 없지 않다.

"그래도 정리는 안 했잖아요. 그쵸?"

"감정적여져서 나도 모르게……. 할게."

머리를 긁적이던 그는 미안한 얼굴로 웃어 보이고 차의 시동을 켰다. 이걸로 결론이 될까? 이 찝찝하고 해결이 덜 된 기분은 뭐지?

유채는 윤표에게 병원으로 데려다 달라고 부탁했다. 울적한 마음에 유채는 아기를 보러 은이의 병실로 향했다. 거기서 유채는 아기를 꽃순이라고 부르며 좋아하시는 할머니를 문간에서 지켜보다 눈시울을 적시는 아버지를 만났다.

"아빠, 울어?"

유채는 놀라 아버지에게 서둘러 다가갔다.

"울긴⋯⋯."

아버지는 황급히 눈물을 닦으며 고개를 돌렸다. 유채는 병실을 들여다보았다. 할머니가 아기를 꽃순이라고 부르며 웃자, 고모와 은이도 덩달아 웃는 모습이 눈에 들어왔다.

"아빠, 꽃순이⋯⋯ 진짜 사람 이름이지? 소 이름, 뭐 그런 게 아니라⋯⋯."

유채의 느닷없는 질문에 당황한 걸까. 아버지는 아무 반론도 못하고 멍해졌다.

"진짜야? 그게 누군데? 고모는 확실히 아니고. 설마, 나야?"

촌스러운 이름에 유채는 눈살을 찌푸려 보였다. 그러자 아버지는 허한 표정을 지으며 돌아섰다. 유채는 그런 아버지를 잠시 바라보다 그 뒤를 따랐다.

유채와 아버지는 병원에서 좀 벗어난 곳에 있는 막걸릿집에 마주 앉았다. 유채는 병원에서 나온 이후로 아무 말씀도 안 하는 아버지를 대신해 파전과 막걸리를 주문했다. 그리고 곧 나온 막걸리를 아버지 앞에 놓인 사발에 가득 부었다. 아버지는 그 막걸리를 아무 말 없이 단숨에 들이켰다.

유채는 갑자기 걱정이 되기 시작했다. 괜한 걸 물었나? 그게 어쩌면 아버지에게 상처가 될지도 모르는데 너무 가볍게 물은 걸까, 하는 후회가 일기 시작했다. 아버지의 얼굴은 회한에 가득 찬 얼굴이었다.

두 사람 사이에 정적이 가득 찰 때쯤 겨우 아버지는 천천히 입을 열었다.

"넌 모르지? 내가 아주 어릴 적엔 우리 집에 소도, 닭도, 염소들도 많았다. 과수원에, 전답도…… 마름도 있고, 유모도 있고, 우리 집에 세를 내고 경작을 하는 사람들도 있었지. 그렇게 부잣집이었어……."

아버지는 눈앞에 그때 그 정경이 그려지는 듯 푸근한 미소를 지었다.

"고모 말이 진짜였네……."

유채는 피식 웃었다. 지금도 그랬으면 얼마나 좋을까. 고모의 말을 들으며 상상해보지 않은 게 아니었다.

"어느 날인가, 머슴 종복이가 장가를 들었어. 건너 마을에서 종복이에게 시집온 색시가 어쩌나 예쁘던지."

아버지는 담담한 눈빛으로 유채를 돌아보았다.

"근데 장가든 종복이가 어느 날 농약을 잘못 먹고 급사했단다. 그 당시 새댁은 만삭이었는데. 그리고 그 즈음에 진짜 내 어머니도 지병으로 돌아가셨지."

아버지는 한숨을 푹 쉬었다. 진짜 내 어머니? 유채는 고개를 갸웃하다 얼른 아버지 잔에 막걸리를 채웠다. 아버지는 또 막걸리 사발을 쭈욱 비웠다.

"네 할아버지는 식구들을 잘 건사하지 못하셨어. 그때 갓 딸을 낳은 새댁이 우리를 친자식처럼 보살펴주셨지. 아프다면 배 쓸어주고, 배고프다면 먹던 것도 내주고, 졸리다면 업어주고. 고운 인물만큼 마음씨도 참 고운 분이셨어. 아버지가 마음을 주기 충분할 정도로."

얘기를 하던 아버지는 손끝으로 눈가에 맺힌 눈물을 찍어냈다. 이야기가 어떻게 흘러가는 것일까.

"네 할아버진 새댁을 아내로 삼고 싶어 했고, 집안에서는 반대했고. 처음에는 그 새댁도 완강하게 거부했다고 들었다. 그러다 결국 네 할아버지가 이기시고 새댁은 그렇게 우리의 어머니가 되신 거다. 바로 네 할머니가……."

"네엣?"

유채는 깜짝 놀랐다.

"그, 그럼 아기는?"

"어른들이 종의 자식이라고 반대해서 다른 머슴 부부에게 줬어. 결국 네 할머닌 자기 딸이 머슴의 딸로 자라는 걸 보고 있을 수밖에 없었던 거지."

"설마……."

유채는 이제야 알 것 같았다. 꽃순이가 누구인지.

"우연히 그 사실을 들은 나는 그 애를 예뻐했지. 네 할머니가 우리에게 잘해주신 것처럼. 난 매일 그 애를 업어주고, 놀아주고, 맛있는 게 있으면 나눠주고, 소 몰러 나갈 시간이면 학교 파하기 무섭게 그 애가 소에게 풀 먹이는 곳으로 달려가 소도 몰아주고……."

아버지의 눈이 불투명해졌다. 아버지의 눈앞에는 낯선 병원 밖 전경이 아니라 꽃순이를 만나던 그 들판이 그려져 있을 것이 분명했다. 그때의 바람과, 그때의 내음과, 그때의 새소리와, 그때의 햇살과……. 치매에 걸린 할머니도 지금 아버지가 떠올리는 그때로 돌아가 있는 것이다. 그래서 아기를 찾아다녔던 것이다.

"그런데 어느 날 난 또 듣지 말아야 할 걸 들었어. 아무 것도 모르는 열 살 된 꽃순이를 안고 우시던 어머니의 말을……."

입김이 뜨거워진 아버지는 가슴이 복받치는 듯 숨을 깊이 들이마셨다.

"내가 열여덟이 되던 해인가, 어머닌 꽃순이한테 작은 보퉁이를 주시더라. 식구들이 모두 잠들면 도망가라고. 어머니도 바로 따라가겠다고. 동구 밖 정미소 앞에서 만나자고. 어머닌 우리도 사랑했지만 마음의 짐이었던 꽃순이를 그렇게 종으로 부리며 키울 수가 없으셨던 거야. 우리보다 그 애가 백배는 더 불쌍했으니까."

"세상에……."

유채는 기구한 할머니의 인생이 너무 불쌍했다.

"그날 난 잠을 잘 수 없었어. 제발, 자정이 되는 시간, 대문 여는 소리가 나지 않기를……. 그런데, 들렸다. 아주 조심스럽게 대문 열리는 소리가. 문틈으로 보니 꽃순이가 대문을 나서고 있었어. 자리를 떨치고 따라나갔지만 이미 꽃순이는 보이지 않았다. 그러다 대문 밖으로 나오던 어머니와 마주쳤지."

상념에 잠긴 아버지는 입술을 꾹 다물고 잠시 고개를 숙였다가 다시 고개를 들었다.

"그때 내가 기다리고 있지 않았다면 어떻게 됐을까……. 난 어머니 앞에 무릎을 꿇고 울었다. 버리지 말라고. 꽃순이도 데리고 우리 어디로 도망가 살자고. 어머니는 그런 나를 끌어안고 우셨다……. 어머니의 울음 섞인 미안하단 소리를 들으면서 난 어머니를 보내드려야 한다고 생각했어. 그런데 말이다, 세상이 참 우스운 게, 사람이 원하는 대로 되는 게 없더라는 거다."

유채는 두 손을 꼭 쥐고 침을 꿀꺽 삼켰다.

"그때 곡간에서 불이 났다."

불? 기가 막힌 아버지의 이야기에 유채는 할 말을 잃었다.

"갑작스러웠던 불은 순식간에 우리 집을 전부 태웠다. 살아나온 것이 용할 정도로. 난 겨우 잠든 동생만 데리고 나올 수 있었어. 낡고 오래된 집은 한순간에 불길에 휩쓸렸고 그 안에서 아버지도 돌아가시고 말았다."

맙소사! 불 때문에 자신의 집이 지금까지 그렇게 궁핍하게 살았다니. 억울해해도 되나?

"어머니는 동구 밖 정미소 앞에서 기다리고 있는 꽃순이와 우리 사이에서 갈팡질팡하셨을 거야. 그러다 결국 우리에게 남을 수밖에 없으셨던 거지. 아버지까지 잃고 거지가 된 우리에게. 아버지가 돌아가시자 사람들은 우릴 무시하기 시작했고, 채권단이 불난 우리 집을 휩쓸고 간 후, 결국 우리에게는 아무것도 남지 않았어."

아버지는 참았던 한숨을 뿜어냈다. 묵혀두었던 아버지의 한숨에서 느껴지는 회한과 눈물이 유채의 눈을 뜨겁게 했다. 고등학교도 졸업하지 못하고 막노동판을 전전하셨다고 했다. 그리 높지 않은 공사판의 십장이란 자리가, 오를 수 있는 최고의 직위라고 말하던 아버지의 서러움과 고생이 한순간에 모두 느껴졌다.

"불이 꺼진 후에 내가 서둘러 정미소 앞에 갔을 때, 꽃순이는 없었다. 어디에도……. 그렇게 꽃순이를 잃었다고 생각했지. 어머니도 차라리 꽃순이를 도망시키지 않았으면 좋았을걸, 하고 후회하셨다. 의도치 않게 딸과 생이별을 하시게 된 거니까."

아버지는 어깨를 늘어뜨렸다.

"그나마 다행인 건 꽃순이에게 돈이 될 만한 게 있다는 거였지. 그때 어머니가 꽃순이에게 싸준 보퉁이에 우리 집 가보를 넣는 걸 봤거든. 꽃순이가 그걸로 어찌어찌해서 새롭게 살아갈 수 있지 않을까 위안으로 삼았지. 어머닌 그 딸이 너무 보고 싶으실 거야."

아버지는 이 말을 끝으로 막걸리 사발을 비우신 후 아무 말도 하지 않았다. 잃어버린 할머니의 딸. 어떻게 찾을 수 없을까?

✳

다음 날.

"어이~ 소닥!"

어디선가 대준이 운석처럼 날아와 윤표의 어깨에 팔을 걸쳤다.

"나랑 소영 씨 가고 나서 바로 들어갔냐?"

유채 생각을 하니 피식 웃음이 났다. 언젠가부터 그녀를 떠올리면 웃음이 났다. 진짜 등신이 된 기분이다.

"뭐, 그렇지. 너희는?"

윤표는 미소를 삼키며 퉁명스럽게 물었다.

"갑자기 소영 씨가 다리가 저리다고 하잖아. 따끈한 차라도 더 마시고 싶었는데 그냥 데려다 줬지."

"데이트가 아쉬웠겠구나?"

"데이트? 글쎄……."

싱글대던 대준의 얼굴이 회의적여졌다.

"왜, 실제로 만나보니까 별로야?"

"아니, 뭐랄까, 영혼의 파장이 어긋나는 느낌?"

"그건 뭔 소리야?"

"1박 2일 본다더라구. 난 무한도전 보는데. 이건 좀 아니지 않아?"

별 새소리를 다 듣겠네.

"솔직히 말해. 결국 남의 애를 가진 여자라 그런 거 아니야?"

"역시 그런가? 내 스타일이긴 한데……."

윤표의 말이 가슴에 와 닿는지 대준은 또 심각해졌다.

"심각하게 그 문제에 대해 생각하면서 녹차 라떼나……."

"아, 나 곧 분만실에 가야 하거든. 나중에 먹자."

대준은 윤표의 어깨를 탁탁 치고 쏜살같이 사라졌다. 좀처럼 시간이 났는데 유채는 바쁜지 카메라맨과 이리저리 뛰어다녔다. 그렇다고 혜령과 노닥거리기도 뭐하고.

윤표는 하는 수 없이 진료실로 돌아갔다. 그런데 곧 진료실 문을 두드리는 노크 소리가 들렸다. 혜령이었다. 가운을 입지 않은 평상복 차림의 혜령을 진료실에서 보니 생경했다.

"잠깐 여행 좀 다녀오려구. 얼굴이나 보고 갈까 해서."

혜령은 부드럽게 웃으며 윤표 앞에 앉았다. 혜령은 어쩔 거냐던 유채의 말이 생각났다. 이쯤에서 정리를 해야 하나? 아직 마음이 덜 회복됐을 텐데. 윤표는 머뭇거려졌다.

"어디로 가는데?"

윤표는 미적거려지는 마음에 애써 힘을 불어넣으며 물었다.

"남해 여기저기. 내가 아랫동네는 잘 모르더라구."

"부럽다."

"진짜?"

혜령은 눈썹을 올려 떴다.

"진짜."

윤표는 고개를 끄덕이며 저도 모르게 '끄응~' 하고 신음을 삼켰다. 갑자기 산에 가고 싶어졌다. 산 정상에 올라 아래를 내려다보면 걱정 근심 따위는 다 부질없게 느껴졌었는데.

"그럼 휴진일 때 놀러와."

휴진. 그런 날이 있었나? 모처럼 휴진인 날도 급한 산모의 분만 때문에 놀러 나갔다 병원으로 불려 들어오기가 부지기수였다.

"그렇게 멀리 있다가 언제 응급 산모 분만 받으러 오라구?"

윤표는 가당치 않다는 듯 피식 웃었다.

"그렇구나. 윤표 씨는 우리 산부인과에서 제일 바쁘지."

혜령은 측은한 미소를 지어 보였다. 혜령의 사건 이후, 혜령은 저런 측은한 미소를 가지게 되었다.

"저기……."

갑자기 혜령이 말을 꺼내기 어려워했다.

"뭔데?"

빨리 대화를 끝내고 좀 쉬고 싶다. 이런 생각을 하다 윤표는 정신이 번쩍 들었다. 혜령에게 이 정도의 마음으로 변해버렸나? 이 여자에게 미안해지기까지 했다.

"우리 사이 말이야……."

윤표는 자신의 생각과 비슷한 그녀의 말을 듣고 당황했다.

"그제 어머님이, 그러니까 윤표 씨 어머님이 찾아오셨어. 이번 사고에 대해서 들으셨나 봐. 뭐, 당연히 들으셨겠지만. 위로해주시더라고. 그러면서 윤표 씨랑 좀 더 빨리……."

"저, 혜령아."

윤표는 그녀의 말을 잘랐다. 그러자 고개를 숙인 채 손톱으로 제 바지의 시접 부분을 꾹꾹 누르며 조심조심 말하던 그녀가 고개를 들었다.

"미안. 내가 너한테 많이 미안하다."

윤표는 가라앉은 목소리로 머쓱하게 말했다.

"왜?"

그녀는 뜻밖이라는 표정이었다. '왜?'라는 그녀의 말에 진심으로 말해야 하는지, 조금 시간을 두어야 하는지 잠시 고민이 됐다. 하지만 어렵게 끌고 가고 싶지 않았다.

"내가 너 많이 좋아했어, 진심으로. 친구보다 가깝게 널 생각했으니까. 그런데……."

그녀는 뭔가 느꼈는지 불안한 표정이었지만 잠자코 윤표의 말을 들었다. 윤표는 숨을 깊이 들이마신 후 천천히 말을 이었다.

"내가, 어머니가 말하는 그 정도는 아니었던가 봐. 너랑 나를 묶어서 뭔가 이루고 싶다는……."

"설마……."

혜령은 당황했다. 그러다 얼굴색을 바꾸며 고개를 끄덕였다. 귓불이 붉게 물든 그녀는 어색하게 씨익 웃었다.

"사실은 나도 그런 말을 하려던 중이었어. 누가 봐도 이번 사고, 나한테 마이너스야. 다 마친 인터뷰도 취소될 정돈데."

"취소됐어?"

꽤 유명한 의학 신문 인터뷰여서 이름이 알려지면 환자도 더욱 늘어날 수 있는 좋은 기회였다. 그걸 놓치다니 윤표도 착잡했다.

"누가 나 같은 여자한테 호감이 생기겠어. 있던 호감도 사라질 판인데."

"그런 말이 아니야. 그런 사고는 누구나 가능해. 그게 자만할 수 없고, 난 아니라고 단호하게 말할 수 없는 이유야. 그 사고로 널 능력 없는 의사로 보지 않아. 그리고 넌, 돌아올 거잖아."

그녀의 자책이 듣고 싶지 않았다.

"그래, 한 달 정도 여행이 끝나면 돌아올 거야. 학회 일도 있어서 출근은 할 생각이니까. 그럼 그땐, 대학교 때 처음 보던 그때처럼 서로 보게 되는 거겠다. 그치?"

그녀의 목소리가 떨렸다. 애써 모멸감을 참는 것처럼 느껴져서 윤표는 기분이 편치 않았다.

혜령은 서둘러 자리에서 일어났다.

"내 환자, 윤표 씨한테도 이임됐지? 잘 부탁해. 그럼, 다음에 봐."

혜령은 다른 환자들을 당부하고 그의 방을 나갔다. 혜령이 나가는 모습을 지켜보고 있던 윤표는 자리에 털썩 앉았다. 그리고 울적해진 기분으로 고개를 들다 책상 위의 달력을 쳐다보았다.

✳

유채는 남 피디에게 제안했다.

"우리 이번 다큐에 정자 기증에 대해 살짝 넣는 건 어때요?"

"이슈를 또 만들자고?"

남 피디의 귀가 쫑긋 섰다.

"그게 미디어의 기본이잖아요. 그리고 확실히 짚을 때가 됐어요. 언젠가 어떤 여배우가 정자 기증으로 아기를 갖고 싶다고 했던 말이 한동안 큰 화제였잖아요. 그것에 대해 건드려보고 가면 좋을 것 같은데. 다행히 여기 산부인과에서도 정자 은행을 가지고 있다니까."

"그런 건 언제 조사했대?"

이게 다 시대를 앞서가는 동네 언니를 둔 덕이다.

"인터뷰하고, 정자 은행 운영에 대해 살짝 짚고 넘어가는 정도, 어때
요?"

유채의 말을 듣고 있던 작가들은 고개를 끄덕였다. 이로써 공적인 이
유로 사심을 채울 수 있게 되었다.

그를 볼 적마다 계속 남는, 덜 닦여진 그릇 같은 기분이 뭔지 한참 헤
맸다. 그러다 오전에 병원에 들렀던 소영을 보고서야 알았다. 윤표와 소
영이 아무 관련이 없는 관계라는 것을 확인해야 마음이 뽀득뽀득 소리
나게 개운할 것 같았다.

당연히 정자 기증에 대한 인터뷰 대상자로 윤표가 낙점되었다. 윤표
와 특별한 감정을 가진 상태에서, 그것도 그의 진료실에서 리포터와 의
사로 그를 마주하고 있으니 그도 자신도 기분이 남다른 것 같았다.

"왜 정자 기증을 하는 건가요?"

어쩌다 보니 유채의 목소리에 다소 볼멘 투가 섞였다. 남 피디가 유채
를 이상하게 쳐다보았다. 하지만 유채는 윤표만 똑바로 바라보았다.

"가볍게 생각하면 이름 모를 남자의 정자를 마구 뿌리는 것처럼 들
릴 수 있겠죠."

윤표는 편안해 보였다.

"하지만 다른 편으로 생각해보세요. 아이를 낳고 싶은 여자. 그러나
도울 수 없는 남자. 그럴 때 남자들은 스킨십 없이 아이를 가질 수 있
는 것도 나쁘지 않다고 생각할 수 있어요. 입양도 하는데 남자 때문에
임신이 안 되는 거라면 뭐가 어렵냐는 거죠. 그렇게 생각하면 어떨까

요? 불임 부부에게 희망을 줄 수도 있잖아요."

윤표는 정자 기증에 대해 역설했다. 정자 기증 제도에 대해 우호적인 게 분명했다. 하긴, 확인해서 뭘 하나. 정자 기증자 부족으로 의대생들 대부분이 할 수밖에 없다던데. 괜히 이런 인터뷰를 했나 싶기도 했다. 정말 궁금한 건 그가 정자 기증을 했느냐가 아니라 소영의 복중 태아의 유전자적 대디가 누구인가인데.

"무척 가볍게 보이겠지만 아무나 기증할 수 있는 것도 아니고, 아무나 쉽게 받을 수도 없습니다. 까다로운 절차가 있어요."

유채는 콧방귀가 나오는 것을 겨우 참았다. 누구는 쉽게 받던데.

"법적인 규제가 마련된 건 없잖아요?"

유채는 눈을 빛내며 윤표를 집요하게 바라보았다. 그런 그녀의 눈빛이 매력적이라고 느낀 걸까. 윤표는 한쪽 입꼬리를 올리며 알 수 없는 미소를 머금었다.

"맞아요. 하지만 병원 자체에서 마련한 가이드가 있습니다. 허술하지 않아요."

"만약 그 가이드를 위반한 의사가 있다면 징계를 받게 될까요?"

"그럼요."

"컷!"

갑자기 남 피디가 외쳤다. 유채와 윤표는 그를 돌아보았다. 남 피디는 눈썹을 일그러뜨리며 유채에게 말했다.

"말이 너무 공격적이야. 이슈를 만들자는 거야, 파헤쳐보자는 거야? 나쁜 취지보단 좋은 취지를 살리는 게 우리 다큐 콘셉트야. 가뜩이나 지난번 의사 선생님 일로 시니컬한 다큐가 될 것 같다고 우려하고 있다고."

"네."

유채는 입술을 다물며 눈을 내리깔았다. 윤표의 시선이 그녀의 시선을 따르고 있음을 느낄 수 있었다.

"자, 그럼 다시!"

남 피디는 주위를 환기시키고 다시 '슛'을 날렸다. 윤표는 살짝 주먹을 쥐고 그녀에게 파이팅을 외쳤다. 유채는 그런 윤표에게 당신도 했냐고 꼭 묻고 싶었다. 유채의 이상한 기분을 알아챘는지 그가 먼저 입을 열었다.

"기증자로서 자신이 기증한 정자로 태어난 아기에 대한 책임감도 필요합니다. 그런 책임감만 있다면 좋은 제도임에는 틀림없어요. 곧 난자 은행이 생긴다는 말도 있더군요. 그 의의에 대해 생각해봤으면 좋겠습니다. 마구 뿌리고 다니는 것만은 아니라고요."

윤표는 부드러운 웃음으로 멘트를 마무리했다. 그렇다. 틀린 말이 아니다. 절박함을 모를 때 그 필요성을 반대할 순 있겠지만, 장단점을 알고 신중히 생각하면 그 절박함이 희망으로 바뀔 수도 있을 것이다. 자신처럼 관계가 요상해질 것이 우려되는 일만 생기지 않는다면 말이다.

"원래 정자 기증자의 이름을 밝힐 수는 없는 거죠?"

유채는 다시 질문했다.

"그렇죠."

"그럼 만약 정자 기증으로 낳은 아기가 유전적 질환에 걸리거나, 아니면 아기에게 유전자적 아버지의 골수나 다른 장기 이식이 필요한 상황이 되면 그땐 어떻게 되나요?"

"그때는 기증자에게 먼저 의향을 묻고서 동의하에 만날 수 있겠죠. 그리고 그다음에 후책을 논의하게 하겠죠. 강압적으로 요구할 수는 없는 거니까. 정자 기증을 했다면, 아이가 그런 질병이나 다른 일들이 생길 경우를 생각해서 당당하게 만날 마음의 준비도 해야겠죠. 물론, 아까도 말했듯 법적인 제재는 없습니다. 병원에서 가이드를 가지고 때때로 융통성 있게 결정하죠."

"네에……."

유채는 골몰하며 고개를 끄덕였다. 그런 그녀의 모습을 윤표는 팔짱을 끼고 신기한 표정으로 바라보았다.

"무슨 일 있어?"

인터뷰를 마치고 정리를 하는 사이, 윤표는 슬쩍 유채에게 다가왔다.

"아니요."

유채는 고개를 흔들었다.

"그렇게 고개 흔드니까 더 귀엽잖아."

윤표는 멋쩍은 얼굴로 낮게 속삭였다. 이 남자, 이렇게 수족이 오글거리게 하는 사람이었어? 사적이게 되면 이렇게 살갑게 구는 그가 유채는 더욱 좋아졌다. 이 남자를 절대 놓치고 싶지 않았다.

"정자 은행 관리 담당 선생님이 누구시죠?"

갑자기 남 피디가 불쑥 끼어들며 물었다.

"아, 차 선생님이신데요. 왜요?"

윤표는 얼른 얼굴색을 바꾸고 돌아서서 남 피디에게 대꾸했다.

"정자 은행 관리 명부 좀 자료 화면으로 찍으려구요."

"그런 거 유출 불가일 텐데……."

"모자이크 처리할 겁니다. 대충 명부 형식만 촬영하는 셈이죠."

"아, 그럼 제가 연락해 드릴까요?"

윤표는 협조적으로 말하며 전화기에 손을 뻗었다.

"그럼 감사하죠."

남 피디는 가볍게 웃으며 윤표에게 눈인사를 했다. 유채도 전화 통화를 하는 윤표에게 살짝 웃어주고 그의 방을 나왔다. 그리고 곧바로 차 선생의 방으로 가는 남 피디를 따라갔다.

"차 선생은 인터뷰 안 할 건데?"

남 피디는 자신을 따르는 유채를 돌아보았다.

"또 모르잖아요. 어쨌거나 촬영인데 스탠바이하려구요."

유채는 어깨를 으쓱하며 말했다.

"진짜 프로 다 됐네, 유채 씨."

남 피디는 유채를 보며 흐뭇한 표정을 지었다. 유채도 그를 마주 보며 씨익 웃었다.

촬영을 마치고 차 선생의 방을 나선 유채의 다리에 힘이 풀렸다. 옆을 지나쳐가는 스태프들이 유채의 시야에는 들어오지 않았다. 절대 명단은 공개할 수 없다고, 모자이크 처리를 신신당부하는 차 선생의 주의를 듣고서야 남 피디, 은상, 유채만이 모니터 화면에 뜬 명부를 볼 수 있었다. 그 명부에 소영의 이름이 있을 거라는 보장도 없었다. 단지 최근 정자 기증을 받은 명단과 기증을 한 기증자의 이름이 나란히 올라올 뿐이었다.

유채는 저도 모르게 두 손을 모아쥐고 최대한 티 안 나게 명단을 힐긋 들여다보았다. 소영의 이름은 보이지 않았다. 그게 그녀를 안심하게 했다. 그래, 소영이 받은 정자 기증자는 알 수 없는 운명이었어. 고로 영원히 모를 운명인 거지. 다시 말해, 그녀의 최측근 중에는 소영에게 정자를 기증한 사람이 없다는 뜻이기도 하지.

유채는 안도하며 시선을 돌렸다. 그 순간, 화면 맨 아랫줄에 걸린 이름이 보였다. 기소영. 특이한 성이고 그에 따른 이름이 다른 사람과 같을 확률이 무척 낮을 것이기 때문에 그 이름이 자신이 아는 소영이라는 확신이 들었다. 그리고 옆으로 시선을 옮기는 순간, 소윤……. 이름의 마지막 글자를 확인하려는 순간, 차 선생은 화면을 닫았다. 유채의 심장이 지구도 부숴버릴 정도로 쿵쾅쿵쾅 뛰기 시작했다.

소영이 받은 정자 기증자는 이 병원 산부인과 의사들 중에 있고, 그녀에게 정자 기증을 하게 된 이름 중 '소윤……'이란 이름이 겹칠 확률의 사람……. 유채는 비틀거리며 복도 벽을 짚었다.

차 선생의 방을 나온 이후로 아무것도 생각나지 않는다. 갑작스러운 시간 이동을 경험하듯 저녁이 지나고 자정이 되었다.

유채는 터덜터덜 은이의 입원실로 갔다. 그런데 이 자식들이……! 고모가 애들만 보면 거품을 무는 이유를 알겠다. 시집도 안 간 고모한테 애를 맡기는 건 그렇다 치자. 둘이 한 침대 위에서 마주 보고 누워 잠들어 있었다. 지하 암반수도 뚫을 것 같은 기분으로 그 모습을 보니 입에서 뽀글뽀글 거품이 올라왔다. 뭐, 혼자 쓰는 산후조리실이고, 잠자리에 들 시간이긴 하지만 누가 1인용 침실에 나란히 누워 자랬어? 게다가 자는 폼이 둘 다 수줍다. 은이를 안고 있는 유규의 팔이 특히 어색했다. 그리고 입원실이 상당히 서늘했다. 가을로 넘어가는 시기라 저녁엔 난방이 필요하고 특히 산후조리실은 따뜻해야 하는데. 유채는 서둘러 산후조리실 담당 간호사 데스크를 찾았다.

"죄송해요. 갑자기 보일러가 고장이 나서 고치는 중이에요. 아마 곧 들어올 겁니다. 정말 죄송해요."

간호사는 유채에게 열 번도 넘게 고개를 숙이며 미안해했다.

"아니, 뭐, 곧 고친다면야······."

유채는 간호사에게 괜찮다는 말을 하고 다시 은이의 입원실로 돌아왔다. 그리고 잠시 문간에 기대 두 아이를 바라보았다. 이제 보니 추운 은이를 유규가 따뜻하게 안아주고 있는 것이었다. 사람이 사람을 좋아하면 저럴 수도 있구나. 상황이, 모습이 어떻건 마음이 가는 건 어쩔 수가 없는 모양이구나. 소영이 받은 정자의 기증자가 누구인지 알면서 마음에서 쉽게 떼어낼 수 없는 것처럼.

유채는 입원실에서 조심스럽게 빠져나왔다. 12시. 당분간 은이의 산후조리실에서 은이를 돌봐줄 생각을 했던지라 렌털 하우스에 갈 일이 없을 줄 알았는데. 망설이던 유채는 어쩔 수 없이 지치고 마음의 병이 든 육신을 자전거에 태우고, 어두운 밤 풍경에 자전거의 '키드득' 소리를 보태며 달리기 시작했다.

얼마쯤 달렸을까. 자동차의 '부릉' 소리가 저만치서 점점 가깝게 들렸다. 유채는 자전거를 갓길로 옮기며 달렸다. 그러면서 옆을 돌아보려는 순간, 차가 유채 옆에 딱 와서 멈춰 섰다. 놀란 유채의 자전거가 휘청거렸다.

"퇴근?"

운전석에서 고개를 내밀며 묻는 얼굴이······ 윤표였다.

"아, 뭐······."

유채는 허둥지둥 자전거에 탄 채 버티고 섰다. 그의 눈을 똑바로 볼 수가 없었다. 지레 놀라 호흡도 빨라졌다. 그는 잠시 아무 말도 없이 길의 앞과 뒤를 둘러보더니 망설이는 얼굴로 유채를 올려다보았다.

"가면 뭐 하나?"

"뭐, 마감 뉴스 보고, 생활 바둑 보고, 밀린 바느질 하고……."

유채는 허둥지둥 평소 하지도 않는 핑곗거리를 찾아냈다.

"힘들어 보이는데, 태워다 줘?"

그가 다시 물었다.

"뭐 나쁜 생각은 아닌데, 이 자전거는……."

유채는 핑계 삼듯 자전거를 내려다보았다. 그러자 윤표는 유채의 말이 끝나기도 전에 차에서 내려 유채가 탄 자전거를 끌어당겼다.

"왜요?"

유채가 당혹스럽든 말든, 그는 아무 말도 없이 유채에게서 뺏은 자전거를 차 뒷자리에 실었다.

"그럼 차 시트가 더러워질 텐데."

"찢어지지만 않으면 되지. 얼룩이야 닦아줄 거잖아?"

"아, 그야, 뭐……."

왜 자꾸 이 남자에게 끌려가는 기분이지? 등신이 되는 건 여자도 마찬가지였나?

"타."

윤표는 엄지손가락으로 제 차를 가리켰다.

"아, 나는……."

오전까지의 기분이기만 하면 이런 때 금방 올라탔을 텐데, 유채의 발이 쉽게 보도블록에서 떨어지지 않았다.

"뭐야, 자전거만 태워다 줘? 걸어올 거야?"

윤표는 실망스러운 눈에 힘을 주었다. 유채는 하는 수 없이 그의 차 조수석에 올랐다. 그러다 장미 꽃다발이 놓여 있는 게 보였다.

"웬 꽃?"

설마……. 유채는 꽃다발을 안고 향기를 맡으며 자리에 앉았다.

"잠시 들고 있어."

넌 주인이 아니라는 말투다. 누가 이런 거 기대했을까 봐? 가뜩이나 기분도 꿀꿀한데. 유채는 입술을 구기며 꽃다발을 무릎 위에 올려놓았다.

"근데, 내가 같은 방향이 아니면 어쩌지?"

뭐야, 또 이 수상한 질문은? 안전벨트를 매던 유채는 동작을 멈추고 윤표를 건너다보았다.

"이 시간에 같은 방향이지, 뭐. 아니겠어?"

지가 묻고, 지가 대꾸한다. 윤표는 뭐 다른 스케줄을 원하냐는 눈으로 그녀를 보았다. 유채가 또 당혹스런 표정을 하자 그는 픽 웃었다. 그러더니 기어를 옮기고 세게 액셀을 밟았다.

부앙―.

뭐라고 떠들 줄 알았는데 윤표는 운전만 했다. 그것도 아주 빠른 속도로. 유채는 낮에 본 정자 기증 명부가 머리에서 떠나지 않았다. 이 사실을 윤표에게 말해야 하나? 아니, 그보다 소영 언니에게 말해야 하나? 하긴, 이건 혼자만의 고민일 뿐 그 명부는 비밀이라고 했다. 모르면 묻어두고 갈 수 있었을까? 아니, 모른 척하면 묻을 수 있을까? 그러면 이 사람과 해피엔딩으로 갈 수 있을까? 유채는 말없이 그를 돌아보았다. 유채의 시선을 느낀 윤표는 유채를 힐긋 보았다. 그의 눈빛에 당황한 유채는 어색한 미소를 지으며 입을 열었다.

"요즘은 아침에 이상한 소리 안 나죠? 덕분에 저, 수건 물고 볼일 봐요. 나중에 애기 낳을 때도 수건 물고 낳는 거 아닌가 몰라."

유채는 애써 능청스럽게 말했다.

"그냥 편하게 봐."

그는 앞에다 시선을 고정한 채 말했다.

"나 휴지로 귀 막고 양치질하거든. 그리고 인터넷으로 최첨단 귀마개 구입했어. 내일 올 거야."

최첨단 귀마개? 그건 소리를 얼마나 막아준다는 거야?

"죄송하네요. 본의 아니게 이상한 데 지출하게 만들어서⋯⋯."

유채는 진심으로 사과했다.

잠시 적막감이 흘렀다. 그런데 갑자기 그가 핸들을 확 꺾어 오른쪽으로 난 도로로 덜컹이며 진입했다. 유채는 황당한 눈으로 윤표를 돌아보았다.

"사실 나 렌털 하우스 가는 거 아니었어. 양평에 다녀와야 하는데, 같이 갈 거면 가고, 아님 집에 데려다 주고."

어쩐지 말하는 그의 옆얼굴이 그늘져 보였다. 설마 오늘 촬영 때문에 이리저리 기웃거리다 자신이 본 것과 비슷한 걸 보고 같은 고민을 하는 건 아니겠지? 솔직히 유채도 집으로 가고 싶은 마음이 없던 차였다. 사실, 그냥 이대로 어디로 떠나고 싶은 마음이 더했다.

"제가⋯⋯ 가도 되는 일이에요?"

유채는 조심스럽게 물었다.

"매번 나만 봐서 지겨울 수도 있었을 테니 같이 가주면 좋을 거야. 어쩌면 고마워할지도 모르지."

그의 목소리는 여느 때와 달리 무겁게 가라앉아 있었다.

"그럼 뭐, 같이 가죠. 어차피 병원에 있을 계획이었으니까."

유채는 안전벨트를 단단히 맸다. 윤표는 그런 유채를 힐긋 보고는 웃으면서 액셀을 세게 밟았다.

까무룩 잠이 들었다. 그러다 놀라 깬 유채는 황급히 주위를 두리번거렸다. 운전석은 비어 있었고, 창밖은 온통 물안개였다. 물안개처럼 보인 새벽안개가 아니라 진짜 물안개였다. 희뿌연 새벽의 음영 사이로 눈앞에 커다란 나무 한 그루가 웅장하게 서 있었다. 그리고 그 옆에 윤표가 청년 나무처럼 서서 먼 곳을 바라보고 있었다. 유채는 눈을 비비며 차에서 내려 그에게 다가갔다.

"여기가 어디예요?"

목소리가 잠기운으로 거칠게 갈라졌다. 그녀를 돌아보는 그의 발 옆에, 분명 그녀가 잠들기 전까지는 꽃송이가 가득했던, 그런데 이젠 대만 남은 꽃가지들이 가지런히 모여 있었다. 꽃잎들은 다 뜯어먹었나?

"엄청 잠꾸러기네. 같이 볼 수 있을 것 같았는데, 이거 다 뜯어 뿌릴 동안 어떻게 한 번을 안 깨나?"

윤표는 발 옆의 꽃대들을 내려다보며 투덜댔다. 영 데려온 보람이 없어 망했다는 말투다.

"깨우죠."

유채는 꽃가지들을 움켜쥐었다.

"근데, 여기 되게 낯익다. 어디서 많이 본 덴데?"

유채는 눈을 가늘게 뜨고 주위를 둘러보았다. 넓은 강, 나루터, 아름드리 느티나무.

"두물머리. 내 동생이 잠든 곳."

윤표는 간략하고 담담하게 말했다.

"동생……이요?"

놀란 유채는 말을 잇지 못했다.

"오늘이 기일인데 생각도 못하다 어제 겨우 알았어. 이런 적이 한 번도 없는데, 내 정신을 쏙 빼놓은 게 뭔지 궁금할 뿐이야."

그의 말이 '그게 너 같은데, 너라고 차마 말은 못하겠다.'의 완곡한 표현처럼 들려 심장이 푹 꺼지는 기분이었다.

황망해진 유채는 점점 밝아지는 강을 바라보았다. 동생에 대한 그의 말뜻이 '물에 빠져 죽었다.'가 아니라, 여기가 유해를 뿌린 곳이라는 게 분명했다.

"요즘 이런 곳에 유해 뿌리면 벌금 물던데. 혹시 여기도 재단 건가?"

"푸하하하!"

갑자기 그가 허리를 꺾으며 웃었다. 그렇게 웃긴 질문인가?

"진짜 미치겠다. 어쩌면 이렇게 뜻밖으로 웃기지? 하하하!"

윤표는 배를 움켜쥐었다.

"그게 뭐가 웃겨. 난 진짜 궁금해서 물은 건데."

유채는 불만을 인중에 가득 모았다. 그때 갑자기 그의 손이 유채의 뺨에 쓰윽 다가왔다. 차가운 새벽 공기에 맞는 봄바람 같다고 할까. 그의 온기가 전해져오자 얼어 있던 유채의 몸이 스르르 녹았다.

"네가 같이 있어서 다행이야."

유채에게 다가온 윤표는 그녀의 뺨에 부드럽게 입술을 맞추었다.

서울로 돌아오는 차 안, 창밖을 보던 유채는 저도 모르게 중얼거렸다.

"좋아해선 안 될 사람을 좋아하면 벌을 받을까요?"

머릿속을 가득 메운 고민 중 하나가 툭 입 밖으로 나와버렸다.

"왜? 나 말고, 집안에서 반대하는 다른 사람 만나?"

윤표는 기분이 안 좋다는 얼굴로 대뜸 물었다.

"그건 아니고……."

유채는 말끝을 얼버무리며 창밖을 응시했다. 이 남자에게는 도저히 머릿속에 있는 말을 못하겠다. 유채가 말을 잊고 창밖만 뚫어지게 바라보자, 윤표는 힐긋 그녀의 안색을 살폈다.

"뭐가 골 아프게 하는지 모르지만 너랑 나는 문제 될 게 없어. 만약에 문제가 생겨도 우리 둘이 같이 해결하면 되고. 안 그래?"

그의 말에 레벨 업이 되면 얼마나 좋을까. 유채는 억지로 웃어 보였다. 그는 유채의 손을 당겨 기어에 올리고 그녀의 손을 꽈악 잡았다.

"운전은 내가 하지만 네가 조절할 수 있어. 그건 지금만 그런 게 아니라, 앞으로도 그렇고, 운전할 때만 그런 게 아니라 내 나머지 모든 시간에 그럴 수 있어. 우리 두 사람의 이유가 아닌 다른 이유로 그게 바뀌는 일은 절대 없을 거야."

그의 의지가 너무 강하게 느껴져서 그만 유채의 눈앞이 뿌옇게 흐릿해졌다. 어쩌면 그 마음은 자신이 더하면 더했지 덜할 것 같지 않았다. 로미오와 줄리엣의 기분을 이제야 알겠다. 채점해보나 마나 100점인 시험지를 푼 기분이었다면 이런 감정이 되지 못했을 것이다.

"아직 우린 헤어질 수 있는 사이죠?"

유채는 농담처럼 말했다. 그러자 윤표는 거칠게 차를 갓길에 댔다. 동이 튼 아침 새소리가 어디선가 들려오는 국도 어느 지점이었다.

"넌 그걸 말이라고 떠드는 거야?"

윤표의 얼굴이 굳어졌다.

"내가 오 선생을 그런 식으로 정리했다고 해서 너도 그렇게 마구 정리할 수 있는, 그런 가벼운 남자라고 보는 거냐고."

순간 유채는 실수했다는 걸 깨달았다. 그런 식으로 그를 한 번도 본 적이 없는데, 그는 혜령과 그런 어설픈 관계였다가 엎어버린 것을 내내 마음에 두고 있던 것이다. 진짜 가볍고 감정적으로 왔다갔다하는 가벼운 남자로 보일까 봐. 이렇게 고민한 만큼 그녀에게도, 또 그 자신에게도 진실한 남자라는 걸 알 것 같다.

"미안해요. 절대 그런 뜻이 아니었는데. 나, 당신만큼은 확실히 믿어요. 최고의 의사이고, 최고의 남자라고."

유채는 담백하게 말했다. 그의 기분을 띄워주려고 하는 말이 아니기에 망설임 없이 말할 수 있었다. 윤표는 유채를 강한 눈빛으로 바라보았다. 그의 눈빛을 보면서 이 남자를 바라보던 자신의 눈빛이 어떠했는지 궁금해지기 시작했다.

아, 이건 무슨 습관일까. 윤표에 관해 깊은 생각을 하면 곧 분만일을 기다리는 소영이 생각났다. 만약에 소영이 윤표를 닮은 아기를 낳는다면 어떻게 해야 하지? 윤표가 정자 기증에 대해 역설했던 것처럼 갑자기 좋지 않은 일이 생겨서 소영이 윤표를 찾는 일이 생긴다면? 유채는 자신이 없었다. 그게 유채를 더욱 괴롭게 했다. 많은 문제가 그들은 안 되는 사이라고 말하는 것 같아 참을 수가 없었다.

12. 사람이 자꾸 넘어지는 이유

사람이 왜 넘어지는지 아나? 일어서는 법을 배우기 위해서지.
— 〈배트맨 비긴즈〉 中

 이른 새벽, 윤표와 나란히 렌털 하우스 문 앞에서 헤어졌다.

집으로 돌아온 유채는 서둘러 샤워를 하고 방으로 들어왔다. 그리고 막, 면 블라우스에 머리를 끼워 넣는데 초인종이 울렸다. 급하게 옷을 입던 유채는 허둥지둥 옷에 팔을 꿰며 확인도 없이 문을 벌컥 열었다.

"아침은…… 어……."

봉지를 부스럭거리며 말을 하던 윤표는 블라우스 목에 반쯤 나온 얼굴, 옷에 꿴 팔을 높이 쳐든 유채를 보고 얼굴이 빨개진 채 아무 말도 하지 못했다. 핫! 옷 갈아입던 중이다. 유채는 잽싸게 맨살 위로 블라우스를 끌어내렸다.

"아, 아침 못 먹을 거 같아서…… 방금 빵집에 갔다 왔는데, 같이 먹을까…… 하는."

맨살을 보았을까? 그러니까 빨개진 얼굴로 저렇게 버벅거리고 서 있는 거겠지? 거의 다 입은 상태였으니까 많이 보진 못했을 거야. 유채는 그와 더불어 불덩이가 되는 얼굴의 체온을 느끼며 어쩔 줄을 몰랐다. 여기서 정색하면 진짜 불편해진다.

"드, 들어올래요? 난 준비 끝났어요."

유채는 일부러 더 환하게 웃으며 말했다.

"아, 그래도 될까? 준비가 덜……."

오히려 윤표가 더 얼떨떨해하며 허둥대는 것 같다. 유채는 웃음이 났다.

"아, 아니에요. 같이 먹어요. 혼자 먹으면 심심하니까."

윤표는 머쓱하게 거실로 들어섰다. 그리고 민망함이 얼굴에 가득한 채 빵이 든 비닐봉지를 테이블 위에 올려놓았다. 구운 빵 냄새가 집 안에 진동하기 시작했다.

"뭐 샀는데요?"

유채는 빵 봉지를 뒤졌다. 윤표는 그녀의 싱크대에서 익숙하게 잔을 찾아 사온 주스를 따랐다. 그리고 한 잔을 그녀 앞에 놓아주었다. 빵부터, 놓아주는 주스까지…… 되게 자상한 사람이다.

"아, 맛있겠다."

그렇지 않아도 배고픈 차였는데. 냉큼 주스를 한 모금 마신 유채는 봉지를 뒤져 애플파이를 보고 반갑게 꺼내 들었다.

"그거 고를 줄 알았어."

윤표는 유채가 든 애플파이를 보고는 '빙고!' 하며 웃었다.

"왜요?"

파이의 봉지를 벗기고 한 입 문 유채는 그를 빤히 보았다.

"설마, 하면서도 혹시나 해서 샀지. 그건 애 같은 사람들이 좋아해."

"말도 안 돼."

유채는 딸기잼이 배어 나오는 파이를 씹으며 입가를 털었다. 여자가 사랑을 하면 애 같아진다고 그가 말했다. 그 말과 지금 말이 일맥상통하는 말일까? 아님 그냥 애로 보고 있다는 거야?

"진짜야. 그런 파이는 동화 같은 데 많이 나오거든. 만화에서 본 쿠키를 보고 사달라고 조르는 애들하고 똑같은 거야."

"그럼 라면 광고 보고 라면 먹겠다는 사람들은 뭐가 다른데요?"

유채는 또 파이를 한 입 물어 씹으며 습관적으로 입술을 털었다. 그러자 그는 탐탁지 않다는 듯이 눈을 가늘게 뜨고 그녀를 보았다.

"왜요?"

그녀는 눈을 반짝 뜨고 물었다. 유채를 보던 그는 고개를 갸웃하며 제 입가를 가리켰다.

"그건 원래 있던 거야? 점인가? 빵 부스러기 맞는데?"

유채는 서둘러 입가를 털었다. 그러나 그는 여전히 마음에 들지 않는다는 표정이다. 이놈의 부스러기는 어디에 붙은 거지? 유채는 그를 거울 삼아 얼굴 이곳저곳을 찍어 보았다. 그러나 그는 얼굴을 찌푸리며 연신 도리질을 했다. 그러다 제 성질을 못 이기겠는지 그녀에게 다가와 얼굴을 찍어대던 그녀의 손을 들어 그녀의 뺨 위쪽을 짚어주었다.

"여기."

"아."

그제야 그녀는 손에 집히는 파이 조각을 떼어 눈으로 확인한 후 입에 넣었다. 그리고 시선을 들다 숨이 멎어버렸다. 너무나 가까운 거리에서 그가 그녀를 관찰하듯 바라보고 있었다. 반사된 그의 눈동자에 온통 자신의 모습이 보였다. 파이 부스러기를 오물거리던 유채는 가늘게 떨리는 손끝을 감싸 쥐며 그대로 굳어버렸다. 그냥 빵만 받고 가라고 하는 건데 그랬나?

방금 전 상황도 그렇고, 급격하게 다시 민망해진 유채는 뒷걸음질쳐 서둘러 냉장고를 뒤졌다.

"우, 우유 마실래요?"

허리를 구부려 우유를 찾던 유채는 낙심했다. 우유가 있긴 한데 유통기한이 어제까지였다. 망할.

"아, 우유는 안 되겠다. 요구르트……도 안 되겠고. 장이 뚫릴 테니까. 참, 이미 맛보셨지? 하하하."

"먹어봤다고? 내가?"

윤표는 생뚱맞게 물었다. 다른 어느 놈을 먹어놓고 헷갈리는 거냐는 눈초리와 함께.

"아, 저, 그게."

이런 난감한 경우를 봤나. 그 사실은 무덤까지 비밀이었는데.

"말해봐. 이해할게. 나 말고 여기 들어와서 그 요구르트 먹은 놈이 누구야?"

진득하게 말하고 있지만 눈빛은 날이 섰다.

"선생님 맞습니다요. 그때 마셨잖아……요. 병원에서……."

차마 그의 눈을 보고 말할 수가 없다.

"병원에서?"

그런 사실이 절대 기억날 리 없는 그는 고개를 쳐들고 골몰했다. 그렇게 심각해지면 안 말해줄 수 없잖아.

"휴…… 선식! 그거 마시고 수술 발표회 가려다 말고 애기 받으러 갔었죠?"

유채는 눈을 질끈 감고 자폭했다.

"설마……."

윤표는 눈을 동그랗게 떴다. 유채는 고개를 끄덕였다.

"나 변비라고 먼저 놀렸잖아요. 홧김에……. 정말 난 그때 애기가 나올 거라곤 상상도 못했던 말이에요!"

용서가 안 되면 날 죽여요! 눈을 질끈 감은 유채는 발악하듯 소리쳤다.

"이리 와!"

그때 상황이 떠올랐는지 윤표의 머리에서 김이 펄펄 나는 것이 보이는 것 같다.

"내가 그때 얼마나 고생했는지 알아? 차라리 천국에서 영면하고 싶었다고!"

윤표는 유채를 괘씸한 듯 흘기다 그녀에게 달려들어 마구 괴롭히기 시작했다.

"미안하다니까. 그리고 천국은 아무나 가나? 푸하하하!"

그의 애무성 폭력에 유채는 자지러지게 웃었다. 그러다 뚝, 그의 손길이 멈칫했다. 웃던 유채도 몸을 비틀다 웃음을 뚝, 멈추고 그를 바라보았다. 어느새 그녀는 윤표의 품에 폭 안겨 있었다.

"마지막 키스가 언제였더라, 우리?"

그가 나지막이 말했다.

"응?"

허리가 잡힌 유채는 엉거주춤 고개를 뒤로 뺐다. 그러나 그의 눈빛이 자신의 심장을 움켜쥐고 있는 것 같아 제대로 움직일 수가 없었다.

"오늘 누가 그렇게 물으면 바로 지금이라고 해."

이렇게 말한 그는 물러선 그녀의 허리를 당기더니 그대로 그녀의 입술에 입을 맞추었다. 방금 마신 주스가 무슨 맛이더라? 오렌지 같았는데, 포도 맛이 난다. 딸기 맛도 나는 것 같고. 과일은 다 그 맛이 그 맛인가? 그런데 오늘따라 왜 이렇게 주스가 달콤하지? 당황하던 유채는 그만 점점 당기는 그의 팔 안에서 천 가지가 넘는 과일의 맛을 음미하듯 그에게 빠져들었다. 이대로 영원히 깨고 싶지 않았다.

왜 이런 상황에선 비관적여지지 않을까. 아마도 이런 순간에 이성 따위는 힘이 없기 때문일 것이다. 이성에 힘이 있는 건 사랑이 아니니까. 말린다 해서 안 하고, 하라고 해서 하는 건 사랑이 아니니까. 이 남자와 매일 아침 이렇게 키스로 인사하며 잠에서 깨는 날이 있을까? 윤표의 뜨거운 키스를 여기서 멈추면 다시 비관적여질 것 같아 유채는 더욱 세게 그를 끌어안았다. 주문이란 것이 있다면 걸고 싶다. 그냥 아무것도 모른 채로 사랑만 하게 해달라고.

절대 티 내선 안 되지만, 나란히 병원으로 출근했다. 윤표의 야릇한 미소를 받으며 유채는 은이의 입원실로 향했다. 그녀가 콧노래를 흥얼거리며 입원실 문을 열려는 순간 물병을 들고 나오던 유규와 마주쳤다.

"뭐야, 그 콧노래는. 무슨 일 있어?"

유규는 유채를 훑어보며 의심스럽게 물었다. 로또 당첨돼서 혼자 도망가면 지구 끝까지라도 쫓아오겠다는 눈빛이었다.

"시끄럽고, 너 이리 와봐."

유채는 유규의 멱살을 잡아끌고 복도 한쪽에 세웠다.

"아직 임산부와 다름없는 몸이야. 건들면 죽어. 아니, 결혼 전에 딴 짓하면 죽어! 알았어?"

콧노래 부르던 얼굴이 얼마나 위압감을 줄지 모르겠다.

"뭔 소리야?"

유규는 어이없어했다.

"다시 상처 주지 않으려면, 네가 은이를 당당하게 만들어야 한단 말이야."

유채는 걱정스럽게 말했다.

"이건 또 뭔 소리고."

"어젯밤 자정경! 너, 어떻게 하고 잤냐?"

"아……."

유채의 윽박에 그제야 얼굴이 빨개진 유규는 몸 둘 바를 몰랐다.

"애가 춥다잖아. 어떡해. 손난로라도 있어야 갖다 대주지. 가진 게 몸 뚱이밖에 없어서……."

"너나 나나, 참 가진 게 미약해서 클났다."

유채는 한탄하며 돌아섰다.

"깨우지 그랬어. 우리 누나, 눈치가 너무 좋아 탈이라니까?"

유규는 돌아서는 유채 옆에 바짝 붙으며 아양을 떨었다.

"어디서 교태야. 저리 가. 징그러."

유채는 유규의 손등을 탁 쳐냈다.

"난방은 바로 들어왔어?"

유채는 복도를 터벅터벅 걸으며 물었다.

"새벽 2시쯤 되니까 더워지더라."

"그래서, 바로 떨어져 나왔고?"

"그랬어야 돼? 그냥 잠만 잤는데?"

유규는 머리를 긁적이며 유채에게 되물었다.

"아 참, 소영이 누나가 애기 옷 사 가지고 왔다 갔어. 그 누나 배도 장난 아니더라. 쌍둥이 아니야?"

순간 우주의 공기가 참 맑다고 생각하다, 순식간에 급하강해 지표면의 날카로운 돌부리에 부딪힌 것 같다. 잊고 있었다. 날아갈 기분에, 근심도 날려보냈었다. 근데 그게 멀리 못 가고 되돌아왔다. 또 배가 싸르르 아파진 유채의 한숨이 복도 천장을 가득 메웠다.

　유채는 쓰린 배를 쓰다듬으며 회의실로 향했다.
　"어디 갔다 와?"
　갑자기 남 피디가 심각한 얼굴로 유채에게 다가왔다.
　"잠깐 동생……."
　"아침 신문 봤어?"
　남 피디는 눈썹 사이에 잔뜩 힘을 주고 있었다. 뭐가 되게 마음에 들지 않는 표정이다.
　"아직……."
　"봐!"
　남 피디는 유채 앞에 마구 넘겨진 신문을 내밀었다. 유채는 눈앞에 나타난 기사를 읽었다.
　'태조병원 산부인과'란 글씨가 눈에 확 들어왔다. 그리고 전문의 'O'란 이니셜과 그녀의 이번 수술 사고 당사자로 추정되는 산모의 이니셜이 드문드문 나타났고, 사고의 전반 상황이 간략하게 서술되었다. 그런데 그게 끝이 아니었다. 거기, 아나운서라는 말과 함께 유채로 짐작되는 이니셜도 끼어 있었다. 내용은 'O모 산부인과 전문의가 유도 분만 수술 도중 의도치 않은 실수로 신생아를 사망케 한 사고가 있었다. 담당의와 산모에게 모두 치명적인 상처가 되는 이번 수술 사고를 H방송국의 Y모 아나운서는 자신의 다큐를 이슈화하려는 목적으로 방송에 다루고자 했다. 이것은 오프 더 레코드(off the record : 취재 대상과 취재 기자 사이에 보도 금지를 암묵적으로 인정하는 것)인 상황으로, 취재 기자가 이 사실을 보도해도 아무 잘못은 없지만, 인간적으로 볼 때 의사와 피해 산모에게까지 이중의 아픔을 줄 수 있는 것이다. 그리고 그 아나운서 또한 그 사실을 인지하고 있음에도 불구하고 자신의 이득을 위해 그들의 사고를 표면에 드러나도록 만들었다.'는 것이다. 그리고 자신의 연애질을 방송국 게시판에 도배하고, 생방송 도중 방송사고를 일으켰던 그 아나운서가 그 다큐로 얼마나 신뢰성 있는 내용을 전달할지 의문이라는 문장이 맨 끝에 달렸다.

신문을 움켜쥐고 있는 유채의 손이 부들부들 떨렸다.

"방송국에서 난리 났어."

남 피디는 낮은 목소리로 말했다. 유채는 멍한 얼굴로 남 피디를 올려다보았다.

"오 선생이 인터뷰한 후에 수술 사고 사실이 터지면서 인터뷰 기사가 취소됐나 봐. 칸이 비어서 그랬는지, 시사 문제를 다루고 싶은 마음이 용솟음쳤는지 모르겠지만 우리가 촬영한다는 말을 들은 것 같애. 리포터가 유채 씨라는 것도. 아마도 검색해봤겠지. 냄새 맡는 데는 귀신같은 것들이니까. 알아보니까 인물 인터뷰에서 갑자기 사건 인터뷰로 급선회한 것 같더라구. 한마디로, 그 자식이야말로 이슈거리 따고 싶어서 오 선생 사건에 유채 씨를 얹은 것 같아."

상세하게 설명해주는 남 피디의 말을 들으며 유채는 얼마 전 국민 산모로 몰아치던 그 폭풍을 떠올렸다. 다시 그때 기분이 몸에 젖어들면서 싸늘한 비를 맞은 것처럼 몸이 움츠러들었다.

"괜……찮아?"

유채의 어깨를 잡은 남 피디는 걱정스럽게 유채의 안색을 살폈다. 유채는 거칠어지는 호흡을 애써 참으며 남 피디를 보았다.

"그, 그래서 다큐는요? 다큐 내용에서 그 사건, 빼야 해요?"

남 피디의 얼굴에 망설이는 빛이 스쳐 갔다.

"그냥 내보낼 수도 있어. 그런데 그렇게 하면, 유채 씨가 곤란해질 거야. 결국 그런 아나운서였냐는······."

남 피디는 말을 얼버무렸다. 결국 그렇게 이슈 되고 싶어 환장한 아나운서였냐는 말을 듣겠지. 손아귀에서 힘이 탁 풀렸다. 움켜잡고 있던 신문이 떨어지려 했다. 유채는 서둘러 신문을 움켜쥐었다. 몸에서 힘을 빼면 정신을 놓을 것만 같았다.

"문제는 그게 아니었잖아요. 빼면 안 돼요."

유채는 눈에 힘을 주었다. 억울한 아이처럼 울고 싶지 않았다. 한두 번 맞는 매도 아니고, 이번에야말로 독해져야 한다고 다짐하며 신문을 움켜쥔 손에 힘을 주었다.

✳

회진을 돌던 윤표는 대준으로부터 신문을 넘겨받았다.

"병원에서 진상 파악 중이야. 기자가 전에 혜령이 인터뷰해 갔던 그 기자래. 아마, 수술 사고 때문에 혜령이 인터뷰가 잘리고 이게 대신 나온 것 같아. 방송 나가는 것도 조심스러워했는데 이런 식으로 이슈화하니까 병원에서 난감해진 것 같던데. 촬영팀에 철수를 요청할지 말지 고민이라던데. 넌 뭐 들은 거 없어?"

대준의 말을 들으며 신문을 읽던 윤표는 그대로 신문을 움켜쥐고 혜령의 진료실로 향했다. 기사에 혜령에 대한 언급은 별로 없었다. 하지만 대준의 말대로 혜령이 한 인터뷰에서 파생된 것이 분명하다. 도대체 누굴 공격하려는 기사인지 알 수가 없었다.

신문을 든 채로 혜령의 진료실 문을 노크한 윤표는 대꾸도 듣지 않고 혜령의 문을 벌컥 열었다. 막 전화를 내려놓는, 가벼운 차림의 혜령이 윤표를 돌아보았다.

"아직 여행 안 갔네?"

윤표는 거칠어지려는 목소리를 애써 진정시키며 물었다.

"갑자기 일이 생겨서."

혜령은 한가롭게 대답하며 책상 위를 정리했다.

"정정 보도 하라고 해."

윤표는 혜령에게 다가가 그녀 앞에 신문을 툭 내려놓았다. 자신의 이름이 이니셜로 찍힌 기사면을 힐긋 본 혜령은 다시 시선을 돌리며 책들을 바르게 꽂았다.

"나랑 상의 없이 낸 기사야."

"알아. 그러니까 정정 보도 하라고 네가 전화하라고. 너랑 인터뷰했던 기자잖아. 네 인터뷰 때문에 만들어진 기사라는 거 알지?"

윤표는 일그러지는 얼굴 근육을 겨우 진정시켰다.

"그걸 어떻게 그렇게 잘 알아?"

혜령은 눈을 흡뜨고 윤표를 올려다보았다.

"이 병원 사람들 중에 그거 모를 맹추가 어디 있어? 딱 보면 몰라? 너도 기자 이름이랑 전문의라고 등장한 이니셜만 보고도 너인 줄 알았을 거 아니야."

안 그러려고 노력했지만 어쩔 수 없이 목소리가 높아졌다.

"왜 그 여자 편만 드는 거야?"

그녀의 목소리에 노골적인 불만이 섞여 나왔다.

"편?"

"너는 그 여자가 정의감에 불타서 그렇게 다큐 찍은 거라고 생각하지? 왜? 내 소송을 막아줘서? 난 다르게 생각되는데?"

"다르게?"

윤표는 기울였던 고개를 똑바로 세우고 그녀를 보았다.

"그 기자 말이 맞을 수도 있어. 날 이용해서 큰 이슈 한 번 만들고 싶은 거라고."

혜령은 자신하고 있었다. 처음엔 윤표도 그렇게 생각했다. 하지만 유채의 생각이 틀리다는 생각은 해본 적 없었다. 아직 다큐가 방영되진 않았지만 혜령의 잘못보다, 그 산모의 시어머니가 대변하는 한국인들의 병폐를 집어낼 것이라고 믿어 의심치 않았다. 그런데, 아니라고?

"그 여자가 너한테 말할 때는 얼마나 알 권리에 대해 피력했는지 모르지만, 나한테는 달랐어."

달라? 윤표는 혜령의 말을 이해할 수가 없었다.

"일일이 우리 얘기를 떠벌리긴 싫어. 핵심을 말하면 딱 이거야. 걸린 내가 잘못이라는 거지. 알 권리란 미명하에 얼마나 많은 사람들이 다쳤는지는 모르는 여자야. 자기 다큐 살려보겠다고 나 같은 희생자쯤은 아무렇지 않게 보내버릴 그런 여자란 말이야."

혜령의 말에 동조할 수 없었다. 하지만 알 권리란 이름으로 다친 사람들은 충분히 보아왔다. 정말 그랬을까, 그 여자가? 윤표는 아득해지는 생각을 정돈하려 머리를 흔들었다. 그리고 딱한 표정으로 혜령을 보았다. 그녀의 말이 진실이고 아니고 간에, 다른 기자의 오보를 이렇게 방관적이고 당연하게 받아들이고 있는 그녀 또한 마음에 들지 않았다.

"다른 건 몰라도, 그 여자는 알 권리란 말을 한 적이 없어."

"뭐?"

혜령은 뜻밖이란 얼굴을 했다.

"억울한 건 알아. 어쨌거나 네 일이 방송까지 타는 건 억울할 거야. 하지만 그 여자는 그런 식으로 설득한 게 아니야. 네 잘못이 아주 없었던 건 아니잖아. 하지만 그것보다 너를 잘못하게 만들었던 그 상황을 말하고 싶어 했어. 그 상황이, 네 잘못보다 더 나쁘다는 말을 하려고 했다고."

당황한 혜령은 아무 말도 하지 못했다. 윤표는 한숨을 쉬며 몸을 돌렸다.

"그렇게 그 여자를 믿어?"

혜령이 윤표의 등에 대고 물었다.

"지금은."

윤표는 내뱉듯 말하고 혜령의 진료실을 나왔다. 유채를 믿고 싶었다. 자신이 보아온 그녀는 혜령이 말한 것처럼 그렇게 이기적인 여자가 아니었다.

윤표는 로비에 서서 주변을 휘둘러보았다. 유채도, 다른 촬영팀도 보이지 않았다.

도대체 어디서 뭘 하고 있는 거야, 이 여자는. 벌써 철수한 건 아니겠지. 윤표는 가슴이 먹먹했다.

✳

남 피디와 함께 국장에게 불려갔다 왔다. 국장은 편집도 안 된 테이프를 보기 원했다. 남 피디와 유채는 국장과 함께 녹화된 테이프를 보며 의견을 피력했다.

"자네들 말은 이해해."

국장은 터무니없이 화내지 않았다. 하지만 난감하기는 한 것 같았다.

"하지만 시청률로 먹고 사는 게 방송국이야. 억울해도 여론이 그렇다면 수긍할 수밖에 없다고. 촬영을 강행한다고 해도 언제 방영할지 의문이야."

"방송 시기가 중요한 건 아니잖습니까. 일단 마무리는 지어야죠. 거의 다 왔는데."

남 피디는 심각하게 말했다.

"일단 짐 싸고 철수해. 병원에서도 어떻게 할지 고민하고 있으니까 결정된 다음 다시 찍든지."

말을 마친 국장은 유채를 못마땅하게 힐긋 보았다.

"올해 토정비결 봤나? 이슈 덩어리가 될 거라는 말 못 들었어?"

이슈라면 환장하는 방송국 사람들 아니던가. 방송국 직원이 이슈 덩어리면 좋지, 뭐가 문젠데? 유채는 착잡한 얼굴로 국장에게 꾸벅 인사하고 국장실을 나왔다.

인터넷을 보고 있자니, 사과문 발표 후 인터넷 안 보면 그만이라던 윤표의 말이 떠올랐다. 그렇게 무시하면 되는 것을 왜 군이 확인해서 열 받고 있는지 모르겠다. 인터넷엔 짐작대로 유채에 대한 비방글로 가득했다.

ㄴ 그럴 줄 알았다. 생방송에서 새는 바가지, 다큐에선 안 샐까?

ㄴ 이슈가 밥 먹여주는 세상. 이슈에 굶주린 그녀는 하이에나.

└ 언제까지 그런 아나운서를 이해해야 합니까? HNC 완전 실망.

팟―!

산부인과 로비 간이의자에 앉은 유채가 한참 인터넷 글에 열폭하고 있는데 남 피디가 그녀의 노트북을 꺼버렸다. 열 받아 얼굴이 시뻘게져 있던 유채는 초점 없는 눈으로 남 피디를 올려다보았다. 남 피디는 혀를 찼다.

"아직도 내공이 덜 찼어? 이런 거에 신경 쓸 레벨은 아니잖아?"

유채는 땅이 꺼지도록 한숨을 내뱉으며 어깨를 늘어뜨렸다.

"그냥 지껄이는 거에 심각한 의미 담지 마. 무뇌로 지껄였던 애들이 더 무안해질 테니까. 당분간 인터넷 끊어."

남 피디는 뜨거운 입김을 꽉꽉 뿜어내며 사라졌다. 왜 자꾸 이런 일이 생기는 걸까. 그녀에겐 이런 일을 할 능력이 없는데 자꾸 하려고 해서 이런 일이 생기나? 유채는 병원 로비 천장을 올려다보며 다시 한 번 한숨을 뿜었다. 그러다 진료실에서 짐을 챙겨 나서는 혜령과 눈이 마주치고 말았다. 유채는 순간적으로 자리를 떨치고 일어났다. 주먹이 불끈 쥐어졌다. 저 여자가 떠든 말도 아니고, 저 여자가 부추긴 글도 아닌데 그녀의 인터뷰가 이상하게 꼬인 것이 자기에게 불똥이 튄 것 같아 기분이 몹시 좋지 않았다. 혜령도 할 말이 많은 듯한 눈빛으로 유채를 뚫어지게 바라보고 서 있었다. 유채는 시선을 맞부딪치며 그녀에게 다가갔다.

"이상한 기사나 났더라구요. 보셨어요?"

유채가 먼저 물었다. 혜령은 심드렁하게 어깨를 으쓱이며 시선을 피했다.

"내가 시켰다는 게 아닌 것만 말해두죠."

"그래서, 정정을 요구할 마음도 없으시구요?"

유채의 물음에 혜령은 입을 꼭 다물고 유채를 바라보았다.

"언론인들끼리 튀고 싶어 하는 것 같은데, 그 싸움에 내가 끼어야겠어요? 내 말을 듣겠냐구요."

혜령은 눈으로 회를 뜨듯 유채를 바라보았다.

"그런 책임 회피성 말은 그만하시는 게 좋지 않을까요? 도덕적, 양심적 책임으로 그럴 수 있지 않나요? 저는 그렇다 쳐도 그 기사에 그 산모 이름이 오르내리는 게 꺼림칙하지 않으세요?"

"저번부터 느끼는 건데, 유채 씨 되게 훈계 좋아하나 봐요. 나한테 하는 말투가 다 그런 식이네요?"

비아냥거리는 말투였다.

"하도 들어봐서 그렇겠죠."

유채는 비딱하게 서서 그녀를 마주 보았다.

"나한테 불만이 많아요. 그렇죠?"

혜령의 한쪽 입꼬리가 비틀려 올라갔다. 유채는 그런 야비한 미소가 너무 싫었다.

"그러네요. 아마 그래서 제가 같잖게 훈계성 말씀을 많이 드렸나 봐요. 선생님은 자존심이 강하셔서 남의 말엔 관심도 없으신데 혼자 떠든 거네요. 이건 인간적인 부탁인데요, 남 생각도 좀 하셨으면 좋겠어요. 그런 걸 배려라고 하죠. 그런 건 돈 받고 진료하는 환자들한테만 할 게 아니라, 자신의 치부를 알고 있는 사람이나, 자신이 실수한 사람에게도 하실 줄 알아야죠. 그래야 진정한 의사 아니시겠어요?"

혜령은 유채가 하는 말을 눈을 가늘게 뜨고 경청했다. 저번처럼 먼저 자리를 뜨려고 하지도, 말을 자르지도 않고 듣고만 있었다. 뒤늦게 터득한 배려심인가?

"자기한테 잘하는 사람한테 잘하는 건 누가 못해요? 이번 기사 정정 요구도 그래요. 남을 위해서 할 마음은 없으세요? 저를 떠나서 그 산모를 위해서라도. 선생님도 다쳤다고, 그래서 남에게 신경 쓸 여력 없다고 표현하시는 거면 너무 어리광 같지 않아요? 선생님 그 정도밖에 안 되세요?"

"나한테 화가 많이 났나 보네. 어쩌나……."

혜령은 무거운 얼굴을 했다. 이것도 빈정거림이란 걸 알겠다. 그녀의 행동에 유채는 발끈했다.

"선생님은 사라지면 그만이지만 우린 뭐가 돼요? 우리 다큐는요? 애 쓰는 사람들 안 보이세요? 그렇게 남의 일이라고 방관하시는 거예요? 선생님도 방송으로 노출시킬 거니까 쌤쌤으로 치고 엿이나 먹으라 뭐 이런 거예요?"

"말이 너무 심하잖아."

순간 윤표의 말소리가 두 여자 사이에 끼어들었다. 유채는 화들짝 놀라 고개를 돌렸다. 저만치, 복도 모퉁이에서 윤표가 다가오고 있었다. 혜령은 한숨을 쉬었다. 윤표가 거기 있다는 걸 이 여자는 알았을까, 몰랐을까. 그 정도로 간교한 여자라고는 생각하지 않는다.

"정정 요구했어요. 그런데 듣지도 않아요. 나로 인해 펑크 난 기사를 그렇게라도 채워야 한대요. 이게 내 능력의 전부예요. 더 이상 뭘 어떻게 해야겠어요? 내가 자해라도 해야 속이 시원해요?"

혜령은 괴로운 얼굴로 유채를 노려보다 윤표를 바라보았다.

"이 여자 말, 내가 대신 사과할게."

윤표는 무거운 얼굴로 유채 옆에 섰다. 유채는 어이가 없었다. 뭘 사과한다는 거야?

"당신이 왜? 둘이 무슨 관계라도 돼?"

혜령은 유채와 윤표를 야유하듯 바라보았다.

"내가 아까 너한테 좀 심했어. 그게 미안해서 그래."

윤표는 유채를 돌아보지도 않았다. 유채에게 무척 실망했다는 표정이었다.

"됐어. 어차피 먹던 욕, 좀 더 먹어도 상관없지. 갈게."

혜령은 피곤한 표정을 지으며 돌아서 갔다. 윤표는 멀어지는 혜령을 착잡하게 바라보고 섰다.

"왜 내 사과를 선생님이 하세요? 그리고 뭘 사과해요? 내가 뭘 잘못해서……."

"무슨 여자가 그렇게 말이 심해? 오 선생도 이번 일로 피해 입었어. 그 산모는 걱정하면서 왜 오 선생 걱정은 못해? 오 선생한테 자격지심이라도 있는 거야?"

"이봐요!"

"됐어. 그만 가지. 피곤한데."

윤표는 발끈한 유채를 그대로 두고 돌아서 그의 진료실로 들어갔다. 뭐야, 저 태도는. 사랑스러워 미칠 것 같더니, 옛날 애인한테 말 좀 심하게 했다고 이러는 거야? 유채는 기도 차지 않았다.

✳

긴급회의가 열렸다. 생각보다 혜령을 인터뷰했던 기자가 올린 기사의 파장은 컸다.

"다큐멘터리의 신뢰성이 떨어질 것 같아요. 이슈 때문에 사건을 부풀릴 거라는 의견이 벌써 나오고 있으니까. 덩달아 병원의 신뢰도도 의심받을 겁니다. 게다가 다루어진 사건 자체가 의사들의 실력 운운하는 말을 들을 수 있는 것이라. 녹화를 전면 취소하고 재검토하는 게 어떨까요."

사무장의 말에 각 과의 과장들은 고개를 끄덕였다. 윤표는 답답했다. 지금까지 촬영팀이 한 고생도 알기에 그냥 없던 것으로 만드는 것이 못내 마음에 걸렸다. 지난번과 달리 이 자리에 남 피디는 불려오지 않았다. 병원 측에서 협의해 통보해줄 모양이다.

"소 선생 생각은 어때?"

원장은 넌지시 윤표를 돌아보았다. 윤표는 회의실에 모인 사람들을 둘러보았다. 외과 과장의 얼굴이 유난히 반짝거렸다. 꼴 좋다, 뭐 이런 분위기다. 그에 걸맞게 산부인과 과장의 얼굴은 잿빛이었다.

"촬영이 계속 진행이 되든, 되지 않든 솔직히 저는 상관이 없습니다."

윤표의 말에 산부인과 과장은 황당한 표정을 지었다. 윤표는 그의 따가운 시선을 무시하고 말을 이었다.

"과의 이익과 불이익 대조를 떠나 의료 행위 시 옆에 번잡하게 촬영하는 사람들이 있는 건 진료 집중을 훼방하는 일이니까요. 하지만 그것이 병원에게 전반적으로 좋다는 의견 때문에 촬영에 임했던 겁니다. 그런데 무슨 뜻으로 촬영을 시작했는지 좀 헷갈리기 시작했습니다."

윤표가 잠시 말을 멈추는 사이 사람들은 술렁거렸다.

"이건 저희 병원의 소신 문제입니다."

윤표는 담담하게 사람들을 둘러보았다.

"이번 회의는 지난번 오 선생의 일과 연장선상에 있는 것 같습니다. 그때는 병원이 사고를 덮어준다는 의혹을 만들지 않기 위해 촬영을 하기로 했었던 걸로 압니다. 그런데 지금 회의가 그때와 뭐가 다른 거죠? 결국은 병원 이미지 때문 아닙니까? 그때 사고를 덮는 것과 지금 촬영을 중단하는 건 똑같은 문제입니다. 아직 편집본도 보지 않은 상태에서 가타부타 말할 수 없다고 보는데요. 그때와 다른 것이 하나 있다면, 그건 어느 쪽을 믿느냐일 것 같습니다. 다큐 쪽이냐, 이번 기사를 터뜨린 기자 쪽이냐."

"그래서 소 선생은 어느 쪽을 믿나?"

원장이 조용히 물었다. 윤표는 잠시 말문을 닫았다. 회의실은 고요했다. 모인 사람들 모두 윤표의 대답을 기다리고 있었다. 윤표는 사람들을 둘러보았다. 그리고 무겁게 말했다.

"전 우리 촬영팀을 믿겠습니다. 한 전문의와의 인터뷰, 그것도 그것에 관한 것이 아닌 그 전문의와 관련된 일이라는 이유만으로, 밑도 끝도 없는 기사를 쓴 기자를 믿을 순 없을 것 같은데요."

순간 사람들은 깊은 헛기침을 하며 술렁거렸다.

"자, 소 선생의 말대로라면 우린 밑도 끝도 없는 기자에게 휘둘리는 기분인데. 다른 사람들 의견은 어떻소?"

원장은 빙그레 웃으며 다른 과장들과 임원들을 둘러보았다. 윤표는 담담하게 눈을 내리깔았다. 무슨 말이 더 나오든 그는 더 이상 아무 말도 하지 않겠다고 마음먹었다. 이건 자신의 신뢰도와도 상관이 있는 것이다. 말만 길어질수록 변명같이 말만 덧붙일 뿐이다. 결국 병원의 이미지 쪽으로 의견이 기운다면 아무리 자신의 신뢰를 피력해도 임원들을 이길 재간은 없을 것이다. 상업적 이득에 연연하는 사람들을.

회의가 진행되는 동안 윤표는 유채를 생각했다. 혜령과 말다툼하는 그녀를 보고 적잖이 당황했다. 자기 의견을 어필하는 데 있어서 물러섬이 없는 그녀라는 건 알았지만, 피해를 본, 그리고 아무 반론도 하지 않고 있는 혜령을 심하게 몰아붙이는 그녀를 보니 살짝 실망도 되었다. 그리고 이미 기자에게 정정 요구를 했다는 혜령에게 미안해졌다.

유채와 마주치면서 윤표는 그녀의 눈길을 피했다. 유채도 더 이상 자신에게 어떤 변명도, 질문도 하지 않았다. 그녀를 사랑한다면 그런 면도 이해해야 했다. 그러나 낯설고 이질적인 모습이었기에 적응이 필요할 것 같았다.

❋

병원 임원들이 모여 회의를 시작했다는 말을 전해들었다. 남 피디는 촬영이 중단될까, 전전긍긍했다.

"하늘에 맡기자구요. 안 될 거였으면 솔직히 저번 회의 때 그만뒀어야 하는 거 아닌가?"

최 작가는 한숨을 쉬며 중얼거렸다. 유채도 동감이다. 회의 내용은 다르겠지만 결과적인 의미는 똑같은 것이다.

한참 회의가 진행된 것 같았을 때, 남 피디는 회의실로 호출을 받았다.

"지난번엔 아무렇지 않았는데 오늘은 별로 감이 안 좋아."

남 피디는 유채를 한참 바라보다 회의실로 갔다. 유채는 화가 났다. 다시 원점으로 돌아온 기분이다. 어쩔 줄 모르고 발을 동동 구르던 유채는 혜령을 인터뷰했던 기자에게 전화를 걸었다.

"도대체 보지도 않은 다큐를 가지고 그런 추측성 보도를 내면 어떻게 하냐구요!"

"추측성이라뇨. 단어는 정확하게 구분해서 표현하셔야죠. 제가 어디 그런 내용을 냈다고 하십니까?"

하는 말이, 그녀를 하찮게 보고 있는 것이 틀림없었다. 유채는 불쾌했다.

"그 사건이 어떻게 돌아갔는지나 알고 쓰신 거예요?"

불쾌하지만, 그래서 살쾡이처럼 마구 짖어대다 물어뜯고 싶지만, 그보다 한 수 위라는 걸 보여줘야 했다.

"내가 쓴 건 오 선생님과 관련된 사고 얘기였을 뿐입니다."

"그러니까! 그 얘길 왜 쓰시냐구요! 그 기사에 산모 이니셜이 몇 번이나 들어갔는지 알아요? 당신은 내가 오 선생님과 그 산모에게 이중 피해를 줬다고 말했는데, 그럼, 당신이 쓴 사고와 관련된 기사에 그 산모 이니셜을 넣은 건 삼중적 피해 아니겠냐구요! 그게 그냥 소스였어요? 그렇게 말할 수 있어요? 그리고 정말 그냥 소스였다면 그 산모를 이용한 건 정말 당신 아니에요? 당신이 말하는, '이슈' 때문에?"

유채는 쏟아내는 말들을 갈아 뱉듯 이를 잘근잘근 맞대며 다그쳤다.

"하……."

뭐라고 말하려던 그 기자는 한숨을 뿜듯 하더니 아무 말도 하지 않았다.

"당장 정정 보도 하세요! 안 그럼 오프 더 레코드 어쩌구 떠들면서 잘난 척하는 당신이 뭘 간과하고 떠들었는지 대대적으로 얻어맞으면서 깨달을 수도 있으니까!"

소리친 그녀는 팍— 전화를 끊었다. 그리고 씩씩거리며 돌아서다 윤표와 정면으로 마주쳤다.

"엄청 싸움닭이네."

칭찬은 아니고, 흘린 말도 아니고. 실망스럽단 건가?

"몰랐어요? 처음부터 당신한테 난 그런 이미지였을 텐데?"

유채는 그를 싸늘하게 흘기고 지나쳐갔다.

"넌 왜 화가 난 건데?"

윤표는 낮은 목소리로 옆을 스쳐 가는 유채에게 물었다. 유채의 발걸음이 뚝 멈췄다.

"당신이 나한테 질린 이유랑 똑같아요."

어쩔 수 없이 딱딱 끊기는 말투가 되고 말았다.

"질렸다고?"

윤표는 한쪽 눈을 흘겨 뜨고 유채를 돌아보았다.

"딱 보면 몰라요? 당신이 무슨 생각을 하는지 대충 알아서 묻진 않을게요. 어차피, 깊은 관계가 아니었기는 오 선생이나 저나 마찬가지잖아요."

"그게 무슨 뜻이야?"

윤표는 성질난 목소리로 물었다.

"되돌리기가 쉽다구요. 이해를 돕자면, 그냥 끝내기 쉽다구요."

"그게, 네가 바라는 거야?"

윤표는 험악한 얼굴로 물었다.

"당신이 원하는 거 아니었어요? 나같이 질 떨어지는 애랑 잠깐 입맞췄다는 게 무척 기분 상한 얼굴인데?"

"말이면 단 줄 알아?"

윤표는 유채의 팔을 움켜잡았다.

"우리 사이에 말 말고, 증명할 수 있는 게 있던가요?"

유채는 그가 잡은 팔을 휙 떨쳐내고 돌아섰다. 어쩔 수 없는 건가, 저 사람과는? 처음부터 틀린 퍼즐판 위에 퍼즐을 놓고 있는 것 같은 기분이었던 이유가, 결말이 뻔했기 때문이었어?

유채는 치밀고 솟으려는 눈물을 막으려 얼굴에 있는 힘을 주고 잽싸게 걸었다. 다행히 그는 따라올 마음도 없어 보였다. 제기랄.

※

남 피디가 회의실로 불려오는 사이, 윤표는 잠시 회의실을 나왔다. 저번 회의 때는 그의 도움을 받았다. 그리고 이번엔 자신이 도와줄 차례인데, 더 이상 할 말이 없는 까닭에 잠시 그로부터 도망치듯 밖으로 나올 수밖에 없었다. 당연히 기분은 최악이었다. 촬영이 중단되고 만다면 남 피디와 유채에게 미안할 것 같았다.

바람이라도 쐬려고 테라스로 나갔다가 유채를 만났다. 또 포악하게 성질을 내고 있는 그녀를. 그녀가 국민 산모가 된 건 자신 잘못이다. 그래서 더 이상 다치게 만들고 싶지 않았다. 그리고 그녀도 나름대로 자신을 지키기에 여념이 없어 보였다.

통화 내용이 혜령과 인터뷰를 했다는 기자인 모양이다. 결국 분노의 최고점에 있는 그녀와 말다툼을 하고 말았다. 사납게 쏘아붙이고 돌아서는 그녀를 잡을 힘이 없었다. 잡아도 뭐라고 해줄 말이 없었다. 촬영을 그만둘 수도 있다는 말밖에는 할 것이 없기 때문이다. 그렇다면 그녀는 더욱 성질만 낼 것이다. 그 모습을 최대한 늦게 봤으면 좋겠다고 생각했다.

윤표는 다시 회의실로 몸을 돌렸다. 그때 회의를 마친 사람들 뒤로 남 피디가 기진맥진한 얼굴로 걸어 나오고 있었다.

"어떻게……."

윤표는 그에게 조심스럽게 물었다. 남 피디는 허하게 웃어 보였다.

"소 선생님이 우리를 믿어주고 있다는 말에 감격했습니다."

윤표는 할 말이 없었다. 자신이 큰 힘이 되지 못하는 게 미안할 뿐이었다.

"유채 씨를 빼고 진행하는 걸로 결론이 났습니다."

"네?"

윤표는 경악하고 말았다. 최악의 시나리오다.

"솔직히 저도 유채 씨를 우리 다큐 리포터로 결정했을 때 유채 씨의 국민 산모란 닉네임이 주는 이슈에 혹해서였어요. 그런데 그 이슈라는 것 때문에 유채 씨가 결국 치명타를 입게 되네요."

남 피디는 힘없이 말했다.

"최종 결정 사항입니까?"

윤표는 다급히 물었다.

"권고 사항이죠. 결국 제가 결정하게 되는 거더군요. 유채 씨를 빼고 진행할 수 있다고 말하면 계속하는 것이고, 그렇게 못하겠다고 말하면 그대로 끝인 겁니다."

"그럼 안 돼요!"

앞뒤 생각할 겨를도 없이 소리치고 말았다. 남 피디는 다소 당황하다 빙긋 웃었다.

"그렇죠. 안 되겠죠? 결국 유채 씨가 우리 고정이 될 수 있었던 건 소 선생님이 만들어준 그 닉네임 덕분인데. 또 선생님은 우릴 믿어주시고 있고. 유채 씨랑 선생님이랑 우리 팀, 그렇게 연결되어 있는데 유채 씨가 빠지면 재미없겠죠?"

머릿속이 초강력 회오리에 엉망진창이 되었다.

"그래서 결정은……?"

윤표는 힘이 들어간 목소리로 물었다.

"하루 생각할 시간을 얻었습니다. 그럼 전 그 하루를 어떻게 하면 잘 쓸 수 있을지 고민하러 가야겠네요."

남 피디는 쓸쓸한 미소를 남기고 자리를 떠났다. 윤표는 아무도 남지 않은 텅 빈 회의실의 활짝 열려진 문 앞에 굳은 듯이 섰다. 유채, 그녀에게 무슨 일이 일어나고 있는 거지? 그리고 자신이 하는 일은? 남 피디가 하는 말이 가슴에 와 박혔다. 자신이 촬영팀을 믿어주고 있다는 말. 윤표는 그 말을 되새겼다. 그 말이, 유채도 믿고 있다는 말인가 하는.

분만 스케줄이 잡힌 윤표는 분만실로 갔다. 장장 6시간 만에 산모는 아기를 출산했다. 윤표는 손에 받은 아이를 보고 당황했다. 간호사들도 깜짝 놀라 커진 눈으로 아이와 윤표를 보았다. 윤표는 간호사들에게 눈을 부릅뜨며 조용하라는 눈짓을 했다. 그러자 간호사들은 서둘러 시선을 흩뜨리며 물러섰다. 산모는 힘을 소진해 탈수 직전이었다.

"아들이에요. 아기가 좀 작은 것 같으니 검사를 좀 한 후에 보여 드릴게요."

윤표는 서둘러 이 간호사에게 아기를 넘겨주었다. 당황한 이 간호사는 아기를 안고 분만실을 뛰어나갔다. 자리에서 일어난 윤표는 당황하는 산모의 남편에게 따라오라는 눈짓을 했다. 뭔가 직감한 듯 산모의 남편은 걱정 말라고 산모를 안심시켜준 후 윤표를 따라나왔다.

윤표는 신생아실이 아닌 소아과 중환자실로 옮겨가는 아이를 급히 따라 걸어가며 산모의 남편에게 말했다.

"아시겠지만 산전에 이루어지는 기형아 검사나 다른 검사들이 백 퍼센트 확실하지 않다는 것은 들으셨을 겁니다."

"네."

마음의 준비를 한 듯 남편의 목소리는 무거웠다.

"특히 이번 아드님 경우는 피부에 이상이 있는 유형이라, 양수가 찬 엄마 뱃속에 있을 경우에는 그 이상을 발견하기가 힘이 듭니다."

윤표는 소아과 중환자실 앞에 걸음을 멈추었다. 방금 안으로 들어간 이 간호사가 안고 있던 아기를 인큐베이터 안에 뉘이고 있었다.

"아드님은 이츠드요시스(ichthyosis), 다시 말해 어린선이라는 유전성 각화증입니다."

윤표의 말이 끝남과 동시에 인큐베이터 앞에 있던 이 간호사가 옆쪽으로 몸을 옮겼다. 그러자 인큐베이터 안에는 물고기 비늘 같은, 얇은 살갗이 분홍색인 아기가 눈도 제대로 뜨지 못한 채 몸을 웅숭그리고 누워 있었다. 충격을 받은 남편은 비틀거렸다. 윤표는 얼른 그의 어깨를 잡아주었다.

"흔들리시면 안 됩니다."

윤표는 착잡하게 말했다. 산모 남편의 눈에서 눈물이 주룩 흘러내렸다.

"얼마 전, 어린선인 5살 여자아이가 알려진 적이 있습니다. 보통 생후 수일 내 사망할 수도 있지만 그렇지 않은 예도 있다는 거예요. 땀구멍이 없기 때문에 열을 배출할 수 없어 피부가 금방 마를 겁니다. 그렇게 되지 않도록 신경을 써주면 그 아이처럼 오래 살 수 있어요. 또 후천적으로 청소년기에 증상이 생긴 환자 중에는 이십 대도 있구요."

산모의 남편은 자신의 팔을 잡고 있는 윤표의 손을 굳게 잡았다.

"꼭 살려주세요. 집에 데려가서 보살필 수 있도록."

눈물 젖은 그의 목소리에 윤표는 가슴이 뭉클해졌다.

"그렇게 하겠습니다. 산모님에게도 잘 말씀해주세요. 힘드시면 제가⋯⋯."

"아니요. 제가 먼저 말해주겠습니다. 지금은 말고, 애 엄마가 몸을 추스른 후에 말이죠. 그리고 나서 선생님께서 다시 설명해주세요."

"알겠습니다."

윤표는 인큐베이터 안의 아기를 돌아보았다. 산모의 남편은 한 발짝 앞으로 더 다가가 유리벽에 손을 짚고 아기를 바라보았다. 아기가 가늘게 눈을 떴다. 그러자 그는 유리벽을 짚었던 손을 아기에게 흔들어 보이며 미소 지었다. 두 눈에서 흐르는 눈물이 멈춰지지 않은 채로. 윤표는 덩달아 눈물이 날 것만 같아 서둘러 몸을 돌렸다. 자신이 어린선인 아기를 받은 건 처음이었다.

윤표는 착잡해하며 진료실로 향했다. 그러다 허둥지둥 정신없이 돌아다니는 남 피디를 만났다.

"혹시 유채 씨 못 봤어요?"

"네?"

윤표는 당황했다.

"갑자기 안 보여요. 회의하려고 호출했는데 전화도 안 받고."

남 피디는 경황이 없는 듯 핸드폰을 보며 머리를 쓸어올렸다.

"렌털 하우스엔……."

윤표는 덩달아 두근거리는 심장 운동을 애써 누르며 침착하게 물었다.

"이미 찾아갔던 카메라맨이 전화해왔어요. 짐을 싸서 나간 것 같다네요. 짐이 없대요."

"뭐라구요?"

윤표는 팽팽해진 심장이 뺑 터지는 기분이 들었다.

"아, 자전거. 자전거 타고 다니잖아요."

"자전거는 그냥 보관소에 있더랍니다. 도대체 어쩌려는 건지."

남 피디는 난감한 표정을 지을 뿐이었다.

그에게서 돌아선 윤표는 서둘러 유채에게 전화를 걸었지만 전원이 꺼져 있다는 메시지만 들을 수 있었다. 렌털 하우스에도 없고, 병원에도 없다면, 어디로 간 거지? 혹시, 집?

윤표는 서둘러 유채의 올케 이름으로 된 신상명세서를 확인했다. 그리고 거기에 적힌 집 전화번호로 전화를 걸었다.

"유채는 병원에서 촬영 중인데. 누구여요?"

그녀의 고모로 추정되는 여자는 아무 의심 없이 대답해주었다. 집에도 없다. 그럼 도대체 어딜 간 거지, 이 여자가? 윤표는 답답해진 머리를 마구 휘저으며 로비를 둘러보았다. 그녀가 있어야 할 자리에 그녀는 없었다.

그대로 사라진다면 어떻게 하지? 작정하고 숨는다면 도대체 어떻게 찾아야 하는 거야. 지난 국민 산모 사건으로 사람들에게 맞은 뭇매로 힘들어했던 것 같은데, 똑같은 상황이 또 생기게 되니 그녀가 극단적인 결정을 할지도 모른다는 짐작을 하고 말았다. 망할!

✳

남 피디가 회의실에 들어간 후, 유채는 자신이 어떻게 해야 할지 감이 잡혔다. 이 촬영에서 가장 문제가 되는 것은 자신이었다. 자신만 없다면 순조롭게 진행될 촬영이었다. 그래서 유채는 렌털 하우스로 가 짐을 쌌다. 자신이 사라지면 처음에는 좀 당황스럽겠지만 곧 순발력 있게 촬영할 수 있을 거라고 유채는 생각했다.

다부진 표정으로 모자를 뒤집어쓴 유채는 렌털 하우스를 나와 자전거를 타고 병원으로 향했다. 모자를 써서 사람들의 시선을 피하기는 어렵지 않았다. 유채는 재빨리 보관소에 자전거를 묶어두고 버스 정류장으로 향했다. 그때 지나가던 간호사들의 말소리를 들었다.

"산부인과에 어린선 증상인 아기가 태어났대."

"정말? 그거 되게 희귀질환인데."

"애기 부모가 놀랬겠다. 어쩐대?"

"소아과 중환자실에서 신경 쓰고 있대. 언제 죽을지 모르니까 다들 예민한 상태인가 봐."

그들의 대화에 귀가 확 쏠린 유채는 걸음을 멈추고 산부인과가 있는 건물을 올려다보았다. 어린선 아기라. 도서관에서 사진을 본 기억이 났다. 촬영도 불투명한 가운데, 유채는 그 아기를 촬영할 수 있으면 얼마나 좋을까 생각했다. 그리고 피식 웃었다. 이제 신경 쓰지 말아야 하는데. 그런데 '만약 그 아기도 그냥 이슈처럼 떠돌다 말면 어떡하지?'란 생각이 들었다. 이슈란 말은 이제 징글징글하다. 그런데 그 아기도 그런 취급을 받는다면? 촬영 중이라면, 사람들이 잘 모르는 증상들을 알려서 혹시나 일상생활 속에서 그런 증상을 가진 아기나 사람을 만났을 때, 놀라지 않고 자연스럽게 받아들여주는 사회가 되면 좋겠다는 생각을 했을 것이다. 하지만 그러지도 못하는 상황에서 그냥 소아과 중환자실에서 사라질지도 모를 아기를 생각하니 마음이 짠해져 발걸음이 돌아서지지 않았다.

유채는 그 아기를 먼발치에서나마 보고 싶어 사람들의 눈을 피해 소아과 중환자실을 물어물어 찾아갔다. 다행히 안면이 조금 있는 소아과 중환자실 상주 간호사가 있어 그녀의 도움으로 인큐베이터가 있는 중환자실로 들어갈 수 있었다. 유리벽 너머에는 몇 개의 인큐베이터가 있었고, 그 가운데 분홍빛의 아기가 막 잠에서 깬 듯 하품을 했다. 그 모습이 너무 귀엽고, 또 그만큼 측은했다. 유채는 애잔한 미소를 띠며 아기를 바라보았다.

"아기 이름이 평강이래요. 평강하게 자라라고 지었대요."

지나가던 간호사는 유채의 시선이 머문 아기를 바라보더니 나지막이 말해주었다. 고개가 끄덕여졌다. 이름에 주문이 걸린다는 말처럼, 이름대로만 살았으면 좋겠다. 유채는 두 손을 꼭 쥐고 아기를 바라보았다. 매일 병원에서 태어나는 아기들 못지않게, 떠나는 아기들도 적지 않았다. 제발 이 아기만은 쉽게 부모님 곁을 떠나지 않길 유채는 진심으로 기도했다.

한참 아기를 바라보던 유채에게 사람의 기척이 느껴졌다. 무심코 고개를 돌리던 유채는 깜짝 놀랐다. 한 중년의 여인이 눈물을 흘리며 유채가 바라보던 아기를 하염없이 바라보고 있었다. 그녀는 분명 전에 로비에서 보았던 윤표의 어머니였다. 그녀의 뺨에 눈물이 흐르고 있었다. 유채는 당황했다. 그러나 정작 윤표의 어머니는 자신의 얼굴에 눈물이 흐르는 것도, 갑자기 쏟아진 눈물이 턱 끝에 맺혀 있는 것도 모른 채 인큐베이터 속의 아기만 물끄러미 바라보고 있는 것 같았다. 당황하던 유채는 얼른 가방에서 티슈를 꺼내 그녀 앞에 내밀었다. 그제야 유채의 존재를 느꼈는지 윤표의 어머니는 뺨에 흐른 눈물에 놀랐다.

"고마워요."

윤표의 어머니는 유채가 내민 휴지를 받아들고 몸을 돌려 서둘러 눈물을 닦았다.

"소 선생님 어머니시죠?"

유채는 공손히 물었다.

"날 어떻게……?"

그녀는 놀란 눈으로 유채를 바라보았다. 눈물 때문에 눈이 빨갰다.

"전에 로비에서 뵀어요. 두 분이 함께 계셔서……."

"아, 그랬군요. 어느 과예요?"

그녀는 인자한 미소를 지으며 물었다. 윤표는 왜 이런 인자한 미소를 가진 어머니와 잘 지내지 못하고 있는 걸까? 정말 이 미소가 그의 말대로 가식적인 대외용 미소일까? 윤표와 다툰 후라 그런지 그의 말이 그다지 곱게 기억되지 않았다.

"전, 아나운서예요. 유채라고 합니다. 여기 산부인과에서 다큐멘터리를 찍고 있습니다."

유채는 정중하게 말했다.

"아, 얘기는 들었어요. 여기도 찍나 보죠?"

말하던 그녀의 눈이 인큐베이터 안의 아기에게로 다시 쏠렸다. 그와 동시에 눈빛이 다시 불투명해졌다.

"평강이래요, 아기 이름이……."

유채는 아기를 바라보며 나직이 말했다.

"평강이…… 예쁜 이름이네."

그녀는 아기의 이름을 음미했다. 유채는 그런 그녀의 목소리가 가늘게 울먹이고 있다는 것을 알았다. 그녀는 아기에게 빨려 들어가듯 그대로 아기만 바라보고 있었다. 입술도 가늘게 떨렸다. 이유는 모르지만 쉽게 마음을 다잡지 못하는 그녀를 그대로 둘 수가 없었다.

유채는 매점으로 달려가 따끈하게 데워진 곡물차를 사 가지고 돌아왔다. 이건 순전히 울고 있는 윤표의 어머니 때문이지, 그 인간 때문이 아니다. 유채가 소아과 중환자실에 도착했을 때 윤표의 어머니는 막 중환자실을 나서고 있었다. 다 젖은 휴지에 아직도 눈물을 닦고 있었다.

"저기, 어머니."

저도 모르게 '어머니'라고 부르고 말았다. 생애 처음 입에서 '어머니'라는 말이 나왔다. 말을 하고도 당혹스러워진 유채는 어찌할 바를 몰라 했다. 그런 유채를 돌아본 윤표의 어머니는 생긋 웃었다. 유채는 용기를 내어 그녀에게 다가가 손에 따뜻한 캔을 쥐여주었다.

"따뜻해요. 천천히 드세요."

유채는 황망하게 말하며 캔을 쥐는 그녀의 손을 꼭 잡았다. 윤표의 어머니는 미소만큼 체온도 따뜻했다.

"고마워요. 잘 마실게요."

윤표의 어머니는 고마운 미소를 지으며 손 안의 캔을 들여다보았다. 유채는 그녀에게 인사를 하고 돌아섰다.

"저기."

이번엔 윤표의 어머니가 유채를 불러세웠다. 유채는 얼른 그녀를 돌아보았다.

"잠깐 바람 좀 쐬고 싶은데, 나랑 같이 차 마셔줄래요? 산부인과 다큐멘터리를 찍는다면 내 아들하고 초면은 아닐 것 같은데."

너무 초면이 아니어서 탈이지.

"바쁜 사람을 잡았나? 어디 가는 것 같은데."

그녀는 유채의 행색을 살피다 미안해했다.

"아, 아닙니다. 저도 마침 쉬는 시간이거든요."

유채는 서둘러 손을 내저으며 그녀를 향해 웃었다.

비밀은 없다. 다만 네가 모르는 것이 있을 뿐이다.
— 작자 미상

 유채와 윤표의 어머니는 옥상 가든 벤치에 나란히 앉았다.

"여기 어때요? 윤표 아빠가 살아 있을 때 의사들이랑 환자들 쉬기 좋게 하려고, 이렇게 옥상에 가든을 만들었어요. 보기보다 오래 걸린 공사였는데. 여전히 잘 가꿔지고 있어서 다행이네."

윤표의 어머니는 유채가 따준 캔을 조금씩 마시며 가든을 둘러보았다. 유채의 손에는 윤표의 어머니가 뽑아준 자판기 커피가 들려 있었다.

"혹시 아까 그 아기도 이번 촬영에 들어가나요? 그래서 온 거예요?"

윤표의 어머니는 궁금한 듯 물었다.

"그건 아직……."

유채는 차마 자신이 중도 하차하거나, 촬영이 중단된다는 말은 할 수 없었다.

"궁금해서요. 이 병원에서 어린선 아기가 태어난 건 처음인 것 같아서."

"처음은 아닐 텐데……."

윤표의 어머니는 푹 꺼지는 목소리로 말했다. 유채가 의아해하며 돌아보았지만 그녀는 더 이상 아무 말도 하지 않았다. 얼굴빛이 아까보다 더 좋지 않아졌다. 유채는 무슨 말이든 해야 할 것 같아 서둘러 말문을 열었다.

"저는 아기들 중환자실이 있다는 것도 몰랐어요. 가끔 소아과 병동을 찍은 다큐멘터리를 보긴 했지만, 이렇게 작은 갓난아기들이 인큐베이터에 실려 중환자실에 모여 있을 줄은 상상도 못했어요. 태어나는 순간부터 고행이구나, 싶으니까 그 애들이 참 안쓰러워요."

순간 윤표 어머니의 손등에 눈물이 툭 떨어졌다.

"어, 어머니……."

당황한 유채는 어쩔 줄을 모르고 윤표 어머니의 안색을 살폈다.

"미안해요. 초면에 이런……."

그녀는 겨우 말을 했지만 흐느낌은 멈추지 못했다. 어찌할 바를 모르던 유채는 자신보다 어깨가 조금 낮은 윤표의 어머니를 감싸 안았다. 그리고 아무 말 없이 천천히 토닥였다. 그러자 그녀는 더 크게 흐느꼈다. 터질 것처럼 입술을 깨물었지만 어쩔 수 없이 흐르는 슬픔. 어떤 아픔이 있기에 이렇게 낯선 여자의 손길에 감정을 터뜨리는지 궁금했다. 하지만 물을 수는 없었다. 단지, 그녀가 자신에게 기대 울 수 있는 것도 다행이란 생각이 들었다.

잠시 후, 겨우 감정을 추스린 윤표의 어머니는 코가 팽팽해진 목소리로 말했다.

"우리 아들이 이 꼴을 보면 창피하다고 하겠네. 같이 일하는 여자 앞에서 이런 추태를 보였다고……."

윤표의 어머니는 민망해했다.

"괜찮습니다. 같이 작업하다 보니 그분하고 많이 친해졌어요. 그리고 오늘 일은 비밀로 해드릴게요. 그럼 되죠?"

유채는 그녀를 향해 방긋 웃었다. 그러자 그녀도 방긋 웃으며 유채를 물끄러미 보았다.

"우리 아들이랑 친하다니, 내가 다 부럽네."

모르는 사람이 들었다면 그냥 일종의, 아들의 친한 친구에 대한 농담이라고 들었을 것이다. 하지만 윤표가 그의 어머니를 어떻게 생각하고 있는지 알기에 유채는 그 말을 흘려들을 수 없었다.

"저, 이건 어쩌면 제가 건방질지도 모르겠는데요……."

유채는 머리를 긁적이며 쭈뼛거렸다. 그 인간과 별로 좋지도 않은데 이런 오지랖을 떨어도 되나 싶기도 했다. 하지만 웃는 모습과 우는 모습이 똑같이 가녀린 그의 어머니를 돕고 싶었다.

"응?"

윤표의 어머니는 고개를 갸웃하며 유채를 보았다. 소녀 같은 모습이다. 윤표는 왜 이런 어머니와 친해지지 못했지? 자신은 금방 그녀와 친해진 기분인데.

"어머니가 먼저 다가가시면 어때요?"

유채의 말에 윤표 어머니의 눈이 커졌다. 뭘 알고 있느냐는 물음의 눈빛이었다.

"전 어머니가 안 계세요. 그런 얘기를 은연중에 소 선생님이랑 한 적이 있는데, 소 선생님은 어머니가 계시다는 행운을 모르는 모양이더라구요. 그건 아마, 어머니가 계시기 때문일 거예요. 저처럼 없는 사람은 금방 아는 걸, 그 선생님은 아직 애기처럼 잘 모르는 것 같으니까. 원래 있을 때는 잘 모르잖아요, 사람이. 이건 어머님을 나무라는 게 아니지만요. 그렇게 생겨먹은 아들이니까, 어머님이 당겨보시는 건 어떠세요?

어머님이 먼저 뭔가 하시면 어쩔 수 없이 따라올지도 모르잖아요. 제가 보기에, 소 선생님도 어머님과 얘기하고 싶은 게 분명해요. 좀 퉁명스럽게 굴어도 실제로는 되게 다정한 사람이니까. 어머님도 아시죠?"

윤표 어머니의 눈빛이 흔들렸다. 알고 있지만 감히 시도하지 못하겠다는 암묵의 목소리가 깔려 있는 듯했다.

"가족이 딱 어머님과 선생님, 두 분인 걸로 알고 있어요. 그 둘이면 충분히 외롭지 않을 수 있지 않나요? 혼자가 아닌 둘이니까. 그리고 그냥 둘이 아니라 가족이니까."

유채는 그녀의 눈치를 살피며 조심스럽게 말했다. 괜한 참견은 접으라는 한소리를 들을지도 몰라 겁도 조금 났다. 그러나 뜻밖에도 그녀는 미소 지었다.

"우리 윤표랑 아주 친한가 봐요? 그죠?"

그녀의 물음에 유채는 그만 얼굴이 빨개져버렸다.

"좋은 사람을 가까이 뒀네, 우리 아들이."

윤표의 어머니는 유채를 흐뭇하게 바라보았다. 다행이다. 화내지 않아서. 그녀의 미소를 보며 유채는 어쩌면 윤표도 가족이란 이름에서 이제 더 이상 외로움을 느끼지 않을 거란 막연한 기대감이 들었다.

"이름을 들으니까 생각나네. 병원에 불미스런 일이 있다고……."

순간 유채의 얼굴은 타들어가듯 빨개졌다. 불미스런 사건의 중심에 있는 애가 무슨 간섭질인가도 싶었다.

"예전엔, 사람들이 흠 잡을 말도 열 번 이상은 생각하고 말했었는데, 요즘엔 바로 내뱉는 걸 솔직한 충고의 미덕이라고 잘못 아는 사람들이 많은 것 같더라구요."

생각보다 이해심이 넓은 분 같다. 이로 미루어볼 때 윤표가 무조건 잘못하고 있다는 판단이 90% 이상 든다. 그 성질 급해, 제멋대로 생각해버리는 인간이 충분히 그럴 수 있다.

"그 기자가 말한 대로 방송이 나간다면 분명 그건 촬영한 사람들 잘못일 거예요. 하지만 유채 씨를 이렇게 만나고 보니, 그러지 않을 것 같은데. 부디 잘 해결되길 바랄게요."

윤표 어머니는 유채의 어깨를 다독이며 자리에서 일어났다. 어머니의 손길이 이런 걸까. 아버지가 다독이던 묵직한 느낌이 아닌, 가벼우면서도 잡아 이끄는 따뜻한 손길. 윤표가 아무런 잘못이 없다고 해도 딱 하나 잘못한 건 분명히 있는 것 같다. 이런 손길을 모른 척하고 수많은 세월을 흘려보낸 잘못 말이다.

❄

윤표는 초조하게 진료실에 앉아 있었다. 갑자기 사라진 유채를 어떻게 찾아야 할지 난감했다. 그녀가 갈 만하고, 자신이 찾을 수 있는 곳이라고는 병원과 렌털 하우스가 전부였다. 이렇게 그녀를 잃는 건가? 갑자기 두려워지기 시작했다. 문을 열고 나가면 그 여자가 버티고 있을 것만 같은데. 지금이라도 나타나서, 상황만 보고 제 여자를 몰지각하게 생각하는 나쁜 놈이라고 욕해주면 좋겠다고 생각했다. 그녀를 위로해 줘야 했다. 이제 와 이런 생각을 하는 건 너무 늦은 건가?

윤표는 책상 앞 의자에 앉아 열리지 않는 문을 노려보았다. 열려라. 그리고 나타나라, 이 여자야. 그러면 다신 도망 못 가게 꽉 안을 것 같은데. 윤표는 주문을 외듯 눈이 터져라 문을 노려보았다. 그때, 탁자 위의 핸드폰이 울렸다. 퍼뜩 놀란 윤표는 상체를 곧추세우고 핸드폰을 들여다보았다. 발신인이 어머니였다. 윤표는 우는 핸드폰을 그대로 밀어버렸다. 그러나 벨소리는 끊이지 않았다. 마치 받을 때까지 끊지 않겠다는 듯. 윤표는 하는 수 없이 전화를 받았다.

"여보세요."

"퇴근하니?"

평소 어머니의 목소리와 조금 달랐다. 자랑하듯 명랑하지도, 아픈 척 우울하지도 않았다. 뭔가에 걸러진 것 같은 이 느낌은 뭐지?

"잠깐 집에 올래?"

어머니의 말에 윤표는 일언반구 대꾸할 수도 없었다. 화를 풀어줄, 다른 여자를 만나야 한다는 말이 입에서 나오지 않았다. 오늘은 어쩐지 어머니를 만나야 할 것 같았다.

집에 도착하자 윤표를 반기는 어머니의 모습은 낯설었다. 그러면서도 어릴 적 생각이 나게 만들었다. 어머니의 표정은 윤표가 희미하게 기억하는, 유치원에서 돌아오는 자신을 반기던 그때의 어머니 모습이었다. 젊어지신 건가?

"병원 촬영은 언제까지니?"

거실 소파에 앉는 윤표를 향해 어머니는 다정하게 물었다. 집 안 공기가 이상하다. 윤표는 답답한 재킷의 단추를 하나 풀며 주위를 둘러보았다. 유난히 조용하다.

"가사 도우미 아주머니, 어디 가셨어요?"

윤표는 단조롭게 물었다.

"아, 이제 이틀에 한 번, 청소만 하러 오실 거다."

"네?"

윤표는 깜짝 놀랐다. 손에 물 한 방울 묻히기 싫으신 어머니가 지금 무슨 말씀을……? 단식 기도원에 들어가시나? 윤표가 의아한 눈으로 돌아보자 어머니는 웃었다.

"나 혼자 있는데, 나 먹을 거 만드는 사람 따로 두는 것도 그렇고 해서. 적당히 내가 해먹고 살아보려고. 또 그러면 네가 좀 더 날 자주 찾아오려나 싶기도 하고. 뭐 바쁘면 안 와도 되고."

앞에 앉은 사람이 진정 자신의 어머니가 확실한지 윤표는 헷갈리기만 했다. 자신의 어머니가 확실히 아니라고 말하고 싶었다.

윤표가 당황하여 이리저리 시선을 돌리자 갑자기 어머니는 소리 내어 웃기 시작했다.

"하하하! 그 아가씨 말이 딱 맞네. 진작 만났으면 좋았을걸. 네 반응 너무 재밌다. 하하하!"

이건 또 무슨 사람 잡는 소리야?

"이름이 뭐라더라. 유……채? 꽃 이름이던데. 맞지? 유채."

헉! 윤표는 점점 더 확신이 들었다. 이 사람은 자신의 어머니가 아니다!

"어, 어떻게 그 여자 이름을……?"

"아까 병원에서 만났어."

어머니 얼굴에 온화한 미소가 퍼졌다.

"그 여자가 병원에 있었다구요?"

윤표는 펄쩍 뛰었다.

"응. 소아과 중환자실에."

짐 싸들고 나갔다는 여자가 거긴 왜? 당장 병원으로 튀어가고 싶어 발바닥이 꼼지락거리는 것을 윤표는 겨우 참았다.

"병원에 오셨었어요?"

지금까지와 정말 다른 어머니다. 병원에 말없이 오신 적이 없으셨는데. 그때마다 바쁘다는 핑계를 대느라 정신없었는데, 그런 핑계를 만들 일 없이 다녀가셨다니. 그리고 유채는 왜?

"좋은 아가씨더라. 그 아가씨 아니었으면 이렇게 오늘 널 부를 용기가 나지 않았을 거야."

"도대체 무슨……."

윤표는 얼떨떨했다. 이제 어머니가 제대로 보이기 시작했다. 그러나 유채를 만난 이유는 납득이 가지 않았다. 설마, 이제 막 시작하는 사이에 또 혜령에게 하듯 무슨 말씀을 하시려고 만나신 건 아니겠지. 게다가 지금은 아주 거지 같은 상황인데.

"며칠 전이 동생 기일이었다는 거 알아. 넌 또 동생 보러 양평에 다녀왔겠지."

어머니의 얼굴은 담담해졌다.

"어떻게 그걸……."

어머니가 동생의 기일을 알 거라고는 상상도 못했다. 동생의 존재도 머리에서 지운 분이라고 생각했는데.

"미안하다. 그동안 누구보다 궁금하고 답답했을 너인데 내가 모른 척했다. 그냥, 내가 당연히 감당할 빚이라고 생각했어. 그 이후로 계속 네 마음이 다치고 있다는 걸 몰랐다. 미안하다, 윤표야."

어머니의 눈이 촉촉해졌다.

"어머니……."

윤표는 당황했다. 어머니는 애틋함과 그리움에 찬 얼굴로 말을 이었다.

"네 동생 일은, 내가 할 말이 없다. 네 동생은 세상에 나오자마자 죽었다고 네 아버지가 말했거든."

윤표는 충격을 받았다. 아버지가 멀쩡한 아이를 죽었다고 했다고? 왜? 어머니에게 느꼈던 배신과 미움의 화살이 아버지에게로 옮겨가는 것 같았다.

"자세히 말씀해보세요. 아버지가, 왜요?"

"오늘 병원에 갔다가 들었어. 어린……선 아기가 태어났다며? 네가 받았다고 하더라만……."

갑자기 복받치는지 어머니의 목소리가 흔들리면서 눈에 눈물이 가득 보였다.

"네, 오전에……."

윤표는 걷잡을 수 없이 파도가 치는 마음을 애써 진정시키며 대답했다.

"네 동생도 어린선이었어."

"네?"

인큐베이터에 누워 있던 동생이 어린선이었다고? 윤표는 쿵쾅거리는 가슴을 애써 추스리며 어릴 적 동생을 보던 그때 모습과 오늘 어린선 아기가 있는 모습을 오버랩시켜보았다. 맞는 것 같기도 하고, 아닌 것 같기도 하다. 크게 한 대 맞은 기분이라 기억마저 초점이 맞지 않았다.

"태조병원에서 처음 어린선 아기가 태어난 거지. 의료진들은 아기가 곧 죽을 거라고 했고, 그래서 네 아버진 그냥 내게, 네 동생은 세상에 나오자마자 죽었다고 한 거야. 내가 받을 충격을 생각해서."

윤표의 주먹 쥔 손이 부들부들 떨렸다. 지금까지 자신이 뭘 잘못 알고 있었는지 납득이 가지 않았다.

"난 아이를 잃은 상실감으로 우울증이란 걸 앓았어. 그래서 너도 잘 돌보지 못했구나. 나중에 네 아버지가 돌아가실 때, 네 동생 기일이 스무 날 후라고 말해줘서 알았어. 이유도 모르는 그런 희귀병을 가지고 태어나 사흘을 못 버티고 세상을 떠났다고. 만일 계속 살았다면, 그때 사정 이야기를 해주면 내가 이해할 수 있을 거라고 생각해서 기다렸던 거라고. 그런데 아이가 저 세상으로 갔다고 말이다."

담담하려 애쓰는 어머니의 뺨 위로 눈물이 흘렀다.

"네 아버진 돌아가시면서 후회하시더구나. 어차피 죽을 아이였지만 엄마 얼굴 못 보게 한 게 후회가 되더라고. 내가 받을 충격 때문에 내 생각만 했지, 정작 엄마 뱃속에 있었던 아이가 엄마를 얼마나 보고 싶어 했을지는 생각지 못했다고. 어쨌든 난 네가 나한테 화내는 것에 대해 변명할 것이 없었다. 아버지가 숨긴 것도 날 위한 것이니까 결국은 내 잘못이고, 내 잘못으로 네 동생이 그렇게 태어난 것 같아 할 말이 없었어. 또 내 손길 한 번 받지 못하고 죽은 아이에게 뭘 변명하겠니. 나중에 죽어서 하늘에서 본다면 실컷 안아주겠다고 생각했는데, 얼굴도 모르는 아이를 어떻게 찾나도 싶고, 먼저 간 네 아버지가 찾아서 나한테 보여줬으면 좋겠다 싶기도 했고……. 대신, 기일이 되면 교회에서 하루 종일 기도했다. 부디 천국에서 날 닮은 모습으로 있어 달라고……. 난 네가 원망하는 마음, 충분히 알겠어서 너에게 변명도 못했던 거야. 그런데 오늘, 네 동생을 낳은 그 병원에서 어린선 아기가 태어났다니 믿을 수가 없었다. 어떻게 네 동생 기일에 맞춰 그런 아기가……. 난 꼭 그 아기가 네 동생 같아서 안 볼 수가 없었어. 그래서 그 아기를 보러 소아과 중환자실에 갔다. 내가 낳고도 못 본 아기를 보는 기분이었지. 덥석 안아주고 싶을 정도로 가엾은 그 아기를……. 거기서 유채란 아가씨를 만난 거고."

눈물을 머금은 어머니는 윤표를 보며 미소를 지었다.

"그 아가씨가 그러더구나. 내가 먼저 너에게 말을 걸어보라고. 내가 먼저 너에게 다가가면 너도 어쩔 수 없이 따라올 거라고. 넌 그런 아이라고. 퉁명스럽지만 다정한 아이라고 말이야. 그 아가씨 덕분에 오늘 이런 말을 할 결정을 내린 거야. 어쩌면 그 아가씨가 아니었으면 네 아버지처럼 죽을 때가 되어서야 후회했을지도 몰라. 진작 말해줄걸, 하면서. 만나면 내가 고맙다고 하더라고 꼭 말해다오. 둘이 친한 것 같은데 집에 데려와도 좋고."

말을 하는 어머니의 눈길을 보니 시선이 윤표의 손에 멈춰 있었다. 잡고 싶지만 그간의 간격으로 쉽게 손이 뻗어지지 않는 것 같았다. 언제나 그랬다. 윤표를 향해 뻗던 손을 황망하게 접는 어머니를 윤표 스스로 외면했던 것이 한두 번이 아니었다.

"죄송해요, 어머니."

윤표는 어머니의 손을 두 손으로 당겨 그러쥐었다. 어머니의 체온이 그에게 옮겨지면서 윤표의 눈에서 뜨거운 눈물이 한순간에 왈칵 쏟아졌다. 윤표는 어머니의 손등에 이마를 묻으며 흐느껴 울었다. 어머니는 그런 윤표를 끌어안고 윤표의 등을 아주 천천히, 따뜻하게 쓰다듬었다. 윤표는 그동안 안지 못했던 그 양만큼 어머니를 바스러지도록 안았다.

✽

윤표의 어머니와 옥상에서 내려온 유채는 현관에서 그녀와 인사를 하고 돌아서다 앞을 딱 막는 남 피디와 마주쳤다.

"짐은 왜 싸들고 다녀. 요즘 새 트렌드야?"

남 피디의 호통 같은 말에 유채는 찔끔했다.

"우는 거 이젠 안 통해. 짐만 안 쌌어도 우는 거 봐줄 수 있었는데, 괘씸해서 안 되겠어!"

남 피디는 짐짓 분통을 터뜨렸다. 그러면서 유채를 회의실로 데려갔다.

남 피디의 말을 들은 유채는 한동안 멍했다. 자신의 생각과 별반 다르지 않은 회의 결과였다.

"경우의 수야. 자네뿐만 아니라 우리 모두 빠질 수도 있어."

"병원에서는 그다지 이슈를 좋아하지 않나 봐요?"

유채는 농담하듯 말했다. 남 피디는 피식 웃었다.

"그래. 정말 예능이었으면 이번 일, 웬 떡이냐 하면서 프로그램 홍보용으로 곰국 끓이듯 푹 삶아서 마지막 국물 한 방울 나올 때까지 써먹었을 텐데."

웃고는 있지만 유채와 똑같이 남 피디도 착잡해하고 있었다.

"제가 빠질게요. 그러려고 했어요. 그래서 별로 충격 안 먹고 빠질 수 있어요."

유채는 담담히 말했다. 남 피디는 답답한 얼굴로 유채를 뚫어지게 바라만 보았다. 유채는 애써 웃어 보였다.

"에이, 이렇게 구구절절 말하고 싶지 않아서 그냥 조용히 사라지려고 했는데. 그게 맞는 거잖아요. 혼자 빠지기 싫다고, 끝까지 하겠다고 하는 건 제 욕심이잖아요. 이렇게 고정 할 수 있었던 것도 피디님 덕분인데."

"엄밀히 말하면 소 선생이랑 자네 덕분이지."

"에?"

시선을 내리깔던 유채는 그를 황망하게 올려다보았다.

"그건 무시하지 못할 거야. 국민 산모란 닉네임도 그렇고, 그런 상황을 겪으면서 거저 얻은 거였어?"

아니다. 그의 뜻밖의 활약으로 방송국 역사와 그녀의 인생에 길이 남을 명장면이 만들어졌고, 그녀를 다큐 고정으로 이끌었다.

"우릴 믿어주고 있어, 그 사람."

"누구요? 그 선생님이요?"

유채는 눈을 동그랗게 떴다. 자신을 믿지 못하고 있다고 생각했다. 그래서 혜령과 있는 상황에서 그가 그녀에게 사과를 한 것이라고.

"회의에 참석해서 그 사람들 말을 듣고 있자니, 유채 씨랑 소 선생, 그리고 우리 촬영팀, 참 뜻밖의 인연이구나 생각했어. 그런 그 사람이 우리를 믿고 있다고 사람들 앞에서 말했대. 그 말에 자네는 빠져 있는 거겠어? 우린 하나라는 느낌을 내가 팍 받았는데?"

감동 깊은 연설이라도 듣고 온 건가? 남 피디는 격해진 감정으로 두 손을 마주 잡았다.

"저는 아닐지도 몰라요."

유채는 남 피디의 말이 회의적으로 들렸다. 혜령에게 좀 땍땍거렸다고 해서 그렇게 기분 언짢아하던 인간이.

"아니. 유채 씨를 뺄지도 모른다고 말했을 때, 그 사람, 단번에 안 된다고 말했어. 로비가 울리도록."

순간 감정이 울컥했다. 그렇게 못마땅한 눈으로 그녀를 보고 있었으면서도 그렇게 말했다는 것이 믿어지지 않았다.

"잠시 생각을 좀 해보자. 선뜻 그만두기도, 그렇다고 유채 씨더러 빠지라고도 할 수 없어. 거의 다 왔다고. 다시 원점으로 돌아가는 건 확실히 무리야. 그리고 그냥 끝내는 것도 진짜 아쉬운 거고. 생각해보면 거지 같은 근성의 기자와 냄비 같은 인터넷 때문에 이 사단이 난 건데, 어떻게 되는지 좀 지켜보자고. 정 안 되면…… 뭐, 마는 거지. 병원이 여기 하나뿐인가? 안 그래?"

남 피디는 유채에게 찡긋 윙크를 했다. 동고동락. 그 말이 이렇게 무서운 말인지 몰랐다. 조금만 잘못해도 쫓겨날까 전전긍긍하는데, 이렇게 큰 문제에서도 잡아당겨 주는 이 사람이 고마웠다. 유채는 저도 모르게 눈물이 핑 돈 눈을 옷소매로 문질렀다.

✳

병원으로 돌아온 윤표는 급히 유채를 찾았다. 운전을 하며 병원으로 오는 내내 유채가 자신 앞에 나타나줘서 다행이고 또 고마웠다. 괜히 그녀에게 마음이 간 게 아니었다는 자각이 들었다. 혜령을 보며 키우던 마음보다 더 크게 유채를 생각하게 된 이유를 알 것도 같았다. 이건 운명이었다. 그 운명으로 어머니와의 큰 숙제도 풀 수 있었던 것이다.

그런데 그녀는 도대체 어디 있는 것일까. 이 말 안 듣는 여자, 잡히기만 해봐! 윤표는 어머니의 말씀대로 소아과 중환자실부터 회의실, 응급실, 분만실, 그녀의 올케 산후조리실을 다시 샅샅이 찾아다녔다. 그녀를 찾아다니느라 옷이 땀에 젖고 혈압이 올랐다. 급한 성격에, 누굴 이렇게 찾아다니는 스타일이 못 된다.

"뭐 찾아요?"

갑자기 유채가 다가와 싸늘하게 물었다. 그녀의 목소리가 환청이 아니길 바라며 윤표는 급히 몸을 돌렸다. 주스 병을 든 그녀가 눈을 흡뜨고 그를 쳐다보고 있었다.

"너!"

그는 망설이지도 않고 대답했다. 지나가던 사람들이 그들을 쳐다보았다. 유채는 표정 관리를 어떻게 해야 하나 난감해했지만 윤표는 상관없는 얼굴이었다. 그는 그대로 유채를 확 끌어안았다.

"아, 주스!"

유채는 기함을 했다. 가슴께가 축축해짐을 느꼈다. 하지만 상관없었다.

사람들과 시선이 마주친 유채는 당혹감을 감추지 못했다.

"사람들이 봐요. 미쳤어요?"

유채가 버둥대자 윤표는 그녀를 꼭 끌어안은 채 말했다.

"사람 놀라게 말도 없이 사라지면 어떻게 해!"

윤표는 유채를 꼭 안고 소리쳤다.

"이거 놓고 얘기해요."

유채는 안긴 채 버둥거렸다.

"그냥 가만히 좀 있어주지? 안 그럼 그냥 확 뽀뽀해버릴 것 같은데."

윤표는 다른 사람들은 안중에도 없다는 듯이 대꾸했다. 그의 품에 안긴 유채만이 사람들의 시선에 어찌할 바를 모르며 그에게 꼭 잡혀 있었다.

옥상 가든의 벤치에, 윤표는 유채와 거리를 두고 앉았다. 그러고 싶지 않은데 윤표가 자리에 앉자 유채는 멀찍이 자리를 잡고 앉았다. 삐뚤어지기로 한 모양이다. 일단 윤표는 방금 어머니를 만나고 온 이야기를 그녀에게 했다. 어머니와 화해하게 해줘서 고맙다는 말과, 어릴 적 동생의 증상이 어린선이었다는 것, 그리고 그간 마음고생을 한 어머니에게 미안했다는 것. 유채는 '아~' 하고 고개를 끄덕였다.

유채의 눈치를 보던 윤표는 슬쩍 유채 옆으로 가 앉았다. 그러자 유채는 스윽 윤표 반대편으로 물러나 앉았다. 윤표의 눈썹이 불만스럽게 꿈틀했다. 하지만 유채는 신경도 쓰지 않았다.

"어린선 아기 상태는 지금 어때요?"

유채는 하늘을 보며 뚱하게 물었다.

"왜 피하는데? 사과하고 싶은 거 안 보여?"

윤표는 불만스럽게 말했다.

"내가 사라져야 한다면 사라질게요. 그냥 촬영하게 해주세요. 특히 그 아기."

"사람 말 안 들려? 내 물음에 대답부터 해."

윤표는 다그쳐 물었다. 순간 유채의 얼굴이 일그러졌다.

"당신이 풀렸다고 해서 다 풀어헤치고 싶은 기분 아니에요. 솔직히, 그렇게 풀어서 풀릴 수만 있다면 운동화 끈이든 뭐든 죄다 풀고 싶어요. 하지만 그게 아니니까. 당신 아니어도 나 고민 엄청 많거든요? 머리가 터질 것 같다구요. 진짜 광녀처럼 머리 풀어헤치고 옥상 밖으로 뛰쳐나가고 싶단 말이에요."

유채는 거품을 물고 떠들어댔다.

"찍게 해주세요. 보호자는 당연히 촬영팀에서 설득할 거예요."

"촬영, 촬영, 촬영! 도대체 난 몇 번짼데?"

윤표는 유채의 어깨를 잡아당기며 소리쳤다. 유채는 그를 쏘아보았다.

"그러는 당신은 내가 몇 번째였어요? 우리가 틀어진 건 오 선생과 내 말다툼에 당신이 나 대신 그 여자한테 사과할 때였어요. 왜 사과했어요? 내가 그 여자한테 잘못했다고 생각해서? 그럼 적어도 난 그 여자보다 순서가 뒤겠네요. 설마, 동등한 건 아니죠? 그럼 진짜 웃겨지는데?"

"미안."

윤표는 유채의 두 손을 꼭 잡았다. 그녀가 때릴까 봐 무섭다.

"맞아도 싸. 하지만 때리지는 마."

윤표는 고개를 푹 숙였다. 설마 머리로 박거나 이로 물지 않겠지.

"왜요?"

"아프니까."

윤표는 숙였던 고개를 비쭉 들었다. 그러자 꼭 다물었던 그녀의 입술이 쭈뼛거렸다.

"참 나……."

결국 그녀는 웃고 말았다.

"또 도망칠 거야?"

윤표는 눈을 부릅떴다. 도망치러 했다는 사실이 민망한지 유채는 그와 눈도 마주치지 못했다.

"절대 안 놓칠 거야, 이젠."

그제야 윤표는 그녀의 두 손을 꼭 모은 채 끌어안았다. 유채는 그러 쥔 두 손으로 그를 밀쳤지만 윤표는 그녀를 절대 놓아주지 않았다.

"촬영 그만두게 안 할 거야. 너도 하차하는 일 없게 만들 거구. 네가 날 도와줬으니 이젠 내 차례야."

"어떻게요?"

그를 밀쳐내는 걸 포기한 유채는 그의 어깨에 입술을 묻은 채 힘없이 물었다.

"만날 거야, 그 기자."

"당신이?"

유채는 놀라 고개를 쳐들었다.

"어머니가 그러시더라. 우리 재단이 그 의학 신문사 스폰서라고."

"스폰서 끊는다고 협박하게요?"

"아니, 다른 기자들보다 쉽게 만날 수 있겠다는 것 정도. 만나서 설득하든지, 몇 대 줘 패든지."

"안 돼요!"

유채는 소스라치게 놀라 소리쳤다. 그러자 윤표는 놀란 유채의 얼굴을 보며 빙긋 웃었다.

"농담이야. 너한테 화살 돌아갈 짓 절대 안 해. 날 믿어."

윤표는 유채의 눈을 똑바로 바라보았다. 유채는 그의 눈을 지그시 바라보며 물었다.

"당신은, 날 믿어요?"

윤표는 고개를 끄덕였다.

"깊이 믿지 못해서 미안해. 하지만 이젠 절대 그런 일 없어. 난 절대로 네 편이니까."

유채의 손을 꼭 잡은 윤표는 그녀의 눈에서 시선을 떼지 않았다.

"좋아요. 이제 우리 일 얘기해요. 그 아기, 촬영할 수 있게 해줄 거예요, 말 거예요?"

"조금만 기다려. 지금 상황을 몰라?"

윤표는 눈살을 찌푸렸다.

"알아요. 내가 안 나서면 되잖아요. 일단 찍으면 되는 거 아니에요?

내가 빠지더라도 내가 하던 일이에요. 스태프로라도 뭐든 도와주고 싶어요."

정말 보통 여자는 아니라고 생각했는데, 이 정도로 간이 땡땡한 여자였어? 존경스러우려고 한다.

"이슈감이 아니야. 어린선 증상을 가지고 태어난 것도 억울한데 자칫 볼거리로 전락할까 봐 싫어."

윤표는 고개를 흔들었다. 동생이 어린선이었다는 걸 알아서일까. 촬영에 더 거부감이 일었다.

"맞아요. 우리, 예능 아니에요. 다큐 찍고 있었잖아요. 그리고, 아기가 혹시라도 좋지 않아지면 안타까워요. 카메라로라도 기억해두면 좋잖아요. 방송되지 못하더라도 그렇게 기억할 수 있다면……."

유채는 다부지게 말했다.

"어린선이 어떤 증상인지 알기나 해?"

윤표는 유채를 빤히 올려다보았다.

"이치드요시스. 피부가 건조해서 물고기 비늘처럼 되는 유전성 각화증. 케라틴의 과다 생성이나 정체, 케라틴 분자의 결함으로 생긴 각질층 비후가 원인이잖아요. 심상성 어린선과 선천성 어린선으로 구분되죠. 생존성이 무척 낮은……."

검색하라고 한 번 말했더니 아주 검색창이 되어 나타났다. 도서관에서 공부했던 결과가 이것인가? 자랑스럽다고 해야 할까?

"줄줄 외네. 그런다고 누가 상 줄 줄 알았어?"

윤표는 퉁명스럽게 말했다. 하지만 한편으론 웃음도 났다.

"분량상 거의 다 왔어요. 그러니까 어쩜 이번 아기를 끝으로 우리 촬영 끝낼지도 몰라요. 거의 끝까지 와서 엎어지면 아깝잖아요."

유채의 말이 윤표의 입을 다물게 했다.

"생존이 낮은 만큼, 그리고 생존할 경우 보호의 손길이 무척 많이 필요한 만큼 사람들이 알게 하고 싶어요. 그래서 그 병에 대해 알고, 서로 도와줄 수 있으면 좋잖아요. 아기가, 자신을 특이한 시선으로 보는 눈들이 가득한 세상에서 살게 만들고 싶지 않아요. 그렇게 하는 데 우리가 조금이라도 도움이 된다면, 해야 하잖아요. 허락하세요."

'허락해주세요'가 아니라 '허락하세요'다. 윤표는 유채를 처음 보았던 때가 불현듯 눈앞에 스치고 지나갔다. 못 지우겠다고 핸드폰에 소리를 바락바락 지르고, 식당에서 인터뷰 준비를 하면서 주절대던 그녀. 자신의 손에 잡혀 임산부로 오인 받고 화들짝 놀라던, 그래서 국민 산모가 되고 만 이 여자. 또 그래서, 자신에게 임산부로 찍혀 달리는 베드에서 못 보일 꼴을 보이고, 응급환자를 두고 병명의 뜻이 뭐냐고 묻던 이 여자.

그러나 지금 이 여자의 모습에서 그때의 모습은 떠오르지 않았다. 응급실을 향해 뛰어갈 때 어느새 옆에서 같이 뛰게 된 이 여자를, 자궁 적출한 여자의 기분을 금방 이해하는, 갑작스런 태아의 출생 앞에 그 아기의 병명을 줄줄 외는, 뜻밖의 기지로 혜령을 소송의 위기에서 건져낸 이 여자를 윤표는 다시 보게 되었다. 어제보다 더 사랑스럽다. 실수를 하고도 당당한 그녀였지만 훨씬 더 당당해지고, 자신감에 찬 이 여자가 빛이 나기 시작했다.

그리고 그 빛이 윤표의 가슴에 더 커다랗게 들어오기 시작했다. 혜령과 그녀의 말다툼을 처음부터 보지 않아서 모르겠지만 일방적으로 유채에게만 잘못했다고 한 건 확실히 실수 같다. 누구보다 그녀를 잘 알면서. 남에게 이유 없이 그러는 사람이 아니란 걸 알면서 그녀 편을 들어주지 못한 것이 미안했다. 이 여자를 대하면 대할수록 점점 더 가슴이 뻐근해지기 시작한다. 빛이 나기 시작하는 이 여자를 꼭 안아주고 싶다. 이 여자만큼은 정말 놓치고 싶지 않아졌다.

✽

아침부터 윤표는 보이지 않았다. 이 간호사에게 물으니, 아침 진료도 없단다. 하루 종일 빡빡한 분께서 아침 진료도 비우고 어딜 간 거지? 게다가 남 피디도 보이지 않는다.

유채는 새벽녘까지 잠을 이루지 못했다. 촬영에서 빠지는 건 역시 아쉽다. 하지만 촬영을 접는 건 더 아쉽다. 그래서 그대로 짐 싸들고 사라질 결심까지 했었던 건데. 윤표도 번거롭게 만들고 싶지 않았다. 아무리 생각해도 떠나는 게 맞는 것 같다. 피디에게 좋게 얘기하고, 좋게 인사하고 나서면 될 것이라고 결정을 내렸다. 좋게 헤어질 결심을 했는데, 정작 말도 꺼낼 수 없게 남 피디의 얼굴도 보이지 않았다.

윤표와 남 피디를 찾아 병원을 돌아다니던 유채는 로비에서 진찰을 기다리는 소영을 만났다. 요즘 참 사람 만나는 족족 의미심장해진다. 소영을 보는 순간, 윤표와 함께 있었던 것에 죄의식이 느껴졌다. 이놈의 망할 죄책감은 어떻게 하지?

"그래서 촬영이 중단된 거야?"

유채의 얘기를 들은 소영은 펄쩍 뛰었다.

"오늘 밤을 마지막으로 당장 짐 쌀까 봐. 이젠 국민 산모가 아니라 민폐녀라고 소문 나겠어."

"피디는 뭐래?"

"걱정이 태산이시겠지. 날 버려야 하나, 지금까지 촬영한 필름을 버려야 하나. '인지상정'과 '분골쇄신' 사이에서 갈등이 엄청나실 거야. 그냥 내가 알아서 사라져야……."

"그런 말이 어딨어. 같이 고생해놓고."

"타이밍이란 게, 좋을 때만 있는 게 아닌 거지. 나쁠 때도 타이밍을 맞춰야 하는 거지."

"그 말, 쉬운 말처럼 들리는데 생각해보면 되게 어려운 말이다."

소영은 골똘해져 말했다. 유채는 피식 웃었다.

"언니는 괜찮아?"

유채가 소영의 배를 쓰다듬으며 묻자 소영은 가슴을 쓸어내리며 인상을 썼다.

"분만일이 다가오고 있어서 가슴이 막 쿵쾅거려. 그 소리에 우리 애기, 멀미하면 어쩌지?"

아무것도 모를 소영은 가슴과 배를 연신 쓰다듬었다. 유채는 그런 소영을 망연자실 바라보았다. 모른 척하고 싶다. 그럼 안 되나? 왜 슈퍼에서 사탕 훔치기에 성공한 아이가 슈퍼 주인 만나는 것 같은 기분이 들지?

"왜, 걱정돼?"

소영은 그녀를 힐긋 보았다. 유채는 착잡하게 고개를 끄덕였다. 걱정되는 게 한두 개가 아니다. 소영도, 아기도, 그리고 자신의 마음도.

"걱정 마. 벌써 1년 출산 휴가 얻어놨어. 그리고 초특급 보모도. 근데 걱정이긴 해. 산후 우울증이 심각하다는데. 난 화 풀 남편도 없잖니."

"그걸 이제 생각했어? 언니같이 예민한 사람도 드문데. 그러니까 진작 결혼을……."

"그럴 걸 그랬나? 지금이라도 이 애 아빠 찾아볼까?"

순간 유채의 심장이 병원 바닥을 뚫고 심층 암반수로 툭 떨어졌다. 온몸이 꽁꽁 얼 듯 싸한 기분이다.

"언니……."

심장의 소실로 숨이 막혀 말도 제대로 나오지 않았다.

"헤헤, 농담이야. 나도 애 때문에 같이 사는 사람 싫다. 말했지? 근본적으로 난 남자란 사람들이 싫다고."

소영은 너스레를 떨었다.

"언니……."

유채는 메인 목으로 그녀를 다시 불렀다. 그러자 소영은 눈썹을 으쓱이며 그녀를 돌아보았다.

"언니, 만약에 내가 형부랑 바람나면 어쩔래?"

"뭐?"

소영은 순식간에 인상을 꽉 썼다. 어디서 있지도 않은 형부를 들먹이면서 사람을 떠보냐는 거다.

"만약에 말이야……."

"글쎄, 왜? 이번 촬영에 그런 게 들어가? 어머! 그런 일로 들어온 산모가 있어? 혹시, 형부……."

"스톱."

유채는 눈을 감으며 나지막이 말했다. 이런 상상력 19금인 여자와 무슨 말을 할까.

"흘려들어라. 내가 스트레스로 헛말을 했나 봐."

유채는 떨쳐버리듯 자리를 털고 일어났다.

"어디 가? 우리 애기 안 봐?"

소영은 발길을 돌리는 유채와 자신의 배를 번갈아보았다. 보고 싶지 않다.

"나 이렇게 한가할 때가 아니다. 쏘리……."

유채는 흐느적흐느적 발걸음을 옮겼다. 어쩌지? 아기가 나오면 그 아기를 안아주기는커녕 똑바로 볼 수 없을 것 같다. 선글라스 끼고, 곁눈으로 봐야 할까?

회의실에서 최 작가를 만났다.

"몰랐구나. 남 피디님, 원장실로 가셨어."

"그렇게 빨리?"

한발 늦은 건가?

"그냥 촬영 엎기로 했어."

최 작가는 담담하게 말했다.

"말도 안 돼! 나만 그만두면 되는데."

"유채 씨가 어떻게 다큐를 이끌어왔는지 아는데, 자기 빼놓고 하라고? 말이 돼? 우리 어제 늦게까지 회의했어. 솔직히 반반이었는데, 얘기를 하면 할수록 우리끼리 하는 건 말도 안 돼. 의리상으로라도. 이 바닥이 뭘로 굴러가는지는 알지?"

의리. 유채는 눈물이 날 것만 같았다.

"그래도 이건 아니에요. 너무 아까워요."

유채는 눈물이 글썽한 눈으로 답답해했다.

"솔직히 촬영분 중에 자기 날리면 몇 신이나 남을 것 같아? 다시 찍으라는 것과 같애. 그런 일을, 자기처럼 감당할 사람이 있을 것 같아?"

은상이 나긋한 목소리로 말했다. 방송국에 입사한 후, 왜 한 번도 이런 의리를 느끼지 못했지? 희재와의 일 때도, 지방 방송국 어디에서도 느끼지 못했던, 피 맛이 강하게 나는 '의리'라는 말이 이렇게 가슴이 터질 것 같던 단어였다. 유채는 말을 잇지 못하고 무릎에 놓인 A4 용지의 모서리를 손톱으로 으깼다. 이 정도에 감격하느냐는 놀림을 받고 싶지 않았다. 그런 유채의 마음을 알겠는지 최 작가와 은상은 유채의 어깨를 말없이 다독여주었다.

"유채 씨."

뜬금없이 낯선 남자의 목소리가 들렸다. 유채는 얼른 눈물을 닦고 고개를 들었다. 한 남자가 불편한 표정으로 눈앞에 서 있었다.

"장은혁입니다. 오혜령 선생 인터뷰를 했던……."

"아~."

순간 유채는 그를 훑어보며 고개를 끄덕였다. 은상이 주먹을 쥐고 그에게 뻗으려 하는 걸 스태프들이 겨우 말렸다. 은상의 액션에 놀라 뒤로 몸을 빼던 그는 서둘러 유채에게 허리를 굽혔다.

"죄송합니다. 제가 섣부른 행동을 했습니다."

허리를 숙인 그는 정중하게 사과를 했다. 당황한 유채는 주위를 두리번거리다 에스컬레이터 앞에 서 있는 윤표를 발견했다. 윤표는 흐뭇한 미소를 지으며 고개를 끄덕여 보였다.

"같은 언론인으로서 제가 성급했다는 걸 인정합니다. 곧 정정 기사문도 올릴 테니까 제 사과를 받아주세요."

그 기자는 유채와 눈도 마주치지 못했다.

"뭐, 저도 전화로 그쪽한테 할 만큼 퍼부어서 그다지……."

유채는 머리를 조아리는 그를 보며 어쩔 줄을 몰랐다. 그의 어깨 너머로 원장실에서 돌아오던 남 피디와 윤표가 만나는 모습이 보였다. 뭐라고 몇 마디 주고받던 두 사람의 얼굴이 동시에 환해졌다. 일이 잘된 것 같다는 예감이 든다.

"그 정도는 아무것도 아닙니다. 더 욕 먹어도 싸죠. 사람들한테 뭇매를 많이 맞으신 분한테 제가 또 한 보따리 퍼부어 드렸으니. 앞으로 좀 더 신중한 기자가 될 테니까 유채 씨도 노여움 푸세요. 부탁합니다."

그는 다시 고개를 숙여 보였다.

"뭐, 좋아요."

유채는 그에게 악수를 청했다. 그러자 그는 넙죽 유채의 손을 두 손으로 잡았다. 유채와 윤표의 눈빛이 마주쳤다. 윤표는 그녀를 향해 씨익 웃어 보였다. 그들의 시선 교차점을 본 스태프들은 유채와 윤표를 기이한 표정으로 뜯어보았다.

기자가 돌아가자 유채는 단걸음에 윤표에게 달려갔다.

"아침부터 저 사람 만났어요?"

"오후에 미국으로 취재 간다잖아. 가기 전에 부랴부랴 붙잡아왔지."

윤표는 뿌듯한 미소를 지으며 유채의 얼굴을 감쌌다.

"그냥 정정 기사나 내라고 하지."

뒤늦게 스태프들의 시선이 신경 쓰이기 시작한 유채는 서둘러 그의 손을 떼어냈다. 윤표도 사람들의 시선이 의식된 듯 헛기침을 하며 주변을 스윽 둘러보았다.

"사과는 제대로 받아야지. 네티즌들한테는 못 받아도, 당당하게 글 올릴 줄 아는 사람이라면 당당하게 사과도 할 줄 알아야 하는 거 아니야?"

"사과하라니까 그러겠댔어요, 저 사람이?"

"아니."

"그럼 어떻게?"

"스폰서 살짝 팔았어. 매일 찾아올 거라고. 스폰서 끊을 자신 있으면 사과도 하지 말고, 나도 피해보라고. 얼마나 버티나 보자고. 그러다 그 기자 직속 상사를 만나서 가볍게 인사했지. 스폰서가 맡긴 한지, 병원에 일 있을 때 자주 보던 얼굴이더라고. 곧 당장 사과하겠다더라. 이슈에 목맸던 것만큼 상사 눈치에 목맨 놈 같더라. 정정 기사 내면 병원에서도 더 이상 뭐라고 하지 않을 거야."

"여기 병원에서 촬영했던 기획 그대로 다른 병원 가서 찍겠다고 했더니 원장님 얼굴도 별로 안 좋았어."

남 피디가 불쑥 끼어들어 툭 던지듯 말하고 사라졌다. 돌아보니 스태프들이 아까와 마찬가지로 그대로 서서 유채와 윤표를 수상쩍게 바라보고 있었다. 그때였다. 윤표가 사람들 눈치를 보다 유채의 뺨에 입을 맞추고는 잽싸게 진료실로 사라졌다.

"우와~."

스태프들은 기다렸다는 듯이 야유의 함성을 보냈다. 얼굴이 타들어 갈 정도라 아니라 재만 남은 기분이다.

회의를 하며 남 피디와 은상, 그리고 작가들은 유채를 의미심장하게 바라보았다. 유채는 그들의 시선을 아주 버겁게 받아들이며 애써 모른 척했다.

"얼굴은 왜 빨개지는데? 우리가 뭐라고 했어?"

최 작가는 놀리듯 말했다. 휴……. 유채는 눈을 질끈 감았다.

"방송국에는 우리가 비밀로 해줄게. 유채 씨 또 시말서 쓰게 할 순 없잖아."

남 피디의 말에 모두 기다렸다는 듯이 검지 손가락으로 입을 가리며 '쉬' 소리를 냈다. 아까도 그랬지만 이런 동지애를 느껴본 적이 없다. 눈물 나게 고맙다. 그리고 그 기자를 데려다 사과시켜준 윤표도. 그에게 사과를 시킨 건 혹독하다 할 수도 있지만 그로 인해 유채는 얼굴 없는 사람들로부터 받았던 치욕과 모욕이 씻겨가는 것 같았다. 자신에게 이런 상처가 남았을 걸 알아서 그에게 사과를 하게 한 건가? 사람들의 마음 씀씀이가 하나같이 전부 고마울 따름이다.

마음 씀씀이. 갑자기 좋았던 기분이 한풀 꺾였다. 그러는 자신은 얼마나 마음 씀씀이를 잘하고 있는지. 소영을 생각하면 그러지 못한 것 같아 양심 한쪽이 심하게 아파왔다.

14. 이유 같지 않은 이유

연애는 악마요, 불이요, 천국이요, 지옥이다.
그리고 쾌락과 고통, 슬픔과 회한이 모두 거기에 있다.
— 반필드

그 기자의 말대로 정정 기사가 났다. 네티즌들의 반응이 궁금했다. 하지만 유채는 컴퓨터를 덮었다. 더 이상 그런 것에 연연하지 않을 것이다.

남 피디의 말처럼 그냥 툭 던진 말에 깊은 의미를 두는 것도 바보 같은 행동이고, 그런 그들의 칭찬이나 동정에 금방 헤벌쭉 웃는 것도 멍청한 짓이라는 걸 깨달았다.

촬영은 속개되었다. 유채는 곧장 어린선 아기의 보호자를 찾았다. 보호자를 설득해오면 소아과 중환자실을 촬영할 수 있도록 조치를 취해주겠다고 윤표가 말했다.

"아기를 욕보이려는 행동이 결코 아니에요. 아기에게, 그리고 다른 산모들에게 도움이 되고 싶어요."

유채의 진지한 눈빛에 망설이던 아기 아빠는 수긍하듯 고개를 끄덕였다.

"아기 엄마 몸이 조금 회복된 후에 얘기해보겠어요. 아기를 낳고 난 후의 상황을 본 아기 엄마도 어느 정도 마음의 준비를 하는 것 같으니까."

반응이 나쁘지 않은 것에 유채는 일단 감사하기로 했다.

시즌이 끝나 잠시 짬이 난 소영이 병원으로 왔다. 유채가 방송국에 있다면 그리로 갔겠지만 소영이 정기적으로 오는 곳이 당분간 유채의 근로지가 된 까닭에 소영은 부쩍 더 병원에 오게 되었다.

"언니는 어때? 애는 잘 크고 있나?"

소영과 시선을 못 마주치겠다.

"대준 씨가 초음파 사진 찍는 기술이 좋은가 봐. 이것 봐라~."

소영은 가방에서 초음파 사진을 꺼내 보이며 싱글벙글 웃었다.

"애가 위치가 좋아서 그렇다는데, 확실히 오 선생이 찍어줄 때보다 애가 더 잘 보여. 얼굴이 확실히 보인다니까?"

"그건 애가 그만큼 더 커서 그렇지. 바보냐?"

유채는 투덜대며 곁눈으로 초음파 사진을 보았다. 흐읍~! 윤표 주니어가 자신을 게슴츠레 뜬 눈으로 노려보는 것 같았다. 야무지게 다문 입술이 완전 판박이다.

"얼른 넣어둬. 닳겠다."

유채는 초음파 사진을 든 소영의 손을 서둘러 접었다.

"그렇지? 확실히 아들 같아. 대준 씨가 말은 안 해주는데 저번에 남자 아기 신발 선물해주더라. 의사가 그런 식으로 성별 팍팍 가려서 선물 줘도 돼? 큭큭."

아주 좋아 죽는다. 그러면서 잔기침을 했다.

"감기야?"

유채는 걱정스럽게 물었다.

"그런가 봐."

소영은 대수롭지 않게 말했다.

"임산부는 감기약도 제대로 못 먹던데. 잘 좀 관리하지."

유채는 끌끌 혀를 찼다.

"안 그래도 대준 씨가 한 걱정 해줬어. 아기도 아주 무탈한 것 같지는 않고."

"무슨 소리야?"

"확실치는 않은데 애기 심장이 약할 것 같대. 진짜 그럼 어쩌지?"

좋아 죽던 소영의 기운이 푹 꺾였다.

"심장이 약한 것도 천차만별 아닌가? 일상생활에 별 문제가 없을 수도 있지. 자라면서 좋아지는 경우도 있고."

반 의사가 다 된 것 같다.

"그래. 대준 씨도 그렇게 말하더라. 미리 걱정부터 하지 말자고 하더라구."

바른 말을 해줬군. 그런데······.

"언니, 언제부터 담당 의사 선생님을 '씨~'로 불렀어?"

"그날 있잖아, 우리 넷이 저녁 먹은 날. 나더러 편하게 부르래. 너도 아는 사이고 한데 너무 격식 따져 부르니까 어색하다고. 그러기로 했어."

"언니."

유채는 심각하게 말했다.

"언니 뱃속의 애에 대해 생각해봤어? 계속 볼 사이 아니면 그렇게 막 대하고 그러지 마. 그리고 그 사이는 계속 볼 사이 되면 안 돼. 몰라?"

유채의 뼈 있는 말에 소영이 시무룩해졌다.

"그렇다. 내가 그 생각을 못했네. 난 그냥 넷이 모이는 게 왠지 좋아서······."

그건 싱글맘의 잠재의식 속에서 남편의 부재를 의식하고 있기 때문일 것이다. 아기의 아빠는 필요 없다고 말하지만 그 반대 의식 속에는 아기 아빠의 자리에 대한 걱정이 저변에 깔려 있을 수밖에 없다. 그게 본능이니까. 게다가 근처에 그 유전학적 아버지가 존재한다면 더 무리 안으로 끌어들이고 싶겠지.

"다른 병원으로 옮길까? 박 선생한테 받을 때는 생각 못했던 거라서. 게다가 그다음 담당 의사가 여 선생이라 또 생각하지 못했지. 그래서 김 선생님으로 바뀔 때도 아무 생각 못했어."

소영은 상념에 사로잡혀 있다가 측은하게 유채를 올려다보았다. 답답하다. 이 마음을 누가 알까. 지금에 와서 좀 더 신중했어야 한다고 질책하는 것은 소용이 없다. 물건을 샀다가 반품하는 것도 아니고, 이미 생명이 잉태되지 않았는가. 이제 중요한 것은 그 생명을 얼마나 잘 키우느냐일 것이다.

"잘 낳아서 잘 키워. 그러면 되지. 난 촬영 있어서 가야 돼. 조심해서 가."

유채는 착잡한 미소를 지어 보이며 소영을 일별하고 자리에서 일어나 재빨리 걸음을 옮겼다. 그러면서 주먹이 불끈 쥐어졌다. 아무렇지 않은 척하는 것, 도저히 못 해먹겠다.

어린선 아기를 촬영할 수 있게 되었다고 남 피디가 말했다.

"아직 산모 몸이 다 돌아온 것 같지 않던데."

유채는 걱정스러워했다.

"소 선생이 남편에게 말을 잘해준 것 같아. 나 좀 걱정했거든. 아기가 얼마나 살지도 모르는데, 그걸 이유로 촬영을 서두르자고 하는 것도 인면수심인 것 같고. 반은 포기하자고 생각하고 있었는데 소 선생님이 중간에서 완곡하게 말을 잘해준 모양이야."

윤표가 배려를 해주고 있는 것 같아 유채는 마음이 더 무거웠다. 진짜 소영과 윤표, 두 사람을 동시에 곁에 둘 수는 없는 건가.

"소아과 중환자실에서도 10분 이상 머무르지 않는 범위에서 촬영을 허락해줬어. 그래서 아기를 먼저 찍을 거야. 나중에 아기 부모님들과 인터뷰가 있으니까 준비 잘하고 있어."

"알겠어요."

유채는 예상 인터뷰지를 들고 힘겹게 로비로 나왔다. 그러다 윤표와 마주쳤다.

"그렇지 않아도 찾고 있던 중이야. 저녁에 시간 있어?"

순간 심장이 두근거렸다. 어제부터 병원에서 그녀를 대하는 그의 자세가 무척 개방적여졌다. 누가 알든 상관없다는 건가. 정작 그녀는 누구도 알아선 안 되는 비밀을 가지고 있는데.

"은이 병실에서 가족회의가 있어요."

"그럼 아기는 결국 동생이…… 아, 이건 내가 관여할 게 아니지?"

가족회의로 뭘 결정할지 눈치가 빠삭한 그는 머쓱해져 머리를 긁적였다. 은이의 아이가 유규의 아이가 아니라는 말을 고모로부터 들을 때 곁에서 들었던 사람이다.

"가족회의 끝나면 전화할게요."

유채의 말에 윤표는 눈을 찡긋하고 싱긋 웃었다. 그러나 유채는 그에게 그렇게 상큼하게 대할 수가 없었다. 유채는 황공할 정도로 빛나는 그의 미소를 못 본 척 외면하고 자리를 떠났다.

✳

윤표는 유채의 전화를 기다리며 진료실에서 나왔다. 그때 저쪽에서 무거운 표정으로 걸어오는 대준을 만났다.

"어디 가, 김 선생?"

윤표는 그의 앞을 턱 막았다. 그러자 그제야 대준이 고개를 들었다. 그 얼굴이 여느 때와 다르게 아주 심각했다.

"뭐 게임 안 풀리는 거 있어? 힐러도 소용없나?"

"그래. 네가 내 힐러 좀 돼주라. 이리 와봐."

대준은 다짜고짜 윤표를 테라스로 끌고 갔다.

대준의 말을 들은 윤표는 펄쩍 뛰었다.

"뭐? 소영 씨한테서 폐 질환이 의심된다구? 확실한 거야?"

"소견이라니까. 막달 검사하다 발견됐는데, 단순 폐렴인지 아님 흉막성 질환인 건지……."

대준은 답답한 듯 머리를 감쌌다.

"곧 분만예정일 아니야?"

윤표도 심각해졌다.

"소영 씨는 잔기침 외에 별다른 증상을 못 느끼는 것 같아. 무사히 자연 분만만 하면 그 후에 치료해도 되겠지만 만약 수술해야 할 경우가 생길까 봐 걱정돼. 가뜩이나 애도 심장이 약한 것 같아서 걱정인데."

"뭐가 그렇게 복잡해?"

윤표는 답답한 표정을 지었다. 폐 질환 환자가 갑자기 수술을 하게 되면 마취가 힘들어진다.

"내 말이. 그동안 특이한 이상 징후가 없어서 안심하고 있었는데 예정일 가까이 와서 이런 일이 생기다니……."

윤표와 대준은 말없이 고민했다.

"그냥 유도 분만 할까?"

답답해하던 대준이 먼저 말했다.

"애 심장이 약하다며. 엄마 뱃속에서 더 성숙해져 나오는 게 나아. 급하게 결정할 일은 아닌 것 같다."

윤표는 무겁게 말했다.

"소영 씨는 무사히 자연 분만하고, 애는 뱃속에서 심장 성숙시켜 나오면 최상인데."

대준도 수긍하며 고개를 끄덕였다.

"누가, 어떻다구요?"

갑자기 유채의 목소리가 끼어들었다. 윤표는 놀라 테라스 문을 돌아보았다. 커피를 들고 오던 유채가 휘둥그레진 눈으로 그들을 보고 있었다.

✳

소영을 만나고 돌아오면서 기분이 좋지 않았다. 소영이 의도한 건 절대 아닌데, 그녀를 보면서 죄책감을 느끼는 자신을 이해할 수 없었다. 너무 잘 알고 있다. 단지 그 문제를 모르는 척 넘어가려니 마음이 좋지 않은 것이다. 이 상황을 어떻게 헤쳐가면 좋을까 생각하며 테라스로 나서다 윤표와 대준의 대화를 듣게 되었다.

소영에 대한 대준의 설명을 들으며 유채는 어느 정도 개념이 섰다. 자신이 어떻게 해야 하는지 점점 명확해졌다. 아무리 생각해도 윤표와는 될 수 없을 것 같다는 것이 결론이다. 아픈 소영과 또 세상에 나와 계속 아플지 모르는 아이를 위해서라도 그럴 수는 없는 거다. 윤표도 말하지 않았는가. 아기가 유전적 질환이나 도움이 필요할 경우 당당히 만날 수 있어야 하는 거라고. 자신 때문에 윤표가 소영을, 그리고 그녀의 아이를 당당히 볼 수 없으면 안 되었다.

윤표와 사랑을 키우면서 소영이 아기 낳는 것을 볼 수도 없고, 윤표에게 사실을 알릴 수도 없다. 그리고 자신을 보는 소영이 얼마나 난처할지는 부러 상상하지 않아도 된다. 이건 소영에게도 비밀이다. 이 판단하기 힘겨운 상황에서 소영까지 잃고 싶지 않았다.

"소영 씨한테 말할 거야?"

윤표는 멍한 표정으로 은이의 병실로 향하는 유채를 걱정스럽게 따라갔다.

"김 선생님도 선뜻 말하지 않은 걸, 내가 말할 바보로 보여요?"

유채는 그의 눈을 마주 볼 엄두가 나지 않았다. 겨우 어떻게 해야 한다는 결론이 났는데 그의 눈을 보면 마음이 금방 와르르 무너질 것 같아 무서웠다.

"가족회의 끝나면 전화해."

윤표는 착잡한 목소리로 말했다.

"아, 전화 못할 것 같아요. 할머니 모셔다 드려야 해서."

유채는 우물쭈물 말했다.

"아버님 안 오셨어? 가족회의라며?"

이젠 별 간섭을 다한다.

"늦게 약속이 있으시대요. 그래서 제가 모셔다 드려야 해요. 고모도 지리를 잘 모르시고……."

유채는 이리저리 둘러댔다.

"그래? 아쉽네……."

실망한 윤표의 얼굴을 유채는 오랫동안 바라보지 못했다. 이 말도 이렇게 미안한데, 그만두자는 말을 어떻게 할까.

"그럼 렌털 하우스에서 봐야겠네?"

그는 다시 명랑하게 말했다.

"아, 집에서 자고 올 거예요. 내일 병원에서 봐요."

유채는 급히 그에게 둘러대고 바삐 걸음을 옮겼다.

가족회의의 결정은 예상과 다를 것이 없었다. 은이를 유규의 짝으로 받아들인다는 것이었다. 옛날에는 남편이 씨받이로 낳은 아이도 내 새끼로 알고 목숨 걸고 키웠다. 요즘엔 입양해서 키우는 사람들도 부쩍 늘었고. 가깝게는 할머니도 남의 자식을 제 자식처럼 키운 것이다. 기른 정이 그래서 무섭다는 걸 단적으로 보여주는 예가 되겠다. 생판 모르는 애도 아니고, 여자가 낳은 자식도 인정해줘야 한다는 게 유규의 의지였고, 모두들 유규의 의지를 받아들이기로 했다. 그야말로 유규가 신 문제아에서 신 문명인으로 거듭나는 순간이었다.

윤표에게 둘러댄 통에 유채는 할머니, 고모, 아버지와 함께 천호동으로 갔고, 거기서 잤다. 잠은 한숨도 오지 않았다. 자신에게 겨우 온 행운을 문전박대하려니 나오는 건 눈물과 콧물뿐이었다. 그리고 소영. 유채는 소영이 대준과 윤표의 기우와 달리 별 탈이 없기를 두 손 모아 기도했다.

✳

다음 날, 윤표는 유채가 출근하기만을 학수고대했다. 하루 못 본 게 일주일은 못 본 것 같고, 그녀와 대화를 못하니 입에 가시가 돋는 것 같았다. 그런데 정작 출근한 유채에게 그는 안중에도 없어 보였다. 그녀는 오로지 어린선 아기 촬영에만 집중하고 있었다. 윤표는 때때로 마주치는 그녀를 향해 반가운 미소를 지었다. 하지만 유채는 못 보기라도 한 양, 아니, 마치 그래야 하는 것처럼 매몰차게 그에게서 등을 돌렸다. 그러면서 보이는 그녀의 퉁퉁 부은 눈이 이상했다. 단순히 잠을 못 잔 걸까? 눈이 마주친 게 분명한 그녀는 못 본 척 서둘러 고개를 돌려버렸다. 어째 어제부터 분위기가 이상하다, 저 여자.

그녀는 우연이라고 해도 믿기지 않을 정도로 이리저리 용의주도하게 윤표와 마주칠 만한 타이밍을 빗겨갔다. 그녀는 윤표가 못 보았다고 생각하는지 모르겠지만 윤표는 다 보고 있었다. 지금 저 여자가 뭐 하자는 거야? 뒤늦게 밀당이란 걸 하려는 건가? 기도 차지 않는다. 그럼 어디 한번 해보자.

퇴근 시간, 윤표는 주차장, 자신의 차에 기대 병원 현관문을 뚫어지게 보고 있었다.

곧 피곤한 얼굴의 유채가 밖으로 나오며 숨을 탁 놓고 어깨를 늘어뜨렸다. 윤표는 그녀를 계속 지켜만 보았다. 처진 발걸음을 옮기던 유채는 뒤늦게 윤표를 발견하고 기겁을 했다. 그제야 그는 그녀에게 저벅저벅 다가갔다. 유채는 서둘러 몸을 돌리며 잰걸음을 옮겼다.

"아까부터 궁금했는데, 왜 날 피하는 것 같지?"

윤표는 도망치듯 몸을 돌리는 유채 앞을 막아섰다.

"피하긴요. 일이 있으니까……."

유채는 그의 시선을 피했다.

"내 눈 좀 보고 얘기할래? 누구랑 옆얼굴 보면서 대화한 적이 없어서 그래."

윤표는 유채의 팔을 잡고 돌려세웠다. 유채는 다시 윤표의 시선을 피해 고개를 돌렸다.

"도대체 뭔데? 내가 뭘 잘못했어?"

"……."

유채는 고개를 흔들었다.

"왜, 그렇게 고개 흔들면 또 귀엽다고 할까 봐? 지금은 전혀 아닌데?"

진짜 열 받게 한다.

"여자들은 이럴 때가 제일 힘들더라. 말로 해. 그렇게 묵비권 쓰지 말고."

윤표는 힘겹게 말하며 잡았던 유채의 팔을 놓았다.

"말하면 보내줄 거예요?"

전에 없던 살벌한 말투다.

"좋아."

윤표는 가볍게 대꾸했다. 그러면서 그녀를 가늘게 쏘아보았다. 무슨 말인지 기대도 된다. 항상 기대감을 주던 평소의 그녀처럼.

"그래요. 잘못한 거 있어요."

유채는 결심한 듯 말했다. 윤표는 눈썹을 으쓱이며 그녀의 말을 경청했다.

"이젠 나한테 친한 척하지 말아요. 그리고 난데없이, 허락 없이 나한테 키스도 하지 말아요."

유채는 각오를 단단히 한 목소리였다.

"뭐?"

윤표는 어이없어 되물었다.

"몰랐어요? 본인 키스 되게 못하는 거? 이게 이유예요. 난 키스 못하는 사람 진짜 경멸하거든요."

헉? 경멸까지? 그리고 키스 못한다는 말은 생전 처음이고, 도전 의식이 불타게 만든다. 뜻밖의 선언에 윤표는 너무 어이가 없어 아무 말도 못하고, 돌아서 가는 유채를 그저 멍하니 바라보았다. 이 기집애, 진짜 오기 발동하게 만드네.

"그 말이 내 도전 욕구를 불태우는 거 몰라? 어떻게 하면 잘하는 건데?"

윤표는 버럭 소리쳤다. 하지만 유채는 돌아보지도 않고 그대로 사라져버렸다. 키스? 그래서 어쩌라는 거야?

✳

이유 같지 않은 이유를 떠든 유채의 얼굴은 시뻘겋게 달아올랐다. 그래서 그를 마주 대할 수가 없었다. 이렇게 말도 안 되는 이유로 연애가 안 되겠다고 하는 거, 괜찮나? 하지만 다른 이유를 댈 만한 것이 없는데 어쩌라는 거야. 이미 뱉은 말이요, 잎은 타고 재만 남았다. 그가 자신을 사이코 보듯 해도 할 말이 없었다. 신경을 또 너무 썼나? 배가 찌릿하는 느낌에 유채는 손으로 아랫배를 잡았다. 요즘은 요구르트 때문에 일도 쉽게 보는 편인데. 역시 내과를 가봐야 하나?

병원 입구를 지나치던 유채는 병원의 내부 약도를 발견했다. 내일 아침 당장 가봐야겠다 싶어 유채는 내과가 어디 있는지 찾았다. 그리고 내과의 위치를 확인하고 돌아서다 유리벽 안, 병원 로비를 가로지르던 혜령과 마주쳤는데. 간호사들에게 듣기로 여행 갔다고 했는데. 인사를 안 할 타이밍을 놓쳤다. 유채는 배를 짚은 채로 그녀에게 떨떠름한 눈 인사를 하고서 몸을 돌렸다.

"어디 아파요?"

그녀가 병원 밖으로 나와 유채에게 물었다. 칼침 튀게 말하는 여자가 대뜸 먼저 아프냐고 물으니 도대체 이 여자 심사는 어떻게 생겼는지 궁금하다.

"안색이 좋지 않은데. 응급실 가는 거면 반대쪽이 더 빠른데."

의사로서 친절한 건가? 유채는 어쩔 수 없이 그녀를 향해 돌아섰다.

"그냥 좀 아랫배가……. 그런데 선생님은 여행 중이라고 들었는데."

아픈 티를 내고 싶지 않은 유채는 애써 태연하게 물었다.

"아버지가 아프시다고 해서 입원시켜 드리느라……."

예의상 물은 건데, 말 되게 기네.

"아, 네. 그럼."

배가 아파 서 있기 힘들어진 유채는 그녀와 헤어지기 위해 얼른 인사를 했다.

"혹시 산부인과 진찰은 받아봤어요? 젊은 미혼 여성들도 산부인과 검사는 받아봐야 해요. 특히 아랫배가 아프면. 여자 자궁도 거기 있잖아요. 장만 있는 게 아니고."

유채를 찬찬히 훑어보던 혜령은 가르치듯 말했다.

"아."

그렇군. 아주 일리 있는 말이다. 그런데 어느 선생을 찾아가지? 윤표?

유채는 화다닥 놀라 머리를 흔들었다.

"남자 선생들, 좀 그러면 내가 봐줄까요?"

"아뇨. 됐어요."

유채는 서둘러 거절했다.

"사고는 쳤어도 능력이 사라진 건 아니에요. 정직 중이니까, 진료비는 안 받을게요. 안색이 무척 안 좋아 보여서 그래요."

솔직히 점점 더 아픈 강도가 세지고 있는 것 같아 당장이라도 응급실에 가봐야 할 것 같다.

"그럴……까요, 그럼?"

여자라서 이해가 되는 건가? 망설이던 유채는 고개를 끄덕였다. 그리고 진료실 열쇠를 꺼내는 혜령을 따라 그녀의 진료실로 들어갔다. 혹시 윤표가 보일까 봐 걱정했지만 성질이 난 그는 그대로 퇴근한 모양이다.

베드에 누워 초음파로 자신의 빈 자궁 모습을 보자니 유채는 신기하고 생소한 느낌이었다. 배의 피부를 휘젓는 차가운 젤의 느낌과 점점 따뜻해지는 감지 센서의 느낌에 유채는 아기를 가지면 이렇겠구나 생각하며 혜령을 보았다. 혜령은 아주 냉정한 표정으로 모니터를 보고 있었다.

"월경 할 때 어때요?"

"뭐가 어떠냐는……."

"통증이요."

"아, 그건 원래 좀 심한 편이에요. 학교 다닐 때는 그거 때문에 학교 못 간 날도 있었으니까."

"자주 아프죠? 허리도, 골반도."

"그런 것도 같네요."

유채는 곰곰이 생각하다 고개를 끄덕였다.

"아직 미혼이니까 애가 안 생기는 거는 잘 모르겠고…… 음."

혜령이 눈에 힘을 주며 모니터를 보다 유채를 돌아보고 말했다.

"괜찮으면 검사 두 개 정도만 더 받을래요? 혈청 표지 물질 검사, 골반경 검사. 뭐, 의심스러우면 나랑 안 해도 되니까 다른 데 가서라도……."

"왜요?"

유채는 덜컥 겁이 났다. 그런 검사를 요구하는 병명을 대학병원 도서관에서 본 기억이 희미하게 나기 시작했다. 혜령은 그녀에게 초음파 화면을 가리켜 보였다.

"이게 뭔지 모르겠어요. 일반적이진 않은데, 좀 부은 느낌이죠? 이게 그냥 난소가 부은 건지, 종양인지 모르겠어요. 그래서 검사를 해보라는 거예요."

"조, 종양요?"

점점 희미한 기억이 선명해진다. 불길하다.

"네, 종양. 내가 의심하는 건 자궁내막증이에요."

바로 그거다. 자궁내막증! 치료방법이 딱히 없다는 그 무서운……!

"이건 효과적인 치료법이 딱히 없어요. 수술을 할 수 있는데 재발 확률이 50%를 넘죠. 심하면 자궁을 적출할 수도 있어요."

이 여자 봐라. 칼만 안 들었지 당장 입으로 자궁을 들어내고도 남을 언변이다.

"그 정도 이론은 저도 알아요."

유채는 자신이 두려워하던 그 병에 대해 조목조목 설명하는 혜령이 너무 얄미워 미칠 것만 같았다. 어떻게 이런 충격적인 말을 이렇게 냉랭하게 할 수가 있지? 남이야 걸리든 말든 상관이 없어서?

"그러니까 뭐예요, 책 보니까 불임 어쩌고 하던데, 그럼 자궁내막증인지 뭔지에 걸리면 진짜 애도 낳을 수 없는 거예요?"

산부인과 이론 공부를 하면서 자주 배가 아픈 자신을 왜 생각하지 못했지? 생각이 너무 변비에 뒤덮어 있었다. 묵직하고 칙칙하고 오래된 그것에만.

다큐를 찍다 보았던, 사고로 자궁을 적출한 환자의 소란이 떠올랐다. 아기 못 낳게 되었다고 울고불고하던. 그리고 처녀로 늙다 자궁경부암에 걸린 50대 아주머니의 눈물 어린 인생 이야기도. 눈앞이 아찔했다. 이런 다큐를 찍지 않았다면 막연하게 느꼈을 공포가 피부의 땀구멍, 세포 하나하나마다 생생하게 팍팍 와 박혔다.

"확률상 그렇다는 거예요. 이건 생기는 이유에 대해서만도 여러 가지 설이 있는 병이에요. 좀 난해하죠. 내가 너무 겁줬나요?"

그걸 말이라고 하나요? 당장 기계를 발로 부수고 나가고만 싶었다. 유채는 옆에서 휴지를 뽑아 배에 묻은 젤을 싹싹 닦아내고 옷을 추슬렀다.

"무슨 검사를 하라고요? 당장 하겠어요. 단, 다른 병원 가서. 골반경인가 뭔가, 그거 되게 힘든 검사죠?"

유채는 끔찍한 검사를 떠올렸다. 골반경 검사가 어떤 건지 역시 공부하다 본 기억이 났다. 하지만 해봐야 했다. 2세가 걸린 문제였다.

"아, 이거 비밀인 거 아시죠?"

유채는 당부하듯 말했다. 그러자 혜령은 차가운 미소를 지으며 고개를 끄덕였다.

다음 날, 직접적인 어린선 아기 촬영이 시작됐다. 우선 아기의 부모와 인터뷰를 했다. 산모는 남편의 어깨에 머리를 기대고 있었다. 아기를 보고 온 후라 갈기갈기 찢긴 마음이 눈물에 흩어져 있는 상태였다.

"아이가 꼭 살았으면 좋겠어요. 힘들지도 모르지만 살아만 준다면 하루 종일 아기를 위해 최선을 다하겠어요."

산모는 끝내 눈물을 떨구었다.

"오늘 하루가 지나면 다음 날 하루를 더 기대하고, 또 다음 날을 바라게 됩니다. 이게 헛된 욕심이 아니길, 우리만의 이기적인 마음이 아니길 매일 기도해요. 무엇보다 아이가 고통스럽지 않았으면 좋겠습니다."

산모의 남편도 눈물을 삼키며 말했다. 그들의 이야기를 들으면서 유채는 다른 때보다 더 그들의 인터뷰에 심취했다. 그리고 자신에 대해 생각해보게 되었다. 자신이 어린선 아기를 낳는다면……. 그런데 그마저도 할 수 없어진다면……. 울고 싶었다.

뭐, 아이를 못 낳으면 대안은 얼마든지 있다. 난자 은행도 생긴다 했고, 입양도 할 수 있다. 할머니나 유규를 보면 키운 정 하나만으로도 충분하단 생각이 든다. 그러나 다큐를 처음 찍던 날, 사고로 자궁을 적출한 환자를 보고 아기를 낳은 경험이 없던 고모가 안쓰럽지 않았는가. 자신은 자궁까지 없는 경우가 되는 것이다.

"모금 운동을 했으면 좋겠어요. 방송 후에 하는 것도 뭐 좋겠지만 방송 시작하면서 중환자실 아기들을 돕는 모금 운동을 같이 하면 더 효과적이고 더 빨리 모을 수 있지 않을까요? 아기들의 하루하루가 이렇게 귀중한지 몰랐어요."

유채는 남 피디에게 자신의 생각을 말했다.

"이런 다큐가 체질인가? 아이디어가 마구 샘솟는 것 같네?"

남 피디는 긍정적으로 유채의 말을 수용하며 기특해했다.

회의를 끝낸 유채는 당장 소영에게 전화를 걸었다.

"언니가 산부인과 정하기 전에 산부인과 리스트 만들었었지? 가장 좋은 산부인과가 어디야?"

"가장 좋은 산부인과? 그건 가장 가까운 산부인관데?"

우문현답? 하지만 유채는 민감했다.

"애 낳는 거 말고, 검사하고 싶단 말이야. 언니가 아주 사치적으로 리스트 썼던 거 알아."

"왜? 너도 사치스러워지려고?"

이 언니가 점점 지겨워지려고 한다.

"꼬치꼬치 묻지 말고 대답이나 해!"

순간 유채는 윽박지르고 말았다. 산모에게.

"아, 미안. 순간 언니가 산모인 걸 깜빡했어."

멀쩡하다고 믿었던 자신의 자궁이 순식간에 타들어가는 것 같은 건 순전히 기분 탓일까? 갑자기 아주 무서운 악몽을 꾸는 기분이다. 어쩌면 별 일 아닐지도 모른다는 자기 위로를 해보기도 하지만 평소에도 배가 아팠다. 왜 간과했을까. 다른 이상일지도 모른다고 생각했을 수도 있는데.

그게 다 변비 때문이다. 당연히 변비 때문이라고 생각했지, 다른 생각을 하지 못했다. 변비가 천추의 한이 될지도 모른다고 생각하니 유채는 자신이 너무 무식해 보였다. 이 미련한 년! 무식한 년! 소화기관 말고 다른 장기는 모르는 바보 같은 년! 유채는 자신의 머리를 제 손으로 쥐어박았다.

"얘기 좀 해."

제 머리를 쥐어박은 유채의 팔을 윤표가 덥석 잡더니 그대로 테라스로 끌고 나갔다.

"뭘요."

유채는 잡혔던 팔을 문지르며 고개를 돌렸다. 이 남자 얼굴만 보면 마음이 봄볕에 내놓은 동태마냥 스르르 녹아서 절대 돌아볼 수가 없었다.

"지금 그거, 날 똑바로 못 보는 이유가 뭐야?"

"보고 싶지 않아서요."

"왜? 뭐가 자신 없는데? 뭐가 미안하긴 한 거지? 내 키스 실력 운운하면서 그만두자고 한 게 암만 생각해도 창피해서 밤에 잠도 안 왔지?"

어떻게 알았지?

"내 키스 실력이 형편없다는 말 좀 열 받는데, 네 스타일이 아니면 가르쳐주면 되잖아. 내가 노력하면 되잖아. 그깟 것 때문에 헤어지는 게 말이 돼?"

윤표는 약이 단단히 올라 있었다.

"정말 등신이네."

유채는 낮게 뇌까렸다.

"뭐?"

유채의 태도에 윤표는 경악했다.

"고작 여자가 헤어지잔 걸로 이렇게 칭얼거리면 어떻게 해요. 명색이 의사 선생님인데. 누구나 탐내는 유전자를 가진."

"뭐라는 거야?"

"당신은 나한테 맞지 않아요. 모르겠어요? 나보다 오 선생님이 더 어울린다구요. 난 이제 고정 하나 따낸, 그럼에도 훗날 보장은 없는 아나운서예요. 이런 애를 옆에 두겠다고요? 미쳤어요? 당신 어머니가 반가

위할 것 같아요?"

그제야 유채는 그를 똑바로 볼 용기가 생겼다. 남에게 상처를 주는 만큼 남는 건 독기뿐이다. 그의 시선이 당황스럽게 흔들리고 있었다. 듣고 있는 말이 해석되는 말과 같나, 미심쩍어하는 그런 눈빛이었다.

"너무 어렵게 보는 거 아니야? 너 시험 볼 때 만날 죽 쒔지? 쉬운 시험도 만날 어렵게 풀어서."

또 정곡 찌르시네.

"됐어요. 당신은 다 알고 똑똑해서, 보는 시험 족족 100점 만점이었을 테니, 나처럼 50점 맞는 사람 기분은 모를 거예요."

"진짜? 어떤 과목에?"

윤표는 실망스러워했다. 장난스럽게 분위기를 바꾸고 싶은 그 마음을 알 것도 같아 유채는 더욱 이를 악물었다.

"그런 기분은 영원히 모를 분한테 시시콜콜 떠들고 싶지 않아요. 상처 입어도 쉽게 나을 수 있을 때 우리 그만 끝내요. 당신 같은 사람이랑 잠깐 연애했던 걸 감지덕지하며 살게요."

유채는 차갑게 말을 내던지고 그를 지나쳤다.

"누가 그래. 상처가 쉽게 나을 수 있을 거라고."

그는 유채의 뒤통수에 대고 냉소적으로 물었다. 유채는 발걸음을 멈추었다.

"넌 그랬어? 쉽게 정 뗄 수 있을 정도로만 사람 만나? 그러면서, 그랬어? 난 아닌데?"

아니라는 그의 말이 유채의 가슴에 비수처럼 꽂혔다.

"난, 그래요."

독해지자. 돌아볼 것도 없다. 유채는 그대로 발걸음을 옮겨 테라스를 떠났다. 총 한 발 쏘지 않고 주위 모든 남자를 '올 킬'시키는 그런 남자를 찰 수밖에 없는 비통한 운명을 탓하고 싶지 않아, 차오르는 눈물을 이를 악물고 삼켰다. 잠시 소영이 원망스럽기도 했다. 왜 하필 이 병원에서 그런 일을 벌인 거야. 아무도 모르게 저 멀리 나가서 일 만들고 왔으면 이렇게 운명이 꼬일 일도 없잖아. 하긴, 꼬이니까 운명인 거다.

드디어 다큐 촬영이 모두 끝났다. 어린선 아기는 다행히 중환자실에, 여전히 부모님의 따뜻한 시선을 받으며 인큐베이터에 있었다. 그 아이의 마지막을 촬영하지 않은 것이 얼마나 다행인지.

촬영팀과 산부인과 의료팀이 마주 서서 인사를 나누었다.

"시사회는 하나요?"

산부인과 과장이 웃으며 말했다. 극장 대관이라도 하시게?

"잘 편집해서 좋은 다큐 되게 하겠습니다. 방송 전에 연락드릴게요."

남 피디는 그에게 공손하게 말했다.

"나중에 또 봅시다."

남 피디와 산부인과 과장이 악수를 하고 스태프들과 의사, 간호사들이 인사를 주고받았다. 의식적으로 윤표와 유채는 인사를 피했다. 그날 이후로, 유채와 윤표는 모르는 사람처럼 스쳐 갔다. 유채를 잡아먹을 듯 노려보다 그대로 그녀에게 아무 말 없이 스쳐 가는 그를 느낄 때마다 유채는 가슴이 아팠다. 그래도 소영을 떼어내는 것보다 덜 아픈 거라고 스스로를 위안했다. 그래야만 숨이 쉬어지고, 다른 생각을 조금이라도 할 수 있었다.

"우리 국민 산모님, 보고 싶어서 어쩌죠?"

대준이 유채의 손을 잡고 흔들며 아쉬워했다. 윤표의 따가운 시선이 느껴졌다.

"그동안 감사했어요."

유채는 이렇게 말하며 슬쩍 윤표를 보았다. 윤표는 다른 스태프들과 인사를 나누고 있었다. 아무것도 모르는 바보처럼 보여 한심하기까지 했다. 소영의 상태에 대해 고민은 했겠지. 소영의 복중 태아에 대해서도. 하지만 그게 자신의 아이인 건 죽었다 깨어나도 모르겠지.

그를 따갑게 흘기고 돌아선 유채는 스태프들과 병원을 나왔다. 은이도 집으로 퇴원했다. 그러니 소영이 아기 낳을 때나 오게 생겼다.

유채는 방송국 차에 올라 창밖으로 병원을 휘둘러보았다. 처음엔 완전 비호감이었지만 이제 애틋함이 남는 병원이다. 유채는 마음의 묵직함으로 더욱 무거워진 것 같은 몸을 의자에 앉히며 창밖을 심드렁하게 바라보았다. 윤표가 응급 호출을 받고 달려가는 모습이 보일 것만 같다.

안 된다는 걸 알면 알수록 그를 똑바로 볼 수 없을 정도로 가슴이 뻐근해졌다. 그래서 자꾸 더 째려보고 흘기게 되었다. 가끔은 '왜 안 돼? 까짓 거 비밀로 하고, 소영 언니랑 인연 끊으면 어때?' 하는 생각도 들었다. 하지만 역시 안 되는 건 안 되는 거다. 인생을 비극으로 마감하고 싶지 않다면. 가뜩이나 출산을 앞두고 징후가 좋지 않은 언니와 아기인데.

유채는 손바닥으로 심장께를 짓누르며 자신의 마음을 달랬다. 안 보면 잊혀질 것이다. 누군가 먼저 결혼한다면 쉽게 잊혀지지 않겠어? 누가 봐도 그가 먼저 할 것이 뻔한데. 그때 만나게 되면 그 정도로만 날 좋아했던 거냐고 놀려줘야지. 유채는 입술을 깨물었다. 그렇지 않으면 농담처럼 달래는 가슴이 언제 눈물을 찍 짤지 모른다.

유채는 소영으로부터 추천받은 산부인과 병원에 진료를 예약했다. 대단한 병원이라 예약자가 밀려서 좀 기다려야 했다. 유채는 초조하지 않게 기다리기 위해 이리저리 신경을 분산시켰다. 하염없이 기다리고만 있으면 혜령의 말이 귓가에 맴돌아 미칠 것 같았다. 그래서 유채는 이쪽저쪽 프로그램마다 돌아다니며 이 일 저 일 마다치 않고 해주었다. 이제 '국민 산모'란 처절한 닉네임은 버리고 '대인배'란 칭송을 들으면서.

그렇게 시간이 흘렀다. 가끔 부딪히는 희재와의 신경전, 국장님의 철퇴 같은 호령 소리, 그리고 시말서. 달라진 것이 있다면 다큐로 인한 자부심이 철철 넘쳐서 이젠 어떤 호령에도 끄떡없는 강심장과 수많은 시말서로 단련된 문장력, 의사로부터 대시 받았었다는 자만으로 스펙을 다지게 되었다. 하지만 한편으로 자궁 적출에 대한 부담감으로 심한 조증과 울증이 반복되었다.

"애기도 못 낳을지 몰라. 그럼 입양을 하게 되겠지? 그걸 이해해줄 남자가 몇이나 될까? 그럴 경우, 결혼 전에 그 사실을 꼭 말해야겠지? 안 그럼 사기지? 아, 또 울증으로 넘어가나 봐."

유채는 방송국 근처로 온 소영과 마주 앉아 푸념을 했다.

"아이스크림을 먹어. 초콜릿도 좋고. 다이어트는 하지 마. 그것 때문에 우울증이 널 죽일 수도 있어."

다이어트 따위 개나 주라며, 배부르게 먹어도 하나도 후회되지 않는다는 만삭 기소영 님의 조언이다.

"언니는 어때? 곧 예정일인 거 같은데."

유채는 자꾸 잔기침을 하는 소영의 안색을 살폈다.

"자꾸 호흡이 딸려. 그것 말고는 뭐. 대준 씨가 갑자기 챙겨먹으라고 약을 줬는데, 다른 산모들은 안 먹는 거야. 왜 먹으라고 하지? 나 어디 좀 안 좋나?"

소영은 고개를 갸웃거렸다.

"설마 언니의 그 '대준 씨'가 안 좋은 거 먹이겠어?"

"알아. 그래서 군말 없이 먹고 있어. 근데 나더러 아기 초음파 찍으러 자주 오란다? 나, 보고 싶다고. 웃기지?"

소영은 대준의 농담 같은 말이 싫지 않은지 키득거렸다. 아마 아기의 심장 상태를 점검하기 위함일 것이다. 유채는 다시 기분이 가라앉았다. 단것을 먹어야겠다.

소영과 헤어지고 방송국으로 돌아온 유채는 단것을 찾아 하이에나처럼 방송국을 헤치고 다녔다.

"먹는 게 꼭 임산부 같네?"

카페에서 아이스 크레페를 퍼먹고 있는 유채에게, 희재와 바람났던 그 여자 선배, 송 피디가 말을 걸어왔다. 연인 파괴자로 불릴 만한 양반이 어디서 깐족거려? 유채는 그녀를 향해 눈을 치켜떴다. 그러나 그녀는 아무렇지 않게 유채 앞에 앉았다.

"사실, 자기 찾고 있었어."

왜? 희재와 사귀었던 거 알고 죽일라고? 유채는 크레페를 퍼먹던 스푼을 무기처럼 들고 그녀를 사납게 쏘아보았다. 여차하면 찍어주겠어. 어딜 찍어줄까? 유채는 그녀의 얼굴을 찬찬히 살폈다.

"나랑 다큐 하나 더 찍자."

"네?"

속으로 반말을 씨부리던 유채는 당황스러워하며 그녀에게 급 공손한 말을 내뱉었다.

"메디컬 다큐 때 자세가 좋았다며? 남 피디 칭찬이 자자하더라. 의대 도서관에서 공부까지 했다면서. 아이디어도 잘 짜내고. 또 진통하는 산모들한테 머리까지 잡혀가면서 고군분투했다고 들었어. 그 정도 자세면 기본기도 된 것 같고, 같이 일할 만한 것 같은데. 어때?"

〈생방송 정보 사냥〉맛 코너 같은 잔재미가 있는 코너를 지향하던 유채였다. 그런데 다큐로 트일 운이었나?

"무슨 다큐인데요?"

근데, 이 여자랑 일할 수 있을까? 그런데 왜 이런 걸 벌써 묻고 있지? 마음은 벌써 반 오케이다.

"오~지."

"오이지?"

오이지 장아찌 담그는 다큐? 그럼 그것도 맛 자랑 같은 건데. 근데 이 선배는 글로벌적이고 탐험적인 다큐를 지향하는 피디더랬다.

"글로벌 오이지 탐험 같은 건가요?"

"하하하. 자기 진짜 웃긴다. 같이 다니면 심심하지는 않겠는데?"

송 피디는 기대가 만땅이라는 표정을 지었다.

"오지 체험이야. 혹시 그거 봤어? 서바이벌 다큐?"

서바이벌 다큐? 그거 극한 체험하다 죽을 위기에서 겨우 살아나오는 다큐잖아. 정말 죽을 수도 있는.

"그런 건 힘센 남자들한테 말씀하셔야죠. 전 잡생각이 많아서 무식하게 못 덤벼요."

유채는 손을 설레설레 흔들었다.

"하하하. 역시 반응이 그러네. 그건 겁주려고 꺼낸 거고. 그것보단 약한 설정이야. 우리나라에도 오지 많잖아. 그런 데 다니면서 자연 생태

습지도 찾아보고, 모르던 생태계 발견도 하고…… 뭐, 그런 다큐. 한마디로 말해 사람 발자국 안 찍힌 우리나라를 찾아보자는 다큐야. 어때, 이건 괜찮지?"

구미가 확 당기긴 하다. 무엇보다 잡생각이 많은 자신에게 딱 맞는 기획 의도 같다. 자연이나 만끽해볼까나?

"어딘데요?"

"일단 커리큘럼을 북단으로 짜봤어. 아니면 태백산맥 정도?"

북단이라면 경계선 부근? 그럼, 비무장지대? 아니면 태백산맥? 빨치산이 숨었던? 이 여자 반공주의자야? 유채는 생각보다 험난할 것 같은 송 피디의 제안이 매력적이기도 하고, 무섭기도 했다.

"생각할 시간 주실 거죠?"

유채는 이미 다 녹은 크레페를 스푼으로 진흙탕처럼 휘저으며 물었다.

"물론. 그럼 대답 기다릴게. 생명보험은 들었어? 상해보험은 필수야."

송 선배는 유채에게 팁인 양 속삭여주고 자리를 떠났다. 보험이라고? 그게 누구를 위한 건데? 살아온다면 자신에게 도움이 되겠지만 죽어온다면 가족들만 잔치를 하겠군. 이 한 몸 바쳐 가족의 잔치 횟수 배양에 힘써? 유채는 곤죽이 된 크레페에 스푼을 꽂고 곰곰이 생각에 빠졌다.

15. 그녀는 왜 산으로 갔을까

산과 산은 절대 만나는 일이 없다. 그러나 사람은 다시 사람과 만난다.
— 미국 속담

촬영팀이 떠난 산부인과 로비는 왠지 쓸쓸했다. 언제나 산모들이 차고 넘치던 곳이라 촬영팀들 때문에 비좁다는 생각이 들었었는데, 조용하고 깨끗해진 회의실을 지나치거나 간호사들만 모여 잡담을 하고 있는 모습이 어쩐지 낯설어졌다. 친해진 간호사들과 스태프들이 대화하던 모습을 종종 보곤 했는데, 그 모습이 더 친근해 보였던 걸까. 같은 제복에, 같은 의무감, 책임감으로 무장된 사람들만 보자니 삭막하다고 느껴지는 건 또 무슨 괴이한 느낌이란 말인가. 그리고 유채. 처음 만남부터 심상치 않던 그 여자가 이렇게 가슴에 사무치게 남을 거라고, 그들이 처음 여기 나타났을 때는 알지 못했다. 혼자 들어가는 렌털 하우스도 썰렁하게 느껴지기 시작했다. 그래서 핑곗김에 혼자 계신 어머니의 집으로 더 자주 퇴근하게 됐다. 그나마 외로워진 것에 대한 긍정적인 효과라고 해야 할까.

윤표는 핸드폰을 만지작거렸다. 별로 통화한 적은 없지만 저장해두었던 그녀의 번호로 전화를 걸고 싶을 때가 한두 번이 아니었다. 그만두자는 이유가 너무 뜬금없고, 이해 불가다. 뭔가 다른 이유가 분명히 있다. 그러나 그걸 지금 묻는다 한들 말해줄 리가 없다. 그러니 키스 실

444

력 어쩌구 하는 시답잖은 변명이나 늘어놨겠지. 윤표는 한숨을 쉬며 진료실로 몸을 돌렸다.

"어머나, 소 선생님."

대준의 진료실에서 나오던 소영이 그를 반갑게 불렀다.

"곧 애기 나올 때가 됐죠?"

윤표는 주머니에 손을 넣고 소영의 배를 짐작하며 보았다. 태아에게 해롭지 않은 항생제 치료를 하니 그다지 효과가 없다는 대준의 말을 들었다. 그럼 정말 수술을 해야 할까. 대준과 함께 고민하던 것을 잠시 떠올리던 윤표는 그녀에게 방긋 웃어 보였다.

"대준 씨가…… 아, 이렇게 부르면 안 되지. 김 선생님이 그러시는데 애가 좀 성격이 급한 것 같대요. 빨리 나올 것 같다고, 준비 단단히 하라고 하시더라구요. 하하하!"

"하하하! 성질 급하면 키우기 곤란할 텐데 말이죠. 우리 어머니도 제가 성격이 급해서 좀 힘들어하셨거든요. 하하……!"

순간 소영의 웃음이 뚝 끊겼다. 그 바람에 윤표는 머쓱해서 서둘러 웃음을 삼켰다.

"아, 그러셨군요."

갑자기 소영이 의미심장하게 고개를 끄덕였다.

"저기, 유채 씨는 잘 지내나요?"

윤표는 티 내지 않게 하려고 애쓰며 슬쩍 물었다.

"유채는 이렇게 좋은 분들 다 알고 지내면서 왜 다른 산부인과에 가서 검사를 받나 몰라?"

소영은 근심 어린 얼굴로 중얼거렸다.

"네?"

윤표는 놀랐다. 그 여자가 무슨 이유로?

"요즘은 아가씨들이 이런 데 오는 거 흉 아니죠? 그런데 걘 아는 사람들이 남자 선생님들뿐이어서 그랬나 봐요. 하긴 아직 아가씨니까 그럴 수도……. 그래도 여기서 오 선생님한테 진찰받고 나서 검사를 하는 것 같던데."

소영은 걱정스럽게 말했다. 오 선생이? 얼마 전 아주 일찍 돌아온 그녀를 잠깐 보긴 했다. 근데 유채에 대해선 듣지 못했다. 도대체 자신이 모르는 일이 벌어지고 있는 게 뭐지?

"무슨 증상이라도 있었나요?"

윤표는 바짝 조바심이 났다.

"말로는 자궁내막증이라던가……. 그게 그렇게 심각해요, 선생님? 애가 우울증이 온 거 같더라구요. 오 선생님이 어쩌면 애기를 낳지 못할지도 모른다고 겁을 꽉 줬나 보던데."

"아……."

순간 뒤통수를 맞은 것처럼 윤표는 멍해졌다.

진료실로 돌아온 윤표는 망설였다. 먼저 전화를 걸어서 아는 척을 하면 왜 아는 척이냐면서 길길이 뛰겠지? 한숨을 내뿜은 윤표는 답답한 마음에 어쩔 줄을 모르다 핸드폰으로 책상을 탁 치고 자리에서 일어나 방을 서성였다. 그러다 혜령이 생각났다.

병원 밖에서 혜령을 만나는 건 아주 오랜만이었다. 윤표와 혜령은 시내 커피숍에 마주앉았다.

"아버님은 어떠셔?"

"잠깐 입원했다 퇴원하셨어. 간병인을 붙일 생각이야. 아무래도 혼자 계신 건 걱정이 돼서."

혜령의 얼굴이 조금 까칠해 보였다.

"전에 식사 대접한다고 했는데."

윤표는 그 생각이 이제야 난 것이 미안했다.

"꼭 지킬 필요 없잖아. 윤표 씨랑 내가 어떤 사이가 된 것도 아니고."

그녀의 말투에 원망과 씁쓸함이 뒤엉켜 있었다.

"미안해."

"그런 말 좀 이상하다. 우리가 깊은 관계도 아니었고. 시작하려다 만 사이, 많잖아. 왜 그래, 아마추어 같이."

혜령은 히죽 웃었다. 하지만 웃음 끝이 쓰렸다.

"물어볼 게 있는데……."

윤표의 말을 들으며 그녀는 커피 잔을 입에 대었다.

"유채 씨, 검진한 적 있어?"

순간 커피 잔을 내려놓으려던 혜령의 손이 멈칫했다. 그리고 곧 잔을 내려놓는 소리가 '쨍' 하고 차갑게 울렸다.

"내가 오진했대?"

"아니, 그게 아니고."

갑자기 혜령이 싸늘하게 반응하는 것에 윤표는 적잖이 당황했다.

"그럼? 걱정돼? 진짜…… 간호사들이 수군거리는 것처럼 윤표 씨, 그 여자하고 어떤 사이가 된 거야?"

혜령의 눈빛이 매서웠다. 왠지 추궁당하는 것 같아 윤표는 기분이 좋지 않아졌다.

"그냥 걱정이 됐을 뿐이야."

"병원 촬영도 끝났다면서? 그런데 무슨 걱정?"

과한 관심은 신경 낭비라는, 싸늘한 그녀의 말투였다.

"말투가 왜 그래?"

윤표의 말투도 싸늘해졌다.

"미안한데, 나 그 여자한테 그렇게 좋은 감정 아니야."

"왜?"

"모르겠어?"

혜령의 눈빛에 배신감이 가득해졌다.

"너, 설마…… 아직도 그때 사고가 유채 씨 때문에 불거진 거라고 생각하는 거야?"

"아주 아닌 건 아니잖아. 덕분에 매스컴까지 타게 생겼는데. 마음이 편하겠어?"

"그 여자 때문에 소송을 피할 수 있었던 게 누구였지?"

윤표의 눈썹이 꿈틀거렸다.

"그 상황에서 더 나빠질 게 있었을까? 웬만한 의사들은 다 달고 있는 소송이잖아."

혜령은 대수롭지 않아 했다. 그렇게 생각하려고 애쓰는 얼굴이었다.

"아닌 의사들도 많아. 너랑 얘기하다 보니 의사란 직업이 갑자기 비호감으로 느껴지는데."

굳은 윤표의 목소리에 혜령은 말실수했다고 생각했는지 입을 다물었다.

"휴…… 내가 널 보러 온 게 실수다. 난 네가 다 턴 줄 알았어. 그래서 편하게 물어보려고 했는데."

윤표는 후회가 되었다. 너무 순진하게 혜령에게 질문을 한 모양이다.

"털어? 뭘? 잔뜩 기대했던 커다란 선물 박스는 다른 아이에게 가고,

나는 청소하라는 빗자루만 받는 파티에 간 기분인데."

혜령의 눈에 한스러움이 가득 찼다.

"뭐가 선물이고, 뭐가 빗자루야? 비유가 너무 이상하지 않아?"

"당신이 선물이고, 그 사고가 빗자루야. 이제 이해돼?"

"그걸 고른 건 너야."

한때는 어머니보다 더 믿었던 그녀이기에 혜령에게 실망하고 싶지 않았다.

"그래, 그랬지. 청소만 잘하면 나도 선물을 받을 수 있다고 생각했는데……."

혜령은 사납게 쏘아보던 윤표에게서 고개를 돌려 손끝으로 눈가를 닦았다. 당황한 윤표는 어찌할 바를 몰랐다. 예전 같았으면 손등을 쓸어주고 따뜻하게 안아줘야 했겠지만, 지금은 그럴 수 없었다. 마음은 이미 다른 데로 갔고, 껍데기가 그렇게 하는 것도 이 여자에게 예의가 아니었다.

"생각해보니 사고 친 애한테 선물을 주는 경우는 없더라고. 용서는 받겠지만, 다음 기회가 되겠지. 그런데 내 다음 기회가 사라졌어. 그걸 안 내 기분이 어떨 것 같아? 그다음 기회를 가로챈 여자가, 선물을 받은 그 여자 같은데 어쩌라고."

이 말을 하기까지, 유채를 원망하는 마음이 과연 얼마만큼 있었을까.

"너, 그때 너 인터뷰했던 기자한테 정정 기사 부탁했다는 말, 거짓말이었지?"

순간 혜령은 당황했다.

"그 기자 만났어. 왜 네 부탁 거절했냐고 했더니, 네가 부탁한 적 없다고 하더라. 그때, 내가 너희 말다툼 듣고 있으니까 그렇게 얘기한 거야? 그 여자, 더 나쁘게 보이게 하려고?"

윤표는 눈에 힘을 주었다. 그 기자에게 이런 말을 들었을 때, 둘 중 하나는 거짓말을 하는 거라고 생각했다. 그게 혜령이 아니길 바랐다.

"성공한 줄 알았는데, 아닌가 보네."

혜령은 코웃음을 쳤다.

"네가 그런 마음인데, 내가 무슨 말을 해야 위로가 되겠니."

윤표는 푹 꺼진 목소리로 말했다. 그러자 혜령은 피식 웃었다.

"위로받을 수 있나? 당신은 이미 다른 여자 걱정에 휩싸여 있는데?"

"그렇게 잘 알면 말해봐. 그 여자한테 뭐라고 겁줬는데?"

윤표의 미간에 힘이 들어갔다.

"아기 낳지 못할지도 모른다고 했어. 자궁내막증이 그렇잖아. 치료도 잘 안 되고, 재발 위험도 크고, 자궁을 적출할 상황이 다반사고……. 작정하고 겁준 건 아니야."

혜령에게 죄책감은 없어 보였다. 기가 막혔다. 설마 이것이 유채가 그만두자는 이유였나?

"그걸 다 말해줬어? 그게 겁준 게 아니라고? 검사를 다 한 것도 아닌데 그런 말을 어떻게 그렇게 쉽게 해? 같은 여자면서? 질린다, 오혜령."

윤표는 참지 못하고 자리에서 벌떡 일어났다.

"가능성이잖아. 알 건 알아야지. 너무 이론적으로만 알았지, 자기 증상에 대해선 모르고 있길래 주의 환기해주는 차원에서 말해준 것뿐이야."

이번만큼은 잘못이 없다는 투다.

"이론적으로라도 아는 게 다행 아니야? 아무것도 모른 채, 병이 다 진행된 다음에 와서도 왜 왔는지 모르는 환자들이 태반인데? 그런 환자한테 '당신은 죽을 겁니다.' 바로 말하는 비인간적인 의사가 그렇게 되고 싶었어? 네가 대준이었으면, 넌 나한테 한 대 맞았어!"

윤표는 그녀를 무섭게 노려보다 그녀를 남겨둔 채 자리를 박차고 나왔다. 그리고 그대로 차를 몰고 유채의 집으로 달렸다.

"우리 누나, 오지 탐험 다큐 촬영 갔는데?"

유채의 집 앞에 도착해 머뭇거리고 있을 때, 아르바이트를 끝내고 퇴근하는 유규를 만났다.

"오지 탐험?"

산부인과 탐험이 성에 안 찼나? 윤표는 '오지'라는 그 말이 불안감으로 엄습해왔다.

둘은 근처 편의점 테라스에 마주앉았다.

"생명보험도 들고 상해보험도 들었어요. 죽으러 가는 사람처럼. 웃기죠, 우리 누나."

유규는 음료수 대신 선택한 맥주를 쭉 마시고 너털거리며 웃었다.

"그렇게 위험한 걸, 왜?"

윤표는 웃을 수가 없었다. 자궁에 이상이 있으면 그냥 죽겠다는 그녀의 의지 표현인 것만 같아 꺼림칙했다.

"글쎄요? 그 다큐 할까 말까 고민하다가 알았다는데, 원래 고은실이란 리포터가 그 다큐 첫날 촬영하다 무릎 인대가 파열돼서 수술하게 되는 바람에 누나한테 섭외가 넘어왔던 거래요. 그걸 알고는 바로 결정하더라구요."

"미친 거야?"

윤표는 흥분해서 소리쳤다.

"그러게요."

반면 유규는 아무렇지 않게 과자를 주워 먹었다.

"그런데, 매형."

유규는 윤표를 물끄러미 보았다. 갑작스런 유규의 호칭에 윤표는 당황했다.

"우리 누나, 호적에서 언제 빼갈 거예요? 우리 집이 사이즈에 비해 군식구가 좀 많거든요."

"어떻게 알았어? 내가 누나한테 관심 있는 걸……?"

묻다 보니 좀 부끄럽다.

"에이, 척하면 척이지. 저번 병원에서도 우리 누나한테 잘해주는 것 같고. 오늘도 누나 걱정돼서 온 거잖아요?"

듣는 것도 부끄럽군.

"하하하! 처남, 참 재미있네……?"

반사적으로 처남이라고 부르고 말았다. 순간 얼굴이 빨개진 윤표는 호탕하게 소리쳤다.

"하하하! 아기 키우기 힘들지? 뭐 필요해? 뭐 사줄 건 없어?"

뒤돌아 생각해보면 유규가 여우라면 자신은 구덩이에 갇힌 여우의 애완용 생쥐인지도 모른다. 녀석의 사악한 말솜씨에 윤표는 지갑이 다 털렸다. 이걸 웃어야 하나, 울어야 하나. 정말 한가족이 된다면 그 녀석을 예의 주시해야 한다는 걸 오늘 배웠다. 돌잔치 축하금까지 어음으로 미리 끊어주고 온 기분이다. 그리고 그 대가로, 유규는 당당히 직원으로서 놀다 오는 직장이라며 당구장 명함을 주었다. 무료 자유 이용권이란다. 눈물이 난다.

*

　지리산 첩첩산중의 산장에서 맞이한 첫날, 송 피디와 유채는 스태프들과 간소한 다과회를 하다가 하나둘 별을 보러 나가고, 어쩌다 보니 단둘이 마주앉게 되었다.

　"내가 자기를 우리 다큐 리포터로 찍은 이유는 두 가지야."

　송 피디가 불쑥 유채에게 말했다. 유채는 궁금했다.

　"하나는 유채 씨가 희재 씨 전 애인이라는 사실 때문이고."

　흡! 눈알이 튀어 나갈 뻔했다. 어두워서 자신이 놀라는 모습이 그녀에게 보이지 않아 다행이었다.

　"또 하나는 내가 남자 리포터랑 다니면 에스트로겐을 감당하지 못하기 때문이지."

　"예?"

　유채는 앉은 자세로 펄쩍 뛰었다.

　"아, 오해는 마."

　그녀는 손을 서둘러 내저었다.

　"같이 잔 건 희재 씨가 처음이니까. 뭐랄까, 난 좀 일에 열심인 남자에게 끌려. 그리고 인물도 좀 되는. 솔직히 다른 일반 스태프들은 같이 막노동판을 기어 다닌 사람들 같아서 동지애 이상은 잘 안 느껴졌거든. 희재 씨는 내 이상형에 가까웠어. 그래서 나도 모르게 그날……. 자세한 얘기는 하지 않을게. 어쨌든 유채 씨의 그 게시판 사건으로 희재 씨가 유채 씨랑 사귀는 사이라는 사실을 알았고, 희재 씨는 나와의 일이 실수라고 생각한 거 같아. 유채 씨랑 헤어진 걸 아쉬워하는 것 같더라. 또, 다른 남자 리포터들한테도 헤픈 거 아닌가 의심하고…… 헤어지자고 하더라구."

희재의 말이 진짜였잖아? 채였다고만 생각했는데. 짜식, 다시 보이네.

"근데 난 쉽지 않더라. 희재 씨, 진짜 좋아. 그래서 자기에게 일단 사과하고 희재 씨랑 진지하게 진행하고 싶어서. 그 일환으로 희재 씨한테 약속했어. 다시는 남자 리포터와 일하지 않겠다고. 그래서……"

송 피디는 유채의 눈치를 살폈다. 유채는 그녀가 눈치를 살피는 이유를 알지 못하고 눈을 동그랗게 떴다.

"우리 계속 만나도 되지?"

뭐야, 희재 부모도 아닌데 피디한테 교제 부탁을 다 받고. 유채는 당황했다. 그리고 좀 우쭐도 됐다. 피디에게 교제를 허하겠다는 말을 해주는 날이 있다니.

"희재 씨가 나에 대한 미련 때문이 아니라, 나에 대한 죄책감 때문에 괴로워한다는 생각은 했어요. 우리가 그렇게 깊은 역사가 있던 것도 아니고. 그러니까 당연히, 되죠. 잘 되길 바라요, 두 사람."

유채는 그녀에게 빙긋 웃어주었더랬다.

이런 회상을, 지금 촛불 하나 달랑 켜놓은 산장에 홀로 갇혀 하고 있다는 게 너무 무섭고 슬펐다. 죽기 직전 주마등처럼 추억이 지나가듯, 가장 최근의 추억부터 하나씩 밟는 느낌이었다. 고은실이 사고를 당해 하차했다는 말이 왜 당겼을까. 메디컬 다큐도 그렇고, 그녀가 빠지고 대신 들어가는 자리가 좋은 자리일 거라는 막연한 기대감도 들었다. 멍청이처럼. 또 사고를 당할 수 있으니만큼 다른 데 정신을 놓을 수 없는 일이라서 혹했던 것 같다. 그리고 이젠 후회한다.

갑자기 폭풍우를 동반한 비가 지리산에 쏟아지기 시작했다. 하늘에서 물탱크를 튼 것처럼. 삽시간에 주위는 어두워졌고, 무식하면 발품이 최고라는 가치관에 입각해 답사 차 홀로 나왔던 유채는 날벼락 같은 폭우에 급히 이 산장으로 몸을 피했다. 미리 지도를 봐두었기에 망정이지 산장도 못 찾고 어느 계곡의 진흙 속에 파묻혀 빨치산의 영혼들과 대화를 나눌 뻔했다. 그런데 곧 그렇게 될 것 같다.

낡은 산장은 방치되어 있었는지 전기도 끊겼고, 먹을 것도 없었다. 덜컹거리는 창문과 잠근 문, 벽에 부딪히는 나무들이 미친 듯이 회오리춤을 추는 소리가 너무 살벌했다. 유채는 무릎을 꼭 끌어안고 제발 아무도 없는 것이 분명한 이 안에서 아무도 기척을 내지 말았으면 하는 소망을 담아 통성 기도를 했다.

어쩌면 여기서 죽을 수도 있겠다는 생각이 들었다. 지리산 골짜기, 길도 끊기고 잊혀진 이 산장에 고립되어 있다가 사람들이 구조하러 오기 전에 죽을지도 모른다고 생각하니, 뜨거운 눈물이 펑펑 솟구쳤다. 스태프들은 자신이 일행과 떨어져 있다는 사실만 알 뿐, 어디에 있는지 모를 것이 뻔했다. 갑자기 윤표 생각이 났다. 차라리 그 사람이 대시하는 걸 받아줄걸. 오지게 연애나 하다 죽으면 원한은 없을 텐데.

사람이 죽을 생각을 하니 참 용감해진다. 소영 때문에 절대 그럴 수 없다고 다짐했던 일이, 살아 돌아가면 그와 찐한 연애부터 할 생각을 하게 만드니 말이다. 그때였다. 바람 때문에 자꾸 열려 걸쇠로 잠가두었던 문이 세차게 덜컹거렸다. 바람이 아니었다. 사람이나 그 이상의 힘이 흔드는 덜컹거림이었다. 이 날씨에 산행을 할 사람도 없을 텐데. 드디어 빨치산의 영혼들과 대화를 할 때가 온 것인가? 그들을 두 팔 벌려 환영해야 첫인상에 좋을까? 유채는 겁을 잔뜩 집어먹은 채 무기도 없는 자신의 몸을 꼬옥 끌어안았다.

✳

병원으로 돌아온 윤표는 방송국에 전화해서 이 정신없는 여자가 간 곳이 어딘지 확인했다. 지리산이란다. 겨울이 오고 있는데 지리산이라고? 이 추운 날 그 산에 들어가서 뭘 찍겠다는 거지? 겁나게 용감한 방송국 사람들에게 박수를 보내는 바이다. 하지만 그 여자는 좀 빼주지.

윤표는 유채가 무사히 돌아오기만을 바랐다. 그녀가 돌아오는 그 즉시 직접 체계화된 검사로 그녀의 병명이 무엇인지 정확히 알아내고, 안심이 된다면 깊은 안심을, 치료가 필요하다면 목숨 바친 치료를 해주겠다고 다짐했다.

윤표는 생명보험에 상해보험까지 들고 떠났다는 그녀가 도무지 믿음이 가지 않아 마음이 동분서주했다. 그러다 병원 휴게실에서 날씨 예보를 보게 되었다.

"지리산에 폭풍우가 친대. 곧 눈도 올 것 같은데? 그럼 엄청 장관일 거야. 폭풍 지나면 지리산 산행할 사람?"

누군가 손을 번쩍 들었다. 윤표는 그런 그의 아귀에 주먹을 먹이고 당장 주차장으로 달려갔다.

급히 산행 물건을 챙겨 지리산에 도착했을 때 시간은 이미 자정에 가까워지고 있었다. 방송국에서 알려준 산장으로 가니 예상대로 방송국 스태프들과 대피객들이 바글바글했다. 윤표는 스태프들에게로 가 유채를 찾았다. 그러자 여자 피디가 당황스럽게 윤표를 맞았다.

"촬영은 내일부터예요. 그런데 유채 씨가 심심하다고, 답사할 겸 주위나 둘러본다고 나갔는데 돌아오질 않아요. 폭풍우 예보는 유채 씨가 나간 후에 갑작스럽게 터졌구요."

그녀는 윤표와 마찬가지로 난감해했다.

"전화는 됐나요?"

"여기요."

송 피디는 한심한 표정으로 전화기를 내밀었다. 유채의 것이었다.

"여기선 잘 터지지 않아서 저희도 잘 두고 다녔어요. 금방 올 줄 알았나 봐요. 어디까지 들어갔는지 모르겠네. 기억력이 좋은 편이라, 지도를 봤었으니까 다음 산장을 찾아갔을지도 모를 텐데."

그녀가 다른 건 몰라도 기억력 하나는 좋다는 걸 산부인과 병명에 대해 줄줄 욀 때 알아봤다.

"그 여자가 답사 떠난 방향이 어디죠?"

윤표는 당장 지도를 펴들었다.

"가시게요?"

피디가 눈을 동그랗게 떴다.

"어디인지 짚어나 보세요!"

윤표는 다그치듯 그녀를 처다보았다.

윤표는 그녀가 가벼운 차림으로 나갔다는 말에 점퍼와 모포, 간단한 식량을 챙겨 산장을 나섰다. 사람들은 이렇게 폭풍우 치는 밤은 산처럼 위험한 것이 또 없으니 나가선 안 된다고 말렸다. 그건 누구나 아는 진리다. 그런 위험한 산에 홀로 갇혀, 혹시 조난이라도 당해 힘들어하고 있을지도 모를 그녀를 생각하니 마음이 다급해져 잠시도 시간을 늦출 수 없었다. 지리산 경험이 아주 없는 것도 아니었다. 대학교 등산 동호회에 있을 때, 지리산은 연례행사 산행지였다.

윤표는 비바람이 치는 산길을 서둘러 걸었다. 그녀가 당황해 울거나, 공포에 떨거나, 다쳐서 아파하고 있을 생각을 하니 전력질주도 모자랐다. 비바람을 온몸으로 맞으면서, 온통 그녀에 대한 걱정에 사무쳐 걸음을 옮기자니, 자신의 마음에 그녀가 차지하고 있는 범위가 생각보다 더 크다는 걸 알았다. 처음 만나면서, 같이 병원 생활을 하고 응급환자와 함께 뛰면서, 차가운 곳에 있던 온도계의 수은주가 열대 기후를 만나며 천천히 올라가듯 꾸준히 올라가고 있었음을 알아차렸다. 이젠 끝까지 차오른 수은주가 터질 것 같다.

윤표는 서둘러 발걸음을 재촉했다. 제발 그녀에게 아무 일도 일어나지 않았길 바라고, 부디 그녀가 안전하게 다음 산장에 있어주길 바라며. 윤표는 그의 행군을 막는 바람을 밀쳐내며 험한 산길을 최대한의 보폭으로 올라갔다.

❋

자꾸 문이 덜컹거린다. 그러다 걸쇠가 부러지거나 헐거워져 풀릴 것만 같았다. 유채는 더럭 겁이 나 문으로 달려가 얼른 문고리를 꼭 잡았다. 그러자 밖에서 소리가 들렸다.

"누구 있어요?"

왜 이 목소리가 낯익다는 생각이 드는 걸까? 하지만 사람이 나다닐 상황은 아니다. 그럼……? 아, 영혼과의 대화는 절대 사절인데. 유채는 입술을 깨물고 다시 한 번 사람의 소리가 나는지, 밖의 소리에 귀를 기울였다.

"유채! 너, 거기 있어?"

"맙소사!"

이름까지 아네? 그럼 진짜 낯선 영혼?

"아~ 하느님, 감사합니다. 나야, 소윤표! 어서 문 열어!"

소, 윤, 표? 너무 당황한 나머지, 손잡이를 잡았던 유채의 손목 힘이 스르르 풀렸다.

"다, 당신이 왜……."

무서웠다. 그라는 사실도 무섭고, 설마 영혼의 장난질일지도 모른다는 생각에 또 무서웠다. 손을 내밀어보라고 하고 싶다.

"뭐가, 왜야. 걱정돼서 참을 수가 있어야지. 어서 문 열어!"

순간, 유채의 이성에 불이 탁 켜졌다. 그가 나타나기 전까지, 돌아만 가면 이 남자와 질펀하게 연애질을 할 수 있을 것 같았는데 다시 이성의 힘이 커졌다.

"안 돼! 돌아가요!"

유채는 버럭 소리쳤다. 이 문을 놓을 수 없다. 지금 이런 기분에 이 남자의 얼굴을 보면 도저히 이성적일 수 없을 것 같았다.

"지금 이 날씨에 나더러 돌아가라고? 난 네 걱정 때문에 서울에서 달려왔는데?"

"왜요?"

"왜긴! 몰라 묻냐고, 이 여자야! 난 아직 너한테 헤어지자고 동의한 적 없어!"

"그래서……."

유채는 자신의 이성의 힘이 너무 센 것이 원망스러워 눈물이 났다. 지금 문이 열리면 그대로 무장해제가 될 것만 같았다. 절대 그래선 안 된다.

"그래서라니! 헤어지는 건 말도 안 돼! 결말이 어떨지 나도 잘 모르고, 이제 시작이나 마찬가진데. 나, 너랑 진짜 연애해보고 싶어! 우리 찐하게 연애 한번 해보자고!"

허걱! 좀 전까지 자신이 하고 싶어 하던 그걸 윤표가 외치고 있었다. 이걸 텔레파시라고 해야 하나, 이심전심이라고 해야 하나.

"우린 안 돼요!"

유채는 울 것 같은 표정으로 소리쳤다.

"왜? 내가 키스를 못해서? 그럼 연습시켜! 두말없이 연습할 테니까!"

눈물겨운 말이다. 어느새 두 눈에 눈물이 차오른 유채는 저도 모르게 피식 웃었다.

"그래도 안 돼요! 당신이랑 나는 절대로 안 돼요!"

유채는 산장이 울리도록 소리쳤다.

"이 여자, 진짜 오기 생기게 만드네? 이러다 내가 만약 문 열고 들어가면 너 가만 안 둔다!"

"흥! 어떻게 가만 안 둘 건데? 내가 무서워할까 봐?"

"나한테 얼마나 혼이 나려고 이렇게 강하게 나오실까? 너 괜히 센 척하는 거 다 들켰거든? 일단 용기는 가상하다! 하지만 더는 봐주지 않을 거다!"

유채의 호기에 그는 지지 않았다.

"난……."

잠시 그가 말을 멈추더니 나직하게 말했다.

"난 네가 나한테 마지막이길 바라. 어쩐지 네가 마지막일 거 같아. 그래서 포기가 안 돼. 이쯤이면 되지 않아?"

살을 베일 것 같은 바람 소리 속에서 그의 목소리는 분명 진심이었다. 가슴이 아팠다. 그녀도 그가 마지막이었으면 누구보다 행복할 것 같았다. 하지만 현실이 그게 아니니까, 마음 가는 대로 몸을 맡겼다간 난감한 상황이 기다리고 있게 되니까.

"그래도…… 안 돼요."

걸쇠를 두 손으로 꼭 잡고 있던 유채는 고개를 떨구며 침울하게 말했다.

"뭐 이런 말도 안 통하는 여자가 다 있어!"

갑자기 분노에 찬 그의 목소리가 들리더니 문에 뭔가 '쿵!' 하고 부딪혔다. 깜짝 놀란 유채는 걸쇠를 잡은 손을 통해 전해오는 그 충격에 놀라, 눈을 동그랗게 뜨고 문을 바라보았다.

"안 되겠어! 들어가면 너 진짜 가만 안 둬! 다치기 싫으면 비켜!"

그의 목소리와 함께 다시 문이 들이받혔다. 그가 몸으로 문을 부수고 있는 거였다. 미친놈! 당황한 유채는 엉거주춤 뒤로 물러났다. 두세 번, 문이 그에게 받치고 나자 잠겼던 걸쇠가 두 동강이 나면서 문이 벌컥 열렸다. 그리고 비바람에 만신창이가 된 그가 눈을 번쩍이며 안으로 걸어들어왔다. 그의 모습과 함께 세찬 바람이 그녀를 숨이 멎도록 휘감았다.

그의 모습을 보자마자 유채의 뺨에서 눈물이 주룩 흘렀다. 서울에서부터 달려온 그가, 자신을 구하기 위해 비바람을 뚫고 산길을 올라온 그가, 지금까지 본 어떤 그림이나 영화보다 멋지고 감격스러워 보였다. 사랑한다는 말을 하지 않고는 배길 수 없는 그의 모습, 그의 표정에 유채는 그를 바라보며 눈물을 뚝뚝 흘렸다.

"내가, 가만 안 둔다고 했지?"

그는 유채에게 저벅저벅 걸어왔다. 그리고 흔들리고 있는 그녀를 와락 끌어안고 그녀의 입술에 키스를 퍼부었다. 유채는 그대로 그에게 안겼다.

"다치기라도 했을까 봐 미치는 줄 알았어. 정말 다행이야, 답답한 아가씨."

윤표는 그녀를 꼬옥 끌어안았다.

"다치면 어쩌려고 여길 와. 오면 나더러 어쩌라구……."

유채는 그의 가슴에 얼굴을 묻고 흐느껴 울었다. 하느님, 제발 이 멋진 남자를 그냥 허락해주시면 안 되나요?

걸쇠가 부서진 문을 닫고 바람에 열리지 않도록 기대앉은 두 사람은 끌어안은 채 밤을 보냈다. 등을 통해 전해오는 그의 따뜻한 체온에 깊은 위로를 느끼며, 그의 왼손에 자신의 오른손을 깍지 끼고 그렇게 앉아 유채는 차라리 그냥 여기서 그와 살고 싶다는, 말도 안 되는 생각을 아주 잠깐 했다. 그럼 소영에게 죄책감을 갖지 않고 살 수 있을까, 하고.

기상이변으로 지리산의 날씨를 예측하기 어려워진 촬영팀은 오지 탐험 다큐를 봄으로 연기하기로 하고 철수하기로 했다.

산장에서 내려온 유채는 윤표의 차가 있는 주차장으로 그를 따라갔다.

"같이 가. 어차피 서울 갈 거잖아."

윤표는 다정하게 말했다.

"난 우리 스태프들이랑 갈게요. 찾으러 와줘서 고마워요. 그 마음, 잊지 않을게요."

"뭐야, 그 소린. 설마 너 아직도……."

차 문을 열던 윤표는 불길한 눈으로 유채를 돌아보았다. 유채는 그의 시선을 마주 보다, 차마 더는 보지 못하고 고개를 돌렸다.

"너, 자궁내막증 때문이야?"

그의 말에 유채의 숨이 멎는 듯했다.

"그걸 어떻게……."

"아는 방법은 여러 가지야. 그거에 대한 설명은 됐고. 네가 어떤 마음일지는 대강 짐작하는데, 난 아무렇지 않아. 내가 도와줄게. 약물 치료든 수술이든 내가 도와줄게. 최고의 산부인과 의사를 애인으로 둔 여자가 그런 일로 속앓이를 하고 있으면 어떻게 해?"

윤표는 짐짓 무섭게 유채에게 다그쳤다.

"하지만 아기를 낳을 수 없을……."

"긴말하지 마. 그 증상에 대해서 이론적으로나 임상적으로나 내가 더 빠삭하니까."

먹먹해진 유채는 시선을 떨구었다. 그러자 윤표는 허리를 굽혀 그녀와 시선을 맞추었다. 그리고 부드럽게 말했다.

"가장 중요한 건 너야. 그다음이 아기야. 세상에는 직접 낳지 않는 방법 말고도 아기를 갖는 방법이 얼마든지 있어. 그 2차적인 방법이 마음에 안 든다고 사랑하는 여자를 포기하는 남자는 정말 바보 천치야. 물론 나는 아니고."

어쩌지? 또 눈물이 날 것 같다.

"고맙네요, 정말. 다른 자궁내막증 환자가 들었다면 그냥 받아들였겠어요."

"뭐?"

윤표는 황당해했다. 아마, 조금 더 말했다간 진짜 화가 치밀어 이번엔 차를 뒤집어버릴지도 모르겠다.

"왜 안 되는데? 이렇게 해도 안 되는 이유가 뭐야? 정말 내가 싫은 거야?"

"가끔 사람들은 자기가 꼬아놓은 실타래를 보고 누가 이래 놨냐고 화를 내곤 해요. 분명 자기가 한 짓인데 모르는 경우도 많다구요. 우리가 모르는 수많은 이유가 우리 주위에 공존하고 있어요. 그게 이유예요."

"좀 있다 철학 다큐도 찍냐?"

윤표는 기가 막혀 했다.

"미안해요. 나중에, 알게 될 날이 언젠가는 올 거예요. 어젠 정말 고마웠어요. 그럼 운전 조심해서 가요."

유채는 독하게 입술을 깨물며 돌아섰다.

"도대체 이유가 뭐냐고!"

소리를 지르며 차를 후려치는 그를 뒤로하고 유채는 눈물을 참으며 서둘러 스태프들이 있는 차로 달려갔다.

서울로 돌아온 유채에게 고정 프로그램 섭외가 줄을 이었다. 다른 건 모르겠고, 뭐든 겁 없이 덤비는 공을 높이 산 모양이다. 봄에 다시 찍을 오지 체험 다큐를 중심으로, 그 다큐에 피해가 가지 않을 범주에서 유채는 프로그램을 선택했다. 그리고 그녀의 얼굴이 자주 텔레비전에 나오게 되었고, 겨울이 오자 편집이 끝난 메디컬 다큐가 밤 시간에 편성되어 방영되기 시작했다. 집에서, 혹은 방송국에서 자신이 나오는 메디컬 다큐 〈생명의 화수분〉을 보며 유채는 간간이 보이는, 이미 보았던 윤표의 모습을 애써 찾기도, 애써 외면하기도 했다.

혜령의 수술 사고 부분은 의도대로, 그녀의 잘못보다 보수적인 의식으로 인한 갈등과 문제에 포커스가 맞춰져 탈 없이 지나갔다.

또 유채의 '국민 산모'란 타이틀에 대해 정정 기사도 크게 났다. 유채가 서민적이고 인간적으로 보여 사람들의 관심을 받기 시작했기 때문이다. '그때 그 국민 산모가 바로 저랍니다.'라는 간단한 여성 잡지 인터뷰도 하게 되었다. 그래서 국민 산모란 말이 다시 한 번 더 회자가 되었다. 윤표가 달아준 그 이름이.

윤표에게선 더 이상 연락이 오지 않았다. 당연한 것이다.

소영에게서 전화가 왔다.

"병원 안 갈래? 나 내진 받으러 가야 하거든."

심심하면 놀러나 가자는 투였지만 목소리가 심상치 않았다. 걱정이 앞섰다. 하지만 윤표를 보게 될까 봐 병원에 갈 수도 없는 노릇이었다.

"미안, 언니. 회의가 있어서 짬이 안 날 것 같아. 대신 병원 진료 끝나면 전화해. 내가 저녁 살게."

"그래. 알았어."

소영은 힘없이 전화를 끊었다. 유채는 초조해졌다. 당장 윤표에게 전화를 걸어 소영의 증세가 어떻게 됐는지 묻고 싶었다. 하지만 짙은 한숨만이 흘러나왔다. 이런 것부터 그가 먼저 생각나는 게 유채는 애석할 뿐이었다.

진료를 받은 소영은 방송국 근처로 와 유채를 불러냈다.

"어때? 병원에서 뭐래?"

카페에 앉아 있는 소영을 보자마자 유채는 그녀 앞에 덥석 달려가 앉으며 물었다.

"너, 알고 있었지?"

"어? 어⋯⋯."

너무 걱정스럽게 물었나 보다. 소영은 잠시 화가 난 듯 유채를 노려보다 한숨을 쉬며 얼굴의 근육을 풀었다.

"그래. 미리 알았으면 나, 신경쇠약 걸려서 병원에 입원했을 거야. 애한테 더 좋지 않았을 거고."

소영은 몸에서 힘을 쭉 빼며 기운 없이 말했다. 종업원이 다가와 메뉴판을 주고 갔다. 평소 같았으면 당장 메뉴판을 번역하듯 꼼꼼하게 읽었을 소영은 메뉴판을 들추지도 않고 옆에 내려놓았다.

"뭐 좀 먹어."

유채는 걱정스럽게 말했다.

"됐어. 입맛도 없어."

소영은 나른하게 손바닥으로 얼굴을 쓸었다. 유채는 소영을 대신해 크레페를 두 개 주문했다.

"엑스레이를 찍었는데 폐에 물이 찼대. 다음 주까지 산기가 없으면 유도 분만 하자고 하더라. 그리고 바로 나더러 수술 들어가자고."

소영은 시선을 떨군 채 담담히 말했다.

"물 빼는 수술 별거 아니라고 위로해주는데 수술이 별거 아닌 게 어딨냐. 게다가⋯⋯."

답답해하던 소영은 한숨을 뿜은 후 말을 이었다.

"아기도 수술을 해야 할지 모른대. 심장이 약하다고. 미리 수술진을 대비해놓겠다고 대준 씨가 말해주더라. 상상이 되냐? 애 낳자마자, 애 엄마랑 애가 동시에 수술을 하는 거야. 이 상황에 그 사람이 어찌나 힘이 되는지. 나 혼자 그 말을 듣는데, 만약 친하지도 않은 의사한테 아주 사무적으로 들었다면 그냥 기절했을 거야."

다시 생각해도 식은땀이 나는지 소영은 앞에 있는 물을 벌컥벌컥 마셨다. 그리고 괴로워하며 테이블에 팔을 괴고 이마를 감쌌다.

"내 잘못이야. 혼자 낳는다는 내 기세가 너무 등등해서, 애기한테 벌써 부담을 줬던 거야. 그래서 그런 거야. 어떻게 해."

소영은 울먹이기 시작했다.

"같이 못 가서 미안해."

유채는 미안함에 그녀의 손목을 지그시 잡았다.

"넌 왜 그래?"

눈물을 삼키던 소영은 갑자기 유채를 무섭게 바라보았다.

"너, 소 선생이랑 뭐 있지?"

순간 유채는 뜨끔했다.

"대준 씨가 그러더라. 소 선생 요즘 이상하다고. 소 선생이 오 선생한테 관심 있는 줄 알았는데 그것도 아닌 것 같다고 하던데. 갑자기 너랑 더 가까워 보이더라고. 너, 뭐 있지?"

"있긴 뭐가 있어. 이러고 일만 하는 거 보면 몰라?"

"그러니까, 가볍게 갈 수 있는 병원을 근처에 두고 못 가는 이유가 뭐냐구. 너 오늘도 그 사람 볼까 봐 무서워서 못 간 거지?"

매일 가위랑 바늘을 가지고 일해서 그런지 엄청 예리하다.

"무서운 건 언니다. 다른 데 신경 쓰지 말고 몸 관리나 잘해. 곧 수술하게 될지도 모르는데 잘 먹어두고."

유채의 말과 함께 종업원이 테이블에 크레페를 내려놓았다.

"우울할 때 단게 최고라며? 몸매 걱정 안 해도 될 때 많이 먹어둬. 그것도 얼마 안 남은 거 같은데."

유채는 크레페에 스푼을 꽂아 그녀에게 내밀었다. 가느다란 눈으로 유채를 쏘아보던 소영은 피식 웃으며 크레페의 스푼을 빼들었다.

"남길 거면 나 줘라."

소영은 유채의 크레페를 슬쩍 보며 스푼에 아이스크림을 듬뿍 떠서 입에 넣었다.

소영은 걱정했다. 다른 가족도 없는데, 만약 아기랑 같이 수술해서 자신만 징후가 좋지 않으면 그다음은 어떻게 될지 상상만 해도 끔찍하다고 했다. 그건 유채도 똑같이 끔찍했다. 또 당장은 아니지만 나중에라도 그런 비슷한 일이 생기게 되면 그다음은?

윤표에겐 죽어도 말할 수 없는 비밀일 것이다. 그래, 나중에라도 상상하고 싶지 않은 일이 생겨버리면 그다음엔 그녀가 있었다. 소영에겐 둘도 없는 가족 같은 유채 자신이. 그래, 그러면 되지. 아빠 없는 소영의 아기에게 아빠 몫까지 자신이 채워줄 수 있다면, 그러면 될 것이다. 그건 할 수 있을 것이다. 윤표를 대신한다는 것이 좀 이상한 공식이 되겠지만 아주 잘못된 것도 아니니, 자신이 윤표 대신 아기에게 사랑을 주면 그것도 좋을 거란 생각이 들었다. 하지만 중요한 건 무엇보다 소영이 순산을 하고, 소영과 아기 두 사람의 수술이 잘되는 것일 것이다.

16. 운명에 길들여지기

연애의 힘은 실제로 연애를 경험하지 못하면 알 수 없다.
— 프레보

`ON AIR` 산부인과에서 유채가 검사받은 결과는 좋지 않았다. 약물 치료를 하다 그러지 못하면 정말 자궁 적출을 해야 할지도 모른다는 것이 담당의 소견이었다. 윤표와 될 수 없는 이유가 또 하나 늘어난 것 같아 유채는 우울했다. 불임의 가능성이 높은, 또 자궁 적출을 해 평생 아기도 갖지 못할지 모르는 질병을 가지고 누군가의 아내가 될 수는 없었다. 이것이 여자의 마음인가? 아기를 낳을 수 없다면 윤표의 말대로 다른 대안이 분명히 있다. 하지만 여자이기 때문에, 여자만 느낄 수 있는 시도조차 불가능하다는 상실감이 스스로를 가혹하게 옥죄는 것 같다. 아니, 어쩌면 그녀의 인생에 불필요한 내장을 걷어내고, 진정한 철인 방송인으로 거듭날 때가 바로 이 시점일지도 모른다.

라디오 정오 뉴스를 마친 유채는 첫눈이 올 것을 기대하며 창밖을 내다보았다. 모처럼 스케줄이 없는 한가한 오후다. 유채는 나른하고 심심한 오후를 감당하지 못하며 찌뿌듯한 어깨를 폈다. 그때 전화벨이 울렸다. 소영이었다.

"유채야, 나 지금 병원 가⋯⋯."

"왜? 그저께 갔었다며. 다음 주에 가는 거⋯⋯! 언니! 지금 산통 오는 거야?"

이번 주에 산기가 없다면 다음 주에 수술이라고 했었는데, 드디어 산기가 오는 건가?

"너 말고 누가 와주겠니. 와줄 수 있지?"

가뜩이나 거칠어진 호흡 소리에, 아파하는 그녀의 신음 섞인 말을 들으며 유채는 옷도 제대로 입지 못하고 이미 헐레벌떡 방송국을 나서고 있었다.

"기다려, 언니. 금방 갈게."

서둘러 전화를 끊은 유채는 다급하게 도로변에 서서 택시를 향해 손을 뻗었다. 그러다 갑자기 눈물이 났다. 제가 낳는 것도 아닌데, 소영의 목소리만으로도 벌써 유채는 감격에 겨워 울컥했다. 제발 무탈하게 건강한 아기 낳아야 돼, 언니. 잠시 잠깐, 언니 원망했던 거 미안해. 언니가 아기 낳으면, 내가 잘해줄게. 아무 걱정 안 하게 내가 다 받쳐줄 테니까, 그러니까 무사히 낳기만 해.

택시 뒷자리에 오르자마자 태조병원을 외친 유채는 두 손을 모으고 창밖을 초조하게 내다보았다. 그런데 화창하던 하늘이 갑자기 시려지더니 하늘에서 눈이 내리기 시작했다. 망할! 하필 올해 첫눈이 지금 내릴 게 뭐야!

첫눈치고 엄청난 폭설이 내렸다. 마음과 달리 늦게 병원에 도착한 유채는 안면이 있는 간호사들에게 인사를 하는 둥 마는 둥 하고, 소영의 분만실을 물었다. 그리고 그들이 알려준 분만실로 곧장 달려갔다. 그러다 저만치 옆으로 달려와 같이 뛰는 사람을 발견했다. 윤표였다. 정신없이 돌아보던 윤표는 유채와 눈이 마주치자 당황했다. 그의 얼굴이 핼쑥해졌다. 더 각이 생겼다고 해야 하나? 막 제대한 사람처럼 군살 없이 뾰족해 보인다.

"소영 씨 때문에?"

흔들리는 눈빛으로 뛰던 그는 짧게 물었다.

"네. 그쪽도?"

유채도 짧게 물었다.

"응. 호출이 와서."

결국 자기 아이 받으러 가는군. 그와의 첫 인터뷰 때 그가 한 말이 떠올랐다. 뭐라고 해줄 말이 없다. 그도 마찬가지인 것 같았다.

두 사람은 아무 말도 않고 서둘러 소영의 분만실에 도착했다. 산소 마스크를 쓴 소영은 산통에 힘들어하며 이미 혼자 사투를 벌이고 있었다. 다른 산모들 같으면 부모님들이 일찌감치 달려왔을 텐데, 일찍 부모님을 여읜 소영에게 참으로 서러운 시간이었을 것이다.

"아무래도 안 되겠어. 제왕절개 수술을 해야 할 것 같아. 골반이 너무 좁고 호흡도 힘들고……"

분만을 돕던 대준이 다급하게 말했다. 윤표는 헐떡이며 시계를 보다 땀에 젖은 소영을 걱정스럽게 돌아보았다.

"폐 전문인 이 선생한테 미리 얘기해뒀어. 지금쯤 수술장 준비하고 있을 거야. 그리고 심장 전문 고 선생님한테도……"

대준은 겁을 먹고 있는 소영의 안색을 살피며 말끝을 흐렸다. 유채는 서둘러 소영에게로 달려가 손을 잡았다.

"괜찮아, 언니?"

무릎을 꿇다시피 그녀 곁으로 달려간 유채는 측은한 얼굴로 소영을 보며 그녀의 얼굴을 쓰다듬었다. 소영은 많이 지친 듯 말을 잇지 못하고 고개만 끄덕였다. 그러다 나지막이 말했다.

"나 좀 이상해."

산소 마스크 너머로 그녀의 목소리가 둔탁하게 흘러나왔다.

"뭐가?"

유채는 더럭 겁이 났다.

"숨이 너무 딸려······. 만약에, 나한테 무슨 일 생기면 우리 아기 너한
테 부탁해도 돼? 난 다른 가족도 없잖아. 그럼 애한테 큰일이잖아."

"이럴 걸 왜 혼자 애를 만들어선!"

유채는 억장이 무너졌다.

"방금 김 선생님 말 못 들었어? 이미 전문 선생님들이 준비하고 있다
잖아. 제발 그딴 말 말고 무사히 낳아. 안 그럼 내가 지옥까지 따라갈
테니까!"

유채가 윽박을 지르자 소영은 전에 없던 슬픈 미소를 지었다. 이 여
자, 진짜 왜 이래. 무섭게.

"아기 심장 소리가 약해요!"

간호사가 소리쳤다.

"얼른 수술장으로 옮겨!"

윤표가 다급하게 소리쳤다. 대준은 격양된 표정으로 소영을 바라보
았다. 소영은 유채와 윤표, 그리고 대준을 보더니 고개를 끄덕였다.

"수술 동의서엔 내가 사인할게요!"

유채가 손을 번쩍 들었다. 지금 할 수 있는 건 이것뿐이었다. 순식간
에 소영이 수술실로 옮겨가고, 유채는 눈물을 펑펑 흘리며 수술 동의서
에 사인을 했다.

유채는 대기실에 앉아 초조하게 수술 결과를 기다렸다. 그리고 한 시간쯤 지났을까, 갑자기 수술장의 문이 벌컥 열렸다. 유채는 당황하여 자리에서 벌떡 일어났다. 한 무더기 수술복 차림의 의사와 간호사들이 아기가 누워 있는 인큐베이터를 끌고 쏜살같이 달려나갔다. 유채는 몸의 땀구멍이 바싹 마르는 것 같은 초조함을 느끼며 발을 동동 굴렀다. 그때 윤표가 밖으로 나왔다.

"무슨 일이에요?"

유채는 그의 팔을 덥석 잡았다.

"아들이야. 그런데……."

그의 얼굴이 어두웠다.

"우려했는데, 선천성 대동맥 판막 협착증이야. 당장 수술해야 돼."

"설마, 그래서 방금……."

정신이 없어 말도 제대로 나오지 않는 유채는 조금 전 의사들이 달려간 길을 가리키다 그를 돌아보았다.

"수술하면 괜찮을 거야. 그런데 수혈이 문제야."

"왜요?"

"B형이야, 아기가. 지금 혈액 공급실에 문의했는데, 새벽에 대형 교통사고 환자들 수술이 많았대. 그래서 B형이 부족한 상황이래."

오 마이 갓! 소영은 유채와 함께 A형이다. 언젠가 함께 '헌혈의 집' 사람들에게 붙잡혀 헌혈을 하면서 확인했었다. 같은 소심한 혈액족이라고 웃었었는데. 그럼 당연히 윤표가 B형이겠다.

"뭐가 문제예요, 그게?"

유채는 그나마 다행이라고 생각했다.

"왜? 너 B형이야?"

윤표가 눈을 빛냈다.

"아뇨. 당신이잖아요."

"뭐?"

윤표는 펄쩍 뛰었다.

"내가 왜?"

"왜긴. 소영이 언니가 A형이니까……."

"뭐?"

"아니에요? B형?"

황당한 유채는 고개를 흔들며 되물었다. 당연히 그래야 맞는 혈족 가계도 아니야? 학교 때 그렇게 배운 것 같은데 다른 혈족 가계도도 있나?

"난 아닌데. 난 그냥 평범한 O형인데."

뭔가 이상하다. 유채는 영문을 알 수 없어 고개를 갸웃했다. 그때였다. 수술실에서 대준이 마스크를 벗어던지며 헐레벌떡 나왔다.

"어디 가? 소영 씬?"

놀란 윤표는 그를 잡고 물었다.

"이제 막 폐 수술 들어갔어. 난 수혈하러. 아기가 B형이라며."

대준은 벗은 마스크와 수술복을 윤표에게 던져주고 서둘러 사라졌다. 뭐야, 저 인간이 B형이라고?

소영의 수술이 먼저 끝났다. 다행히 수술은 성공적이었다. 회복실에서 정신을 차린 소영은 아직도 아기가 수술 중이란 소리를 듣고 퉁퉁 부은 얼굴을 퉁퉁 부은 손으로 감싸며 오열을 했다.

"그 미안한 마음으로 평생 애한테 수절해라."

"애한테 수절? 그게 말이 돼?"

소영은 손등으로 콧물을 닦으며 유채를 흘겼다. 죽을 것처럼 유언하던 그 모습은 오간 데 없다. 유채는 마음이 복잡했다. 아무리 생물 시간 수업을 되새겨봐도 소영이 A형이고 윤표가 O형이면, B형 아기는 낳을 수 없는 건데. 그런데 분명 소영이 받은 정자는 윤표의 것이었다. 뭐가 잘못된 거지? 하지만 아기가 수술 중인 상황에서 그걸 가지고 또 분란을 만들 수는 없었다. 질문의 씨알이 먹힐 시간을 참고 기다려야 했다.

"언니, A형 맞지?"

유채는 아주 조심스럽게 물었다.

"너랑 같잖아, 기집애야."

소영은 또 코를 팽— 풀고 훔치며 말했다.

"그렇지."

유채는 심각하게 고개를 끄덕였다.

"아기 혼자 수술 받고 있는데, 수술실 앞에 아무도 없는 게 너무 슬프다. 난 괜찮으니까 수술실에 가봐줄래?"

소영은 슬픈 눈으로 유채를 보며 코를 훌쩍였다.

"알았어."

유채는 소영의 손등을 쓰다듬어주고 아기의 수술실로 갔다.

수술실 앞은 한적하다 못해 스산했다. 유채는 간이의자에 복잡한 심정으로 앉아 있었다. 그때, 수술실에서 수술복을 입은 윤표가 나왔다. 유채는 자동적으로 벌떡 일어나 그에게 다가갔다.

"수술은요?"

"아직. 잠깐 참관하다 나왔어. 곧 끝날 것 같아."

설명을 마친 윤표의 시선이 유채의 얼굴에 머물렀다. 유채는 민망하여 고개를 돌렸다.

"얼굴이 좀 안됐다? 아팠어?"

누가 물을 소릴. 하지만 그의 목소리가 따뜻하진 않았다. 지리산에서 그렇게 헤어지고 못 봤으니 화가 나 있을 만도 하다. 이해도 안 된 상황에서 헤어졌으니 말이다.

"다이어트 중이에요. 엄청 잘나가는 중이라. 또 조명에 턱도 좀 깎이는 것 같고."

유채는 머쓱하게 손가락으로 턱을 훑었다.

"아기는 잘 커?"

아기? 아, 조카를 말하는 모양이다.

"지난번에 동생이 아기 데리고 소아과 왔다가 나한테 들렸었는데. 그 자식 되게 사근사근해서 일도 잘하겠어."

핵심을 겉도는 말이 이어졌다.

"할머니가 계속 꽃순이라고 부르는 통에 진짜 호적에 꽃순이로 올라갈 판이에요. 다들 그 이름이 입에 붙어서."

"아~."

그는 힘없이 웃었다.

"뭐, 그럼…….."

그가 머뭇거리다 발걸음을 옮겼다.

"저기."

그를 잡고 말았다. 돌아서던 그가 유채를 돌아보았다. 유채는 침을 꿀꺽 삼켰다.

"A형이랑 O형 부모 밑에 B형 아기는…… 있을 수 없는 거죠?"

"혈액형 얘기하는 거야?"

"네."

"당연하지. 생물이 50점이었구만?"

윤표는 실망스런 표정을 지었다. 전에 시험 어쩌구 하며 말싸움 한 걸 기억하는 모양이다. 하지만 지금 그게 중요한 게 아니었다.

"그럼, 혹시 본인 혈액형이 O형인 건 확실해요?"

묻지 않을 수가 없다. 이 상황에서 이것이 소영의 아기가 수술에 성공하는 것만큼 중요한 사항이었다.

"자기 혈액형 모르는 한국인도 있어? 나, 의대 나온 의사야. 게다가 헌혈만 몇 번인 줄 알아?"

그는 눈살을 찌푸렸다. 그러다 유채를 미심쩍게 보며 다가섰다.

"가만, 어째 질문 내용이 수상해. 아까부터. 뭐야, 뭐가 문제인데? 혹시, 키스 실력에 이어, 이젠 혈액형 때문에 우리가 안 된다는 진짜 말도 안 되는 얘기는 아니겠지?"

그렇다면 기대 이하라고 그냥 갈 거니?

"네 혈액형은 뭔데? 네 혈액형이랑 내 혈액형이 궁합이 맞는다거나 하는 삼류 잡지 별자리, 혈액형 운세 때문에 안 된다고 했던 거면 진짜 실망이야!"

"이 상황에선 당신이 O형이라는 게 더 실망이라구요!"

실망이라기보단, 기가 막히다고 해야 말이 맞겠다. 지금까지 이 사실 때문에 머리가 터지고 심장이 부어서 미칠 것만 같았는데.

"도대체 그게 왜!"

윤표는 다시 지리산 앞 주차장에서처럼 소리치며 화를 냈다. 아직도 그렇게 화가 나 있던 것을 아닌 척했던 것이다.

"나도 몰라요!"

유채는 머리를 짚으며 돌아섰다.

"말 안 해?"

윤표는 그녀의 어깨를 잡고 휙 돌려세웠다.

"왜들 그래? 수술실 앞에서."

저쪽에서 대준이 걷었던 팔을 내리며 다가왔다. 윤표와 유채의 시선이 동시에 그에게 쏠렸다. 수혈이 막 끝났는지 그는 제 팔뚝에 난 바늘구멍을 보다 그들을 의아하게 바라보았다. 그때, 수술실에서 수술을 맡았던 의사인 듯싶은 사람이 마스크를 벗고 나왔다.

"어떻게 됐습니까?"

윤표보다도 대준이 먼저 다가서며 물었다.

"잘됐네. 심각한 수준은 아니어서 다행이야. 산모에게 걱정 말라고 전해주게. 자네가 수혈했다며? 고생했어."

수술을 한 의사는 대준의 어깨를 두드려주고 윤표의 인사를 받으며 사라졌다.

"감사합니다."

유채는 멀어지는 그를 향해 90도로 인사하고 또 인사했다.

"인사는 그쯤으로 됐어. 이제 내 말에 대답이나 해."

윤표는 허리 굽혀 굽실거리는 유채를 짜증스럽게 돌려세웠다.

"됐어요. 빨리 언니한테 가봐야겠어요."

유채는 그의 팔을 뿌리치고 서둘러 소영의 병실로 향했다.

"같이 가요."

그들을 의아하게 지켜보던 대준은 서둘러 유채를 따라나섰다. 멀뚱히 남은 윤표가 신경 쓰였지만 지금은 아기의 수술이 성공이란 말을 소영에게 먼저 전해주어야만 했다.

수술이 성공이라는 유채의 말을 듣자 소영은 기쁨의 환호성을 지르며 또 울었다.
"아직 인큐베이터에 있어야 해요. 좀 이따가 보러 가요."
대준이 그녀의 눈물 젖은 손을 꼭 잡으며 말했다.
"김 선생님이 아기한테 수혈하셨대. 대단하지?"
유채의 말에 소영은 연신 고개를 끄덕였다.
"아기의 대부로서 그 정도는 뭐. 헤헤."
대준은 멋쩍게 웃었다.
"대부요?"
유채는 깜짝 놀랐다.
"우리 인연도 특이하고, 또 아기도 특별하게 낳으셔서 제가 대부가 되기로 했습니다. 소영 씨가 승낙해주셨어요."
대준의 얼굴엔 자랑스러운 미소가 가득했다. 유채는 어이없어 소영을 보았다.
"뭐, 나쁘지 않잖아. 아기 아빠도 없……."
소영은 말을 미적거렸다. 오래 볼 사이 만들지 말라던 유채의 잔소리가 걸리는 모양이다.
"그래, 그 아빠란 말에 대해 논의 좀 해보자."
유채는 답답함에 소영에게 당겨 앉았다.
"무슨 말이에요?"
대준이 호기심 어린 눈으로 두 여자를 번갈아보았다. 그때, 윤표가 불쑥 병실로 들어왔다. 그러더니 유채의 팔을 잡아챈 상태로 소영에게 말했다.

"아기가 수술이 잘됐다니 축하해요. 잘 키워요. 그럼 잠깐 이 여자 좀."

화가 뻗칠 대로 뻗친 윤표는 유채를 냅다 복도로 끌고 나왔다.

"아퍼요!"

유채는 그의 손을 뿌리치며 버럭 화를 냈다.

"지금 누가 화를 내야 하는지 몰라? 지리산에서도 그렇고, 지금도 그렇고, 사람 바보 만드는 게 취미야? 그것도 자기한테 관심 있는 사람만 골라서? 그러다간 그 관심이 감정 되는 거 몰라? 악감정? 그 악감정이 어떤 형태인지 맛을 봐야만 알겠어?"

윤표는 그동안 참았던 분풀이를 하듯 폭포수처럼 소리쳤다. 유채도 억울하게 그를 바라보았다.

"나는 태평했을 거 같아요? 나는 당신이랑 엮일 일 없다고 좋아했을 거 같냐구요. 내 손으로 마구 엮고 싶은 사람을?"

"뭐?"

"정자 기증했어요, 안 했어요?"

유채는 무섭게 그를 노려보았다. 그러자 얼굴색이 변한 그는 주춤 물러섰다.

"해, 했어. 한 번."

"왜 그런 걸 하냐구요, 글쎄!"

"왜, 냐니? 어쩔 수 없었어. 정자 은행에 기증 정자가 적어서, 그것도 안 하겠다고 했다가 하도 사정하는 바람에 어쩔 수 없이……. 근데 그게, 뭐! 어디서 나 닮은 애라도 봤어?"

우물쭈물하던 그가 적반하장으로 응수했다.

"그래요! 볼 뻔했죠!"

"뭔 소리야, 그게?"

"소영이 언니가 기증받은 정자가 바로 당신 거였다구요!"

"뭐?"

순간 혼비백산한 윤표의 눈이, 다 빨아들이고 자기 자신까지 소멸시킬 블랙홀처럼 커졌다.

"그 박 선생인가 하는 사람이, 소영이 언니한테 정자 기증받게 했는데 그게 하필 당신 거였어요. 내가 두 눈으로 정자 기증자 명단을 봤다구요!"

유채는 두 손가락으로 자신의 눈을 찌를 듯 가리켰다.

"말도 안 돼……."

윤표는 충격을 받은 듯 심하게 비틀거렸다.

"그, 그럼 지금 수술 받은 애가 내……."

"아니지 않겠어요? 혈액형이 다른데? 언니는 A형인데 어떻게 A형과 O형 사이에서 B형이 나오겠냐구요."

유채는 분노에 씩씩거렸다. 이게 누구에게 맞는, 무슨 뒤통수인지 알 수가 없었다.

"이상하잖아? 생물학적으로 내가 아빠라면 당연히 엄마가 안 되는 수혈은 내가 할 수 있어야 하잖아. 그런데 왜……."

윤표는 골몰하다 병실에서 나오는 대준을 보았다.

"아, 맞다! 그때, 그때 너지? 네가 내 거 받았잖아. 그치?"

윤표는 대준의 멱살을 잡았다.

"내가 뭐?"

당황한 대준은 윤표에게 멱살을 잡혀 대롱거렸다.

"내가, 내 정자 실린더에 담아서 내려고 갈 때 갑자기 교수님한테서 호출이 왔잖아. 그래서 내가 너한테 제출 부탁했잖아. 너도 그거 제출하러 가던 길이었고."

이 남자들 말하는 걸 듣자니 짜증이 밀려옴과 동시에 기가 막혔다. 신성한 탄생의 신비 앞에서 뭣들 하는 건지.

"아, 그랬지, 그때. 놓고 얘기해. 죽겠어!"

대준은 윤표의 손을 풀며 캑캑거렸다.

"실린더에 내 이름이 붙어 있어서 바뀔 리가 없어. 그런데 어떻게 된 거지? 잘 제출한 거 맞아?"

"가, 갑자기 그 얘기는 왜 해?"

대준은 좀 부끄러운지 유채를 힐긋 보았다.

"중요한 얘기니까 그렇지. 어서 증언해봐."

흥분한 윤표는 거친 숨을 겨우 진정시키며 대준을 쏘아보았다.

"그게 중요해, 진짜?"

대준은 눈살을 찌푸렸다.

"그래, 진짜. 운명이 걸린 거니까."

그래. 여럿의 운명이 걸렸다.

"사, 사실."

대준은 순간 '푸~' 하고 한숨을 내쉬었다.

"나도 바쁜 상황이었는데, 네가 네 것까지 부탁해서 좀 짜증이 났어. 서둘러야 했거든. 그래서 바쁘게 들고 가다가, 실수로 네 걸 바닥에 깨뜨렸어."

"뭐?"

마치 자기 자식들이 한순간에 벼랑이라도 떨어지는 걸 목격이라도 한 듯 윤표는 두 손을 벌벌 떨며 비명을 질렀다.

"나도 별로였던 그걸 너한테 다시 해오라고 할 수도 없고. 그래서 새 실린더에다 내 것 좀 덜어서 네 이름 붙였어. 미안."

대준은 이마부터 목까지 얼굴이 빨개져 고개를 숙였다.

"그게, 됐어?"

윤표는 인상을 찌푸렸다.

"됐어. 내 거가 좀 많았거든."

얼굴이 벌게진 대준은 제 머리를 벅벅 긁었다. 이제야 그의 말뜻을 알아들은 유채도 얼굴이 불타는 것처럼 훅 달아올랐다. 윤표는 서둘러 두 손으로 유채의 귀를 막았다. 그리고 대준에게 뭐라고 들리지 않는 말을 마구 퍼부어댔다. 표정이 꼭 욕하는 것 같았는데 들리지 않아서 알 수가 없었다. 잠시 후, 유채의 귀에서 손을 뗀 윤표는 혈압이 만땅 되어 씩씩거렸다. 놀란 표정이던 대준이 유채에게 고개 숙여 사죄했다.

"죄송해요. 그 일이 이렇게 큰 파장을 불러일으킬 줄 꿈에도 몰랐습니다. 정말 죄송해요."

"아, 아니에요."

유채도 화를 내고 싶었는데 그가 이렇게 나오니 어디다 화를 낼 수도 없다.

"그럼 알겠지? 지금 네가 누구 애한테 수혈했는지."

윤표가 침착하게 말하자 대준의 눈에 금세 눈물이 글썽여졌다.

"그걸, 내가 알게 됐다는 걸 소영 씨한테 말해도 되나?"

대준은 울먹이며 유채를 돌아보았다.

"언니도 놀라지 않을까요? 원래 그거 익명이잖아요."

유채는 착잡했다. 대준은 이러지도 저러지도 못할 상황이 되었다.

"그렇죠? 또 소영 씬 혼자 아기를 키울 결심을 하고 아기를 가진 건데……. 일단은 다행이네요. 제 아이를 제가 살린 것과 같으니까."

어깨를 늘어뜨린 대준은 흐뭇한 미소를 지으며 소영의 병실을 한참 바라보았다. 그러다 이내 고개를 떨구며 몸을 돌리고 걸음을 옮겼다.

"소영 씨한테 말해도 되지 않을까?"

윤표는 대준을 걱정스럽게 바라보았다.

"실망하면요."

'대준 씨'라 불렀고, 대부까지 허락한 마당이면, 또 담당의로 많이 의지하는 걸 보면 아주 싫진 않았다는 건데.

유채와 윤표는 축 늘어져 멀어지는 대준을 안쓰럽게 지켜보았다.

"그래도 중요한 건 유전자가 아니라 아이잖아. 아이를 위해 누구보다 최선을 다한 건 대준이었고. 사실, 대준이 소영 씨 좋아하거든."

"진짜요?"

깜짝 놀란 유채는 흥분했다.

"혹시 김대준 선생님, 술 마시면 주사가 심하거나 이중 인격적이거나 하지 않아요?"

"전혀. 술은 보리밭에만 가도 취하는 스타일이고, 인턴 하면서 같이 생활했었는데 너무 깔끔한 게 탈이지 다른 건 없어. 또 하나 있다면 좀 허허실실이란 거?"

그 정도면 백점은 아니어도 우수 등급은 되겠다. 어쩌면 싱글맘을 반쯤 후회하는 소영에게, 개와 인간으로 변신을 거듭하지 않는 남자가 있을 수도 있다고 말해줄 수 있을 것 같다.

"그런데 우리……."

윤표가 유채를 괴이하게 돌아보았다.

"언제부터 이렇게 다정했지?"

순간, 유채는 자신과 윤표가 어깨를 딱 붙인 채 서로 얼굴을 기울이고 있다는 걸 알았다. 유채가 화들짝 놀라 몸을 떼자 윤표는 유채가 뭐라고 하기 전에 그녀의 어깨를 와락 끌어안았다. 그리고는 유채의 입술에 거칠게 키스를 퍼부었다. 지나가던 간호사들과 보호자들, 환자들이 걷던 그대로 얼어붙은 채 그들을 당황스럽게 쳐다보았다. 사람들의 시선에 놀란 유채가 그의 몸을 밀쳤지만 그는 놓지 않았다. 그러다 '쪽' 소리가 나게 입술을 떼고는 유채의 눈을 똑바로 바라보았다.

"이제 빼도 박도 못하겠지? 내가 산장이 아니라 지리산 주차장에서 이래야 했었다는 걸 얼마나 후회한 줄 알아?"

유채의 심장이 팔딱팔딱 뛰기 시작했다. 그전에는 죽었던 것처럼, 그 심장 박동이 너무 신선하고 경쾌해서 마치 다시 태어난 기분이었다.

"얼굴 빨개지니까 더 예쁘네? 예쁜 얼굴 보고 싶으면 공공장소에서 자주 이래야겠다?"

윤표가 그녀의 코끝에 입을 맞추었다.

"우와~."

갑자기 탄성이 들렸다. 돌아보니 사람들 틈에서 차트를 들고 지나가던 이 간호사가 입을 벌린 채 그들을 바라보고 있었다. 이 간호사는 두말없이 그들에게 엄지손가락을 들어 보였다. 그리고 혀를 내두르며 사라졌다. 민망함에 유채는 얼굴을 긁적였다. 윤표는 눈썹에 힘을 주고 유채를 쏘아보았다.

"누가 뭐래도, 난 끝까지 네 편이야."

그의 말에, 유채의 눈엔 눈물이 차올랐다.

"넌 또 다른 나라고. 알아? 우리, 같이 한 게 너무 많잖아. 게다가 우리 주변엔 온통 우리가 운명이라고 화살표로 가리켜주고 있잖아. 그런데 왜 그렇게 걱정이 태산이란 얼굴이야? 사랑하는 사람이 옆에 있는데 표정이 그래서야 되겠어? 나 무시하는 거야?"

윤표는 손가락으로 눈물이 맺힌 유채의 코끝을 튕겼다. 유채가 눈을 찡긋하자, 윤표는 그녀의 팔을 잡아당겨 깊이 끌어안았다.

"이제 너 아니면 안 돼. 너에게 끝은 나고, 나에게 끝은 너야."

유채는 그의 어깨에 입술을 묻고 고개를 끄덕였다. 그와 헤어져 있으면서 자신과 그를 둘러싼 모든 표시가 그와는 안 된다는 'NO' 표시라고만 생각했다. 그런데 사실 그 표시들이 모두 'OK' 표시였다고 생각하니 가슴이 터질 것만 같았다. 그리고 지금 자신의 병도 어떤 어렵고 힘든 치료가 기다릴지 모르지만, 이 남자라면 믿고 함께할 수 있을 것 같았다. 이 남자가 곧 끝이 될 테니까.

유채는 태조병원 산부인과 로비에서 반가운 얼굴을 만났다. 유채가 메디컬 다큐를 찍을 때 인터뷰했던, 어린선 아기를 낳았던 그 부부였다. 아내는 만삭이었다.

"그때 아기 모금 운동 해주셔서 감사해요. 평강이는 하늘나라로 갔지만 그 은혜는 못 잊을 거예요."

그녀는 착잡한 미소를 지었다. 아기가 병원에서 퇴원하고 두 달 후, 결국 하늘나라로 갔다는 것을 〈메디컬 다큐 ― 생명의 화수분, 그 후〉를 찍다 알게 되었다.

"다시 평강이가 우리에게 오라고 임신을 결심했어요. 그리고 우린 믿어요. 이 뱃속에 평강이가 와 있다고."

아내가 부른 자신의 배를 쓰다듬자, 남편도 그녀의 아기와 함께 체온을 나누기라도 하듯 손등에 손을 얹었다. 그 모습이 너무 보기 좋고, 아름다워 보였다.

"제 블로그에서 계속 어린선 아기 돕기 모금 운동 하고 있습니다. 나중에 기회 되면 홍보 좀 해주세요. 생각보다 도움이 필요한 아기들과 소아과 아이들이 많아요. 다른 환아의 부모님들이 많은 힘을 얻고 계신다고 해서 그만둘 수가 없네요."

그녀의 남편이 명함 한 장을 유채에게 내밀었다.

"곧 병원에서 환우들을 위한 바자회가 있을 거예요. 그때 홍보 재킷에 여기 블로그도 올릴게요."

유채가 웃으며 명함을 지갑에 넣었다.

"감사합니다."

산모의 남편은 고마워했다.

"그런데 검사 받으시러 온 거예요? 산달이 언제신데요?"

그녀는 유채의 볼록한 배를 유심히 보며 물었다. 곧 임신 15주에 접어든다. 오랜 기간 공들였던 약물 치료가 잘되었고 다행히 윤표와 결혼 후 임신이 되었다. 재발의 가능성이 남아 있지만 임신을 했으니 일단은 아기를 잘 낳는 게 목표다. 물론 최고의 산부인과 의사 윤표가 옆에 있어 두려울 건 없다.

윤표와 유채가 결혼 발표를 했을 때 국민 산모와 국민 의사의 결합이라고 인터넷과 잡지 등에서 난리가 났다. 그들의 만남 스토리가 회자되었다. 그리고 국민 MC가 사회를 보고, 국민 가수가 축가를 불러줘야 마땅하다는 말들이 나왔고, 누가 국민 MC고 누가 국민 가수냐는 뜻밖의 언쟁까지 붙기도 했다.

"아뇨. 오늘 온 건 옆에 산부인과 건물 완공식이라서요."

"아, 소 선생님이 산부인과 과장 되셨죠? 축하드려요. 사모님, 9시 뉴스에서 만날 봬서 그런지 낯설지 않고 좋네요. 아기 낳을 때까지 뉴스하실 거세요?"

"그러려구요."

유채는 활짝 웃었다.

"체력 관리 잘하세요."

두 사람과 파이팅의 인사를 주고받은 유채는 발걸음을 옮겼다. 그러다 오 선생의 진료실이었던 방 앞에서 멈칫했다. 그녀의 진료실이었던 방의 팻말은 이제 다른 의사의 이름으로 바뀌어 있었다. 자숙의 기간이 끝난 후, 혜령은 병원으로 돌아오지 않았다.

그녀는 지금 독일에 있다. 공부를 더 해야 할 것 같다는 그녀의 제안에 병원에서는 먼저 박 선생이 갔던, 독일에 있는 자매결연 병원으로 그녀를 파견했다. 그녀는 내년에 귀국할 예정이다. 함께 있던 박 선생과 함께. 그들의 결혼 준비를 위해서 말이다.

혜령과 얽혔던 기억들을 잠시 되새기던 유채는 피식 웃었다. 이제 그녀를 볼 때 그녀의 남자를 빼앗아 미안하다는 기분은 느끼지 않아도 될 것 같다.

"아가."

뒤에서 윤표의 어머니 목소리가 들렸다. 유채는 서둘러 어머니에게 뛰어갔다.

"그렇게 뛰지 말라니까. 너 계속 그런 행동 들키면 방송국에 말해서 당분간 쉬게 해달라고 할 거야."

어머니는 유채에게 짐짓 엄포를 놓고는 빙그레 웃었다.

"아니에요, 어머니. 어머니 뵈니까 너무 반가워서 그래요. 여행은 잘 다녀오신 거세요?"

유채는 웃으며 어머니의 팔에 팔짱을 끼었다.

"오늘 새벽에 왔어. 네 막내 고모가 아주 잘 챙겨줘서, 네 할머니가 어찌나 좋아하시는지. 더 있다 오고 싶었는데 완공식 때문에 어쩔 수 없이 왔다."

"또 가시면 되죠. 즐거우셨다니 다행이네요."

유채는 헤죽 웃었다.

유채에게 막내 고모가 생겼다. 아버지에게서 꽃순이의 얘기를 들은 후 유채는 방송국의 도움을 빌어 라디오와 각종 자그만 매체에 꽃순이란 사람을 찾는다는 광고를 수도 없이 올렸다. 그리고 윤표와의 결혼식을 앞둔 어느 날, 자신이 그 꽃순이인 것 같다는 한 여자의 연락을 받았다. 예전에 받은 증표가 있다며, 아버지만 알고 있는 가보를 보여주면서. 아버지의 확인으로 드디어 할머니는 꽃순이를 만났다. 불행히 치매인 할머니는 이미 중년이 된 딸을 알아보지 못했지만, 그분은 단번에 할머니를 알아봤다.

집에 불이 난 줄 모르고 정미소 앞에서 새벽까지 벌벌 떨고 있다가 한 부부의 눈에 띄어 그들을 따라가 살게 되었다는, 아이가 없던 그 부부가 그녀를 자신들의 딸처럼 키웠고, 부유한 집에서 그분은 미소라는 새로운 이름으로, 모자랄 것 없이 자라 지금 제주도에서 호텔업을 하고 있다고 했다. 그분은 유채와 윤표의 신혼여행을 전부 무료로 진행시켜줄 만큼 유채의 가족에게 큰 애정을 가졌고, 자연스럽게 막내 고모가 되었다. 그리고 유채와 윤표가 결혼하면서 쓸쓸해하던 윤표의 어머니까지 왕래가 잦아지면서, 두 집은 사돈이 아닌 한가족처럼 지내고 있다.

"할머니는 집으로 바로 가셨어요?"

"응, 네 큰 고모가 데리러 왔어. 운전면허 땄다고 어찌나 자랑을 하던지. 호호."

유규는 당구장 체인 사업이 잘되어 은이와 함께 가정을 잘 꾸렸다. 그리고 아버지도 병원에서 복지 사업을 맡아 하게 되었다. 또 윤표의 어머니와 막내 고모가 할머니를 자주 돌봐 드리게 되어 고모의 시간이 많아졌다. 고모는 이 틈에 지는 노을의 불타는 화력을 보여주겠다며 운전면허를 땄다. 다음 목표는 건강한 할아버지 찾기다.

"다음엔 저희가 보내드릴게요."

"나 아직 능력 되니까, 나 허리 꼬부라지면 그때나 잘 부탁한다."

어머니는 유채에게 코끝을 찡긋하며 웃었다.

"어머. 어머니, 안녕하세요?"

소영이 가슴에 손수건을 달고 아장아장 걷는 현태의 한쪽 손을 잡고 종종걸음으로 그들에게 다가왔다.

"완공식에 오신 거세요? 어쩜 이렇게 젊어 보이신데요."

패션 디자이너답게, 전혀 아기 엄마 같지 않은 패션을 걸치고 등장한 소영은 자꾸 풀어지는 머플러를 연신 잡아 올리며 어머니에게 환하게 웃었다. 소영은 자신이 기증받은 정자가 대준의 것이란 것을 알고 한동안 말문이 막혀 있더니, 언제인지 모르게 둘이 다정하게 팔짱을 끼고 다니다 결혼식까지 후딱 해치워버렸다.

"어머니, 대준 씨 보면 혼 좀 내주세요. 쉬는 날 모처럼 집에 있으면 만날 게임만 해요. 애기 아빠가 말이 돼요?"

소영은 볼을 잔뜩 부풀리며 뾰로통해했다.

"그래? 언제 찾아가서 내가 다 버려줄까? 나 그런 거 되게 잘하는데."

"그러실래요? 저는 차마 못하겠고. 어머님이 그러셨다고 하면 그 사람도 아무 말 못할 텐데. 호호호."

생각만 해도 좋은지 소영은 허리를 젖히며 웃었다.

"현실에서 부적응할수록 게임의 세계에 빠져들지. 언니에게 원인이 있을지도 몰라."

유채는 분석적으로 말했다.

"시끄러. 그런 앵커 같은 말은 사절이다."

소영은 유채를 향해 눈을 치켜떴다. 그때, 저쪽에서 윤표와 대준이 나란히 걸어왔다. 그러자 소영의 손을 잡고 있던 현태는 곧장 윤표에게 달려가 안겼다.

"현태 왔구나? 삼촌한테 뽀뽀."

윤표가 아이를 바짝 안고 얼굴을 디밀자 현태는 얼른 윤표의 뺨에 뽀뽀를 해주었다.

"어? 김현태, 왜 너 이 아저씨한테 뽀뽀해? 이리 와. 아빠한테도 해."

대준은 뺏다시피 윤표의 팔에서 현태를 빼앗아 안았다.

"의사 선생님들이 참 유치해요. 그죠?"

유채는 피식 웃으며 어머니에게 속삭였다.

"방송국에서 바로 왔어? 옷 좀 편하게 입으라니까. 신발은 그게 또 뭐야?"

유채를 보자마자 윤표는 그녀를 아래위로 훑으며 핀잔을 주었다.

"안 그래도 편한 옷이랑 신발 좀 사줘. 배가 늘어나서 입을 옷도 없다."

어머니와 팔짱을 낀 유채는 얼른 다른 팔로 윤표의 팔에 팔짱을 끼었다. 소영도 현태의 볼을 당기다 대준의 팔에 팔짱을 끼었다.

일행은 완공식장을 향해 걸음을 옮겼다.

"그럼 완공식 끝나고 쇼핑할까? 시간 되는데. 어머닌요? 어머니도 괜찮으시죠?"

윤표는 고개를 기울여 어머니를 돌아보았다.

"난 비행기 타고 온 여독이 남았어. 너희끼리 하고 이따 올 때 맛있는 거나 사와라. 할머니 갖다 드리게."

"아, 할머닌?"

"고모랑 먼저 집에 가 계시라고 했다."

윤표의 물음에 어머니는 웃으며 대답했다.

"그럼 천호동 식구들 다 부를까? 아니, 우리가 천호동으로 갈까? 거기 마당에서 고기 구워 먹기 딱 좋잖아."

윤표는 눈을 반짝이며 말했다.

"거기 우리 껴도 돼? 우리 동네잖아."

결혼 후, 소영의 작업실 때문에 소영의 집으로 이사 오게 된 대준이 슬쩍 끼어들었다.

"언제는 안 끼었어? 올 때 빈손으로 오면 죽는다."

윤표는 대준에게 은근한 주먹을 말아 쥐어 보였다. 그러자 대준에게 안겨 있던 현태가 그 주먹을 두 손으로 꼬옥 잡았다.

"어이구, 우리 현태 있었구나. 미안, 삼촌이 미안. 너는 빈손으로 와. 알았지?"

윤표는 '우쭈쭈' 하며 현태의 손등에 입을 맞추었다.

"야, 너 애기 낳으면 윤표 씨가 다 봐주겠다. 부럽다."

소영은 유채에게 속삭였다.

"대준 씨도 잘 봐주잖아."

"그렇지. 근데 애기 보는 것보다 내 목 주무르는 게 더 좋대. 좀 이상해."

이렇게 말한 소영은 얼굴이 분홍빛이 되더니 혼자 큭큭 웃었다. 이상 야릇한 상상 중인가 보다.

"금슬 좋아 보이니 다행이다."

유채와 소영 사이에 있던 윤표의 어머니가 넌지시 말했다.

"큭큭큭!"

"하하하!"

"호호호!"

여자들은 일제히 저희들끼리 웃었다. 그러자 말을 못 들은 윤표와 대준, 그리고 현태는 그녀들을 의아하게 바라보았다.

건물 밖에서 완공식을 기념하는 악단의 악기 연습 소리가 시끄럽게 들리기 시작했다.

얘들하, 나의 꽃 같은 날들하,

어느 순간, 작품을 탈고한 다음 날이 집안 정리를 하는 날이 되었습니다. 워낙 정리성이 떨어지는 저에게 '작품 중'이라는 것은, 더욱 정리성 부족의 심각성을 덮어주는, 자각적인 근무 태만의 시기입니다.

병아리가 공룡 알을 품었다가 겨우 부화시키는 것처럼 아주 피눈물 나게 작품을 탈고한 후, 갑자기 밀려오는 한가함은 병아리가 품었던 알에서 나온 당황스런 공룡의 새끼를 보듯 아주 느닷없는 느낌입니다. 그래서 집안 정리가 당황스러운 여유 시간을 때우는 하나의 행사가 되었네요.

아침에 눈을 뜰 때부터 남다른 각오로 긴장하고 있다가 소매를 걷어붙이고 정리를 시작하는데, 진도 또한 쉽지 않습니다. 정리를 하다 보면 뜻밖의 쪽지나 물건들이 발견되어 짧은 기억들이나 추억들이 불쑥불쑥 끼어들기 때문이죠. 갑작스럽게 대면하는 기억들을 음미하다 마음먹었던 것의 절반밖에 일하지 못했을 때는, 왜 나는 시원시원하게 해치우지 못할까 하는 후회와 자책, 그리고 그래도 이 정도가 어디야, 하는 자기 위로 사이를 헤매고 다니게 됩니다. 이래서 아직도 제자리인 건가…….

'개망신 만렙'을 찍은 아나운서 유채. 제가 만든 인물임에도 전 그녀가 좀 부럽습니다. 아무리 다림질해도 펴질 것 같지 않던 그녀의 인생에 활짝 만개한 꽃 같은 날들이 온다는 게 말입니다. 저에게 꽃 같은 날은 언제일까요? 뭐, 이 정도에서 만족해야 할지도 모르지만, 아직 만개한 게 아니길 바라는 마음은 욕심일까요?

저희 시어머님에겐 아주 특출난 재주가 있으십니다. 그야말로 시들어 죽어가는 화초도 벌떡 일으켜 세워 꽃을 피우게 하는 재주. 그래서 시댁에 화초가 참 많은데요. 어머님이 키운 꽃을 볼 때마다 전 생각합니다. 제 인생에 꽃 같은 날은 언제일까. 그게 이미 지나갔길 결코 바라지 않고, 아주 먼 이야기이길 바라지 않는 건 제가 진짜 인간적이어서 그런 거죠?

작품 후기에 일일이 감사의 말을 전하는 것이 어쩐지 부끄럽고 세련되지 못한 것 같아 후다닥 넘기곤 했는데, 아주 소중한 분들에게 깜빡 인사를 전하지 못한 것 같아 이번에 잠시 칸을 빌려볼까 합니다.

우선 저희들에게 단백질 공급원이 되어 주시고, 진짜 모자란 며느리를 무조건 이해해주시는 어머님께 깊은 감사를 드리고 싶어요. 그리고, 부르기만 해도 이름이 짠해지는 아빠. 아빠 덕분에 지난 여름이 엄청 시원했어요. 정말 감사합니다.

그리고 제 보물들의 소중한 아빠 되시는 남편. 외조 못한다고 구박해서 미안해요. 당신만큼 해주는 사람도 없는데, 그냥 고맙다고 하긴 쑥스러워서 더 구박만 했어요. 앞으로 또 내가 구박하면 반대로 이해해줘요. 외면은 차갑지만 하는 짓은 더 밉상인 나란 여자, 원래 그런 여자.

아, 그리고 우리 테라스북, (주)가딘미디어 식구들이 제겐 믿는 구석이 되어버렸네요.

어쩌면 극소수의 시선만 받을지 모르지만, 제가 이렇게 꽃을 피울 수 있는 건 위의 분들과 저를 응원해주시는 모든 분들 덕분입니다. 하나하나 나열하진 못해도 전부 알고, 기억하고 있답니다.

곧 닥칠 추운 겨울을 불타는 열정으로 이겨냅시다. 그리고 함께, 흐드러지게 피어보아요.

2011년 11월
첫눈을 기다리며
김은정